雨粟 著

隐记

作家出版社

图书在版编目（CIP）数据

追隐记／雨粟著 . -- 北京：作家出版社，2021.4
（2021.5重印）

ISBN 978-7-5212-1091-0

Ⅰ．①追… Ⅱ．①雨… Ⅲ．①长篇小说 – 中国 – 当代
Ⅳ．①I247.5

中国版本图书馆CIP数据核字（2020）第147678号

追隐记

作　　者：	雨　粟
责任编辑：	宋辰辰
装帧设计：	意匠文化·丁奔亮
出版发行：	作家出版社有限公司
社　　址：	北京农展馆南里10号　　邮　　编：100125
电话传真：	86-10-65067186（发行中心及邮购部）
	86-10-65004079（总编室）
E-mail:	zuojia@zuojia.net.cn
	http://www.zuojiachubanshe.com
印　　刷：	北京盛通印刷股份有限公司
成品尺寸：	152×230
字　　数：	400千
印　　张：	28.75
版　　次：	2021年4月第1版
印　　次：	2021年5月第2次印刷
ISBN	978-7-5212-1091-0
定　　价：	58.00元

1

“姓名。”

“苏虹。”

“年龄。”

“31。”

“籍贯。”

“深杭市。”

“与被害人关系。”

“他是我上司。”

坐在苏虹对面的民警用没有握笔的另一只手摘下帽子，有些疲惫地揉了揉太阳穴，缓缓道："说说吧，整个事情的经过。"

苏虹斜靠在椅背上，右手拢了拢头发，问讯室的灯光有些刺眼，她把头低了低，终于开口道："没什么好说的，昨天关我的时候不是都交代过了吗？"

年轻民警笔尖朝上，在桌子上重重磕了两下，道："严肃点，昨天的笔录不够详细，今天才找你补充细节，你要明白，我们是为了你好。"

苏虹耸耸肩，道："那就是要我再一五一十地重复一遍了？"

对面民警没有说话，只冲她点点头。

苏虹叹了口气："昨天晚上，我们公司刚刚完成了今年最大的客户，瑞德药业的平面宣传设计项目，所以全部门到老龙坎火锅店聚餐，在包间里，我的上司，也就是策划部经理王胖子……"

"等等。"民警抬抬手，示意苏虹打住，"王胖子指的是本案受害人王洪波吗？"

苏虹朝天花板翻了个白眼，道："除了他还能有谁？"

"那就叫王洪波，别叫王胖子。"

"好好好，吃饭的时候，王胖……王洪波假借着酒意对我团队刚招的实习生动手动脚，小姑娘刚进社会，哪见过这种阵势，桌上别的同事一个个像缩头乌龟似的视若无睹，我看不下去，就警告他规矩点儿。

"可这死胖子，就是王洪波，不但没有收敛，还拿转正威胁实习生，硬搂着人家，强迫实习生陪他喝酒，我当时也有点儿喝高了，一时没忍住，就出手制止他了。"

"你说的出手制止，就是用杯子舀了半杯火锅汤，泼到人家下体？"

苏虹点点头，一本正经道："他不是一直说自己醉了吗，我就找办法让他清醒清醒。"

民警皱了皱眉："你看着也是个很精明的女孩子，做的事儿也算是见义勇为，可为什么不能选个温和一点儿的方式？文明社会，为什么偏偏要用热油泼人下体呢？"

苏虹低下头，双手摆在桌前，不自然地绞在一起，良久，她缓缓抬头，悠悠道："为什么用热油，当然是因为我一时半会儿找不到硫酸啦。还好我们吃的是鸳鸯锅，那汤里的辣椒油也够他受的，这种人渣，早就该给他绝育了。"

"你！"民警有些无奈地看着一脸坦然的苏虹，叹了口气，"你想过这件事儿的后果吗，好在那锅当时已经停火了，汤的温度不高，刚刚医院那边鉴定结果出来了，没到轻伤级别，要不你麻烦可大了。"

"是吗？"苏虹语气中满是遗憾，"也就是说，他那地方，还能用？"

民警见她一副无所谓的样子，不由得哭笑不得，他把问讯笔录整理了一遍，递到苏虹面前，"你先核对一下，如果没有出入就签个字，别以为不算轻伤你就高枕无忧了，我们还是要按照《治安管理处罚条例》对你进行拘留跟罚款，另外受害人不依不饶，现在正在外面等着呢，一定要你当面道歉。"

"要是我不道歉呢？"

"那也由你。"民警起身整了整帽子，见苏虹没有起身的意思，便独自向门口走去，一边道，"对方可以选择到法院起诉。我们警方也当然会根据你的认错态度来决定拘留时间。"

正要开门时，身后传来苏虹的声音："等等，我想了想，是我的手段太粗鲁了，我应该道歉。"

警察局会客厅里，一个穿着宽松运动服的胖子半躺在沙发上，两条腿趁身旁一名老警员不注意，不时地偷偷相互摩擦着，见年轻民警把苏虹带了进来，他立马坐直了身子，眼神阴鸷地看向苏虹，鼻孔里重重地哼了一声。

"好了。"年轻民警走到胖子身边，"王洪波，人我给你带来了，苏小姐已经认识到了自己的错误，对你身体跟心灵造成的创伤深表内疚，已经主动申请要来给你道歉了，你是个大老爷们，也别太小心眼。"

王洪波冷冷地看着苏虹，肥硕的脸颊轻微抖动着，"哼，道个歉就完了？我告诉你，你这是故意伤害！要判刑的！如果不是我可怜你是个弱质女流，网开一面，你就等着坐牢吧。"

"差不多得了。"民警瞪了王洪波一眼，"你的检验报告我已经告诉苏小姐了，别在这儿夸大其词。"

"不不不。"苏虹在民警身后谄笑道，"是我做得不对，还是要多谢王总大人不记小人过，宰相肚里能撑船，放我一马的。"

王洪波闻言刚刚收敛了些的气焰再次燃起，撑着沙发扶手站了起来，双手抱臂，摆出一副居高临下的姿态对苏虹道："那你道歉吧。"

苏虹微微弓着身子，满脸堆笑走到王洪波面前，道："光道歉哪儿成啊，轻飘飘的一句话，今天听过，明天就忘了，哪儿弥补得了王总命根子受的罪。"

王洪波一双小眼睛滴溜溜乱转，嘴角泛起一丝暧昧的笑意："那你准备怎么补偿我？说实话，这本身也不是太大的事儿，要是你足够有诚意，我就撤销报案，另外你在公司的岗位嘛，我也可以不计前嫌，给你留着。"

苏虹闻言一脸感激，双眸楚楚可怜地看向王洪波，"王总说的当真？"

王洪波看着苏虹白皙妩媚的面孔，胸口无意间挺起的双峰，不由得咽了咽口水，忙道："当然，当然。"

苏虹一脸笑意，柔声道："既然如此，那我就，去! 你! 妈! 的! 吧。"

话音刚落，她以迅雷不及掩耳之势抬起右腿，右脚高跟鞋鞋尖正中王洪波两腿之间，胖子双手捂着下体，传来杀猪一般的哀号，苏虹顺势又抬起右手狠狠一耳光扇在他脸上，这才被反应过来的警察拉开。

"好了你们不用拽我，我自己会走。"苏虹挣脱了警察手臂，不紧不慢地拢了拢头发，看着跪在地上的王洪波，啐了一口，"要老娘给你道歉，除非你把自己阉了。"

说着转向身后一脸无奈的民警，笑语盈盈地伸出双手："好了，现在你们可以逮捕我了。"

十五天后，上海奉贤看守所的大门缓缓打开，苏虹穿着朴素，手里提着个黑色塑料袋，缓缓走了出来，一辆黑色捷豹停在看守所街对面，见她出来，朝她嘀嘀两声。

苏虹走到车副驾驶门外，拉开门钻了进去，车子传来引擎发动声，立刻驶离了街道。

"怎么样，在里面受苦了吗？"驾驶座上戴着墨镜的一名中年女子一边开车，一边关切地问苏虹。

"哪有，现在的看守所管理都很正规的。"苏虹仰着头靠在椅背上，神情微微有些疲惫，右手按着开关，把窗户打开一条缝，深吸了口新鲜空气缓缓道。

"你这次也太冲动了。"女子道，"你知不知道，这次跟瑞德药业的项目你出力最多，公司上层可是有意想提拔你。你在公司辛辛苦苦干了这么多年，这千载难逢的晋升机会，就因为这一泼断送了，还是为了个不相干的人，值吗？"

"文姐，如果是为了自己，我可能还真就忍了。"苏虹收起玩笑表情，一本正经地看着文姐，"可那王八蛋欺负到一个涉世未深的小姑娘身上，周围又都是些明哲保身的家伙，我不站出来，谁站出来？"

文姐叹了口气，把车开到一边，摘下墨镜看着苏虹："可你知不知道，那涉世未深的小姑娘后来却说是你跟王洪波酒后起了冲突，具体原因她一概不知？"

苏虹闻言愣了一下，抿了抿嘴，把头转向窗外，神色间有些落寞："我听说了，可她有她的难处，我反正不可能回公司了，她那么说，以后至少在部门里可以活得轻松些。"

"你啊。"文姐无奈摇摇头道，"别人都这样对你了，你还替她着想，真不知道是不是脑子坏了。"

"别忘了我这都是跟谁学的。"苏虹忽然笑道，"当年进公司我性子太直，得罪了不少老人被他们联合排挤孤立，是谁不顾众人眼光走到我的工位前跟我聊天的？又是谁把自己接到的项目跟客户分给我，帮我完成考核的？谁又在自己嫁了个好郎君要辞职前，跟上面力荐我接替她的位置的？"苏虹说着看向文姐，眼神温柔："有这么一个好老师珠玉在前，她的言传身教我一刻不敢忘。"

文姐闻言脸上也浮现出一丝笑意："好了，怕了你了！怎么说都是你有理。"

苏虹朝她挤挤眼，挽着她胳膊撒娇道："那你可折煞我了，要师傅怕徒弟，这岂不是欺师灭祖了。"

"说正经的，"文姐语气一变，严肃道，"我老公那边有个生意伙伴，最近正在招人，也是和平面设计相关，你无论是资历、经验还是能力都完全胜任，待遇呢要比这边稍低一点儿，但一年以后一定会高出不少。"

苏虹激动地握紧文姐双手喊道："真的！？"可忽然又想到了什么，轻轻把手松开，笑着道："要不，让我再考虑考虑？"

文姐见她有些犹豫，叹了口气："怎么，还在想着出国读书的事情呢。"

苏虹有些不好意思地点点头，"毕竟那是伦敦皇家艺术学院，我申请了三年才好不容易擦着边被录取的。"

"你也知道是擦着边被录取啊。"文姐道，"没有奖学金，一年学费都要 50 万，你告诉我，这钱从哪来，找你爸妈吗？"

苏虹摇摇头："他们已经为我付出太多了。"

"你也知道他们付出太多。"文姐语气稍微软了些，循循善诱道，"你已经三十一岁了，现在他们不外乎希望你有份稳定的工作，嫁一个靠谱的男人，过两年生一个健康的宝宝让他们抱外孙子，可没指望你成为大画家。再说了，你也不是没有出国学过画画，要是能火，早就火了。你说说，你放在老杨画廊里那十几幅画，今年卖出去多少？又卖了多少钱？"

"我知道。"苏虹小声辩解着，语气里带着丝苦涩，"我要是有潜质，应该早出名了，也不至于三十岁还是个无名之辈。我也想过就把它当个爱好，这几年上班认真工作，下了班要么去看展，要么把自己锁在家里搞创作。可自己的画得不到内行的认可，我心里一直很憋屈，又或许是我还没开窍，所以，"她顿了顿，"我想，也许去了伦敦会有什么不同。"

"那你是一定要去读了？"

苏虹摇摇头："我真的没想好，要不早就递辞职信了。"

文姐看了看她，再次拿起墨镜戴上，发动了汽车道："那这样吧，一个月的时间，你给我好好想清楚了。"她顿了顿，道，"不管你做什么决定，我都支持你，反正家里还有点儿闲钱，你如果非要厚着脸皮跟我借，我也不好意思不借给你。"

苏虹闻言开心地在车里挥舞起双手，搂着文姐脖子狠狠亲了一口："我上辈子积什么德了，遇到你这么好的姐姐。"

文姐故作嫌弃地抹了抹脸，嘴角却不自觉地上翘："摊上你这么个妹妹，我上辈子造什么孽了。"

捷豹在一处普通居民楼前停下，文姐熄了火，对苏虹道："赶快上去洗个澡，换身干净衣服，我再带你去吃个饭冲冲晦气。"

苏虹从浴室推开浴室门，一边哼着歌一边用吹风机吹着头，文姐坐在沙发上百无聊赖地翻着时装杂志，见她出来，道："刚刚你电话响了，我看显示的是杨馆长，就帮你接了，他让你一洗完就给他回过去。"

苏虹接过手机，摁下回拨键，有些疑惑地自言自语道："太阳打西边出来了，这个财迷可从没主动给我打过电话。"

电话那头嘟嘟两声忙音后便接通了，杨馆长激动的嗓音透过电子信号一丝不差地传入苏虹耳中："喂？苏虹吗？"

"是我啊杨馆长，您找我什么事儿？"

"当然是大事儿！我告诉你，你放在画廊里的画，18 幅，全部被人买走了！"

"什么？"苏虹难以置信地把电话紧紧压在耳边道，"18 幅？一幅3 万那可是 54 万啊！"

"什么一幅 3 万。"电话那头杨馆长刻意顿了顿，好整以暇地卖着关子。苏虹见惯了他的套路，也不急着追问，终于他按捺不住，主动抬高音量道："是一幅 30 万！18 幅，整整 540 万！"

苏虹彻底蒙了，30 万一幅买她的画，还一口气买 18 幅？她对着电话语气严肃道："老杨，这个玩笑可一点儿也不好笑。"

"什么开玩笑！我的姑奶奶，你打开微信，我现在就把合同原件照片给你发过去！"

苏虹打开免提，把手机放到面前，微信里老杨刚刚传来一张图片，她点开放大，一旁的文姐也凑过来仔细端详。

那是一封定金合约，买方已经交纳了 50 万定金，承诺在 3 天内付清余款，落款处购买人写着陆羽二字。

苏虹激动地整个人踩在沙发上，挥着双手来回蹦跳，要不是顾忌着老杨没挂电话，她怕是早就喊了出来。

"喂？"电话那头老杨见她久久不出声，焦急地问道，"还在听吗？"

"在听，在听。"苏虹忙不迭道。

"你先别高兴太早，买方在签合同的时候，特意附加了一条，要见你本人。"

"什么？见我本人？"苏虹疑惑道，"难不成想当我粉丝啊。"

"那就不清楚了。"老杨道，"但是假如见不到你本人，这画他就不要了，我才这么着急给你打电话。"

"那成吧，明天怎么样，反正我最近闲着，最不差的就是时间。"

"不行。"老杨斩钉截铁道，"这位陆先生明天凌晨就要坐飞机飞国外了，他说，今天必须见到你。"

"什么人啊，这么神神秘秘的，该不会是什么犯罪分子吧？"苏虹感到事情有些蹊跷，语气中透着丝怀疑。

"你才是刚从看守所里放出来的好不好！"电话那头老杨没好气道，"这陆先生是上海一家排得上号的光伏企业CEO，真正的大老板！你少胡思乱想。"

"可是，我今天晚上……"

苏虹还未说完，一旁的文姐立马拍拍她手，嘴里口型比出一个"去"字。

"怎么了？你别跟我说你没时间啊！"电话那头老杨语气里带着丝不悦，又隐隐有些紧张。

苏虹握着文姐的手，表情为难，似乎还在迟疑，文姐用手捂住手机喇叭，小声对她急道："你有病啊，这种事情还犹豫，跟我吃一顿饭害你损失500万，你想让我卖房子还你？"

苏虹闻言扑哧一声笑了出来，把头靠在文姐肩上，对老杨道："有时间，说吧，去哪儿见？"

3

陆羽把见面地点约在黄浦江畔一间高档私人会所里，文姐把车停在门口，对苏虹道："去吧，这地儿正好离你姐夫公司也不远，一会儿你见完了给我打电话，我送你回去。"

"不用这么麻烦了。"苏虹忙道，"今天害你跑了一天给我当司机，我已经很不好意思了姐，你就去跟我姐夫过二人世界吧。"

"什么麻烦不麻烦的。"文姐道，"你马上就成小富婆了，我还不抓紧巴结巴结，到时候给我这个司机结算工资的时候可别小气。"

苏虹见文姐一脸坚持，侧身亲了她脸颊一口，笑道："那好吧，既然要巴结我，就让本富婆多占些便宜，到时候一起跟你算账。"

会所外表看上去并不显眼，对于出入客人的审查却颇为严格，苏虹不是会员，在门口拨通陆羽电话等了3分钟，才有服务生从里面走出来把她迎了进去。

苏虹过去也曾经手过一些高端酒店的策划项目，刚一踏入会所大门便意识到这外表平平无奇的空间实则内有乾坤，地板铺着的并非大理石，而是土耳其月亮石，通常用来制作项链戒指等饰品，如今却被她踩在脚下。

前台桌子由一整块汉白玉雕成，通体晶莹，不见一丝瑕疵，推门扶手上裹着犀牛皮，纹理清晰，触感一流，大厅挑高接近4米，正中央悬挂着法国皇室专属的圣路易斯水晶吊灯，从前厅穿过屋外露天别院时，映入眼帘的一棵水杉树王胸径超过1米，树龄目测怎么也要过百。

服务生把苏虹领到一间独立包间门口，伸手摁了下一侧的按铃，便退到一旁，门吱呀一声开了，里面另一名服务生笑着朝苏虹欠了欠身，苏虹走进屋内，空荡荡的包间里只坐着一男一女两人，那男子见她进来，赶忙起身迎了上去，女子也跟着起身，却默默站在原地，双臂抱在胸前，神情有些冷漠。

苏虹跟男子握手，见他30来岁年纪，身材中等，长得白白净净，五官分明，虽不难看，却也算不上英俊，但举手投足间有种超于这个年纪的沉稳气质，一笑起来露出一排整齐洁白的牙齿，脸上还有两个小酒窝，让人心生亲近。

男子自我介绍就是买她画的陆羽，又指了指身后的矜持女子，"这是韩絮韩小姐，跟我一样也对您的画十分欣赏。"

苏虹冲她友好地点点头，韩絮应付似的点点头，便又坐下，她本身是个美人，梳着干练的短发，脸上画着精致淡妆，穿着剪裁得体的套裙，浑身上下从衣服到配饰看不到一处 Logo，却明显价格不菲，眼睛大大的，看人目光中却带着一丝傲慢跟冷漠，让人对她的美望而却步，甚至有些抗拒。

苏虹见她不冷不热的，也不惯着，大大咧咧往椅背上一靠，对陆羽道："听老杨说，陆先生一定要见我？"

陆羽倒热情得很，点点头对苏虹笑道："苏小姐的画我一见倾心，作品这么好，我自然是想亲眼见见画家本人了。"

"陆先生太看得起我了。"苏虹端起桌前茶杯，放到鼻尖闻了闻，稍抿了一口，道："老实说，我这么些年陆陆续续在老杨那儿也放了30 多幅画，除了去年有个傻大款一口气按原价买了 5 幅，剩下最贵的也就卖出去过 1 万一幅，还是买一送一，像您出手这么阔绰的主，我可真是人生头回见。"她顿了顿，把茶杯放回桌面，看着陆羽道："您真的只是喜欢我的画？"

陆羽闻言笑笑，冲一角的服务生使了个眼色，服务生心领神会，默默退出房间，把门带上。

见房中只剩下他们三人，陆羽转向苏虹："苏小姐兰心蕙质，我也就不藏着掖着了，不瞒您说，这次买您的画，除了欣赏您高超的绘画技巧外，我们确实还有一事相求。"

"我就知道。"苏虹嘴边泛起一丝苦，"宴无好宴，你肯花这么多钱，一定不单单是为了买我的画，但我很好奇，"苏虹抖了抖衣袖，低头看了看自己，"我浑身上下哪里值 500 万？"

"苏小姐真会开玩笑，我们又不是人贩子，怎么说得好像要把您买下来似的。"

"说穿了还是要跟我谈条件，陆先生，你是生意人，有话直说吧，我呢确实需要钱，但违法的事情可不会碰。"

一旁韩絮淡淡冷笑一声道："可我听说苏小姐是刚从看守所里放出来。"

"可您没听说我是为了保护一个年轻女孩子免遭骚扰才进去的，

另外，韩小姐可能不懂法，我给您普及一下，我进去的原因是违反了《治安管理处罚条例》，并不是违反法律，以后您跟别人聊起来可别露怯了。"苏虹不留情面地反驳道。

韩絮脸上泛起一丝愠怒，一旁的陆羽赶忙拍拍她肩膀，冲她使了个眼色，这才又哼了一声，转过头去不再理会苏虹。

陆羽转头对苏虹笑道："苏小姐别误会，我们确实有一事相求，但这事儿完全合理合法，而且简单之极。"

"哦？这么好的事儿就摊我头上了？"苏虹一脸不信道，"你们花这么多钱，就是为了让我做件特简单的事儿？"

陆羽点点头："虽然简单，但这件事儿找不了别人，非您不可。"

"哦？"苏虹来了兴致，双肘撑着桌子，身子向前俯，对陆羽道，"什么事儿非我不可？"

陆羽转身从墙边拿起一个包装精美的盒子，递到苏虹面前："这里面有份故人之物，苏小姐看过后我们再谈。"

苏虹接过盒子，将信将疑地打开盒盖，里面放着一个画夹，军绿色的夹身有些发灰，边角处轻微磨损露出里面黄褐色的内衬，看得出有些年头了，苏虹抬头看了看陆羽，他正笑着看向自己，示意她把画夹打开。

苏虹掀开画夹的一刹那，扶着画夹的手如遭电击般有些颤抖，整个人却呆坐当场，里面夹着的是一幅简笔素描，已经做过定型处理，几乎保持了当初原貌，一个长发少年坐在一处山顶的秋千上，侧着头，眼神温柔地看向远处山脚下的城市村庄。

苏虹抬起头，语气难以抑制地激动道："这画你是从哪里得来的？"

陆羽道："苏小姐认得这幅画？"

"废话，这是我画的，我怎么会不认得。"

"那就好，"陆羽缓缓舒了口气道，"看来我们没找错人，这次拜托您的事儿，就跟这画中人有关。"

"他人现在在哪儿？"苏虹赶忙问道，"为什么不亲自来见我？"

陆羽叹了口气，"我们也想知道他在哪儿，事实上，我们这次来找您，就是想请您帮忙，找到他的下落。"

苏虹手中轻轻摩挲着有些泛黄的纸张，没有答话。对面的陆羽缓缓道："苏小姐也是深杭市人，对吧？"

苏虹点点头。"不过我毕业以后就来上海工作了，最近几年也都只有休假回去。"

"那您是否听说过罗隐这个人？"

苏虹道："你这不是明知故问吗，我这幅画里画的不就是他？"

陆羽摇了摇头，"我意思是，您在 10 年前跟他分别后，是否再听说过这个名字？"

苏虹摇摇头，"没有了，当时我们分别得很仓促，没有留联系方式，后来我毕业回国也没听过他任何消息。"

陆羽从包里拿出一张旧报纸，递到苏虹面前，"苏小姐请看，这报纸第二版上的人是不是就是你当年认识的罗隐？"

苏虹接过报纸，这是他们当地发行量最大的《深杭日报》，报纸日期显示是一年前，陆羽所指的第二版整版篇幅都只在讲一件事儿，标题写着《世纪联姻！罗氏集团第二代掌门人订婚楚天集团董事长独生女》。

她顺着标题往下看，正文第一段用加粗字体详细论述了这对男女的结合对两家公司的股价攀升带来的影响，甚至推测深杭市有可能出现一家真正的巨无霸龙头企业，苏虹跳过文字往下看。正中间的彩色照片里一对年轻男女手挽着手，男生英姿飒爽，器宇轩昂，虽然跟当初相遇时的落魄判若两人，可眼角眉梢，尤其是嘴角不羁的微笑，跟当年她遇到的少年一模一样，而他身旁牵着的女子笑语盈盈，小鸟依人般站在他身边，这女子，赫然就是她面前的韩絮！

"呵。"苏虹放下报纸，故作轻松地对韩絮淡淡道，"没想到当年在欧洲碰到的小流浪汉居然是个含着金汤匙出生的大少爷，怎么，罗夫人，这次找我是要搞清楚他婚前恋爱史吗？"

"不是夫人，是未婚妻。"韩絮一字一句强调道。

"哎，现在有钱人都这样吗？结婚要提前好几年预订？"

韩絮冷冷地看着苏虹，并不说话，一旁的陆羽赶忙打圆场，掏出手机从相册里调出张照片递到苏虹面前，"苏小姐请再看这条新闻。"

苏虹接过手机，屏幕里是张自媒体文章截图，时间是半年前，标题选了红色，看着分外醒目，上面写着：婚礼无限延期，股价巨震为哪般？再往下读，原来竟是罗韩两家公司发表联合声明，罗隐由于个人原因暂离公司领导岗位，跟韩絮的婚约推迟，具体时间尚不明确，接下来便是对这件事儿可能引起的两家公司股价波动做出的各种论断。

所以，苏虹语气中带着些歉疚，小心翼翼道："到底发生什么了，罗隐为什么会离开？又为什么要解除婚约？"

陆羽苦笑着叹了口气："这正是我们想要查明的，也正是我们找您的理由。"

他稍微顿了顿，见苏虹眼睛一眨不眨地看着自己，缓缓道："这事儿要从半年前说起。先说我跟罗隐的关系吧，我们是大学同学，一直非常要好，毕业后选择了来上海一起创业组建了现在这家光伏企业，后来因为一些原因，罗隐回到了家族企业上班，也就认识了韩小姐，两人一见钟情，坠入爱河。"

苏虹闻言心里不以为然，暗道："这报纸上都写明了，他们是商业联姻，何必非要揣着明白装糊涂。"

陆羽继续道："一年前他们订婚了，我也很替他高兴，婚期定在订婚三个月后，那段时间罗隐也一直表现得很正常，可就在结婚前两周，韩絮刚从美国出差回来，罗隐却忽然离奇失踪了，没有人知道他的下落。罗家人也很着急，一方面承诺一定会找到罗隐，给韩家一个交代，另一方面用了各种手段找寻罗隐，却半点消息都没有。"

"这不是普通人家的婚姻，兹事体大，双方都不愿意过早地对外宣布罗隐失踪的消息，时间又过了三个月，还是没有罗隐的下落，渐渐外界开始传些风言风语，对这段婚姻的质疑也越来越多，不得已，经过商讨，两家便联合发表了声明，暂时把事情压了下来，尽管如此，第二天资本市场仍是用脚投票，两家公司的股价都有不同程度的下挫。"

陆羽说着叹了口气，"本来到了今年，眼看罗隐已经消失一年了，韩小姐这边也准备放弃，宣布婚约作废，可就在两天前，我跟韩小姐的邮箱里同时收到一个视频，让她暂时打消了作废婚约的决定。"

"哦，什么视频？"苏虹好奇道。

陆羽拿起手机，从相册里找到下载好的视频点开递到苏虹面前。

苏虹拿起手机，视频里是间空荡荡的书房，正中间摆着把椅子，下一秒一名男子走入画中，坐到椅子上，他脸上依然挂着那副熟悉的满不在乎的笑，穿着件格子衬衫，人看着消瘦了些，最令苏虹意外的是，他的头发竟然全白了。

他这头发是怎么回事儿，苏虹按下暂停键，抬头看向陆羽。

"几年前由于一些棘手的事情，压力有些大，就白了。"陆羽苦笑道，"后来他出现在人前都是染成的黑色。"

苏虹皱了皱眉，低头按下播放键，画面中的罗隐对着镜头笑笑，语气有些低沉："各位好，很抱歉由于我几个月前的一个自私决定，让你们为我担心，请相信，我有苦衷，也请原谅，我不能当面跟你们致歉。这半年多我经历了很多，本来已经决定了就此彻底消失，可又有些放不下你们，思来想去，到底要不要见你们，还是让老天定吧，所以有了下面这个计划。

"我为你们准备了四段旅途，在你们收到这段视频的时候，我已经踏上了第一段，每段旅途我会留下线索，也会为你们准备相应的旅行资金，这部分钱会走我的个人账户，密码已经告知陆羽，你们要做的便是组队一起顺着我留下的线索找寻我的踪迹。

"假如在半途提前找到了我，算任务成功。在规定时间内走完四段旅途，也算任务成功。但旅行中你们动用个人在公司里的资源找我，算任务失败，假如动用了个人的积蓄，也算失败。

"任务成功的话我会主动现身，并且告知你们我当初离开的原因，假如任务失败，"罗隐顿了一下，叹了口气，"那或许就是我们无缘相见吧，这段视频就是我们见的最后一面。"

他整理了一下情绪，脸上又露出笑容："第一段路的线索我已经放在了邮件附件里了，希望你们可以抓紧破解，还有，"他加重语气道，"我在每段旅途上都安排了一个接头人，一方面可以暗中照顾你们，同时，假如你们出现我前面所说的作弊行为，他们也会第一时间通知我，取消这次行动。每段路程顺利结束时，接头人会第一时间主动现身，告知你们下一站的线索。"

说完他自嘲地笑笑，看向镜头的眼神变得真挚而羞涩："可能你们收到这封邮件时根本不会在意，也不想浪费时间陪我玩这个幼稚的游戏，假如这视频对你们造成了困扰，甚至让你们觉得我无聊，那我为我的自作多情向你们道歉，如果这段视频真的是我们最后一次相见，那么请允许我，对曾经出现在我生命里的你们说句谢谢。"

视频到此戛然而止，屏幕最后定格在罗隐道谢的画面，苏虹直愣愣地看着手机，良久缓过神来，对陆羽道："他到底出什么事儿了，你真的一点儿也不知道？这视频怎么跟交代后事一样？"

陆羽苦笑着摇摇头，"我们也觉得蹊跷，所以收到视频便第一时间来找您了。"

"找我？他这视频里可对我只字未提。"

陆羽示意苏虹把手机还给他，他打开一份文档又递回给苏虹道："这是罗隐邮件附件里关于第一段行程的线索，您看了就知道了。"

苏虹看着屏幕，文档里面记录着一个保险柜的地址跟编号密码，下面注明：整个旅程总时长限定为一个月。第一段旅途需从邮件发出之日起 10 日内完成，旅行所需资金已经尽数存入卡里，下附每段旅程的预算额度，第一段旅程的预算为 1500 欧元，首段旅程交通费用跟第一天的住宿可以自理，旅途所用装备也可不计入预算内。请千万不要超支，否则也算任务失败。卡跟线索都已存入保险柜，密码同 VISA 卡密码一致。

苏虹抬起头，指着眼前的画夹，"这个该不会就是他说的保险柜里的线索吧？"

陆羽点点头，手伸向怀中道："除了这幅画，柜子里还留了一张字条。"说着伸出手，把字条递给苏虹。

苏虹把纸条摊开放在桌上，上面用钢笔淡淡写着：从曾经最近的地方出发，在未来最远的终点等你。

苏虹看着字条，眉毛轻挑，道："这什么意思？"

"那就要问苏小姐了。"陆羽道，"我能力有限，只能通过这幅画找到您，只有您才有可能通过这幅画，找到他。"

"你不说我还没注意到，"苏虹忽然紧紧盯着陆羽道，"你是怎么通过这幅画找到我的？"

陆羽神色微微有些尴尬，用余光瞟了眼身旁韩絮，似乎还在犹豫，见苏虹不依不饶地直勾勾看着他，终于，他深吸口气道："苏小姐刚刚提到的去年一口气买走您 5 幅画的那个神秘买家，也是我。"

苏虹闻言挑了下眉，道："说下去。"

"其实我只是替罗隐出面，买下了你的画。"陆羽无奈笑道，"去年他订婚后来上海看我，正好你所在的那个画廊有活动，邀请一些名流参加，我也是受邀者之一，罗隐便跟着我去了那画廊。

"我们在里面随意转了转，本来准备待几分钟就走，却没想到他突然停在一幅展览的画作面前一动不动，看着那画的署名，神情莫名有些激动。当他拽着我跟杨馆长确认了你的个人信息后，便叮嘱我，有机会帮他买几幅你的画，要办得低调些。所以我便挑了 5 幅自己觉得不错的买来寄给他。"

苏虹撇撇嘴，"您可真会挑，我最不喜欢的那几幅都被您拿下了。"

陆羽脸上笑容不减："所以这次我才吸取教训，把您的画通通买走，不留遗憾。"

"还是说正题吧，所以他后来就告诉了你我的事儿？"

陆羽摇摇头，"我也只是猜测他当年从西班牙带回来的这幅画是出自苏小姐之手，说起来，他对你们当年发生的事情算是提之甚少吧。"

陆羽见苏虹沉默着，道："苏小姐，我该说的都说了，现在是不是可以麻烦您帮我们解谜了？"

苏虹缓缓点头，把字条放在画上，两件事物摆在一起对比着看，脑海中开始搜索跟罗隐当年相遇时的点点滴滴。良久，她抬起头道："我大概猜出来了。"

"哦？"陆羽面露喜色，"那请问这第一站是去哪里？"

"如果我推测得没错，他要去的地方，应该是西班牙的朝圣之路。"

陆羽跟韩絮同时皱了皱眉，这朝圣之路都是他们第一次听说，苏虹见了二人神态，解释道："这条路历史悠久，是基督教文化里非常重要的一环，每年都会有无数信徒不远万里来到欧洲，从不同地点出发，踏上朝圣之旅。"

"道路终点在西班牙圣地亚哥，这是跟耶路撒冷还有罗马并列的基督教三大圣地之一，相传抵达终点的朝圣者便可以洗刷自己过去犯下的罪孽，抑或摆脱困扰自己良久的烦恼，后来这条路越来越有名气，渐渐地越来越多人不是为了宗教信仰，只单纯地把它当做一条洗涤心灵的徒步路线而踏上旅途，我跟罗隐当年便是在这路上相遇的。"

陆羽点点头，"这么看来应该就是这条路了，听苏小姐意思，这路的起点不止一处？"

苏虹笑笑，"非但不止一处，简直有千千万万处，除了从西班牙南方起始的银之路、里斯本起始的葡萄牙之路，还有法国南方起始的法国之路、沿着海岸而行的北方之路，等等，这每条路又都可以任意选择出发地点，你说说看，是不是有无数种组合。"

陆羽微微皱了皱眉。"这么说来，我们岂不是可以从任意地点出发？可看罗隐视频里的意思，似乎只有一条路才是正解。"

"不错。"苏虹点点头，"虽然有这么多条路，但好在罗隐还留了这张纸条，这上面的前半句嘛，便是起点的密码。"

陆羽看着纸条，"从曾经最近的地方出发"，他用求教的眼神看向苏虹："还请苏小姐明示。"

"这里的曾经，自然就是指我跟罗隐见面时走的那条路，也就是法国之路，而最近的地方嘛，便是指这条路距离圣地亚哥100千米处的那个小镇。"

"为什么是100千米处？"一旁的韩絮终于按捺不住好奇心，开口问道。

"韩大小姐肯说话了？"苏虹看着韩絮，眼神玩味，笑道，"我还以为您不愿意跟我这么个罪犯讲话呢。"

一旁的韩絮虽然心中不满，却也知道这线索推断到了关键时刻，只好深吸口气，缓缓放平心态，淡淡道："按苏小姐的话说，您哪里是罪犯，简直是活菩萨。"

"韩小姐这又犯逻辑错误了，菩萨菩萨，自然是活的，你听说过死菩萨吗？"

韩絮用鼻孔冷哼一声，不再答话，苏虹见陆羽一脸恳切地望着自己，缓缓道："算了，我就告诉你们吧，因为朝圣之路官方有规定，徒步者至少要在距离圣城100千米外出发，到了圣地亚哥才可以领到政府开具的完成证明，这规定也是脱胎于上个世纪就留下的基督教传说，朝圣者必须走满至少100千米才可以得到赎罪的机会，所以这前半句里最近的一词，一定是指这个地方。"

陆羽见苏虹说得有理有据，眉头渐渐舒展，笑道："既然如此，那便多谢苏小姐相助，我们马上准备出发，您放心，剩下的钱三天之内罗氏集团一定打到您账上。"

"你等等。"苏虹伸手示意陆羽坐下，道，"怎么，这钱原来不是你出啊。"

陆羽笑笑，"我也想出，可跟我竞争的是罗氏集团的掌门人，罗劲松罗老爷子，也就是罗隐的亲生父亲，我总不能跟他抢这个风头吧。"

苏虹疑惑道："罗隐不是只给你俩发了邮件吗，他父亲是怎么知道的？"

陆羽摇摇头，伸出右手，食指扣着大拇指道："这封邮件他发给了三个人，除了我跟韩絮，还有他同父异母的弟弟，罗曦。罗曦跟他哥哥虽是异母所生，关系却一直很好，他本就一直在打听他哥哥的下落，收到邮件后便从北京回到深杭，找罗劲松大闹了一场，质疑他为什么对大哥的下落不闻不问，这么一来，罗老爷子自然也就知道这事儿了。"

"所以这次出发找寻罗隐下落的是你们三人？"苏虹道。

陆羽点点头。

"不对。"苏虹摇摇手指，"应该是四个人。"

陆羽愣了一下，笑道："苏小姐又发现了什么线索？这第四个人在哪里？"

"远在天边，近在眼前。"苏虹用手指了指自己。

陆羽道："苏小姐说笑了，您又不是不知道，只有收到邮件的人才被邀请参加这个游戏。"

"我说陆先生，你脑子能灵活些吗？罗隐他就是想给我发邮件，也要知道我的邮箱号吧，今天上午的时候你可是连我手机号都不知道呢，而且你看他后半句，在未来最远的终点等你，是等你，不是你们，试问你们谁曾经跟他一起走过朝圣之路，他这个你指的又是谁？"

陆羽沉吟片刻，看向苏虹："苏小姐，现在不是开玩笑的时候，您真的确定罗隐是在暗示您也加入我们？"

"非常确定。"苏虹朝他点点头，"而且西班牙这地方可不比上海，会说英语的寥寥无几，你们三个哪个会说西班牙语？朝圣之路崎岖坎坷，你们哪个曾经走过？要是没有我这个曾经在马德里留过学的人给你们当向导，光靠你们三个，怕是真不一定能按时走完全程。"

陆羽有些犹豫地看看韩絮，又转头对苏虹道："这样吧苏小姐，您给我 10 分钟，我需要跟韩絮还有在北京的罗曦一起通电话商量一下，仓促间加入一名新队员，不是我一个人能够决定的。"

苏虹耸耸肩，好整以暇地靠在椅子上，悠悠道："你们最好快点儿，要知道现在可是在跟时间赛跑。"

过了 8 分钟，陆羽跟韩絮从屋外进来，苏虹见他走到自己面前，抬头道："怎么样，考虑好了吗？"

陆羽也看着苏虹道："在做最后决定前，我想问您一下，哪怕罗隐暗示希望您可以加入，但您又是出于什么考虑，非要加入我们？"

苏虹微微一愣，轻声叹了口气："我原本以为他早把那画扔了，却没想到一直带在身边，这让我对自己当年做的决定有些怀疑，这个怀疑必须见到他本人才能解开。"

陆羽从苏虹语气中听出一丝苦涩，不似作伪，他叹了口气，耸耸肩道："希望您的申根签证还没过期。"

吃过简餐，陆羽起身要送苏虹，韩絮却像个石佛似的坐在屋里没动，走到门外，陆羽道："您回家以后立马把护照信息还有您家住址发给我，我们坐今晚的航班直飞马德里，不需要准备太多东西，到了那边自然有人接应。"

苏虹点点头，道："对了，那钱你让罗老爷子收回去吧。"

陆羽愣了一下，笑道："为什么？嫌太少了？"

苏虹翻了个白眼，道："因为你们花那钱根本不是为了买我的画，而是要从我嘴里套出罗隐的下落，这些画被你们买走以后也一定得不到欣赏跟呵护，我可不要自己的心血被人冷落，哪怕遇到个真心喜欢的穷光蛋，送给他，也比放在你们这些有钱人的地下室吃灰强。"

陆羽仍有些难以置信："可这么一大笔钱，说不要就不要了，您真的不心疼？"

"怎么不心疼，老娘的心在滴血好吗。"苏虹道，"但是一码归一码，画我不卖了，可这次陪你们去西班牙要算我出差，又是去国外，算驻外岗位吧，工资待遇按我之前的十倍算，预支一个月的，税后 30 万，再加上津贴补助，算 50 万怎么样？"

陆羽饶有兴致地看着苏虹良久，笑道："罗隐果然没看错人。"

"老娘什么人，需要他看对看错的。"苏虹高昂着头，用下巴指了指路边驶来的捷豹道，"我朋友来接我了，晚上机场见吧。"

苏虹坐到车后排右边，跟身边的文姐还有驾驶座上的姐夫打了声招呼。"怎么，谈拢了吗小富婆？"文姐看着她笑道。

"唉，谈崩了。"苏虹叹了口气。

"什么？"文姐惊讶地瞪大双眼，"这合同都签了，他们怎么能说毁约就毁约？"

"不是他们毁约，是我不想卖了。"

"你疯了吧，"文姐大叫道，"那可是 500 万！"

苏虹苦笑道："可他们并不是真心想买我的画，那 500 万不过是想从我身上打听点儿事儿罢了。"

"打听什么事儿？"

"也不是什么大事儿，就是一个老朋友留下了个小物件，让我帮忙看看暗示了什么。"

"那你告诉他们了？"

苏虹点点头。

"那不是一样吗！不管他们花钱问你买什么，你都把他们要的给他们了呀。"

苏虹摇摇头，"在我看来还是不一样的，我那些画，并不值那么多钱，我也不是完全没收，还是要了 50 万的。"

文姐以手扶额，有气无力道："50 万，跟 500 万，我真不知道你是疯了还是傻了。"

"都有吧。"苏虹笑笑，"老实说，50 万也算我狮子大开口了，起码有了这笔钱，我去伦敦的第一年学费就攒出来了。"

"这么说，你决定出国读书了？"

苏虹摇摇头，"我之所以犹豫，并不是担心钱的问题，而是怕去了那里，才发现原来真的是自己没天赋，那种真相带来的打击才是最可怕的。姐，你之前说的一个月，还算数吧？"

文姐见苏虹还没做出决定，舒了口气，拍了拍前排座椅笑道："这事儿我说了不算，你还是多巴结巴结你姐夫吧。"

捷豹开到小区楼下，苏虹率先打开车门，对文姐道："对了姐，我最近准备给自己放个假，顺便出去旅旅游，等我回来的时候正好可以告诉你我最后的决定。"

文姐点了点头："你也是该散散心了，我送你上去。"

"不用了，姐，太麻烦你了。"

"没事儿，正好你姐夫烟瘾犯了，在外面抽根烟。"

二女挽着手走出电梯，苏虹咳嗽一声，楼道里的声控电灯亮起，她正伸手掏钥匙间，突然被自家门前蹲着的人影吓了一跳，差点儿喊出来，定睛一看，又收住了嘴。一个身材纤细的女孩见到她立马站了起来，脚边放着两个大号塑料袋，塞得满满当当的。

"你怎么来了？"苏虹有些意外道。

"姐！"女孩见到苏虹再也抑制不住，整个人带着哭腔奔到她面前，呜咽着道，"对不起，你帮我出头，我却懦弱到不敢在公司里帮你说话，前几天好不容易打听到你今天释放，又问清了你家地址，我必须要当面跟你道歉。"小姑娘说着忙不迭地拎起地上塑料袋，递到苏虹面前，"这是我们老家的一些土特产，求你一定收着，你对我的恩情，我这辈子都不会忘的！"

苏虹轻轻抚着小姑娘颤抖的肩膀，叹了口气，柔声道："东西我收下了，事儿是我犯的，横竖都在那儿干不下去了，你不用自责，倒是你，哎，以后要自己小心了。"

小姑娘抑制不住自己的情绪，眼泪流个不止，苏虹捏了捏她的脸，笑道："别哭了，再哭别人以为我打你了，又要把我关拘留所了。"

小姑娘肿着双眼，被苏虹的玩笑逗得哭也不是笑也不是，苏虹把她搂在怀里，轻声道："好了好了，时间不早了，快回去吧，别误了明天上班。"

送走了小姑娘，苏虹看看文姐道："看到了吧，人也不是全无良心的。"

文姐朝她无奈笑笑，"你呀，迟早要因为当烂好人吃大亏。"

"当好人本来就不是为了占便宜的，不是吗？"

"好了好了，说不过你。"文姐伸了个懒腰，摁下电梯按钮，"我也该回去了。"

"不进来坐坐？"

"不了，再坐一会儿，你姐夫半包烟都要抽光了。"

苏虹目视文姐走进电梯，忽然对电梯内这个如姐如母的女子道："姐。"

"怎么了？"

"没什么，谢谢你。"

苏虹推开门，把土特产塞进冰箱，先翻出护照拍了照，连同自己住址一起发给陆羽，然后整个人平躺在床上看着天花板愣愣出神，今天发生的一切都太过突然，她不禁有些后悔自己竟然亲手放掉了500万，真是蠢到家了。

闭上双眼，脑海中仿佛有台放映机，投射出一张熟悉又陌生的脸，画面景深慢慢拉远，脸的主人全身都出现在眼前，不修边幅的破洞牛仔跟短T恤，乱蓬蓬的头发，偏偏有张眉清目秀的脸，还是那副对什么都满不在乎的样子，对着她嬉皮笑脸道："苏姐姐，好久不见呀。"

正出神间，耳旁传来叮的一声，她拿起手机，是陆羽发来的消息：抓紧收拾行李，一小时后有司机到小区门口接你。

这是苏虹第一次坐头等舱，陆羽本来买票时把三人座位选到了一排，韩絮却偏偏改到最后面一个位置，离他们远远的，上了飞机便拿出眼罩跟毯子盖上，也不知是真睡还是假寐。

苏虹跟陆羽座位相邻，此时他正拿着Pad，翻阅着刚刚下载好的关于朝圣之路的资料。

"喂。"

陆羽见苏虹叫她，放下耳机，扭头微笑看着她："什么事儿？"

"你跟罗隐是大学同学？"

陆羽点点头。

"也是合作伙伴？"

"曾经是。"

"那想必跟他很熟了？"

陆羽笑道："我们是兄弟。"

"那给我讲讲吧。"

"讲什么？"陆羽疑惑道。

"讲讲关于罗隐的事儿，他是个怎样的人，为什么还有个同父异母的弟弟，头发又怎么变白了，总之关于他的一切，你想讲什么就讲什么。"

陆羽有些诧异，"怎么？你们当年在一起的时候他什么都没跟你说过？"

苏虹苦笑道："我们满打满算只一起走了 10 天，这期间他对自己的家庭、身世讳莫如深，说句实话，要不是你告诉我，我都不知道原来我们都是深杭市人。"

陆羽看看苏虹却没有说话，似乎在思考着她话语的可信度，抑或是权衡着要不要把罗隐的事儿和盘托出。终于，他叹了口气，放下手中的 Pad 道："我可以给你讲一些，但第一，我做不到知无不言言无不尽，有些太过私密的事情我不能说。第二，并不是你刚刚所有的问题我都知道答案，我只能挑一些自己有把握的讲。"

"好啊好啊。"苏虹点头如捣蒜，"你按着自己的尺度来，我洗耳恭听。"

陆羽把座位从半水平调正，缓缓开口道："首先，罗隐并非只有一个同父异母的弟弟，而是两个，这次跟我们同行的罗曦是老三。这三兄弟分别是三个不同的女人所生。"

苏虹闻言咂了咂嘴，"这罗老爷子也够花的。"

陆羽没有理睬，继续道："罗隐是长子，在他大概 8 岁那年，罗劲松便跟他母亲离婚，娶了另一个女人，据坊间传闻，当时罗劲松的公司现金流出了问题，是新娶的这个女人帮他渡过了难关。"

"所以他爸就是个现代版陈世美咯，"苏虹有些愠怒道，"为了金钱利益抛妻弃子的渣男！"

"可以这么说吧，所以罗隐从小就跟他父亲关系不好，他母亲离婚后患上了抑郁症，法院剥夺了她的抚养权，他只能跟着罗劲松生活。"

"那这个后妈对他好不好？"

陆羽苦笑道："据我所知，并不怎么样，虽然说不上虐待，却也不会给他什么好脸色。"

"那么小的孩子，妈妈得了抑郁症，跟着自己见钱眼开的爸爸，还有个小心眼的后妈。"苏虹幽幽道，"没想到他整天一副满不在乎的样子，原生家庭竟是这么个样子。"

"所以他上了初中便主动要求住校，周末也不回父亲家，几乎都去看他母亲，所以与其说是跟着爸爸，实际上倒是见母亲的次数多些。他跟那个后妈生的二弟也没什么感情，甚至有些相互敌视，不过或许是出于对罗劲松共同的不满，他跟罗曦这个三弟倒很投缘。"

"说起这个罗曦，那罗劲松是什么时候跟那个女人离婚又再娶的？"

陆羽叹了口气："谁说他再娶了？"

"没有再娶又怎么生下的罗曦，难不成是小三啊？"

陆羽苦笑着点点头，"罗曦的母亲原本是罗劲松的秘书，跟他有了私情后便生下了罗曦，所以，你可以认为，罗曦是个私生子。"

"这个老王八蛋也太渣了吧，早知道我就不退那500万了！"苏虹瞪大双眼道，"那他老婆能放过他？"

陆羽听到苏虹爆粗口，微微皱了皱眉道："没办法，罗劲松后来生意越做越大，现在算是深杭市商界数一数二的人物，连他老婆娘家人都要仰仗其鼻息，再说了，他也从没想过为了那个秘书离婚，大家便索性睁一只眼闭一只眼。

"而罗曦的母亲本身也没什么野心，生下罗曦后乖乖在罗劲松置办的别墅里做她的二姨太，直到罗曦越来越大，长到10岁的时候罗劲松正妻担心将来会威胁自己儿子的位置，硬是逼着罗劲松把他们母子送到了美国。

"这罗三少爷在美国上完大学又浪荡了两年多，这才回国，倒也硬气，没有找罗劲松，而是自己去北京开了家拳馆，听说他生平两大爱好，第一是极限运动，从跳伞潜水攀岩到骑车打拳冲浪无一不精，第二便是泡妞，不管东西中外，环肥燕瘦通通照单全收。"

"呵呵，这点倒是像极了他那个混账老爹。"苏虹冷笑道，"那后来呢，为什么罗隐本来跟你创业创得好好的，又要回家族企业上班？"

陆羽脸上闪过一丝难以察觉的痛苦神色，淡淡道："这也正常，他是长子，罗劲松现在也没那么多顾忌了，自然想对他做出些补偿，我们经营的光伏公司前几年运转得蛮好的，可惜时运不济，赶上了2012年欧盟对国内整个行业的制裁，经过那一轮打击，再加上后期决策上的一些失误，当时公司已经风雨飘摇，为了挽救公司，他不得不跟罗劲松达成协议，以自己加入罗氏集团为条件，换来了罗氏集团雪中送炭的资金援助，这才让公司得以续命，直到有了现在的规模。"

苏虹听出陆羽话语中的落寞，惋惜道："当时他做这个决定一定下了很大的决心。"

陆羽低着头，没有说话。

苏虹岔开话题，小声道："那他跟韩絮是怎么回事儿？"

"什么怎么回事儿？"

"别装傻，他们的婚姻，真的如同外界传的那样，是商业联姻吗？"

陆羽摇摇头，"别人的私事儿，我不了解，也不好说，关于韩絮，"他说着朝后侧了侧头，见韩絮依旧静静地躺在角落里，这才压低声音道，"深杭市人对她的评价，似乎一直都是个事业心极重的女强人，他们订婚消息传出去后，两家公司的股票也确实涨了不少，所以她到底是怎么想的，只有她自己清楚了。"

"那她这次参加罗隐设计的旅行，该不会还是为了劝说他继续执行婚约吧？"

陆羽摇了摇头："我不知道，也没资格妄加猜测，但根据最近一段时间的消息，楚天集团确实在经营上遇到些麻烦，至于这跟她决定去找罗隐两者间是否有关联，我还是那句话，只有亲自问她才知道了。"

苏虹还要再问，陆羽摆了摆手道："该说的我都说了，剩下的都是不知道或者不能讲的，接下来的旅途并不轻松，苏小姐也早点休息吧。"说着把座椅调至水平，冲苏虹笑笑，自顾自盖上毯子把头转向一边。

"哼，不说就不说，干吗要学那个母老虎一样装睡。"苏虹见陆羽不再理睬自己，也赌气地把椅背调平，身子转向另一边背对着他不再说话。

8

机场外早已有人举牌等候，为首一人姓王，40来岁年纪，是罗氏集团在欧洲分公司的负责人，看起来精明干练，见众人出来立马迎上去，吩咐手下赶快接过他们手中行李，自己则不顾陆羽反对，百般坚持替他拿手提箱。

路上王总介绍道："分公司总部设在柏林，他们前一天得知消息后连夜飞到马德里，将一切安排妥当。"此次行动由于保密原因，总公司负责人只交代他到了马德里一切听罗隐指挥，在车里他偶尔礼貌性地与众人寒暄，并不多话，到了酒店，所有入住手续办妥后，又亲自把行李送到每人的房间，便匆匆返回机场，罗曦的飞机大概40分钟后就到了。

陆羽交代两女先回各自房间休息，等罗曦到了一起晚饭，再商量第二天的具体行程。

苏虹回到房间立马洗了个热水澡，一边吹头发一边打开房间零食柜，拆开一根巧克力放在嘴里，开始清点堆在房间角落码得整整齐齐的旅行用品，从当地电话卡、手机，到登山杖、登山鞋、睡袋、登山服以及驱蚊剂、医药盒、眼罩、防晒霜等应有尽有，甚至连女生生理期要准备的卫生巾都买了三种牌子。苏虹暗道："这个王总又懂分寸办事儿还靠谱，怪不得这几年罗氏集团扩张得这么迅速。"

她吹好头发后换上那身一看就知价格不菲的登山服，在镜子前照了又照，咂咂嘴，"怎么能这么好看，没道理啊，这登山服没穿上前看着也平平无奇嘛，那一定是因为人好看，嗯，这就对了。"她对着镜子里的自己笑道，"苏大美女，你怎么这么好看啊。"

时间还早，她在床上躺了会儿，在飞机上睡了一路，一点儿困意都没有，10年来她一直想重返这个国家看看，却一直因为各种原因没有成行，不知道自己当年走过的街道有没有变了模样？她看了眼表，距离集合时间还有40分钟，既然睡不着，那就下楼逛逛去！

岁月并没有改变马德里，这里的一切仿佛跟十年前没什么两样，酒店出去一个红绿灯就是太阳广场，马德里一大半的节日庆典都在这里举行。

她还记得11年前的跨年夜跟国外同学一起，拿着12颗葡萄，挤在广场人海中等待新年倒计时，在距离新年还有12秒的时候，广场上传来钟声，每敲响一下众人便吃一颗葡萄，等到零点钟声响起整个广场上先是一阵沉默，等大家暗自许好新年愿望后，忽然间爆发出山呼海啸般的欢呼声，不管是否认识，大家都会热情地跟身边人拥抱祝好。

广场旁边的老街上打头的还是当年那家小酒馆，酒馆旁边是驰名百年的火腿店，再走几步是意大利冰激凌店，唯一不同的是转角处的照相馆变成了一家宠物店。街对面是一家硕大的麦当劳，她仍记得自己当年生活拮据，常常连续一周都去那里买一欧元一个的汉堡。

绕着广场走了一圈，拍了些风光照片后，她回到那家熟悉的小酒馆，酒馆每天供应各种配酒吃的小菜，在西班牙称之为Tapas，留学时每天经过这里是最痛苦的，食物的香味总是不识时务地飘到鼻子里，她只能捏紧手里的汉堡，屏息快步走过回到自己的小阁楼。

现在不一样了，苏虹挑了个角落位置，点了一杯西班牙水果酒，连着点了三份Tapas，优哉游哉地斜倚着座位，看着街边来往的行人。

酒吧临街位置坐了两个游客打扮的外国姑娘，抹胸热裤的打扮加上前凸后翘的玲珑身材，苏虹暗道："自己作为一个女生都险些流鼻血，这些个浪漫狂野的西班牙男人恐怕更受不了吧。"

思忖间，一个身材魁梧的西班牙男子已经起身走了上去，不紧不慢地俯下身子跟两名女生打招呼，很自然地拉开了她们身旁椅子坐下。

　　可惜两名女生似乎对他壮硕的胸肌并不十分感兴趣，有一搭没一搭地礼貌性地交谈后，基本上都是男子在滔滔不绝地讲话，而两名女子干脆连敷衍都欠奉，男子坐了 10 分钟，只能悻悻离开了座位，苏虹看着好笑，当年她在街头也曾经被搭讪过，在西方国家这似乎司空见惯，但像刚刚那个男生一样上来就吃瘪的可不多见，看来这两个小妹妹眼光很高呢。

　　经过刚刚尴尬的一幕后，整个酒吧里蠢蠢欲动的男性都冷静了下来，有些不甘心地仍偷偷观察着两女的方向，似乎要看下一个出丑的会是哪个倒霉鬼。

　　苏虹见好戏已经结束，开始低头消灭自己的 Tapas，忽然从两名女孩子的方向传来一声惊呼，她抬头看去，一只肉萌萌的金色柯基正在她们的桌旁绕圈，两个女孩子兴奋地逗弄着小狗，狗绳另一边，一名亚洲长相的男孩子正站在桌旁，微笑看着她们。

　　这男生二十五六的年纪，留着寸头，脖子上戴着条海螺项链，身材虽然没有刚刚那个壮汉魁梧，但胜在比例匀称，肩宽腰细，个子也高，像个行走的衣架。

　　不到 3 分钟，两个女孩子主动把椅子拉开，邀请男生坐下，轮流把小狗抱在怀里逗弄着，男子好像说了些什么有趣的事情，引得两女哈哈大笑，没过一会儿，他又拿起其中一名女孩的手掌仔细端详，装模作样地说了些什么，那女生一面大笑一面作势要打他。两人亲昵的互动仿佛情侣。苏虹简直看呆了，这小伙子，老手啊。

　　广场上忽然传来钟声，苏虹一看手表，已经 5 点了。虽然还想继续看下去，也只能匆匆结账，赶忙朝酒店走去。

　　到了酒店大堂，陆羽正跟王总聊天，韩絮一人坐在沙发上，自顾自地拿着本 36 开的书读着，陆羽看到苏虹走过来，连忙起身招呼："苏小姐请等一下，罗曦在楼上换衣服，很快就下来。"

　　"没事儿，"苏虹道，"我正好在沙发上歇会儿。"

　　陆羽给苏虹递过一杯水，道："重回故地，百感交集吧？"

苏虹点点头："欧洲的城市变化很慢的，感觉街上的一切都跟我离开的时候几乎没有变化。跟国内三天一变样完全不同。对了，我刚刚还看了出好戏。"

"什么好戏？"

"刚刚外面的小酒吧里有个亚洲小伙子跟两个女孩子搭讪，那个行云流水，简直是教科书一样的表演。"

"哦？"陆羽微微皱了皱眉，"您说的那个小伙子长什么样？"

"挺高挺帅，眼睛大大的。"

"是不是剃着寸头，脖子上挂了条很大的海螺项链？"

"哎，你怎么知道的？"

"因为那个就是让大家一起在这儿候着的三少爷，"在一旁的韩絮突然冷冷道，"在这里能这么不要脸地跟女生搭讪的也只有他了。"

"他就是罗曦？"

9

"大家好啊！"

声音来自身后，苏虹转头，见刚刚那男生火急火燎地从大堂朝他们小跑过来，一边跑一边把一件皮衣套在身上道："不好意思啊这酒店太大了，我还在倒时差，刚刚差点儿迷路，对不住，对不住。"

韩絮冷冷道："是啊，您都迷路到外面的酒吧换衣服了，这时差可真要命。"

罗曦一愣，笑道："嫂子开什么玩笑呢，我这到了酒店就一直在收拾行李，哪有空出去找酒吧。"

"是吗，那刚刚在外面搭讪两个外国姑娘的难道是只狗吗？"

苏虹扑哧一下笑了出来，暗道："还真有条狗。"

罗曦循着笑声注意到苏虹，脸上忽然露出恍然大悟的表情，微笑上前跟苏虹握手道："这位就是苏虹小姐了吧，幸会幸会。"

说着摆出一副义正词严的表情转头对韩絮道："男子汉大丈夫，敢作敢当，我刚刚确实换完衣服以后有点儿渴了，就先到楼下喝了点儿东西，正好遇到两个姑娘想了解东方文化，就跟她们交流了一下。"

"好了，"陆羽道，"人都到齐了咱们就去餐厅吧，还有很多事情要讨论呢。"

韩絮冷哼一声，率先朝餐厅走去。

苏虹故意跟陆羽错开半个身位，等罗曦跟上，偷偷问道："喂，你泡妞时那只狗是哪来的？"

"那只小宝贝啊，我还回去了。"

"还回去？你跟谁借的？"

"街边的宠物店啊，我跟老板商量了一下，花了 10 欧元租他的狗10 分钟。"

"这都可以！"

"有什么不行的。"罗曦一边笑笑，一边从怀里掏出一张餐巾纸，上面写着一连串字母跟数字，"10 欧元换来两个美女的联系方式，不亏吧。"

"你这个人还真是……"苏虹欲言又止。

"风流倜傥？"

"厚颜无耻。"

王总已经提前订好了包间，安排众人坐定后便识趣地退了出去，陆羽等他走后，从包里拿出平板电脑，对众人道："目前根据苏小姐提供的线索，我们将会从朝圣之路终点 100 千米外出发，计划用 5 天走完全程。

"来的路上我对这条路做了些研究，100 千米是官方承认的最短距离，也就是说假如朝圣者没有走够 100 千米，那么最后就无法拿到官方颁发的完成证书。"

"那官方又怎么确定我们有没有走够？"罗曦问道。

陆羽拿出 4 本折叠的小册子分发给众人："这是王总上午在附近教

堂买的，朝圣者必备的旅行记录册，也被称为朝圣护照。"

"护照？"

陆羽解释道："朝圣之路沿途都会有政府补贴的饭店跟旅社，价位会更便宜，每个饭馆跟旅馆都有自己独特的印章，另外每隔十几千米还会有专人在路上负责盖章，所以到了目的地后，颁发证书的人只要核对我们护照上的印章就可以判断我们是否走了足够的里程。"

"不一定吧。"罗曦随手拿着自己那本小册子敲击着桌面道，"我们大可以租辆车，每天到了地方盖个章不就得了。"

陆羽摇摇头，"你提到的方法，虽然西班牙政府可能不会发现，但恐怕瞒不住罗隐。"

"怎么着？我哥难道还派人暗中监视我们？"

陆羽苦笑道："他会不会监视我们，我不确定，但我确定，只要我们作弊一定会被他发现。"

罗曦撇撇嘴："羽哥，你未免太谨慎了吧。"

"不是我谨慎，"陆羽道，"而是罗隐确实有这个能力。要我给你证明一下吗？"

罗曦挑衅地笑道："好啊。"

陆羽忽然转头对韩絮道："韩小姐，有件事情我希望你能解释一下。"

韩絮微微一愣，不明白为什么突然把矛头指向她，"说吧，什么事儿？"

"刚刚王总跟我说，他在前台收到一样东西。"说着陆羽把一张纸条摊开放在桌面上，"上面记录了12楼两个房间的住客信息，这个 Jie Liu，如果我没记错的话，应该是你父亲的得力干将刘杰吧。"

韩絮脸上瞬间变色，她仔细盯着纸条看了一阵，缓缓道："不好意思耽误各位一下，我马上回来。"说着匆忙起身走出房间。

陆羽转头看向罗曦，"现在你信了吧。"

罗曦瞪着一双大眼，喃喃道："他是怎么做到的？"

过了20分钟，韩絮回到桌上，对众人道："我知道我现在怎么解释你们一定都认为这些人是我叫来的，我不解释，只道歉，并且我保证他们马上就会在西班牙消失，以后也绝不会有我公司的人出现。"

陆羽点点头道："我相信这不是韩小姐的本意，您也不必自责，未来一个月我们大家还需要齐心协力找到罗隐，但相信刚刚这件事情足以打消大家一切想要作弊的心思了，这次只是一个警告，假如我们接下来还不守规矩，恐怕就没有这么简单了。"

陆羽接着道："我做了一份大致计划，把旅途分为 5 天，每天走20 千米，明天一早我们会乘坐火车前往出发地，朝圣之路上要经常翻山越岭，也有可能冒雨前行，希望大家做好吃苦的准备，基本生活用品可以沿途购买，建议大家只带些必需品减轻负重，最后，我再强调一遍，这次行动不是游山玩水，希望大家以集体为重，不要擅自行动。"

韩絮冲着正在大快朵颐的罗曦道："三少爷，听到了吗？"

"听着呢，听着呢。"罗曦一边嚼着意面一边含糊答道。

"好了，那大家今晚就养精蓄锐，明天一早出发，对了，罗曦，你刚刚那个纸条呢？"

罗曦差点儿被面噎住，拿起手边杯子喝了口水，"什么纸条？"

"就是你刚刚跟苏虹炫耀的那张小纸条。"

罗曦尴尬地笑笑，"哦，那个啊，在我身上呢，怎么了哥？"

陆羽道："你跟那两个姑娘认识也是缘分，你这人丢三落四的，我就暂时替你保管，等西班牙这段旅程结束再还给你。"

"不用了吧羽哥，我是什么人你还不清楚啊，我不可能晚上约她们去吃饭的。"

"你罗三少爷当然不会约她们吃饭，不过喝酒可就说不准了吧？"韩絮道。

罗曦看看陆羽，对方仍微笑看着他，伸出的手稳稳地摊在他面前，丝毫没有收回去的意思，他只得不情不愿地掏出纸条，放到陆羽掌中，随后又紧紧捏住他的手，"哥，可千万不能搞丢啊。"

"放心，我是什么人，你还不清楚吗？"陆羽一边微笑一边用另一只手一根根掰开罗曦的指头。

走出餐厅时，罗曦明显情绪不高，不知是手痛还是心痛。

10

回到房间，苏虹花了一个小时才从成堆的户外用品中挑选出明天上路的整套行李，收拾完后她早早躺在床上，对面墙上挂钟的时针指向 10 点整，明天一早就要出门，最近突如其来的一连串变故却令她毫无睡意，翻来覆去半个小时后，她猛地掀开被子坐了起来，不管了，先喝一杯再说！

酒店顶层的行政酒廊里几乎坐满了人，苏虹挑了个角落的位置，点了杯 2008 年里奥哈的红酒，靠着椅子欣赏窗外景色，半杯酒下肚后，有了些微醺的感觉，突然她对面的椅子被一只手拉开，一名男子带着玩世不恭的笑容径直坐了下来，仿佛两人早就约好了似的熟稔地对苏虹打着招呼："原来苏小姐也睡不着啊。"

苏虹心里暗叹，怎么忘了这家伙一定会出现在这里，对面罗曦笑嘻嘻地冲她挤了挤眼，朝侍者挥手示意来杯同款红酒。

苏虹勉强挤出一丝敷衍笑容，"怎么，罗三少爷不去搭讪别的美女，跑我这儿来浪费时间干吗？"

"瞧您说的，这整个行政酒廊里唯一一个美女不就坐在我对面吗？"

"我劝你省省，我对油嘴滑舌的男人没有好感。"

"巧了，我也对那种男人没好感，咱们是英雄所见略同。"

"你是因为怕他们跟你抢姑娘吧。"苏虹翻了个白眼。

"可不是嘛，要是所有男生都跟我一样油嘴滑舌，"罗曦说着摇摇头，"那我的竞争压力可太大了。"

侍者把酒端了上来，罗曦看苏虹把目光瞥向窗外，也不生气，优哉游哉地品了口酒，"这口感，真是没得说，苏小姐，咱俩对酒的品位都一样呢。"

苏虹把头转向他，叹了口气："你怎么可以脸皮这么厚。"

"这是你今天第二次夸我了。"罗曦举起酒杯，苏虹无奈拿起酒杯跟他碰了一下，罗曦笑道："你看，我要是脸皮薄，刚刚被你的冷脸吓走了，哪还有机会跟你碰杯。"

苏虹把空杯子放在桌上，"其实你这样真实点儿挺好，我反倒不怎么觉得你讨厌了，不过我也真实地跟你说，你不是我喜欢的类型，与其在我身上浪费时间，不如抓紧去找别的猎物，以你罗三少爷的本事一定有所斩获。"说罢起身准备回房。

"哎，先别急着走嘛。"罗曦抬手示意苏虹，"苏小姐误会了，老实说，您虽然国色天香，但也不是我喜欢的类型，我今晚的伴儿已经找好了。"他朝吧台方向努努嘴，一名金发女郎一边喝着香槟，一边频频朝他们桌子看过来，罗曦回头冲女郎微笑，对方也报以微笑。

"那你还不抓紧，来找我干吗？"

"有些事情早上没机会跟苏小姐说，正好咱们有缘在这儿碰上了，所以专门来做个小提醒。"

"哦，什么事情？"

"关于这趟行程的事情。"

"你放心吧，这趟行程我 10 年前走过，判断没有问题，罗隐的线索一定指的就是这条路。另外这条路上会出现的意外情况我也都经历过，不用你提醒。"

"不不，我不是指这条路本身。"

"那你意思是？"

"我想提醒苏小姐，要小心结伴的人。"

苏虹疑惑地看向罗曦："你是指？"

"韩絮。"

"你指今天吃饭时候发生的那件事儿？"

罗曦点点头，"我们这趟行程，按理说是极度保密的，整个计划知情人不外乎我们罗家几个人，加上韩絮跟陆羽，她非要此地无银三百两说她公司的几个人不是她找来的，你不觉得奇怪吗？这次行程连她亲爹都不知道，要不是她走漏风声，那这几个人怎么可能找到这里的。"

苏虹举起空杯示意侍者再来一杯，扭头对罗曦道："或许是她父亲早就派人跟踪她行程了，就算是她告诉了她爸，她爸不放心一个女孩子在外面，找人来确保她的安全，也无可厚非啊，况且她也让那些人离开了。"

"苏小姐可能对韩家不太了解，今天那张纸上写着的人名里，陆羽提到一个叫刘杰的，你还有印象吧。"

苏虹点点头。

"一般一家公司做大到一定程度，难免会碰到一些灰色地带，总会需要一些人，专门负责处理一些社会上不方便处理的事情，这个刘杰名义上只是保卫科的一个小科长，实际上，却是韩絮她爸韩楚天的得力干将，他们公司遇到的大部分不方便诉诸法律的棘手问题都是由他经手摆平的。"

"你的意思是？"

"我不知道苏小姐对我们这个临时行程的团队有多少了解，这么跟你说吧，你一定也知道我哥去年不辞而别，不但给韩罗两家的股票造成了极大损失，还让韩家颜面扫地，虽然事后罗劲松做出了补偿，但韩楚天仍然宣称假如找到我大哥，一定要打断他一条腿。"

苏虹道："你想多了吧，谁在气头上都会这么说的。"

罗曦苦笑道："韩楚天可不是个说气话的人，2012 年他们分公司的一个财务总监私自挪用公款去澳门赌博，输了个倾家荡产，干脆又卷了笔钱跑路了。一年后被警方抓住的时候，整个人的右臂粉碎性骨折，落了个终身残疾，听说是在广东的地下赌场被打手打的，但坊间流传都说是韩楚天派人下的黑手，而当时帮他办事儿的，就是这个刘杰。"

苏虹倒吸了口凉气，"所以你怀疑这次韩絮找罗隐也是为了报仇？那罗隐当年逃婚的时候韩楚天怎么没对你们罗家下手？"

罗曦笑道："你以为只有他们韩家有人吗，罗劲松手下可也不缺狠人，论起心狠手辣跟办事儿能力，只怕还压韩楚天一头，否则他也不会只针对罗隐了。"

他顿了顿，继续道："整个深杭市都知道我大哥跟韩絮是商业婚姻，他们之间压根没有爱情，视频里我哥也压根没有复合的意思，你说韩絮这么精明的女人，又为什么非要浪费一个多月的时间跟着我们一起去找他？她这种女人像是会做赔本买卖吗？唯一的解释就是……"

苏虹接道："她要出口气？"

罗曦点点头："你也见识过这男人婆的脾气了，我哥的不辞而别对她来说堪称奇耻大辱，说她这次是因为对我哥难忘旧情，想要再续前缘那简直就是侮辱我的智商，除了报仇出气，我想不到别的原因。"

苏虹疑惑道："那罗隐为什么会给她发邮件，泄露自己的行踪？"

罗曦嘴角泛起一丝苦笑，"这点我暂时还没想到，或许是因为对她有歉意，又或许是别的什么原因，总之我大哥要比我聪明一万倍。"

他顿了顿，接着说："但作为他弟，我要确保这趟行程不会对我大哥的安全造成威胁。苏小姐跟我大哥的事儿我也有所耳闻，对你我很放心，所以我有必要把这趟旅程中自己掌握的情报跟你透露一下。至于接下来该怎么做，我相信苏小姐自己的判断，今晚咱们就点到为止，未来一个月大家还多的是机会交流。"罗曦把杯中酒一饮而尽，"很高兴见到苏小姐本人，我的佳人已经等得不耐烦了，咱们明天见。"

苏虹看着眼前这名男子起身朝吧台走去，他刚刚的话把她辛苦积攒的睡意瞬间消弭瓦解，这个花花公子似乎没有他外表那么怠懒，韩絮又是否真的怀揣着什么不可告人的目的？如果真的是为了报复罗隐，那现在他们岂不就是在引狼入室？

她朝侍者挥挥手："还剩下半瓶红酒对吧，麻烦帮我送到房间里。"她放下已空的酒杯，"唉，今晚注定睡不好了。"

第二天一早苏虹就被酒店总台的电话吵醒，说有位陆先生提醒她该收拾下楼了，前一晚好不容易靠着一瓶红酒睡了 5 个小时，兀自有些茫然，强打起精神洗漱下楼后，陆羽三人已经在餐厅等她，韩絮还是一副冷冷的表情，倒是罗曦像多年老友般跟她热情地打招呼，脸上丝毫不见疲态。

用过早饭，王总跟司机已经在酒店门口等候多时了，在她们吃饭的当口行李都被运上了车，到了车站王总又亲自帮他们把行李运放好，确保一切无误后，在站台一直等到火车发动才离去。

这个王总可真会拿捏分寸，苏虹叹道："放在古代也是当总管的料。"

"那可不，这几年公司的海外业务拓展得如火如荼，王峰可是大功臣，让他当个总管可屈才了。"罗曦坐在苏虹旁边道，"当然，也是我大哥慧眼识珠，当年破格把他从一个财务科长一手提拔起来的故事，也曾在集团里被传为一段佳话呢。"

"好了，还有 1 个多小时呢。"苏虹拿出眼罩，示意还想聊天的罗曦，"学学您对面二位，多看看风景，我要再睡会儿。"

列车缓缓驶进小镇克罗索的站台，四人随着下车人潮涌出车厢，上午 10 点，这个西班牙北部的小镇街上并不热闹，往来的大多是背着登山包的朝圣者，几乎每个人书包后面都会挂一个贝壳状，象征着朝圣之路的垂饰。

沿途旅者相遇会点头问好，嘴里说着 Buen Camino。苏虹解释说 Buen Camino 就是旅途顺利的意思，也是朝圣之路上人们最常用的表达祝福、打招呼的方式。

罗曦很快就有样学样，专门挑一些面容姣好，身材火辣又或者兼而有之的姑娘前去问候，作为整条路上相当罕见的亚洲面孔，再加上他一贯不要脸的精神，很多姑娘都对他产生了浓厚兴趣，经常热络地攀谈起来，若不是陆羽在一旁把嗓子快咳哑了地暗示他收敛，罗曦已走丢七八回了。

朝圣之路沿途每隔 10 米左右会有一个黄色的箭头指明方向，朝圣者只要跟着箭头走就不会迷路。陆羽走在最前排，不时看看手里的户外手表，计算着当前的行进速度。

苏虹跟罗曦走在中间，经过昨晚的聊天，苏虹虽然仍看不惯他的纨绔，却也没什么恶感。两人时不时还开些玩笑，韩絮落在稍后面，保持着礼貌的冷淡。

　　周围景色慢慢由城市变为乡村，道路从沥青变成了泥土，两旁鲜花锦簇，更远处的田间地头不时看到悠然自得的马群跟牛群，韩絮的注意力却似乎只在脚尖向前20公分处，走的每一步都像是拿尺子量过一样，除了偶尔对罗曦的浪荡行为表示一下鄙夷，压根对周遭环境还有同行旅伴视若无睹。

　　四人就这么默默走了一上午，路上罗曦多次表示想在经过的咖啡厅歇息，都被陆羽拒绝了，直到他们看到了标着90千米的界碑，陆羽才道："好了，我们可以找个地方吃饭了。"

　　附近并没有村庄城镇，好在有一个政府补贴的旅馆已经开始营业，旅馆二层是住宿，一楼则兼营餐厅，众人挑了个靠窗位置坐下，餐厅只卖两种套餐，主菜鸡肉跟牛肉二选一，头盘是意面鸡汤，甜点是布丁跟苹果派二选一。

　　这简单的家常菜对于已经饥肠辘辘的众人来说不亚于山珍海味，罗曦一个人就吃了三份苹果派，随着午餐时间临近，陆陆续续的背包客已经坐满了整个餐厅。

　　罗曦把最后一口苹果派塞到嘴里时，韩絮才刚刚吃完头盘，四个人各吃各的，不怎么说话，像是临时拼桌的陌生人，苏虹昨晚睡眠不是很好，走了一上午也没什么精神跟罗曦拌嘴，正费力地用刀割着盘中牛排，一名身材魁梧的老者几乎是推门冲了进来，走到餐厅正中央四下张望，似乎在找人。

　　老者胸前跟背后各背了一个双肩包，两边又各自斜挎一台单反相机，活像个移动坦克，更妙的是他胸前的包是粉色的，给他粗犷的外形平添一丝喜感，在整个餐厅里急匆匆地兜了一圈后，似乎并没有找到要找的人，当他走到靠门的苏虹桌边时，突然用带着口音的英语问道："不好意思，你们刚才有没有看到一个女人经过，大概60岁，很漂亮。"

　　陆羽礼貌地摇摇头："不好意思我们没有看到。"

　　"假如你们看到的话，麻烦给我打电话。"老者说着从桌上拿出一张餐巾纸，写下一连串数字，"她是我的妻子，我们走散了。"

陆羽拿过纸巾，点点头："好的您放心，如果我们遇到的话一定会联系您。"老者还不放心，又确认了一遍餐巾纸上的数字，冲他们表示感谢后，继续挨个桌子留下号码，直到整个餐厅所有人都拿到他联系方式后才急匆匆地大步走出餐厅。

"希望他能早点找到他妻子。"苏虹道，"老人家一定急坏了。"

"你有没有想过，既然我们找到他妻子可以给他打电话，他妻子为什么不能。"陆羽道。

"你这话什么意思？"

"我意思是，这条路上这么多人，有人的地方就有好人跟坏人，会有小偷，也会有色狼。小心好心办坏事儿。"

"你这个人怎么总是把人往坏处想。"苏虹瞪大了眼睛看向陆羽，"或许老太太走在山里就没有信号呢？"

"我也希望是自己瞎想，不过出门在外，多个心眼总是好的。"陆羽说着低下头，专心吃着面前的布丁。

"我吃饱了。"韩絮盘子里的牛肉只动了三分之一，布丁吃了一口，拿餐巾纸抹抹嘴，率先起身道，"出发吧。"

到了下午，气温逐渐升高，地形也由田野中间的土路变为大大小小的山坡，苏虹一直保持锻炼，来之前生怕这三个娇生惯养的同伴会跟不上自己的步伐，却不料罗曦健步如飞，陆羽精神饱满，就连韩絮也没有喊过一次累。

陆羽在最前面负责调节整个团队的行进速度，苏虹注意到，遇到上坡他会加快速度，下坡反而减速，一开始还觉得有些奇怪，后来慢慢适应了这种节奏后，隐约觉得确实更省力。

树林中绿树掩映，遮蔽了如火骄阳，给旅者带来丝丝清凉，不时有小松鼠窜到路中央捡拾松果，这些小家伙完全不害怕路过人群，反而歪着头目视他们经过，似乎不明白这些笨蛋为什么要不远万里来这里徒步受罪。

一路上他们还遇到不少刚刚同在饭馆吃饭的朝圣者，其中一对年轻情侣还主动找他们合影，昨天马德里的高楼大厦，钢铁丛林，早已被甩在身后，取而代之的是乡间景色，以及抬头可见的金黄色地平线，随着太阳慢慢西沉，那金黄色也慢慢被染上了一层红晕，陆羽最后一次抬手看表，确认过时间后道："今天走了 23 千米，按照地图显示，前面 500 米有个小镇，我们就在那里休息吧。"

小镇上常年接待过路朝圣者，官方旅馆就有 3 家，可依旧只能堪堪满足朝圣者的需要，他们在第三家好不容易买到三个床位，陆羽交过钱后，从收款台那里领了一个纸袋，走到众人跟前打开。

"这是什么意思？"罗曦不解道。

苏虹笑道："这些是一次性枕套跟床套，每个朝圣者要自己换的。"

"嘿，这帮老外可够抠门的，怎么没有被套？"

"被套？这里没有被子哪来的被套。"苏虹道。

"那我们晚上盖什么？"罗曦诧异道。

"有什么盖什么，现在天气也不算冷，我当年就是一件皮衣盖了一路。9 月份的旺季，你能有床位就知足吧。"

"等等。"罗曦转向陆羽，强笑着问道，"羽哥，我忽然想到一个问题，你刚刚订的是几人间呀？"

陆羽也冲他笑笑："你希望我订的是几人间？"

"有单人间自然是最好，双人间的话那没办法也只好凑合一下了。"

"哈哈，罗三少爷，你想太多了！"苏虹在一旁幸灾乐祸道，"朝圣之路是苦修之路，你还指望有单间？"

推开二楼房门，罗曦才意识到自己果然太天真了，20 个上下两层的铁皮床紧凑地挨着放在一起，男女老少形形色色的朝圣者挤满一屋，有的躺在床上休息，有的三三两两聚在一起聊天，有的按摩自己的小腿，罗曦还没说话，韩絮先倒吸了口凉气，试探着道："要不，我们再换一家看看？"

"换哪里都一样，"苏虹道，"40 人间算好的了，我最多的时候住过 200 人间，在圣地亚哥一个大教堂里，你就算逃得了今天，也逃不过接下来的每一天，不如先赶快适应一下。"说着走进房间，率先占了个下铺。

"只有一个下铺了哦，"苏虹悠悠道，"你们要是还在那儿发愣，就只能睡上铺了。"韩絮还在犹豫，罗曦已经一个箭步坐到了苏虹旁边的床上，把行李扔在床上道："既来之则安之，听苏小姐的。"

韩絮看向陆羽，虽然没说话，眼中仍带有一丝希望，陆羽冲她耸耸肩，示意自己也无能为力，道："女士优先，这剩下的两个床位你先挑吧。"

韩絮无奈叹了口气，狠狠剜了罗曦一眼，道："果然是女士优先，罗三小姐可真是自我定位精准。"

到了晚饭时间，韩絮兀自生着罗曦的气，推说自己不饿，在床上看着那本 36 开的小说，陆羽带着罗曦跟苏虹在楼下略微吃了点东西，竟又遇到了上午跟他们一起自拍的年轻情侣，一聊之后发现他们竟然是在朝圣之路上才认识的，女孩子叫安娜，男孩子叫马克西姆。

安娜是法国人，马克西姆则是乌克兰人，安娜可以说流利的英语，马克西姆却只能蹦出几个单词，天知道一路上两人是怎么沟通的，居然就这样结伴而行，凭借着磕磕绊绊的英语还有手势，成为了男女朋友。

"爱情真的需要说同一种语言吗？"安娜在苏虹发出感叹后眨着大眼睛道，"那我岂不是只能跟说法语还有英语的人谈恋爱？语言是达到沟通目的的一种工具，但不是沟通本身，爱情需要沟通，却不一定需要用语言。"

"不信你看。"安娜朝身侧偏了一下头，一旁的马克西姆虽然不能完全听懂他们在聊什么，却一直用憨厚宠溺的眼神看向她，"我觉得他的眼神已经跟我表达了千言万语了呢。"

苏虹若有所思地点点头，一旁的罗曦也跟着若有所思地点点头，喃喃自语道："这哥们高手呀。"

苏虹不由得狠狠瞪了他一眼，"喂，别用小人之心度君子之腹好不好，以为谁都像你一样渣呢。"

罗曦急忙分辩道："我是被他们感动到了，感动，你懂吗？"

跟小情侣分开返回旅馆已经8点多了，旅馆10点准时熄灯，不少朝圣者已经躺下，自带睡袋的钻入袋中，没有睡袋的便直接和衣而眠。

韩絮还在看书，接过陆羽递给她的三明治，道了声谢，小心翼翼地把三明治外面有些发蔫的生菜撕掉，小口咀嚼着，苏虹抓紧时间收拾好洗漱用品，赶到盥洗室，门外早已排满了等待洗漱的人群，等她好不容易洗完走向房间，正撞见陆羽拿着笔记本坐在旅馆大堂，看她走近，陆羽合上电脑冲她笑笑："洗完了？"

苏虹点点头："你们这些人啊，离了网络会死吗？"

"没办法，快到年底了，有些工作需要收尾。"

"啧啧，果然这世界离了你就不转了呢。"

"也不一定，要看我离开多久，偶尔一小会儿的话应该问题不大。"

"嘿，我发现你这人还挺有幽默感的嘛。"

"我发现你这人看人还挺准的嘛。"

"哼，看你臭屁的样子，就跟我们部门主管一样，肯定控制欲特强，不少人每天拍你马屁吧，我好心告诉你，别看人家当面夸你，背地里指不定拉了个小群怎么骂你呢。"

"你多虑了，我不会给他们这个机会的。"

"唉，又一个自信过了头的大笨蛋。"苏虹白眼儿乎翻到了天花板上，"你在这儿继续过你的领导瘾吧，我可要去休息了。"

"好的小苏，我批准了。"陆羽笑笑，打开笔记本又一头钻到了网络世界里。

回到房间，罗曦在跟旁边床上的意大利大叔小声聊天，韩絮戴着耳机闭目养神，不大的四方空间里挤满各式各样的人，有的聊天，有的看书，有的已经入睡，苏虹躺在床上，拿出耳塞，罗曦看她躺下后扭过来对她说："你知道吗，刚刚这哥们跟我讲了个特好玩的事儿，就在昨天。"

"打住，本姑娘要睡了。"

"这才几点啊你就睡了。"

"第一，我昨晚碰到你就没睡好，导致我今天一天精神萎靡；第二，根据我的经验，在这种房间里，越早睡着越保险。"

"这什么意思？"罗曦疑惑道。

"你一会儿就懂了。"苏虹笑着把耳塞塞入耳中，和衣睡下。

罗曦讨了个没趣，又回头跟大叔兴奋地交流起路上的桃花，熄灯前陆羽也回到房间，两人结伴洗漱后旅馆灯已经熄了。

三十多个人赶了一天的路睡下后，闭塞的空间里鼾声此起彼伏，那个意大利大叔更是声音大到震耳欲聋，罗曦在床上翻来覆去好久，才明白苏虹刚刚为什么会不怀好意地笑，唉，他充满怨念地死盯着意大利大叔，对方却完全察觉不到自己的愤怒，就这样僵持了许久，罗曦无奈转过身子，把枕头弯起来遮住耳朵，心里默念：我听不到，听不到，什么都听不到。

第二天一早，苏虹在半睡半醒中隐约听到了推门声，一个服务员走了进来，冲所有人道："早上好，朝圣者们。"他没有开灯，而是把收音机打开放着轻音乐，声音不大不小刚刚好。不一会儿大家陆陆续续都醒了。

这时又进来一位服务员，冲所有人道："早上好，朝圣者们。"然后把灯也打开了。

苏虹一看手表，5 点 30 分，外面天还黑着，四周众人已经纷纷下床收拾行李，韩絮跟陆羽也缓缓起身，只有罗曦死死地赖在床上，直到陆羽把他整个人拽起来，才不情不愿地起身收拾。

旅馆给朝圣者们准备了热巧克力、咖啡还有牛角面包，西班牙的昼夜温差很大，清晨只有八九度，喝过热巧克力后苏虹才觉得自己的身体正式开始运转。"大多朝圣者已经上路了，我们也出发吧。"陆羽看了眼地图道，"现在距离圣地亚哥还有 77 千米。"

走出小镇后，路上没有人工光源，太阳还不见踪影，刚刚起床的朝圣者们似乎被黑暗跟寒冷暂时封印了热情，大家纷纷埋首向前走去，刚刚出发的几十人因为各自步速不同，陆续消融在黑暗中，罗曦一边走一边打着哈欠，抱怨道："有必要这么早出发吗，这一路上黑洞洞的，万一掉到坑里呢，还有那些一个人出发的姑娘，前不着村后不着店的，万一遇到坏人怎么办。"

"我当年就是这么走过来的。"苏虹紧跟在他身后道，"这条路上的惯例就是如此，旅馆一般最晚6点半就要清客了，要是害怕不敢一个人走，可以在楼下干坐着等太阳出来。"

"那你当年就不害怕吗？"

"一开始当然怕，一个人走在荒山野岭的，能不怕吗，可后来慢慢适应了就好了，毕竟这也是朝圣之路的一部分。"

"大家都跟紧我，千万别走散。"陆羽在最前面道。

"好了羽哥，你都说多少遍了。"罗曦有些不耐烦道。

"说多少遍也怕你记不住。"韩絮道。

"喂，你别老针对我好不好，这大黑天的路上哪怕就算有美女我也看不见，我能跑哪里去。就算看见了，我还怕是女鬼呢。"

韩絮突然提高嗓门道："行了你闭嘴吧，说什么鬼不鬼的。"

"哎？"罗曦好像察觉到什么，"难道我们天不怕地不怕的韩总，怕鬼吗？"

"幼稚。"韩絮脸上微微变色，冷冷回了一句，不再说话。

"哎，我也觉得，韩总是肯定不怕的。"罗曦扭头道，"等一下，"他声音有些颤抖道，"我们一共是几个人？"

"废话，当然是四个。"苏虹有气无力地回答道。

"那韩总身后那个是？"

韩絮看着罗曦冷笑道："你下次吓唬人可不可以高明一点儿，用这么老土的方式不觉得低级吗。"

苏虹也笑着摇摇头，回头看向韩絮，正准备说话，突然脸色骤变："那个，韩絮，你身后好像真的有人。"

"连你也逗我。"韩絮嘴上故作轻松，头却不由自主地向后面侧过去，只见一个黑影正亦步亦趋地走在她身后，吓得她大叫一声，本能地朝相反方向后退几步，不料后面是一个巨坑，一时立足未稳，整个人栽了下去。

13

　　后面那个身影也被这一幕吓得不轻，朝另一个方向闪开，陆羽跟罗曦赶忙冲到韩絮身边，才看清那身影是个满头白发的老奶奶，穿着户外服装，正有些惊恐地看着他们。

　　苏虹把韩絮从坑里扶起，韩絮衣服裤子沾满了泥土，手上被轻微划破，所幸摔倒时拿登山杖撑了一下，减轻了不少冲击力，身体倒没有受伤，登山杖却不堪重负断成两截。

　　那个老奶奶也吓得不轻，一问之下才知道刚刚她一个人走路有些害怕，好不容易看到他们的队伍，却听到在讲中文，因为语言不通，索性就默默跟在队尾，才闹了这么一出。

　　此时天色开始微微发亮，苏虹注意到老奶奶穿了一身粉色登山服，却连个登山包都没背，问道："您是不是还有个朋友一起走这条路？"

　　老奶奶迟疑了一下，点点头。

　　"是不是一个身材魁梧的老人家，还背着两个大相机。"

　　"你见过他？"

　　"他正发了疯一样的满世界找您呢。"苏虹笑道，"您是不是手机没电了，我有他的号码，我来通知他跟您会合？"

　　"不不，谁稀罕跟他一起走。"老太太连忙摆手。

　　苏虹走到她身旁坐下，看着她有些发干的嘴唇，递上瓶水："怎么，夫妻吵架了？"

　　老奶奶拧开瓶盖，小口小口地呷着，看苏虹笑容里透着关切，稍作犹豫，有些不好意思地道："本来我们说好了一起走到圣地亚哥过结婚纪念日，30年前我们就是在那里相遇的，可这一路上他老是磨磨蹭蹭的，摆弄他的破相机，眼看就要迟到了，昨天上午还要跟一群人去山上拍日出，明显不在乎我们的纪念日！"

苏虹笑笑："这一群人里，是不是还有别的女生啊。"

"哼，他还帮人家拍照片呢。"老奶奶说着皱了皱眉，"而且还神神秘秘地躲着我，既然他这么爱躲着我，那我干脆成全他。"

苏虹又拿出一块巧克力递给老奶奶，"那你走的时候也应该带走背包啊，这一天是不是很辛苦。"

"我当时那么生气哪还顾得上这个，走出去 2 千米才发现只带了护照跟零钱包，卡什么的都不在身上，好在这一路也不贵，我想着就靠这点零钱也够我走到圣地亚哥的了。"

"那个老爷爷是不对，但是我昨天看到他的时候，他的那种惊慌失措是装不出来的，他真的很担心你，作为惩罚，您这一天的消失对他来说已经够了，要是再继续躲下去，您想想，他拿着钱吃喝不愁，您这一路节衣缩食的，到底是惩罚您还是惩罚他啊。"

老奶奶若有所思地点点头，又立马摇头，坚定道："反正让我给他打电话是不可能的。"

苏虹扑哧一下笑出声来。"好啦，我来打电话，让他来送钱，送完就让他消失，好不好？"

老奶奶咬着嘴唇，脸上浮现出一丝少女的羞赧，嘴噘得老高道："我可没有原谅他。"

"懂，懂。"

电话那头老爷爷听苏虹说完，开心的欢呼声差点儿炸聋了她的耳朵，韩絮的手经过简单包扎已经没有事儿了，登山杖却是没办法用了，罗曦有些过意不去，把自己的递了过去，道："我的登山杖给你。"

韩絮拍开罗曦的登山杖，"不用，我自己能走。"

"刚才吓唬你是我不对，你个女孩子背着行李，还有 77 千米的路呢，没有登山杖怎么行？"

"你管我，我说行就行。"

"这样吧，你用我的。"陆羽在一旁道。

"我说了我能行，"韩絮起身拍拍身上泥土，"出发吧。"

"哎你等一下。"苏虹道,"我答应老奶奶等她丈夫过来,估计也就20分钟吧,正好趁这个时间,来,罗曦,给你个将功补过的机会。"

罗曦眼睛一亮,"什么机会?"

苏虹从背包里掏出一个便携式工具箱,把韩絮没有折断的登山杖递给他:"去林子里找一根跟这个长度差不多的木头来。"

罗曦找来了木头,苏虹又掏出瑞士军刀,指挥罗曦把树枝上的枝丫跟刺削掉,又拿出块围巾,在树枝一端缠紧,然后递给韩絮:"你试试,看看趁手不。"

韩絮迟疑了一下还是接了过来,有些不习惯地冲她挤出一丝微笑:"谢谢。"

"哎哟,苏大小姐,您还真是深藏不露啊!"罗曦在一旁讨好地笑道,"这都是跟谁学的?"

"巧了,那个人你也认识。"

罗曦挠挠头,"咱俩还有别的共同好友吗。难道是……我哥!?"

"你还不算是个白痴。"苏虹笑着点点头,"没想到过了10年,这技能还能派上用场。"

"对了,你当年跟我哥到底是怎么认识的,给我们讲讲呗。"

"那就要看你后面的表现了。"苏虹道,"要是乖的话,我心情一好说不定就讲给你听了。"

"那你放心,我这个人最乖了。"

两人正贫嘴间,远处隐约传来人声,声音越来越近,苏虹听出来是老爷爷找了过来,连忙用英文叫道:"在这里。"

老爷爷出现后很激动,走上前去就要拥抱老奶奶,老奶奶闪了开来,看也不看他一眼,对着地上的石头道:"你不是喜欢给别的女人照相吗,你去吧我不拦你,你把我的包留下你就自由了。"

老爷爷愣了一下,道:"你就是因为这个所以才跑掉的?"

"这个还不够吗?"老奶奶抬头盯着老爷爷,"那要怎么,看到你跟别的女人搂搂抱抱?"

老爷爷哭笑不得地拿出相机,递给老奶奶,"这些就是我给她们拍的照片,你仔细看看。"

老奶奶别过头去，"你还要不要脸，还要我看？"

苏虹接过相机，拨动着滑轮在显示器里一张张看过去，看到一半笑着拍拍老奶奶的肩膀，"我看您这次是真的误会人家啦。"

老奶奶迟疑地接过相机，照片里除了女人也有男人，这些人都统一拿着一张硬纸板，上面写着伊莲娜跟何塞的名字，两个名字被一个心形包围着，何塞老爷爷在一旁搓着手，小心翼翼道："本来准备凑够三十张，到了终点的时候给你个惊喜，却没想到你先给了我一个惊喜。"

伊莲娜老奶奶脸涨得通红，不依不饶道："那谁让你一直鬼鬼祟祟的，我当然会误会啦。"

"因为是惊喜啊。"老爷爷无奈地挠挠头，"是我不对，我道歉好不好？"

这么一来，老奶奶反倒有些不好意思了，她把相机递给老爷爷，"我也有不对，不应该怀疑你。"

"那，你不生我的气了？"老爷爷小心试探道。

老奶奶不置可否，喃喃道："我早晨只喝了杯咖啡，现在肚子咕咕叫。"

"好，好好，"老爷爷笑道，"咱们这就吃早饭去！""你等等，"老奶奶叫住了老爷爷，走到韩絮面前，"亲爱的，实在不好意思刚刚害你摔倒，请一定让我们赔偿你的损失。"说着扭头朝老爷爷比了个手势，后者忙不迭从口袋里掏出钱包。

韩絮摇摇头道："是我朋友跟我恶作剧导致的，与您无关。"

"不，你不收的话，我会一路上良心都不安的。"

几番推托后，韩絮实在拗不过她，只得收下了钱，老奶奶转向苏虹："亲爱的，你一定是上帝派来的天使，如果不是遇到了你，我跟何塞的结婚纪念日一定会错过的，她说着摘下自己手腕上的一只手镯，递到苏虹手里，我是一个珠宝设计师，这是我自己设计的，希望你一定不要拒绝。"

苏虹看着她诚挚的双眼，回想刚刚她跟韩絮来回推托的一幕，笑着点点头："那好，我就收下啦。"

"不着急的话，跟我们一起去吃早午餐吧大家？"老奶奶满脸希望地看着众人。

苏虹看向陆羽，陆羽轻轻摇了摇头，苏虹会意，对老奶奶道："实在抱歉，我们也要赶路，这饭是真的吃不成了。"

老奶奶不再勉强，拉着她的手再次握紧，"上帝保佑他虔诚的子民。希望可以在圣地亚哥再次遇到你们。"

"放心吧，有缘一定会再见的。"

跟两位老人告别后，苏虹等人收拾好行李，在陆羽带领下继续前行。

一路上罗曦由于愧疚变得安静了许多，整个上午的旅程倒走得相安无事，只是气温随着时间推移不断升高，清晨穿着皮衣仍有些瑟瑟发抖，到了中午穿着短袖仍然止不住地出汗，路上来往的朝圣者络绎不绝，不少人短袖上布满了白色的线条，那是汗液把衣服浸湿后再风干留下的盐分。

陆羽不喊停，众人只能一直走，好不容易完成了上午的千米数才得以找家餐厅歇脚，餐厅里早已坐满了人，有好些之前在路上与他们有过一面之缘，他们推门而入时，这些人用各种蹩脚的日语、韩语还有中文朝他们打着招呼，这貌似是老外区分亚洲脸国籍的最快方式，等他们用中文回答后，连同饭馆老板一起拍手鼓掌。

"这是朝圣之路上破冰的一种方式，等你得到了他们的欢呼后，等同于你得到了一种认可，以后在路上见面就不是陌生人了。"苏虹解释道。

"嘿，这种自来熟的方式挺有意思的。"

"当然啦，所有跟泡妞能搭上关系的对你来说都有意思。"

"别这么说，我这不挺乖的嘛，对了，正好咱们等着吃饭，闲着也是闲着，给我们讲讲你跟我哥相遇的故事呗。"

苏虹瞥了罗曦一眼，"才一上午稍微表现好点儿，就要奖赏了。"

"哎，可不止我想听。"罗曦瞥了眼另外两人。

陆羽笑笑："当年罗隐从西班牙回国后，没少跟我提起苏小姐，但却对你们在西班牙发生了什么讳莫如深。如果不介意的话，我倒是蛮有兴趣的。"

苏虹又看了看韩絮，韩絮放下手中水杯，看着她道："我也很好奇，罗隐讳莫如深的那段初恋，到底是什么样的。"

苏虹原本觉得在罗隐未婚妻面前谈论两人当年的事情有些不妥，可假如自己一直保密，似乎显得更加做贼心虚。

"你真的想听？我如果讲的话，可不会因为你身份特殊就刻意省略细节的。"

韩絮点点头，"讲吧。"

思考良久，苏虹缓缓道："好吧，你们想从哪开始听？"

"既然你说这条路上每个人都有一个非走不可的原因，"罗曦道，"那不如就从你为什么决定出发讲起吧。"

苏虹抿了口咖啡，思绪慢慢回到遥远的十多年前。

"我从小文化课不好，只对画画感兴趣，考大学的时候父母知道按照我的成绩肯定上不了好的美术学院，索性咬咬牙，把我送到了西班牙。我家里并不富裕，学画画又是个花钱的专业，更别提在国外学了。为了能帮家里减轻些负担，我除了上课以外每天还要打两份工，下班以后去超市买快过期的打折面包回家做三明治，那个时候偶尔吃得好点就是去麦当劳，要两份一欧元的汉堡。

"可当时并没有觉得自己有多苦，有机会每天画画，学到新东西已经很感激老天了。而且，当时我还有个男朋友，每天晚上打完工回去跟他在 QQ 上聊聊天成了我最幸福的事情。他说等放了暑假，就来看我，我满心期待，甚至破天荒地跟老板请了 20 天假，每天在床头日历上打一个 ×，急不可耐地倒数着日子。

"到了第二个学期末，他越来越少上线，总是推托说有时差，期末考试要准备复习，我深信不疑，一面还叮嘱他考试前就不要联系了，每天留言道个晚安早安就好。等他期末考试结束后，我满心欢喜地上线，本以为会等到他的航班信息，却只等来了他因为家里安排了暑期实习，不能飞来的消息，我心里失望得要死，当时在电脑那头眼泪止不住地流，却还要故作镇定地打字告诉他没什么，实习要紧。"

苏虹嘴角泛起一丝苦笑，自嘲道："我一直对他说的每句话深信不疑，直到我们共同的高中同学给我发来他带着另一个女孩子去九寨沟的照片。那天我把自己锁在屋子里，过去一年不管过得多么艰苦我都没哭过，可那一天我仿佛把未来10年的眼泪都流干了。

"哭了整整一夜后，我把照片发给了他。然后删掉了关于他的一切联系方式。假期是早就申请好的，那段时间我每天在家躺着，看电视剧，买了一堆垃圾食品，几乎喝掉了我这辈子的可乐，躺了一个星期以后，我突然想明白了，错的又不是我，为什么要这样委屈自己？好不容易申请到的假期，我就要这么荒废掉吗？

"当时电视里在放着一部纪录片，片尾画外音说，无数人都因为背负着什么才选择走这条路，等到了终点，他们会发现起初所背负的东西，都留在了那里，而离开的，则是一个全新的生命。

"我好像被什么东西击中了，当时只知道朝圣之路这么一个模糊的名字，接下来便着了魔一般上网搜索攻略，制订行程，第二天就花了一年来最大的一笔钱采购装备，老实说我并不相信这条路可以让我忘掉烦恼，但当时的我却需要一个可以从床上爬起来的理由。

"我坐大巴从离圣地亚哥300千米的界碑出发，每天都要走至少30千米，一路上脚步不停，大脑也在不断运转，每天走到精疲力尽之后的那种愉悦感，似乎都可以冲淡一点儿痛苦的回忆，路上的朝圣者大多非常友善，偶尔有抱着艳遇目的的男人冲我搭讪，我便恶狠狠地瞪着他们，不发一语，直到他们自动消失。"

苏虹拿起桌上咖啡，小口啜了一下，接着道："不得不说那段时间我对男人充满了恶感，几乎认为所有冲我搭讪的男人都图谋不轨，这样一路摆着个臭脸倒也清净。走到第四天，我到了一个小镇，因为商店里最后的一个火鸡三明治，跟一个络腮胡男人起了冲突。在我们争执不下时，你哥哥就出现了。他出了一个主意，让我们各自后退，然后在他一声令下之时，谁抢到就是谁的。为了公平起见，女生退五步，男生退八步。

"我们都同意了，你哥哥又用中文小声告诉我，让我退四步的时候就抢。我当时很感动，真觉得他是个好人。但是，我也留了心，退了四步，没等他喊，我就出手了。谁知，一只手更快地把三明治抓在了手里。没错，是你哥哥，他竟然笑嘻嘻地告诉我规则里可没说他不能抢！"

15

"我突然有点同情你了。"罗曦笑嘻嘻地说。

"你还听不听了，听就闭嘴！"

"听，听。"罗曦立马闭嘴，用手在唇间做了个合上拉链的手势。

苏虹继续讲述："第二天再上路，我已经连续高强度走了五天，之前很少锻炼的小腿开始有些抽搐，脚上也磨出了血泡，仗着年轻还是硬撑着继续走下去，那天的路都是山路，上上下下的，我之前已经订好了从圣地亚哥回马德里的机票，路上行程一天也不能耽误，只能继续这么咬牙走下去。

"到了中午我将就着吃了点东西，几乎没有休息继续赶路，结果在爬一个陡坡的时候不小心摔了下来，整个右手都划破了，当时四周行人不多，就算有人路过我也装作自己在路旁休息，不想被人可怜，寻思着稍微缓缓再走。谁知，竟等来了你哥哥，他跟那个跟我抢三明治的络腮胡在一起。他们竟然是认识的！

"我登时气不打一处来，抄起身旁一块小石头朝他们扔去，让他们离我远一点儿。你哥哥却走到我跟前蹲下，一把抓住我受伤的右手，拿出自己的急救包，帮我处理了伤口。他的行为冲淡了我昨天对他们的怨恨，只剩下感激了，但是我嘴上没服软，说谢谢也没好好说。你哥哥倒没说什么，只是让那个络腮胡去给我找了两个树枝来。"

　　"你们敢相信吗，那么个没有礼貌的络腮胡糙汉子，不知道为什么外号居然叫什么小绅士，而且对你哥哥言听计从，我当时差点儿笑出声来。"苏虹说到高兴处，眉飞色舞。

　　"等络腮胡找来树枝，你哥哥从兜里掏出一把瑞士军刀，花了半小时的工夫把两根树枝做了个简单的抛光，从兜里拿出一块头巾，撕成两半裹在树枝上，给我做了登山杖。之后，他们就走了。我看着他们离去的背影，心里居然有些失落跟懊恼，失落他为什么帮了我以后一句话都不肯多说就走了，懊恼自己为什么总是在狼狈的时候遇到他。

　　"有了那两根登山杖，走路果然方便了许多，也不知怎么的，我暗自希望走得快些，能够赶上他。就在我快要放弃的时候，居然在不远处又看到了他俩，他还是吊儿郎当的样子，一步三晃地走着，身边还跟着几个其他的朝圣者，想必是路上碰到临时结伴的。我偷偷隔着几十米在后面跟着，直到他们一起进入一家旅馆，我在外面又等了20分钟，才去登记。

　　"那天旅馆里客人不多，我拿着钥匙进到房间，他不在里面，那大汉正在整理床铺，我默默走到角落里自己的床位旁边，把书包重重摔到床板上，那个络腮胡看到我很惊喜，过来跟我打招呼。我才知道，络腮胡叫荷西，墨西哥人。他和你哥哥也是在朝圣之路上遇到的，荷西丢了自己的包，所以他们两个人用一个人的钱，才会跟我抢三明治。而这个络腮胡荷西，竟然只有十八岁，出身是天主教家庭，所以，按照传统，成年的孩子要专门从墨西哥飞到西班牙走一次朝圣之路。

　　"也就是在那天，我才知道你哥哥叫罗隐。"

16

"那天晚饭，我们真正熟识起来，我知道罗隐是个大学生，但不知为什么突然选择休学在欧洲流浪，而那个荷西之所以被叫做小绅士，是因为他家三代从政，在墨西哥当地很有些威望，家教很严，说话做事儿很是有自己的腔调。

"晚饭吃到一半的时候，我提出剩下的 200 多千米，我们一起上路，他们替我背包，作为答谢，我每天管他们一顿饭。不过只能吃最便宜的套餐。但是罗隐不答应，他认为这是怜悯是施舍。我就对他说：'假设我每天不背包比背包多走 5 千米，那么我几乎可以在路上省下两天的时间，这两天的食宿钱还有我不需要改签机票额外花的钱，绝对可以涵盖你们每天的饭钱，归根到底这是个双赢的交易，不存在谁迁就了谁。'

"小绅士很高兴，罗隐犹豫良久，才点了头。于是从第六天开始，朝圣之路上就多了一个油头大汉打头，后面背着女士登山包的亚洲男子陪着一个拿着两根树枝撑地的女孩的奇怪组合。"

说到这里，主菜已经端上了桌，苏虹喝掉最后一口咖啡，道："今天就讲到这儿吧。"

"别呀，哪有讲故事只讲一半的，这不是存心吊我们胃口吗？"罗曦抗议道。

"就是要吊你胃口。"苏虹悠悠道，"要不接下来还怎么指望你能表现好呢。"

吃过午饭，众人再次上路。熬过了正午最炎热的两个小时，整个下午的旅途是一天中最舒服的一段。

朝圣之路魅力之一就是整个旅程会横跨西班牙东西，沿途景色也随着路程的推进不断变换，此时他们已经离绵延的山地越来越远，取而代之的则是更加平坦的田野，正值秋收时节，金黄的麦浪顺着秋风阵阵翻涌，不时可以看到驾驶着现代化收割机的农户朝他们比着大拇指。

农户自家的牛羊马匹悠闲地在空地踱步，对于经过的朝圣者早已见怪不怪，不少"目中无人"的牲畜甚至堵在人行道上，目光中带着挑衅看着不得不绕路前行的朝圣者。几个孩童结伴在田野里玩捉迷藏，嬉笑打闹的声音传出老远。农舍里冒出阵阵炊烟，饭菜的香气混在空气中，挑逗着沿途经过的每个人的味觉神经。

"真好。"韩絮从队尾走到苏虹身旁，"这么多年我从来没发现原来乡村生活可以这么美好。"

"你们这种千金大小姐只是图个新鲜罢了，真要让你们在这种地方生活个一年半载，得把你无聊死。"

"或许吧，很多人说大城市是钢铁丛林，我却一直觉得没什么不好，认为这只是肉食者的矫情罢了。可作为一个城市动物，今天走在乡野田间，却发现这里真有些美好是城市给不了的。"

"这种东西，就叫做烟火气吧。"苏虹道，"老实说，回国以后，我很久没有体验过这种感觉了。"

"喂，你们走快点啊，别掉队了。"罗曦在前面朝她们喊道。

"你管好自己吧。"韩絮撑了回去，说罢脚步又故意放慢了些。苏虹不得不跟着也放慢了脚步。

17

"喂，你看我干吗？"韩絮道。

"你是不是有话跟我说？"

"有这么明显吗？"

"这还不明显吗，你今天也太反常了。"

韩絮笑笑："今天上午，谢谢你。"

"哈哈，太阳打西边出来了，韩大小姐居然会跟我道谢，我怎么敢当。"

韩絮收起笑容，认真地看向苏虹的眼睛，"不仅道谢，我还要为我之前的态度向你道歉，我自己的毛病自己知道，希望你别介意，经过今天的事情，我以后对你不会这样了。"

"不过是给你削了根木棒而已，没什么大不了的。"

韩絮摇摇头，"不单单是帮我做了登山杖，中午你讲的那段故事，让我觉得你是真正关心罗隐的人。"

苏虹一愣，道："你不介意我对他有过好感？"

韩絮离苏虹又近了些，耸耸肩道："过去的事情了，有什么好介意的。"

苏虹冲她竖起大拇指，"这心胸，佩服佩服。"

韩絮笑笑，压低了声音道："老实说，我之所以先前态度那么冷淡，除了天性使然，也担心大家寻找罗隐的理由并没有那么纯粹。"

苏虹暗自好笑，你自己最可疑了好吧，但仍故作惊讶地问道："哦？这话怎么说。"

"也没什么，只是想给你提个醒，最好不要完全相信这个团队里的任何人，包括我。"

"怎么，你怀疑有人要对他不利？"

"呵呵，关于我的流言蜚语，你应该已经听过了，就是没听过，将来也一定有人给你讲，我不解释，只是，"她顿了顿，"其他人的动机也很可疑。"

"你这个其他人是指？"

"比如陆羽。"

苏虹眉头一皱，"他不是罗隐最好的兄弟吗？"

"曾经是吧，"韩絮幽幽道，"但现在的情况如何，怕是只有他们两人知道了。关于陆羽的公司，你想必有所耳闻，现在也算是国内光伏产业里做得不错的。"

苏虹点点头。

"早年他跟罗隐一起创办的时候，在三年间把一个默默无闻的小公司做成了细分领域的头部公司，在整个商界都曾引起轰动。可惜，"韩絮说着叹了口气，"后来由于一些国际因素，大环境不景气，加上罗隐犯了一个重大失误，跟他们签订大单的公司先破产了，导致他们现金流断裂，不仅公司面对破产风险，他们两个还要承担连带责任，甚至坐牢。"

"还有这种事儿？"苏虹故作惊讶道。

"不然你以为罗隐为什么会到罗劲松的公司，在他们公司快垮的时候，是他找到他父亲，把公司的窟窿填上，才化解了那次危机，但作为交换，他必须要回罗劲松的公司上班，而陆羽则留在了原先的公司。"

"这么说来陆羽是靠着罗隐才能保住现在的位置，更不可能加害罗隐啊。"

韩絮冷笑道："错是罗隐犯的，他不过是弥补了之前的错误，算不上有什么恩惠。而陆羽，虽然保住了名义上 CEO 的位置，但我无意间通过相关的朋友对这家公司有些了解，你知道这家公司的实际控股人是谁吗？"

苏虹仔细思索良久，道："罗劲松？"

韩絮摇摇头，"是罗隐的二弟，罗鹏。"

"是他！？"

韩絮微微颔首，"你也知道他们两兄弟一直水火不容，到底发生了什么使得公司控股人最后变更成了罗鹏，我不得而知，但这至少说明一个问题，陆羽现在实际的老板，是罗鹏。而且，还有件事儿，知道的人怕是更少了。"

苏虹见韩絮一脸神秘，不由得身子又朝她那边靠了靠，"还有什么事儿？"

"罗隐离开公司三个月后，忽然秘密从罗氏集团挪出一笔资金，并且发邮件给罗劲松，直言那是他为公司工作三年应得的报酬。事后罗劲松并没有追究，默认了他的做法。"

"这有什么不对？"苏虹不解道。

"没什么不对，只是那笔钱，数量可不小。"

"有多不小？"

韩絮叹了口气："两个亿，不小吧？"

苏虹倒吸了口凉气，苦笑道："哪怕少一个 0，对我来说都是巨款了。"

"可你知道吗，据坊间传闻，这笔钱现在并非罗隐一个人有权调配，为了预防不测，导致这钱石沉大海，他把账户跟密码透露给了自己最信任的一个朋友。"

"你是指，陆羽？"

韩絮点点头，"他的概率最大，试想一下，假如罗隐真出了什么意外，那这笔钱会落入谁的口袋？"

看着韩絮认真的表情，苏虹没有说话，而是笑了笑。

"你不信？"

"我信，你没必要编造这种很容易就可以找人对峙的瞎话骗我，陆羽的动机确实存疑。不过有一点，我不信。"

"哪一点？"

"你绝对不是无意间通过朋友了解到这件事儿的，这个世界上的巧合如果这么容易发生，就不叫巧合了。"

"哈哈。"韩絮罕见地吐了下舌头，道，"我承认，我确实在出发前找人专门对陆羽的公司做了股权穿透，但我本人跟他也没有任何过节，这也不影响最后的结论。"

苏虹点点头，"你的话我都记在心里了，对所有人保持警惕，"说着顿了一下，"包括你。"

韩絮点点头，旋即又摇摇头，"不过老实说，我还是觉得自己比他们更可信些。"

"喂，你是不是上午摔到脑子了，这么不要脸的话可不像是你的风格啊。"

两女的关系在韩絮的主动破冰后缓和了许多，苏虹没有忘记之前罗曦的提醒，但这并不影响韩絮作为一个聊伴排遣旅途寂寞，更何况她惊喜地发现，在撕掉之前的高冷面具后，韩絮居然是个蛮会聊天的人。

快走到当天终点时，苏虹正跟韩絮聊着防晒霜品牌，走在前面的陆罗二人突然停下了脚步，待二女走到近前，苏虹见罗曦正蹲在一名外国女孩身旁，地上平放着一辆山地自行车跟一个简易工具盒。

那女孩裤腿、膝盖上沾着泥土，身上宽松的运动服仍无法完全遮盖天生的玲珑身段，她的脸颊带着亚洲女孩柔和的曲线，五官又分明是欧美白人女性的明艳张扬，苏虹学美术时曾经总结出一个结论，两种截然不同的美结合在一起，常常会起到一加一小于二的效果，强行融合只会不伦不类，但这个姑娘明显属于例外，柔和跟张扬在她的脸上和平共存，没有一方越轨。

那张脸此刻正充满希冀地看向眼前全神贯注的罗曦，他一手扶起车后轮，一手转动脚踏板，车轮发出吱吱声响，脚蹬处的齿盘来回晃动，感觉随时要掉落下来。

罗曦把车立起来，走到车头刹车闸处仔细端详了一下，扭头指了指辐条跟齿盘上的齿钉，用英文跟女孩子道："你刚刚是不是动过这些地方？"

女孩连忙点头，罗曦笑着道："OK，我明白了。"说着转头冲陆羽道，"羽哥，反正咱们马上就到了，这姑娘刚刚骑车摔了，估计是第一次修车，有些地方装错了，这地方荒郊野岭的，她推车走几十千米都不见得能找到个修车的，要不你们先去登记房间，我帮她修好了立马赶过去？"

他见陆羽没有说话，继续道："你们想想看，这么可怜的一姑娘，要是丢下不管，那岂不是冷血败类加十足的王八蛋嘛。"

"呵呵，难得我们罗家三少这么深明大义，你这一说，谁要是阻止你谁就是败类了呗。"韩絮在一旁冷冷道。

"韩总的阅读理解真是满分啊。"罗曦笑道，"再说我刚刚已经告诉她我们是中国人，也跟她承诺了要帮她修车，要是现在一走了之，那丢的是国家的人，我个人事小，但咱们不能在外面给祖国母亲丢人啊你们说是不是。"

陆羽看了看那姑娘，又看了看罗曦，沉吟道："你真的能帮她修好？"

"那当然。"罗曦蹲在车子旁，用手指比画着，"车轮吱吱作响，应该是辐条松了，声音是交叉的辐条发生轻微碰撞引起的，需要润滑一下交叉点，这里大齿盘有晃动，你仔细看，这链条还会蹭到前拨导板，应该是盘钉松动，这就需要挨个检查然后拧紧，最麻烦的是她齿盘还装反了，导致前拨换挡不正确，需要重新安装。"

"没看出来啊。"苏虹有些惊讶道，"你还真有两下子。"

"嗨，骑行这东西我也算半个专业选手了，这些小问题对我来说跟玩似的。"

"那好吧，我们先去预订房间，你稍后过来，但是罗曦，"陆羽加重了语气道，"你要记得我们这次出来旅行是为了什么。"

"放心啦羽哥，我有分寸的，你们抓紧去抢房间，万一没空床了，下个旅馆可还要走七八千米呢。"

18

到了旅馆，苏虹三人收拾妥当，陆羽坚持要等罗曦回来一起晚餐，韩絮有些疲惫，独自卧在床上翻着那本腰封已经有些破损的书。苏虹凑过去看了眼，书皮上用英文写着《领导力：沙克尔顿的传奇》。

"哟，韩大小姐还学领导力呢？这作者都不见得能教得了你吧。"

韩絮抬了下眼皮，又继续看着书，悠悠道："学无止境，什么时候我能指挥得动苏大小姐了，才算出师。"

"哈哈那你这辈子别想了。"苏虹笑着走出房间，三步两步走到了旅馆门外，她往后退了两步，开始仔细端详起眼前的建筑。

这次住宿的旅馆外形奇特，看得出主人下了不少功夫。整个建筑外墙呈现独特弧形，拼贴着各种色彩亮丽的瓷砖，二楼屋顶呈波浪形，每隔几米会延伸出一个椭圆形的小阳台，一个只是起装饰作用的尖头烟囱俏皮地夹在两个阳台中线上方，看得出来，这主人一定是高迪的粉丝。

苏虹大学时接触过不少类似的作品。安东尼奥·高迪，西班牙塑型建筑流派的代表人物，设计过古埃尔公园、米拉公寓、巴特罗公寓、圣家族大教堂等举世闻名的奇观，其中17项被西班牙列为国家级文物，7项被联合国教科文组织列为世界文化遗产，货真价实的艺术天才。

苏虹心中暗叹，有些艺术家就像高迪一样，出生就是为了拔高全人类的审美品位，随随便便就可以设计出让后世膜拜的建筑，画出惊世骇俗的画作。可有些人似乎天生只继承了对艺术的热爱。

假如这种人不甘于做一个欣赏者，而妄图成为一个创作者，他们的最大作用就是衬托出前一种人有多伟大。"你都画了这么久了，假如真的有天分，早该成名了"，过去这些话不断在她的脑海里盘旋，她一直在对自己的质疑跟信任中间摇摆，就在此刻，在一幢复制前人伟大风格的建筑面前，她突然意识到，或许自己真的只是一个没有天赋的画家。

苏虹身边大多数人到了30岁，都把自己20岁时的理想视为笑话，她不乐意，或者说是舍不得，虽然也会跟生活妥协，兢兢业业地做着一份并不热爱的工作。她一直很清楚，是这份工作支撑着她继续生活，但她更清楚，是那份理想支撑着她继续工作。

她不知道自己还可以坚持多久，多年的经历让她意识到，人，总会变的，不知道那个家伙经历这十年后又变成了什么样？苏虹心里暗道：罗隐，你可千万别变成个市侩商人啊。

又在旅馆四周转了一会儿，苏虹才姗姗回到房间，陆羽还是抱着笔记本回复邮件，韩絮则从平躺换到趴在床上，手上的书已经被翻到了最后几十页。

"怎么，那家伙还没回来啊？"

"回来了，在隔壁房间呢。"韩絮眼皮也不抬冷冷道。

"隔壁？我们这边明明有空床啊。难道是……？"

陆羽冲她点点头："那个姑娘也在这间旅馆住下了，不过罗曦跟我保证过了，今天晚上睡我们这边，明天姑娘自己骑车走，他跟着我们按原定计划出发。"

"哼，你信他？"韩絮一脸不屑。

"哈哈，你们说什么呢这么开心。"屋外传来罗曦爽朗的笑声，他推开门，斜倚在门口看着众人，"哟，虹姐回来啦，那咱该吃饭了吧，我们都饿得不行了。"

苏虹看向陆羽跟韩絮，"你俩刚才不还说没什么胃口吗？"

韩絮合上书，道："别自作多情了，罗三少爷口中的我们，说的是他跟他的新朋友。"

旅馆的餐厅就建在后院里，一半室内一半露天，罗曦兴致很好，提议大家稍微喝点酒，被韩絮狠狠剜了一眼，讪讪道："忘了您滴酒不沾了，喝饮料也不错。"接着又热情地把认识的新朋友介绍给大家，姑娘叫伊内斯，西班牙人，已经独自一人在朝圣之路骑行两周了。

"真的很感谢你们帮我修车，我一直对中国很感兴趣，将来有机会一定要去看看。"伊内斯笑着对众人道。

"好啊，你来北京时一定联系我，我给你当导游。"罗曦笑嘻嘻道。

"一定会的，也欢迎你们来到西班牙，如果有机会，你们可以去我的家乡穆尔西亚玩，我会好好招待大家。"

"唉。"吃到一半，罗曦突然叹了口气，放下手中叉子，看向正喝水的伊内斯。

伊内斯有些疑惑地看向他，缓缓放下手中杯子，"怎么了？"

"没什么，只是想到美好的时光总是短暂的，明天就要分别，免不了有些伤感。"

"没事儿，我们一定会再见的。"伊内斯对罗曦柔声道。

"哦，真的吗？"罗曦脸上闪过一丝惊喜。

"放心吧，"伊内斯点点头，"我保证你们一定会在旅途终点看到我。"

晚饭后伊内斯让众人在房间等她，过了一会儿，她拿着一个纸盒走了进来，从里面拿出一个个包装精美的小盒子挨个送到众人手上。

"这是我们公司新研制的产品，非常适合朝圣之路，我出发前带了一盒准备送给路上的朋友，请你们一定要收下。"

苏虹拆掉包装，是一个海螺造型的小挂件，四周还镶嵌了碎钻装饰，十分精致。

"你们可以把它挂在脖子上当做装饰品，另外，"她拿起罗曦手中的海螺，用手指了指外壳，"这上面涂抹了荧光胶，把它绑在背包上，黑暗的时候可以发光，这样你们不管是走夜路还是天没亮就出发，都可以靠这个来避免走散，如果走在公路上，还可以给后面的机动车提醒。"

"哈哈，这个跟你脖子上的海螺有点儿像哎，"苏虹看向罗曦，"要不我帮你摘下来换上？"

"不了不了，"罗曦忙摆摆手，"还是绑在包上的好。"

众人依次跟伊内斯道谢后，她笑着伸了个懒腰，"时间也不早了，我们明天还要继续上路，希望你们可以享受这段旅程，我们在终点见吧。"

第二天一早，罗曦还抱着一丝幻想，走到伊内斯住的房间门口朝里观望，却发现她的床铺已经空了，到楼下一打听，姑娘早已在半小时前就出发了。

"怎么着，罗三少爷又深陷情网了？"苏虹打趣道。

"哪能啊，我就是想再确认一下车子修好了没。"

"对对，您最乐于助人了。我看是那姑娘对你有意思，可惜你也太不解风情了。"

"嘿嘿，魅力大，没办法。不过说到不解风情，"罗曦突然扭头看看韩絮，见她并没有朝这边看过来，压低声音对苏虹道，"我可比不上我哥。"

"罗隐？"

"想不到吧。"罗曦故作神秘道，"这事儿可没几个人知道，听说三年前，我哥跟韩絮还没好上的时候，带着王经理来欧洲拓展业务，跟一家国外通信公司合作，对方的谈判代表是个以色列姑娘，长得美若天仙。也不知看上我哥什么了，愣是从法兰克福追到北京去见他，可最后还是被他拒绝了。到嘴的肉不吃，你说说看，你见过这么不解风情的吗？"

苏虹带着一丝怜悯看着罗曦，叹道："罗隐上辈子造什么孽了，怎么会有你这么个弟弟。"

众人用过早餐便收拾行李再次上路，清晨时分夜幕被撕开一个小口，天光显得颇为吝啬，好在有伊内斯赠送的荧光海螺作标记，大家哪怕隔着些距离仍不会走散。

为了节省时间，陆羽并没有完全按照箭头行走，有时他们紧贴着高速公路的隔离网走在灌木丛中，身旁不时有载满货物的卡车疾驰而过，过一阵子又要在铁轨旁等待列车驶过，隔一阵子又莫名其妙地要过几座桥或者钻几个洞。

渐渐地，韩絮不再只是低头只顾朝前走，也会时不时转头欣赏沿途景色，罗曦也不再聒噪，反而更专注于脚下。只有陆羽，永远一个人走在前面，像个精密的仪器，总会在预定的时间内，前后误差不超过5分钟抵达阶段性的目标，这种滴水不漏的纪律性，在经过韩絮提醒后，让苏虹更觉得有些可怕。

假如陆羽真的有问题，作为整个团队的隐形领导者，他是最有能力对罗隐造成威胁的。思忖间，身后传来阵阵马蹄声，两名少年骑马从他们身边飞驰而过。

"喂，你有没有注意到刚才骑马的两个家伙。"一旁的韩絮悠悠道。

"朝圣之路嘛，有人骑马也不新鲜。"

"你难道没有发现，这是他们第二次经过我们身边？今天早些时候，我们过桥的时候，就碰到过那两人。"

19

"喂，你不是花痴犯了吧，人家骑马怎么可能还被我们甩在后面。"

"所以我才觉得奇怪啊，这两人我们早上肯定见过，我大学选修过马术，第一次遇到他们的时候专门观察过那两人骑的马，鬃毛长而浓密，呈波浪状，通体雪白，应该是纯种的安达卢西亚马，这种马是西班牙特有，世界上最优秀的马种之一，很好辨认。"

苏虹疑惑道："那照你这么说，他们是故意绕路折返，然后再次追上我们？"

"不排除这种可能性，毕竟罗隐曾经说过，我们在这条路上假如作弊一定会被发现。"

"你怀疑他们是罗隐派来的？"

韩絮点点头，"又或者是罗鹏，你还记得我遣散回去的属下吗，我一直怀疑，到底是谁把我们的行踪泄露给我爸的，现在想想，所有的知情者里，最有可能的就是他。现在罗氏集团情况微妙，他是最不希望我们找到罗隐的人。"

苏虹笑笑，"可惜你的人出师未捷就被罗隐揪了出来。"

韩絮耸耸肩，"如果真是我安排的，可就不一定这么容易被揪出来了。昨天我从国内的眼线了解到，罗鹏已经专门派人出发赶往马德里了，怕是要亲自动手给我们制造麻烦。"

"你不要吓我好不好，本来正开心着遇到了白马王子，现在怎么感觉像是中世纪杀手。"

"你先别害怕，按理说他的人最快今天刚到马德里，不应该这么快就追上我们，另外他的手下就算再笨，也不会蠢到这么明目张胆地监视我们吧，刚才经过的时候还冲你笑了一下，搞得生怕我们不知道。"

"照你这么说，罗隐也不会这么笨才对。"

"所以也不排除第三种可能。"

"什么可能？"

"骑马那家伙看上你了。"

"靠。"苏虹没好气道，"你绕来绕去就为了拿我开心？"

韩絮正色道："我没有逗你，这三种情况都有可能，唯一不可能的，就是他们骑马还没有我们走路快，你信不信，我们过阵子还会遇到他俩。”

“打赌？”

“打赌就算了，我最讨厌赌了。”

“我信你个大头鬼，说得言之凿凿的，又怕输。”苏虹翻了个白眼，“我看就是你自作多情。”

行至下午，陆羽在一家街边咖啡厅门前站定，转身对众人道："我们已经走完今天四分之三的路程了，可以休息下。这家店的咖啡在网上号称朝圣者必尝，你们两位女士一路辛苦了，先歇会儿，我跟罗曦去排队。”

“那怎么好意思啊。”苏虹说着一屁股坐在椅子上，双手捶打着自己的小腿，“哎我怎么不自觉地就坐下来了？看来还是老了，才走了3天，小腿就开始发酸。”

一旁的罗曦道：“那可不能喝咖啡了。”

“为什么？”

“你想啊，咖啡也是酸的，你的腿也是酸的，你喝咖啡，岂不是酸上加酸？”

苏虹一脸假笑看着罗曦，道：“没事儿，我人长得甜啊。”

罗曦还要回嘴，一旁陆羽拍拍他肩膀道：“好了，快去排队吧。”

不远处的柜台旁仅有一位咖啡师，是个满头白发的酷老头，韩絮靠着椅子，翻看着网上对这家咖啡店的评价道："上面说这咖啡师是哥伦比亚移民，在这条路上做咖啡已经有整整8年了，每一杯咖啡都是手冲，不管前面排了多少人，做好一杯都要足足10分钟。”

“我说，咱们已经走了这么久了，请问你说的那位白马王子在哪里？难道已经忘记他的公主了？”

韩絮摘下墨镜，不紧不慢道："急什么，今天不出现，明天也会出现，明天不出现，后天也会出现，你都问我几次了，别搞得像个嫁不出去的老处女一样思汉好吗？”

“哎哟喂，现在倒成了我是个饥渴的女人了？得，我还真就思汉了，之前你不提还好，现在满脑子都是男人，我不管，要是他不出现，你赔我一个男人。”

"赔就赔，那两个买咖啡的，你随便挑。"

"我呸，你怎么不说那个做咖啡的呢。"

韩絮笑笑，"你如果愿意，我也可以帮你试试。"

"那倒不必。"苏虹一脸坏笑，"我看你也不错。"

韩絮没有说话，看着远方嘴角泛起一丝微笑。

"喂，你别笑得这么暧昧好不好，我可对你没兴趣。"

韩絮笑得更开心了，"白雪公主，你看看身后，你的王子们来了。"

苏虹隐约听见身后传来阵阵马蹄声，回头一看，上午遇到的两个少年骑马停在不远处树下，利索地翻身下马，把马系在树干上后，朝她们缓缓走了过来。

"不是吧，他们还真往我们这边走，这两个人是不是你花钱请来的？"苏虹转过头，一边拿起一张餐巾纸装模作样地欣赏着上面的花纹，一边小声问韩絮。

"别紧张啊，"韩絮饶有兴致地看着她，"你现在的样子可不像白雪公主，倒像是魔法失效以后的灰姑娘。"

两个少年到另一边的档口要了两杯果汁，然后果真缓缓走到了她们的桌子旁，苏虹跟韩絮假装聊着天，个子稍高一些的少年冲她们笑着说："下午好。"

二女礼貌地回应道："下午好。"

"我们可以坐到这边吗？"

"不好意思，我们还有两个朋友。"苏虹正要拒绝，韩絮突然插嘴道："没事儿，有空位，你们请坐。"

苏虹朝她瞪了一眼，韩絮用中文道："别激动，先调查一下这两人的来路。"

两个少年小心翼翼地把椅子挪出一条缝，坐了下来，"你们是中国人吧？"高个少年问道。

"你听得懂中文？"苏虹好奇道。

"哈哈，那倒不是，我有个诀窍，可以很好地分辨中日韩三国的人。"少年自信满满道。

"什么诀窍？"这下连韩絮都不免好奇了起来。

"只看脸确实不好分辨，但这个，"少年指着苏虹跟韩絮摆在桌子上的手机，"暴露了你们的国籍。"

"除了 iPhone 以外，用 Huawei 的一般都是中国人，用 Samsung 的大多是韩国人，要是 Sony 之类的那就肯定是日本人了。我爸爸去年也买了华为，所以我对这个牌子很熟悉。"

"哈哈，有点儿意思。"苏虹指尖轻敲自己手机背面，想不到在这里暴露了。

"我叫乔治，是法国人。"那高个男生大方地自我介绍道，"这是我朋友罗宾，英国人。"

韩絮笑道："我叫 Han，这是我朋友 Su，对了，我看你们的马挺特别的。"

说到马，乔治立刻来了兴致，"你也懂马啊？这可是安达卢西亚马，我们求了老板好久才同意借给我们骑来朝圣之路的。"

"你们在马场工作？"

乔治点点头，"我还是今年的荣誉饲养员呢。"

苏虹端详着二人，"看你们的年纪，应该还在上学才对。"

乔治笑道："我今年高中毕业，罗宾刚读完大学一年级。"

"那为什么要辍学来养马？"

乔治摇摇头，"我们可没有辍学，这是我们的间隔年。"

"间隔年？"韩絮若有所思地点点头，西方国家有不少大学允许学生在选择专业前休学一年出去走走，打工或者旅行以决定自己未来的学习方向，她虽然有所听闻，但这也是第一次见，"那你们这一年的时间就是在马场当饲养员？"

"当然不是。"乔治摇摇头，"我还做过法语老师，当过环保志愿者，还陪着业余探险队登过山，罗宾就更厉害了，他在一艘英国游轮上做酒保，绕了大西洋整整一圈最后才在西班牙登陆，算起来我们做饲养员也不过 4 个多月。"

苏虹道："我在欧洲读书时也遇到过一些过间隔年的朋友，可总感觉这不过是给他们多放了一年的假。"

乔治道："一个人能在 18 岁就找到自己余生想做的事儿太难了，

哪怕只是当时认为可以做一辈子都是种奢侈，欧洲很多大学大一不分科，学生什么都可以学一点儿，就是所谓的通识教育，为的就是给学生一年的时间慎重做出选择。"

他喝了口果汁，继续道："间隔年也异曲同工。别看我们好像做的都是些很奇怪的工作，通过这些工作我们可以接触到各行各业的人，了解他们的生活状态，就像今天，假如我们没有走朝圣之路，怎么可能碰到你们。"

哈哈，苏虹开心地接受了恭维，道："那这一年的旅行后，你们找到自己的目标了？"

乔治点点头，"一年前我原本准备读医学，现在打算学习文学。"

罗宾道："我还是决定继续自己的金融专业。"

"那你这一年岂不是白过了？"

"不会啊。"罗宾摇头道，"这一年之后无论是改变了原有的决定，还是坚持之前的决定，本身都受了间隔年的影响的。"

苏虹若有所思地点点头，"我有个朋友，年轻时也曾经跟你们一样在欧洲流浪过一年，我曾以为他当年只是单纯地在逃避一些事情，又或者是无所事事地四处瞎逛，现在想想，或许他也抱着跟你们一样的想法，正处在思考自己未来到底要成为什么样的人的阶段。"

她看着眼前两个男生，有些散乱的头发，穿皱了的衬衣，被泥土跟马镫刮痕遮盖掉本色的靴子，还有两双亮闪闪的眸子，一切都像极了曾经遇到的那个少年，意识到自己的失态后，她赶忙把自己从回忆中抽了回来，故作随意地问道："从安达卢西亚一路走过来要很久吧。"

乔治道："我们每天骑50多千米吧，这已经是第十天了，这次是我跟罗宾离开西班牙前最后的一段旅行，出发前我们就约定好，每天要找一个陌生人，送上一句祝福，这样等我们走到终点，就会有至少12个人因为我们变得更加开心了一点点儿。"

他说着脸上泛起一丝潮红，有些不好意思道："不知道你们有没有印象，今天早些时候我们曾经见过面，就在之前的小石桥上，当时看到你们身边还有两个男生，我犹豫了一下没有停下来打招呼，走到一半又觉得不甘心，越走越不甘心，这才折回来，只是想告诉你们，你们俩是我们这一路走来遇到的最美丽的姑娘，请不要误会，这只是单纯的夸奖，我们没有任何别的意思。"

"哈哈没事儿没事儿，就让我误会一下吧，"苏虹笑道，"假如我年轻个 5 岁，可能真的动心了呢。"

乔治笑笑，"假如能让你年轻 5 岁，哪怕不对我动心，也是一件很美好的事情，不是吗？好了，我们该赶路了，谢谢你们愿意跟我们聊天，因为你们的善意，我们的一天都更加明媚了。"

说着他跟罗宾起身，转头冲苏虹二人笑笑，"Buen Camino。"

"Buen Camino！"

"这两个小家伙撩拨完我们两个老阿姨就拍拍屁股走了，连个联系方式都不要，也太无情了吧。"苏虹有些怅然若失地看着两名少年消失的方向，喃喃自语道。

"是不是过去一年听到的赞美都没有今天多啊。"韩絮看着她笑道。

"何止是过去一年，我这辈子都没听到这么多的赞美，都说外国人油嘴滑舌，哄女人最拿手，我也不是没见识过，原先以为是那些女人蠢，现在才发现，天下女人都一样蠢，没有不吃这一套的。"

"有这么厉害吗，我觉得还好吧。"

苏虹冲她翻了个白眼，"你当然觉得还好，追我们韩大小姐的男人从马德里排到巴黎，什么马屁没听过。"

"这倒不至于，不过之前在国外上学，确实有些国外的追求者，就像你说的，大多油嘴滑舌，绅士的外衣下都是生殖冲动，那种殷勤让我有种被猎人狩猎的感觉。这两个孩子倒是难得地诚恳，不把我们当做猎物。"

"或许是因为他们还年轻吧，"苏虹喃喃道，"希望他们永远长不大。"

"聊什么呢，这么开心。"罗曦跟陆羽端着咖啡走了过来，好奇道。

苏虹笑着接过咖啡，把鼻子凑到杯口，眯着眼睛闻着蒸腾热气传来的香味，一脸陶醉道："聊聊男人。"

20

那天剩下的旅程似乎真的因为两个少年的一番话而变得更加明媚，苏虹感觉自己没怎么费力就走到了终点，吃过晚饭后大家回到旅馆，在熄灯前就各自洗漱好上了床。

罗曦吸取了前日里的教训，第一个戴上眼罩耳塞，断绝了隔壁床友找他聊天的念头。韩絮在熄灯前一刻合上了书，伸伸懒腰和衣躺下。熄灯后，或许是下午喝了咖啡的缘故，苏虹却怎么也睡不着，翻来覆去不知多少次后，她第三次看了眼手机，11点半。

想到明天还要早起，正烦躁间，不远处有个人影缓缓起身，轻手轻脚地下了床，苏虹在暗中仔细辨认，居然是陆羽！早就提醒过这家伙肾不好就别睡前喝水，怎么着，憋不住了吧。

却见陆羽轻悄悄地从包里拿出笔记本，四下张望了一圈，这才蹑手蹑脚走出房间。看样子不是去厕所啊，想到韩絮对她说过的话，苏虹好奇心大起，等陆羽关上房门后，小心起身穿上鞋子，偷偷尾随着出了房门。

房门左手是通往一楼的旋转楼梯，苏虹弯着腰走到楼梯台阶旁，透过梯柱间的空隙看到陆羽走到大厅沙发处，打开电脑，他先是对着屏幕看了一会儿，眉头紧蹙，似乎遇到了什么麻烦，接着罕见地从电脑包里拿出一个盒子，苏虹仔细一看，居然是包香烟。

陆羽慢条斯理地抽出一根点上，深深地吸了一口，整个人陷在沙发里，任由烟灰燃得老长，快要掉在地上时才轻轻弹到烟缸，抽到第三根时，他终于下定决心一般，把烟头摁灭，双手飞快地敲击键盘，苏虹蹲得两脚发麻，脑中飞速运转，看来这个陆羽确实有问题，她是应该偷偷回去装作一切没有发生还是现在就找他问个清楚？

思索良久正拿不定主意的当口，陆羽突然如释重负般伸了个懒腰，又仔细盯着屏幕看了几秒，这才合上电脑，起身朝楼梯走来。

　　苏虹来不及躲闪，情急中突然站起，一边打着哈欠一边道："咦，你也没睡啊。"陆羽吃了一惊，看着楼梯上往下走的苏虹，又立马恢复了平静："哦，刚刚回了个邮件，工作上有个急事儿需要处理。你也没睡呢。"

　　"哼，继续装。"苏虹暗想，表面却大大咧咧道："嗨，我睡前水喝多了，想去趟洗手间。"说着伸着懒腰，故作随意地走下楼梯。

　　"哈哈，你还提醒我少喝水呢，自己都不以身作则。"陆羽一边笑着摇头一边拿起电脑朝楼上走去。

　　就在两人擦肩而过时，苏虹突然抓住陆羽的胳膊："哦对了，我突然想起来有封重要邮件要回，你电脑借我一下吧？"

　　陆羽眼中闪过一丝狐疑，旋即笑道："什么事情这么晚了还要处理呀。"

　　"跟你一样，工作上的破事儿，要不是看到你还真没想起来，这事儿有点儿急，你不会不方便吧。"

　　陆羽意味深长地看了苏虹一眼，大方地走回桌子前，打开电脑，"你用呗，我把我的账号登出。"

　　就在陆羽准备登出时，苏虹突然拿手摁住鼠标，"登出登入的多麻烦，用你的发就得了。"

　　陆羽看了看她，苏虹保持着人畜无害的笑脸，手却丝毫没有挪开的意思。陆羽缓缓挪动鼠标点了一下写邮件的图标，"那你用吧。"

　　苏虹在屏幕上装模作样地打着字，透过屏幕反光可以看到陆羽就站在她身后，她扭头道："喂，我给我新老板写邮件，你没必要盯着看吧。"

　　"哦，对不起。"陆羽把头扭向另一边。

　　"对了，能不能麻烦你帮我把客厅的窗子开一下，好大的烟味啊，不知道刚刚哪个王八蛋在这儿抽烟了。"

　　陆羽看着苏虹，没有移动身子。

　　"阿嚏，"苏虹打了个喷嚏，用无辜的眼神看着他，"我对烟过敏。"

陆羽有些无奈，只好起身去开窗户。

苏虹一边装作构思语句，一边用电脑触摸面板悄悄点开陆羽邮件箱里"已发送"一栏的图标，图标下前十栏的邮件，有5封都寄给同一个地址。

她正要点开刚刚发送的那封，陆羽已经转身朝她走来，她赶忙关闭了页面，装模作样地写好邮件，点击发送。"搞定了，"苏虹揉了揉眼睛，又打了个哈欠，"我还真有点儿困了。"说着起身就要回房间。

"下来都下来了，不如再坐会儿，陪我聊聊天吧，陆羽从兜里掏出根烟，叼在嘴里，看向苏虹的眼神带着一丝玩味，你放心，王八蛋这次只叼着烟，不点。"

苏虹看了看陆羽，不清楚他葫芦里卖的什么药，刚刚抬起的身子又落回椅子上，故作随意道："前两天没看出来，你烟瘾不小啊。"

"我平时不抽，只有心烦的时候会碰这玩意儿，嘴里叼个东西，可以分散些注意力。"

"这么说来，你今天有烦心事儿？"

"公司的事情，再加上罗隐这边，一下子全部涌过来，难免有些疲于应付。"

苏虹道："罗隐这边一切不都在顺利进行吗，也没遇到什么人来捣乱啊。"

"只是暂时没有人来捣乱罢了。"陆羽嘴角泛起一丝苦笑，"今天我收到两个消息，第一，前天罗劲松因为突发心脏病再次被送到了ICU，虽然脱离了危险期，但情况非常不乐观。

"第二，几乎在罗劲松进ICU的同一时间，有些不想让我们顺利找到罗隐的人已经派人飞往西班牙，接下来的道路可没有前面那么好走了。"

"你意思是，会有人阻拦我们找到罗隐？"

陆羽点点头，"还是些很不好惹的人。"

苏虹盯着陆羽眼睛，缓缓道："可假如，捣乱的人并不是来自外部呢。"

"哦，"陆羽笑笑，"你想说什么？"

"没什么，"苏虹身子微微朝前倾，眼神依旧盯着陆羽，"有件事儿我蛮好奇的，你对韩絮的人出现在马德里酒店里这件事儿怎么看。"

陆羽也下意识地把身子朝前倾了些，迎着苏虹的目光，缓缓道："从明面上看，这件事情最合理的解释是韩絮自己出于一些我还不能完全肯定的原因，事先通知了她父亲，派人在旅途中跟随我们，等我们找到罗隐后，玩个螳螂捕蝉黄雀在后。但，也不排除有人想借刀杀人的可能。"

"你说的那个'有人'，是罗鹏吗？"

陆羽把烟放回了烟盒，"我从头到尾都没提过他的名字，是韩絮告诉你的，还是罗曦？"

"你别管我怎么知道的，我想知道的是，你，有没有怀疑过其他同伴找寻罗隐的动机？"

陆羽愣了愣，笑道："不错，除了你，对于另外两个人，我都有所怀疑。当然，假如你已经跟他们聊过了，那么我相信他们对我也是不信任的。"

苏虹有些无奈地耸耸肩，"你们是事先商量好的吗，都说只有我值得信任。"

"事实如此，你是唯一一个利益无关方，至于剩下的人，都很难自证清白。"

"那你说说另外两个人都哪里可疑了。"

"关于韩絮，你刚才的提问本身就是回答，她的手下出现在我们下榻的酒店里，她还假装毫不知情，本身就很有问题，至于罗曦，"陆羽顿了顿，"我这里只是假设，并不一定成立。"

"我赦你无罪，尽管大胆假设。"

"罗劲松一共有三个儿子，罗曦作为老幺，得到的疼爱反而最少，父子关系本就很紧张。而且他母亲这辈子都没有得到罗劲松的承认，从古至今，私生子跟非私生子之间的关系都不太好，而历史上无数次的经验教训证明，在巨大的利益面前，哪怕是亲生兄弟都不一定靠得住。"

"你指的巨大利益是？"

"比如罗劲松打下的商业帝国，现在的情况越来越微妙了，罗劲松随时都有可能撒手人寰，他是个控制欲很强的人，目前罗氏集团的大部分资产还在他名下，不论是罗隐还是罗鹏，说穿了，都只是皇子，不是太子，假如老皇帝突然去世了，这么大的一份家业自然是谁都想争一争的，按照现代法律，除了给罗鹏母亲的那份，剩下的自然会平分给他三个儿子。"

"而这种情况下，"陆羽把身子微微往后挪了挪，缓缓道，"上百亿的资产，三个人分，自然不如两个人分。"

"你认为罗曦有可能为了几十亿，干掉他大哥？"

陆羽摆摆手，"都什么时代了，解决问题的办法不是只有打打杀杀，我相信哪怕是罗鹏也没有动过这个念头。确保罗隐不再出现，保持消失的状态，才是性价比最高的做法。"

苏虹若有所思点点头，"这么看来罗曦确实有充足的动机阻止我们找到罗隐。"

"这虽然只是我毫无根据的揣测，但人在几十亿的财富面前，想要保持理智，真的很难。"

苏虹忽然饶有兴致地看着眼前男子，道："假如，我是说假如啊，换做你是罗曦，你会怎么做？"

陆羽眉间微蹙，"老实说，我不知道。"

"你这个人倒是难得地坦诚了一回嘛。"

"听你意思，我平时不够坦诚咯。"

"罢了，今天就聊到这儿吧，"苏虹起身道，"刚才是谁说要早点儿睡的。"

"等等。"

"怎么，你聊上瘾了吗？"苏虹在楼梯上不耐烦地回头道。

"那倒不是，我只是想知道，"陆羽脸上的笑透着一丝揶揄，"刚才是谁说要去洗手间的，怎么聊着聊着，水分蒸发了？"

等苏虹假模假样从洗手间回到床上，陆羽已经躺回床上。

苏虹身旁的大叔依然沉浸在梦乡中，丝毫没有察觉隔壁的变化。

她平躺在床上，看着上铺的床板，默默背出了刚刚记下来的那个邮箱地址，JACKLP@163.com，这个 LP，恰好是某人名字的缩写，今晚的交谈后，她不禁替罗隐感到悲伤，全世界只有四个人在找寻他的下落，但里面却有三个，似乎都不值得信任，罗隐啊罗隐，你平时不是很聪明吗，这次到底遇到了什么麻烦？又到底是为什么，到底为什么要选中他们三个呢？

21

第二天一早，陆羽跟旅馆老板再次确认，他们距离圣地亚哥还有不到 40 千米，算上接到罗隐的视频通知那天到现在，已经过去了 6 天，距离第一阶段的截止日期还有 4 天，苏虹暗自舒了口气，只要路上不出意外，他们应该可以提前两天走完全程。

可老天爷却偏偏喜欢跟他们开玩笑，走了两个多小时后，天上出现成片的乌云，牢牢地将阳光堵在云层之上，乌云越聚越多，天空似乎已经不堪重负，随时会被压垮。"我们走快些，"陆羽在前面道，"大家今天要做好冒雨前行的准备。"说话间，云层中传来一声雷鸣，苏虹手上一凉，一滴晶莹的水珠顺着手背缓缓滑到无名指指尖。

"羽哥，我们时间还很充足，不如找个地方等雨停了再走啊。"罗曦建议道。

"看一会儿雨势如何吧，我个人的想法是，在我们能够克服的情况下，尽量完成每天设定的旅程，非到万不得已不要消耗预留的时间。"陆羽道，"在抵达圣地亚哥之前，这个提前量留给我们没办法克服的突发事件比较稳妥。"

罗曦有些无奈地回头朝苏虹指了指陆羽，做了个鬼脸，嘴里比了个白痴的口型。

苏虹扑哧一乐，帮腔道："哎，那你就不怕冒雨赶路把人淋感冒了吗，这样最后只会更加拖慢我们的节奏。"

陆羽淡定道："我们的户外冲锋衣，登山靴都能防水，足以应对大多数风雨，这并不是问题。"

苏虹朝罗曦摊了摊手，示意自己也无能为力。她先把冲锋衣的帽子罩在头上，又把袖口处的松紧绳系紧，确保不会被风灌入，转头冲韩絮埋怨道："这种人当老板一定也每天压榨员工。"

"我倒觉得这么做没什么问题。"韩絮一边戴帽子一边低头道。

"哎哟，果然在压榨员工方面，资本家之间才有共同语言。"

"你别忘了他在压榨我们的时候可也没给自己搞特殊，"韩絮道，"就好比战场上将军率先冲入敌阵，士兵们还有什么可抱怨的。"

"瞧你说的，冒雨前行都能扯到战场上去。"

"商场如战场，不过是敌人躲在暗处你还没有察觉罢了。"韩絮叹了口气，"你有没有注意到，陆羽刚才特别强调了'无法克服的突发情况'这句话？"

苏虹点点头。

"你还记得我之前跟你说过，罗鹏已经派人来西班牙了吗。这件事儿既然连我都知道了，陆羽更不可能不知道。"

"所以，他是为了赶在那些人找到我们之前抵达圣地亚哥？可是这样说不通啊。"苏虹皱了皱眉，"按你的逻辑，陆羽是罗鹏的人，他应该努力拖慢我们的速度，好让罗鹏派来支援的人赶快找到我们才对。"

"这也是我想不通的地方，"韩絮把帽子又勒紧了一些，"虽然不知道他葫芦里到底卖什么药。但假如我来领队，也会让大家冒雨前行，毕竟算算时间，最晚明天，那个人就应该能追上我们。"

"那人到底是哪路神仙啊，怎么感觉你们都怕怕的。"

韩絮眼神中第一次露出一丝忌惮，"老实说，我跟罗隐谈恋爱到订婚这么久，都没见过他，只听说过他的存在，这也正是他可怕的地方。这家伙的真名早已不为人知，听说姓金，这么多年不知道为罗氏集团暗地里解决了多少麻烦。最近几年因为抱了孙子，想积点阴德，参与的事情少了些。"

"可这次他一出马，要是被盯上，我们就别想顺利走完这趟旅程了。"韩絮说着不由得加快了脚步，现在最好的办法就是赶快走到圣地亚哥，用最快的时间赶往下一站，罗鹏并不知道下一站的线索，只要我们足够快，就有机会把他甩开。"

苏虹撇撇嘴，"说得像在拍电影一样。"

风越来越大，韩絮掏出个口罩递给苏虹，自己也戴上，闷声道："生活呢，有的时候就是比电影还戏剧化。"

雨势并不算大，可在风的加持下，带着加速度拍打到衣服上，鞋面上，脸上，滋味依旧不好受，气温也没有很冷，可在风的渲染下也会让人时不时打个哆嗦，这雨势多一分说不定陆羽就会改变主意让大家休息，少一分可以让苏虹不用眯着眼走路，可偏偏不多不少，她只能老老实实地低着头，眼睛盯着前面罗曦的小腿，亦步亦趋地走着。

他们并不孤独，一路上不少朝圣者都选择了继续前行，经过一处峡谷时，他们甚至看到几个中年朝圣者索性把书包挂在树上，在山谷里载歌载舞，向沿途经过的人们打着招呼，雨水的冲刷使山谷中的道路泥泞不堪，原先很多高低不平的洼地在雨水的堆积下达到同一水平面，稍有不慎就有可能一脚踩到坑里。

陆羽打头，用登山杖不断试探前面道路，众人挨个儿按照他开辟的路线行走，不少地方两处可以落脚的地面相隔距离较远，免不了男生要用手拉女生一把，罗曦一般把手放在女生手腕处，自己右手发力，用向后的作用力把人拽到落脚点，陆羽则是把手放到她小臂下，稳稳地拖着她向下的作用力让苏虹跳到落脚点上。

等众人略带狼狈地走出山谷时已至下午，渐渐地落在身上的雨水越来越少，只有零星雨滴每隔几秒钟在身上滴一下，接触到裸露的肌肤仍会时不时带来一丝清凉。

罗曦率先脱下帽子，用手盲拨了一下自己的发型，太阳穿破云层，雨水彻底消失，温暖到甚至有些毒辣的阳光照到每个人身上，全身的水汽仿佛一瞬间蒸发殆尽，刚刚那冒雨前行的几个小时似乎从未发生，只有当他们回望来路，看到远处天边罕见的双彩虹时，才可以确信那场雨是真实存在的。

众人双脚沾满泥土，高强度徒步后的饥饿感让他们完全没有注意到自己在石板路上留下一列鲜明足迹，中午吃的简易三明治早已被消化得一干二净，此时，苏虹无比渴望一碗奶油蘑菇汤。

正幻想间，一阵融合了浓郁的肉香，馥郁的花香跟芝士奶香的味道飘入鼻中，挑逗着她的口腔瞬间分泌出大量唾液，滋润着整个舌头的味蕾争相怒放，顺着气味看向街边尽头，一家贴有黄色贝壳的家庭旅馆在阳光下熠熠生辉。

旅馆四周被各色花圃包围，菊花，夹竹桃，茉莉花不一而足，料想刚刚的花香源头就是这里，罗曦的喉结由于吞咽口水而上下活动着，陆羽看向他们，笑道："那今天就住这儿吧。"

整个旅馆内部也插满了鲜花，老板娘是个热情的小个子西班牙中年妇女，登记时发现他们是中国人，惊喜道："我们这里可很少遇到中国人，欢迎你们来朝圣之路，哦对了，我这里还有这个，可以给你们烧热水哦。"说着拿出一个不锈钢外体的热得快，冲他们得意地晃了晃。

苏虹哈哈大笑，这提供热白开水的细节真是太中国了。前台摆着供人自取的小饼干，苏虹靠着它们硬撑着洗漱完毕，与韩絮一起换上干净衣服来到餐厅，陆羽跟罗曦没有坐在座位上，而是站在墙壁一侧的手工橱窗前饶有兴致地观看着展品。

苏虹也凑上去，墙壁一侧露出原有的砖体本色，各种语言用不同颜色的彩笔密密麻麻写满了一墙，另一侧内部挖出 10 公分左右的凹槽，内嵌了几排木质架子，上面摆着各种稀奇古怪的小物件儿，有各国钱币，书籍，还有钢笔，玩偶，护身符，手套，防风护目镜，甚至还有云南白药。

墙壁一侧挂着个西语字牌，苏虹给众人翻译道："这都是住店旅客送给老板娘的纪念品，因为送得越来越多，她索性在餐厅做了一个陈列墙，把自己最喜爱的东西都摆了出来，欢迎客人把用不到的东西留在这里，假如有客人看上了摆放着的东西，也可以拿自己手里的小物件儿跟她交换。"

"原来那个热得快是这么来的啊。"罗曦露出恍然大悟的表情。

"我更想知道的是，这行字，是怎么来的。"陆羽蹲在留言墙旁边，看着靠近地面最低的那一行留言，因为在最下面，这行字得以完好保留，但也因为太低，字体颜色又跟墙面很像，很难被人发觉，需要仔细辨认，才看得清楚，上面竟写了一行中文：一切都是瞬息，一切都将会过去。

"这个字迹，我太熟悉了。"陆羽单膝着地，抚摸着墙壁，缓缓道。

22

"哦，你们是说那个白头发帅哥吗？"餐厅老板娘在吧台后面吐出个烟圈，看向眼前四人，笑道，"他是几天前来过，让我想想，哦对，三天前。"

"那天他一个人来住店，一开始不怎么说话，很安静。吃饭的时候食量也不大，倒是很能喝，喝开心了以后人也变得健谈了许多。

"他告诉我这是他10年之后第二次回到这个地方，想到第二天就到圣地亚哥了，心情有些激动，我们越喝越多，他起身在我的陈列墙旁边晃来晃去，似乎对展示的东西很感兴趣，结果不小心被我的小猫Linda绊倒了。

"我要去扶他，他摇摇手，看着墙上的留言，跟我要了支笔，顺势在墙脚上写了这么一句。写完之后我问他写的什么意思，他笑了笑，说，这是首他一直很喜欢的诗。"

"一切都是瞬息，一切都将会过去，怎么感觉像是佛经啊。"苏虹道。

"不，"陆羽道，"不是佛经，是普希金。这首诗你一定听过。只是他故意没有写下最著名的那一句。"

"哦，是哪句？"

一旁的韩絮道："假如生活欺骗了你，不要悲伤，不要心急。"

陆羽微笑着接道："忧郁的日子里需要镇静，相信吧，快乐的日子将会来临！"

"心永远向往着未来。"

"现在却常是忧郁。"

"一切都是瞬息，一切都将会过去。"

"好诗，好诗。"苏虹鼓掌道，"两位大文豪，诗是好诗，但他留下这么一句话是什么意思？"

"按照老板娘的说法，应该只是一时心血来潮，毕竟他不可能算到我们会来这家店留宿，应该不是为了给我们留下什么暗示。"韩絮道。

"但这也给我们提供了一些信息，"陆羽又回到那个墙脚蹲下，用手轻抚着那行字，"例如他比我们早三天出发，我们知道他是一个人独自出行，还知道他精神状态不错。"他起身拍拍手，"总之，今晚大家好好休息，所有的一切，到了圣地亚哥自有分晓。"

第二天的旅程异常顺利，这是苏虹第二次踏上这座城市的土地，整整一周的辛劳与疲惫在抵达终点的一刹那消失。虽然陆羽跟韩絮并没有像罗曦那样兴奋得大喊大叫，但从脸色上明显看出都同时舒了口气。

漫步在圣地亚哥老城区的街道上，四人有种说不出的轻松，陆羽脚步放慢了许多，韩絮时不时在景点前驻足拍照，罗曦则犯起老毛病，专拣一些身材火辣的姑娘合影留念，期间免不了勾肩搂腰，占足了便宜。

众人一路走到圣城最重要的孔波斯特拉教堂门前，罗曦看着教堂旁边一处排着长龙的小楼，好奇道："怎么那儿比教堂排队的人还多？"

因为这里是兑换证书的地方，苏虹一边解释一边拉着韩絮率先加入排队的人群，整个圣地亚哥只有这儿可以给朝圣者兑换证明走完全程的官方证书。

换完证书已经接近下午两点，众人又在教堂里游览了一番，教堂里传统的银炉弥撒活动并非每天都有，最近的一次要等到三天后，罗曦坐在教堂外的石阶上半开玩笑道:"怎么这么巧,我哥恰恰给我们留足了三天时间,他该不会第三天突然出现在这教堂里,跟我们一起看弥撒吧。"

韩絮站在一旁,看向陆羽道:"我们已经抵达终点了,按照罗隐留下的提示,该有人出来接应我们了才对。"

陆羽点点头:"没错。"

"那人呢?"

陆羽摇摇头,"不知道。"

"喂,这一路我们都听你的,怎么到了地方你居然不知道了?"苏虹瞪大眼睛看着陆羽。

陆羽耸耸肩,"罗隐做事儿一向让人摸不透,既然我们按照他的指示走到终点,接下来一定会有人来接应我们,我们只需要等着就好了。"

"你还真会甩锅啊!"苏虹还要再说,罗曦突然拉了拉她的胳膊,"你瞧那边,好像真的有人来了。"

果然不远处一对亚洲面孔的男女朝众人走来,苏虹立马闭嘴,满怀期待地看向他们。

男生一脸笑容用英文道:"请问,能给我们拍个照吗?"

原来是拍照的,苏虹有些泄气,仍微笑着接过相机,指挥二人在教堂门口摆好造型,接连按了十几张。

男生接过相机后不住道谢,问道:"你们是哪里人?"

苏虹顺口答道:"中国人。"

那对男女开心地蹦了起来,用中文道:"太巧了!早知道一开始就说中文了!没想到在这儿可以遇到同胞!"

那对男女想必第一次在圣地亚哥见到中国人,显得十分兴奋。经过攀谈,男生自我介绍叫龙昊,女生是他妻子宁苏。两人在西班牙开连锁超市已经生活了 8 年。

龙昊关切地问道:"对西班牙感觉怎么样,吃得惯吗?"

陆羽道:"很好,食物也很不错。"

"那就好,那就好,能在朝圣之路上遇到同胞实在是太亲切了,你们找到住的地方了吗？"

陆羽摇摇头，"我们正准备找落脚的地方。"

"那可有些麻烦了，"龙昊挠挠头，"最近是旺季，很多旅馆都被订满了呢。不过我们住的旅馆貌似还有空床，你们要不要去看看？"

他见众人都看向陆羽，而后者依旧有些迟疑，笑道："要不你们先问问看这周边的旅馆，我们也没什么事儿，如果真没床位了再到我们那边碰碰运气。"

众人在教堂附近的旅馆问了一圈，果真一个空床铺都没有，陆羽经不住龙昊二人热情的游说，只得同意前往他们的旅馆碰碰运气。

宾馆坐落在老城边缘靠近山脚的位置，本来也已住满了旅客，恰好有个旅行团预订的床位临时取消了，陆羽还没说话，龙昊已经忙不迭地跟前台把床位订了下来。

刚一进房间，苏虹听到一声熟悉的惊呼，"上帝啊，没想到在这里又碰到了我的小天使。"抬头一看，竟是之前遇到的那对拌嘴的老人家，老奶奶从床边快步走了过来，给了她一个大大的拥抱，一旁的龙昊有些惊讶，笑道："你们认识？"

老奶奶点点头，"她可是上帝派来帮助我的天使，孩子，你睡哪张床，让何塞跟你换一下，晚上咱们一起睡，可以好好聊聊。"

正热络攀谈间，门被再次推开，罗曦扭头一看，咧嘴笑道："怎么这么巧，熟人都凑一块儿了。"原来是之前那对语言不通的情侣，女孩安娜看到苏虹四人立马兴奋地上前打招呼，男生马克西姆则非常热情地拉着陆羽跟罗曦，给他们看自己一路用 DV 拍摄的视频。

龙昊夫妇看大家聊得火热，提议晚上一起聚餐，却遭到了陆羽的婉拒，老夫妇也早已预订好饭店，今天正是他们的结婚纪念日，临走前，老奶奶再三叮嘱苏虹，"明天，明天一定要给我个机会正式请你吃饭。"

出了旅店，陆羽带着三人找了家中规中矩的饭馆，随便点了些吃的。

抵达圣城已经快 5 个小时了，罗隐的人还是没有出现，众人有些忐忑，罗曦率先道："我大哥那边不会出什么意外了吧？"

"别胡思乱想了，昨天不还看到他在墙上的留言了吗？"苏虹道，"或许他今天又喝多了，可能正扒着马桶吐呢。"

陆羽缓缓道："老实说，这不像罗隐的风格。他留下的线索里很少会有废话，既然他在视频里说，我们只要抵达终点，接头人会立刻出现，那么照理说，不用5个小时，5分钟内就应该有人接应我们才对。"

"那就怪了，这么久还没人出现，难道他真的遇到麻烦了？"

陆羽摇摇头："也不太像，以他能短时间内揪出刘杰的情报能力，老实说，我还真想不出什么事儿能缠得住他。"

苏虹两手一摊，"这也不可能，那也不可能，那你说，到底哪里出了问题？"

"苏小姐，麻烦你再仔细想想，罗隐说的终点，有没有更具体的地点，除了大教堂，有没有可能是你们当年在这里一起去过的其他地方。"

苏虹睁大了眼睛，"你怀疑我带错路了？"

陆羽笑笑，"福尔摩斯说过，排除掉所有不可能，剩下的即使再不可思议，那也是事实，我只是在排除这些不可能。"

"我跟他去过的地方，下午已经带你们都走遍了，我们当年住的旅社，大教堂，兑换证书的地方，说实话，当年我跟罗隐在这里发生了些不愉快的事情，我们也没有一起去过很多地方。"

陆羽点点头，"我信你，这么看来是我的推理有问题。"

四人都不再说话，之前哪怕要克服困难，总有个终点摆在前面，让他们知道该往哪儿走，可现在他们只能坐在桌前干等着，这种无力感让眼前本就普通的食物变得更加索然无味。

苏虹拿叉子来回拨弄盘子里的薯条，脑海中不断回忆着罗隐留下的字条，在未来最远的地方等你。最远的地方，最远，突然她想到了什么，把叉子扔到盘子里，开口道："除非……"

"除非什么？"陆羽看向她。

"除非罗隐指的最远的地方，压根就不在圣地亚哥！"

23

陆羽一脸迷惑问道："苏小姐的意思是我们走错了？"

"不不，"苏虹摆摆手，"我们没有走错，只不过没有走完。圣地亚哥城并不是我们此行的终点，真正的终点应该是距离圣地亚哥 40 千米的芬得拉小镇！"

她继续道："你们难道没有注意到，一路走来的刻着距离的石碑，在圣地亚哥那里，并没有显示 0 千米的那一块吗？"

罗曦一拍脑门，"还真没有看到！我前几天还在数呢，今天一开心都忘了。"

"你就是想数也数不到，"苏虹道，"那块真正刻有 0 km 的石碑压根就不在圣地亚哥，而在 40 千米外的芬得拉小镇。"她看着众人疑惑的目光，缓缓道："小镇西文名字叫做 Fin de la Tierra，意思是世界的尽头，相传那里是哥伦布发现美洲新大陆之前，公认的欧洲最西端。"

"从那里出海再往西，就到了神的世界，因此那里也被称作世界的尽头。罗隐曾经跟我相约走到那里，不过很遗憾当年并没有成行，而这一拖，居然已经 10 年了。"

陆羽道："这下一切就都说得通了，罗隐这次不仅要故地重游，还想弥补当年留下的遗憾，而留下的纸条上最远的地方自然就是指世界的尽头了。"他忽然感觉自己讲话有些不妥，偷偷望向韩絮，见她脸上表情如常，才继续道："也同样解释了罗隐为什么会给我们 10 天时间，并不是为了给我们更多缓冲时间，而是这条路本身就需要走这么久。"

罗曦道："这么说来，等我们回城的时候还刚巧可以看到教堂的银炉弥撒，啧啧，我大哥也算得太准了吧。"

韩絮放下手中刀叉，盘中食物依然只动了三分之一，她拿起餐巾擦了擦嘴道："既然知道了终点，吃完饭以后回去好好休息，明早抓紧上路。"

陆羽点点头，"还好前天没有因为下雨耽误了行程，对了，我们明天去哪里的事儿大家务必保密，回去早点睡觉，第二天一早就出发。"

苏虹撇撇嘴，"搞得好像真有人关心我们去哪里似的。"

陆羽认真道："你有没有觉得，今天发生的事儿有些过于巧合。"

"什么巧合？"

"我们刚从教堂里走出来，就碰到了龙昊两夫妻，他们又刚好是中国人，整个市中心的旅馆都被订满了的情况下，偏偏他们住的酒店有旅行团退订。"

"那是我们运气好，好心有好报。"

陆羽苦笑道："但愿是我自己太过敏感吧。"

回到旅馆时时间还早，房间里只有两个陌生外国游客，想必是抢到最后两张床位的幸运儿，不一会儿，龙昊夫妇手挽着手回来，看到四人都洗漱完毕，有些吃惊道："这就睡了？已经走到终点了怎么还这么早睡啊。"

陆羽笑笑："没办法，我们休假有限，明天就要坐飞机回国了。"

龙昊一愣，道："这就是你的不对了兄弟，怎么不早点告诉我。早知道你们这么快就走，今天说什么也要跟你们好好喝一杯了。"

"客气了兄弟，咱们不是留联系方式了吗，欢迎你们回国找我们玩。"

正寒暄间，两位老人也回到了房间。老爷子穿了一身亚麻色西装，头戴白色礼帽，还有一双尖头的酒红色皮鞋。老太太穿着镂空条纹的长裙，带着纯白纱制手套，脖子上还带着一条蓝宝石项链。

跟两位时尚的老年人相比，屋中众位年轻人反而显得朴素得离谱。

老太太走到苏虹床前，幸福地给她展示老爷子送的鲜花，满脸开心得像个少女，得知众人第二天就要启程的消息，老两口也非常吃惊，老奶奶直埋怨苏虹没有提前告诉她，说着说着眼眶竟有些湿润，苏虹挽着她的胳膊笑着安慰她："别哭了，再哭就不美了哦。"

第二天一早，苏虹被手机闹铃震得睁开疲惫的双眼，看着已经开始收拾行李的陆、韩二人，以及依然呼呼大睡的罗曦，缓缓起身。昨晚老奶奶拉着她在门外聊天到很晚，现在仍昏昏沉沉的。

穿上外套环顾四周，她这才发现房内除了他们四个，其他住客都已不见了踪影。

"其他人呢？都走了？"

陆羽指了指两边床位道："他们的行李都在床边，应该只是去吃早饭了。"说着他又去摇晃像个死尸一样赖在床上的罗曦。

门口传来铛铛的声音，只见宁苏手里摇着个铃铛走了进来，她见众人已经醒了，忙道："别收拾了，快出来看看。"

苏虹揉揉眼睛，"看什么呀？"

宁苏神秘笑道："当然是我们给你们准备的惊喜呀。"

这时龙昊跟乌克兰情侣也走了进来，不由分说把他们拽出了屋子。

屋外草地正中央摆着一个巨大的长方形餐桌，两名老人正忙着往桌上摆着火腿，奶酪，吐司，酸奶，龙昊一只手搭在陆羽肩膀，笑道："这顿早饭可是大家早早跟旅馆要来食材准备的，你们走得这么急，总要一起吃个饭吧。"

陆羽道："你们太客气了，让大家为我们这么辛苦真过意不去。"

龙昊笑着拍拍陆羽肩膀，"过意不去呢就多吃点，能在路上相遇都是缘分，吃完咱们照张合影，算是给你们旅行画上个圆满的句号。"

盛情难却，四人只得就座，一桌食物沐浴着清晨阳光，鸟儿在屋顶鸣叫，微风吹着花丛轻轻摇摆，老奶奶殷勤地把沙拉分给大家，安娜拿着 DV 绕着桌子给每个人拍着特写。

宁苏手忙脚乱地给每个人盛汤，一不小心打碎了碗碟，嘴里反复念着碎碎平安，席间大家笑语盈盈，推杯换盏，假如不赶时间，苏虹真想静下心来好好享受这难得的上午。

早饭后，龙昊拿起手机，指挥众人站好，找来店主给大家拍下了合影。这才放过四人，苏虹跟大家一一拥抱作别，老奶奶眼眶有些湿润，不住地叮嘱她回国后一定要常联系。搞得苏虹也有些莫名想哭，晃了晃手上的镯子，笑着道："当然要常联系，我还等着你下次再送我个坠子呢。"

作别众人后，他们沿着圣地亚哥主干道一路向西，不一会儿脚下再次出现了黄色箭头，沿着箭头方向，渐渐地城市景观越来越少，街上也越来越荒凉，沿途经过一个长途汽车站，苏虹看着车头路牌，笑道："这车就是去芬得拉的，5欧元一位，两小时抵达，诸位坐是不坐？"

陆羽笑道："坐是很想坐，可想到罗隐的人很有可能在盯着我们，只好步行了。"

苏虹撇撇嘴，"这大街上空空荡荡，就两个巡街的警察，难道罗隐把警察都收买了？"

陆羽一本正经道："不排除这个可能，一般酒店对顾客隐私都会保密，更何况我们住的五星级酒店，但假如是警察借着办案名义，自然可以查到住客信息。"

苏虹道："好好好，罗隐都可以控制整个西班牙的警察了，你干脆说他是西班牙国王好了，你说是不是，韩絮？"

韩絮目光看向远处，缓缓道："有点儿不对劲儿。"

"废话，你还真当他是西班牙王室呀。"

韩絮摇摇头，"我是指，那两个警察，好像真的冲我们来了。"

24

苏虹顺着韩絮目光看过去，刚刚还在远处的警察已经离他们只有不到10米，一名警察拿着Pad，不时瞄向众人，另一位则朝他们招手，示意停下。

四人不明所以，只好站定，罗曦小声道："什么意思，想跟我们要签名吗？"

陆羽道："或许只是正常的问话，都表现得自然一点儿。"

两名警察走到四人跟前，苏虹瞥见那个拿着平板的警察手上放着的正是早晨大家在旅馆门口的合影。

那警察眼光一一扫过众人，仔细跟 Pad 上的图片一一比对，在得知苏虹会西班牙语后，道："不好意思，小姐，请问照片上的四人是你们吧？"

苏虹点点头："怎么了？"

"是这样，我们刚刚接到报警，昨晚跟你们同屋的几位旅客丢失了贵重财物，现在需要各位跟我们回去协助调查。"

苏虹翻译给其余三人，罗曦道："他们怀疑我们是小偷？他们怕是不知道我们是什么人吧，那些人全身上下有什么能让我看上的？"

陆羽沉吟道："看样子我们只能配合调查了，希望这中间只是个误会，大家到了那里一切随机应变。"

警察让他们原地稍等，不一会儿一辆警车向他们缓缓驶来，车上又下来两个警察，四人依次钻进车内，一路上陆羽试图跟警察聊天，询问具体情况，两名警察三缄其口，并不回答，怪异的气氛让众人不免都有些不安。

不一会儿，车子驶到了市中心的警察局，龙昊夫妇还有两位老人均坐在门口，看到四人进来，连忙起身迎上，龙昊对众人道："不好意思啊各位，耽误了你们的飞机，只是你们走后，我的照相器材还有老太太的项链都突然间不翼而飞，我的相机跟镜头加起来得十来万，而老人家的钻石项链更是定情信物，万不得已，只好把你们找来，或许是你们临行时匆忙，装错了？"

罗曦冷笑道："镜头这么大个，瞎子都不会装错，你不就是怀疑我们偷了你东西嘛。"

龙昊微笑不语，似是默认了。

老奶奶拉着苏虹的手，一脸抱歉地解释，本来她只是跟着龙昊夫妇来警察局报案，但不知怎的龙昊突然拿出了合影，跟警察提起他们四个，任凭她跟警察怎么保证他们绝无可能偷东西，龙昊还是坚持把他们叫回来。

"苏，真的抱歉，耽误了你们的飞机。"

"别这么说，"苏虹安慰老奶奶道，"反正已经误了，至少我们得证明自己的清白。"

带他们回来的办案警察忽然道："你们刚刚要去机场？为什么我们并没有在机场查到你们的航班信息，刚刚你们又为什么会出现在城郊？"

龙昊适时地大大"咦"了一声，看向罗曦道："兄弟，你们不是要赶早上的航班吗，怎么突然间改主意了？难不成想坐大巴回国？"他说话时嘴角慢慢翘起，笑容中带着一丝狡黠。

老奶奶握着苏虹的手，有些不解地看着她，苏虹还没来得及解释，警察指了指他们身后道："麻烦四位把背包打开。"

苏虹把包放在地上，道："打开就打开，难不成你们的东西真的长了腿了。喂，你们三个怎么不动啊，赶快给他们看看咱们是清白的。"

陆羽跟韩絮对视一眼，无奈笑笑，把包放在地上，韩絮幽幽道："龙先生都这么肯定了，咱们还能真的清白吗？"

一个佳能 5D 相机，两个短焦镜头，一个长焦镜头，分别被垫在陆羽、韩絮跟罗曦背包的最下面。而老奶奶的宝石项链，被一条丝巾包裹着，垫在苏虹书包的夹层里。

龙昊看着四人，脸色涨得通红道："现在你们还有什么好说的。我说你们怎么突然间这么着急要走，原来早就谋划好了偷东西开溜啊，还说去机场，说要回国？这调虎离山玩得很老到啊。不是第一次了吧？"

罗曦看着他道："行了，别演了。这从一开始就是你设的局不是吗，昨天还让我们帮你拍照，在相机上留下指纹，今天上午你居然不用自己的相机给我们拍，而是用手机，我就觉得有些不对劲了，让我猜猜，是吃早饭的时候给我们栽的赃吧。"

龙昊狡猾地看了罗曦一眼，继续做出一副痛心疾首的表情，"到了现在还要狡辩，你们还真是见了棺材都不掉泪，有什么话局子里说吧！"

警察作势就要把四人铐起来，苏虹看向老奶奶，老人家仍是有些难以置信，看着他们被带往羁押室，似乎想说什么，但又生生忍住了。

圣地亚哥的羁押室并不大，男女之间仅用铁栏杆相隔，罗曦靠在栏杆上道："待遇还真好，咱们四个包场了。"

"那你要抓紧享受了，等24小时以后，我们就要被关到真正的牢房里了。"苏虹隔着栏杆道，"按照我们盗窃的数额，怕是被关个一年半载都有可能。"

"这个倒不用担心，"陆羽缓缓道，"如果没猜错，这个龙昊应该就是罗鹏派来的人的手下。"

"假如真是这样，岂不是更要担心？"

陆羽摇摇头，"按照他们出发的时间推测，这群人也是刚到圣地亚哥不久，看这对夫妻的临场反应，绝不是随随便便在西班牙花钱雇个人就能做到的，假如他们是从国内来的，那么他们的身份信息都很有可能是假的。"

"要是最后对簿公堂，他们甚至都不会出现，你再想想，我们这群人里，罗曦是罗鹏的弟弟，他在国外出了这种事儿，退一万步讲，对于整个集团都是一个重大负面新闻，而韩絮的特殊性就更不必说了，要是真的惹恼了韩楚天，也得不偿失。"

陆羽顿了顿，继续道："所以，我判断对方是因为昨天听说我们要离开西班牙，误以为我们已经掌握了罗隐留下的第二个地点的线索，才不得不用这个手段把我们困住，只要我们在这里被关个几天，等罗隐规定的时限到了，报案人可能会自己来撤这个案子。只是……"陆羽顿了顿。

"只是我偷的不是他们的东西，而是老奶奶的。我的身份对于他们来说也无足轻重，到时候你们的案子撤了，我却有可能被按照偷盗判刑吧。"苏虹苦笑道。

羁押室里一片沉默。

"放心吧，"韩絮握住苏虹的手，"我出去了一定会找最好的律师，你跟老奶奶关系这么好，我们一定可以争取让她也撤诉的。"

一旁的罗曦也赶忙安慰她："不错，我们既然是一个团队，理当共同进退，到时候我们一起去求老奶奶。"

陆羽低着头，不敢看向苏虹的眼睛，"实在不好意思，是我的失误，给你造成了这么大的麻烦。"

苏虹笑笑："别这么说，算起来这事儿本来就是我主动摊上的，要不是我一直在旁边给他们说好话，我们也不一定会中招。"

四人不再说话，气氛压抑得让人透不过气，良久，苏虹拍了拍栏杆："喂，都别这么垂头丧气的，你们不是想知道我跟罗隐在圣地亚哥发生了什么吗，算你们运气好，本姑娘正好有时间，想不想听？"

陆羽三人不想坏她兴致，笑着点头，罗曦盘腿坐在地上，搓了搓手，"要是现在有包瓜子就好了。"

"要求还真多，到底听不听？"

"听，听，我闭嘴。"

苏虹轻咳一声，思绪顺着回忆爬出铁窗，一路回到了十年前的西班牙。

25

跟罗隐、小绅士结伴的那七天里我们经过了很多城，翻过了很多山，跨过了很多桥。看到了古罗马的水渠遗址，《堂吉诃德》里描写过的大风车，专属于朝圣者的方尖石碑。

他们带着我一起去超市里蹭吃蹭喝，到当地农户家帮忙来换取牛奶，一起在青年旅社的餐厅里做墨西哥鸡肉卷，我们聊起国内的生活，聊欧洲见闻，我才发现他真的懂得好多，这一年里他几乎走遍了整个欧洲，汉堡、尼斯、里斯本、布鲁塞尔、布拉格……

有了这两个活宝陪着，我慢慢开始欣赏旅途的风景，整个人也活泼了很多，可惜任何旅途都有终点，虽然有些不情愿，我们最终还是走到了圣地亚哥，距离第二天我的航班还有 24 小时，距离我们的分别也只有 24 小时了，在庆祝抵达终点后，我们三个人都有些沉默。

我们跟着小绅士去兑换了证书，去孔波斯特拉教堂做了礼拜，落脚的旅馆坐落于城市边缘的山腰，由一个巨型教堂改造，足足可以容纳 200 多人。

那天恰逢教堂的圣餐日，圣餐是教堂免费发放给所有人的食物，红酒代表耶稣的血，面包则代表耶稣的肉，还有豆子汤，我不记得那天自己喝了多少，只记得那个盛放红酒的木桶被续了至少两回。

吃过晚饭，小绅士不知道跑到哪里去了，我跟罗隐沿着门口的小路一路走到了山顶，惊喜地发现那里居然有个凉棚，下面挂着个大秋千，我像小孩子一样高兴地坐到秋千上，他也跟着坐在我身旁，晃啊晃。

那里恰好可以俯瞰整座城市，落日余晖下，晚风轻拂，我们就在那儿来回荡着，他不说话，似乎喝得有些倦了，整个人倚在秋千上看着整座城市，我突然间有种冲动，跟他说，"你别动，在这儿等着我。"

他有些惊讶，却没有问我为什么，听话地坐在那里，我从秋千上跳了下来，一边朝教堂跑一边扭头跟他说："不要走开，一定要等我回来。"

不一会儿，当我喘着气把画夹背到山顶时，他扑哧乐了，"你早说想画风景，我帮你去拿不就好了。"

"不不，我不画风景，你没有离开过这个秋千吧。"

"没有。"

"好，就这个姿势，你就当我不存在，给我 20 分钟就好了。"

"你要画我啊。不要钱吧？"

"算本姑娘送你的，把头转过去，别看我。"

他乖乖把头扭了过去，继续看向城市，我找了块石头坐下，趁着夕阳余晖，一点点儿在白纸上勾勒出眼前的一切，苏虹说着笑道："说实话，那恐怕是我迄今为止画画最认真的 20 分钟。"

"你画完没有啊，"他背对着我喊道，"我腰都酸了。"

"好啦好啦，"我把画板举起来，"大功告成！"

他走下秋千来到我身旁，把头低下来，仔细地端详着那幅画，他的脸跟我贴得很近，比第一次给我包扎伤口时离得还近，我可以无比真切地感受到他的体温，他的呼吸。

"不错，把本公子的帅气画出了七八分。"

"呸，我给你美化了100分。"

"那我岂不是本来只有负90多分。"

"你以为呢？"

"哈哈，好吧，"他从我手里接过那幅画，把我拉回秋千上，突然看向我，眼睛一眨不眨，轻声道，"谢谢你。"

我被他盯得脸颊泛红，道："你突然间这么礼貌我不习惯，还是变回以前那个流氓样子吧。"

他依旧笑着看向我，语气温柔，"大多数人走上这条路都是为了甩掉之前的包袱，现在走到终点了，你甩掉了吗？"

我看着远方风景，深吸了口气，点点头，"你呢？"

他苦笑了一下，"其实踏上这条路之前，我没抱过任何希望，假如不是半路遇到了小绅士，想着帮人帮到底，我可能根本不会走完，没想到好心真的有好报，现在我觉得，自己快放下了。"

"你的包袱，是个女人吗？"

他想了想，点点头，"你的包袱，是个男人？"

"算是吧，不过我现在已经彻底忘记了。"

"那就好，你有没有听说过，从圣地亚哥再往西走40千米，会看到0千米的界碑，那个地方在西班牙语里叫做 Fin de la Tierra，翻译过来就是世界的尽头，相传在哥伦布发现新大陆之前，欧洲人认为那里就是凡间的终点，从海岸线出发航行就可以抵达神的世界。"

我似乎真的喝多了，只在一旁傻傻地摇着头。

"你之前说过机票还可以改签，"他顿了顿，鼓足勇气道，"不知道你愿不愿意，跟我一起去看世界尽头的落日？"

"哈哈，那算世界末日吗？"

"算吧，"他淡淡道，"再过两天，有你陪着我走到那里，我的包袱应该也就卸下了。"

"好，不过这人情你将来必须要还。"

"放心吧，"他倚在秋千上，看着天空喃喃道，"别说话，星星出来了，这是我这20年里，最美丽的夜晚。"

等我们回到旅馆已经是晚上9点多，小绅士看到我们之后，跟罗隐道："你总算回来了，刚刚有个中国人来这里找你，在这儿坐着等了一个多小时才离开，走前让我告诉你，务必去山下的酒店找他。"

"中国人？我名气这么大吗，居然来到这儿还有粉丝。"

"哈哈，那我就不知道了，他说你一定会想去见他的，这是他的名片。"

罗隐当时接过名片，脸色立马变了，对我们笑笑道："是个以前在法国碰到的朋友，没想到会在这儿遇见，你们先休息吧，我找他叙叙旧，一会儿就回来。"

我当时没有多想，一心只惦记着第二天去机场改签机票，上网找关于芬得拉攻略的事儿。

那天晚上直到熄灯他还没有回来，多年不见的朋友想必有很多话要聊，我喝过酒以后也有些困，想要等他，却在迷迷糊糊中睡着了。

到了第二天，我睡醒的时候，看到一个人影就坐在我的床边，静静地看着我。我惊得立刻翻了个身，才看清是他。

"你要吓死我啊，一声不吭地看着我，怪瘆人的。"

"是你睡得太死，一个女孩子家出门在外也不知道提高些警惕。"

"切，我提高警惕还要你干吗，未来两天你继续做好本姑娘的安保工作。"

他看着我，眼神中泛着一丝苦涩，"小苏姐姐，我可能没办法跟你去芬得拉了。"

"你说什么？"我从床上坐起身来。

"我这边临时出了点问题，需要回国处理一下。"

我仍旧记得当时的感觉，那种全身血液朝头顶涌去的感觉，一个月前被人背叛的痛苦再次朝我袭来，我深深地吸了口气，冷笑道："呵呵，那还真是巧啊，早不出问题，晚不出问题，偏偏这个时候出问题。"

"有些事情我现在不方便跟你解释。"

"好啊，我也懒得听，什么多年不见的朋友，我看是你的那个包袱又回来找你了吧。"

他苦笑着道："我知道是我的错，但这次回国跟男女感情无关。"

"你不用跟我解释，我们本来只是萍水相逢的路人，只不过一起结伴走了一段路而已，你想去哪里是你的事情，正好我在马德里还有一堆事儿呢，就算你不提，我也准备跟你说我不去了。"我一边匆匆下床，装作翻书包的样子，不让他看到我的眼泪流出来，努力用平静的口气说道。

"你可不可以给我一个联系方式，我保证回国后在合适的时间一五一十告诉你发生了什么。"

"我看就没有这个必要了吧，你又不欠我什么，我还要在欧洲待三年，咱们隔着这么远，又这么久的时差，就不用假客气地交换联系方式了，我的口红呢，跑哪儿去了真奇怪。"

他站在我身后，叹了口气，"苏虹，你不要这个样子，我真的有一件不得不做的事情，但我之前跟你说过的话，都是真心的。"

"好了我知道了，你不是有要事去办吗，赶快去吧，我也要去赶飞机了，误了这班，改签机票可是很贵的。嗨，原来口红就在我口袋里，我真粗心。"

"算我求你了，给我一个联系方式，好吗？"

"不好！你这个人怎么这么烦，像个狗皮膏药一样缠着女孩子不放。"我背起书包，对他说，"我要去赶飞机了，祝你圆满解决你的事情。"

"苏虹。"

"你别跟着我！"我冲他吼道，"也不准再叫我的名字！我警告过你了，你他妈的要是再跟着我，我就报警了！"

说完我背着书包冲出了旅馆，甚至没有跟迎面走进来的小绅士打声招呼。

一直撑到圣地亚哥的机场我才终于敢放声哭了出来，我真的不知道为什么，只是短短相处了 1 个星期，我居然对失去那个男生有这么强烈的难过，这种痛苦完全超越了前男友的背叛，或许因为我们相处的时间、地点还有状态都太对了，那1个星期在后面好几年，都成为我一直逃避不开的回忆。

"好了，"苏虹扶着栏杆起身，活动着有些酸麻的小腿，"这就是我跟罗隐的故事。也可以叫傻姑娘接连遭遇渣男记。"

"所以，你现在不恨他了？"陆羽缓缓道。

苏虹摇摇头，"其实后来我想开了，当时或许是我太敏感了，或许他真的有什么苦衷。这么多年过去，我原以为他早就有了新的人生，那段时光已经被他忘却，可当你们找到我，拿出当年那幅画时，我才意识到，原来他一直保留着那段记忆。"

罗曦道："这就是你同意跟我们一起找我哥的原因？"

苏虹点点头，看向韩絮，"我希望你不要误会，我对他早已没了当年那种情愫，但过去的经历让我依然关心他的安危，同时，我现在很想弄清楚，当时他到底因为什么失约。"

韩絮耸耸肩，轻笑道："别担心，我跟他只是合作伙伴，只要你不抢亲，不耽误他继续履行婚约就好。"

"哈哈你要他的身子，我只要一个答案，我们各取所需呗。"苏虹伸出手，韩絮笑着跟她击掌。

"你要的答案，或许不用找罗隐，我就可以给你。"陆羽靠着栏杆缓缓道。

房间一时安静了下来，所有人都看着陆羽，他叹了口气，道："关于他在西班牙的事儿，罗隐曾经跟我提过一些，但隐去了关于你的部分，我想，可能那段时光对他来说太过珍贵了吧，巧的是，他当年为什么突然回国这件事儿我却是知道的，那晚留下明信片的人，应该是罗劲松。"

"什么！？是他父亲？"苏虹难以置信道。

陆羽点点头，"关于罗隐当年走朝圣之路的原因，你们怕是不知道吧。那年我们大二，我跟他一向是最要好的，他每周末都会回家看望他妈妈，阿姨身体不太好，后来我才知道，他母亲自从离婚后，就患上了很严重的抑郁症，而那几年，她的症状越来越严重，罗隐脸上的笑容也越来越少，突然有一天，他从宿舍里接了个电话，急急忙忙赶了出去。

"原来在那天，他母亲自杀了，从 15 楼阳台跳了下去。等他母亲的葬礼结束后，罗隐整个人就消失了，我想他当时一定想逃到一个陌生的城市，国内去哪里都很容易被他父亲找到。他之前曾经跟着学校管乐团出访欧洲，有申根签证，所以才选择了流浪欧洲。

"后面的故事苏虹刚刚已经讲过了，至于那晚罗劲松的出现，这件事儿罗隐起先并没对我提起，直到三年前公司出现严重的财务问题，我们压力很大，整夜睡不着觉，终于，有一天他下定决心，去了一趟深杭，等他再回来的时候，我发现他的头发一大半都变白了，脸上却挂着笑，告诉我，问题解决了。

"那天晚上我们坐在办公室，因为拖欠物业费，物业公司把我们这一层的电都停了，他执意买了几根蜡烛，三箱啤酒，就这么在办公桌上点着蜡烛，看着窗外的景色，一瓶一瓶跟我喝。

"他告诉我，钱找他爸融到了，但是公司的控制权要交出去，连同他本人也要回到他父亲的公司上班，说着说着他哭了，边哭边哽咽着：'就差一步，就差一步我就可以证明给那个男人看，哪怕不靠联姻，我依然可以做出伟大的事业。'

"那晚他喝了很多，一直在说，我在一旁静静地听，他说他在欧洲流浪的时候，罗劲松一直派人在找他，终于在西班牙的时候找到了他。那晚他去见他父亲，罗劲松为自己辩解，说当年跟他母亲离婚是万不得已，当时公司每个季度都在亏损，账面上的资金撑不过 2 个月，假如不娶罗鹏的母亲，那他奋斗半生的事业就都付之东流了。

"他们爆发了激烈的争吵，罗劲松并不觉得自己有错，他要罗隐去理解成年人的世界，可罗隐只觉得恶心，两个人吵累了，罗劲松跟他说：你觉得我当初的做法有问题，那么不如这样，你证明给我看，只靠你自己，也能在商场上打出一片天地，要是你真的做到了，我会亲自到你母亲墓前忏悔。

"罗隐看着眼前这个男人，这个一辈子没有向任何人认过错的男人，这个他称之为父亲的男人，他握紧了拳头，接受了挑战，'好，我一定证明给你看。'"

"但你现在至少要回国完成你的学业，罗劲松提醒他，虽然学历并不能完全决定你的成就高低，可从概率上讲，肄业对你要向我证明的事儿只有坏处。"

"不劳你费心，我过两天就回去。"

"你明天必须跟我回去，"罗劲松斩钉截铁道，"你无缘无故从学校离开，我花了多少钱跟人脉，好不容易给你保留了一年的学籍，后天就是你学籍保留的最后一天，要是你明天不跟我走，那这个学位是无论如何也领不上了。"

讲到这里，陆羽顿了顿，叹了口气道："所以，这就是那天他必须走的原因。"

苏虹沉默良久，忽然笑笑，坐在地上，"没想到，竟然是因为这样。"

"所以当初你确实错怪了他，他真的有非走不可的理由。"

"可我还有一件事儿没想到。"苏虹冷冷道。

陆羽看向她，"什么事儿。"

"没想到过了十年，他也成为了第二个罗劲松，当年他选择回国，是为了证明不需要牺牲自己的情感也依然可以有一番作为，可现在呢，他为了争夺公司控制权，选择商业婚姻！我真是脑子抽了，才会走上这么一趟旅程，为了这么一个不相干的人浪费时间！"

陆羽站起身，隔着栏杆看向苏虹，"人都会变的，假如你当年经历过被债主连番催债，公司朝不保夕，甚至还要面对牢狱之灾，或许会更理解他，我想，这也是后来他开始理解他父亲的原因。"

"开公司本来就要做好破产的准备，更何况错误都是他犯的，到了最后找他父亲来收拾残局，然后靠一句理解就OK了？"

陆羽愣了愣，咬了咬嘴唇，缓缓道："假如我跟你说，当年公司的战略错误，并不是他犯的呢？"

"你用不着替他开脱，他是负责人，不是他还能是谁。"

"当时公司有两个负责人，不是他，自然就是我了，"陆羽眼神黯淡，苦笑着道，"我们喝酒那晚，罗隐告诉我，这公司罗劲松会交给罗鹏掌管，我的位子不变，但实际权力会变得很有限，为了让我在未来重组的公司里还保留一些话语权，他主动担下了所有责任，顶着一身骂名离开了公司。这公司是我们的心血，绝对不能就这么落入他人之手。"

陆羽第一次罕见地说话时神情激动，"想不到吧，找来那个风险极大的单子的人其实是我，过去犯下的错，这么多年都是他在帮我扛！而我能做的，只有待在这个公司，哪怕完全被架空，做个摆设，也要等到罗隐回来的那一天！"

"我知道你们有人查过公司的股权关系，怀疑我在帮罗鹏做事儿，事实上这一路上我确实有在跟他通邮件，他不断拿公司人事任命权威胁我，要我报告我们的方位。"

"就在前几天，"陆羽说着看向苏虹，"就是你碰到我在旅馆大堂抽烟那天，他给我下了最后通牒，他的人已经飞往马德里，我如果不告诉他我们的最后位置，他也不会给我在公司留有位置了，而那封你没来得及点开的邮件，就是我的辞职信。只是没想到，我们还是被他派的人追上了。"

拘留室里，四个人罕见地沉默，无论谁一下子接受如此密集的信息都会有些无措。

终于，苏虹走到栏杆旁，率先冲陆羽开口道："对不起，我不该怀疑你。"

"不要紧的，"陆羽摇摇头，整个人也慢慢恢复了平静，"每个人只能看到事情的某个方面，就误以为是全貌，我们都会犯这种错误，我只是觉得罗隐或许这些年做出了一些妥协，也有一些改变。但他骨子里，一直都是我认识的那个兄弟，这点我从来没有质疑，所以我希望你可以稍微延迟几天对他的失望，或许等你看到他的时候，会发现，他还是当年那个画中的少年。"

说着他自嘲地叹了口气，"当然，这一切都建立在我们可以出得去的基础上。"

说话间，羁押室的大门突然被打开，一名警察走了进来，"哪位是苏小姐？"

苏虹一愣，道："我就是。"

警察朝她点点头，"请拿好你的衣物，跟我出来。"

"等等，你们要把她送到哪儿？"罗曦嚷道。

陆羽跟韩絮也跑到栏杆前，盯着那警察。

警察冲他们笑笑，用蹩脚的英文道："当然是放她出去。"

"什么？"连同苏虹在内的四人都有些难以置信。

"上午报案的老人家来撤诉了，你可以离开了。"警察在羁押室门口让出了半截身子，"怎么，不想出来？"

苏虹被韩絮推到门外，扭头看向身后三人，陆羽看向她，挤出一丝微笑："赶快走，记住，只要你在外面，我们就还有希望！"

直到看到在警察局门口焦急徘徊的老奶奶夫妇，苏虹大脑仍有些发蒙，警察把她带到老奶奶面前，再次确认道："您真的确定不是她偷的？"老奶奶肯定地点点头，"这个项链是我送给她的，我早上丢的是另一条项链，是我自己搞混了。"

警察无奈耸耸肩，道："我们现在把这位女士放了，下次可没有权力再把她请回来了。"

老奶奶一把抓过苏虹的手，"还有下次？你们想得美！"

等警察离开后，老奶奶满怀歉意地对苏虹道："对不起，苏，我早晨的时候有些糊涂，回到旅馆才发现自己有多荒唐，你这样一个天使，怎么可能是小偷呢，一定是你的朋友把东西偷偷放进了你的背包。真的很抱歉让你在里面受苦了。"

苏虹用力握紧老奶奶的手，道："非常感谢您对我的信任，那个项链确实不是我拿的，但我也跟您保证，我的朋友绝对不是小偷，我们是被那对夫妇陷害的！"

老奶奶闻言认真地看向苏虹，道："你真的确定你朋友没偷东西？"

苏虹道："跟确定我没有拿您的东西一样确定！我现在要立马回到宾馆去找找看，有没有遗留下来的证据可以救他们。"

老奶奶看着苏虹，也用力握紧她的手，"好，那我们陪你一起找！不能冤枉好人。"

苏虹感激地看着她，"本来不应该再麻烦你们了，但我必须在明天前把我朋友救出来，拜托了！"

三人回到了住宿的旅馆，房间早已被打扫过，龙昊两夫妻已经退了床位，除了老两口以外，剩下的床位都收拾干净，等待着下一拨游客的到来。

苏虹跟老两口把房间里里外外翻了一遍，不出意料地一无所获，苏虹颓废地坐在床边，对方有心算无心，一切安排得都天衣无缝，要不是自己运气好碰上了老奶奶，己方已经全军覆没了。

失落间，她脑中忽地浮现出离开前陆羽的眼神，不行！现在还没有全军覆没，她是唯一的希望，不能就这么放弃！

她深吸了口气，告诉自己冷静下来，重新梳理一下整个事件始末。按照陆羽的分析，对方的目的并不是让己方入狱，而是拖住他们，让他们任务失败。这说明对方无论是出于兄弟情谊，公司影响抑或是对韩式集团的忌惮等原因，做事儿也还留有余地。

她开始从头回忆见到龙昊两夫妻的始末，大教堂偶遇，帮忙拍照，介绍来到宾馆，晚上邀约一起吃晚饭，第二天的早饭准备，照相，离开。没有什么马脚，她闭上眼睛，再回忆他们被警察带回警局，开包自证清白，脑海中一道闪电划过，想起罗曦对龙昊说，是在早餐时候下手的吧？对，就是这句话！

她赶忙回身问老太太："奶奶，麻烦您跟我说一下给我们准备早餐的始末好吗？"

老奶奶点点头道："龙昨天晚上偷偷把我们跟那对小情侣叫到一起，说你们今天就要走了，想给你们准备一个告别早餐，让我们第二天稍微早起一点儿，一起布置。"

苏虹回忆了一下，"我记得吃早饭的时候安娜还不时地走来走去给我们拍视频。"

老太太点点头。

"中间她是不是回过一次房间？"

一旁的老爷爷道："对，应该是摄像机没电了。"

"后来宁苏把盘子打碎了，划到了手。安娜跑了出来，龙昊回身说上楼去拿创可贴？"

"对。"

苏虹点点头，"想必就是这个时候给我们栽赃的。等等，安娜出来的时候，手里有没有拿摄像机？"

两位老人摇摇头道："好像没有，她应该放在屋里充电呢。"老奶奶道："你这么一说，我记起来了，你们走后，龙借他们的摄像机拍东西，不小心把摄像机掉到了洗碗池里，沾满了水，龙说要赔他们一个新的，马克西姆死活不同意，后来龙打了个电话，说他正好有个亲戚在圣地亚哥开电子器材店，可以帮他们修机器。"

苏虹冷笑道："哪有这么巧的事儿，这摄像机怎么偏偏就那个时候掉进了水里，他们又正好有个开电子器材店的亲戚。"

老爷子一拍大腿，"难道她栽赃的过程被充电的摄像机不小心拍下来了！"

"对！他一定是后来发现了充电的摄像机，所以只要找到乌克兰情侣，把摄像机里的内存卡拿出来，就能证明我同伴的清白了！"

老爷子不由得鼓掌道："上帝果然会保佑你，善良的孩子！"

苏虹苦笑道："可是我必须赶在明天之前找到他们。我连他们的电话都没有留，圣地亚哥这么大，到哪儿去找。"

老奶奶道："别灰心，现在距离他们离开不到 5 个小时，我们还有机会。"

"不错！"苏虹眼神愈发坚定，"我们兵分三路，先到圣地亚哥的电子器材维修店打听一下，看看有没有他们的下落，大家手机联系，如果没有的话再想办法。"

苏虹在网上查了一下，整个圣城只有四家维修电子器械的地方，分布在城市的东边南边跟市中心。

三人立刻分头行动赶往商店，坐在车上，苏虹不住地祈祷，就是这家店，就是这家店。

奇迹并没有发生，店主声称没有见过安娜。不一会儿两位老人也打来电话，自己找的店里也没有乌克兰情侣的行踪。

只剩下中心的那家了，苏虹连忙打车向中心奔去。等她赶到时两位老人已站在门外，"怎么样？"苏虹问道。

老奶奶摇摇头，指着店门口的牌子说："这家今天压根就没开门。"

苏虹看着紧闭的店门，无力地抚着自己额头，良久，她猛地抬头看向两位老者："那就用最笨的办法，全城去找乌克兰情侣，不到最后一刻我说什么也不能放弃！"

老奶奶道："好！我们帮你找。"

一旁的老爷子却罕见地唱起了反调："用这笨办法，找到什么时候？"

老奶奶狠狠捶了他胸口一下，瞪着他："你什么意思？"

老爷爷捂着胸口笑道："我的意思是，明明有这么多帮手，放着不用岂不是太笨了。"

说着他眨眨眼，指向街边在巡逻的警察，一脸狡黠地笑。

作为圣地亚哥的一名普通警察，今天是胡安这个月最忙碌的一天，圣城的治安不比别处，作为宗教圣地，这里的安保级别远高于周围城市，安排的警力也最多，就连警察的出勤频率都要比别的地方高出一倍。

西班牙是旅游大国，遇到涉外纠纷是常有的事儿，这种案子最难办，上面要求破案率，沟通又很花心力。尤其他这种会英语跟俄语的三语警察，什么案子都会找到他。

今天正好胡安值班，本来晚上要去未婚妻家里吃饭。却接连遇到失窃案件，报案人手上还总有嫌疑人照片，他们只好出勤找人，看着来报警的这对西班牙老夫妇，上午明明已经结案了，下午又说自己丢的是另一条项链，现在还把上午的嫌疑人带在身边，给他们提供了另外嫌疑人的照片，要不是看他们年纪大了，真怀疑是在拿他寻开心。

苏虹跟老两口已经在警察局待了3个小时了，作为一个很少看社交软件的人，这已经是她今天第60次刷新Facebook主页了，安娜两人一直没有上线，主页最后上传的是他们早饭的合照，看着说不出的讽刺。

她知道龙昊一方并不想把事情闹大，不可能为了销毁证据而灭口，现在一定是找了个理由把他们留在了某个地方，可假如他们还在圣地亚哥，整个圣城的旅馆登记信息都已联网，一旦登记警局立马有所反应，可直到现在依然没有任何他们登记的信息，两个大活人，到底被带到哪里去了？

警局的话筒再次响起，苏虹虽然已经习惯了失望，仍下意识地看向胡安。这次胡安竟然转身朝她招手，等她靠近后微笑着说："你们要找的那两个人，正在来警局的路上！"

马克西姆已经醉得不省人事了，苏虹离得好远就皱了皱鼻子，伏特加，喝得可真不少。安娜只是微醺，面对突如其来的传唤有些不安，见到苏虹三人，脸上写满了疑惑。

老奶奶走到安娜身前道："实在抱歉，把你们找来。今天上午我的项链找不到了，不知道是不是你们不小心拿错了？"

安娜连忙打开背包给警察，不出所料没有任何发现。

老奶奶连声道歉，安娜摆摆手，"不要紧的，您丢了项链我也很难过，希望自己可以帮得上忙。"

"安娜，刚刚只有你们两个在喝酒吗？"苏虹在一旁问道。

安娜道："龙的叔叔跟我们在一起，他说龙因为弄坏了我们的摄像机非常抱歉，拜托他一定要好好招待我们，就把我们带到了他朋友的饭店，刚刚警察来找我们的时候他正陪着我们喝酒呢。"

"哦对了，"老奶奶道，"我记得你曾经把摄像机放在房间里充电，或许有拍到一些我项链失踪的线索。"

安娜道："那个摄像机吗？今天上午我们已经把它留在维修店里了，现在这个时间，维修店已经下班了吧。"

"什么，你们真的去过维修店？"苏虹惊讶地问道。

"去过啊，就是东边那家。还挺巧的，龙的叔叔的朋友就是店里老板，我们把旧的摄像机留在那里，他们给换了个新的让我们先用着，说明天就能修好。"

"在哪家店修的？可不可以麻烦你详细讲讲当时送修的流程。"一旁的苏虹急切问道。

安娜回忆道："是城东一家叫闪星的店，当时我们在车上，龙的叔叔说这里不方便停车，打电话让店主从门口出来拿走了摄像机。给了我们一个同款全新的先用着。"

那家店正是苏虹刚刚确认过的，可老板明明说没有接到修理的活，她又问道："那个店里的老板长什么样子，大概多大年纪？"

"是个中年人，有点儿胖，还有点儿秃顶。"

苏虹苦笑着叹了口气，那家店的老板明明是个年轻小伙子，对方应该是派人装作顾客提前进店等着，等车快到的时候做出从店里走出来假扮老板拿走了摄像机，真是滴水不漏。

她有些无奈地看看老奶奶，道："看来早晨的视频是找不到了。"

一旁醉醺醺的马克西姆抓着会说俄语的胡安，听着他磕磕绊绊的翻译，忽然笑嘻嘻地跟他叽里哇啦一顿乱讲，又伸手去抓苏虹。胡安翻译道："他说，那个摄像机的 SD 卡，已经被他提前抽出来了。"

苏虹几乎从椅子上跳了起来，抓着胡安的胳膊问道："那卡呢？在哪里？"

胡安被她抓得生疼，咧着嘴示意苏虹松开，转头用俄语问马克西姆，马克西姆打了个酒嗝，笑着从裤兜里缓缓掏出一个透明的 SD 卡盒。

28

苏虹第一次觉得电脑开机的几秒钟如此煎熬，内存卡里的内容保留得非常完整，她点开最后一个视频文件，映入眼帘的是罗曦跟马克西姆勾肩搭背自拍的画面，镜头逐渐拉远，围着长桌，早上的每个人都对着镜头依次打招呼。

她把进度条往后拉，镜头对准了地面，接着是楼梯扶手，她知道是安娜在上楼，门被推开，安娜的身体出现在镜头前，看样子在找插头，突然她好像被什么声音吸引，扭头看向窗外，应该是听到了外面盘子摔碎的声音。

接着她拿起摄像机，画面再次晃动后归于稳定，正对着他们的床铺，然后传来了关门的声音。苏虹屏气凝神，过了不久，传来门被推开的声音，她知道是龙昊走了进来，果然过了两秒钟，龙昊出现在画面中！

可镜头的角度太低了，只能看到龙昊的脚经过了床头，在整个房间来回走动，他们的背包都放在床上，恰好是镜头的盲点，过了一阵，龙昊走出了镜头，视频中再次传来关门的声音。

苏虹把视频看了一遍又一遍，终于无奈地松开鼠标，紧咬着的双唇缓缓松开，一排齿印清晰可见，到了这个地步，她真的尽力了。

苏虹跟老两口回到旅馆，躺在床上，看着头顶的天花板，她本以为这趟行程会走很久，没想到在这儿就画下了句点。对陆羽三人的愧疚，对罗隐的担心，对自己的失望汇聚成浓浓的无力感，难道就这样结束了？

她不甘心，差一点儿就到终点了，只差一点儿！她又想到了最后陆羽看向她的眼神，里面有期待，有鼓励，还有信任。不行，哪怕救不出陆羽他们，这条路我也要走完，苏虹突然打定主意，哪怕见不到罗隐，自己也一定要走完！

第二天一早，苏虹起身收拾好行李，走到两位老人面前："我要出发了，奶奶。"

"去哪里？"

"去跟朋友约定的目的地，虽然救不出我的朋友，但我至少要帮他们走完这条路。"

老奶奶轻抚她脸颊，"去吧，孩子，去做你认为对的事儿。"

"谢谢你们这几天的帮助，我会永远记在心里。"

老两口陪她走出旅馆，经过前台时，旅馆老板叫住苏虹，"是苏小姐吗？"

苏虹点点头，"我是。"

"刚刚有个孩子留下一个 U 盘，让我转交给你。"

苏虹疑惑地接过 U 盘，问道："那孩子长什么样，还说什么了吗？"

老板耸耸肩，"就是城里的普通小孩，八成是别人给了点儿糖果让他跑腿带话，他说里面有你想要的东西。"

"我想要的东西？"苏虹摩挲着手里的 U 盘，会是什么呢？

回到房间，打开电脑，U 盘里面只有一个视频文件。

苏虹鼠标轻点视频，画面里竟然是他们居住的房间！而且，画面正中央就是陆羽跟罗曦的背包！过了一阵，一个身影朝镜头走来，是龙昊，只见他动作麻利地打开陆羽的书包，拿出里面的东西，把自己的相机机身压在最底下，然后再把东西依次装回背包。

"有救了！"苏虹给老两口指着屏幕道："我说过，我的同伴不是小偷！"

老奶奶笑着对苏虹道："我也说我相信你啊孩子，还愣着干什么，赶快去把你的朋友们救出来啊。"

苏虹赶忙抄起 U 盘，向两位老人打了声招呼就直奔警察局。下楼的时候她拿起手机给警察局打电话，高兴地大声道："我现在马上去你们那里，我找到了证据证明我同伴无罪。"

到底是谁在暗中帮助我们？这个视频他又是怎么拍摄的？他又为

什么要帮我们？汽车停在了警察局门口，苏虹不再多想，下车冲向警局，正要推门时，一只手搭在她的肩膀上，很轻，却很稳。她停下脚步，一个穿着中山装的亚洲面孔男人在她身后微笑地看着她。

"苏小姐您好。"

苏虹皱了皱眉，"我们认识？"

男子摇了摇头，"苏小姐没见过我，我姓金，是罗氏集团的一名小职员。"

听到他的自我介绍，苏虹不由得呼吸一紧，看向眼前这个儒雅男子，她深吸一口气，冷笑道："您这身份可够多的，既是小职员，还是龙昊的叔叔吧。"

"雕虫小技，让苏小姐见笑了，我只是个打工仔，老板交代了任务，遵照执行罢了。"

"呵呵，您可太谦虚了。"

金先生不紧不慢道："看苏小姐这么一大早气喘吁吁跑来警察局，想必是有什么紧急的事情要处理，我本不该打扰，但又不得不提醒您，有些事情置身事外才是最佳选择。"

苏虹笑了笑："那巧了，我这个人最喜欢的就是多管闲事儿。"

金先生不以为意道："这样吧，街对面有个咖啡厅，咱们喝杯咖啡，您看行吗。或许我能帮您解决眼前的麻烦。"

苏虹道："不劳您费心，我已经找到完美解决办法了。"

金先生笑笑："这世界上从来没有完美这回事儿，苏小姐不听听怎么知道我的提议是不是更好呢？负责你们案子的警察9点整才上班。这咖啡厅就在警察局门口，我也不可能做什么出格的事儿，咱们就聊10分钟，或许我这里还有苏小姐想听的一些事情呢，关于您的同伴，关于罗隐。"

提到罗隐，苏虹心里一紧，想了想，道："你只有5分钟。"

苏虹专门挑了室外最靠近警察局的位置坐下，点了杯热美式，金先生拿出一块手帕，仔细擦拭了一下自己的勺子，放到咖啡中缓缓搅拌，这才慢条斯理道："如果没猜错，苏小姐已经找到了那对乌克兰情侣的SD卡？"

苏虹靠在椅背上，看着金先生，并没有回答。

"苏小姐回不回答都不碍事儿，那张卡里的内容我已经验过了，并没有什么有价值的证据，所以才任凭警察带走他们两个。今天苏小姐这么急匆匆赶来，应该是找到了新的证据。"

苏虹端起咖啡，用杯子遮住自己大半张脸，小口啜着，仍不答话。

金先生双手交叉摆在桌上，笑道："苏小姐就不好奇我为什么会这么快知道这件事儿？事实上，你昨晚一出狱，我就在那家旅馆安插了人，今天你下楼打电话的时候，我的人就在附近。"

苏虹把杯子放回桌上，终于开口道："是又怎样，你们做事儿太不专业了，本姑娘没费吹灰之力就找到了一堆翻案的证据。"

金先生笑笑，"我虽然只是个打工的，但对于自己吃饭手艺的信心还是有的，老实说，这次的安排看似简单，但越简单的招数往往越实用，突发情况遗留的尾巴我也妥善解决了，我实在想不通，罗隐是怎么找到破绽的。"

苏虹疑惑道："你说什么呢，我根本没见过罗隐。"

金先生点点头，"苏小姐或许真的没见过他，但这新的证据却只有他有能力拿出来，说来是我的失误，在马德里他能那么快把刘杰揪出来，识破了我们借刀杀人的手段，我本应该对他的实力重新评估。好了，"金先生摆摆手，"不说他了，说说您怎么样？"

"我有什么好说的。"

"听说苏小姐是国内著名的画家，我老板对您的画慕名已久，一直想找机会跟您合作。"

苏虹差点儿没笑得把咖啡喷出来，"我？著名画家？你倒是说说看，怎么个合作方法。"

金先生道："合作的方式有很多种，陆羽当时给您的作品开价多少？"

"30 万一幅。"

金先生不假思索道："我们出 100 万一幅，您现在挂在画廊里的 18 幅我们都要了。可以现场签合同，我立马通知人汇款，币种您定。"

苏虹故作惊讶道："一幅画 100 万，那 18 幅是多少钱？我数学不好，你帮我算算。"

金先生笑道："1800万，您要是还嫌少，我可以个人再添200万，给您凑个整。"

苏虹食指轻叩桌面："2000万，说多也不多，你们这种有钱人在上海随便一套房子的价格，说少呢还真不能算少，毕竟我几辈子都挣不来。"

金先生笑道："这只是个见面礼，既然说了合作，自然不可能只是买您的画那么简单。"

"您想必也知道，历史上很多有才华的画家生前并没有得到社会的认可，籍籍无名一辈子，等死后才被人发掘，我老板每每听到这种怀才不遇的故事都会扼腕叹息，所谓天才天才，却不是每个有才的人都能通天的。"

他说着加重语气道："而资本，就是那条通天的梯子，我老板很乐意给您搭一把这样的梯子。我们在艺术圈还算有些影响力，以后您办展，开画廊，到国外作巡回的事情都包在我们身上，再找些圈子里有名的前辈加持，不出几年，您一定可以成为蜚声海外的著名画家。"

苏虹身子俯向桌子对面的金先生，一脸严肃道："你不会是在拿我寻开心吧？"

金先生笑道："钱呢现在就可以打到您的账号，至于后续的合作，我们可以找律师拟定合同，具体条款都好商量。"

"好，"苏虹一拍桌子站了起来，冲金先生笑道，"就这么定了，你稍等我几分钟，等我从警察局把我朋友放出来以后咱们就签合同。"

金先生放下手中的咖啡杯，语气逐渐冷了下来，"苏小姐不会是在拿我寻开心吧？"

苏虹无辜地看着金先生道："不是你说你老板欣赏我的艺术天赋，要跟我合作吗？我答应了啊。怎么，难道这个合作还有条件？让我想想，不会是要我把证据销毁掉吧？"

"苏小姐又何必把这层纸捅破呢，万事万物本来就是交换得来的。"

"是你先揣着明白装糊涂，什么艺术爱好者，什么著名画家，我呸，你要是直接说花钱收买我，我还没那么看不起你，知道吗，你刚刚那番话，我只会觉得受到了侮辱，不单单对我的人格，还他妈对我的画！"

金先生盯着苏虹的眼睛，缓缓道："听苏小姐的意思，是不准备跟我们合作了。"

"你们这些有钱人真好笑，自己明明知道在干龌龊事儿，而且知道对方也知道是件龌龊事儿，还要装作不知道对方知道这是件龌龊事儿，非要找个冠冕堂皇的理由包装一下，大家都装得很高尚，不累吗？"

"好吧，"金先生遗憾地叹了口气，"人各有志，作为对您花时间跟我喝咖啡的回报，我赠送苏小姐一个忠告：你不知道自己面对的是怎样的对手，你也不知道这次我们用的手段有多温柔，当你选择踏入警察局大门那一刻开始，你们以后面对的麻烦会逐渐升级，而且我保证，你们一定不可能找到罗隐。"

苏虹抬起右手，装模作样地看着空空的手腕："哎呀，都12分钟了，我够给你面子了吧，多赠送的那几分钟不用找了。我现在赶着去救我伙伴出来。"

金先生起身拿起桌上手帕，冲她笑笑："那不打扰了。"

29

苏虹坐在警察局大厅焦急地等待着，陆羽三人陆续走了出来，很明显他们昨晚没有睡好，韩絮的头发第一次显得有些散乱，罗曦声音里带着一丝沙哑，陆羽虽看起来一切如常，眼中却也布满了血丝。

罗曦跨步走到苏虹面前，握住她的手，一脸崇拜道："姐，我服了！这你都能把我们救出来，以后你就是我亲姐！"

苏虹哈哈笑道："我本来就是你姐，不过说来惭愧，救你们出来的并不是我。"她简要地把自己苦苦找寻线索，失败后又得到U盘包括刚刚在门口遇到金先生的事情给众人讲了一遍。

陆羽跟韩絮听后，眉头紧皱，就连罗曦也罕见地露出凝重的表情。"他真的来了，"陆羽叹道，"那接下来的路确实不好走。"

苏虹好奇道："这老金到底什么来头，你们怎么都这么怕他？"

罗曦苦笑道："金不换，这是他在罗氏公司30年一直用的代号，当然很多人更熟悉的是他的另一个外号——罗氏集团清道夫。严格说来，他虽然在罗氏集团做事儿，却不归罗劲松管辖，他真正听命的，是罗鹏的生母，我的二妈。"

"怎么，难不成他们两个有什么不可告人的关系？"

罗曦摇摇头："那倒不是。你已经知道了罗劲松当年抛妻弃子另结新欢的故事，这故事的女主角就是罗鹏的生母——徐慧中，徐家在深杭市深耕多年，势力盘根错节，在政、商、军界都有不小的势力，传到她父亲徐云启那一辈，他只得了徐慧中一个独女，从小当宝贝似的捧在手心里。

"徐慧中长大以后投身商界，凭着父亲的关系很快成为深杭市有数的地产大佬，在一次招标会上，她碰上了罗劲松。后面的事情你们都知道了，罗劲松为了个人发展，抛妻弃子，跟徐慧中结婚，婚后徐慧中竟然为了他退居幕后，不再插足公司事务。

"可徐云启并不放心自己这个女婿，他今天可以为了钱跟自己女儿在一起，明天就可以为了钱抛弃自己的女儿，为此他特意在公司里安插了自己的几个亲信。

"这些人里很多都是他曾经的下属，对他们徐家忠心耿耿，这其中就有这个金不换，这个人原本隶属于某军区情报部门，负责侦查跟特情，专业能力出众，却因为泄露情报罪被判了7年，听说本来要判得更重，是托了徐云启的关系才轻判。出狱以后就死心塌地跟着徐云启，连名字也改成金不换。"罗曦说着嘴角泛起一丝不屑，"可惜改了名字他也没有浪子回头。"

"后来徐慧中结婚，徐云启也把他连同其他亲信安插在了罗劲松公司里。这些人哪怕在公司实际控制人变成罗劲松后，依旧动不得。当然，他们也在暗地里帮着公司解决了很多麻烦，这么多年过去了，他们退休的退休，死的死，只剩下这个金不换。

"过去十几年集团的安保措施，商业机密刺探，重大项目的竞标公关，以及跟社会人员的交往，都由他负责，6年前有员工来罗氏集团上访，却很蹊跷地跳楼身亡，听说也跟他有干系。"

苏虹倒吸一口气："看不出，这老家伙外表斯斯文文的，心肠这么狠毒。"

罗曦苦笑道："除了心狠，这家伙的能力才更可怕，情报部门出身，我们的信息只怕已经被他扒得底裤都不剩了。"

陆羽道："这次他确实没有下狠手，除了罗鹏念及兄弟之情以及韩家的势力，罗劲松毕竟还活着，他还不敢撕破脸，但现在罗劲松的情况越来越不乐观，我们又执意继续去找罗隐，他这个警告一出，往后的路上遇到的只怕就不是简简单单地诬陷我们偷东西了。"

气氛一时有些沉闷，大家突然都没了说话的兴致。

沉默良久，韩絮忽然抬头看向众人："怎么，你们怕了？"

罗曦愣了一下，随即朗声笑道："当然不怕，有这样的对手，这条路才足够刺激。"

苏虹摊手道："我反正已经跟他结了梁子了，现在想反悔也来不及了。"

他们看向陆羽，陆羽耸耸肩："我连工作都不要了，还有什么可怕的。"

韩絮笑道："这才像话，要是被个糟老头子吓破了胆，那也太让我看不起了。"

不过，苏虹忽然正色道："这次出发前，我有话要对你们说。"

众人不再说话，齐齐看向苏虹。

苏虹眼神一一扫过他们，缓缓道："这次我们得救很大程度上要感谢那对老夫妇出于对我的信任，在证据确凿的情况下依旧把我保了出来，并且在我跟他们担保你们是无辜的之后，无条件相信我，一直帮我找线索。

"而我们都是罗隐选出来的，既然大家都信任罗隐，那么就应该也信任他挑选出来的每一个人，这条路还很长，假如我们这样彼此心存芥蒂，那么无须外人，我们从内部就会失败。"

"所以，"她顿了顿，道，"我希望大家在接下来的路上放下成见，互相信任，之前你们每一个人跟我说的关于别人的坏话我都当做是放屁。"说着她走到中间，伸出自己的右手，看向众人，罗曦率先把手叠在她手背上，接着是陆羽，韩絮放在最上面，"从今天起，我们就是一个真正的团队了。"

"那总要有个称号吧，"罗曦笑道，"叫俊男美女小队怎么样？"

"也太恶俗了。"苏虹冲他翻了个白眼。

"不如叫追隐吧。"韩絮淡淡道。

"这名字好啊，"苏虹赞道，"信、达、雅，贴切还有诗意！"

"真的不考虑一下俊男美女这个？或者俊男靓女也成啊。"罗曦在一旁小声道。

"你给我滚！"

"好吧，好吧，追隐小队也还凑合。"

"来，"苏虹道，"从今天起，我们就是追隐小队了！大家一起喊个口号。"

"一二三，追隐小队，加油！"

喊过口号，陆羽拿起自己的背包道："大家清点一下自己的物品，我们还有一天半的时间，距离芬得拉还有 70 千米，我知道大家昨晚都没有睡好，但我们必须在一天半内走完这 70 千米，这一路上谁都不许掉队，哪怕病倒也要倒在芬得拉！"

两小时后，在圣城通往芬得拉蜿蜒美丽的沿海公路上，两对男女急行军似的快速前进，完全没有被近在咫尺的海景所分心。打头的男子不时抬手看表。还是太慢了，陆羽扭头道："这样吧，我们把行李寄存在附近的咖啡馆，只带手机跟水，在零负重的情况下或许还有机会。"

罗曦看着两辆骑过的自行车，喃喃道："你们说，我们把他们的自行车买下来怎么样？按理说，这段路没有要求必须走路吧？"

苏虹点点头："既然已经在圣地亚哥领了证书，那么自然可以骑山地车。"

陆羽道："可罗隐给我们的预算，最多只够买一辆山地车。要是我们跟这些路过的骑行的人好好商量呢，他们会不会愿意把自行车按四分之一的价格卖给我们？毕竟都是二手的嘛。"

苏虹道："你去试试吧，或许他们能把自行车送你甚至还倒贴些钱呢。"

韩絮突然道："他说的办法也不是完全不可行。"

"你也走傻了吗？"苏虹没好气道。

韩絮指向前方，笑道："买自行车确实不靠谱，但借马就说不定了。"

公路另一侧回圣地亚哥方向的自行车道上，两匹安达卢西亚白马迎风奔驰，瞬间来到他们近前，马上骑手一勒马缰，白马前蹄应声扬起，"是你们！"马上少年惊喜地看向他们。

苏虹万万没想到当他们向两位少年借马时，对方只稍作犹豫就借给了他们，这种看起来傻傻的，充满着少年意气的信任在刚刚经历过阴谋诡计的她眼中实在弥足珍贵。

她更没想到韩絮的马术会这么好，她坐在后面几乎感受不到颠簸，韩絮还需要时不时减速等待陆羽跟罗曦赶上来，要是她加速的话，陆羽二人怕是连她们的马屁股都看不到。

坐在马背上苏虹暂时得空可以欣赏沿途海景，这条本该在十年前就踏足的路，果然如同书上描述的一般，是整个朝圣之路王冠上的明珠。

道路右侧绵延着郁郁葱葱的山脉，左侧则是波澜不惊的大海，阳光斜射到脸颊上，和着海风的轻抚，柔柔的，石榴花香被潮湿的空气浸润，更加绵软，香甜气息中裹着一丝海水中的咸，好似一瓶前中后调调配均匀的香水，闭上眼睛深吸口气，整个人都化入了这绝美的景色中。

有时韩絮骑得兴起，不顾身后罗曦的大喊抗议，不断加速，苏虹只觉得周围景物风驰电掣般向后倒退，她有一个赛车手朋友，当被问起为什么喜欢赛车时，那个男生不假思索地告诉她，每个人心里都有只野兽，现代社会不允许把它放出来，可总要找机会跳出来活动活动，就像遛狗一样，竞速的赛车场就是遛内心野兽的地方。

苏虹看着韩絮的背影，此刻这个外表冷若冰霜的女子，怕是也在遛内心的狂野巨兽吧。

这样一路狂奔到晚上7点钟，众人终于抵达了芬得拉。两匹马长途奔袭，早已累得鼻孔直喘粗气，苏虹不住地拜托旅馆老板多加些精饲料，好生喂养。

办理好入住后，苏虹跟老板打听到0千米的石碑就在小镇东边一处断崖边上，此时旅馆外的街道上恰好有不少旅客成群朝那里走去，苏虹等人乐得跟在他们身后。走了半小时，他们终于爬到山顶。

晚间微微有些凉意，前方100米处一群游客挤在道路中央，围着什么东西轮番合影，苏虹等人走近一看，是一块灰色石碑，上面刻着一个贝壳符号，符号下面用黄色字体写着0千米。

"到了，就是这儿！"罗曦开心地大叫道。

苏虹也舒了口气，赶了一天的路，又爬了半小时的山，此刻真恨不得靠着石碑坐到地上休息。

"你们终于来了。"

声音从众人身后传来，一名女子缓步从道旁的树后走出，众人回头一看，不由得大吃一惊，罗曦失声叫了出来："怎么是你！"

眼前的女子穿着一身职业套装，画着精致淡妆，双手抱在胸前，满含笑意地看着他们："怎么不能是我，我说过我一定会在终点等你们的。"

罗曦打死也没想到，这个当初看着娇憨可爱，甚至透着一股天真幼稚劲儿的西班牙姑娘，居然就是他们的接头人！更意外的是她的中文居然如此流利。

罗曦拍了一下脑门，"让我想想，"他苦笑道，"你该不会是追到深杭市见我大哥的那个红颜知己吧？"

伊内斯笑着点点头："我们是非常好的朋友。"

"可传闻她是个以色列人！"

"我爸爸是以色列人，妈妈是西班牙人，双国籍。"

陆羽道："从警察局里救我们出来的想必也是您。"

伊内斯点点头："接头人存在的目的是监督你们不要作弊，可假如有人要给你们制造麻烦，而你们确实解决不了时，我也可以出手。"

"那你是怎么提前知道我们住那间宾馆，又是怎么偷偷在宾馆里装监视器的？"

伊内斯耸耸肩："那天我们分手以后，我就没有派人再跟踪你们了，你们住在哪里，我并不会提前知道。"

"那那段视频是怎么拍的？"

"还记得我送你们的礼物吗？"

罗曦从书包拉链上摘下那个海螺，仔细端详起来，众人也都摘下了自己包上的，不一会儿韩絮率先道："找到了！"

在那个海螺周围一排碎钻最中间的那颗下面，有一个可见的针孔小点，假如不仔细看，很容易被当做是海螺自身的缝隙。

"我们是一家通信公司，这是最新一代的产品，监控监听一体化。实时传输到终端。"伊内斯摇晃着手中的海螺道，"另外，给你们定酒店的王总，实际上也是罗隐的人，而他定的那家酒店，正是我们公司入股的。"

"原来是这样，有必要这么防范我们吗？"罗曦苦笑看着伊内斯。

"只要你们严格遵守规则，每一段旅程的接头人都是你们的保护者，只有你们破坏规则时，我们才会站到对立面。"伊内斯道，"当你们因为外在人为因素受到干扰时，我就会出手，比如这次帮助你们从监狱脱困。"

"那两个借我们马的小伙子，也是你安排的吧？"苏虹道。

"那倒没有，"伊内斯笑笑，"我只负责帮你们解决人为因素，至于其他衍生出来的问题我并不插手。"

"原来如此，"苏虹笑笑，"看来这世界上还是有纯良之人的呀。"

"你说什么？"伊内斯看向她。

"没什么，没什么，那罗隐呢？我们下一步又要去哪儿？"

伊内斯道："首先恭喜你们完成了第一段旅程的考验，罗隐前天已经飞到第二站了，今晚你们先在芬得拉休息，下一站的机票我已经买好了，明天凌晨从圣地亚哥机场起飞，到了目的地以后去找一个叫李春天的人，这是他的联系方式。"

陆羽接过一张纸条，看了一下号码前几位，抬头道："美国？"

"对，你们的第二站，就是美国。"伊内斯笑道，"你们在西班牙期间内，我保证金先生的人不会再来骚扰你们，但等你们到了美国下飞机那一刻，准确地说，是你们在西班牙上了飞机那一刻，你们的安全就不归我负责了。"

她又不放心地嘱咐道："另外，每个阶段的接头人性格脾气并不相同，对罗隐制定规则的理解也不同，你们最好别把自身安危完全寄托在别人身上。"

苏虹拉着她的手道："知道你对我们好啦，我都铭记于心呢。"

伊内斯笑笑："对了，机票钱你们谁付一下，从你们第二站的预算里扣，没有现金无所谓，我这儿有 POS 机。"

苏虹闻言甩开了伊内斯的手，立马变了脸，喃喃道："都这么有钱的老板了，怎么还这么财迷。"

一切办理妥当后，伊内斯并没有多做逗留，跟众人作别后，便乘着不远处一辆路虎下山去了。

苏虹抻了抻胳膊，扭头对众人笑道："不管怎么样，第一段旅行我们圆满完成了，各位，咱们也看看传说中的世界末日？"

在世界尽头看落日，确实有些世界末日的感觉。石碑不远处就是观景最佳的断崖，虽说是断崖，坡度却并不陡峭，人们可以小心地顺着缓坡一路下到海面。

不少游人三五成群地坐在缓坡上，苏虹等人也找了块平整的巨石，依次排开坐在崖边。暮色西沉，落日余晖照在海上，天海同时被浸染成火烧金的颜色，人群中有人欢呼雀跃，也有人默默祷告，还有人将自己的随身物件留在石缝中，默默离开。

四人并肩坐着，苏虹率先打破沉默："你们说，罗隐看到这一幕的时候，在想些什么？"

"或许他在想，假如当初陪你走到这里，一切是否会变得不同？"韩絮缓缓道。

"又或者在想，假如放下手中一切，在这里开家酒馆，生活会不会更惬意一点儿？"陆羽轻声道。

罗曦看着落日挠挠头，严肃地扭头转向众人问道："你们说，要是伊内斯不认识我大哥，会不会看上我呀？"

第二日，众人返回圣地亚哥，把马还给了两位小哥，苏虹又联系到了老夫妻跟乌克兰情侣，得知这次他们真的要离开了，大家非常不舍，苏虹看了眼时间道："飞机是凌晨的，既然有人保护我们的安全，不如我们好好聚一次餐！"

"好啊好啊，"罗曦附和道，"这次可得找个好馆子。"

"找什么馆子，这次我们自己做！"

苏虹安排罗曦跟陆羽去买菜，洗菜，布置餐桌。自己做主厨，韩絮负责打下手。老两口、小哥俩、乌克兰情侣想要帮忙，都被他们按在了桌旁，"这次是我们表达对你们的感谢，你们呀，负责吃就好了。"苏虹笑着对老奶奶说。

到了晚上，罗曦看着满满一桌菜，冲苏虹竖起大拇指："想不到你还蛮会做菜的嘛。"

"那是当然，"苏虹昂起头道，"你运气不错，本姑娘可很少给男人做饭的。"10人依次落座，陆羽破天荒地同意众人喝点红酒，桌上烛火在秋风中摇曳。

苏虹终于放松下来，享受着美食，与眼前的朋友碰杯，脸上一抹绯红在夜色映衬下格外艳丽，对面的乔治端起酒杯的手就那么愣愣地停在半空，等苏虹看向他时才意识到失态，慌忙把酒灌入嘴中。苏虹笑笑，对众人道："酒快喝完了，我去再拿一些。"

她又拿了两瓶红酒，走到旅馆门口，见陆羽独自一人倚在街对面栏杆旁，默默抽着烟。

苏虹走过去，右手指尖轻碰自己双唇，陆羽心领神会，抽出一支万宝路递给她点上，笑道："你也抽烟？"

苏虹深吸了一口，吐出个不成形的烟圈，缓缓道："喝完酒后偶尔会抽一支。"

"所以你之前说自己讨厌烟味儿是在骗我咯。"

"那可没有，我自己抽，但讨厌吸二手烟，不行吗？"

"行，你说什么都行。"

借着酒劲儿，苏虹看向陆羽："有件事儿，我要向你坦白。"

"什么事儿？"

"今天上午，当那个老金一口气说出 2000 万的时候，我真的心动了，要不是他那副嘴脸太过可憎，我说不定真的会考虑。"

陆羽笑着摇摇头："不会的，你不是图钱的姑娘。"

苏虹道："你确定吗？你们这些做生意的，难道不应该相信有钱能使鬼推磨吗？"

"很多事情再多钱也买不来的。"

"比如呢？"

"比如，"陆羽笑道，"我就是花再多钱，也没办法让你变得更有女人味儿一点儿。"

苏虹被噎得有些难受，看着陆羽笑嘻嘻的嘴脸，猛吸了口烟，朝他脸上喷去，道："怎么样，是不是更有女人味儿了？"

街对面传来罗曦的喊声："你俩干吗呢，虹姐，取个酒怎么比取经还难呢？"

苏虹朝他们举起手中的酒瓶挥了挥，陆羽掐灭手中的烟："走吧，喝完这两瓶，我们也该出发了。"

伊内斯派人把他们送到了机场，罗曦拿着众人护照去自动取票机领取登机牌，苏虹看他拿着手上的登机牌傻笑着，好奇道："喂，你吃错药了？"

"你猜猜，我们下一站要去哪儿？"罗曦神神秘秘地笑道。

"纽约？洛杉矶？还是阿拉斯加，夏威夷？"

罗曦拿起登机牌几乎贴到苏虹脸上："拉斯维加斯！我原先还担心又要去什么日晒雨淋的地方！没想到居然是赌城！纸醉金迷，灯红酒绿的赌城拉斯维加斯！"

31

如果说这世界上有城市会在机场里摆上老虎机，那一定是拉斯维加斯了。这里原本只是位于内华达州的一片荒漠，Las Vegas 是西班牙语，意为肥沃的草地，快要抵达时从飞机上俯瞰，触目所及全是荒漠，人烟稀少，而拉斯维加斯偏偏就是那唯一一颗落入沙盘的明珠，灿烂夺目，光辉耀眼。

过了边检，陆羽拿起电话拨通伊内斯留给他的号码，跟电话那边攀谈一阵，扭头道："已经联系上李春天了，他让我们去 Aria 酒店办理入住，晚点跟我们见面。"

Aria 酒店坐落在拉斯维加斯最繁华的大街 Strip 大道上，这条街上并排建了十多家顶级酒店，全世界排名前十的酒店集团，有 9 家都在这里建有酒店。

这座城市不仅以赌闻名世界，更有罪恶之城之名，每年有千万计的游客来此观光旅游，挥金如土，不乏有幸运儿抱得大奖，更多的则在运气与赌性的较量中败下阵来，在此倾家荡产，这也使得这里的自杀率常年稳居全美前五。

无论叫赌城也好，欲望之城抑或是罪恶之城也罢，这座城市永远都有那么一种魔力，吸引着成千上万的人带着金钱、欲望还有未来一头扎进去。

每个酒店都建有自己的赌场，为了方便赌客娱乐，赌场往往设在一层。众人放下行李后便依照李春天的提示来到了 Aria 赌场大厅。

时间刚过 7 点，赌场内灯火通明，苏虹跟随众人走过一张张赌桌，看着围坐桌前的赌客一个个屏气凝神，目不转睛地盯着眼前方寸一隅，对周遭事物置若罔闻，每个人脸上的表情、身体的肌肉都随着赌局的进行而不断紧绷着。

这是她第一次进入赌场，一时感到眼花缭乱，对什么东西都充满好奇，身旁三人却兴致缺缺，不由得问道："你们都对这个不感兴趣？"

陆羽摇摇头，道："我周围认识的老板，只要跟这个沾边，都没有好下场，其中不乏极为优秀的人，我自认比不上他们，如果他们都戒不掉，那我也一定戒不掉，索性从来不沾。"

"羽哥这就有点儿绝对了，"罗曦道，"事物都要分两面看，赌这个字带个贝字旁，我们远古祖先以贝壳作为货币，足见赌这件事情，由来已久，可以说是刻在基因里的东西。"

他接着道："既是刻在基因，深入骨髓的东西，便是天性，又哪分得出好坏。试想平时哪怕不在赌场，你们就不跟人打赌了吗？买股票的时候是在赌自己的资产，选学校是赌自己的前程，找老婆则是赌自己的后半生，甚至买彩票，炒期货，做外汇都是赌。

"所以人这一生，但凡涉及选择，需要万中选一的时候，剩下的那九千九百九十九种可能性，就是你的赌本了，简而言之，天下无处没有赌，人人无时不在赌。"

苏虹撇撇嘴道："照你这么说，这赌场岂不是顺应人性的造福之所？"

罗曦点点头，"你还真说对了，正是因为它顺应人性，这芸芸众生才会上瘾。不过同样是赌，人生是个赌场，赌场却不是人生。

"赌场区别于我刚刚列举的事情的原因在于，在这里所有的选择，结果会立刻出现，人脑最为钟爱即时反馈，当你手中的财富在短时间内出现波动的时候，大脑会不断分泌多巴胺，你就会觉得爽。

"当你一开始抱着玩玩的心态，扔个十几块小赌怡情时，这些小波动会给你带来少量多巴胺，你会感到小爽，慢慢地这些波动不足以刺激你的神经时，你就会下意识地加大注码，人为增加波动，钱的波动带来情绪的波动，挣了还想继续，输了则必须回本。

"到了最后无数人借了高利贷也要上桌，这就是所谓的赌红了眼，为什么说赌场永赚不赔，只因这里所有跟赌场对赌的游戏都不公平，从心态上讲，人终归是活物，难免有情绪波动，无法从一而终执行自己的策略，而庄家则是死物，没有情绪，自然也不会有任何波动，单这一条，就足以让它不败。"

苏虹瞪大了眼睛看向罗曦，"小伙子，懂得不少嘛。"

罗曦笑笑，继续道："更何况，从技术上讲，开赌场的，只要有客人，就完全不会亏，拿门口的老虎机来说吧，你别小看那不起眼的过时玩意，每次转动拉杆，三列滚筒转起，只要最后定格的图案相同就会往外吐钱。

"每台机器早就设定好了一个吐钱率，因赌场不同从80%到98%不等，简单来说，就是这台机器吃进去的钱，在长期来看，会回吐给赌客，假如回吐率是80%，那就意味着吃进十块会最后吐出八块，但哪怕是回吐率最高的98%，也只会吐出九块八，这两毛钱是永远也不会回到赌客手中的。"

"所以啊，"罗曦叹了口气道，"只要玩这机器，赌客作为一个整体是永远挣不到钱的。你只是挣了别人往里投的钱，赌场则永远不会亏本。"

"拉斯维加斯随便一个酒店里就有500台这种机器，就算每台机器每天净收益10美元，一年下来也有200万美金的收益，最妙的是这机器自己自动运行，省去了大笔的人工成本，说是现金奶牛也不为过。"

见苏虹听得入迷，罗曦说得更有兴致，"再说你刚才一直好奇的这个，"他指了指一旁赌桌上的圆形轮盘，一个美女荷官手持一粒圆球站在一旁，后面一个电子时钟正在倒计时，不少赌客在下面的方桌上把筹码放在分割好的方框内，罗曦解释道，"这就是大名鼎鼎的俄罗斯轮盘了。"

"这轮盘被等分为38份，每一列依次标有1到38不同的数字，数字又分为红白两色，每次开始前由荷官将手中小球凌空抛入盘上，随着轮盘旋转不断滚动，赌客可以将筹码压在不同方格里，按照概率不同，最后压中得到的奖励也不同。

"比如你可以押颜色，压中可得一倍奖励，你也可以按照这个数字表格选择押一排或者一列，只要数字在这一排或者一列也可得到相应奖励，如果你单押一个数字，恰好被你压中，那就是36倍。"

这时只见一个大胖子压了4个数字，其中一个恰好中了，他开心地大叫起来，揽起身前筹码，把零散的碎筹码随手扔给美女荷官作为打赏，从他猥琐的笑里，不用想也知道那肥腻的大脑在盘算着什么。

苏虹嫌弃地瞟了那胖子一眼，又看向眼前的赌桌，好奇道："这数字有 38 个，按理说被押到的概率是三十八分之一，可压中的赔率只有 36 倍？"

罗曦哈哈笑道："苏姐姐果然聪明，其实还不止，你看，这轮盘正中间还有一个数字 0 呢，所以你压中的概率是三十九分之一，可得到的回报也就是庄家的赔率只有 36 倍，这胜率跟赔率之间的细小差异，正是赌场的挣钱来源，你再看看这个 0，是什么颜色。"

苏虹凑近了道："绿色。"

"所以哪怕你押颜色，不论押白色或者红色，你的胜率都没有 50%，正是这个小小的 0，确保了赌场稳赚不赔。"

苏虹诧异地看向罗曦，"你小子对这些东西了解得也太过分了吧？"

罗曦苦笑道："输得多了自然就懂了。所谓久病成良医嘛。往事不堪回首，我大一的时候逃课，曾经在这里混迹过整整一个学期，当时跟朋友一起钻研 21 点，最多的时候赢到上百万美金。"

"可就从一次小失误开始，我们最后输得差点儿连回学校的大巴都坐不起。从那以后，再来这个地方，我只负责吃喝，看大型表演，赌博这东西，是再也不碰了。"

苏虹叹道："你能悬崖勒马也不容易，按理说这些赌徒们不少都是各行业的名流翘楚，你懂的这些道理他们也应该懂才对。"

韩絮在一旁悠悠道："你有没有听过这样一个故事，两个朋友在林中散步，身后出现一只老虎，其中一人立马蹲下系紧鞋带，另一个人对他说，现在系鞋带有什么用，你跑得再快也跑不过老虎。那人对他朋友说，我不需要跑得比老虎快，我只要比你快就行了。"

苏虹点点头，"听倒是听过，可这跟赌博有什么关系？"

"这就是这帮高级赌徒的心理，"韩絮道，"虽然所有赌客作为一个整体一定会输钱给赌场，但这个整体内部却不是铁板一块，老虎机吃 100 块吐 98 块，也只赚了 2 块，剩下的 98 块作为所有赌客的投入却可以再分配，技术高超的赌客不是来赢赌场的钱，而是赢其他蠢货的钱，这是第一点。"

"第二，专门飞来拉斯维加斯的多是富商巨贾，至少也是中产精英，罗曦说的道理他们都懂，可他们就是钱烧得慌，赌场在他们眼里压根就是个消费场所，是花钱来买多巴胺的地方。"

"哈哈，小姑娘这话精辟，正说到我的心坎里！"发声的却是刚刚那个油腻胖子，不知何时他已经走到了他们身后，笑眯眯朝众人伸出手，"各位好，我叫李春天。"

32

Aria赌场常年为赌客设有免费自助餐，里面山珍海味一应俱全，李春天掏出自己的VIP胸牌领着四人进到一处私人包间。

众人坐定后，陆羽道："李先生，请问我们这次在拉斯维加斯的任务是？"

李春天笑着摆摆手，"各位搞错了，这里只是你们的中转站，你们要去的地方没有国际机场，我老板考虑到你们舟车劳顿，一路风餐露宿，才特意安排你们先在这里略作休整。"

"那想必我们的目的地也不会离这里太远吧？"

"不错，你们下一个任务，是在火人节上生存一周。"

"火人节？"陆羽愣了一下，旋即莞尔一笑，"我早该猜到的，这里是内华达州，现在又是9月份，目的地自然是黑石城的火人节了。"

李春天肥硕的手掌在陆羽肩上拍了拍道："不错，罗先生此时此刻就在内华达沙漠深处的黑石城，等待着火人节开幕。"

苏虹好奇问道："什么是火人节？"

罗曦道："我上学时听说过，好像是每年9月份，世界各地会有一批奇怪的人聚集在内华达沙漠深处，一起开一周的狂欢派对。"

陆羽点点头，"这要从1986年说起，当时洛杉矶有名艺术家失恋后召集几个朋友，在海边把有关自己前女友的东西全部焚烧，举办了一个小型告别仪式，后来他们发现这种活动非常解压，于是就经常聚在一起搞这种焚烧物品的活动。

"连续几次下来，活动越办越大，遭到了当地警方的严令禁止，这几人索性找了个荒无人烟的地方，也就是内华达沙漠深处，继续定期组织焚烧活动，没想到这个行为吸引了越来越多的人参与，后来全世界的艺术家都会往那跑，甚至出现了专门承接组织工作的公司。

"他们便把时间固定了下来，以后每年九月的第一周，在内华达沙漠里会出现一个名为黑石城的地方，世界各地的参与者会到那里搭帐篷，住房车，扎营地，营地里每天有不同的表演，四周摆满了艺术家的各种作品，所有人在那座临时的城里共同生活一周，到最后一天大家把所有装置、建筑付之一炬，好像那城从未出现过一样。"

"听起来好有趣啊，哎，你怎么知道这么详细的？"苏虹看向陆羽道。

陆羽笑道："只因这个地方本来就是我告诉罗隐的，大学期间我曾经在国外交换留学一年，当时的导师就是一个老火人，每年都会去，看过他给我展示的照片后我就下定决心，一定要去一次。

"当年公司还在发展阶段，我就跟罗隐约好，等公司度过爬坡阶段，顺利登顶后，一起去火人节。说着他自嘲地笑笑，可谁能想到，当时的高度已经是我们的顶点了。"

苏虹听出陆羽话中的苦涩，有意把话题转向李春天，问道："那我们什么时候出发？"

李春天笑着摆摆手，"不急，距离火人节正式开始还有两天时间，你们先要趁这两天搞到票跟装备。"

"什么？你没给我们搞到票？"罗曦脱口而出。

"这位小兄弟，"李春天笑眯眯道，"你是姓罗吧。"

"嗯，怎么了？"

"那不就得了，你姓罗，我姓李，我又不是你爸爸，凭什么我来帮你买票？"

"你！"罗曦被呛得脸色通红，正要起身，被陆羽一把拉住，陆羽道："李先生，至少您应该给我们提供相应的购买渠道吧。"

李春天点点头，"还是这位陆先生说话有逻辑：买票的渠道有是有，但是会贵一点儿，你们可能不知道这票有多火，每年都会提前半年预售，不到两个月就卖完了。"

"现在这个时候，最便宜的黄牛票也要 3000 多刀一张，另外除了门票，你们还需要准备房车、冰箱、发电机、自行车、食物、水，等等，明天早上 10 点我会帮你约好票贩子，你们先租好房车，开着车在拉斯维加斯周边把需要买的东西补齐。"

李春天边说边不住地看表，"怎么样，还有什么不明白的？"

陆羽想了想，还在思考，李春天胡乱往嘴里塞了几块牛排，又灌了一大口啤酒道："好，没有问题就好，这里的东西你们随便吃，算我账上，咱们明天见。"说罢搓着双手匆匆起身离席，一副等不及要上赌桌的模样。

李春天把门关上后，陆羽道："既然明确了下一站到哪儿，我先安排一下今晚的计划，大家先各自回房在网上查一下关于火人节的详细攻略，列出一个用品清单，汇总到我这里，由我负责分类，分好后每人负责搜索自己那一类必需品的购买地址，我们预算有限，要注意比对价格。一个小时后大家在我房间碰头，还有什么问题？"

众人均无异议，草草吃过饭后走出了包间，包间外迎面走来一对男女，刚一照面，女子突然说话，"Oh my God！"快步走向韩絮，挽住她的手，"Vivian，真的是你？"

韩絮先是瞪大眼睛吃惊地看向身旁女子，随即闪过一丝嫌恶的表情，好不容易从脸上挤出一丝假笑，"是啊，丹尼斯，想不到在这儿碰到你。"

"可不是嘛，你这个大忙人，毕业以后的同学聚会老是缺席，这次终于肯来参加校友会啦？"女子亲昵地挽着韩絮的胳膊，好似她们是连体婴儿一般，说话间腰肢随着声音来回扭动，从她的表情上不难看出，她幻想中的自己此刻一定风情万种。

韩絮万分懊悔刚刚没有及时把胳膊抽出，到了现在再想松开已是痴心妄想，笑着问道："什么校友会？"

"还跟我装糊涂，"丹尼斯故作嫌弃地拍拍韩絮的手，"当然是咱们的杰出校友马克先生在 Aria 组织的波士顿商学院校友聚会啦，邮件都发了两周了，你可别告诉我咱们在这儿遇见是个巧合哦。"

面对她的热情"接触"，韩絮实在挣脱不得，索性放弃了抵抗，只得微笑点头，丹尼斯突然意识到其余三人，她看向韩絮，"这些是你的朋友吧，快给我介绍介绍。"

韩絮无奈地被她拉到众人面前道："这位是我的大学同学，丹尼斯。"

丹尼斯笑道："你大学同学多了去了，我们可是最要好的姐妹，哦对了，"她指指站在自己身旁的男子，道，"这是我老公吕文，这就是我跟你说过的我大学时代最好的姐妹，韩絮。"

"原来是楚天集团的韩总，久仰久仰。"吕文似乎一直在等待着被人介绍的机会，丹尼斯话音刚落，他已主动走到众人面前，趁着跟大家握手的机会，从口袋里掏出个精致的名片夹，依次递上自己的名片。

苏虹看着手里印着烫金花纹的名片，上面写着黑衫投资公司董事长，必投基金会主席，纬创集团 CEO 等一系列头衔，她掂了掂手中的明信片，分量不轻，倒不是因为字儿多，而是这名片竟是用铜做的。

吕文笑起来颇有股江湖草莽的豪气，"大家既然都是丹尼斯的朋友，那就都是我老吕的朋友。这酒店合伙人是自家兄弟，特别熟，有什么招待不周的尽管跟我提，要是需要什么特殊服务，也没问题。"说着冲陆羽跟罗曦挤挤眼。

苏虹心中泛起一阵恶心，这两口子还真是绝配。

丹尼斯继续搂着韩絮的手道："对了，你未婚夫呢，他没跟你一起来吗？"

韩絮笑道："他太忙了，最近这一年他们公司事务繁杂，婚礼也推迟了。"

"这样啊，"丹尼斯眼珠转了转，会心一笑道，"哈哈男人嘛，还是要以事业为重，不过别怪我没提醒你，你可不能老是自己一个人出来玩，不看住你老公的话，小心被人钻了空子。"

韩絮还没说话，她又立马咯咯笑道，"我开玩笑的啦，谁不知道罗家大公子对我们韩大小姐一见钟情，怕是宝贝你都来不及呢。"

吕文在一旁插嘴道："是哪位罗公子这么有福气，可以娶到我们韩总？这国内富二代的圈子我有数，姓罗的除了上海罗勇家，也就是深杭市的罗氏集团。"

"老公你可真会猜，我们韩大小姐的如意郎君，正是罗氏集团的大公子，罗隐。"

"哎哟，"吕文猛拍自己大腿，道，"罗隐这兄弟我见过，很仗义，之前在海南的商业论坛上有过一面之缘，不过有些年头了，他不一定记得清我。后来在酒局上也碰到过几次，我们还聊起一道去法国买酒庄的事儿呢，庄子我都买好了，就在勃艮第，百年老庄！"

韩絮一脸疑惑地看着吕文："可是我未婚夫滴酒不沾啊。"

吕文愣了一下，旋即笑道："是啊！就是因为他滴酒不沾，我才印象深刻嘛！罗老弟当年那是谁劝酒都不喝，我就佩服他的自制力。"

韩絮笑眯眯地对吕文道："罗隐知道有您这么一个知己一定特别开心。"

吕文哈哈大笑道："我们是英雄惜英雄，我最近一直在忙公司北美的业务，你们的订婚仪式虽然错过了，结婚典礼可一定要通知到我们哦。"

丹尼斯也笑着道："就是就是，到时候把 Ella 跟 Katy 她们都叫上，我们可是娘家人。"

韩絮道："好，你们要是不来我还不依呢。"

"一定来啦，亲爱的，那明天的慈善赛要加油哦。"

韩絮愣了一下，"什么慈善赛？"

丹尼斯有些生气地�‌起了嘴，"你怎么又跟我装傻，这慈善赛就是我们校友会的一部分啊，你忘了去年大家每人捐了 50 万美金给马克的沙漠治理基金会，用来资助沙漠化治理的科学研究，这才有了今年他举办波士顿商学院校友德州扑克慈善比赛的契机。一来对大家表示感谢，二来把关注生态保护的校友人脉组织一下。"

说着丹尼斯叹了口气，一脸不情愿道："我呀，本来是不准备来的，你也知道，纽约时装周马上就要开始了，公司哪能离得开我，前阵子还跳槽了一个设计师，可我老公的合伙人正好邀请他来参加一个重要活动，介绍些硅谷大佬，就像我跟你说的，自己的老公自己可要看紧了，我这不顺便来参加校友会了。"

韩絮道："吕先生一看就是正派好男人，你呀，不用担心。"

丹尼斯轻瞥一眼身旁吕文，"你可不要辜负我闺蜜对你的信赖哦。"

"那是当然，"吕文一脸宠溺地看着丹尼斯，"有你在我身边，我已经是全世界最幸福的人了。"

丹尼斯不顾韩絮几乎要吐出来的表情，笑着道："昨天晚上的晚宴没看到你，我还以为你又缺席了呢，一想到这德州扑克比赛少了你这个金手链得主参加，我都想在房间里歇着了，这下好了，既然你来了，咱们明天牌桌上见咯。"

说罢松开挽着韩絮的手，朝吕文一指，后者立马把手臂递了过去，"我们先去吃饭了，你知道的，吕文还有几个朋友在里面等着，都是些有头脸的人物，让人家等我们不太礼貌。"

说罢挽着老公的胳膊笑吟吟地跟众人道别，两人几乎贴在一起向餐厅深处走去。

苏虹用胳膊肘轻轻撞了一下韩絮，坏笑道："没想到啊，韩大小姐，您还有这么个好闺蜜呢，羡慕死我了呢。"

韩絮冷冷道："那我不如直接死了？"

"我看人家对你很热情啊，你怎么一直阴阳怪气的。"

韩絮轻抚额头，有气无力道："这个丹尼斯跟我是波士顿商学院的同学，家里做服装生意的，赚了不少钱，那一届我们学院的中国学生并不多，女生更少，刚入校开始，她就处处跟我较劲，从学习，实习，甚至恋爱上都明着暗着要压我一头，烦得很。"

"以我们韩大小姐的性格，应该不会去理会她这么幼稚的做法吧。"

"为什么不理会？"韩絮反问道，"商学院的人学的就是丛林法则。她既然要争，我当然要还击，要是不还击还以为我怕了她，那四年但凡我要做什么事儿，她一定会来掺和，我就每次都不让她得逞。"

"那她得逞过几次？"

韩絮笑着竖起一根手指，"这么些年，她唯一胜过我的，恐怕就是找了个不会逃婚的老公吧。"

见韩絮用着打趣的口吻，眼神中却闪过一丝落寞，苏虹揽起她的肩膀，大大咧咧道："嗨，那可不一定，你看她老公那死样子，你真的愿意嫁吗？"

"那倒是，"韩絮笑道，"刚刚我说罗隐不会喝酒诈他，他立马上套了，这种逢人就吹的家伙我见多了，也亏他应变及时，一看就是个大忽悠。"

"那不正好，跟丹尼斯两个人，天生一对。"苏虹笑道。

"对，天生一对。"韩絮也笑了起来。

罗曦忽然对韩絮道："听你同学讲，你拿过 WSOP 的金手链？"

韩絮点点头，轻描淡写道："上大学的时候有次来拉斯维加斯旅游，被几个同学撺掇着报名打了一场 2000 美金买入的比赛，误打误撞拿了一回。"

苏虹好奇道："金手链是什么？"

"这你就不知道了吧……"罗曦正准备对苏虹解释，却被韩絮打断，"就是个小型扑克比赛，赢了送条金链子那种。"

"哎哟，可以啊你，打扑克还能赢首饰呢。"

罗曦饶有兴趣地看了看韩絮，想了想，不再说话。

陆羽在一旁看看表，对众人道："时间不多了，大家抓紧回房完成各自的任务吧。"

门票 4 张，12000 美金；租车押金，20000 美金；电冰箱，1000 美金；便携发电机，800 美金；四辆自行车，500 美金；水、食物、蔬菜，1000 美金；帐篷四顶，800 美金。苏虹拿着汇总的物品清单，依次念出价格，陆羽拿计算器在一旁记录。

苏虹念完后，陆羽道："总共是 36100 美金。罗隐留下的账户里还有不到 10 万，这一趟黑石城之旅光是前期准备就要花掉接近 40%，假如后面还有这种类型的挑战，我们的资金会很吃紧，往后的花销要尽量能省则省。大家早点回房休息吧，明天一早我们先去租车，然后去买票跟补给。"

全世界的赌场有一个共同点，都没有窗户，赌客在金碧辉煌的大堂里完全感受不到外部世界的光影变化，很容易就这样昏天黑地地连赌几个昼夜，早晨 7 点，用过早饭的众人跟随汽车租赁部的工作人员穿过大堂，压根分不清周围匆匆而过的行人是刚离桌准备休息还是刚睡醒想去试试手气。

众人坐车来到离酒店不远的一处停车楼，沿着盘旋的轨道蜿蜒向上，每层都停了不少豪车，经过第 7 层时，苏虹咦了一声，整层停满了布加迪，保时捷，法拉利各种私家超跑，奇怪的是每辆车上都布满灰尘，似乎很久没被人动过。

苏虹好奇道："这些都是报废了的车吗？"

韩絮道："报废了的车怎么可能有资格停在这里。"

"那这些车的主人心也太大了吧，这些车都停了多久了，吃了这么多灰。"

罗曦在一旁道："不是他们心太大了，而是已经没有心了。"

"哦？怎么说？"

"这一层停的车，主人不外乎这么几种情况，最好的，是欠了赌场大笔的钱，一时无法周转，把车抵押在这里，想着日后赎回，但大多有了钱又会扔到赌场里，这车呢也就继续在这儿搁置着，直到赎回日期一过，车就被赌场直接拉走拍卖。

"第二类嘛，就是在这赌城输了个倾家荡产，最后从房间里，抑或是这车楼里跳了下去，一了百了，这种也少不了欠赌场钱的，车自然会被扣下，看他家人是否要赎，过了期限，也就变成了赌场的。所以这每一辆车背后，都有一个失意、失败甚至失命的人。"讲到这里，韩絮有些低沉道，"我曾经一个特别要好的朋友，就是这样跳下去的。"

苏虹回想刚刚看到的那整整一层的豪车，想到这些车的主人曾经一定都不可一世，认为自己是天之骄子，却在这座欲望之城折戟，不由得对这座城市的浮华多出一丝厌恶。远处太阳升起，从车楼望去，整座拉斯维加斯像是披上了一层金纱，她却只感到金纱下面掩盖的黑洞，把人的欲望不断勾起，再吸入无尽的深渊。

思忖间，车已开到了顶楼，租车主管率先下车给众人开门，眼前数排崭新的房车依次排开，陆羽挑了一辆崭新的福特，检查过车况后跟主管办理手续。

罗曦一马当先钻入车内，高喊："老规矩啊，床位先来后到。"苏虹回过神来也急忙抢上，罗曦已经选了靠窗的床位，苏虹把背包砸到他身上，"哎，你还是个爷们儿吗，怎么老这么没风度啊。"

"现代社会，人人平等，你不能总拿我是男人这点来道德绑架我吧。"罗曦瘫在床上，悠悠道。

"你！"苏虹拿起背包还要再砸，罗曦下意识地蜷起身体，拿枕头捂住脑袋。车窗外突然砰砰作响，罗曦透过枕头缝儿看去，苏虹也放下了手中的背包，韩絮在外面拿食指叩窗，示意二人下来，苏虹疑惑道："她要干啥？"罗曦站起身来，把自己的背包往挑好的床上一丢，道："先说好，这床位我可占了。"

"怎么了？"苏虹下车问道。

韩絮指向不远处的陆羽，"我们的卡好像出问题了。"

陆羽跟主管站在入口处，主管一手拿着POS机，一手拿着VISA卡，朝陆羽摇摇头，陆羽又跟他说了几句，掏出手机拨下一连串号码。

过了几分钟，陆羽放下电话朝众人走了过来，道："我们的卡被冻结了。"

"什么？这怎么可能？"苏虹难以置信道。

"我刚刚给银行打电话确认过，是被国内警方冻结的。银行说，他们收到警察局的指示，冻结账户上的所有资金，如需解冻，要开户人亲自前往警察局获得许可审批。"

陆羽接着道："一般来说这种回答意味着几种情况，开户人账上突然出现大额度高频率流水，有洗钱嫌疑，但这种情况一般是银行主动冻结，当事人也只需要到银行说明情况就可以解冻。第二种嘛，就是有人举报开户人从事非法活动，又或者自己的钱被盗或者被骗了。"

苏虹道："那我们遇到的是第二种情况咯。"

陆羽点头道："如果我没猜错，应该是罗鹏下的手。"

"罗鹏？他跟警方举报自己的亲哥？"

"这是唯一说得通的猜测，现在罗劲松住院，罗鹏是罗氏集团实际负责人，还记得之前说过罗隐离开的时候挪用了公司两个亿吗？罗劲松虽然没有追究，但这件事情从法理上来说确实可以被定性为犯罪，假如罗鹏以公司名义向警察报案，那么罗隐名下的所有银行卡都会被冻结。"

苏虹咬牙道："我们在西班牙时有伊内斯派人保护，想必已经甩开了金先生的追踪，在没有办法快速定位我们的情况下，用这招釜底抽薪，够绝的。"

韩絮补充道："怕还不是釜底抽薪这么简单，刚刚陆羽刷卡的动作，还有通话记录，银行内部一定都有记录，他们只需要找到相关负责人一查，我们的位置就暴露无遗了，我想现在金不换怕是已经在赶往机场的路上了。"

罗曦苦笑道："现在还有空担心他追上来吗，我们钱都没了，怎么去黑石城都没有着落。"

陆羽摩挲着手中的 VISA 卡，苦笑道："只能先去找李春天问问情况了。"

"什么？你们卡被冻结了！"

李春天一双死鱼眼瞪得老大，几乎要脱离眼眶，抖动着的肥硕双颊上写满了不可思议。

"不错，是警方亲自冻结的，应该是罗鹏去警局申请了对罗隐的立案调查。"陆羽道，"这应该属于不可抗力，您看我们是否可以动用自己的资源来筹钱，我保证只筹集跟原来卡里数目相同的钱。"

李春天想了想，摆摆手，"不行。"

罗曦道："你有没有搞错？这又不是我们的错，你作为接头人，难道不应该在我们被外力干扰时提供帮助吗？"

李春天翻了个白眼，道："谁说我一定要给你们提供帮助？"

"在西班牙的时候，伊内斯就……"

"那是在西班牙，现在你们是在拉斯维加斯，小兄弟，我就是个打工仔，接到的指示只是帮你们联系票贩子，告诉你们下一站的地址，仅此而已，别的指示我没听说过，也懒得管。"

陆羽道："或许您可以跟罗隐打个电话，问问他的意见？"

李春天摇摇头，"没这个必要，在拉斯维加斯的事情由我全权负责，现在摆在你们面前的就两条路，要么通过自己的努力而不是找关系搞到钱，要么就在这儿待着。"

陆羽抬头看着李春天道："所以，除非我们可以通过自己的努力搞到钱，否则就没得谈了？"

李春天点头道："不错，卖票的黄牛上午就到，我可以暂时帮你们稳住他们，但过了今晚还没筹到钱，票就肯定没有了。"

"这么短的时间我们怎么搞钱？抢银行吗！"罗曦怒道。

"年轻人，火气别这么大，你难道忘了自己身在何地，"李春天笑嘻嘻指着身后的大厅道，"在这个地方，挣钱可比抢银行快多了。"

34

站在赌场金碧辉煌的大厅中央，陆羽手里拿着众人凑在一起的现金，这些钱都是之前从卡里提出来供众人日常开销的零钱，总共不到3000美金，不禁有些懊悔，当初为什么不给每个人多一点儿零花钱。

他看向罗曦，道："还记得怎么玩 21 点吗？"

罗曦点点头，"记得是记得，虽然这个游戏不全靠运气，可我也不敢保证自己一定能赢，甚至亏光都有可能。"

陆羽把钱递塞到罗曦手上道："现在只能死马当活马医了，你尽力而为，最好在今晚之前翻四倍，现在的当务之急是拿到票，之后怎么去黑石城我们再想办法。"

罗曦推开陆羽的手，"羽哥，这次你可找错人了，想要翻四倍，有个人比我稳。"

陆羽顺着他的目光看向韩絮，罗曦道："你们可能不知道她拿的那条金手链意味着什么，这么说吧，凡是玩德州扑克的，都以得到一条WSOP的金手链为毕生荣耀，我的水平在她面前不值一提。"

众人都看向韩絮，韩絮摇摇头："还记得我说过的那个好朋友吗，在拉斯维加斯跳楼那个。他很优秀，是我的学长，老师，甚至影响过我择偶的标准，连打牌也是他领我入门的，可自从他跳下去以后，我就发誓，再也不沾赌了。"

罗曦还想再劝，被陆羽拦下，他看着韩絮，缓缓道："我理解。"说着把钱再次塞到罗曦手中，"看你的了。"

罗曦玩21点时不希望有人在旁打扰，陆羽三人只好在赌场外围闲逛，三人的沉默与四周赌徒的狂热显得格格不入，苏虹按捺不住心中焦虑，不时偷偷溜回去在远处观察罗曦表现，第三次回来时，一屁股坐在沙发上，从表情中看得出，罗曦的情况并不乐观。

陆羽问道："输钱了？"

苏虹摇摇头。

"那怎么还一脸不开心。"

"他是没输钱，可我看也没赢什么钱，两个小时了，他身前的筹码高高低低，总是又回到原点，这样下去怎么可能翻得了四倍。"

陆羽递给苏虹一杯柠檬水，"急也没用，时间还早，我们要对他有信心。"

苏虹咬着吸管，低头泄气道："他在牌桌上那么全神贯注地玩，连我走到身后都没有察觉，汗水浸湿了领口也来不及擦一下。我真的很想帮帮他，可却什么忙也帮不上。"

韩絮咬着嘴唇，看到苏虹无力的表情，默默低下头看着脚尖，终于下定了决心般起身对二人道："时间差不多了，我们走吧。"

"去哪？"

"你们难道忘了，我今天还有个校友会要参加。"

"都什么时候了，你还有心情参加校友会？"

"谁让我答应了丹尼斯呢，虽然我发誓不再赌了，可校友慈善赛总要出席的吧。"韩絮笑着看向苏虹。

"对啊，"苏虹反应了过来，一拍大腿，"一定要出席！答应了别人的事儿怎么能反悔！"

会场设在酒店五层，韩絮到门口做了登记，拿回一个信封，里面有四张邀请卡，她拿出一张，将其余的递给陆羽，道："正好每个人有三个亲友邀请名额，你们找机会带给罗曦。"

刚进入会场，身后传来一阵爽朗笑声，一名男子正滔滔不绝地跟人谈天，"这酒店合伙人是我朋友，您是丹尼斯的校友就是我的朋友，有什么要求尽管提！"

苏虹跟陆羽对望一眼，露出苦笑，不远处，丹尼斯正挽着吕文的手跟一名老者聊天，还是那么自诩风情万种地摆弄着腰肢，顾盼间正好看到韩絮三人，她快步上前拉着韩絮的手道："哎哟亲爱的，你终于来了，我还以为你睡过头了呢，快来快来，我给你介绍一下，这位就是本次慈善赛的举办人，我们的杰出校友，马克先生。"

马克先生穿着剪裁得体的燕尾服，一副美国老钱的派头，韩絮落落大方地上前跟他握手："您好马克先生，我是韩絮，很荣幸接到您的邀请参加这次比赛。"

马克连忙伸手道："感谢诸位的捐赠，因为你们，沙漠未来又会凭空多出了几片绿洲，以后还希望大家多多交流，有机会多做慈善。"

说话间，大堂正上方的电子时钟发出倒计时的声音，马克朝他们微微躬身，道："抱歉各位，比赛要开始了，我失陪一下。"

整个大堂分为休闲区跟竞技区，竞技区是个小圆，当中依次摆放了十张桌子供比赛用，休闲区是个同心大圆，供竞技者的家属朋友休憩观战。

韩絮看了一眼自己被分到的号码牌，8桌6号，再一看丹尼斯走到3号桌坐了下来，不觉松了口气，要是跟她在一起，怕是要被烦死。

刚刚落座，马克顺着掌声走到台前，做了个简短讲话，等掌声再次响起后，他双手向下一压，宣布道："本次比赛，正式开始！"

话音刚落，整个大厅瞬间充满了发牌声，筹码声以及休闲区人们的谈话声。

苏虹看着场内熙熙攘攘的人群，对陆羽道："反正闲着也是闲着，这个怎么玩啊，你懂规则不？"

陆羽笑道："谁说我们闲了。"

"我们还不闲吗？现在还有什么可做的。"

"现在韩絮跟罗曦都在桌上，这大大增加了我们前往黑石城的可能性，既然可能性增加了，我们自然要提前为下一步做准备。"

苏虹好奇道："做准备？还能做什么准备？"

"你还记不记得韩絮说过，我们之前的刷卡动作已经把位置透露给了罗鹏？"

苏虹点点头。

"以老金的速度，最快今晚，最晚明早就会赶到这里，哪怕我们凑够了钱，一旦再被他缠上，可没上次那么好脱身了，拉斯维加斯的这个接头人不像伊内斯那样愿意帮助我们，鉴于老金的侦查能力，我们要提前准备些反侦查的手段。"

苏虹道："那要怎么做？"

"想要把我们在拉斯维加斯的踪迹隐匿掉并不现实，所以现在最好的办法，是多制造一些干扰信息，让他难以分辨。"

苏虹若有所思地点点头，"就是要故意留下些迷惑他的线索？"

"不错，我们现在去酒店大堂，报名两个最近的内华达周边旅游项目，最好是3—4天那种，然后分别上车，这过程中一定要故意给摄像机拍到，最好再弄出些声响让周围人对我们有印象。

"我从大堂拿的宣传册上看过了，这里出发的大巴每站相隔45分钟左右。记住，你要在第二次停车时偷偷下车，乘坐返程的大巴回来。回来的时候一定要低调，到了酒店直走地下停车场，把衣服反过来穿，戴上帽子，有意识地躲摄像头，从逃生通道爬楼梯到这里集合。"

他说着指了指大厅门口，"这里是贵宾室，没有邀请卡进不来，反而最安全。到时候老金发现我们分兵几路去了不同的地方，要是每一路都派人追踪，他的人手一定不足。虽然不知道能拖他多久，但能多争取一点儿时间总是好的。"

苏虹看着陆羽，瞪大了眼睛道："这些都是你刚刚一个人想出来的？"

陆羽点点头，"怎么了？"

"没什么，"苏虹摇摇头，"你这个人啊，辛亏没把脑子用在歪的地方。"

陆羽偏了下脑袋，笑道："这下不就歪了吗？"

苏虹翻了个白眼，"你装可爱的样子真是一点儿也不可爱。"

陆羽从口袋里拿出最后的 400 美金，分出 200 递给苏虹道："不开玩笑了，这是我刚刚从罗曦那边扣下的，路上省着点儿花，记得按时回来。"

内华达州可玩的景点并不多，苏虹报了去胡佛水坝的团，陆羽则报了去 51 区的团，分开前，陆羽再次叮咛道："记住，第二个经停站下车，坐最快的一班车回来，走地下通道转消防通道进 VIP 房间，清楚了吗？"

"好啦好啦，大男人家婆婆妈妈。谁后回来是小狗。"

陆羽苦笑着看苏虹上车，拿起手中的票，"谁后回来是小狗？我比你晚发车半个小时啊。"

苏虹回到 VIP 室的时候，竞技区十张桌子已并做五桌，韩絮还在桌上，身前垒着一摞小山似的筹码，脸上神情淡然，看不出内心起伏。苏虹担心被人认出来，偷偷找了个角落坐下，低头玩着手机。

忽地背上被人一拍，她吓了一跳，扭头一看，陆羽悄悄坐到了她身旁。

"哎哟，小狗狗回来了。"

陆羽不在意地笑笑道："看什么呢，这么入神？"

"我在搜索韩絮拿的那个什么扑克金手链到底有多厉害，亏我还信了韩絮的鬼话，以为真的只是个姑娘家打打闹闹的小比赛。原来每年拉斯维加斯都会举行世界扑克巡回赛，就是罗曦简称的那个 WSOP。

"这个系列赛事是所有牌手的终极圣殿，每年总奖池高达几十亿美金，参赛人数过万，根据参赛买入金额的不同分为几十场大大小小的比赛，冠军除了拿到高额的奖金外还会获得象征荣耀的金手链！你可不要以为这么多场比赛，金手链的含金量就不高了，直到今年，在 WSOP 赛事上拿到金手链的中国国籍的人不过四人。"

"这么看来，韩絮是深藏不露啊！"陆羽看着远处玩弄着筹码的韩絮，喃喃道。

说话间，二人肩膀一沉，身后一人搭在他们背上道："假如按她所说，拿金手链的时候还在上大学，那她当年几乎是全世界有排名的女选手。"

罗曦不知何时已经偷偷坐到了他们后面。

苏虹扭头看向他，"你怎么来了？赢够钱了？"

罗曦笑着摇摇头道："21 点太费脑子，我已经连打了 6 小时了，再打下去钱有没有不知道，命是肯定没了。"

"那到底是挣了亏了？"

罗曦从怀里拿出一摞筹码，厚度只有原先的一半，苏虹看后安慰道："别急，先赢的是纸，后赢的才是钱，只要没输光本金就有机会。"

"谁说我输本金了，"罗曦从怀里又掏出一摞筹码，坏笑道，"本金在这里，这是我的纯盈利，有 1500 刀左右。"

"哎哟，小伙子可以啊！"苏虹一把抢过筹码，放在手里仔细端详。

罗曦后仰瘫在椅子上："不行了我真得歇歇了，心脏难受。"

"好，本姑娘就准你休息 5 分钟。"

"5 分钟？"罗曦苦笑道，"至少让我把眼前这局比赛看完吧。"

透过屋顶的大屏幕，三人看到整个竞技区内，韩絮那张桌上聚满了还未淘汰的选手，全桌所有人都弃牌了，桌面中央底池里的筹码已经超过了大多数人的码量，牌局还在继续，只剩下韩絮跟一名戴着墨镜的玩家对峙。

男子扶了扶墨镜，笔直坐在椅子上，左手拿着几枚筹码在手指间来回滚动，韩絮双手按在自己牌上，直勾勾看着对方，眼神凶狠，仿佛可以直透镜片，再穿过瞳孔看到对方脑子里。

这两人是那张桌子上筹码最多的两名玩家。这局牌刚刚过半，墨镜男已经投入了自己三分之一的筹码，韩絮总筹码略多于他，也投入了将近四分之一。

发牌员发出第五张公共牌，韩絮食指轻叩桌面，示意过牌，墨镜男子再次确认了一下自己的手牌，双手朝发牌员比了个三角形，all in。韩絮眉头紧皱，看得出正在做一个艰难抉择。

"两人投入的筹码就是所谓的死钱，"罗曦解释道，"德州扑克是零和游戏，赢者通吃，之前池里的死钱等于韩絮剩余资金量的三分之二，等于墨镜男的全部剩余资金量。"

"在刚刚那家伙喊了 all in 后，现在底池资金量已经膨胀到超过了韩絮剩余的筹码量，她正在做一个艰难的决定，到底要不要花自己剩余的三分之二的筹码去跟注，如果按照赔率计算，她需要至少 33% 以上的胜率才能跟注。"

"你说了这么多，你倒是猜猜，到底她会不会跟？"苏虹道。

罗曦摇摇头，"这怎么猜，我既不知道对方的底牌，也不知道韩絮的底牌。"

苏虹道："那你猜猜，到底是墨镜男的底牌大，还是韩絮的大。"

罗曦挠头苦思了一阵道："我只能说，韩絮的底牌很大，而那个墨镜男，要么很小，要么就是超大。"

所有人都在关注着这手牌，韩絮把自己桌上的时间延长卡一张张丢给发牌员，每一张延时卡可以让她多做 30 秒的思考，扔到第六张时，她抿了抿嘴，道："我弃牌。"

众人一看，居然是 A9 黑桃同色，跟牌面形成了同花的组合。

苏虹看到众人惊讶表情道："这很大吗？"

罗曦道："这是所有组合里，第二大的牌。你说呢？"

苏虹道："第二的牌也扔？"

罗曦道："为什么不能扔，第二大又不是最大。"

墨镜男也似乎非常惊讶，他把墨镜摘下，礼貌地把自己的牌秀了出来，47黑桃同色。

罗曦大张着嘴道："A同花遇到了同花顺，这都能跑掉，也太厉害了吧。"

苏虹好奇道："厉害不也输了？"

罗曦摇摇头，"决定一个牌手打得好不好，最重要的不是该什么时候all in，而是什么时候弃牌，刚才那手牌99%的人都会跟注的，能在这种情况下弃牌，韩絮的读牌能力是真的比肩职业牌手了。"

尽管韩絮最后及时弃牌，但这一战依然损失了三分之一的筹码，自己的排名也一下子从前五跌落到中间水平，可她只是耸了耸肩，拿到牌后，眼中再次散发出凶狠之气。

罗曦望向韩絮，眼神中泛起一丝异样，缓缓道："没准，我们这次真的可以去火人节了。"

竞技厅里剩下的玩家越来越少，五桌变成四桌，接着三桌，两桌，韩絮凭借出色的发挥顺利闯入了决赛，但筹码量并不可观，令人意外的是，丹尼斯也进入了决赛桌。

罗曦解释道："当比赛剩下最后九人并为一桌时，这就是所谓的决赛桌，不同名次奖金差距很大，例如这次的比赛，冠军20万刀，亚军14万，季军8万，到了第九名就只有1万多刀了。"苏虹算了一下道："那也就是说，韩絮现在保底已经有1万刀的奖金了？"

"不错，加上我之前赢的，票钱已经到手了。"

"耶！"苏虹开心地小声拍手，"要是她拿了冠军，我们岂不是可以从穷游变豪华游了。"

罗曦笑道："只要她运气不是太坏，进前三应该是有机会的，如果她运气再好那么一点儿，拿第一也不是不可能啊。现在她最大的问题是筹码量太少，9个人里排名第八，跟筹码最多的人差了7倍，几乎是7条命跟一条命的区别。"

罗曦说得口干，却来不及喝水，抿了抿嘴唇，全神贯注盯着牌桌，道："这个时候她的策略有两种，要么一直隐忍，等第九名先被淘汰，要么主动出击，搏一搏。"

她刚刚那么大的牌都可以弃掉，应该会选择忍吧，毕竟第八名有将近2万刀呢。

罗曦点点头，"我相信，越是这个时候，她越会沉得住气。"

就在这时，只见韩絮把手里筹码全部推到桌前。"All in——"她轻声说道。

罗曦有些尴尬，辩解道："如果她选择现在 all in，那一定是拿着很强的牌，这种情况下这么打也没错，能从对手身上翻倍的机会自然要抓住。"

这个对手不是别人，居然又是墨镜男，他的筹码量排在第五，看了看手里的牌，嘴里喃喃自语，似乎在计算这里跟注的赔率，韩絮的筹码量比他的三分之一多一点儿，如果跟注输掉，他就会变成第八名，考虑到之前韩絮的风格，他无奈把身前两张牌推给发牌员，"我弃牌。"

韩絮吐出口气，再次把手中牌亮了出来，一对2，对手看到她的手牌，露出一丝苦笑，拍拍桌子，说了句："打得好。"

苏虹再次看向罗曦，"这一对2很强吗？"

"这个嘛，欸，怎么说呢，"罗曦一时有些尴尬，"总之她打得好就对了。"

接下来韩絮频频出手，几乎每隔几轮就专门挑筹码量跟自己差不多的选手全押，大多数情况下对手都扛不住被淘汰的压力选择弃牌，也有想要跟她赛一赛的，拿着 A9 在翻牌前跟注她的全押，却正好碰上了韩絮的 AJ，遗憾被淘汰出局，不一会儿，韩絮就从第八排到了第五。

新一轮牌局开始，轮到韩絮行动，她前面的人都弃了牌，后面还有两名玩家没有行动，分别是筹码量最短的第八名，以及丹尼斯。她略微思考了一下，静静掏出一枚筹码，平跟入池。

第八名看了眼自己手中的牌，思考良久，把所有筹码推了出来，all in。丹尼斯看了眼自己的牌，又默默盖起来，扫视剩下的两人，她的筹码略低于韩絮，暂时排名第七，她似乎有些犹豫，两只手拿着牌反复地搓着，终于，她下了很大的决心，道："我跟注。"

第八名那位先生充满无奈地看着丹尼斯。再次轮到韩絮做选择，她可以选择补足筹码跟注看翻牌，但并没有这么做，"我要加注，"她从身前的筹码里推出整整一摞道："加注到 32 万。"

气氛顿时紧张了起来，两名女子之间似乎有个无形战场，率先 all in 的男子显得毫无存在感。

丹尼斯再次确认了一下自己的手牌，轻声道："all in."

荷官清点双方筹码划出的边池，丹尼斯一共推出来 130 万的筹码，韩絮自己的筹码量只有 137 万，这一战无论谁输，都等于被宣告淘汰，韩絮想也没想道："我跟注。"

丹尼斯看着韩絮，忽然间笑了，"说实话，我不知道我这把牌怎么输。"说着她亮出了自己的底牌，一对 Q。韩絮淡淡道："怎么输？碰到我就输了呗。"接着把自己的一对 A 扔到牌桌上。

荷官依次发过五张公共牌，丹尼斯并没有反超，她优雅地从桌上站起身来，走到韩絮面前，"恭喜你。"

韩絮摇摇头："这把牌无论怎么打，我们都会拼光的，我只是运气好，拿到了大牌。"

"运气也是实力的一部分，输就是输了，我还没那么厚脸皮，"丹尼斯拍了拍韩絮肩膀，"可别给我们学院丢人哦！"

随着丹尼斯的离场，桌上比赛节奏越来越快，不时有人喊出 all in，一个小时后，桌上只剩包括韩絮在内的四人。

气氛越来越凝重，大家平均每一回合思考的时间都越来越久，终于在第 76 手牌上，韩絮选择跟场上筹码量第一的人打光，对手是一对 K，韩絮则是 AK，韩絮需要公共牌发出 A 实现反超，然而五张牌并没有帮到她，韩絮耸了耸肩，把手里最后一枚筹码抛到桌上，起身跟对方握手道："Nice hand." 然后便径直朝门口走去。

36

韩絮到前台拿着兑换好的奖金筹码，看也没看他们，离开大厅朝卫生间走去。陆羽从包里拿出一个塑料袋递给苏虹道："我已经给韩絮发信息了，你去卫生间把这个交给她，然后等我消息。"

苏虹依言走进卫生间，里面空空如也，过了半分钟，才见韩絮从一个隔间里探出脑袋，冲她招招手，等苏虹走进立马关上门，塑料袋里装了两件帽衫，天知道陆羽什么时候准备好的，二女换好衣服，苏虹手机振了一下，陆羽发来的短信上写着，一楼自助餐厅，K3包房。

众人在包房里喝着碧螺春，那茶足足过了三泡，已然寡淡如水，李春天终于满头大汗地推门而入。

"李先生，这是买票的现金，您点点。"陆羽从背包里掏出一捆美金，推到李春天面前。

"这个嘛，"李春天看着眼前的现金，有些不好意思道，"抱歉啊诸位，你们的票，已经卖给别人了。"

"什么？你不是说帮我们保留到今晚吗！"罗曦叫道。

"唉，我说的是尽量帮你们拖到今晚，我本想着在这地方除了你们也不会有人想要这玩意儿了。可那俩黄牛正好遇到几个来拉斯维加斯散心的暴发户，二话不说，一张5000全买走了，毕竟是你们违约在先，我又不能把票贩子手脚绑了不让他们卖，你说是不是？"

罗曦还要理论，被陆羽一把拉住，他看向李春天道："李哥，还有别的渠道可以买到票吗？"

李春天摇摇头道："老弟，你不知道，火人节的票本来就难抢，今年的中票率大概只有四十分之一，我就是个给人打工的，后天火人节就正式开幕了，你们又有四个人，真不是哥哥我不帮忙，实在是没票了。"

陆羽点点头，"那麻烦您了。"

送走了李春天，罗曦兀自喋喋不休咒骂着，余下三人看着桌上的现金一时有些发蒙，忽然，韩絮笑了出来。

"什么时候了你还有心情笑。"苏虹没好气道。

"你不觉得可笑吗，"韩絮道，"他说没有就没有了？他之前还说能留到晚上9点呢，难道我们就因为这家伙的一句话就此放弃？"

陆羽道："不错，我们还有机会，实在不行，先租车开到那里，路上在网络上找找看还有没有别的渠道，如果没有，到了黑石城，有人在门口卖票也说不定。"

"对啊,"罗曦叫道,"就跟演唱会门口经常聚着一堆黄牛一样,说不定票还更便宜呢!"

众人不愿放弃任何一点儿机会,立马起身出发,苏虹跟韩絮压低帽檐率先走出包间,还没走出餐厅,韩絮的胳膊便被一只手牢牢抓住。

苏虹扭头一看,脸上泛起一丝苦笑,"怎么在哪儿都能遇上他们。"

只见丹尼斯挽着吕文的胳膊,另一只手拉着韩絮,笑吟吟道:"唉哟,亲爱的,怎么这么巧,你是不是也觉得这家店的生蚝很新鲜。哎,你换成这身衣服要去干吗?"

韩絮道:"没什么,我跟朋友随便吃了点东西,穿礼服太别扭了。"

丹尼斯道:"也是,我也觉得穿得舒服最重要了,可吕文总是各种饭局,非要带我参加,穿得太随便吧又不合身份,要烦死我了。"

韩絮赶忙道:"那不打扰你们的饭局了,咱们有空再联系。"

丹尼斯道:"那说好了,找个时间咱们姐妹单独好好聚聚,不带这些臭男人。"

吕文看了看表道:"宝贝,赵总他们快到了。你不是还要去买户外用品吗?"

"哎,"丹尼斯夸张地用手揉揉额头,"烦死了,为了去露营还要准备那么多东西。宝宝,那我先走了哦。"说着挽起吕文的手,一边道:"老公,之前定做的靴子送来没啊。"

"放心吧,不会耽误你去黑石城的。"

"还有我的防晒装备呢?"

"都准备好了。"

"等等!"

丹尼斯转过身疑惑地看向韩絮,"怎么了?"

"你刚刚提到了黑石城?"

"对啊,我不是说了吗,吕文被邀请参加一个大 Party 吗,就在那里举行。"

"你说的大 Party 就是火人节?"

"怎么，你也听说过啊宝贝？"

韩絮装作漫不经心地说："我也只是偶尔看到过一点儿资料，不算很了解，好玩吗？"

"当然好玩啦，每年有无数模特跟硅谷大佬过去呢！天天都是狂欢节，劲歌热舞，还有很多好看的艺术作品，最重要的是，"丹尼斯眨眨眼道，"那里简直就是自拍圣地呀。"

韩絮继续不紧不慢道："听上去好像蛮有趣的，你们还有票吗？"

"多余的票？怎么可能！你知道那票有多难买吗？要不是我们家吕文跟主办方关系不错，我们都不一定能抢到呢，说来可惜，昨天有几个黄牛来卖票，早知道我就帮你买了，后来听说被几个暴发户买走了。"

韩絮无奈地笑笑，"既然是这样，那就算了。"

众人正要离开，吕文忽然开口道："你们真的想去？"

众人连忙点头，苏虹摆出一副可怜兮兮的表情看着吕文，"要是去不成，感觉好遗憾啊。"

"这样啊，"吕文摸着下巴，抬头冲他们道，"如果真的想去，我这儿倒是有个办法，不过可能要委屈一下诸位。"

"不委屈不委屈，"苏虹忙道，"能去就成。"

"虽然现在买不到票了，但是我本来雇了一些人去火人节，负责照料我们夫妇还有几个朋友的生活起居，这些人的票也是我提前买好的，现在还可以替换，只不过……"

"只不过什么？"

"只不过我能带进去的人手有限，每个人都有分工，把他们换下来，那他们的那份工作嘛，却必须有人来做。"

罗曦道："嗨，我以为多大的事儿呢，不就是住得差点儿，干点儿活儿嘛。"

丹尼斯笑道："干点儿活？你让韩絮给我干活？你知道我们上大学的时候宿舍都是私人保洁来打扫的吗？"

"我去。"韩絮淡淡道。

丹尼斯瞪大了眼睛，"我没听错吧宝贝？你真的去啊。"

"就当提前体验婚后生活了。"

丹尼斯眼睛瞪得更大了，"你确定？我可跟你说，雇员的住宿条件很差的，那里昼夜温差大，常年刮大风，还有可能好几天都吃不到新鲜蔬菜水果。"

"放心吧，别人能做到，我也能。"

"对对，我们也能。"苏虹在一旁附和。

吕文看了眼手表，道："既然如此，那就这么决定了。火人节后天正式开始，我们的人要提前过去搭建营地，如果你们确定去，我就派我的人联系你们。"

"好啊，我们什么时候出发？"

"我们？"吕文笑道，"是你们跟其他员工先一起过去，我跟丹尼斯后天坐飞机过去。"

丹尼斯看着韩絮，抱歉道："宝宝委屈你了，受不了的时候你来找我，到时候我们挤一挤住一起。"

韩絮道："好啊，那我就不客气了。"

"哈哈我开玩笑的啦，我当然要跟我老公睡啦，"丹尼斯匆忙摆摆手，"到时候见啦。"似乎怕韩絮紧咬不放，慌忙拽着吕文赶快离开了。

37

下午5点50分，Aria酒店地下停车库内，四个戴着口罩墨镜的年轻男女从不同方向绕过监控，不约而同走到入口处的水泥柱后。

苏虹瓮声瓮气道："车来了吗？"

罗曦收回前探的头道："大小姐你别问了，这都第五遍了。"

"这口罩太闷了，我憋得慌！"

"再忍忍，应该快到了。"陆羽小声道。

"对了，我们要采购的东西还没买，怎么办？"

"随机应变吧，食宿解决了，别的都是小问题。"

6点整，一辆超大房车从不远处缓缓驶来，绕过左边的标志牌，停在了柱子前面的空车位前，一名60岁左右的白人男子推开车门，核对了一下脚下的车位数字，环顾四周，似乎在找人。

韩絮从柱后走到他面前，拉下口罩跟他交谈，司机打开后门，朝众人摆摆手，苏虹等人见状迅速钻进车里。

开车的老者名叫弗兰克，是参加过10次火人节的老火人了，车内还坐着一名20多岁的白人青年卡尔，是一名技术人员，年纪轻轻竟也参加过3次。

罗曦看着车内豪华的装饰，铺满天鹅绒的双人床，星空吊顶，独立卫生间，高级音响等一应俱全，感叹道："有这房车，沙漠里条件再差也能忍啊。"

弗兰克是个很健谈的老头儿，看了看众人的包裹道："你们就拿这么点儿东西？"

韩絮道："我们决定得比较仓促，有什么东西路上买吧。"

弗兰克点点头，"这些可不够，这样吧，路上会有沿街摆摊的，我到时候停车让你们下去看看，有什么能买的就买点儿。加厚睡袋，厚衣服，防晒霜。对了，还有靴子，一定要买。"

"买靴子？"

卡尔解释道："黑石城的沙漠跟别的地方不同，那里的沙子碱性很大，会腐蚀皮肤，所以最好穿靴子。还有，那里高温干旱，脱水严重，要记得多吃咸的东西。"

苏虹道："听起来还不如住监狱呢，怎么会有人发疯千里迢迢专门过去？"

弗兰克哈哈笑道："因为去的的确都是疯子，你想想，全世界哪里会有能容纳七八万人的疯人院？而且每年只存在8天？这种罕见的找寻同类的机会谁会不珍惜。"

苏虹道："那这些疯子在那8天都会做什么？"

"除了正常人会做的，其他我们都做。"

从拉斯维加斯开到黑石城要 8 个多小时，途中多是渺无人烟的旷野跟沙漠，好在天气凉爽，两个老外又很健谈，谈及过去在火人节上遇到的种种轶事，听得苏虹心驰神往，之前关于那里的恶劣条件也变得不再那么难以忍受。

两小时后喧闹的车厢渐渐安静下来，卡尔接替弗兰克开车，苏虹跟罗曦都把头倚靠在窗边休息，陆羽双眼从窗外夜色收回，正撞上韩絮看向他，笑道："怎么了？"

"没什么，我有一个假设，不知道你有没有想过。"

"哦？说来听听。"

"我刚刚在想，罗隐安排这一趟行程的逻辑到底是什么，从朝圣之路，到火人节，这之间有没有什么联系，如果找出内在逻辑，或许可以推测出他下一站去哪里，甚至可以猜到他为什么离开。"

陆羽笑笑道："朝圣之路是他最开心的一段时光，当时有苏虹陪着。火人节是他跟我约定一起来的地方。如果说内在联系，那么似乎每一个地方都会对应团队里的一个人。"

韩絮点头道："我也是这么想的。"

陆羽接着道："按照你的假设，不妨让罗曦回忆一下他有没有跟罗隐去过什么难忘的地方，或者提到过什么难忘的地方。"

韩絮笑笑："那我呢，为什么不先问问我。"

"如果有的话你刚才就说了。"

"倒不如说，你压根不觉得罗隐会跟一个商业婚姻的对象去探讨这类问题，对不对？"

陆羽摇摇头，"你太敏感了。"

韩絮不再纠缠，道："你还看出别的什么了？"

陆羽道："我希望自己是瞎担心。"

"哦？"

"这次他挑选的线路，总带着一种自我释放，但又有些要做个了结的味道。包括在朝圣之路看到的那首诗，明面上豁达，骨子里却透着一丝悲凉。"

"当年我跟罗隐曾开玩笑，就算公司垮了，火人节也是我们死之前一定要来的地方，他也曾跟我说过，退休后会重新走朝圣之路，这两个地方，按理说并不是他这个年纪的目标。"

韩絮道："你怕他出了什么事儿？"

"我说了，这只是我瞎担心罢了。"

韩絮点点头，"或许是你我想多了，希望他只是单纯地活明白了，认为有些事情不应该等到七老八十了再去做而已。"

陆羽微笑颔首，两人有意识地不再交流，连眼神也默契地分别看向车子两边。

天色渐渐暗下来，车子在一座小镇的加油站停下，卡尔招呼大家下车，道："这是距离黑石城最近的一个现代城镇了，你们有半个小时去买生活必需品，记住，不要花时间挑挑拣拣，看到合适的就赶快下手。"

众人连忙冲下车，小镇里商铺并不多，却有不少在街边搭建的临时摊位，想来每年这个时候都会有人跑来摆摊，借机赚上一笔，东西虽然不多，但都是黑石城露营必备，买完东西折返时，苏虹拎着塑料袋愣愣地看着眼前面目全非的庞然大物，"这是我们的车？"

整个房车车身贴满了黑色胶带，像是枪林弹雨后负伤的战士，弗兰克一边把最后一处胶带剪断，一边道："火人节是一个乌托邦社会，里面不允许有任何的商业元素，所以不可以有商品的 Logo 出现在黑石城，包括汽车，衣服上也最好没有商标，有的话一定要用胶带贴上。"

罗曦看着自己身上大大的标签道："如果不贴呢？"

"那你最好祈祷自己不要碰上那个疯婆子。"

"哪个疯婆子？"

弗兰克一脸坏笑道："你遇到了就知道了。"

夜已深，高速路上偶尔有车驶过，苏虹把座椅放平，仰头看着闪烁的天窗，眼皮越来越沉，身旁罗曦跟弗兰克的谈天声越来越远，终于什么都听不到了。

朦胧中似乎有人在摇着她的胳膊，苏虹眼睛挤出一条缝，卡尔在一旁道："快醒醒,你看前面是什么。"苏虹缓缓把座位摇起来,一望无垠的沙漠中,一座大型拱门屹立在前方不远处,在朝阳的照射下熠熠生辉,"我们到了!"卡尔指着前面道。

"你应该说,我们回家了。"弗兰克在驾驶位大声道。他打开车载音响,车里传来 80 年代的乡村民谣,弗兰克随着音乐哼唱着,不断重复着 *Home Sweet Home* 的歌词。

拱门前早已排起了汽车长龙,粗略估计在他们前面至少有 50 多辆房车。后面还不断有车驶来,大家都井然有序地排着队,耐心等待。

两侧车辆里穿着嬉皮士服装的人们拉下车窗朝他们打着招呼,苏虹暗想,罗隐此刻是否也在这车流中,默默观察着他们?

数不清过了多少小时,汽车终于移到了大门口,一名工作人员走上前来,核对了门票跟人数后,又问了些常规问题,有没有带违禁品,是否了解火人节规则,是第一次来还是之前来过,确认一切无误后,他指向前方一个中转停车场,"车先停在那里,大家下来准备参加进入仪式吧。"

中转停车场旁边有一扇木门,入口处挂着个铜钟,所谓的进入仪式,就是所有参加火人节的人都要先在门口沙地滚一圈,然后敲响铜钟,大声说:"火人节,我来了!"

弗兰克跟卡尔熟练地完成了仪式,紧接着是陆羽跟罗曦,敲钟时,罗曦玩心大起,索性用头撞钟,惹来围观者一阵鼓掌,苏虹看向韩絮:"你先还是我先?"

韩絮看着沾满土的众人,双手抱臂,没有说话。

苏虹耸耸肩,"那就是我先咯。"说罢利落地在地上滚了一圈,走到铜钟前，奋力击打，大喊道，"火人节，老娘来了！"

所有人都看向韩絮，她紧咬着双唇，终于心一横，整个人在地上蹭了一下，立马起身敲钟喊话，然后忙不迭地拍打身上尘土。

工作人员按照登记地址在地图上给他们指明了方位，黑石城的造型呈马蹄状，主办方用围栏在沙漠里圈出一个硕大半椭圆形空间，供房车停靠扎营，每个营地的位置都对应着相应的坐标。

横坐标比照钟表盘用时间划分，12 点钟位置就是正北方向，3 点钟则是正东，纵坐标则用字母表示，从 A 到 K 规划得分外仔细。通过时间跟字母，便可以定位每一个营地的准确位置。

弗兰克照着地图标记把车开到 1 点钟 C 方位停好。不远处的 12 点 C 方位已经停了两辆房车。有人正将车内东西搬运到空地上，看到众人连忙招呼帮忙，苏虹等人跟着弗兰克走过去，这十几个人分作两队，一队负责传递材料，另一队围了个大圆，将地基固定在土里。

黑石城与其被称为沙漠，不如说是一大片盐碱地，地面完全没有想象中的绵软，反而略显坚硬，四人都被安排了工作，两名女生负责运送辅料，男生则跟着蹲在圆周上的众人，叮叮当当敲打地基。

此时已近上午，阳光炽烈，四周时不时刮起一阵狂风，飞沙扑面，每个人身上都沾满了细腻的白色沙粒，专业团队协作效率很高，不一会儿地基搭成了，他们又开始固定墙壁，然后是天花板，电工负责接通电路，侍者放置室内家具，忙碌了近 3 个小时，终于，一座纯白色的圆形建筑矗立在沙漠之中。

接通电源后，建筑四周灯光亮起，音响里传出动感的音乐，屋内的制冷装置也开始运行，阵阵冷气从屋中传出，看着自己的劳动成果，众人开心地鼓起掌来，罗曦笑道："接下来是不是就该 Party 了。"

弗兰克像是看外星人一样看着罗曦，道："如果你想晚上露宿沙漠，那就 Party 吧。"

"哈哈开什么玩笑，露宿沙漠？那要这房车干吗。"

弗兰克揽着罗曦的脖子道："你不会真以为这帮有钱人是雇你来享受生活的吧？"

罗曦看弗兰克的样子不像开玩笑，身上涌起一阵不祥的预感，"所以呢？"

"所以这车，还有这营地都是为明天到的那些家伙准备的，我们既然没有花钱买票，就只能睡帐篷。"说罢他指指后备厢里的工具，道，"你再不抓紧时间搭帐篷，这天可就黑了，要是再赶上黑石城每天六七点钟的龙卷风，到时候你怕是连根钉子都钉不下去。"

所有被雇用的人被分配到 12 点钟 C 跟 D 两个位置扎营，苏虹四人选择跟弗兰克以及卡尔到 C 区，在弗兰克指挥下，大家先是一起搭了一个棚子，作为公共活动区，接着弗兰克给每人分配了一个简易帐篷，陆羽跟罗曦先帮女生搭好，才回头搭好自己的。

苏虹身上汗水裹着细沙，随着身体的活动嵌到肌肤更深处，这种又腻又扎的感觉让她有些烦躁，果然在他们扎帐篷时四周风越来越大，苏虹几乎是眯着眼睛把钉子钉在地面，等过了 7 点，风势渐小，把最后一颗钉子嵌入地里后，罗曦一屁股坐在地上，有气无力道："饿死我了。"

"想吃饭吗？"弗兰克背着手道。

罗曦点点头，"还有面包吗？"

"嗨，吃什么面包啊，你去车后厢里把烤肉架拿出来，晚上我们吃BBQ！"罗曦从地上弹了起来，喉结一动一动地奔向车厢，弗兰克从冰箱里拿出整块的牛排，放在架好的烤炉上，又让陆羽往炉底添了些炭，掏出打火机点着一根小木条扔进去。

不一会儿，火星变成火苗，接着越烧越旺，弗兰克把酱汁跟调料洒在牛排上，滋滋的响声伴着油脂直往外溢，牛肉本身的蛋白跟纤维经过炭火加热释放的香气充盈四周，勾动着众人食指大动，卡尔拿出一些生菜、莴苣、萝卜等蔬菜，切成小丁拌成沙拉，大家围坐在方桌上，翘首看着弗兰克把牛排一块一块放到自己盘子里。

罗曦足足吃了三块才满足地瘫在椅子上，就连韩絮，也吃了将近一块。饭后已是深夜，黑石城里没有公共光源，照明靠各个营地跟自带的灯具跟房车大灯，大部分车要第二天才入驻，四周只有他们这一处营地，稍微向外走几百米，就几乎看不到人了。

但这难不倒那些有经验的老火人们，不时有三五成群的火人浑身挂满了小灯泡，骑着自行车从他们营地旁驶过，有些会停下来跟他们打招呼，蹭两口牛排吃。

苏虹等人清理完厨余垃圾后，弗兰克和卡尔邀请众人一起出去走走。四人经过一天的奔波，此时都恨不得倒头就睡，尤其想到第二天每人还有两个工时要做，实在提不起兴趣。今天大家有些疲惫，陆羽道："我们洗洗睡了，明天还有工作要做。"

弗兰克道："那随便你们吧，不过营地里不能洗澡，如果刷牙，可以用右边的那个水龙头，擦脸的话就用湿纸巾凑合一下。"

"那怎么行，"韩絮罕见地说话有些破音道，"我浑身是土，今天怎么可能不洗澡就睡觉？"

弗兰克哈哈大笑道："小姑娘，不是今天不洗澡，是我们这整整一周都没办法洗澡。"

"整整一周？"韩絮几乎不敢相信自己的耳朵。

"对啊，"弗兰克右手在脖子上来回搓着，不一会儿搓成一个小泥丸，用指头轻轻弹了出去，"你没听错，就是一周，7 天。"

韩絮靠在椅子上，一脸绝望，苏虹拍拍她的肩膀，"一周就一周，别忘了当初是谁在丹尼斯面前大言不惭说自己没问题的。"

韩絮露出一丝苦笑，"那一定是个超级大笨蛋。"

"嗨，当年军训不也经常洗不了澡嘛，凑合一下呗。"罗曦起身晃晃悠悠拿着牙缸走到水龙头前，"喂，弗兰克，这龙头怎么不出水啊。"

弗兰克走过去一看，水龙头中，只有极细的一缕水流，或者说连贯的水滴，时断时续地落入杯中。他把水龙头拧上，看向罗曦，"没问题啊，这不是在出水吗？"

"这也叫出水？"罗曦拿牙刷指着水龙头，"你确定不是塞住了？"

"当然不是，我们故意设计成这样的，为了节约用水，还有，在这儿刷牙不许用水杯，你用水沾一下牙刷就可以刷了。"

"这也叫刷牙？"

"小伙子，能刷不错了，我 10 年前来的时候，哪有这些设备，只能干刷，知道吗。"

罗曦小声嘟囔道："我看你根本就不刷。"

弗兰克又从身上造出一个泥丸，放在两指间把玩了一下才弹出，"真不知道你们这些养尊处优的城里人来火人节干吗？"他用另一只手指了指水管，"这里有刻度表，你们用了多少水都有记录，"他又指了指自己的双眼，"我会盯着你们哦。"

弗兰克跟卡尔走后，众人只得无奈地接受了一切，韩絮在桌旁坐了好久，禁不住苏虹再三劝慰，拿出牙刷排到了苏虹身后。

黑石城夜里温度接近零下，幸亏昨天苏虹买了厚衣服，否则第一天就怕是要折在这里，温度下降并非全无好事儿，至少身体不再感觉那么黏，睡前她用自带的湿巾把全身略微处理了下，竟一次就耗掉了三分之一的储备，想想未来还有 7 天，她又紧了紧领口。

这个地方虽然很新奇，条件未免有些太苦了，白天干旱，风沙，夜里寒冷，黑暗，不能洗澡，物资匮乏，怎么会有人愿意大费周折专门跑来遭罪 7 天？出发前她还以为火人节所谓的条件艰苦只是参与者的夸大其词，可残酷的现实却告诉她，或许那些描述还带着一丝美化。

都怪这个陆羽，跟罗隐提起这么个破地方，害得老娘吃不好，睡不好，澡洗不好，心情更不好，苏虹越想越气，可脑袋却越来越沉，还没来得及想好怎么惩罚陆羽，整个人带着一肚子气却不自觉睡着了。

39

第二天一早，苏虹头顶帐篷骨架传来一阵急促的敲击声，她吓得睁开眼，以为地震了，缓过神来才想到自己在沙漠里怕什么地震，定神细看是有人在外面用棍子敲她的帐篷，她稍微理了一下头发，拉开一道缝，缝里露出弗兰克半张脸。

见苏虹醒了，弗兰克放下棍子催促道："快出来吃早饭，再不吃就没有了。"

苏虹不情愿地从床上爬起来，看了眼表，已经中午12点了，自己竟然睡了整整半天！想必是从朝圣之路开始的高强度旅行以及来回的时差让她大脑的生物钟彻底紊乱了，钻出帐篷，外面刺目的阳光晃得她一时睁不开眼，弗兰克又走向韩絮的帐篷，不远处陆羽跟卡尔在餐桌旁聊天，罗曦在露天厨房里忙个不亦乐乎。

苏虹抄起桌上半瓶水，咕嘟咕嘟灌到肚子里，哑着嗓子对陆羽抱怨道："这地方也太干了，早晨起来真要渴死我。"说着转向罗曦，"哎哟哟，我没看错吧，我们罗家三少居然在做饭？"

罗曦瞥了一眼苏虹，道："有什么办法，本来是卡尔做的，你知道吗，他煎鸡蛋撒了一大把盐，这么一大把。"边说边比画。卡尔在一旁争辩道："这里是沙漠，平时天气热，脱水很严重，不多吃点儿盐很容易抽筋的。"

"得了吧，"罗曦道，"你那不是多吃盐，你那是要把我们都腌了，来来来，尝尝我做的煎鸡蛋。"

苏虹没等盘子递上桌就拿叉子叉起一块放入嘴中，那煎蛋柔嫩中带着一丝奶香，咀嚼起来有轻微的拉丝感，想必是放了奶酪，里面还包裹了火腿丁，咬起来Q弹十足，作为配菜的芹菜末跟一些不知名香料则恰好中和掉黄油的腻，留下满嘴香甜，苏虹一口咽下，连忙再叉一块，罗曦笑着递上一杯果汁，道："慢点儿吃，没人跟你抢。"

"罗曦，还真别说，你除了开拳馆，修自行车以外，还可以卖个早点啥的。"

"多谢夸奖，卡尔你们别干看着，吃啊，都有份，赶快尝尝然后一起夸夸我。"

韩絮也终于被弗兰克从帐篷里拉了出来，有些发蔫地坐在桌子旁，眼神略微呆滞。

"怎么啦我的大小姐，昨晚睡得怎么样？"苏虹笑着用叉子叉起一块鸡蛋递给她。

韩絮有气无力地张嘴，咽下，罗曦在一旁原本兴致勃勃地等待着赞赏，看她没说话，不由得有些气馁，弗兰克用手从自己盘子里直接撕开一块煎蛋，配着啤酒咽下，冲罗曦竖着大拇指道："罗，以后这个厨师就是你了，我宣布退休。"

罗曦道："行啊，那以后你帮我买冰。"

"哎，这鸡蛋再配点儿番茄酱就完美了，我番茄酱呢？"弗兰克嘟囔着蹲在储物柜旁，装模作样地来回翻着。

"真是只老狐狸，"罗曦笑着摇摇头，"一提起买冰就装傻。"

"买什么冰啊？"苏虹好奇道。

"不懂了吧，"罗曦道，"下次起早点儿，省得我还要把弗兰克的话复述给你们听。整个黑石城里不允许有任何商品交易，钱在这里几乎不起作用，除了两样东西，一个是冰，一个是咖啡。"

"我们的肉跟菜都放在保温箱里，需要冰冻保鲜，还有弗兰克刚刚喝的冰镇啤酒，这都需要大量的冰块。举办方在营地中央专门设置了冰块跟咖啡的贩售点，我们工作的其中一项就是买冰。"

"Bingo，找到了！"弗兰克拿起一瓶番茄酱站起身道，"我补充一下这一周大家负责的任务，我们隔壁营地住着的都是全职雇员，主要负责那些有钱人的生活起居，包括厨师，服务生，保镖，还有技术人员跟保洁。"

"我们呢则主要负责这些全职雇员的后勤，包括给他们买冰，打扫他们的帐篷，另外每天下午两点到五点，有钱人的营地会组织一个商业内部的 Party，需要从我们这里抽调两人去做接待工作。"

"那我们岂不是成了附庸的附庸？"苏虹瞪大眼睛道。

弗兰克点点头，"不然凭什么给你票？要不是因为今年的票太难抢，你以为我愿意做这些破事儿？那些有钱人要不是因为火人节官方强制要求他们交纳大笔的赞助用来搭建黑石城的公共服务，并且限定了他们的全职雇员人数，又怎么会愿意请我们？"

"这么说来我们还要感谢他们咯？"苏虹阴阳怪气道。

"那也不用，"弗兰克晃了晃手中的酒瓶道，"我们是用自己无差别的人类劳动换来的门票，不需要感谢任何人，要是遇到有人对你居高临下，别犹豫，直接抽他。"

苏虹看着弗兰克嘴角残留的啤酒沫，点头道："只要那个时候你在我旁边，我一定不犹豫。"

弗兰克笑笑，继续道："我把刚刚提到的工作分为三类，工作 A，排队买冰，运冰。工作 B，收拾帐篷加做饭。工作 C，去房车营地帮忙做侍应生。我们两两分组，尽量保证每组分配到的 ABC 工种数量大致相同，大家有意见吗？"

见众人均表示同意，弗兰克道："我跟卡尔一组，今天会有一些从湾区来的有钱人，那边点名要我俩去做接待，所以今天我们负责工作 C。剩下的任务你们内部分一下。记住，最好不要两个女生一组，否则运冰的时候会吃不消。"

苏虹看了一下颓废的韩絮，想她这个状态怕是运不了冰了，罗曦已经做了饭，也不可能运冰，于是道："那我跟陆羽一组去买冰吧。"

"你们决定就好，"弗兰克看了眼表，"记得早点出发，再晚可就连冰碴都不剩了。"

黑石城造型酷似马掌，而贩卖冰块的官方营地正位于马掌脚后跟正中央的位置，那里除了销售冰跟咖啡，也驻扎着组织者的官方营地，又叫中央营地。

苏虹跟陆羽车后座上载着保温箱，按照地图指示朝东南方向骑去，刚骑出营地没多远，苏虹惊奇地发现一夜过后，昨天还略显空旷的戈壁滩已经人满为患，沿途布满了各种稀奇古怪的房车，营地。

道路上往返着各式各样奇装异服的行人，有的头戴印第安鸟羽，有的身上绑满绷带，有的半裸，身上贴满亮片，一名女子背着一块冲浪板朝他们挥手打招呼，苏虹挥手时没注意，差点儿撞到一个戴着氧气面罩的男子，他的面罩管子连接着背后的玻璃容器，里面放着一盆薄荷一样的绿植。

大街上还行驶着速度只有 10 迈左右的各类花车，大的有三层高，小的只能坐一个人，所有移动的工具都有极为独特的造型。帆船样式、金鱼样式、斗牛样式、骷髅样式等不一而足。

经过的营地外挂着各异的牌子，街边不时看到很多造型奇特的艺术作品，巨大的鲨鱼骨架后面藏着一只木头搭建的火烈鸟，一个大型冲水马桶四周摆满了卷纸雕塑。

两人边骑边看，仿佛置身于魔幻世界之中，所有人都在冲他们热情打招呼，苏虹似乎忘掉了昨天的不快，不顾陆羽的催促，东瞅瞅西看看，兴奋得像个孩子。

陆羽骑到一半，眼角向身旁一瞥，又不见了苏虹的身影，他叹了口气停下车，回头见苏虹单脚着地，将车子停在了不远处一座小丘上，小丘四周难得地空旷，一旁的空地上摆着一架钢琴，整个琴身沾满沙尘，琴头挂着一盏吊灯，随着风沙孤零零地摇摆。

陆羽反身骑到苏虹身边问道："怎么又停下来了？"

"没什么，就是感觉明明四周都很热闹，只有这琴孤孤单单地被摆在这里，有点儿可怜。"

陆羽看了眼时间，道："或许这就是它存在的意义呢。"

苏虹笑笑："我给你弹首曲子吧。"

"你会弹钢琴？"

"学过一点点儿，不知怎的，总觉得这琴特别渴望被人弹起。"

陆羽看了看苏虹，又看了看那琴，缓缓道："去吧。"

苏虹坐在钢琴前，打开琴盒，深吸一口气，双手缓缓按下。

大漠狂沙中，一个穿着波西米亚风格长裙的亚洲女孩独坐一隅，认真地跟一架破旧钢琴对话，虽然整个乐章有些磕磕绊绊，钢琴的音色也欠了些清脆，却有种不完美的美。

一曲终了，苏虹不好意思地搓搓手，"好久不弹了，有些生疏。"

陆羽鼓掌道："这好像是我第一次看你不好意思。"

苏虹道："切，没弹好就是没弹好，我实事求是而已。"

"其实已经很好了，这钢琴被放在沙漠中风吹日晒，又不是高级货，这儿的沙子这么细，一定会被吹到琴箱里，难免会更加影响音色，还好这是第一天，到了最后几天恐怕就是理查德·克莱德曼亲临也没办法弹准了。"

"你听出来我弹的是理查德？"

陆羽笑笑，"这《秋日私语》也算是他的成名曲之一了吧，对钢琴有些基础的人都听得出来，现在这个日子你弹它再贴切不过。就是不知道你为什么没弹完？"

苏虹不好意思地笑笑，"B段最后那个大高潮，右手要分解琶音再跟上连续八度和弦，我这十几年没碰过琴的人，就是手抽筋了也弹不下来。"

"要不，我试试？"

"你？你也会弹钢琴？"

陆羽微笑道："自从罗隐离开公司，我不过是公司的吉祥物罢了，有的是时间搞搞文娱爱好。"

他边说边坐到钢琴前，用手拂过琴键，琴箱发出错落有致的合音，他缓缓道："这首曲子，我的理解AB段可以用一首古诗形容。"

"A段，自古逢秋悲寂寥。"他说着双手一沉，曲子还是理查德·克莱德曼，却明显比苏虹熟练流畅了许多，A段舒缓中略带些忧郁，音色空灵里有一丝落寞。"B段，我言秋日胜春朝！"陆羽说着，手速也越弹越快，渐渐地过渡到明亮柔美的B段，整个气氛随着节奏被烘托得越来越高，先是到达一个小高潮，接着一个小反复，出人意料地再次把人卷进最后的大高潮里，苏虹在一旁听得几乎入了神。

随着一曲终了，苏虹举起双手，还没拍，身后却传来一阵掌声。

不知何时已经有人站在小丘上，正微笑看着他们，看样子是一家四口，丈夫戴着飞行员的护目镜，穿着飞行夹克，妻子穿着铆钉的皮衣皮靴，拉着两个背着翅膀，小天使造型的孩子，那一对小可爱正鼓着粉雕玉琢的小脸冲着他们笑。

"弹得真棒。"护目镜男子道，"我是杰克，这是我妻子菲比。"

"你们好，我是陆，这是我朋友苏。"

"抱歉打扰你们了，"杰克道，"刚刚我们路过这里，被钢琴声吸引，我女儿觉得你弹琴的时候特别帅，一定要送你礼物。"年纪稍大些的女孩挣脱妈妈的手飞奔到陆羽面前，递给他一块薄荷糖，陆羽笑着说了声谢谢，摸摸她的头。

小女孩冲她笑笑，跑回妈妈身边，躲在妈妈腿后边害羞地打量着陆羽。

苏虹二人跟那对夫妻寒暄了一阵，得知他们要去买冰，杰克忙道："那你们还是要抓紧时间，今天大部分人都进驻黑石城了，冰块一定供不应求。"

与一家四口道别后，陆羽一边骑车一边对苏虹道："你一直看我干吗？"

苏虹笑道："没想到啊。"

"没想到什么。"

"没想到你会有女粉丝呢。"

陆羽把胸挺了挺，"那当然，我还收到礼物了呢。"

"看你那臭屁的样儿，"苏虹别过头去，小声自言自语道，"不过刚刚弹钢琴的样子，还真 TM 有点儿帅啊。"

"你说什么？"

"没什么，没什么，赶快赶路！"

40

他们继续顺着南北方向的主干道一路朝南，路上无数次忍住停车去看表演或艺术品的冲动，终于抵达了中央营地。看着营地口足足有 2 千米的排队长龙，苏虹绝望道："我的天，全美国的人都来这儿买冰了吗？"

虽然烈日当空，队伍又一眼望不到头，排队人群却似乎并没有不耐烦，不远处一个巨大的 Disco 花车里放着电音，人们一边有节奏地扭动着身体一边跟周围朋友聊天，队伍两旁不时有人穿梭来往赠送免费的小吃跟啤酒饮料。

苏虹喝着免费的橙汁，一脸幸福道："要是外面的世界也像这样就好了。"

陆羽道："你知道为什么黑石城这种乌托邦的模式会这么美好吗？"

"因为一切都免费？"

"因为它每年只存在 7 天。乌托邦本身就是反现实的，正因为有了现实的对比，它才会美好，假如黑石城变成一座固定的不会消失的城，那它也就变成了现实，一切现实的东西，看上去就都不那么美好了。"

"那你们这些朝思暮想来这里的人，岂不是自己骗自己，又或者是在逃避现实？"

陆羽点点头，"没错，真相就是这样，世界的运行不能建立在虚幻的事情上面，商业本身就是人类社会最伟大的发明，如果回到以物易物的时代，我们可能还在茹毛饮血，现在在黑石城我们之所以不会感到那么不便，是因为现代文明，让我们有实力建这么一座物质极度富足的城市，但根子上，很少有人可以彻底脱离现代文明来生存，或者说，愿意脱离。"

他顿了顿，继续道："所以火人节是给我们这些被现代文明过度影响的人一个喘息的机会，在这里的一周，可以回归原始，挣脱现代文明束缚，这是每个人都需要的一种释放。

"就跟男生有时候需要一段熬夜打游戏的时间，女生需要一段宅在家里不梳洗打扮而是彻夜追剧的时间一样，这些时间被称为垃圾时间，但是垃圾时间是很必要的，是让你从现实世界抽离的放松方式，从某种程度上讲，火人节也是一样。"

道理真多，苏虹咽了咽口水，"说了这么多你不如帮我问问前面那哥们，他手里冰激淋哪儿来的？"

陆羽前面站着个腰圆膀阔的白人男子，个子不高，目测却有 200 斤，正飞快地把手中的冰激凌一勺勺送入口中，陆羽拍了拍他的肩膀，男子回头冲他笑笑，手跟嘴却并没有丝毫停下来的意思。

"您好，请问，您这冰激凌是哪儿来的？"

"这个呀，"男生终于放慢了速度，指了指对面，"看到那个放Disco 音乐的花车了吧，那儿有个冰激淋营地，免费发冰激淋。"

"还有这好事儿呢。"苏虹把头伸了过来。

"先别高兴太早,你看花车周围聚的人,都是排队领冰激凌的,我朋友刚刚足足帮我排了1小时。"

"要这么久啊。"苏虹泄气道。

胖子看苏虹一脸失落,道:"别灰心啊,有一个办法可以很快领到冰激凌。"

苏虹精神一振,忙问道:"什么办法?"

"看到花车下面那一圈人了吗,聚在车头那里的。"

苏虹眯着眼看过去,确实有一群女孩聚在车头处,并没有排队。

"她们都是报名参加热舞大赛的。"

"热舞大赛?"

"对,冰激凌营地规定,每天分三个时段组织三场热舞大赛,只限女生参加,每三人分为一组,在花车前进行跳舞比赛,排在领冰激凌队伍最前面的十人是评委,票数最高者,可以不用排队直接拿冰激淋,而且,"小胖子说着吞了一下口水,继续道,"正常排队只能领到一个冰激凌球,冠军可以拿两个!"

陆羽看着苏虹,调侃道:"这么好的事儿,不去试试?"

苏虹把保温箱塞到他手里,看着陆羽吃惊的样子,笑道:"试试就试试,在这儿乖乖排队,等姐姐给你冰激凌吃。"

苏虹飞奔到报名现场,不一会儿就淹没在人群里,小胖子见陆羽望着吃力,从怀里掏出一个望远镜,递给他,道:"用这个吧兄弟。"

"你怎么还带了这个?"

"嗨,排遣一下等待的寂寞嘛。"小胖子把空冰激凌盒扔到路旁垃圾箱,从怀里又掏出一个望远镜,看着陆羽吃惊的样子,笑道:"带两个,有备无患嘛。"

远处花车忽然换了音乐,陆羽举起望远镜,热舞比赛第一场已经开始了,一个50岁左右的阿姨,一个体型圆润的姑娘跟一个身高腿长的金发女郎站在中央,人们自觉地围成个半圆。

随着音乐响起,三人开始跟着节奏扭动,阿姨的动作明显带着60年代的士高的味道,高个美女则像在夜店舞池里那样,轻微地扭着腰，似乎生怕把手中酒杯弄洒一般，那个胖姑娘却精准地踩着鼓点，妩媚地摆动着身体，看不出她还有着极佳的柔韧性，甚至可以做出 M 字蹲等性感动作。

排在前十的人每人手里拿着一个木质圆环，圆环扔在谁的脚下就代表投票给谁，一曲终了，胖姑娘轻松以八票胜出。

胖子对陆羽道："看到了吧，这个比赛里长得辣不管用，要跳得辣才行。"

陆羽放下望远镜道："可裁判是在不断变化的，或许接下来的十个人就喜欢长得辣的呢？"

"你说得也有道理，不过你女朋友一定是长得辣跳得也辣的那种，相信我的眼光，没问题的兄弟。"

陆羽叹了口气，"兄弟，你让我怎么相信你的眼光，你连她不是我女朋友都看不出来。"

"这样啊，"胖子吹了声口哨，笑道，"那她更有希望了。"

"为什么？"

"大多数女孩子有男朋友在场的情况下都不敢跳得太辣，既然她不是你女朋友，那就没什么好顾忌的了。"

又等了两组，终于轮到苏虹上场，她跟另外两个年纪相仿的外国女孩走到场地中央，三人都是妙龄女子，站在一起，环肥燕瘦，各有各的妩媚。看来是场硬仗啊，陆羽暗道。

这次的音乐相比之前几首节奏更快，前奏的鼓点更杂，三名女子一开始都有些慌乱，直到 10 秒钟后才纷纷进入拍子。

一名女子跳到一半的时候落了拍子，想要再找节奏，却越急越乱，只能自嗨似的搔首弄姿，苏虹跟另一名女子则陷入了胶着，两个人的舞蹈风格并不相同，那名女子多是利用胸部臀部做出一些撩人动作，而苏虹更多利用眼神跟肢体的配合，虽然幅度不大，却胜在风情，前排观众一个个瞪大了眼睛，生怕错过一秒钟，一时间两人面前各摆了三个项圈，还剩下四人仍犹豫不决。

眼见自己落后，那个踩不到鼓点的女孩子急了，竟然当众摘下抹胸真空示众，人群中瞬间爆出一阵叫好声，很快她面前也多了三个项圈，三名女孩身前的票数持平，最关键的一票掌握在一个嬉皮士打扮的老头手上。

他左右看看，挠挠头，手中的项圈拿起又放下，仍是做不出最后抉择，曲子渐渐进入尾声，三名女孩额头都冒出细细汗珠，不约而同看向老者，老者犹豫再三，最终将项圈扔到了苏虹脚下。

苏虹开心地跳了起来，冲到人群中跟每一个给自己投票的人拥抱，不一会儿飞奔回来，手上拿着个小盒子，她先跟胖子击掌，然后把盖子打开，用勺子挑出一个球放在盖子上递给胖子。

胖子有些难以置信地看向苏虹，"给我的？"

苏虹点头道："火人节不就是互相分享吗？"

说罢用勺子挖了勺冰激凌放在嘴里，把盒子跟另一个勺子递给陆羽，道："吃！"

陆羽往后退了退，有些羞涩道："你吃吧，本来也没多少。"

"少废话，你要么吃我的，要么吃他的，自己选吧。"

陆羽看着胖子来不及用勺子，直接用舌头舐食冰激凌的吃相，接过苏虹的盒子，道："那我不客气了。"

"喂，你吃个冰激凌，在那儿傻笑什么？"

"没什么，"陆羽笑着低头把冰激凌塞入口中，喃喃道，"你刚刚跳舞的样子，还真 TM 有点儿美呀。"

不知过了多久，两人终于买到了第二天需要的冰块，跟小胖告别时，陆羽把望远镜还给他，小胖摆摆手，"你留着吧，在这儿用得着，哦对了，"他又从怀里掏出样东西递给苏虹，"这送你了，算作对你请我吃冰激凌的感谢。"

苏虹接过一看，是个精巧的指南针，"这怎么好意思！"

"别客气了，黑石城里手机没信号，这可是导航利器哦。"

苏虹只好朝他道谢，把指南针递给陆羽，"你先帮我装好了。"

小胖子朝他们笑道："记住我留给你们的地址，有空到我营地坐坐。"

"一定。"

"一定！"

41

　　两人把冰放在车后座上，晃晃悠悠朝营地骑去，路上苏虹兴致不减，左顾右盼，看到什么都想停下来瞧个仔细。

　　这次她又停在一座巨大的方形建筑物前，两腿生了根似的钉在地上，"这玩意儿好奇怪啊，怎么连个窗户都没有，只有前面一个洞？"

　　"咱们先把冰带回去，一会儿我陪你回来好不好？"

　　"不好！你都害我错过多少有意思的东西了，我就过去打听一下这是干吗用的，有意思呢一会儿就折回来，没意思的话省得白跑一趟。"苏虹说完不等陆羽发话就把车子立在一旁，奔向那个洞。

　　洞口排了不少人，苏虹站在一旁，看着墙上挂着的介绍，又跟几个排完队的人攀谈了一会儿，这才回到陆羽身边，兴奋道："你知道那个大盒子里装的是什么吗？"

　　陆羽道："一个小盒子？"

　　"哼，你以为是套娃吗，是人！三个人！"

　　"哇哦，原来是人啊，真的好出乎意料，没想到能在这里看到人呢。"

　　"你懂什么，"苏虹朝他翻了个白眼，"里面是三个画家。他们进入黑石城后就待在那个盒子里，往后7天吃喝拉撒全在里面，靠着外面排队的人给他们描述自己看到的火人节，然后把自己听到的关于火人节的一切在里面画出来，你说酷不酷！"

　　陆羽若有所思地点点头，"这么说来，真挺酷的。一会儿放完东西你就可以回来排队了。"

　　"那多没意思啊，我要等到最后一天再说。"

　　"都依你，只要你别再中途停车就好。"

回到营地，罗曦正将一块牛排放到一个盛着酱汁的玻璃容器里，用保鲜膜包好。

"韩絮呢？"苏虹问道。

"她在隔壁帐篷帮那帮人叠被子呢，你还真别说，这娘们平时一副大小姐做派，帮人收拾起屋子来倒是一丝不苟。"

"少在这儿说风凉话，你怎么不去帮忙？"

"我这不还得准备晚饭嘛，我们商量好的，她负责打扫，我负责做饭，冰块买回来了？快放保温箱里，正发愁冰不够用了呢。"

"不是吧？"苏虹难以置信道，"我们走前不还有好多呢。"

"姑奶奶，你以为这冰只是用来冻肉的吗，你也太傻太天真了。"罗曦朝厨房深处一指，"你看看弗兰克那个大箱子里，装了啥？"

苏虹过去掀开一看，威士忌，伏特加，啤酒，葡萄酒，杜松子酒，喝过的没喝过的，见过的没见过的应有尽有。

"这老家伙带了个流动酒吧来，从吕文那边回来后就开始给来往的路人派酒，全都是冰镇的！那个冰桶就没有空过，你说用得能不快吗。"

"那你怎么不制止他！我们辛辛苦苦买来的冰让他这么便宜送了人！"

"苏姐姐，这就是你的不对了。"罗曦义正词严道，"我们来的可是火人节，这里大家好东西当然要互相分享，再说了，买冰的事儿反正是大家轮流来，你又不吃亏。"

苏虹走到罗曦身边，罗曦下意识地闭上了嘴。

"张开。"苏虹道。

罗曦无奈，把嘴开启一条缝。

"张大点。"

"啊……"

苏虹用手捂着鼻子，朝后退开一步，道："喝了多少啊你！怪不得这么替他说话！"

罗曦头摇得像拨浪鼓似的，"这跟喝了多少没关系，我说的都是真心话，来了火人节就要学会分享，不能计较。"

"分享你个大头鬼。"苏虹抄起桌上的抹布朝罗曦扔了过去，正打闹间，一群人走了进来，这些人穿着各异，手里拎着苹果，巧克力酱，法式面包，甚至还有龙虾，他们跟罗曦热情地打着招呼，放下东西后又都匆匆离开。

罗曦得意地看着苏虹道："看到了吧，这些都是下午来过的朋友，人家也不白喝你的酒，再说了，酒多少钱，冰多少钱，你心疼你买的冰，人家弗兰克还没心疼自己的酒呢。"

"好好好，你说得有点儿道理，行了吧。"苏虹看着满桌的东西双眼眯成一条缝，笑着拿起一个苹果。

营地门被再次推开，韩絮有些趔趄地走了进来，"下午好。"她坐在桌子一旁，微笑看着众人。

苏虹看着韩絮脸上有些奇怪的微笑，道："下午，好？"

"你在削苹果吗，注意别割了手，还有你罗曦，歇会儿再干，天气这么热，小心中暑。"

苏虹凑到罗曦跟前小声道："她怎么了，吃错药了？"

罗曦偷偷笑道："应该叫吃对药了才是，这都归功于神医弗兰克。"

苏虹突然反应过来，"他给她喝酒了？韩絮不是不喝酒吗！"

"我们都被她骗了。你知道她刚刚喝了多少吗？"罗曦表情夸张道，"一开始弗兰克反复问她要不要喝点儿，那可是他自己调的鸡尾酒，那个口感，那个层次，罗曦边说边咂摸嘴，可韩大小姐果断拒绝了。

"后来有一对小情侣进来给大家送啤酒，说是两天后要在黑石城举行婚礼，希望大家可以参加。人家也没劝她酒，她却主动跟新娘子干了一瓶，喝完之后就停不下来了，连我那份都喝了，喝完啤的又开始喝纯的，等我反应过来拉住她的时候，就成这个样子了。"

苏虹瞪了罗曦一眼，转头把削好的苹果递给韩絮，柔声道："来，咬一口，特别好吃。"

韩絮接过苹果，手却搭在苏虹腕上，五指缓缓在她腕上摩挲，"谢谢，你真好。"

苏虹尴尬地抽回自己的右手，笑着点点头："你也好，你也好。"

苏虹跟陆羽帮罗曦把晚饭准备好后，回头一看，韩絮站在门口，笑着看向他们，道："可以出去玩了吗？"

"这个，"苏虹有些犹豫道，"你要不要休息一会儿，睡一觉再说？"

韩絮拉着苏虹的手，嘴唇附到她耳边："你是不是担心我喝多了？告诉你个小秘密，我的酒量啊，大得很呢，可以干掉一整瓶威士忌，之前我都是骗你们的。今天谁要是早睡谁就是乌龟王八蛋。"

苏虹看着她，只好无奈点点头，"那走吧，对了罗曦，你负责照顾好韩絮。"

"这跟我有什么关系？我招谁惹谁了？"

"谁让你刚刚没看住她，今晚她的安全由你负责。"苏虹斩钉截铁道。

"你这！"罗曦无奈看向陆羽求助，后者走到他身边，拍了拍他的肩，"没事儿的三少，就一晚，忍忍就过去了。"

罗曦把手套甩在桌上，嘟囔道："见鬼了，怎么就我好欺负似的。"

四人走出营帐，下午5点的黑石城依然有些炎热，阳光却已不再炙烈，他们在各种有趣的营地间游走，累了就坐上免费的改装出租车，任由司机带着他们四处游荡。

"带我们去附近最有意思的一个地方吧。"韩絮坐在后排冲司机道。

汽车晃晃悠悠躲避着路人龟速前进，终于在一处人群前停了下来。"就是这儿了。"司机道。苏虹揉揉眼睛，看着眼前建筑，有些难以置信，"靠，这沙漠里居然还有个教堂？"

司机笑着点点头，"这可是世界上最难找的教堂，你们一定要去看看。"

众人下车顺着人流走到教堂内部，教堂共分两层，空间并不大，到处挤满了人，一层正中间放了幅耶稣的画像，墙壁跟天花板上画满了圣经里的故事，内置音响却放着电子乐，人们随着音乐摇摆，似乎并没有觉得有什么不妥。

四人拾阶而上，二层是个露天小平台，作为四周最高的建筑，可以看到附近八九个营地概况，目力所及最远处的空地上长着一棵参天大树，聚集了不少人在树下乘凉，聊天。

"你说那是真树还是假树？"苏虹道。

"肯定是假的啊，"罗曦道，"这里是戈壁盐碱地，你就是把真树栽到这儿也活不了。"

"那不一定，"韩絮道，"说不定不光运来树，还运来土了呢，在黑石城他们什么事儿干不出来。"

苏虹在一旁道："嗨，下去看看不就知道了。"

就在他们准备下楼时，教堂里忽然传出汽笛声，接着是轰隆隆的轴承跟齿轮的摩擦声，没等众人反应过来，这座教堂居然开始移动了起来！

他们这才意识到，那个司机为什么说这是世界上最难找的教堂，不是因为它只存在七天，而是它本身就是个移动花车！

教堂移动了大概3千米之后再次停下，苏虹等人跟着车上众人陆续下车，街上行人越来越多，不断有陌生人把自酿红酒、有机奶酪、三明治、热狗甚至炒面，送到他们跟前。

"早知道这样我还做什么晚饭啊，出来走一圈就饱了。"罗曦嚼着热狗，嘴里含糊不清道。

突然，有人在背后拍了他一下，罗曦回头一看，一个60岁上下，穿着铆钉皮衣，蹬着长筒靴的女子，笑着看向他，朝身后的营地一指，示意他跟她过去。

罗曦咽下最后一口热狗，冲他们笑道："又有好吃的了。"

走到门口，女子示意众人在门口等一下，自己径直走进了营地帐篷。

42

苏虹看向身旁的海报，上面画着一个人趴在椅子上，身后站着另一个人，那人举起右臂，手上拿着个像鞭子一样的东西。苏虹暗道，这海报画风有点儿不对啊，怎么像审问犯人的感觉。

正思忖间，老太太手里拿着一卷胶带走了出来，对罗曦道："你知道黑石城的规矩吧？"

"什么规矩？"

"没有商业。"

"哦，知道知道。"

"那就好。"老太太说着撕下一卷胶带，对罗曦说，"别动。"

"哎哎，你干吗！"

"你的衣服，上面有品牌 Logo 你没看到吗，还印满了全身。这个必须用胶带粘起来。"老太太说着就要把胶带贴在罗曦胸前。

"等等。"罗曦拦下了她的手，"如果我不愿意呢？"

"年轻人，我可以很负责任地告诉你，如果你说不，黑石城有一半的营地都不会欢迎你。"

"不可能，我一下午都没被人拦下来过。"

"可是，"韩絮在一旁道，"你没发现有很多人看你的眼神怪怪的吗？"

"我也注意到了，还以为是你长得太猥琐了，原来不仅仅是这个原因啊！"苏虹在一旁附和道。

"胡扯，我长得一点儿也不猥琐！"

老太太有点儿不耐烦地看向罗曦，"小伙子，我是在帮你，到底要不要粘？"

罗曦看看苏虹，"真的有人看我眼神怪怪的？"

苏虹点点头，"千真万确。"

罗曦背过手去，对老太太道："那你粘吧。"

5 分钟后，老太太看着几乎被包成木乃伊的罗曦，满意地点点头，"这就顺眼多了，现在你们可以进我的营地了。"

"您这是什么营地啊？"苏虹好奇问道。

"进来看看不就知道了，"老太太笑容中带着一丝狡黠，"我这里可是号称全黑石城最解压的营地哦。"

众人随着老太太走进营地，帐篷外是一片半圆形广场，不少火人三三两两聚在一起，喝着啤酒，广场后面的圆形帐篷里不时传来噼噼啪啪的响声，苏虹正在猜测里面发生了什么，一个熟悉的声音在她耳畔响起，"嘿！你们怎么找到我的？"

弗兰克手里拿着一次性纸杯，倚在栏杆上，杯中啤酒随着他伸开双臂的动作飞溅一地。

"别自作多情了。"苏虹笑道，"我们只是凑巧路过。"

弗兰克亲昵地揽着老太太的腰，道："这些就是我跟你提过的中国朋友。"

既然是弗兰克的朋友，老奶奶笑道："那更要体验一下我们的舒压服务了。"

"怎么个舒压啊？"罗曦好奇道。

"当然是用这个。"老太太指着帐篷外挂着的海报，上面画着一排粗细各异的皮鞭，"你们可以互相抽打对方的屁股，也可以让我们的工作人员代劳。"

"抽人是挺解压的，可谁愿意挨抽啊。"罗曦道。

弗兰克大笑，"谁跟你说抽人更解压的。"说着勾着罗曦脖子，领着众人朝帐篷里走去。

帐篷里一共有五处排队地点，每处排队点上都放着一个海报里的木质架子，挂满了各式皮鞭，架子前有一张折叠椅，依照人们的坐卧需求摆放，每个排队点都有一名工作人员，跟轮到的火人沟通鞭子的粗细，抽打的力度，具体抽打的部位以及次数，那些火人乖乖地或躺或坐，任由工作人员鞭笞。

也有结伴而来轮换互抽的，被抽打的人脸上往往带着一种痛苦却又享受的表情。

"果然有意思。"韩絮拍手笑道。

"有意思？"苏虹眼神古怪地看向韩絮，韩絮微笑道："我知道你在想什么，但这不一定非要跟性癖好扯到一起的，疼痛会刺激大脑分泌多巴胺，用来缓解皮肉之苦，所谓痛快痛快，自然是痛过之后就觉得快乐了。"

"那感情好啊，"罗曦道，"你要是喜欢这玩意儿，那我就辛苦一下，抽抽你。"

"那不行，"老太太道，"按照我们营地的规矩，你刚刚被粘了胶带，享有 VIP 特权。"

"哟，我还有 VIP 特权呢？"

"你小子可真有福气，"弗兰克坏笑道，"成为了这营地今年第一个 VIP。"

"是吗，那到底是什么特权啊？"罗曦一脸期待地看向弗兰克。

"别急，马上你就知道了。"

只见老奶奶不知从哪儿拎出一个精致的手提箱，放到罗曦身边，指了指旁边的椅子，道："趴下吧。"

"趴下干什么？"罗曦有些摸不着头脑。

"哦，你不喜欢趴着吗？那站着也成。"老奶奶点点头，打开箱子，里面并排放了五只纯金把手的皮鞭，"你挑吧，喜欢用哪只。"

"你要干吗，我不是 VIP 吗？"

"哈哈，VIP 就是由老太婆亲自抽你啊，"弗兰克在一旁忍着笑，道，"罗，我可真羡慕你。"

"这算哪门子 VIP，你们谁想挨抽谁来，我可不来。"

老奶奶看向他道："年轻人，在黑石城穿了带 Logo 的衣服必须要挨抽，这是规矩，也是初来乍到的火人必上的一课，再说了，我这么一个老太婆，能有多大劲儿，你不会这么大了还怕痛吧。"

"你少胡扯了，我怎么没听说过这规矩。"

"官方条文里确实没写，"弗兰克道，"不过嘛，这确实是所有火人们的共识，算是不成文的规矩。罗，周围可有不少人看着你呢。"

罗曦似乎真的感觉后脑勺上有很多默默的眼光朝他投来，有些犹豫地看向老奶奶，"真的不疼？"

"放心吧，不但不疼，还会有点儿爽呢，"老奶奶道，"要不这老酒鬼也不会每年都来找我。"

弗兰克笑嘻嘻地朝罗曦转过身，双手摸向自己腰间，"要不要我脱下裤子给你看看屁股上崭新的鞭痕？"

"行了行了。"罗曦连忙摆手阻止弗兰克，看向老太太道，"就一下啊。"

"放心吧，皮鞭型号都让你来选了，还怕什么呢。"

"好吧，那……我选这个最细的。就一下啊。"

老太太示意罗曦在折叠椅上趴好，"我数三下，就动手了。"

罗曦紧闭双眼，咬着后槽牙道："来吧。"

"好，一！"还没数到二，老太太手起鞭落，一生脆响，罗曦瞬间从床上鲤鱼打挺似的蹦了起来，嘴里发出杀猪一样的号叫。

"我操！！！操操操！怎么这么疼！操！"他一边跳脚一边用手揉着屁股，怒视老太太道，"你不是说不疼吗！"

老太太耸耸肩，道："不管怎么样，这一鞭子至少教会了你两件事儿，第一，不要违反黑石城的规则，第二，不要相信女人。"

说着打开箱子夹层，掏出一瓶威士忌，酒标已经泛黄，上面的字迹早已模糊不清，她小心翼翼打开瓶盖，倒了一小杯递给罗曦："来，喝下去，喝完你会快乐地飞起来。还有，先把裤子穿上。"

罗曦看苏虹等人在一旁辛苦地忍着笑意，又不好当面发作，怒气冲冲道："我不喝，我怕有毒。"

老奶奶翻了个白眼，"小伙子那你可真不识货，知道这酒多少钱一瓶吗，弗兰克想喝都没门儿呢。"

罗曦系好皮带，一边揉着屁股，一边狐疑地看向弗兰克，道："真的？"

"你以为我每年来找她真是为了挨抽啊，还不是为了这一口，你要是不喝就给我。"

"凭什么，挨抽的可是我，"罗曦一把夺过酒杯，一口把酒灌入嘴中咽下，咂摸咂摸嘴，缓缓点头道，"好酒啊，真是好酒！"

"废话，当然是好酒，经过粘胶带，挨鞭子跟饮威士忌，你就永远不会忘记黑石城十原则了。"

老太太见弗兰克直勾勾地盯着罗曦的空酒杯，鼻翼呼扇呼扇着，似乎在极力捕捉空气中残留的酒香，嘴唇微咧着，隐约看得到后槽牙。

她叹了口气，拿起瓶子，又从箱子里拿出四个闻香杯，在四个杯中各倒了一指的威士忌，对众人道："我险些忘了十原则里的分享原则，见者有份，你们都尝尝吧。"

弗兰克忙不迭拿过自己的酒杯，谄媚地对老太太笑道："就知道你最大方。"

苏虹拿起酒杯，放在鼻尖，一阵辛辣刺鼻的味道由鼻入脑，怎么会有人喜欢喝这种东西？可老太太盛情难却，她只得屏住呼吸一口把酒灌入喉中，一股浓烈的酒精伴随着消毒水的味道在口腔中迟迟不肯散去。"好酒，好酒！"她把酒杯放回桌上，勉强挤出一丝笑容冲老奶奶连声道谢。

一旁的韩絮就慢了许多，她先依次用左右两个鼻孔各自闻了一下，然后将整个鼻子探到酒液正上方，停留了 3 秒左右才缓缓把酒倒入口中，两颊微微内收，舌头在口腔里缓缓嚅动，让味蕾依次感受酒体的质感，如是往复几回，这才缓缓咽下，她看向老太太，"请问，有纯净水吗？"

老太太有些诧异地看向韩絮，从怀里掏出一个透明玻璃瓶，道："我今天刚换的。"

"谢谢。"韩絮接过瓶子，拧开瓶塞，小心翼翼地朝酒杯中滴入几滴，再次将酒杯放到鼻子跟前，深吸一口气，闭上的眼睛缓缓睁开，笑道："这下好多了。"说着把剩余的酒倒入口中，跟先前一样慢慢咽下。

"嘿，您这喝法倒是有够奇怪的，"罗曦笑道，"我第一次看喝酒主动兑水的。"

"你懂什么，"老奶奶道，"这姑娘是行家啊。"说着充满期待地看向韩絮，"喝出什么来了？"

"单一麦芽，不不，这么烈，是单桶威士忌，泥煤味很重，苏格兰产的，年份嘛我猜不准，大概在 20 到 40 年之间。"

"可以啊小姑娘，居然喝得出我的麦卡伦 40 年！"老奶奶鼓掌大笑，对罗曦道，"你这外行懂什么，我们苏格兰有句谚语，永远不要在喝威士忌的时候不加水，也不要在喝水的时候不加威士忌。加水可以帮助酒精度高的威士忌打开酒体，彻底散发出酒内的香味。"

"所以你们知道刚刚她有多心疼了吧，"弗兰克在一旁小口抿着杯中酒道，"这么好的酒，被你们一口干掉，喝出什么来了。"

"你还说人家，你自己也没有加水好吧，"老奶奶朝弗兰克翻了个白眼，"你们别把他的话当真，老娘喝了一辈子酒，早喝明白了，是人喝酒，不是酒喝人，不管加水还是加冰，哪怕是兑可乐，只要喝的人开心不就得了。"

韩絮点点头，放下酒杯道："人类真的是很奇怪的生物，在什么事情上都要分出个三六九等来才罢休，哪怕喝个威士忌，喝单一麦芽的瞧不起喝调和麦芽的，两帮人又合起伙来瞧不起喝谷酿的，喝雪莉桶的瞧不起喝波本桶的，加水的瞧不起加冰的，一个很主观的东西，活生生被添加了一堆客观准则。"

老太太拉起韩絮的手，兴奋道："今天真是遇到同好了，我房间里还有几瓶日本威士忌，要不要尝尝？"

"好啊，"韩絮眼前一亮，"那我可不客气了。"

"千万别客气，"老太太把箱中那瓶麦卡伦 40 也抱在怀中，跟众人摆摆手，道："我跟韩进屋聊聊天，你们想喝什么就找弗兰克。"

43

众人随弗兰克坐下，罗曦屁股一接触木凳立马跳了起来，倒抽着凉气小心翼翼把半边屁股放到凳子上，瞪着弗兰克道："笑什么。"

"笑你居然蠢到去挑那最细的鞭子，你难道不知道，这细鞭子抽人才最疼吗。"

"废话，我又不像你这么变态，天天找人抽自己，哪会知道。"

"好，好，我嘲笑你不对，我道歉，来，再喝杯啤酒，一会儿就不疼了。"

"喝这玩意儿没用，你让我抽一鞭子我就不疼了。"

弗兰克捂着自己的屁股道："那可没门儿，你这种新手，没轻没重的。"

"再没轻没重也不可能比你那老情人下手更狠了吧。"

"她那是为了教育你，特意下了死手，你如果真想揍人发泄，我倒是有个好地方。"弗兰克笑着冲罗曦挤挤眼。

"哦？难不成这里还有专门提供挨打服务的营地？"罗曦道。

"差不多吧，你等我一下，"弗兰克从椅子上费力地撑起身，摇摇晃晃走到营地一旁的柜子旁，从当天的《黑石城日报》最下面抽出一本小册子，转身扔到罗曦怀里。

罗曦拿起一看，是一本黑石城营地介绍指南，关于上百个主题营地的介绍被浓缩在薄薄十几页册子里，字体小得可怜，弗兰克勾着罗曦的脖子，眯着一双醉眼，几乎把脸贴在纸上挨个扫着，突然间他欢呼一声，指着其中一个营地道："就是这个，搏击俱乐部！"

说着他站起身来，用手拍着自己的胸脯道："雄性动物的厮杀搏斗，充满了汗与血的荷尔蒙，最适合你这种身强体壮的小伙子！"

"这你倒是没看错。"罗曦笑道。

弗兰克拿起小册子，看着上面的时间表，"今天8点开始比赛，位置就在2点钟C区域，离这儿走路20多分钟吧，上面还写着每晚冠军都有不同的奖励哦。"

"还有奖励呢，什么奖励？"

"让我看看啊，"弗兰克再次把纸贴在脸上，"今晚的胜者可以拿到两张通用的免排门票！"

"免排门票？"

"这是近几年主办方搞的新花样，有了这票，火人节里任何一个火爆的需要排队的营地项目，你都可以直接进入，当然，只限一次。据说今年这票一共只有500张，分布在几个特别大的传统营地里，作为活动奖品。"

弗兰克脸上露出一丝神往，"想想看，轮到你去买冰的时候，看着前面挨晒的几百个人，出示你高贵的免排门票，所有人恭敬地给你让开一条通道，用不了两分钟你骄傲地背着两大箱冰块在他们的注目礼中大摇大摆走向自己的自行车，该是多么爽的体验。"

罗曦似乎也被带进了他的幻想世界，"你这么一说，还真是值得一去啊。"

"什么叫值得一去，必须去，这简直就是他妈的为你设计的啊兄弟！除了你，还有谁配得上这冠军头衔呢。"弗兰克拍着罗曦肩膀，口气坚定不移。

"那当然，不过买冰的时候可以看隔壁热舞比赛，我没必要把票浪费在那儿，我再看看还有什么好玩儿的营地，把那册子给我，我要……对，我要去这个海鲜营地。"

"兄弟，你太有眼光了，这个营地的海鲜都是从波士顿空运过来的，主厨是米其林二星，那个龙虾，帝王蟹。"

"哈哈那我如果每天都去打比赛，岂不是天天都能拿票，天天插队吃海鲜。"

"天才！你就是天才！"弗兰克朝罗曦竖起大拇指，又凑近了小声道，"记得，你可是有两张票哦。"

"放心吧，"罗曦露出心照不宣的微笑，"肯定带上你。"

"那就这么说定了？"

"定了！"

苏虹看着这勾肩搭背的一老一少，以手扶额，对陆羽叹道："喝大了，这俩都喝大了。"

苏虹跟陆羽慢慢地喝着啤酒，看着罗曦跟弗兰克两个人在那里兀自口沫横飞地计划着如何使用免排门票，又过了一阵，韩絮跟老太太亲昵地从后门走了进来，两人脸色都有些潮红，看得出刚刚的交流没少喝。

"记得一定要把你的地址发给我，莫妮卡，我家有好多停产了的山崎跟响，你一定会喜欢的。"韩絮挽着老奶奶莫妮卡的手热络道。

"放心吧，你要是不给我寄，我就飞到你家门口堵你。"

"那为了让你来我家做客，这酒我可就真不寄了哦。"

苏虹看着两人笑语盈盈，戳戳陆羽，"这才认识多久，搞得像忘年交似的。"

"这就是忘年交啊，怎么，你嫉妒了？"

"我嫉妒什么？"苏虹撇撇嘴，"不就是懂点儿酒嘛，我要不是因为穷，说不定比她还懂呢。"

罗曦见韩絮出来了，搂着弗兰克扭头道："时间差不多了，咱们上路吧？"

苏虹把要去搏击俱乐部的事儿告诉了韩絮跟莫妮卡。"好啊！"莫妮卡朝罗曦胸口捶了一拳，"没想到你小子居然还有些男子气概，记住，你可是挨过莫妮卡鞭子的男人，到了那儿一定要把那帮娘炮揍得妈都认不出来。"

罗曦挺直身子，也捶了莫妮卡肩膀一拳，道："没问题，我的铁拳早已饥渴难耐了！"

莫妮卡要负责营地运行，弗兰克已经喝大了，看他对着莫妮卡色眯眯的样子今晚怕是不回营地了，四人跟二老道别后，便顺着莫妮卡指的方向朝搏击营地走去。

搏击营地位于整个黑石城东北角，为了保证城内居民的睡眠质量，黑石城绝大多数的音乐表演被集中安排在南边的中心帐篷区域，那里有一块巨大的圆形场地，专门供各国艺术家做表演，而各种放着电音的花车大多被安排在了北边最外圈，方便人们想噪的时候有去处，想静的时候可以回自己帐篷休憩。

前往搏击俱乐部的路上，周围音乐声越来越大，清醒的人越来越少，罗曦兴奋地摩拳擦掌，为了赶时间，破天荒地放弃了很多跟路上美女拥抱揩油的机会。

"你怎么这么兴奋啊，"苏虹不解道，"连美女想跟你搂搂抱抱都能无情拒绝？"

"你不懂，"罗曦脚步越来越快，"作为一个开拳馆的，你们无法理解这十多天不能合理合法地把我拳头放到别人脸上有多憋得慌。"

传说中的搏击俱乐部终于出现在他们眼前，营地外层是一个竖着仿古罗马立柱的圆形空间，与原版中空的斗兽场不同，这座建筑有着造型颇为浮夸的穹顶。里面则设有圆形观景台，观景台围着一个个大铁笼，旁边架子上摆满各式武器护具。

比赛还在报名阶段，分为娱乐型跟竞技型两种，每种又设立男子组、女子组以及双人组三个组别，罗曦毫不犹豫报了竞技型男子组，工作人员用彩笔在他脸上画了个勇士符号，让他跟其他参赛者一样围着场地正中央的八角笼等候。

苏虹三人好不容易在看台找到相邻位置坐下，韩絮指着八角笼旁的参赛选手道："这些报名的都好壮啊，罗曦能行吗，别上去没两下就被人打趴下了。"

苏虹道："哎哟，太阳打西边出来了，韩大小姐居然关心起罗三少爷了。"

韩絮点点头，"不光是他，我关心你们每一个人，不，我爱你们每一个人！我们是一个团队！不，一个家庭对不对！追隐大家庭！"说着她转身给了苏虹一个大大的拥抱，又迅速在她脸上狠狠亲了一口。

苏虹尴尬地推开她，瞥了眼身旁的陆羽，见他没有发觉，这才对韩絮道："好好好，你的爱我感受到了，我也爱你。"

"那你怎么不亲我！"

"人这么多，别闹！"

"就是要人多才能证明你对我的爱！亲不亲？"

"回去亲好不好？"

"你就是不想亲我，你根本不爱我不关心我，好吧，我找陆羽亲亲。"

"好好好，你把脸伸过来。"

韩絮轻轻闭上眼睛靠了过去，眼睫毛微微颤抖，苏虹快速地在她脸颊亲了一下，又怕太过敷衍怕韩絮不满意，连忙又补了一下。

"这下你信了吧，我还连亲了两下。"

"这就对了，"韩絮挽起苏虹跟陆羽的手，"我们是一家人！一会儿罗曦上台的时候，你们给我使出吃奶的劲儿加油！"

又过了一阵，四周的喧闹被一阵铜铃声压过，一名上身西装领带，下身沙滩泳裤的白胡子老头拿着骷髅造型的麦克风走到笼子中央，示意众人安静，朗声道："各位黑石城的兄弟姐妹，欢迎大家来到搏击俱乐部，今晚这里的每一个人都是战士，我们将一同见证每一场伟大的战斗，迎来第一位搏击王者，挑战者们，你们准备好了吗？"

"准备好了！"

全场无论观众还是挑战者一起喊了出来。

"别像个娘们儿似的，准备好了吗？"

"准备好了！"

"好，现在我宣布，搏击俱乐部首日大战，现在开始！"

整个竞技场内传来山呼海啸的鼓掌声，人们敲打着身前的栏杆，吹着口哨，欢呼声一浪高过一浪。

老者再次示意大家安静，道："八角笼里举办的是我们当天的竞技类比赛，笼外则会同步举办娱乐挑战赛，竞技赛 32 个名额已经报满，参赛者将两两对决分组，直到最后决出冠亚军为止。"

"现在有请我们的第一组对战选手，"说罢他从一个大圆桶里拿出两个装有名字纸条的小球，"我们的第一位挑战者是罗曦！而他的对手是，客舍琴夫！"罗曦一步跨入，另一边，一个身高一米九的光头俄罗斯大汉走到笼中，朝罗曦挑衅地挥舞着拳头。

苏虹倒吸了一口气，喃喃道："我的天，这个体重也差太多了吧。这光头简直可以一屁股把罗曦坐死。"

韩絮坚定道："不会的，有我们加油，罗曦必胜，罗曦最棒。"

苏虹无奈地看向陆羽道："怎么办，短短一天，我们团队里一个身体马上要废了，另一个脑子已经废了。"

陆羽脸上闪过一丝不解道："不应该啊，火人节虽然疯狂，但还不至于如此儿戏，搏击比赛连重量级都不划分，难道不怕打的时候有人失手闹出伤亡事件？"

众人呐喊声渐弱之后，老头示意外面两个比基尼女郎道："把武器拿上来。"两名女郎一人拿了一根狼牙棒走到笼中递给两人，罗曦接过一瞧，不由得笑出了声。

苏虹也乐了，这狼牙棒竟是两个带有凸起的大号气球棒，老头道："比赛规则很简单，只允许用武器接触对方身体，每击中一下，得 1 分，击中要害部位得 2 分，先得 10 分或 3 分钟比赛结束时身体被击中次数最少者获胜，打平加时 2 分钟。"

陆羽笑道："我就说嘛，主办方不可能那么不知轻重，这个规则下，罗曦胜算就很大了。"

44

　　铃声响起，奇葩的比赛方式让这场原本体重悬殊的争斗充满了变数，罗曦浸淫拳击多年，脚下步伐灵活多变，用打拳的节奏配合手中气球对客舍琴夫不断发动攻击，对方的体型优势完全派不上用场，只有被动防御的份儿，一旦主动出击则必定被罗曦闪过后找到破绽反攻得分，每一次击中得分都会引来场外的高声欢呼，不到两分钟，裁判敲钟宣布俄罗斯光头落败。

　　罗曦挥舞着手中的狼牙棒，在八角笼里踱步接受着台下的赞美，直到下组选手向裁判提出抗议，这才缓缓走到笼外备战区休息，韩絮拉着苏虹跟陆羽走到最前排的围栏旁，喊着他的名字，罗曦把椅子挪了过来，韩絮隔着栏杆帮他揉肩，道："干得不错嘛，小伙子。"

　　"嘿嘿，"罗曦一脸得意道，"我早说过这种比赛夺冠对我来说小事儿一桩啦。"

　　"哈哈是啊，你在气球互殴这一领域的能力确实毋庸置疑，假如MMA也采用这个规则，我估计整个格斗界都要被你横扫了呢。"苏虹调侃道。

　　"怎么说话呢，我们还是不是一个团队的了？"罗曦不满地看向她，"我跟你说，要是用正常拳击规则，那光头只会倒下得更快。"

　　韩絮哈哈笑道："我相信你，你一定会拿到冠军的！"

　　"这才像是一个团队说的话嘛。"

　　"不，是家人！来，亲一下。"韩絮说着把嘴伸了出去。

　　苏虹一把把她拽了回来，冲惊诧的罗曦甩了甩手，示意他回到场边，又对韩絮道："亲爱的，我看那边那个娱乐比赛挺有趣，你陪我去玩一玩好不好。"

"可是罗曦……"

"罗曦现在需要休息，咱们等他夺冠了再亲好不好？"

"那……好吧，记得要拿冠军哦！"

苏虹拉起韩絮朝外围的角斗场跑，回头看了一眼陆羽，后者点点头道："放心吧，这里我看着。"

罗曦有些蒙地看看陆羽，道："她这是怎么了？"

"还不是喝酒喝的，逮着谁跟谁亲嘴。"

"那你是不是被亲了？"

"没有。"

"真没有？"

"当然没有，苏虹在一旁看着呢，再说了她要亲我不会躲吗？对了，你刚才为什么不躲？"

"我躲了，你没看见。"

"是吗？"陆羽眼神玩味地看着罗曦，"你刚才脑袋最多最多偏了一度，按照这种躲闪速度，刚刚那光头早把你 KO 了。"

"这不一样，我刚刚没防备，把她当自己人。好了好了，先别打扰我，我要分析对手。"罗曦说着迅速把头移向场内。

苏虹紧紧抓着韩絮，从人群中好不容易钻到了擂台旁，娱乐比赛的擂台是一个用铁丝围成的圆形区域，参加比赛的要两两组队，擂台里面两组人正打得不可开交。

负责进攻的主攻手被固定在一个类似于秋千的悬空板凳上，助攻手负责在后面推板凳，好似在荡秋千。

每次比赛前工作人员会测量好距离，通过滑轮组调整椅子高度以保证参加比赛的两人不会真的撞在一起，主攻手可以选择自己想要使用的武器，气球锤子，气球狼牙棒，气球镰刀等不一而足，当两架秋千几乎要撞在一起时，两名主攻手就会用手中的武器攻击对方。

圈中四人正玩得不亦乐乎，每次两人距离最近的时候就会混乱地拿着武器拼命击打对方，有时太过用力，手里的气球锤子脱手飞了出去，正砸到自己队友脑门，引来众人哄堂大笑。

轮到二女时，对面上来一对情侣，女生在一众武器前选了一把斧子，斧面足足有半扇门大，好家伙，韩絮喃喃道："我也得选个重量级的，"说着走到最左排，提起一只车轮大的锤子，"看我不捶死你！"

比赛一开始，苏虹使出吃奶的劲把韩絮往前推，对面男生也不甘示弱，来回几轮摆动后，双方的秋千距离便已缩小到足够主攻手兵刃相交。

两名女战士兴奋地挥舞着手里的武器，每次接近时便一阵乱砍，嘴里还配合着发出乒乒乓乓的声音，韩絮不停扭头对苏虹道："再快一点儿，用力一点儿，你没吃饭吗？"

苏虹喘着气又加大了前推的力道，发狠道："嫌我没力气？我荡不死你！"

韩絮不知道浑身被斧子砍了多少下，对面女生头上也挨了她几十锤，结束的铃声响起后，两名女生开心地走下秋千拥抱，苏虹跟那女生的男朋友则坐在地上，虚弱地招了招手，隔空点头致意。

"好了宝贝，我们走吧。"韩絮走到苏虹身边，伸手拉她。

"走？我们必须再报一次名，"苏虹翻着白眼，喘着气道，"这次你来推我，要不姐妹没得做了。"

"你也太孩子气了吧。"

"我孩子气？好，那我就坐在地上不起来了。"

"好吧好吧，再玩一次，"韩絮无奈耸耸肩，"真拿你没办法。"

"那你要用力推，用出吃奶的力气。"

"我用吃奶加喂奶的力气一起推你，好了吧？"

韩絮果然遵守约定，在后面一边用力推着苏虹，一边大叫加油，有时用力过猛，没有推到凳沿，手一滑推到苏虹屁股上，差点儿把苏虹整个人推飞了出去，二女玩得精疲力尽，随着天色渐晚气温变得更加凉爽，酒精在汗液的帮助下被排出不少，两人喘着气，拉着手走下擂台，"苏虹，怎么办，我还想玩。"

"好啊好啊，那我们再去报名。等等，韩絮，我们是不是忘了点儿什么？"

"不会，我们脑子这么好，怎么会忘东西。"

"那你记不记得，我们有个脑子不大灵光的朋友，还在打比赛？"

"罗曦！"

二女匆匆赶回比赛看台，陆羽正坐在台子上跟身边人聊天，苏虹一屁股坐到他旁边，拽着他的袖子问道："怎么样了？"

"女子组比完了，男子组罗曦已经打进四强，下一轮是半决赛。"

"那他对手是谁？"

陆羽指了指八角笼外，"那个穿黄衣服的孩子。"

苏虹一看，还真是个孩子，十五六的年纪，身材也不高大，但在笼外站得笔直，正目不转睛地盯着笼内比赛。

"这小男孩不简单啊，居然可以打进四强。"

陆羽笑笑，"你注意看，她可不是什么小男孩。"

苏虹拿出小胖子赠送的望远镜仔细一看，这才发现虽然那孩子梳着寸头，胸口处却有着一丝起伏，喉咙处倒是颇为平坦。

"靠，不是男女分组吗？女孩子怎么跑男子组来了？"苏虹惊讶道。

"男生自然不可以报名女子组，可这孩子自愿参加男子组，谁又能反对呢。开始的时候大多人以为她是一轮游，没想到，到现在为止还没有人能跟她打到比赛结束。"

"这么强！那罗曦岂不是凶多吉少。"

"不好说，"陆羽摇摇头，"这小女孩一开始不起眼，大家起先都欣赏她的勇气给她加油，但没想到这么厉害，现在已经是公认的冠军候选人了。不过罗曦毕竟有身体跟经验的优势，这一仗难说得很。"

说话间已经有工作人员清理好上一场的比赛痕迹，罗曦跟小姑娘各自走进铁笼，到了半决赛，场上气氛愈加热烈，主持人问道："你们有话要对彼此说吗？"

"呃，"罗曦看着自己的对手，觉得对一个小女孩放狠话有点儿不妥，又不能显得自己气场太弱，他挠挠头道："希望我们都把自己的本领发挥出来吧。"

小姑娘则抬起右手，在自己颈子前一抹，眼神凶狠看向罗曦道："等着受死吧。"

"嘿，这小姑娘挺带劲儿的啊！"韩絮道。苏虹也笑道："是啊，小小年纪气场好足。"

罗曦明显被小女孩之前的动作激怒了，铃声一响，率先发起了攻击，他向左前方一探，作势要打小女孩左腰，在小女孩下意识朝右后方躲闪的时候，右手顺势朝右上方一挑，刚好擦中了小女孩左肩，现场爆发出欢呼声，罗曦得意地咧嘴笑笑。

小女孩凌空将武器一掷换到左手，两步绕到罗曦身子右侧，手中镰刀直扫罗曦小腿，罗曦赶忙收腿，一下子重心不稳，小姑娘有样学样也突然变手高挑，罗曦赶忙收腹，还是被擦到了左胸，这一瞬间交手电光石火，两人都展现了极好的爆发力跟平衡性，引得众人一阵叫好。

"有点儿意思。"罗曦笑着，眼中闪着兴奋的光，突然间他两只脚变换站姿，一前一后有节奏地起伏着。

"这是拳击步伐，看来罗曦要认真了。"陆羽道。

小女孩见状也换了姿势，左手背到身后，右手拿着武器，弯腰弓背做出向前探的姿势。

"这小姑娘原来有击剑的底子呀！"韩絮大声道。

苏虹仔细一看，果然跟以前在奥运会上看的很像。

"没想到她练过击剑，"韩絮道，"罗曦这下可糟了，这比赛规则简直就是为她量身定做的一样。"

罗曦也看出了对方的架势不一般，收起了一开始的冒进心理，开始着力防守，目前双方1比1，他很沉得住气，毕竟自己身高臂展占优势，遇到小姑娘的攻击，闪避的范围更大，并且还不时打打防守反击。

小姑娘屡次试探无果之后，开始做出一些连续性的直刺进攻，罗曦凭着自己打击范围更大的优势，每次被刺中后立马横劈反击，小姑娘也很难逃出他的攻击范围，到了两分钟，两人居然不相上下，各自击中对方8下。

气氛越来越紧张，场内变得十分安静，只有在某一方被击中时全场才会短暂爆发出震天欢呼。小姑娘意识到罗曦的战术后，也随之改变了策略，不再抢攻，而是围着他不断游走，罗曦精神高度集中，随着小姑娘的移动调整身体方位，他打定了主意守到加时赛，靠体力跟身材优势获胜。

小姑娘却并不想给他这个机会，她突然变速，左脚轻探，手中镰刀顺势打向罗曦右腿，罗曦一个闪身反敲姑娘右背，却没想到姑娘不闪不避硬挨了一下，同时抽回镰刀点在了罗曦左胸口。

就在此时，场外铃声响起，就在众人都以为要进入加时赛时，场内裁判同时牵着二人双手，举起了小姑娘那只。电子屏幕记分牌上写着大大的 10 ∶ 9。

"怎么输了？明明大家都是 9 分才对啊！"苏虹不解道。

陆羽叹了口气，"你难道忘了，一开始规则里说，打到要害算两分？这姑娘是故意挨陆羽那一下，换来戳中他心脏的机会。"

罗曦有些失落地走回场边，韩絮迎上去抱着他，"你已经很棒了，我们为你感到骄傲。"

"对啊，"苏虹道，"那女孩练过击剑，整个黑石城怕是都找不到对手。"

"可明明就差一点儿，我要是早点儿看出来她的阴谋就好了，不对，要是我先想到这个计策就好了。"

"别垂头丧气的，你知道接下来该做什么吗？"韩絮双手搭在罗曦肩上，眼神直勾勾地看着他。

"该，做什么？"罗曦脑袋下意识地朝后倾，警惕地看着韩絮。

"接下来你要为你的对手加油，一来显得你大度，二来如果你输给了冠军也不会觉得太丢脸。"

罗曦赶忙挣脱了韩絮双手，坐到椅子上，忙不迭道："对对，我是该给她加油。"

还好不是让罗曦亲她，看着罗曦如释重负地坐在一边，苏虹也暗自松了口气。

中场休息过后，冠军之战正式开始，小姑娘毫不费力，在两分钟内再次拿下了比赛，人群开始沸腾，她的朋友冲入笼中将她扛起来，绕着整个场地游走。

韩絮道："你看，这第二名可比你差远了，才拿了 6 分，你才是真正的老二。"

罗曦苦笑道："听完这话，我好像并没有感到很开心啊。"

45

颁奖仪式过后，主持人走到场地中央道："今天的对抗性比赛就此结束，娱乐赛区域依然开放，欢迎大家体验。另外，多人混战区5分钟后开放，想要参与的火人们请留在原地，等工作人员把临时看台撤走。"

"怎么，还有多人混战呢？"苏虹兴奋地看向众人，"玩吗？"

"废话，"韩絮道，"当然玩啊。"

陆羽摆摆手，"你们玩就好，我在场外等你们。"

"那怎么行，你都在凳子上坐了一晚上了，什么都没玩，这对你太不公平了。"

陆羽笑道："是不公平，我占大便宜了，不用动身体就欣赏到这么精彩的比赛。"

苏虹转了转眼睛，笑道："你既然占了便宜就更不许走了，咱们可是一家人，对不对，韩絮？"

"对，不许走，在一起！"韩絮跟苏虹一人抓着陆羽一只胳膊，陆羽无奈道："好好好，我不走行了吧。"临时看台已经被工作人员清空，就连八角笼都被拆分成散碎零件运出场外。

主持人从天花板上的扩音器里对众人喊道："各位战士，接下来到了你们为团体而战的时候，你们的武器已经准备好，请抬头，我数三二一，团战就正式开始，三，二，一，开始！"

苏虹朝头顶看去，一个巨大的编织篮子里放满了各种造型的枕头，随着主持人一声令下，篮子朝下旋转，枕头倾泻而下，人们纷纷捡起地上的武器，混战作一团。

场内播放着史诗感的音乐，不时传出兵器碰撞，战马嘶鸣的音效，在这样的环境里，没有人还能保持矜持，四周一个个杀红了眼，一时只见枕头上下挥舞，棉絮四处纷飞。

四人背靠背围成一个圆，在韩絮指挥下，专门找人群里看着最难搞的角色，一旦瞄准目标，就一拥而上，把对方围在中央一通乱砸。

其间韩絮一不小心动作过大，枕头甩在了罗曦脸上，还没等她解释，罗曦毫不留情地反抽回来，韩絮不甘示弱，又朝罗曦肚子砸去。

四人团队起了内讧，起先只是韩絮罗曦互相打，苏虹见陆羽想要分开他俩，突然拿起枕头朝他后背砸去，挨了打的陆羽不甘示弱，反身跟苏虹战作一团，两两对决很快演变成了四人混战。

刚刚被他们揍过的受害者们看到他们自相残杀，立马聚了过来，在四人的小圈外又围了个大圈，四个人被完全堵在了中间，内外夹击下不知道吃了多少枕头的暴击，苏虹一个没站稳，率先倒在地上，勾着了韩絮的脚踝，韩絮抓着罗曦，罗曦又拽着陆羽跌坐一团。

外围的复仇者们还不罢休，居高临下地用枕头持续砸下，四人不依不饶地拿枕头反击，苏虹听到一旁的韩絮咯咯直笑，笑声越来越大，感染着她也笑了起来，然后是罗曦，陆羽，四人索性放弃了抵抗，抱作一团，笑得上气不接下气，韩絮道："我们像不像四个被人揍的大傻瓜。"

苏虹喘着气道："什么叫做像，我们就是。"

罗曦笑得脖子通红，"我第一次被人揍了还这么开心。"

陆羽捂着肚子道："那巧了，我第一次被人叫傻瓜这么开心。"

"哈哈你们没吃饭吗，在给我们挠痒痒吗，娘炮们！"韩絮露出头对周围众人挑衅道，瞬间迎来了更为暴力的一轮围攻。

众人被揍得头都抬不起来，只能把屁股冲外，四个脑袋凑在中央，一边笑着，一边握紧身边人的手。

混战一直持续到晚上 12 点，等他们走出搏击营地，天色早已漆黑，接着四周营地的光源逐渐消失，他们把准备好的小灯绑在身上，一番鏖战过后，众人的酒意散去大半，肚子却格外清醒地向他们发出抗议。

"你说我们现在回去，还有剩牛排吗？"罗曦道。

"想什么呢，现在这时间，想吃东西只能四处蹭了。"苏虹道。

"苏大小姐言之有理，可这附近好像没有什么营地提供食物啊。"

"这里没有，就去别的地方找找。"

"还要走路啊，"罗曦一脸不情愿，"我是真的没劲儿了。"

"你能不能别这么丧气，说得我腿也软了，"苏虹抱怨着一屁股坐在营地门口，捶着膝盖喃喃道："这个时候要是有辆车就好了。"

"对啊，"罗曦坐到苏虹身边，揉着自己的小腿，揶揄道，"要是有架飞机就更好了。"

说话间，远处传来一阵车轮声，一辆独木舟造型的花车缓缓从远处驶来，正停在营地门口。

"苏姐姐，你是怎么做到的？"罗曦看着眼前的花车满脸吃惊道。

"切，要你管。"苏虹故意摆起一副莫测高深的表情，白了罗曦一眼，拉着韩絮朝车上走去。

上了花车他们才发现，原来这车并不是个人所有，而是官方赞助有固定线路的公共花车，算是黑石城公共交通的一部分，搏击营地恰好就是经停的一站。

一路上乘客们上上下下，苏虹四人都会极为热情地跟他们打招呼，期待对方哪怕掏出块巧克力问问他们要不要吃。

可这车好像专拉酒鬼，每个人跟他们打过招呼后几乎都会从怀里掏出个装有奇怪酒精饮料的瓶子，热情地递给他们，有些甚至还会加一句，你们有没有吃的，一起分享啊。

花车走走停停，路过的营地没有一个看上去像是有吃的，苏虹两手一摊，哀号道："看来今晚注定要饿肚子了，这是要把我们拉到哪里啊。"

陆羽从口袋里掏出胖子送的指南针，对照着花车方向道："我们在往南走，按照弗兰克之前说的，傍晚最热闹的除了北边最外层一圈就是南边的中心营地，这次怕是要纵穿整个黑石城了。"

苏虹看着花车内写有站台名称的指示牌，"你们说这个终点站，为什么叫绿洲？"

"听上去像是个不缺水的地方。"韩絮道。

"听上去还有点儿绿呢。"罗曦道。

韩絮酒醒了大半，人也渐渐恢复了理智，白了罗曦一眼，正要反击，车子却恰好停了下来，车门自动打开，司机扭头冲车内众人道："终点站到了。"苏虹走下车，这才发现，花车正停在那棵他们白天看到的参天大树前！

这树近看起来更加高大，此时片片树叶闪烁着变幻的彩光，树下的人比白天还多，围在树周围或坐或站，正中央一支现场乐队演奏着爵士乐，人们罕见地小声交流着，树木表面不断变幻的光影效果配合着绑在人们身上的小灯发出的点点微光，仿佛置身精灵世界。

"对天发誓，这真是我见过的最美的画面。"苏虹看着眼前的一切，喃喃道。

"那未来几天你可能每天都会这么发誓。"陆羽在一旁抿嘴笑道。

不一会儿居然有人给他们送来一些三明治，四人大喜，起身谢过，囫囵吞了，身上的寒意立马消散大半，韩絮拉着苏虹走到树旁坐下，"来，肩膀给我靠一下。"说着挽着她的胳膊，把头倚到苏虹肩上。

罗曦跟陆羽坐到了他们对面，罗曦肩膀朝陆羽动了动，"来，我肩膀给你靠。"

陆羽笑着推开他，一脸嫌弃道："我靠。"

那夜四人很罕见地没有互相拌嘴，两两靠着，相对而坐，和着音乐、啤酒，还有灯光，把沙漠里夜晚的寒冷驱赶得一丝不剩。

苏虹记不清昨晚到底喝到了几点，也想不起来是怎么回到自己帐篷的床上，再睁开眼时，头脑昏沉，喉咙干哑，她吃力地撑起上半身，床头居然放着瓶水，她拎起来仰头就灌，喝得一滴不剩。

喝完擦了擦嘴，先把帐篷拉开一条缝，一缕阳光立马洒了进来，把帐篷内部劈成两半，她从那条缝中看了眼外面，似乎没人，便缓缓爬出帐篷，走到营地门口，只见上面挂着个木牌，写着"CLOSE"。

"人都走了？怎么没人叫醒我。"苏虹自言自语地坐在餐桌旁，翻着瓶瓶罐罐看看有没有什么可以当做早饭。

"你醒啦？"

苏虹吓了一跳，扭头一看，陆羽坐在营地角落里，手里拿着份报纸，头戴遮阳帽正微笑看着她。

"你不那么鬼鬼祟祟的会死吗！"

"谁鬼鬼祟祟了，我一直都坐在这儿看报呢。"

"这地方哪来的报纸？"

陆羽把报纸折好，放到桌上，"这是主办方刊印的《黑石城日报》，每天定时发到各个营地，上面记载了黑石城当天的天气预报，特殊活动还有各大展览的位置，算是在这城里生活最重要的一份参考。比如像今天，黑石城南边三个区域晚上就会有龙卷风。"

苏虹撇撇嘴，"您关心得可够宽的，今天的工作做完了吗？"

陆羽点点头，"您这起床时机拿捏得真好，我这边刚把营地打扫完，您就醒了。"

"得得得，下次我多干点儿不就完了，大老爷们这么计较。对了，早饭也是你一个人做的？"

陆羽点点头。

"那没给我留点儿？"

陆羽两手一摊，"你睡得那么死，怎么摇也摇不醒，所以弗兰克建议我分给来拜访的朋友。"

"嘿，陆羽你够狠啊！"苏虹鼓着嘴朝外走去。

"你去干吗？"

"我的早饭被我亲爱的家人送给了陌生的朋友，我为了避免饿死，只能出门要饭了呗。"

"我只说弗兰克跟我建议这么做，可没说我采纳了。"

苏虹猛地回头，"所以？"

陆羽从橱柜里拿出一个饭盒放到桌上，"没看到门口挂着的CLOSE的牌子吗，我都没让人进来，你那份自然还在。"

"哈哈可以啊陆羽，够意思！"

"我只是怕人吵到我看书罢了。"

"你就承认是关心我有那么难吗？对了，"苏虹嘴角泛起一丝笑意道，"我枕头旁那瓶水，不会也是你放的吧？"

陆羽再次拿起报纸，遮住大半张脸，悠悠道："能不能麻烦你把早饭赶快吃了，等会儿韩絮他俩回来我们还要出门呢。"

苏虹打开饭盒，上面一层是一份土豆饼跟一份香肠，下面一层则盛了满满一碗地瓜粥。

"哇，看不出来你还挺会做的啊。"

"都是卡尔教的，其实这种西式早餐很好做，只要用带刻度的容器，按照菜谱上写的，放多少克面粉、糖还有油跟奶的量，放在模子里算好时间就成。"陆羽道，"不像罗曦给我讲做鸡蛋灌饼，一句盐少许，我就蒙了，这个少许是多少，完全没有概念。"

"这才是中餐的魅力嘛，"苏虹咬了一口土豆饼道，"对了，你刚刚说我们一会儿要出门，去哪儿啊。"

"卡尔说他在昨天去的营地里认识了一个朋友。"

"这有啥稀奇的，在这儿我分分钟认识一百个朋友。"

"听我说完，"陆羽顿了一下，确认苏虹不再插嘴后，继续道，"这个朋友跟他聊起，他们营地有一个亚洲人，个子高高的，一头白发。"

"罗隐！"苏虹惊呼道。

陆羽点点头，"不过只有见到他才能完全确定。卡尔把那个朋友的营地位置告诉我们了，你快点儿吃，等韩絮他们下了班，我们就赶过去。"

苏虹把早餐迅速消灭，正洗饭盒时，韩絮跟罗曦一前一后骑车进了营地。

"怎么样啊二位，今天在空调房待爽了吗？"

罗曦把车镫子狠狠杵在地上，没好气道："你问韩絮。"

韩絮没有搭理他，把车停好，走到餐桌旁喝水。

"到底怎么了？"苏虹把洗净的餐盒摆在桌上，看着罗曦道。

"怎么了？还吹空调呢，我们一下午就是在门口把客人领到营地里，再回到外面搭的临时帐篷里招呼他们的司机保镖，给人家端茶倒水！"

韩絮在一旁耸耸肩道："不然呢，你以为人家免费送你票是让你到这边当大爷的？"

"伺候人也就算了，至少给我们安排个轻松点儿的活，好歹进个屋吧，那些在屋里面的服务员进屋前还可以每人洗个淋浴呢。"

"你以为这里是哪儿，太平洋？水多得没处用？"

"哎，你怎么总是替你那同学讲话，刚来的时候是谁一直嚷嚷着想洗澡的？怎么不跟你好姐妹说说，把你调里面去？"

"你傻啊，"苏虹道，"在外面好歹不用直接给丹尼斯端茶倒水，真要到了里面在众目睽睽下伺候丹尼斯才叫尴尬，想必丹尼斯也想到了这点，才安排你们在外面的。"

"哟，这么说来，丹尼斯倒成了善解人意的好姑娘了？"罗曦冷笑道，"那请问，她干吗在我们下班的时候出来专门拉着韩絮合影，她一定不是为了发给她们的共同好友用来炫耀的对不对？"

"如果她真的这么做了，那恐怕只能说是犯贱了。"苏虹把饭盒放回柜子里，看着韩絮，"这种要求你都答应了？她一定会发给你们的共同好友看的。"

韩絮无所谓地点点头，"发就发吧，照片拍了不就是给人看的吗？"

"奇了怪了，我们韩大小姐平时这么注意自己形象，怎么愿意灰头土脸地跟打扮精致的宿敌合影？"

韩絮笑笑，"罗曦跟丹尼斯想不明白可以理解，你怎么也不明白呢。"

见苏虹一脸不解，她叹了口气道："你说说，我们在哪里？"

"黑石城啊。"

"黑石城里在举办什么节。"

"火人节呗。"

韩絮看看苏虹，"还不明白？"

苏虹摇摇头，"不明白。"

"哎，"韩絮疲惫地揉了揉太阳穴，道，"我问你，一个人的衣着最重要的是什么？"

苏虹挠了挠头，"漂亮？干净？合身？"

"是得体。得体是什么，是要完美契合到当下的场合里，并不是越贵越好，穿着巴黎高订出现在生肉铺前只会给人别扭的感觉，甚至是，做作。所以……"

"所以你那种灰头土脸的样子才更像是来参加火人节，而丹尼斯越是打扮得精致，反而越让人有种作秀的反感对不对？"苏虹恍然大悟。

韩絮刮了一下苏虹的鼻子，笑道："总算反应过来了，还不算太笨。不过除了那个原因以外，老实说，我似乎真的有点儿习惯这种不修边幅的生活了。"

苏虹递给她一张湿巾，"我建议你还是再擦擦脸吧，一会儿见到罗隐，小心他认不出你。"

众人收拾好行装后按照卡尔给的坐标骑向目标营地。沿途风景跟前一天又大不相同，昨天摆放的艺术品想必很多已经被移走抑或烧掉，空出的位置被一批崭新的取代。

目标营地并不算远，骑了20分钟就到了，整个营地从外观上看平平无奇，规模也不大，让众人失望的是，营地门口也挂着一个牌子，写着 CLOSE。

陆羽还是敲了敲门，等了许久不见有人应答，扭头对众人道："看来他们都出去玩了，并没留人看家。"

苏虹道："难不成要坐等他们回来？"

"这倒不必，"陆羽道，"我们可以晚点儿过来。"

"嘿，朋友们！"远处似乎有人在叫他们。苏虹循声望去，正对面营地门口一个嬉皮士打扮的外国男人朝他们招手，指了指身后的营地大门，"进来喝一杯呀。"

看着他一脸热情，陆羽转身道："恭敬不如从命，正好问问他这营地的人都去哪儿了。"

众人走了过去，男子开心地推开大门，把众人迎进去。

营地内部堪称豪华，宽阔的院子里停着三辆大型房车，四辆改装过的跑车，有的车前盖上装饰着骷髅头，有的敞篷后座上驾着重型机枪，甚至有一辆做成了蝙蝠侠的战车形状，院子正中央架起一座高台，高台顶部放一口大锅，一把喷枪固定在大锅正上方，枪尾连着电线一路直通向房车旁的大帐篷里。

那男子带他们走进帐篷，里面还有三个嬉皮士打扮的男子围坐在一起喝着啤酒，见有客人进来，纷纷起身冲他们热情地打招呼。男子自我介绍名叫戴维，另外三人是他的老朋友佩德罗、艾利克斯跟胡安。

"我们这个营地是专门烧东西的，每晚8点开始隔一小时烧一个主题的东西，每次不重复。"戴维说着打开保温箱，"威士忌，啤酒？"

众人前一天的宿醉还没消退，纷纷表示啤酒就好。

"你们怎么不出去玩啊。"苏虹好奇道。

"我们才刚起床，再说了，火人节可玩的基本上我们这么多年下来都体验过了，现在来主要就是老友相聚，顺便到了晚上做做烟火表演。"戴维道。

"对了，你们知道对面营地的人去哪儿了吗？"陆羽道。

"他们啊，好像是去十原则之屋了吧。你们是他们的朋友？"

陆羽点点头，"里面是不是有一个白头发中国人？"

"对对，是有个白头佬，"戴维点点头，"他们刚走没多久。"

"十原则之屋是什么地方？"苏虹好奇道。

"哈哈，你们第一次来黑石城？"

苏虹点点头。

"那你们应该去看看，这玩意儿是这几年才出现的主题营地，用闯关的方式帮助新火人了解黑石城十原则，也就是在这里必须遵守的十个规则。"

"那确实有必要去看看，"苏虹笑着道，"我有个朋友前两天刚因为违反规则被人打了屁股。"

"哈哈，居然还有这事儿，"戴维朗声笑道，"那你朋友这下可长记性了。"

"可不是嘛，谁屁股被人抽成三瓣都会长记性的。"苏虹呵呵笑着，对一旁罗曦恨不得把她掐死的眼神视而不见。

"既然这样，我们就不打扰了，"陆羽道，"我们这就去十原则之屋看看。"

"那一定记得晚上 8 点,来我们这里看燃烧表演。"

"一定一定。"陆羽摇了摇手中的空酒瓶,谢过戴维,带着众人朝十原则之屋走去。

虽然戴维只给了他们一个大致方向,但恐怕没有人会找不到那里,因为它实在太大了。

坐标范围足足占据了 4 个时间,3 个字母,苏虹等人从看到竖立着的巨型招牌到沿着帐篷外围找到入口花的时间几乎比路上还多,门口早已排起了乌泱泱的长队,一名工作人员热心地上前问道:"新人?"

"对。"陆羽点头道。

"很好,"工作人员笑道,"我们营地正是专门帮助第一次来火人节的朋友体验火人节十原则的,营地里有 10 个挑战项目,分别对应火人节的 10 项原则,参赛者按照顺序依次挑战各个项目。"

"十项挑战成功后,参赛者会抵达终极营地,那里有四扇休憩之门,对应着通往四条跟我们有合作的主题营地的快速通道,每一个都是在黑石城需要排队 1 小时以上的大热门,而作为奖励,参赛者可以跳过排队环节,直接从快速通道进入,不过每个人只能选一个哦。"

工作人员说完看向他们,"怎么样,要报名吗?"

陆羽道:"请问,你有没有看到过一个白头发的亚洲人不久前来这儿报名?"

工作人员挠挠头,自言自语道:"一个白头发的亚洲人,哦,对,有的,他跟另外几个朋友一起来的。"

"那他们现在在哪儿?"

"应该是上一波刚进去的,为了限流,我们每间隔 30 分钟开放一次。"

"好,那我们报名,请问下一波是什么时候?"

工作人员看看表,"5 分钟以后。"说着从口袋里掏出四个白色腕带分给众人,"记得带上这个参赛凭证,一会儿大门开启就可以进去了。"

工作人员走后,陆羽道:"夜长梦多,既然知道罗隐的去向,我们就不用在营地等他了，按照工作人员的说法，虽然他比我们早进去半小时，可最后会到休闲营地里，在那里应该会待 1 小时以上，假如我们闯关的时候再快一点儿，就更有机会提前找到他，所以一会儿进去了，大家务必全力以赴，节省时间。"

5 分钟后，大门准时开启，苏虹等人随着人潮快步涌入第一个营地。

营地门口的牌子上写着十原则里的第一条：包容。营地内部被粉刷成一条条跑道，地上放了很多弹力绳。

一名工作人员拿着喇叭对众人介绍挑战规则：挑战人数不得少于 3 人，不得多于 5 人。

挑战者需将地上的弹力绳两两绑在腿上，整个队伍里个子最矮的那位要把鞋子脱掉，跑道起点处有一个计时闹钟，按下之后众人一起出发，抵达终点后按下停止键，20 秒以内完成则算挑战成功，每增加一个人，多 4 秒钟时间。

苏虹见有些迫不及待的参赛者立马组队，绑好就出发，却不是中途摔倒就是速度太慢超出时间。

陆羽对众人道："别急，我们先原地走两步，感受一下节奏。"

苏虹个子最矮，脱掉鞋子跟最高的罗曦差了快 20 厘米，众人试着一起走了两圈，这才进行第一次挑战，陆羽道："一会儿开始跑的时候，听我的口号。"

众人准备好后，罗曦用脚一踩地上的计时器，众人便随着陆羽左右左右的口号向终点冲刺过去，到了终点陆羽拍下眼前按钮，墙上计时器显示，26 秒 7。

差了一点儿，再来！众人又如是往复挑战了三回，除了中间摔倒一次，每次成绩都停留在 25 秒外。

陆羽蹲下身子，认真检查了一下装备，道："问题出在我们腿上的弹力带，这些弹力带的松紧程度不一样，苏虹左腿跟韩絮绑着的要松，跟我绑的右腿又紧，再加上她脱了鞋子以后跟我们的步长相距较大，导致整个行走过程中的不和谐。"

"那还不抓紧练练，这默契用脑子可培养不出来。"苏虹道。

那可不一定，陆羽笑道："这个挑战的主题是包容，在团队里，大家的弹力带长短松紧都不一样，每次喊左右的时候有的人右腿被绑着，有的却没有，这样动起来也会产生不和谐。

"这样，我们现在的情况是苏虹跟韩絮在中间，你们两条腿上都绑了弹力带，而我跟罗曦每人有一条腿是自由的，我们不喊左右，喊一二，喊一的时候我跟罗曦的自由腿还有苏虹跟韩絮被绑在一起的腿动，喊二的时候，我跟苏虹，韩絮跟罗曦绑在一起的那条腿动，记住了吗？"

四人照着陆羽的方法排练了一阵，果然比之前移动更加顺畅了些。反复演练三次，他们再次走到出发点，三，二，一，随着罗曦第五次踩下计时按钮，在陆羽高亢的口号声中，四人有节奏地向前奔跑，随着陆羽拍下按钮，墙上计时器显示，21 秒！

"恭喜你们，这可是四人组里今天的最好成绩！"一名工作人员热情地帮他们解下弹力带，一边祝贺一边给每个人腕带上画了一道红色的小勾，"现在你们可以前往下一处挑战点了。"

第二个营地对应着十原则里的赠予，众人刚一进门就闻到一阵馥郁的香气，似乎是花香裹着茶香，营地内摆着几口超级大锅，锅里液体上下翻滚，冒着腾腾热气。

营地工作人员介绍道：本轮的挑战两两一组，挑战双方站到各自对面，拿手中长勺将锅中花茶盛到对方杯子里，每人只能盛三勺，杯中花茶超过刻度线即可通过。

"原来是这么个喝茶的办法啊，必须要给对方才行。这也不难……吧？"苏虹道。

韩絮附身到锅旁，仔细端详了一阵，道："这个勺子不是一体的，勺头跟勺柄之间靠螺丝钉在一起，如果没猜错，这螺丝一定没有拧紧，隔着这么长的距离，难免会洒出来。"

苏虹闻言走到另一边看了看，对韩絮道："那咱们试试。"

韩絮拿起手中勺杆，先试着晃动了一下，果然，勺头随着勺柄的移动轻微地向两侧偏移，韩絮深吸了口气，缓缓舀了勺茶，匀速递到苏虹杯前，手腕轻抖，虽然洒出一些，却超过了刻度显示的三分之一，韩絮镇定心神，连续两次如法炮制，堪堪达到刻度线。

苏虹有样学样，拿起勺柄，勺子空的时候还好，盛满茶之后她明显感到前段开始有轻微摇晃，试着往前递时已经有茶洒了出来，这第一勺大概只倒入杯中刻度四分之一多一点儿。

"别急，"韩絮道，"你画画出身，手不可能不稳，现在手不稳是因为呼吸不稳，呼吸不稳是因为心不稳。先沉下心调整呼吸，往前伸勺子的时候不要看勺子本身，只盯着我的杯子，手就一直保持平稳，不要管洒出来多少，很多时候因为偏左洒出来一些不要紧，怕的是你又着急向右，这样两边都洒出来就不够了。"

苏虹点点头，深吸一口气，舀起第二勺，按照韩絮的叮嘱死死盯着她的杯子，这一次居然稳稳地几乎没有洒出来，对面韩絮鼓励道："好，非常好，再重复一次我们就过了。"

终于，苏虹将第三勺倒入杯中，刚刚够着刻度线，她像是虚脱了一般坐在地上，把面前刻度杯中的茶倒入一次性纸杯中，一口饮尽。

更让苏虹沮丧的是，这个在她看来难度极大的挑战，一旁的陆羽跟罗曦却因为身高手长轻松完成了，惹得她直嚷着要找主办方抗议身材歧视。

第三个营地主题是去商业化，整个营地被铁丝分成了 20 个独立空间，好似二十个斗兽笼，人们被两两分到一起，工作人员送上一件纯色 T 恤衫，每件 T 恤衫背面贴了一个世界著名品牌的商标，谁先撕下对方的商标，就算获胜。

对决限于同性之间，一个商标代表一张通行证，为了照顾儿童，规则里默认可以由同伴多次参加对决帮助朋友获得商标。

"你们行吗，要不要我帮忙？"罗曦道。

"你先照顾好自己吧，谁先完成还说不定呢。"苏虹说着走进了笼子里。经过了昨天的荡秋千跟枕头大战，她竟隐隐对即将到来的肉搏有些期待。

这期待还没维持多久，便在看到她的对手是个一米八的金发女孩时瞬间被击成粉碎，那女孩冲她不好意思地笑笑，道："实在对不起，我需要帮我的同伴拿一张铭牌。"

"没事儿，"苏虹心虚地朝她笑笑，"你可要小心，我很厉害的。"

金发女孩点点头，"那我可认真了。"

苏虹一边打量着对面女孩，一边回忆着昨天看罗曦比赛的心得，她体重有优势，那么速度一定没我快，我要用灵活性获胜，嗯，最好先来个假动作。

打定主意之后，她试着回想昨天打败罗曦女孩的步伐，先迈左腿向前一冲，然后立马收腿准备向右，却不料对面女孩直接不管不顾地冲了过来，一把抓住她左臂，右手猛地向她背后一探，嘶的一声，只一下，她的铭牌就落入对方手中。

整个过程不到5秒钟，女孩看着兀自发愣的苏虹，道了声谢便轻盈地踮着脚离开了笼子。

工作人员从笼外看向苏虹，双眼中充满了同情，"还要继续吗？"

"要啊，当然要了。"苏虹若无其事地走到笼边，背对着工作人员，示意她帮自己把商标贴回去。

没过一会儿，铁笼再度打开，一个胳膊跟苏虹腿一样粗的女孩走了进来，友好地对满脸绝望的苏虹打了声招呼。

比赛再度开始，苏虹心想，刚刚那个个子太高，这个虽然看着很结实，但好像比我还矮一点儿，我可以利用身高手长的优势，绕过她头顶抓到铭牌。

可是要怎么绕过去呢，苏虹还在思考，那女孩突然大吼一声，直接朝她冲了过来，等等啊，我还没想好策略呢，怎么又是这一套啊！

女生一个闪身绕到她身侧，左脚一勾她整个人就向地上摔去，苏虹发出一声哀号，就在脸几乎贴着地面时，女生手一紧，及时抓住她领子，苏虹保持着脸朝下的姿势定在半空，女生不紧不慢地撕掉她的铭牌，缓缓把她放在地上，道了声谢，手臂上下挥舞，雀跃地飞出了笼子。

"还要挑战吗？"工作人员有些同情地看着苏虹。

苏虹咬咬牙，发狠道："来！我就不信全是女汉子。"

这次进来的不是女汉子，却是个真汉子，罗曦笑嘻嘻倚在门边看着苏虹，"哎哟苏大美人儿，你衣服被谁抓破了？"

"你管我？"苏虹没好气道，"这里是女士专场，你进来干什么。"

"当然是来帮你，我可看不下去自己的伙伴总是被人虐。"

"要你管，下一个我肯定能拿到铭牌。"

"不用啦，你的铭牌我搞定了，"罗曦挥了挥手中两张铭牌，"来，说声谢谢，铭牌给你。"

"呸，谁稀罕，我自己的铭牌要自己摘。"

"苏虹，时间紧迫。"陆羽在笼外冲她高声道。

苏虹恨恨地拿过铭牌，"要不是因为赶时间，我才不用你帮忙呢！"

第四个营地主题为自力更生，营地里摆满了电动单车，车尾用电线连向一个硕大无比的锂电池，每根电线上都装有一个小灯泡，参赛者需要全力蹬车，小灯泡亮起3分钟方才过关，产生的电则会被回收到锂电池里。

第五个营地是自我表达，要求每个人对着面试官唱歌、朗诵或者即兴表演，哪怕是变魔术，只要能让面试官笑就算通过。

第六个营地是社区精神，再次考验四人的团队协作，要求四人在一分钟内依次立好50块多米诺骨牌。

四人屏息静气好不容易垒到 40 块的时候，轮到苏虹，她探着身子小心翼翼地放下第 41 块，突然，只听一声轻响，接着一阵哗啦声响，骨牌倒了一大半，陆羽赶忙道："没事儿，我们再来一遍，对了，苏虹，一会儿放骨牌的时候，记得含胸。"

　　"为什么？"苏虹刚问完立马反应了过来，脸刷地红了起来，看陆羽说得认真，又不好意思骂他耍流氓，只好轻声道："哦。"罗曦在一旁笑得合不拢嘴，道，"这就是传说中的忍'乳'负重了吧。"

　　第七个营地代表的原则是公民意识，要求每个人从加州法典里挑一段法条一字不差地背诵下来。

　　第八关营地主题是不留痕迹，还没进门，苏虹就用胳膊捂住鼻子，"什么味道？怎么这么臭！"

　　只见整个营地好似一个巨型垃圾场，扩音喇叭里介绍道，整个营地所有人每天的生活垃圾除了排泄物以外都会被堆在这里，各种酒瓶子，塑料盒子，杂乱地散在地上，每人需要分类整理出 20 磅垃圾才能通关。

　　"这个营地可够鸡贼的，"罗曦一边掩着鼻子收拾，一边抱怨道，"这挑战项目不是给他们充电就是给他们打扫垃圾，他们招小时工呢？"

　　"哎哎，那瓶子是我的！"罗曦指着韩絮大声道。

　　"我看你发牢骚，以为你想在这儿多待会儿呢。"韩絮说着不顾罗曦阻拦，把空酒瓶扔到自己垃圾袋里。

　　"算你狠，但是我告诉你，抢我的垃圾是没有好下场的。"罗曦说着用夹子夹起韩絮脚下一双破袜子，迅速放到自己垃圾袋里。

　　走出那座硕大的垃圾厂，众人精神一振，罗曦张大着嘴贪婪地呼吸四周空气，道："刚刚真应该把韩大小姐抢我酒瓶那段录下来。"

　　"刚刚真应该把你抢我的臭袜子塞你嘴里。"韩絮回敬道。

　　倒数第二个主题为参与，营地里搭了一个大舞台，火人只需要上台跟着领舞完成一场集体舞即可过关。

　　工作人员安排苏虹等人连同其余三十多人走到台上，一个梳着脏辫的黑人领舞走到人前，指了指耳朵示意大家注意音乐，随着前奏响起，先带着众人做了几个简单的移动动作。

音乐节奏开始变快，他的动作也越来越夸张，甚至压根不能称作舞蹈动作，一群人跟着他一起疯狂地甩头，撅屁股，做鬼脸，吐舌头，男生要学着抛媚眼，舔嘴唇，女生也要学着做大猩猩捶胸的动作，捶胸时还要学着猩猩大声号叫。

这奇怪的舞蹈打破了所有人对于保持得体举止的最后一丝幻想，反而激发出了他们强烈的参与感，人们越跳越放松，甚至会故意在原本滑稽的舞蹈上自由发挥扮丑，陆羽抿嘴转头正碰上了罗曦媚眼如丝地看过来，两人齐齐别过头去，那副生无可恋的表情笑得苏虹直不起腰。

终于到了最后一个营地，十原则最后一项叫做"立即行动"，营地中央摆了两排桌子，每张桌子前坐着一个手拿秒表的工作人员，这一轮的挑战要求每个人闭上嘴，工作人员捏住他们的鼻子，开始憋气，计时超过 35 秒就算过关，超过一分钟的会有神秘奖品。

苏虹走到一名女工作人员台前，对方确认她没有心脑血管疾病后，把手搭在她鼻尖，道："你点头我们就开始计时。"苏虹深深吸了一口气，朝她点点头，工作人员双指在苏虹鼻翼两侧一用力，立马切断了所有供氧渠道。

苏虹看着女孩手中的秒表，起初还没什么感觉，随着表中数字变化，她胸腔越来越憋，喉咙发痒，大脑也开始发沉，一秒钟的时间都走得难以置信地漫长，女孩一边看表一边帮苏虹打气，加油，还有 10 秒，10、9、8……3、2、1，女孩手一松，苏虹立马张嘴大口吸气，双手揉搓着自己有些发僵的脸颊。

女孩拿起笔在她腕带上打下最后一个钩，笑道："恭喜你通过了火人节十原则全部挑战，这最后一个挑战之所以这么设计，是因为我们希望当你将来遇到想做的事情时，能回想起刚才的感觉，像窒息的人需要氧气一样，没有一秒的犹豫，立即行动，绝不迟疑。"

原来是这个意思啊，苏虹一边喘气一边朝她竖起大拇指，"真有你们的。"

拿回腕带，苏虹扭头寻找其余众人，只见不远处陆羽跟罗曦的台前人头攒动，两人还在继续屏息，时间显示已经是53秒，聚集的人群开始报数为二人打气，54，55，陆羽在58的时候实终于坚持不住，拍了拍工作人员的手，同时张大了嘴开始吸气。

罗曦还在支撑，似乎仍有余力。时间超过了一分钟，人们纷纷鼓掌，1分10秒，人群开始沸腾，1分20秒，全场人都围在了罗曦身边，1分30秒，罗曦的脸憋得通红，1分40秒，他额头开始渗出细密汗珠，1分50秒，罗曦脖子上青筋暴起，终于，在两分钟的时候他拍拍志愿者的手，人群中再次爆发出震天掌声。营地负责人亲自上前跟他握手，"恭喜你，小伙子，打破了我们营地的纪录。"说着拿出一张绿色卡片给罗曦，"这是给第一个憋气超过两分钟的火人准备的奖品。"

罗曦看着手中卡片，脸上乐开了花，前一天梦寐以求的免排队门票，居然在这里拿到手了！

一旁工作人员把四人领到营地深处一扇大门旁道："这扇门后面有4条通道，分别通往彩绘营地，洗澡营地，精油营地以及按摩营地。各位按照标识走到通道尽头，给看门人出示自己的手环便可以畅通无阻了。"

四人站在大门，陆羽道："你们先挑吧，如果找到了罗隐，不用通知其他人，直接上前抓住他，如果没找到他，就在营地里体验一下特色服务，1小时后我们回那个燃烧营地集合。"

罗曦难得绅士一回，对苏虹韩絮道："女士优先。"

"那我挑洗澡营地。"二女异口同声道。

韩絮看着苏虹："我真的很需要洗澡。"

苏虹不甘示弱，"谁又不是呢？"

"没得商量？"

"没得商量。"

"两位，说实话，这个洗澡营地可能你俩都不太适合。"罗曦在一旁插嘴道。

"关你什么事儿，你一大老爷们儿还要跟我们抢不成？"苏虹戗道。

"不是我要跟你们抢，我是怕你们不习惯。"

"怎么，难道还是男女混浴？"

"你还真说对了。"罗曦坏笑道,"这个营地弗兰克可没少给我推荐,主要理由还就是这个,而且听他说,这里面还要互相帮忙擦沐浴露哦。"

苏虹盯着罗曦表情,琢磨着这家伙话里的真实性,可他们身在黑石城,如果不是混浴貌似更奇怪。

想到要自己脱光在一群陌生的异性裸体之间找罗隐,她不禁打了个激灵,对韩絮道:"我想了想,咱们姐妹何必为了这种小事儿伤感情,你去吧,我让给你。"

"那怎么行,"韩絮连连摇摇头,"这一路来你都这么照顾我,我也没什么机会报答你,这次还怎么有脸跟你抢。"

"你去。"

"你去。"

"你去你的。"

"去你的吧。"

"好了别推了,"韩絮指着最左边通道道,"我决定了,去按摩营地。"

"那我去彩绘营地。"苏虹道。

"哎,"罗曦看着二女叹了口气,"女人真是奇怪,刚刚还你争我抢的好东西转眼间就弃之如屣,算了,我吃点亏,去洗澡营地吧。"

陆羽无奈笑道:"那我只能谢谢各位,留给了我最好的精油营地咯。"

苏虹顺着狭长的通道一路向前,前方人声越来越大,在通道尽头,一名站在门口的志愿者向她挥挥手,招呼她过来,苏虹把腕带递给她。志愿者检查后,对她笑道:"欢迎来到彩绘营地!在这里你可以把心里隐藏着,平时不敢表达的东西讲给我们的彩绘师,她会帮助你把它们画在你身体的任何一个部位,来到这里一定不要羞于表达自己的内心,把那一丝越轨或者小邪恶趁这个机会释放出来,反而更加有益于你的心理健康哦。"

苏虹好奇地看向营地里趴在床上的男男女女,"你确定,真的有人愿意展现自己不光彩的那一面?"

"当然啦,你看趴在那里的那位女士,她是一家中型律所的合伙人,你猜猜她要彩绘师在她背上画什么?"

不等苏虹说话，小姑娘自问自答道："她要我们在她身上画一个裸女，旁边还要写上婊子两个字。还有那边那个荷兰姑娘，比较意识流，要我们把她的乳房涂成一黄一粉，还要加点儿亮片跟荧光粉。"

见苏虹脸上闪过一丝犹豫，小姑娘补充道："你不用担心，画出来只是一部分的你，并不是全部的你，真实的你一定比任何一个图案更加复杂，在黑石城，没有人会蠢到根据你在身上画的图案去评价你。"

苏虹笑道："非常感谢，我想我需要一点儿时间思考，能不能让我先在营地里转一下找找灵感？"

"当然可以。"女孩点点头，"请随便参观。"

49

苏虹在营地里漫不经心地游荡，双眼却仔细扫过每一个人，找寻罗隐的踪迹。这营地里所有的彩绘师几乎都是妙龄少女，她们手法老练地从颜料盒里蘸取各色亮晶晶的水彩，而或躺或趴的众人就是一张张天然画布。

有的在自己背上画了彩色翅膀，有的在胸口画了电吉他，腹部画上架子鼓，有个壮汉在自己身上画米老鼠，也有老头把自己全身都涂成一种蓝色，但唯独裸露出的生殖器保留本色。

苏虹正感叹着黑石城的疯子人口比例，突然，眼睛转回刚刚一扫而过的位置，那个刚刚被彩绘师恰好挡住上半身的人从床上翻了个身，人也朝前挪了挪，露出半头白发。

苏虹一个箭步走到男子身前，却发现他脸上涂满了油彩，一时竟难以辨认，苏虹犹豫了一下，拍了拍男生肩膀，男生猛一抬头，有些疑惑地看着她。

面对面离得这么近的情况下，苏虹几乎确认眼前男子并不是罗隐，他至少比罗隐年轻四五岁，眼睛比罗隐小些，下巴略微宽些，头发也看得出是后天染的。为了保险起见，她还是做了最后确认，笑着冲他打招呼："嗨。"

男生仍在努力回忆苏虹是哪位，礼貌回应道："嗨！"

"不记得我了？我们前两天一起喝过酒，你还洒了我一身呢。"

"哦哦，记得记得，"男生笑道，"对不起啊，我那天喝多了。"

"没事儿你营地是在3点钟E吧。"

男生再次点点头。

"上次说你叫什么来着？Mark？"

"不不，我叫Jacob。"

"哦哦，"苏虹起身道，"那你忙吧。"

"别啊，"男子看苏虹要走，拉住她的手，"找时间一起喝一杯呗。"

"不用了，"确定这个男生不是他们在找的那个白头佬之后，苏虹竟然有种心里石头落地的轻松，她隐隐有些害怕自己是找到罗隐的那个人，这么多年没见，她甚至不知道单独面对他时第一句话该说些什么。

男生还想继续搭话，苏虹道："我真的还有事儿，对了，好心提醒你一句，别跟风乱染发，银发不是谁都能驾驭的，普通人也就看起来像肯德基爷爷，你看起来像头皮屑成精了。"

说罢她丢下兀自错愕的男生，走到远处一个床位旁，彩绘师刚刚送走一位全身画满了各种意大利面的大叔，笑着看向苏虹，"想好要画什么了？"

"你随便画吧，"苏虹趴在床上，眼睛缓缓闭上道，"我现在只想好好躺着歇会儿。"

一小时后，苏虹走出营帐，对着远处伸了个长长的懒腰，她竟真的趴在彩绘床上睡着了，等她醒来时，全身被彩绘师按斜三等分，分别涂满了黄绿金三种颜色，每种颜色里又暗藏着荧光线条，随着脚步移动交替闪现，引得周围路人频频侧目。

燃烧营地里罗曦三人喝着啤酒，几个老嬉皮士正在准备一会儿燃烧大会的材料，苏虹把找到白头佬的消息告诉了众人，陆羽点点头道："果然不是他。"

苏虹道："怎么，您早料事如神，猜到不是罗隐了？"

陆羽笑道："如果能让我们这么轻松就找到，罗隐就不是罗隐了，甚至在这里，一个人越是白头发，反而越不可能是他。"

苏虹把空酒瓶放在桌上旋转着道："那你一开始不说，就会马后炮。"

"猜测毕竟是猜测，哪怕是1%的可能也值得去证实，再说了，我们这一天也体验了不少营地，这也算是按照罗隐的意思，享受火人节了吧。"

"这次我同意羽哥的说法，"罗曦在一旁嚼着花生道，"这一天确实挺充实的。"

"你少在一边帮腔，我看你是在洗澡营地看裸体看上瘾了吧，是不是帮所有姑娘都抹了一遍身体乳啊。"

"你怎么可以这么看我，"罗曦一脸正经道，"我是那种人吗？"

"罗三少爷当然不是那种人，你只会给好看的姑娘抹。"韩絮在一旁道。

"这么说好像也没什么毛病，"罗曦笑道，"你们别以为我这工作轻松，我可是冒了风险的。在那营地里找我哥的时候，有几个哥们发现我盯着他们看，居然上来问要不要给我抹身体乳，我总觉得那笑容有点儿意味深长。"

说话间，戴维推开门，兴奋地对众人道："快出来，焚烧大会马上就要开始了。"

营地外早已挤满了观众，佩德罗顺着梯子爬到喷火器后面，打开开关，从背包里拿出一个硕大的石头雕塑放入锅中，众人定睛一瞧，竟是一个石头雕刻成的秃鹰。

那秃鹰雕刻得惟妙惟肖，双爪之间还握着一条石头锁链，"各位，"戴维拿着话筒喊道，"接下来是我们燃烧晚会的固定开场节目，普罗米修斯的复仇！"佩德罗缓缓走下梯子，冲戴维点点头，戴维带着众人倒计时，数到1的时候按动了手里开关。

高台石锅正上方的喷枪立马吐出一阵烈焰，台下众人看着烈火将秃鹰雕塑牢牢笼罩，兴奋得连连鼓掌，每次火舌喷吐，人群中都会传来兴奋的喊叫。

烧了足足 20 分钟后，佩德罗又爬到锅旁，拿一个铁丝网将铁锅盖住，缓步下梯，胡安站在房车顶上，手持高压水枪朝铁锅射去，石头表层被烫出阵阵热气，整个雕塑在锅里剧烈摇摆，突然间，砰的一声，秃鹰雕塑由内而外崩裂开来，碎片崩到铁丝网上，又被弹回锅内，撞击之声不绝于耳，人们就像是着魔一般声嘶力竭地叫好。

"这些人真是疯了，拿着黑石城最宝贵的资源去浇石头，"苏虹摇摇头，"难道这就是艺术？"

"你有注意这个节目的名字吗？"一旁陆羽悠悠道。

"普罗米修斯的复仇呗，西方神话故事嘛，你以为我不知道？"

陆羽笑笑，"西方神话里，普罗米修斯背叛神界为人类盗来火种，宙斯为了惩罚他，用锁链将他束缚在高加索山脉的岩石上，一只恶鹰每日啄食其肝脏。

"火焰促使了人类文明的诞生，但火种的传播者却为人类而遭受永无止境的酷刑，火人节传承了自古以来的火焰崇拜，刚刚那个仪式，想必象征着替普罗米修斯寻个解脱吧。"

苏虹看着陆羽道："我当年也画过被缚的普罗米修斯，居然都没想到，你这个脑子是怎么长的，一下子就看破了其中玄机？"

陆羽耸耸肩，"关注点不同而已，你关注的是下笔，光影，色彩，我关注的是背后的故事。"

众人又看了会儿，清理干净大锅后，接下来烧的都是参观者自带的物品，奇奇怪怪种类繁多，自行车轮胎，芭比娃娃，内衣等不一而足，看得累了，陆羽提议大家出去走走。

8 点以后，风沙也似乎刮得倦了，只偶尔应付着在地上拾掇起一把细沙，四人眯起眼睛，任凭细沙将自己全身包裹，一路走走停停，在一个个营地前驻足，感到有趣的就进去试试，在瑜伽营地抻抻筋，在桑巴营地动动腿，去朗姆营地小酌一杯，又或是在一个科技营地听人聊聊量子物理，就这样一路向南，不知不觉走到了中央营地附近。

营地门前立起一个巨大的木质人形雕塑，粗看有十几米高，一个螺旋形的像是银河星系的巨大建筑跟中央营地将这雕塑夹在中间。"那里就是传说中的神庙了吧。"苏虹指着那螺旋建筑道。

50

建筑门口不时有人进进出出，往来人群神情肃穆，轻声细语，透露着与四周截然不同的庄重。四人信步走了进去，神庙内部空间巨大，穹顶内部螺旋上升，抬头仰望，通过透明玻璃可以看到外面的天空，天色已晚，沙漠中星斗闪烁，仿佛置身太空。

神庙正中矗立的柱子还有四面墙壁上挂满了人们留下的卡片跟纪念品，陆羽小声道："最后一天神庙会被烧掉，这些留下的东西也会随之付之一炬，永远留在这里。"

苏虹沿着墙壁缓缓踱步，不时驻足观看卡片上的留言，一名女子用娟秀的笔迹写道：她终于离开了那个有家庭暴力的男人，准备迎接新的生活。

一个兄长用工整的字迹告诉自己在火灾中死去的消防员弟弟，是他的英勇挽救了两个家庭。

一张满是女生唇印的便签上只写了一句话：你是我遇到过最棒的男人。

苏虹走到韩絮身边，她已经站在一张明信片前足足5分钟了。

明信片正面印着阿尔卑斯风光，隐约可以看到一些细小的凸起，苏虹翻到背面，字并不好看，却力透纸背，右下方一处明显的晕染，像是泪水滴落洇出的痕迹。

苏虹小声默念着："每次打高尔夫，我就想到你当年总会赢我两杆，每次吃三明治，我就想到你不吃生菜，每次下暴雨，我就想起你害怕打雷，每次来到这里，我就想起刚遇到你时的俏皮，每天早上醒来，我就想到，再也无法见到你。"

"最受不了这种文字了，"苏虹抽了抽鼻子，"每次都骗我难过。"

韩絮缓缓道："其实她并没有死，你有没有听说过一句话，只有当全世界最后一个怀念她的人死去的时候，她才真正走了。"

"你倒是蛮会开解别人的。"

"久病成良医而已。"

苏虹看着韩絮，缓缓道："你知道吗，我一开始真的不喜欢你。"

"我又何尝不讨厌你呢。"

"你知道一开始的你像什么吗？"

"像什么？"

"像个木乃伊。"

韩絮扑哧一下笑了出来，"这个比喻倒是很新奇。"

"你听我给你分析嘛，首先，只有生前很有权势的人才有资格被做成木乃伊对不对？"

韩絮摇摇头，"我跟权势这个词还有点儿距离。"

"跟我比，算是有权势了吧，"苏虹道，"可你虽然有权势，却死气沉沉的。对什么都漠不关心，全身还裹着厚厚的绷带，把真实的自己遮得严严实实，让人不敢也不想亲近，可这一切却只是为了掩盖你绷带下的脆弱。"

"哈哈，谢谢夸奖，"韩絮认真看向苏虹，"我可是第一次对一个说我像木乃伊的女孩子说谢谢。"

"别客气，我也是第一次说一个女孩像木乃伊。"

罗曦倚在几步外的栏杆处，看着二女微笑。陆羽在一旁道："看什么呢，这么高兴。"

"你看她们俩，刚认识的时候互相看不顺眼，这才过了几天，就热络得像亲姐妹了。"

陆羽叹道："她们俩原本是生活在两个世界的人，假如没有这次旅行，那么一辈子也不会认识。圈层这个东西，会砍掉很多可能性的。"

罗曦双手插兜，看了看陆羽，"老实说，我以前对你有些误解，总觉得你不懂风情，古板无趣。"

"没事儿，我又何尝不把你看成纨绔子弟呢？"

"那还真的要感谢我哥，给了我们一个打破刻板印象的机会。"

陆羽点点头，"不管罗隐设计这趟旅行的初衷是什么，我们都收获了很多。"

"你们聊什么呢，"二女走到他们跟前，"知道我们刚刚发现什么了吗？"苏虹小声兴奋道。

"发现我俩很帅？你们也太后知后觉了吧。"罗曦道。

"不要脸，"苏虹撇撇嘴，"你们知道吗，原来黑石城还有个跳伞营地！就在东北角，是真的乘坐小型飞机跳伞哦！有人把照片就贴在那边的墙上。"

"我听弗兰克说起过，"罗曦点点头，"俯瞰整个黑石城全景，追逐沙尘暴的营地跳伞活动据说是黑石城排名第一的项目。"

"那你怎么不早说！"

"说了也没用啊，"罗曦摊了摊手，"跳伞项目在火人节举办前就已经在网上预约满了，每天现场只开放 10 个名额，我们白天还要工作，根本赶不上。"

"这样啊，"苏虹脚尖在地上来回划着，"本来还想让韩絮陪我去体验一下呢。"

"嘻，都是些噱头，我经常跳，没什么意思。"罗曦道。

"那能一样吗，这里可是黑石城，再说了，你们这些个少爷小姐玩腻了的东西，我这辈子可还没体验过呢。"

罗曦道："好好好，我说错了，给苏大美女道歉，不过嘛，虽然跳伞体验不了，可我知道有个地方，飞机还是可以坐的。"

苏虹瞪大眼睛，"坐飞机？在黑石城？是真飞机吗？"

"那当然，货真价实的波音 747，跳伞的那破小飞机可比不了。"

"波音 747？"苏虹嘴角泛起一丝冷笑，"你干脆说坐火箭得了。"

"不信是吧，跟我来！"

罗曦带着众人离开神庙，走到中央营地门口一块站牌下。

"喂，我们难不成在这儿等接驳车把我们送到航站楼吗，罗三少爷。"苏虹一脸调侃道。

"当然不是，你觉得黑石城哪里能装得下一座航站楼？"

"那我们等什么，难不成等飞机落在我们面前。"

"嘘，"罗曦从怀里掏出弗兰克赠送的小册子，眼睛随着手指上下扫动，终于停在一处，他仔细看了眼上面的介绍，又对了一下手表，对苏虹笑道，"这次你猜对了，既然要请苏小姐坐飞机，自然要开到你面前咯。"

苏虹还想出言讽刺，远处人群传来一阵躁动，那声音混合着人声、电子乐，甚至带着车轮碾压地面时的摩擦声，不一会儿，伴随着荡起的尘土，一架硕大无比的波音747客机缓缓朝他们驶来。

"这就是整个黑石城排名第二，唯一一个可以移动的营地，空中花园。"罗曦看向苏虹，笑着道。

"这，是真飞机？"苏虹仍有些难以置信。

"那当然了，货真价实的波音747，不过后面半截被切掉了，只留了最主体的部分。"罗曦手指前方，"你们看，左翼还有客舱顶部被改造成了分隔舞池，机头驾驶舱是DJ打碟的地方，右翼铺满地毯跟绿植，供人们休憩聊天，这大家伙只有今天一天会在整个黑石城巡游，要不是弗兰克小册子上记录得详细，我们可就错过了。"

"怪不得叫空中花园，"苏虹喃喃道，"这可比跳伞酷多了。"

"那是自然，"罗曦哈哈笑道，"这世界上跳伞的人有多少，在飞机上蹦迪的又有几人！"说罢一马当先冲向入口。

花车入口开在飞机尾端，机身被改造成两层，一层左右并列两排长长的吧台，跳累了的人们在台前站着喝酒聊天，更多人拿到酒后，便顺着靠近机翼的两个逃生舱旁的梯子爬到二层。

机翼跟机头之间焊接了足够三人并排通过的折叠桥，机身尾部跟机翼涡轮里安置了大功率音响设备，一名身材婀娜的红发女DJ站在机头最显眼处熟练地打着碟，机身安装的射灯随着节奏闪烁，给这性感女郎更加平添几分魅惑。

四周人群随着音乐舞蹈，跟机身下面的人群互动，DJ举起右手，所有人都跟着朝天挥着拳头，韩絮双颊绯红，让四人排成一列，双手搭在前面一人肩上绕着圈，越来越多的人被他们吸引加入，像是列人形火车，车身越来越长，在酒精燃料的助推下，苏虹感觉脚下的飞机不再是单纯地水平移动，迎着晚风，似乎直破云霄，飞向了月亮。

51

再次睁眼时月亮早已不见，苏虹下意识地扭头，枕头旁依旧放了杯水，苏虹心头一甜，揉着发胀的脑袋自言自语道："怎么又喝多了。"她拿起水杯小口啜着，等神志慢慢清醒后，走到外面。

弗兰克跟卡尔正坐在一起吃着煎蛋跟玉米饼，看到苏虹，连忙搬了把椅子到桌前。"另外三个呢？"苏虹接过卡尔递过来的盘子问道。

"韩絮还没醒，那两个小伙子去买冰了。"弗兰克满嘴食物口齿含糊道。

"不是应该我去买冰吗？"

"他们说你们昨天喝得太多了，今天就休息一下，活儿交给他们就好。"

"呵，这两个家伙什么时候这么绅士了。"

"哈哈，"弗兰克咽下食物，冲着她一脸坏笑道，"对于喜欢的姑娘，自然要绅士一点儿。"

"瞎说什么呢，我们只是朋友。"

"我看可不像，"弗兰克心照不宣地看着苏虹，"老实说，这两个男生还不错，你更喜欢哪个呀？"

"她更喜欢我，"韩絮不知何时也走出了帐篷，来到桌前，拍了拍苏虹，示意她朝右边挪挪，两女就这么挤在一张凳子上，"你们这些老外眼里，只要男生帮女生，就是为了滚床单呗。"韩絮拿起苏虹的咖啡道。蒸腾的热气下，她草草画就的淡妆还是遮不住熬夜的黑眼圈。

弗兰克喝了口酒，大大咧咧道："那你们这些东方人呢，有话不直说，非要绕来绕去让对方猜。"

韩絮抬了抬眼皮，"你们是不是该去当服务生了？"

卡尔抬手一看表，冲弗兰克道："哎呀都这么晚了，赶快走，听说今天有十几个维密模特要来，再不走就占不到好位置啦。"

弗兰克赶忙站起身，匆匆收拾间仍不忘扭头对二女道："我绝不会看错，那两个家伙绝对对你们有意思。"

"行了你快走吧老流氓。"韩絮道。

弗兰克跟卡尔一走，帐篷里只剩下了韩絮跟苏虹，两女宿醉后都有些无精打采，慢吞吞地吃着早餐，有一搭没一搭地聊着天，"我发现你现在说话越来越野了，"苏虹道，"难道是跟我学的？"

"那我可不希望你学我说话越来越文雅。"韩絮笑道。

"什么文雅啊，不就是装嘛，"苏虹撇撇嘴，"放心，我就是想学也没那天赋。"

韩絮喝了口咖啡，手中叉子下意识地拨动着盘里食物，"有时候我还挺羡慕你的。"

"羡慕我什么？"

韩絮笑笑，"没什么。"

苏虹摇摇头，"不说算了。对了，既然今天难得休息，一会儿想不想去那个洗澡营地？"

韩絮难以置信地看向她，"你疯了？没听罗曦说在里面要全裸吗？"

苏虹道："笨蛋，我昨天想了一下，我们难道不会穿着内衣洗吗，难道有女生来了大姨妈，他们还强行扒你衣服？"

"可你也不能阻止男生脱衣服吧？"

"喂，裸男你没见过？就说这黑石城里，哪天没有遇到过脱光了遛鸟的大爷？你爱洗不洗，我昨天抹了一身的颜料，出了汗又沾了一身沙子，今天非洗不可！"

韩絮沉吟良久，似乎也动了心，眼睛再次看向苏虹，确认道："你就不怕在里面被人占便宜？"

"切，你真以为老娘是好欺负的，谁要是敢对我动手动脚的我就让他断子绝孙！"苏虹挥手做了个切割的手势，眼神凶狠，嘴角却笑道，"再说了，你也别总是把人想那么坏，黑石城里哪有那么多跟罗曦一样色胆包天的死变态。"

"阿嚏，"罗曦接过陆羽递过来的纸巾，冲他道了声谢，"真是怪了，怎么老打喷嚏？"

"可能有人在说你坏话吧。"

"我今天都陪你来当活雷锋了，还要被人说坏话？什么世道啊！"罗曦一边把冰块装入保温箱中一边抱怨，"不光打喷嚏，头还有点儿痛。"

"那是你昨天喝太多了，宿醉未醒加上这冰库里低温，不头疼脑热才怪。"

"我喝得多？你没见韩絮喝了多少？话说回来，一个女孩子喝这么多怕是会有危险，以后可得看着她点儿。"

陆羽看看罗曦，"你还蛮关心她的嘛。"

"哎哎哎，别用这种眼神看我，率先提出帮女生干活的可是你，说起关心，我最多动动嘴，可不敢跟您抢功。"

"哈哈，好，那功劳算我的，一会儿回去的路上我们去一趟皮鞭营地，找莫妮卡拿点解酒的药带给她俩。也不知道她们睡醒了没。"

"喝了这么多，就是醒了怕是也走不动道儿啊，"罗曦道，"得在营地里瘫一天，头疼干呕什么的肯定也少不了，哎，想想还有点儿可怜她们。"

"真舒服啊……"苏虹躺在沙滩椅上，一边吹着室内冷风，喝着冰镇果汁，一边透过玻璃看向营地外面黄沙漫天的景色，身后一名专业技师给她做着头部按摩，她惬意地闭上眼，喃喃道，"沙漠里做 SPA，人间顶级享受莫过于此了吧。"

韩絮把眼皮上敷着的黄瓜片朝额头推了推，半睁着眼道："他们这里还有足底按摩，手法老到，你一会儿试试。"

"足底按摩！我本来以为刚刚在洗澡营地已经是天堂享受了，跟这按摩营地一比，那边只不过是天堂设在人间的办事处而已嘛。"

韩絮笑道："大小姐，有点儿出息好吗，不过是洗个澡，按个摩而已。"

苏虹不好意思道："嘿嘿，说来奇怪，这些平时在城市里的标配，在黑石城居然成了极致体验，一旦回到城市，恐怕立马就会觉得自己大惊小怪了。"

"人性就是这样吧，沙漠里最贵的不是金子而是水，决定物品价值的往往并非它们的实际用途，而是供需关系里的稀缺性。"韩絮道，"就像构成生命最重要的阳光空气水，这在绝大部分地方都免费，而不能吃喝的金银珠宝却自古就价值连城。"

"照你这么说，一个人的价值岂不是也跟他的能力无关，而是他的稀缺性决定的？"

韩絮点点头，"事实如此，只不过大多数情况下，能力越强的人稀缺性也就越高，但跟价值直接挂钩的，永远都不是能力，而是你的稀缺性。"

苏虹撇撇嘴，"这世上难道还存在能力强的人稀缺性反而低的事情吗？"

"怎么没有，我给你讲个真事儿吧。"韩絮索性摘掉黄瓜片，坐了起来，道，"我们集团下属有家投资公司是我负责的，去年有一个项目想来找我们融资，做高端双语幼儿园，国内高级一点儿的双语幼儿园都会聘请外籍教师教孩子口语，但英语母语国家的外国人根本无法满足庞大的市场需求，所以他们会退而求其次，找俄罗斯、乌克兰、意大利等非英语母语国家的人来带课。

"这些人怎么说呢，有一些英语底子，但无论是发音还是语法都比不上国内英语本科生。甚至一个英语专业的大二学生都比他们强，却没有幼儿园去聘用他们，因为稀缺的不是教英语的人，而是能给自己异域风情背书的脸，说到底，没人在乎那些老师英语到底说得怎么样，大家需要的是那张脸带来的安全感。"

苏虹苦笑道："这个故事真的让人有点儿不开心。"

"可这个世界的运行规则一向如此，"韩絮说着伸手去拿地上的饮料，"其实一直以来，我也明白，能决定我今天在公司地位的并不是名校毕业，也不是我能力突出，只因为我是董事长的女儿。"

"那你岂不是每天都战战兢兢，知道自己配不上那个位置？"

"为什么要战战兢兢？"韩絮放下吸管，一脸坦然道，"我刚刚不是说了吗，决定价值的是稀缺性而不是能力，所以那个位置，只能我来坐，我坐得大大方方，理所应当。"

"你这个人啊，跟那陆羽一样，歪理邪说一套套的。"苏虹双手抱头，仰头看着帐篷顶，喃喃道，"也不知道那个傻瓜现在在干吗。"

陆羽把头从韩絮的帐篷里缩回，朝罗曦摇摇头，"奇怪了，两个人都不在营地，会去哪儿呢？"

他又走到餐厅转了一圈，对罗曦道："看样子是吃过饭才走的，应该是出门玩儿去了。"

"亏咱俩这么好心，还给她们带药，原来人家压根没什么事儿。"

"怎么，你希望她们有事儿？"

"你少诬陷我，两位天仙姐姐自然是生龙活虎，长命百岁。"

陆羽笑笑，"别贫嘴了，帮我把冰放保温柜里。"

罗曦一边给陆羽递冰块，一边道："羽哥，这段旅程结束以后有什么打算？"

"还没想好，之前总算有些积蓄，一段时间不工作还是可以养得起自己。"

"听说我哥给你留了笔钱？"

陆羽身子定了一下，点头道："没错。"

"就没想着用我哥留给你的钱再二次创业？"

陆羽耸耸肩，"如果我是那种人，罗隐也不会把钱留给我了。"

"可我哥的意思应该是你有对这笔钱的绝对处置权啊。"

陆羽停下手里动作，转过身来，严肃道："我刚刚说的，就是对这笔钱的处置方法。"

罗曦无奈地摇摇头道："得，当我没说。"

看着罗曦有些沮丧的样子，陆羽坐到他身旁，擦了擦手，"怎么，你对这笔钱有想法？"

"唉，本来想着，假如你有兴趣，可以投资我开店，咱们这一路上守望相助，大家知根知底的，未尝不可成为生意上的伙伴。"

"想要投资，当年为什么不跟你哥或者你爸提？"

罗曦摆摆手，"罗家的钱，我一分都不会要。就算是我哥的也不行。"

"那这钱就不是你哥的了？"

"当然不是，"罗曦理所应当道，"虽然你觉得你只是代为保管，但我哥说得清楚，这就是你的钱。"

陆羽放下手中的活儿，搬了张椅子坐下，笑道："你倒是分得清，说说吧，想做什么项目，要多少钱，数额不大的话，我不动那笔钱也照样能投你。"

"真的？"

"先说说看是什么项目。"

"那当然是我最擅长的啦。"

"哦，那是投资夜店，酒吧，还是会所？"

罗曦摇了摇头，"那些是我的爱好，说不上擅长。"

陆羽笑道："这些你不擅长，那这世界就没有你擅长的了。"

"说正经的，你再想想，我还有什么别的天赋？"

"运动？"

"在前面再加两个字，极限运动！我考察过了，最近这些年国人在海外旅游消费持续走高，很多景点都以自然风光配合一些极限运动作为噱头，比如潜水，滑雪，登山，冲浪。吸金能力都超强！"

罗曦喝了口水，继续道："但这些景点往往没有针对国人的专业服务，我去年去瑞士勃朗峰的滑雪店，巴西里约热内卢的冲浪店，还有尼泊尔博卡拉的滑翔伞店考察，这些都是在各自圈子里有名的地方，却很少有靠谱的中文教练。极限运动总是有些危险性，国人去玩的时候自然希望教练可以用中文跟他交流，所以这个市场可大得很！"

陆羽点了点头，道："这么简单的道理，就没有人想到？"

"那倒不至于，可都是小打小闹，不成气候，规模、宣传包括设备都很有限，假如我们要做，自然是利用我常年从事极限运动攒下的人脉，努力打造出一个精品店。

"再跟国内大型旅游平台对接，在各大自媒体平台推广，慢慢地一家变两家，两家变四家，往后还可以做成品牌连锁，贩卖周边产品，搞线上线下教学，做得好的话将来上市也有可能！"

"等等，"陆羽伸手示意罗曦打住，"你先停一下，我们还什么都没开始呢就谈到上市，是不是有点儿太乐观了。"

罗曦看着陆羽，"你是不是觉得我说话很不靠谱？"

"起码有些过于乐观了，据我所知，你那个拳馆的生意并不太好。"

"我哥跟你说的？"罗曦笑道，"算了，不管你怎么知道的，告诉你个秘密，那个拳馆只是我出于对拳击的热爱搞的兴趣爱好罢了，能不能挣钱我真不在乎，为的只是让更多人爱上拳击。你既然知道它自从开张就一直在赔钱，我也没有要过罗家一分钱，你觉得我拿什么在养活它？"

"这么说，你还有别的副业？"

"我羽哥就是聪明，一点就通。"罗曦朝陆羽竖起大拇指道，"在国外的时候，我就经常在社交媒体上放一些自己玩极限运动的视频、图片。可能是摄影技术跟模特长相都还不错，也攒了些粉丝。

"回国后我把大部分精力都投在运营媒体账号上，当年在国外一起玩的朋友们也很配合，经常给我传些素材，慢慢地把粉丝做过了百万，渐渐地一些国内外极限运动商店开始跟我联系谈合作，我负责在自媒体上帮他们做推广，除了推广费，他们还会给我粉丝一些折扣，算下来，每月挣个七八万还是有的，要不是还得养着这个拳馆，我也不用拉投资啦。"

陆羽有些难以置信地看着罗曦，"你确定不是昨晚喝多了？"

罗曦掏出手机，打开相册递给陆羽，"喏你看，这些都是我往期的一些视频截图，下面有浏览量。这还没完，公众号的粉丝里会再筛选出最积极的用户组成粉丝群，这些人最爱跟自己周边朋友安利他们擅长的运动，毕竟都是人嘛，总是会忍不住想要炫耀，我还会时不时往群里发一些独家的优惠跟折扣，他们就更乐意向朋友推荐了，说起来，这朋友圈营销的把戏我两年前就玩过了。"

陆羽划着手机里的截图，道："既然你线上营销做得这么好，为什么还要冒险去碰线下？"

罗曦耸耸肩道："没办法，很多店给了钱，服务却不怎么样，坑了我的粉丝，这我没办法接受，索性自己开店，方便把控质量，毕竟极限运动这玩意儿，入门的时候没遇到有责任心的领路人，越到后期越有生命危险。"

陆羽看着罗曦，良久才开口道："谢谢你。"

"谢我啥？"罗曦一头雾水问道。

"谢谢你肯把这些事情跟我讲。"

"嘁，"罗曦倒有些不好意思了，"还不是为了你的钱吗。"

"我还要跟你道歉。"

"因为你以前一直把我当做纨绔子弟？"

陆羽点点头，"看破别说破。你这么有生意头脑。做你的投资人一定很省心。"

"这么说，你愿意跟我合作？"罗曦一脸惊喜地看向陆羽。

"不，不是合作，"陆羽摆摆手，"是我投资你，跟兄弟合作开公司是大忌，哪怕双方都是好人也难免出问题，我有过一次教训了。"

"嘁，合伙人还是投资人您说了算，"罗曦笑得合不拢嘴，一脸谄媚地看着陆羽，"只要肯投钱就行。"

"就这么定了，"陆羽说着起身把椅子放到一边，"对了，我听罗隐说你在国外的时候常常潜水，为什么不考虑开个潜水店？算起来我也是个资深爱好者呢。"

罗曦闻言愣了一下，脸上闪过一丝落寞，笑道："潜水我都玩腻了，没有什么发展潜力，竞争还大，投资这玩意儿不值当不值当。"

陆羽点点头，朝罗曦伸出了右手，"我就负责掏钱了，你来决定怎么花钱。"

"好嘞，您就等着数钱吧。"罗曦忙不迭紧紧攥住了陆羽右手。

52

韩絮托着苏虹的手腕，仔细端详着她被染成磨砂暗紫色的小拇指指甲，微微皱眉道："这颜色嘛，你不觉得配你太素了吗？"

"那你不觉得这颜色配你太亮了吗？"苏虹托起韩絮涂满类似荧光粉的指甲。

韩絮看了看自己的手，"亮吗？我怎么觉得跟我挺配的。"

"是，如果你明年中考的话，这颜色还真是挺配的。"

"你是说我老咯？"

"你是不服老咯？"

韩絮努了努嘴唇，端详着自己的指甲，"如果现在涂显得不合时宜，以后岂不是更没有机会了。"

苏虹看着她略带委屈的表情，心立马软了下来，道："老大不小的人了，怎么还学小姑娘嘟嘴装可爱呢，反正黑石城与世隔绝，你爱涂什么就涂什么吧。"

韩絮笑道："我就说你懂我的！对了，刚刚美甲的小姑娘说，4点钟 L 营地有比基尼运动会，奖品丰厚，去看看？"

"看看就看看！"

两人在美甲营地门口搭了辆鲨鱼造型的顺风花车，太阳刚刚下山，比基尼营地外电子显示牌霓虹闪烁，进进出出的女子果然个个着装清凉，营地内不时传来女子的加油呐喊声，给酥软的夜色平添了几分英气。

入口处站着两个穿着抹胸配丁字裤的志愿者，把她们拦在门口，一名女郎笑道："抱歉，进入我们营地必须要着正装。"

"正装？我怎么没看到有人穿正装？"苏虹指着来往人群道。

"比基尼就是我们这里的正装。"另一名女郎颇为正经道，"如果没有，内衣也可以。"韩絮闻言立刻大大方方地脱掉了上衣，接着把短裤也脱了下来。看向惊讶的苏虹道："怕什么，刚刚又不是没脱过。"

苏虹也只好跟着脱掉外衣。

"这就对了，"韩絮朝苏虹点点头，"来了黑石城就要有火人的精神。"说着昂首挺胸地走了进去。

"说得这么好听，有种你全裸啊。"苏虹边嘟囔边捡起地上的衣服快步跟上。

整个营地除了行人着装有些奇怪，其余跟大型综合运动馆无异，身着比基尼的女孩塞满了整个场馆，除了少数身高腿长曲线玲珑的，大部分身材都很普通，还有很多甚至可以看到肚子上一层层的游泳圈。但没人在意这些，大家都全身心地投入在自己的竞技运动里。

营地被分成了十几个小型运动场，采取打擂模式。每个运动场旁都有一个黑板，报名的人跟管理员登记之后名字就会写在黑板上，按照顺序挑战擂主。

比赛项目繁多，除了沙滩排球，羽毛球，摔跤，还有网球，桌上足球，沙滩足球，甚至乒乓球。守擂成功 5 次以上的火人就可以领取奖品，守擂次数越多，奖品越丰厚。

"喂，你看那边。"韩絮下巴朝乒乓球场地抬了抬，双人组比赛里一对白人女子刚刚击败对手，黑板上裁判在她们的名字下面画了 4 个钩，台下一时竟没有人再报名。

两名女子也看到了她们，挥舞着手中拍子朝她们示意，又指了指身前的球案。

"国球项目受到了挑战啊，"苏虹挺直腰杆道，"走，捍卫一下祖国荣誉去！"

"飒"，随着苏虹一声大喝，拍下一记精准的扣杀，乒乓球擦着对面女子的发丝飞了出去，比赛结束，11 比 3。

"轻轻松松。"苏虹拿球拍给自己扇着风，对韩絮道。

"别急嘛，这才是第一场。"韩絮看着她们名字下面的钩，道："既然要捍卫祖国荣誉，怎么也得连赢个十场吧。"

飒，飒，飒，飒，飒，飒。

接连 6 场下来，竟然没有一对组合可以在她们手上拿下 7 分以上。

"你累吗？"苏虹活动着手腕道，"我怎么连气都不喘。"

"我连汗都没出呢。"韩絮道。

好像又没有人敢报名挑战了，苏虹指着空空的台下，摆出一脸痛苦表情，"哎，我现在才体会到绝世高手难求一败的痛苦。"

正感叹间，台下工作人员走到黑板前，拿起粉笔，写下了第 7 组挑战者的名字。两个梳着短发的亚洲女孩走到台上，一脸跃跃欲试地看向她们。

"喂，这次对手好像不一般啊。"苏虹小声跟韩絮道，"你看她们的名字，是汉语拼音，怕是遇到同胞了。"

果然，对面圆脸女孩朝她们打招呼道："二位姐姐是中国人吧？"

韩絮笑着点头，扭头跟苏虹道："既然是内战，认真打就好了。毕竟在乒乓球领域，能打赢中国人的，也就只有中国人了。"

两个女孩看着都很年轻，圆脸女孩拿着球，看向苏韩二女道："不好意思啊两位姐姐，我们也不想打内战，可你们一直赢，我们等了半天你们还在擂上。"

"没事儿，"苏虹笑道，"你们可要当心，我俩很厉害的哦。"

"姐姐不用替我们担心，"另一个脸尖一些的女孩儿认真道，"我们以前都是校队的，你们肯定不是我们对手的。"

苏虹闻言哭笑不得，只好故作大度道："好，那我就安心了。"

"飒！"随着苏虹一声大喝，球从拍子上直飞到对面女孩大腿，除了没有击中球案，一切都那么完美。随着最后一球出界，苏虹看向一旁的记分牌，11 比 0，这恐怕是整个场上最尴尬的比分了。

两名女孩也有些不好意思，尖脸女孩走上前来，道："姐姐，对不起，我们本来想放水，给你们留一分的，刚刚那球我已经准备接不住了，可你拍子没压住，打出界了。"

苏虹硬挤出个笑容，摸摸她的头，严肃道："记住，下次不许这样了，竞技体育，放水才是对我们的不尊重。"

韩絮在一旁忍着笑，也一脸严肃道："对，你们拼尽全力，姐姐才开心，你没看刚才那记扣杀，她都兴奋得破音了。"

"哈哈，你们不介意就好，"女孩如释重负般松了口气，对韩絮道，"对了小姐姐，我跟我朋友住在 10 点钟 D 的中国营地，大多数中国人都聚集在那里，欢迎你们来玩呀。"

韩絮点头笑道："好啊，我们一定去。"

韩絮从裁判那里领过奖品，苏虹仍旧一副闷闷不乐的样子。

"哎，不是吧，这么输不起呢？对手比我们年轻，还是校队运动员，输了不是很正常吗？"一旁的韩絮宽慰她道。

"谁会为了那种破事儿生气？"苏虹仍噘着嘴。

"那是什么事情惹我们苏大小姐不开心了？"

"凭什么她叫你小姐姐，叫我就是姐姐，我看着比你老吗？"

韩絮啼笑皆非，"有这事儿吗？我都没注意，说不定是人家无心之举。"

"当然有了，而且还不止一次，无心之举就更可气了，那岂不是真的表明她潜意识里就觉得我长得老？"

韩絮无奈笑笑，"我早就跟你说别涂这么老气的指甲油，你非不听，这下让小朋友嘲笑了吧。"

苏虹将信将疑地抬起右手，"因为这个？你确定不是在安慰我？"

"怎么，非要我说你显老才开心？对了，人家邀请咱们明天去中国营地，去是不去啊。"

"去干吗？"苏虹不情愿道，"你听人叫你小姐姐听上瘾了？"

"说正经的，既然那是中国人聚集的营地，说不定会有罗隐的消息。"

"那要我陪你去也行。"苏虹看着韩絮，嘴角轻轻上扬。

韩絮立马警惕道："一般这种语气，后面都会跟个'但是'。"

"嘿嘿，你这个小机灵鬼，"苏虹挽起韩絮胳膊道，"但是嘛，你要陪我先去换个指甲颜色，我可不是因为嫌它老气，是刚刚打球的时候磕掉了一小块，不完美了。"

"真的？快让我看看磕到哪儿了。"韩絮故作关心地握住苏虹来不及收回的手仔细端详，苏虹用下巴朝大拇指指尖方向点了点，努着嘴道："就是这儿。"

"你管这个用显微镜才能看到的缝儿叫做一小块？"

"因为小才叫一小块啊！再小的瑕疵也是瑕疵，我作为一个完美主义者怎么能忍。"

"哈哈听你的，换个颜色。"韩絮狡黠地看向苏虹，"毕竟您这磕掉的地方美甲师补都补不了，完全找不到嘛。"

苏虹假装听不出韩絮话里的嘲讽，从怀里掏出一个小信封，转移话题道："对了，你猜猜我们守擂成功的奖品是什么。"

"不会是……那个吧？！"

"就是那个！"苏虹笑嘻嘻地从信封里掏出一张绿色卡片。

"好是好，可惜只有一张，"韩絮有些失望道，"要是再多赢几场，拿到两张就好了，咱们两姐妹可以一起用。"

"这有什么难的，"苏虹笑道，"罗曦手上不是还有一张吗？"

"你是想？"韩絮看着苏虹，伸出右手做了个攥紧的手势。

"对，"苏虹心照不宣地点点头，笑道，"就是明抢！"

53

两人又在比基尼营地闲逛了一会儿，才优哉游哉一路搭便车晃回营地，弗兰克跟一众火人朋友围坐一圈，圈中心篝火堆里挂着半只羊腿，一群人正喝得开心，拿着空啤酒瓶在地上旋转玩国王游戏，看到苏虹二人回来，弗兰克赶忙招呼她们坐下，从身旁保温箱里拿出啤酒，苏虹道："陆跟罗呢？"

"他们呀，在帐篷里呢。"

"躲在帐篷里干吗，我去叫他们出来吃烤羊腿，"苏虹说着走到陆羽帐篷旁，一边拉开帐篷一边道，"你俩偷偷躲在里面干什么见不得人……"

她话说了一半便自动收住，帐篷里罗曦斜着身子，一只胳膊搭在陆羽胸上，两人闭着眼睛一动不动，嘴里发出轻微的鼾声。

看来是太累了，韩絮在身后笑道："你别说，他们俩这么看还挺可爱。"

"怎么，韩大小姐春心萌动了？"

"恐怕春心萌动的另有其人吧。"

"好了，让他们睡吧，"苏虹小心翼翼拉上帐篷，起身道，"干了一天的活儿该歇歇了。"说着咽了咽口水，"那羊腿也太香了吧，味儿都飘过来了，早知道刚才就不吃路边的三明治了。"

"还有刚刚弗兰克开的那瓶酒，配羊腿，简直绝了。"

"喂，你酒瘾又上来了？"

苏虹记不清昨晚跟那帮酒鬼喝到了几点，只记得韩絮把一半人都喝趴下了，她揉了揉略微发胀的太阳穴，有些恍惚，黑石城实在是一个神奇的地方，这里完全没有时间概念，待久了你会忘掉是哪一天，星期几，因为完全不重要。

这里也几乎没有网络信号，人们不会一天刷几百遍手机，省下来的时间都用来跟陌生人面对面交流，她嗓子有些发干，头一扭，同样的位置仍放着一杯水，不由得失声笑了出来，这家伙倒还够细心的。走出帐篷时，韩絮坐在桌角，正喝着一碗麦片粥，瞟了她一眼，道："你怎么这么能睡啊。"

"天生的呗，就像你那么能喝一样。"

"我那可是后天苦练出来的。"

"好啦，你最厉害，"苏虹一屁股坐在她身旁，张大了嘴，"啊。"

"怎么，你有蛀牙了？"

苏虹指了指韩絮碗里的粥，又指了指自己嘴巴："啊。"

"锅里还有，你自己没手吗？"韩絮嫌弃地看看她，还是拿勺子喂了她一口。

"没办法，我就觉得你碗里的好喝。"苏虹一脸无赖地笑道。

"那都留给你了。"韩絮道，"你再不起床我就该去叫你了。"

"哟，什么时候韩大小姐变成我妈了，还要叫我起床。"

"乖，叫声妈听听。"

"哈哈，你个死老太婆，别想占我便宜。要是不让我睡到自然醒，亲妈我都不给面子！"

"你可以不给我面子，但不能不给我们老板面子啊，"韩絮点开手机显示屏，"你看看现在几点了，别忘了今天轮到你跟陆羽去当服务生。"

"靠，我真忘了，"苏虹拍了拍脑门，"还有多久？"

"还有半小时，苏大小姐。"陆羽在她身后一边说话一边给自己的衬衫打着领结，"你只有 10 分钟吃早饭。"

苏虹赶忙囫囵咽下韩絮碗里的残粥，对着镜子胡乱梳理了一下头发，道："好了，我们可以出发了。"

韩絮冲她招招手，一脸慈爱道："乖女儿，记得早点儿回来，别忘了妈妈下午还要带你去中国营地玩呢。"

苏虹冲她比了个中指。"来不及换衣服了，到那边再换吧。"陆羽把单车推出来道。苏虹一屁股坐上去，挥舞着右手，嘴里念念有词道："一二三，驾！"

陆羽苦笑一声，冲韩絮挥挥手，蹬着单车向丹尼斯营地驶去。

韩絮一边又盛了碗粥，一边笑着喃喃自语："这两个笨蛋，还挺般配的。"

丹尼斯的营地依旧奢华，但不知为什么，今天他们夫妻并不在营地内，听说他们昨天就受邀搬到了别的朋友营地暂住几天，没有了往日的车水马龙，苏虹跟陆羽也乐得个清闲。

"韩絮跟你们说了吗，今天下午我们要去中国营地。"苏虹百无聊赖地坐在椅子上，对陆羽道。

"说了，听说那里有火锅跟烤串，罗曦连早饭都没吃。"陆羽一边翻着当天的《黑石城日报》一边道。

"何止火锅烤串，还有麻辣香锅跟大盘鸡呢。"

陆羽笑道："你就这么点儿追求吗，来火人节吃中餐？"

"对，就这么点儿追求。"

"真好养活。"

"怎么着，要不考虑一下？"苏虹看着陆羽一脸坏笑道。

陆羽笑着摇摇头，把报纸卷成一捆放到一边，"那我也养不起。"

二人结束了工作回到营地时，韩絮跟罗曦早已在门口等着他们。

"赶快换衣服啊！"罗曦一边催促着，人已坐上了自行车。

"这么着急，去投胎吗？"苏虹没好气道。

"投胎的事儿先缓缓，"罗曦踩着脚踏板道，"等我吃完火锅再说。"

中国营地位于 9 点钟 D 的位置，跟他们的营地几乎是个大对角，四人两车在路上骑得飞快，仍花了半个多小时才抵达，营地外一个高大的蒙古武士雕塑像门神一样蠢立着，另一侧一座巨型的太极阴阳鱼装置艺术吸引了不少围观者，随处可见的龙图腾、中国结等无一不透出满满的中国风情。

营地里人并不多，一个文着花臂的中国青年向他们热情地打招呼，"嗨！中国人？"

"对啊，都是同胞。"罗曦忙道。

"那你们太不够意思了。"男子语气里带着一丝嗔怪。

"啊？"罗曦一下没反应过来。

"都是同胞，现在才来，前几天干吗去了？"

"哈哈，抱歉抱歉，我们昨天才知道有这么个营地，这不今天就来打招呼了。"

"嗯，"男子点点头，"这还算像话，我叫文宇，来了就别走了，晚上有麻辣香锅，大盘鸡，还有火锅。"

另一个蹲在一边修理车胎的青年笑道："还有茅台汾酒二锅头，保证让你们不虚此行。"

"这怎么好意思，那我们也帮着打打下手吧。"陆羽道。

"成啊，"文宇大手一挥，"不跟你们客气，大家一起劳动一起享受呗。"

随着晚饭时间临近，营地里的人渐渐多了起来，苏虹四人也慢慢跟大家变得熟络，择菜的时候又遇到了昨天那对小姑娘，两个小女生高兴地搂着她们叫道："你们真的来啦！"

两女自我介绍，圆脸的叫真真，尖脸的叫佳佳，都在美国上大学。她们告诉苏虹这个营地是提前半年就在国内招募组织的，成员 30 多人，来自五湖四海。有个体户，公务员，学生，程序员，艺术家等各种职业，营地每晚都会举办大型聚餐。

"你们来的正是时候，"真真道，"我们一周食谱里就安排了两顿火锅，前天已经吃过一回，错过今天可就吃不上了。"

罗曦在一旁操动着切片机，把牛排还有羊腿一片片切出来，一边活动着发酸的肩膀道："一周内次正好，多了不只费肉，还费手啊。"

下午5点，人们摆好桌子，陆续围坐在一起聊着天。"小姐姐，我们今天去了一个占卜营地，"佳佳兴奋地道，"可以算水晶球，塔罗牌，看星座运程的。"

"是吗，你的运程怎么样？"韩絮微笑问道。

"我是狮子座嘛，占卜师跟我说，最近天王星在星图顶端顺行，火星停留在志业宫，对我来说都是好事儿，未来学业会有较大进展，感情方面当下就有很大的机会，说不定真命天子就在附近！跟昨天那个紫微斗数算出来的非常吻合！"

"哟，小姑娘年纪不大，胸怀还挺宽广，东西方封建迷信都没落下嘛。"苏虹笑道。

"我这是兼容并蓄，谁知道哪个灵验呢，"佳佳道，"反正都算算也没坏处。你们真该去算算，昨天那个罗大师说我在黑石城有桃花，结果今天就碰到个贼帅的小哥哥跟我搭讪，哈哈，你说灵不灵。"

"这骗子还挺有一手嘛，居然跟我一个姓。"罗曦用筷子搅拌着碗中蘸料道。

"这位哥哥，罗大师可不是骗子，人家一看就是得道高人。"

"这还能看出来吗，您二位也学会看相了？"

佳佳道："正脸虽然没瞧见，可人家一头银发，吃的盐比你吃的米还多。"

"你说什么，银发？"苏虹忽然抓起佳佳手腕问道。

"对啊。"

苏虹追问道："那为什么没有看到正脸？"

佳佳抽出手腕，看着苏虹不解道："那算命营地室内很昏暗，他又躲在一个帘子后面，自然看不到脸，你问这些干什么？"

苏虹把手缩回去，装作随口道："这不是听你们说算得准，也想去试试嘛，对了，那罗大师叫什么你知道吗？"

佳佳摇摇头，"大家都叫他罗大师，全名可不清楚。你们要是还想知道更多，就问营长吧。"说着指指文字，"这个罗大师是前天才加入我们营地的，具体情况我真不了解。"

54

"你们问那个算命先生啊，"文宇吐出嘴里瓜子皮，看着眼前众人道，"他挺神秘的，一直躲在车里，跟我交涉的是他徒弟，说之前的位置被人占了，转了一圈只有我们这里风水好，想借个地方，看在大家都是中国人的分上，我就帮了他一手。"

"那你知道这个罗大师叫什么吗？"苏虹问道。

"我看过他的身份证件，好像是罗隐吧。怎么，你们认识？"

"我们是老朋友了。"苏虹笑道。隐约感觉身旁三人跟自己一样，身子都有些轻微颤抖，"他人在什么地方？"

"他跟他徒弟们平时神神秘秘的，从不出来跟大家聚餐，每天就是接待求签问卦的人，他的营地就在那儿，"文宇说着指了指最里面，"走到头，拐一个小弯儿就是了。"

苏虹四人对视了一下，陆羽率先起身道："这罗大师可能是我们好久没见的好朋友，我们去打个招呼。"

"哦，那你们快点儿，别怪我没提醒你们，这一桌子可都是豺狼虎豹，你们回来晚了可就只能吃这个了。"文宇指着桌上的瓜子皮笑道。

营地不算大，一前一后两个连在一起的圆形帐篷，像个大号葫芦。看着门口印有八卦图案的牌匾上"隐所"两个大字，罗曦笑道："这到底算真隐还是假隐啊。"

门口走出一名穿着传统唐装的男子，微笑冲四人道："各位是来算卦的？"

陆羽点头道："不知道罗大师现在方便吗？"

"诸位是全部都要算？"

"算是吧。"

"那诸位是想一个一个来，还是一起去算？"

"一起吧。"

男子道："大师正在会客，诸位不妨到候客室小坐等候。"

陆羽微笑冲他抱拳："那打扰了。"

男子把众人引入较小的圆形帐篷里，端上一碟瓜子蜜饯跟清茶四杯，对众人道："此茶名为醒神，是罗大师亲自监督炒制，茶分阴阳二性，青杯为女士专用，有滋阴之效，赤杯为男士专用，有补阳之能，诸位慢用。"说着朝众人拱了拱手，便退了出去。

罗曦端起茶杯，沿着杯口仔细端详道："喝个茶还分男女，我哥什么时候喜欢搞这些神神道道的东西了，你们说这位罗大师一会儿看到我们，会不会很惊讶？"

"惊讶个屁，"苏虹抓起一把瓜子道，"他都这么明目张胆地暴露自己行踪了，难道料不到我们会找上门来？"

"有些说不通，"陆羽道，"按理说罗隐应该躲着我们才是，这样做却只会暴露自己的行踪。"

"嘻，这好解释，"罗曦沿着茶杯口小心翼翼地吹着，悠悠道，"还不是那个死胖子没有给我们搞到票，他自然也失去了我们的踪迹，没办法监督我们，更没办法给我们下一步的提示，只好出此下策，让我们来找他咯。"

陆羽闻言点点头，手指轻抚手中茶杯："这么解释倒也合理。"

众人又闲坐了五分钟，里屋的大门吱呀一声被人打开，一名年轻男子走了出来，朝众人作揖道："各位，你们可以进来了。"

内屋比外屋足足大了一倍，如佳佳所说，室内光线昏暗，当中除了放着几个蒲团跟推演卦象的工具，空无一物，那位罗大师端坐在纱帘后面，一鼎香炉摆在面前，炉里白烟透过纱帘袅袅升起，显得更加神秘莫测。

男子站回大师身侧，道："哪位想要先测，可以上前一步。"

"大师嗓子不舒服吗？"苏虹笑道，"离得这么近还要人传话？"

"这位姑娘说笑了，"男子道，"罗大师给人测运向来不发声，不露面，对测命者不施加任何干扰，这样算出来的才精确。"

"大师不愧是高人，讲究，"苏虹率先起身道，"那我先来吧。"

男子把耳朵附到罗大师嘴边，不一会儿转头道："却不知姑娘想算什么？姻缘，事业，还是学业？"

"我要找人。"

"是男人还是女人，多大岁数，跟姑娘什么关系？"

"男的，30，是我的好朋友。"

帘后男子点点头，朝前指了指，身旁男子会意道："麻烦姑娘从卦签盒里抽一根。"

苏虹抽出最中间一根，递给男子，男子又转送到大师手里。

帘后男子沉默着，也不见有何动作，过了一阵，在纸上写下几句批语，递给身旁男子，男子上下看了两遍，对苏虹道："姑娘签上谶语为：悔亡悔亡，空耗两难。人在东，西何可遇，莫劳心力待时遇。"

"说起来，这可算是下下签，讲的是古代俞伯牙跟钟子期高山流水，两人一遇成知音，约好再相见时，子期已亡，伯牙悲痛难当，在其坟前碎琴，永不再奏的故事。"

男子语气越发低沉："这卦象乃壮夫失路，难觅知音，贫女伤春，无处求之象，婚姻不利，凡事不吉，慎之方可。如要寻人，访友不遇兼惹惆怅。大师说此人跟姑娘命格犯冲，如果姑娘一意孤行，这一路还会几经波折，甚至遭遇危险，所以劝您如果不是有什么非见不可的理由，不如别白费力气。"

"哦，这样吗，"罗曦道，"那不如让大师也帮我算算，"他不等对方回答，也抽出一根签，递给了男子，道，"我也找人，男子，30岁，是我亲哥。"

大师接过签，沉默片刻，又对男子耳语几句，男子转向韩絮二人，"两位莫不是也来找人？"

韩絮陆羽点点头。

"可是同一人？"

"不错。"

"既然如此，请两位也抽根签，说一下与他的关系。"

"那有劳了，"陆羽递过去签，道，"他是我最好的朋友。"

韩絮依样递过去，"他是我未婚夫。"

大师拿着三根签，又是 10 分钟的沉默，然后写在纸上，递给男子。

男子挨个看过去，接连摇头，对众人道："诸位，个个都是下下签，找到他对你们实在没有好处，而且此人似乎深陷某种麻烦，大师劝大家非但不要找他，甚至无意遇到都要躲着些。"

"可要是他主动现身呢？我们见是不见？"苏虹朝前迈出一步道。

"诸位说笑了，假如他主动现身，诸位又何必来找我们。"

"我们也不明白，既然已经主动泄露了行踪，又为什么要躲在帘子后面，对我们避而不见，故弄玄虚。"

男子失声笑道："帘后只有罗大师，可藏不下诸位的朋友。"

"那如果，罗大师就是我们要找的人呢？"苏虹说着又迈出一步。

"诸位刚刚才说要找的人 30 岁，罗大师可活过甲子了。"

见苏虹一脸冷笑地看着他，男子道："这位女士不信我的话？"

罗曦也站起身道："信不信，拉开帘子不就知道了。"

男子看着众人道："诸位不看到罗大师真面目怕是不会走了？"

苏虹步步紧逼，此时距纱帘只一步之遥，抬高嗓音道："只怕看过之后我们更不会走了。"

男子有些无奈，帘后端坐的男子冲他招招手，附在他耳边交代了几句。男子道："大师说了，既然诸位如此执着，那不妨掀开帘子，看看我有没有说谎。"

"好啊，那我不客气了，"苏虹伸手去拉那帘子，一边冲年轻男子笑道，"放心吧，说谎并不是你的错，所有的锅都要他背，你说对不对啊，罗……大……师，是你！"

帘子后面，一个戴着金边眼镜的儒雅男子盘腿坐在案几前，冲苏虹微笑点头："我说过我们会再见面的，苏小姐。"

55

苏虹看着眼前男子，脊背一阵发凉，嘴角挤出一丝苦笑："可我却宁肯被打死也不想在这儿见到你，麻烦问一下，我们现在要走还来得及吗？"

这世上让她看一眼就脊背发凉的东西，除了蛇，就只剩下眼前的老金了。

金先生依旧坐在原地，冲她笑着点点头，淡淡道："这里只是个普通营地，又不是监狱，诸位自然来去自由。"

苏虹愣了愣，"你又想搞什么鬼？"

"苏小姐看来对我成见很深啊，我说过了，诸位在这儿来去自由，我没权利阻拦。不过想必你们心中有很多疑惑，如果不赶时间，我倒是乐于解答。"金先生一边说着一边笑着看向众人。

苏虹三人不约而同看向陆羽，他微作沉吟，拍了拍身旁的蒲团，对苏虹跟罗曦道："先回来坐下。"

金先生一脸赞许地拍了拍手："二少爷说得没错，陆先生果然有大将之风，跟着罗隐可惜了。你是不是很好奇，我是怎么找到这里来的？"

陆羽缓缓道："还请金先生指点。"

"这也不是什么秘密，"金先生道，"我是怎么追到拉斯维加斯的想必诸位心里有数，本以为冻结了诸位的银行卡便断了你们的粮草，却没想到韩小姐还是扑克高手，竟然破了我釜底抽薪的局。更不知是哪位想到的声东击西这招，害我费了不少精力，胡佛水坝也就算了，大峡谷那一路颠得我腰都快散架了。"

陆羽叹了口气道："可还是全被你识破了。"

"这么说，是陆先生的手笔咯？说来惭愧，能找到这里我也是凭着点儿运气，毕竟你们在拉斯维加斯的痕迹不可能完全清理干净，见过什么人，跟谁说过话，我还是能打听到的。"

"可你怎么能推测到我们来参加火人节？"苏虹道。

"那要感谢韩小姐的好闺蜜了。"金先生朝身旁男子示意，那男子走到众人面前，打开手机，屏幕上的截图显示着丹尼斯海外社交账号的主页信息，那天搂着韩絮合影的照片赫然被她置顶。

"这张照片只发布了三小时就被删除了，要是韩小姐提醒她再快些删掉，我怕是真的找不到这里了。"

"你太高看我了，并不是我让她删的，事实上，我连她发在网上这事儿都是刚刚才知道的，"韩絮苦笑道，"看来喝了酒真的会让人变蠢。"

"尽管如此我也慢了一拍，虽然推算出你们下一个目标是火人节，但想在8万人里找你们4位，还真没什么信心。前天我刚到就派人到你同学的营地附近侦查，一直没有发现你们的踪迹，我甚至怀疑你们跟她只是在这里偶遇，并无关系。"

苏虹道："所以你选择了打着罗隐旗号，在中国营地守株待兔？"

"这也是没有办法的办法，毕竟身在异国，事发仓促，我的人手也不够用，只能一边守株待兔，一边派人继续寻找你们的踪迹，"金先生淡淡道，"这个营地里打听中国人的消息总是方便些，传播消息嘛，也方便些。"

果然我们这些兔子就上钩了，苏虹叹道："看来你运气真不错。我就不明白了，为什么坏人的运气总是这么好呢。"

金先生一脸无辜道："苏小姐对我成见太深了，我要是坏人，又何必主动露面，既然找到了你们的行踪，找个机会下黑手岂不是更好。"

"所以你到底要怎么办，"罗曦不耐烦道，"这牌都被你打明了，难不成想跟我们谈条件？"

"不错，"金先生笑道，"正如三少爷所说，二少爷确实想跟各位谈谈条件，毕竟二少爷跟大家无冤无仇，犯不上撕破脸，思索再三，他还是愿意率先释放善意，跟诸位和解，如果大家保证放弃找寻罗隐，再加上一点儿表示，我的人立马从黑石城消失。"

罗曦鼻孔呼出一阵冷气道："呵呵，在西班牙的时候大家还没撕破脸吗？罗老二愿意释放善意，那我还想出家呢。"

陆羽看着胸有成竹的金先生，缓缓道："您刚刚提到的表示，是指？"

"诸位想必也知道，罗隐出走的时候，从公司以个人名义转走一笔钱，数目不小。"

陆羽点点头。

"这钱嘛，职责所在，我也追查过，现在好像并不在罗隐手上。"

"在我手上。"陆羽道。

"陆先生果然爽快，准确地说，这2亿现在应该还剩下1亿4000万，对吗？"金先生笑着问道。

陆羽点点头："还有1亿3770万左右。"

"什么，羽哥，你半年花了6000万？还是我哥花的？"罗曦瞪大眼睛道。

陆羽摇摇头，"这里面有6000万既不是他花的也不是我花的，是手续费。"

"手续费？买什么东西要这么高的手续费？"

金先生笑道："三少爷这就外行了，世界上有一些跨国的灰色金融组织，专门负责帮富豪把来路不明的钱变得光明正大，同时确保客户在任何一个国家都可以随时提取，也就是所谓的洗钱。这种服务手续费要个30%很公道。"

他冲身边男子招招手，示意把燃尽的香炉续上，接着道："据我所知，罗隐找的那家公司，钱运出去后客户会得到一个84位数字跟字母混拼的电子账户，还有256位的电子密码，之后无论在哪个国家，只要找到对应的银行网点，无论是谁都可以凭借这个账户跟密码提钱。"

陆羽点点头，"不错。"

"但是假如人死了，密码丢了，这笔钱就再也找不回来了？"

"不错。"

"所以为了以防万一，罗隐将账户跟密码给了一个自己很信任的人，以备自己遭遇不测时，可以用这笔钱去完成他的心愿，而那个受托之人，就是陆先生你。"

陆羽苦笑点点头，"确实是我。"

金先生拍手大笑道："陆先生果然是爽快人，那我就直接点，只要陆先生交出账号跟密码，诸位再当着我的面把自己的护照烧掉，多在美国盘桓几日，等过个一周新护照办好了再回国，我便放过诸位，以后也绝不找诸位麻烦。"

"哈哈，哈哈哈。"罗曦闻言捂着肚子，笑弯了腰。

金先生脸上不见任何表情，慢条斯理道："什么事情让三少爷这么开心，不如分享给大伙听听。"

罗曦抹着眼角，喘着粗气道："我第一次听到狗讲笑话，抱歉，一时没忍住，眼泪都给我笑出来了。"

"狗还会讲笑话？确实很可笑。"

"可不是嘛，还是只老狗，它居然说，假如我把手上的骨头扔给它，它就放过我，你说可笑不可笑。"

"确实可笑，"金先生脸上浮现出一丝阴狠，"假如说这话的是只狼呢？"

"废话少说，你到底藏了什么阴招，使出来就是，光天化日之下，难不成想把我们囚禁起来？"

"三少爷说笑了，"金先生依旧不动声色，"我们都是文明人，不过有些分歧而已，何必动用武力。"

"眼下我们双方都不妥协，却不知金先生想怎么解决这分歧？"陆羽缓缓道。

"黑石城并非法外之地，遇到分歧自然要找警察了。"

"又找警察？"苏虹冷笑道，"这套路你还没玩够吗，还想栽赃我们偷东西？"

金先生摇摇头："上次设的局太温柔了，诸位没有得到教训，这次得狠点儿，你们说，栽赃吸毒怎么样？"

"吸毒？"苏虹道，"别逗了，这黑石城里龙蛇混杂，有多少偷偷抽大麻的也没见警察管，再说了，我们也没人抽过别人递的烟。"

金先生缓缓道："首先，警察不管是因为管不过来，但假如有人报案，他们就必得管；其次，谁说毒品只能是固体，必须用抽的？"

陆羽闻言皱了皱眉，忽然道："在茶里？"

金先生朗声笑道："陆先生可真是人杰，不过请放心，你跟三少爷没事儿，我只在两位女士的水里放了些LSD。这LSD嘛不同于大麻那种天然植物，是化学合成的更为烈性的致幻成瘾性毒品，无色无味，可溶于水，只要一克就可以让人兴奋一整天。"

"你真卑鄙！"苏虹叫道。

金先生饶有兴致地看向苏虹，语气中带着丝玩味："苏小姐这瞳孔放大，胸口起伏的样子，想必是来反应了，我原先还担心这药因人体质而异，见效太慢呢。哟，韩小姐也来反应了。"

苏虹看向韩絮，她虽然一言不发，极力保持着端坐姿态，却明显脸色潮红，呼吸急促，看着有些不对劲。

金先生继续不紧不慢道："刚刚你们在门外等候的时候，我已经派人去打听你们的营地位置了，相信不久你们营地里也会收到我赠送的毒品礼包，如果现在报警，人赃俱获，不知这次罗隐还能否出手再扮演一次救世主？"

"你这个王八蛋！对女孩子下毒！你还是不是男人！"

"苏小姐别误会，我可不是对女人有什么偏见，陆先生需要给我账户跟密码，这要是因为吸毒神志不清搞错了岂不是平添麻烦，而三少爷嘛，二少爷特意关照过，你们是骨肉兄弟，不能对你太过分。"

"哼，我看是怕我们不就范被抓的话，罗家三少爷吸毒会影响公司声誉吧。"罗曦冷笑道。

"当然也有这方面的考虑，"金先生点点头，"而且，假如你们就范，我也需要个人回去取你们的护照不是？"

"混蛋！"罗曦猛然起身，挥着拳头扑向金先生，被陆羽拉住，金先生微向后仰，一旁的年轻人瞬间挡在他身前，两人对峙在帐篷中央，狠狠瞪着彼此。

金先生悠悠道："三公子消消气，您是拳击高手，我这把年纪了可遭不住你一拳，要是吓坏了我，现在可就报警了。"

陆羽抓着罗曦袖子冲他摇了摇头，罗曦不甘心地退了一步，眼睛死死瞪着老金。

金先生看向陆羽道："陆先生，这团队里一直是你说了算，我可以给你几分钟时间做决定，其实你压根没什么可选的，如果我报警，两个女孩子被抓，你们一样完成不了接下来的挑战。"

金先生抬高声音继续道："而且，恕我直言，韩絮如果因为吸毒被抓，她父亲的公司损失远远不止两个亿，罗隐已经对不起她一次了，我想他也不会为了这么点儿钱害她这辈子都抬不起头吧。我保证，只要大家肯合作，我亲自给各位端茶赔罪。"

陆羽沉默着，攥着茶杯的左手青筋暴起。他告诫自己此时必须静下心来，才有可能想到对策，任何的意气用事只会让情况更加恶化。

大厅中一时陷入了沉默。

"金先生，"说话的却是韩絮，她努力压抑着自己的心跳，尽量用平稳的语气道，"既然说了给我们时间，不如给我们 5 分钟商量一下？"

金先生看看韩絮，犹豫片刻，笑道："好，我就给韩小姐个面子，5 分钟，我相信大家都是聪明人，不至于让我为难。"

四人走到门口，苏虹感到自己心脏跳动越来越快，四周单一的墙壁开始变得色彩斑斓。韩絮小声道："听着，LSD 的半衰期是 6 到 10 小时。只要过了这个时间，身体代谢就可以把大部分毒素排除出去，人也可以恢复正常，虽然血液检测可能仍为阳性，但除非警察当场抓住，否则不可能仅凭陌生人的指控就对我们进行血检，所以我们只要拖半天，等症状完全消失，老金就没有威胁我们的本钱了。"

罗曦惊讶地看着韩絮："这些你是怎么知道的？"

"时间紧迫，以后再告诉你。"韩絮舌头已经有些打结，她做了个深呼吸，用尽量平稳的语气道，"现在最关键的是，我们要想办法甩开他们，争取半天的时间。"

苏虹不停搓着双手道："那怎么可能，别说半天，我们只有不到 4 分钟的时间了，只怕一出这门，那边就报警了。"

"我倒是有一个方案。"陆羽终于开口了，他用试探的目光看向众人，缓缓道："这方法或许可以奏效，但成功率只有三成，还有一定危险性，愿意试试吗？"

苏虹跟韩絮立刻点了点头，罗曦却仍在犹豫。

陆羽瞧出了他的担心，看向二女道："我要你们再次确认，做出这个决定不是因为嗑了药一时冲动。"

韩絮重重点头："我愿意承担所有风险。"

苏虹道："放心，我理智还在，只是这嘴角老是不自觉地翘起来。"

陆羽又看向罗曦，他终于缓缓点下头。

"好，"陆羽双拳攥紧，语气中透着坚定，"那我们就给他来一场飞天遁地！"

陆羽压低了声音继续道："我一会儿会设法说服老金，让他给我们半小时的行动时间，他可以派人尾随。老金这次来得匆忙，又事出突然，他那边人手一定有限，到时候我们兵分两路，分散追踪力量。出了门，罗曦骑车带上韩絮，我带上苏虹，分头行动，罗曦，你还记得那个跳伞营地吗？"

"记得啊。"罗曦脸上忽然现出恍然大悟的表情，随即眉头又一紧，道，"可假如他们派人在降落点蹲守呢？"

"所以，一会儿跳的只有你，"陆羽道，"韩絮现在的神志情况，我也不可能放心地让她独自跳伞。"

罗曦眉头逐渐舒展道："所以我这边只是个幌子？"

陆羽点点头，"我会带着苏虹朝中央营地方向骑，如果运气不差的话，应该正好赶得上。"

"赶得上什么？"苏虹问道。

"一个好帮手。没时间解释了，总之假如我们确认甩开了追踪，晚上在皮鞭营地汇合，听清楚了吗？"

"可那些到我们营地投毒的人怎么办？"

陆羽道："黑石城里龙蛇混杂，谁又说得清那东西是不是别的人带进来的。而且刚刚听完老金的话，我有个猜想，或许他们想要投毒也并没有那么容易。"

"总之，"陆羽笑着伸出右手放到四人中央道，"这次我们没有别的助力，只能靠自己了。假如韩絮出事儿，那我们第一时间联系国内她父亲，假如苏虹出了事儿……"

"那也第一时间联系我父亲，就说是我出了事儿。"韩絮说着把手放在陆羽手背。

苏虹没有说话，默默把手放在韩絮手背上，压紧。

韩絮继续道："假如我们都被抓了，那……"

"那我们就一起在牢里扎小人，咒死这个狗娘养的。"罗曦笑着把手放在苏虹手背上。

"哈哈，好，就这么说定了，咒死这个狗娘养的。"陆羽也大笑道。

"诸位想开了？"金先生笑眯眯地看着眼前众人道。

陆羽走到他身前，上下打量着眼前这个外表儒雅的男子，"金先生，说实话我真的很佩服你，在条件如此有限的情况下还可以布这么一个局。"

"过奖，过奖。"

"但这个局也并非完美，还有破绽，这两个破绽，可能就是这个局的死穴。"

"哦？"老金饶有兴趣地偏了偏头，看向陆羽，"愿闻其详。"

"首先，你太贪了，罗鹏这个人我多少有些了解，虽然没有太大出息，还不至于这么不成器，为了一个多亿跟我们谈条件，假如我猜得没错，刚刚的谈判，想谈的人不是他，而是你吧。"

金先生瞬间收起了玩味的笑容，脸上不见喜怒，淡淡道："陆先生未免口气太大了些，无论对谁来说，这一个多亿都不能算是小数目。"

"可对于罗鹏来说，阻止我们找到罗隐要比这一个亿重要几百倍，他一定不会在这个关键时刻犯这种低级错误。"

"本来，"陆羽顿了顿继续道，"假如你不跟我们摊牌，而是直接等我们出门报警的话，我们必输无疑，但现在却不一定了。"

"哦？我倒是很感兴趣，这个死局，陆先生准备怎么解？"

"这样吧，我们打个赌，金先生以情报追踪起家，是这方面的行家。我就赌我们可以在 30 分钟内甩脱你的追踪，假如 30 分钟后没有甩掉，那么密码、护照奉上，如果 30 分钟后被我们逃脱了，你也还有机会卷土重来。"

金先生沉吟了一下，道："老实说，你们并没有提条件的权利。"

"假如我把赌注加大一点儿呢，"陆羽淡淡道，"如果你愿意接受这个赌局，我以个人名誉保证，我输了，所有家产都赔给你，我虽然不是什么富豪，但勉强可以把那笔钱给您凑个整，2亿。"

金先生略微有些惊讶，"陆先生这是在拿自己的身家开玩笑？"

"绝非玩笑。"

金先生摸着下巴，有些疑惑地看着陆羽，竭力揣摩他葫芦里到底卖的什么药。

"我再加1个亿，"韩絮淡淡道，"假如金先生对自己的能力没有信心，那也可以不赌。"

金先生眼珠微转，思索良久，终于用手拍了下桌面道："好，既然诸位喜欢刺激，我也任性一回，不过各位请记住，我多少也算个江湖人，江湖上最看重信誉，如果说话不算话，就别怪我用见不得人的招数对付各位了。"

"哈哈，你见不得人的招数用得还少吗？"苏虹笑道。

"就这么说定了，"陆羽道，"他看了眼手表，现在是6点8分，两分钟后我们走出帐篷开始计时，如果6点40分的时候我们还没有摆脱你们的追踪，我们自动跟他们回到你的营地，交钱交护照，决不食言。"

"好了，你们现在就出发吧，"金先生摆摆手，"这两分钟算我送你们的。"

"那多谢了。"陆羽朝他拱了拱手，忽然道，"你知道你第二个破绽是什么吗？"

"呵呵，你说说看。"

"自负。"陆羽说完，不看金先生的反应，率先扭头走出了营帐。

56

韩絮附在罗曦身后，明明自己坐着没动，额头却不断冒出汗滴，恍惚间感觉自行车被罗曦踩出了风火轮的感觉，周围景物飞快从眼前掠过，她甚至怀疑他们早已甩开了身后的追踪者，却听罗曦嘴里嘟囔着，"妈的，怎么甩都甩不开，上辈子是属牛皮糖的？"

前方一名男子骑着车优哉游哉地回头望向他们，嘴上浮起一抹轻蔑的微笑，罗曦试着找寻各种视觉死角，想要提前甩掉这人，但无论如何努力，过一会儿他总会慢悠悠骑到他前面。

"辛苦你了，"韩絮有些自责道，"假如不是载着我，他还真不一定能跟上你的速度。"

"那你太高估我了，"罗曦道，"如果只是这么一个人，哪怕载着你我也有信心能甩开，毕竟我也是骑行的半职业选手。"

"你意思是，跟踪我们的有两个人？"

"是三个，"罗曦苦笑道，"虽然我没办法准确定位他们，但大概知道他们的方位，我们后面一定有一个，还有一个或许在右后方，或许在左前方，总之就是我的视觉死角的位置。这两个很有可能不是中国人，又或者会用衣物伪装，在我们前面晃来晃去的这家伙不过是个摆设，真正厉害的那个一直隐在暗处。所以，"他苦笑道，"除非给我辆摩托车，否则在地上还真逃不出这网。"

"所以我们才要上天，不是吗？"韩絮笑道。

罗曦一边骑车一边喘着气道："接下来这段是直路，马上就到目的地了，我要加足马力一口气冲过去，你坐稳了哦。"

"你骑吧，别说话了，我怕你气缸爆了。"

罗曦突然间再次发力，加速朝前方冲去，很快就甩开了前方慢悠悠的那个人，那人一愣，也瞬间加速追了出去，这条路上行人本就不多，遮蔽物也少，韩絮扭头发现身后出现三个明显的尾随者，虽然彼此相距甚远，却明显都咬着他们。两人骑着车，另外一人脚踩着一双滑轮。

"这下三个王八蛋，都露馅了吧。"罗曦笑道，"接下来还有更好玩的，让他们见识下什么叫'癞蛤蟆想吃天鹅肉'。"

行至跳伞营地前，罗曦把车子随意往路边一靠，拉着韩絮就朝队尾排去。那骑车子的两人也不紧不慢地跟了上来，各自隔着几个人排在他们后面。

"糟了，这么多人排队，我们半小时都不一定能排得到啊，而且他们就跟在我们后面，怎么甩开？"韩絮一着急，拽着罗曦胳膊担心道。

罗曦冲她眨眨眼，突然拉着她直接走到起飞处，对她笑道："你这个人，平时看着挺精明的，一嗑了药就变蠢了？谁说我们要排队的？"说着从怀里掏出一张绿油油的卡片，"你的那张呢？还不赶快拿出来。"

苏虹坐在后座上，有些发蒙，身前陆羽就像是个 50 岁出门买菜的大爷，慢慢悠悠地骑着车，丝毫没有跟时间赛跑的状态。

"哎，你知不知道我们现在的状况？"

"知道啊。"

"你知不知道我们被人跟踪？"

"当然。"

"那你为什么还这么悠然自得，就不能骑快点？"

"我问你，我骑得再快，带上你，能躲开别人的追踪吗？"

"那，那也总比现在这样强，总会有一线希望。"

"你错了，现在这样，才有一线希望。"陆羽低声道，"我劝你也闭眼好好休息，一会儿有你累的时候。"

就这样晃晃悠悠骑了 15 分钟，他们到了中央营地，广场上人头攒动，各种表演精彩纷呈，陆羽仿佛也被吸引，一会儿看看这儿，一会儿看看那儿，苏虹满肚子疑惑，但又不好意思再问，眼看时间一点点儿流逝，还有 10 分钟，陆羽忽然扭头把一个东西递给她，道："这个东西至关重要，你收好了。"

苏虹接过一看，是第一次买冰时胖子送她的指南针。

"抱紧我，一会儿我说冲的时候，你一定紧盯着这个指南针，给我指正南方向，明白了吗？"

苏虹愈发不解，但还是顺从地点点头。

之前骑在前面的那个人还是不紧不慢地在他们身边徘徊，陆羽骑到中央营地更南边的沙丘旁，这里四周除了沙尘，几乎没有什么行人，他索性停下车子，单脚撑地。

苏虹从背后抱着陆羽，天气凉爽，却仍感到汗水从他身后 T 恤衫渗出，原来他并没有表现的那么轻松。她愈加好奇，陆羽要等的那个帮手到底是谁。

距离约定的时间越来越近，苏虹心快跳出嗓子眼了，不停看着表，陆羽仍停在那里一动不动。

37分，广场上一阵狂风卷起细沙拍在苏虹脸上，她呼吸越来越急促。

38分了，风沙大到灌满了苏虹口鼻跟耳朵，那个帮手还没有出现，苏虹手上感受到陆羽胸腔起伏愈加剧烈，她几乎已经绝望，这种情形下只能祈祷奇迹出现。

39分了，那个晃晃悠悠的男子慢慢朝他们骑了过来，虽然风沙遮眼，但不难想象他脸上得意的表情。

"就是现在。"陆羽大声道，"拿帽子把头裹起来！"风沙越来越大，瞬间几乎遮天蔽日，四周能见度几乎不到一米，远处的男子身影越来越模糊，这已经不是简单的风沙，而是沙尘暴！

对面那男子似乎也发觉不对，正加速朝他们奔过来。陆羽对苏虹道："捂住嘴，坐好了！"然后使出全身力气，朝沙尘暴最汹涌的地方驶去。

直到现在苏虹才明白陆羽所谓的那个帮手是谁，也只有大自然的力量可以让他们摆脱金先生的追踪，感慨间，陆羽用一只手拍她大腿，她才恍然记起，赶忙看向指南针，确定了正南方向后，在陆羽背后一指，陆羽顺着她所指，奋力朝那个方向骑去。

四周遮天蔽日的沙尘下，两人就这么在暴风眼中像蚂蚁一样艰难行进。经过整整5分钟的黑暗，终于骑出了暴风眼，四周压力逐渐变小，陆羽脚下更加用力，暴风足足持续了大概20分钟才消散，等到一切平静，他们已经距离中央营地好几千米，远处传来极微弱的音乐声，一切仿佛从未发生。

"是不是甩开了？"苏虹看着身后兴奋道。

"别高兴太早，想要摆脱他们的追踪，我们骑得还不够远。"

"还不够远，那要到哪儿？"

"到黑石城的边界，深海区。"

陆羽边骑边解释道："黑石城是马蹄形的构造，也可以看做是一个不规则的圆，整个北边的圆全部都是营地跟房车，圆心就是中央营地，中央营地再往南的部分几乎全部都是沙漠。

"那里原本是承办公司堆放建筑材料的地方，黑石城建好后便空了出来，当地政府为了防止有醉汉走得太远，在最南边半圆处围了栅栏，栅栏外被视为极为危险的所在。

"这座沙漠中的孤城仿佛海中孤岛，离开岛屿后，若是迷失了方向，极有可能在海中溺亡，而离开了政府设置的栅栏，走得再远一些，极有可能找不到回去的路，在沙漠中渴死。因此黑石城的南部以外又被称为深海区。"

两人一车孤独地在沙漠中前行，沙尘暴虽然过去，仍不时有风沙刮过，不但降低了周围能见度，还把车辙痕迹完全隐去，为了防止风沙入口，两人很少说话，苏虹心脏不住地怦怦直跳，嗓子发干，汗水湿透了全身，身体的虚脱却丝毫不影响精神的亢奋，坐在车后座的她要拼命忍住自己挥舞双手的冲动。

天色渐渐暗下来，这是好事儿，给他们披上了一层保护色，苏虹盯着陆羽的后脑勺，心想，这么绝的计划，这家伙是怎么在几分钟内想到的？

又骑了大概 40 分钟，陆羽把车停在一排两米高的铁丝网前，指了指上面挂着的血红色的 STOP 字样，道："我们从这儿翻过去。"

"翻过去？那车子怎么办？"

"就地掩埋吧，接下来要靠双脚了。"陆羽说着把自行车放倒在一个沙丘旁，用沙子把车身埋好。然后起身抓着铁丝网，翻身一跃，双腿分开架在铁丝网上，对苏虹道，"上来吧。"

苏虹一手抓住陆羽，一手抓紧铁丝网，两脚在铁丝空隙间奋力一蹬，陆羽跟着发力，苏虹半边身子便翻过了铁丝网，"好，你等我先下去，"陆羽说着跳到地上，朝苏虹伸开双臂道，"跳吧。"

苏虹朝下看去，只觉一阵天旋地转，整个人趴在铁丝架上，两条腿紧紧夹着，朝陆羽摇摇头。

陆羽笑道："怎么，怕我占你便宜，那我先走了，你一会儿自己下来追我。"

"哎你等会儿。"苏虹大叫道。陆羽回身，看着她道："我数一二三，你就跳，要是现在不跳，那我可真走了。"

一，苏虹双手紧抓着铁丝栏杆，吃力地把身子转向陆羽，二，陆羽把双手又张得大了些，三！苏虹闭眼纵身一跃，稳稳地落到陆羽怀里。贴着陆羽的胸口，只觉四肢发软。

"喂，你没事儿吧。"陆羽搂着苏虹，紧张地看着她。

苏虹挣脱了陆羽双手，赶忙起身道："没事儿，我们接下来要怎么走？"

"我们现在处于黑石城最南端，几乎不可能有人在这里活动，"陆羽道，"接下来只要沿着这铁丝网，绕个圈走到北边，然后再翻进去，就可以确定甩开追踪了，到时候我们再伺机溜到皮鞭营地跟罗曦他们会合。"

苏虹看着一望无尽的铁丝围栏，张大了嘴，"这要走多久啊。"

"如果我们走得快些，应该只需要不到 4 个小时吧。"

"4 个小时！只需要！？"

陆羽点点头，"这只是理想状态，黑石城外围地形复杂，沿着铁丝网这一圈可不是康庄大道，布满了沙丘跟沟壑，很多时候我们得绕路，考虑到这些，我还得重新计算。"

"停，"苏虹朝陆羽抬起一只手，"千万别告诉我到底要走多久，我走就完了。"

韩絮这辈子不知道坐过多少次飞机，却从未有一次像现在这样紧张。

紧张的不仅是自己被人追踪，更因为身处的这架飞机看样子比她年纪还大，机翼跟机身上的斑驳擦痕暗示着它饱经过的风霜，发动机时不时的颤抖是它为自己超龄服役而表达的不满。

对于未知危险的恐惧以及 LSD 使大脑分泌出的大量多巴胺让她四肢不可抑制地抖动着，看着地面上的如蚁行人，她不自觉揽住了罗曦的肩膀，双拳下意识握紧。

突然，一只手缓缓扣在她手背上，温暖，有力，带着一种说不出的让人安心的力量，"别害怕，"罗曦冲她笑笑，"有我呢。"韩絮心里泛起一丝异样，犹豫良久，最后还是没有把手抽出去。

机上一次可以载四名乘客，坐在他们对面的是一对情侣。每次飞行共有三处降落点可供选择，分别是黑石城 3 点 K 方位，12 点 I，还有 9 点 E，飞机起飞时韩絮注意到追踪的两名男子跑到了前台，想必是打听降落位置，在目睹他们起飞后，三人也朝三个方向散去。

飞机经过第一个降落地点，两名情侣朝他们挥了挥手，抱在一起跳了下去，到了第二个地点，机组人员扭头跟他们确认是否要跳，罗曦摇了摇头。

马上要到达第三个降落点了，罗曦松开了手，开始检查装备，韩絮担心道："追我们的有三个人，起飞前他们已经问好了降落点，现在一定分头守在各处，我们就是跳下去了，在空中目标那么大，也一样会被发现的。"

罗曦一边确认自己的伞包一边抬头，冲韩絮笑笑，"谁说我们要跳的，"说着用手摸摸她的头，"多好的姑娘，就是脑子不太好使。你嗑了药，这一跳我怎么会放心。"他转向一旁的机组人员道："不好意思，我女朋友有点儿恐高，今天又不太舒服，她就不跳了，我第一次玩这个，这一程您陪我跳，好吗？"

韩絮这才恍然大悟，"所以我只需要坐着飞机原路返回就行了！

"你还没笨到家嘛，这场追逐游戏里，猎物只有两只，而不是四只，所以只要确定你跟苏虹摆脱了追踪，他们追到我或者陆羽压根没用，"罗曦道，"等他们发现只有我一个人的时候，你早就在停机坪降落了。"

"可是，"韩絮看着罗曦，欲言又止。

"可是什么？"

"可是不知道为什么，我现在很怕自己一个人，"韩絮说着主动牵起罗曦的手，眼中带着一丝恳求道，"我会按计划执行的，可在你跳伞前，别松手，好吗？"

罗曦看着韩絮，愣愣地一动不动，韩絮低下了头，不敢看他，手却丝毫不敢松开，罗曦脸上露出一丝微笑，柔声道："记住，你一落地就用最快速度找一个最近的花车坐上，戴上帽子，脸上再拍点土，别管那车开到哪里，坐满一个小时，再下车慢慢找皮鞭营地。他们抓我没有意义，你只要保全了自己，我们这盘棋就活了，听懂了吗？"

韩絮低着头轻点两下，过了5分钟，罗曦缓缓把手抽了出来，教练走到他身后，把两人固定在一起，罗曦跟着教练走到舱门前，冲韩絮挤了挤眼，坏笑道："小心别被我跳伞的英姿迷倒了。"说罢纵身一跃，韩絮看着罗曦迅速变小的身影，紧握的双拳突然一松，嘴角不自觉地扬起，喃喃道："丑死了。"

飞机刚一落地，韩絮便一步跳下机舱，抄起罗曦留下的自行车飞快地驶离跳伞营地，骑了10分钟左右，她把车子停在路边，戴上帽子专门找人多的地方挤，终于找到一辆喷火巨龙造型的双层花车。

她拉低了帽檐，走到二层找个角落坐下，心脏剧烈的跳动并没有随着身体的放缓而降速，一种奇怪的迷幻感占据了她整个大脑，四周营地的灯光在夜色中发出迷离的光晕，在她眼中组成异次元世界的色块宇宙。

吊诡的是，她可以清醒地感受到，自己失去了对身体的控制权，这种清醒的无力感让她厌恶，仿佛又回到了那段堕落无助的时光，颓废得像是摊烂泥。

但这堕落又如此迷人，她不用再去考虑为谁负责，不用去注意自己的身份，不用独自缩在角落里伤心，她什么都不用做，只需要放任身体跟意识一起下坠，下坠。一切烦恼似乎都被药物解决了。

还差点儿什么，哦对了，差杯酒，再来杯威士忌，然后下车，找个有音乐的地方跳整整一晚。

或许我真的应该喝一杯，她暗自道，现在已经摆脱了那些追踪者，值得庆祝，更何况，还有什么比躲在人堆里跳舞更好的隐藏方式呢？到了第二天，药劲过去了，再去找苏虹他们会合，简直太完美了，前面那群狂欢的人手里拿着的是酒吧，看样子他们人不错，我只要上前应该就会主动把杯子递到我嘴边。

渐渐地她似乎控制不住自己的双脚，慢慢起身下车，向着人群走去，一个打着舌钉的男人冲她微笑，他手中酒杯闪着金色光芒，韩絮似乎闻到了单一麦芽散发出的摄人香气，男子晃动着酒杯，看向她："要不要来点？"

韩絮看着男子消瘦的脸颊，有些恍惚，这张脸如果把络腮胡刮掉，再白皙一些，好像另一个人，一个跳伞姿势丑得要死，却那么自恋的男人，一个刚刚跟她说，要她照顾好自己的人。

如果接过这杯酒，在这种状况下，算不算照顾好自己？

韩絮在男子面前愣了愣神，伸出的手又缩了回来，微笑冲他摇摇头，走回车上。她知道酒精跟毒品这两种朋友有多自私，当你选择了它们，就不会再允许有新的朋友了，她太了解那种感觉了。

在车上兜兜转转坐了不知多久，直到感觉自己心跳稍微平和了些，她才缓缓走下车，路人告诉她这里距离皮鞭营地至少还有10千米，她不确定自己这个状态下要走多久，可无论走多久都好，她知道那里有人在等她。

"阿嚏"，苏虹紧了紧身上的外套，7点以后，整个黑石城温度开始急剧下降，而误食毒品后，她新陈代谢加速的身体对气温的变化更为敏感。

"还好吗？"陆羽扭头看向她。

"好得很，刚刚沙子吹到鼻子里了，"苏虹道，"阿嚏。"

陆羽没说话，把自己的衬衣脱了下来，只留一件T恤，递给苏虹："穿上吧。"

"不用，我不冷。"

陆羽依旧伸着手，"这衣服我脱下来就不会穿回去了，穿不穿你自己决定。"

苏虹看着陆羽伸出的手，眼前这一幕似曾相识，她接过衬衣，衣服上还残留着主人的一丝余温，裹在身上竟微微有些发烫。

夜色渐浓，四周没有灯光，他们唯有借着微弱的月光顺着铁丝网一路前行，四周静悄悄的，只听得到两人沙沙的脚步声。

"喂。"苏虹对着前面陆羽喊道。

陆羽头也不回道："又怎么了？"

"你能不能出出声，让我知道你还没死。"

"我在你前面走得好好的，怎么会死？"他忽然扭头看向苏虹，"你是不是害怕了？"

"放屁，我有什么好怕的，"苏虹赶忙否认，"好了我知道你还活着，你可以闭嘴了。"

陆羽耸耸肩，继续朝前走，整个世界又回到了只有沙沙脚步声。

"好吧好吧，算你厉害行了吧，你就当我害怕吧，能不能出出声，跟我聊聊天？"

"你想聊什么？"

"什么都行，你这么厉害，还用我想话题吗？"

陆羽叹了口气，"我如果真的厉害，就不会几次三番中那个金先生的圈套了。"

"那怎么能怪你呢，"苏虹急道，"我们在明他们在暗，有心算无心，我们中招很正常，你能短短几分钟就想到这飞天遁地的解决方案，这才了不起。"

陆羽脚步缓了缓，"我没听错吧，你在夸我？"

苏虹顿了顿，道："我实话实说而已，西班牙那次脱险有伊内斯的帮助，这次可是你实实在在地跟金先生交锋，假如我们跟韩絮他们顺利会合，那你就是大获全胜。"

"首先，"陆羽道，"我跟他的交锋从拉斯维加斯就开始了，在那里故布疑阵拖慢他的节奏算我小胜，但是丹尼斯跟韩絮合影这件事儿第一天我也知道了，却没有意识到严重性，要算我小败。

"其次，今天这算命营地本身就透着古怪，那种大张旗鼓的行事作风完全不符合罗隐整场策划的行为逻辑，我作为领队，不够警觉，连累大家着了老金的道儿，如果不是他太过贪婪跟自负，我们早就全军覆没了，这一仗，要算我大败。"

"哎，你再这么谦虚可就虚伪了啊，"苏虹道，"对了，你是怎么准确知道沙尘暴会在 6 点 40 分刮起来的？"

"我哪有那个能力，"陆羽苦笑道，"只是过去几天每到 6 点多的时候都是整个黑石城风力最大的时候，今天早上我看《黑石城日报》上说，今天的风力比过去几天高出几个数量级，特别指明了中央营地南边风力最大。这才想到或许可以风遁。但风力到底多大，什么时候开始刮，我心里可没准。"

苏虹瞪大了眼睛，"那之前岂不是在赌博？"

陆羽点点头，"就是在赌，如果风暴晚来 5 分钟，那我身家可全都捐了。所以我们能一路化险为夷，真的是命好。"

苏虹有些后怕地打了个寒战，心有余悸道："你还真够狠的，韩絮那边呢？是不是跟我们一样悬？"

"他们跟我们的情况不一样，我们靠老天爷帮忙才能逃脱，他们那边只要老天不为难，就一定能逃脱。"

"那就好，阿嚏，"苏虹还是没忍住，又打了个喷嚏，她又揉了揉鼻子，笑着说，"看来韩絮他们也惦记着我们呢。"

在夜晚的黑石城想要辨别方向并不是一件容易的事儿，对于此时的韩絮来说尤其如此，她已记不清自己走了多久，两脚只是下意识地移动，明明感觉在朝着皮鞭营地走，却见不到丝毫熟悉的标志。

四周只要发亮的光源都会对她异常敏感的神经产生刺激，每隔一段时间她都不得不坐在地上或者倚在建筑物旁闭上眼睛休息一会儿。

意识无时无刻不被来自两个世界的力量撕扯着，有时那个幻想中的世界占据上风，她就狠狠地掐自己，不断把自己抽离出来。

回看自己留下的足迹，她发现自己连路都走不直了，身旁的营地外恰好有排栏杆，她强打起精神扶着栏杆继续前行。"要喝酒吗？"迎面走来一个个画着哥特妆容的女孩，手臂上画着奇怪的红色条纹文身，笑着问她。

"谢谢，如果有果汁的话，我不介意来点儿。"

"哈哈，抱歉，果汁可真没有，不过我这酒可是 20 年的麦卡伦，你确定不来点儿？"女孩子摇晃着自己手中的酒杯，表情充满诱惑。

韩絮冲女孩笑着摇摇头，"等等！"她突然抓住女孩举起的手臂，那根本不是什么文身，而是一条条血印，"你这伤是从哪儿来的？"

"这可不是什么伤，"女孩面带骄傲，任由韩絮抓着自己，"这是我体验的项目。"

"是不是皮鞭营地？"

女孩一愣，旋即笑道："原来你知道啊，那还不尝尝这酒，很难得哦。"

韩絮抓得更紧了，急切道："这里离皮鞭营地还有多远？"

女孩子诧异地看着她，像看着个外星人，她手一指韩絮身后，"你刚刚靠着的不就是吗？"

韩絮扭头一看，就在刚刚倚靠的栏杆后不远处，一个硕大的牌子挂在半空，赫然张贴着熟悉的《皮鞭海报》，"妈的，我怎么这么蠢。"韩絮拍拍自己的额头，不由得笑出了声。

谢过女孩，她径直走入营地，刚一进门，一阵熟悉的声音传了过来，"嘿！看看谁来了！好孩子你今天可不能走了。"说话间莫妮卡笑着走到韩絮面前。

韩絮伸开双手抱住眼前这个热忱的忘年交，大厅里温和的灯光打在身上，说不出的温暖。眼前紧抱着的老者一脸关怀，让她感到踏实，一直紧绷的弦瞬间断开，韩絮两眼开始发黑，整个人瘫倒在莫妮卡身上，喃喃道："不走了，绝对不走了，你拿鞭子抽我也不走了。"

58

再次睁眼时，韩絮发现自己睡在一张极大极宽的床上，她用右手肘支起身来，左手拨开额前刘海，慢慢回想，自己告诉了莫妮卡被人下药的事儿，迷糊中再三叮嘱她不要报警，莫妮卡把她扶进了自己卧室，在自己柜子里找出一瓶药片给她吃下，接下来的事情就全然不记得了。

她感知了一下自己的身体，一切运转良好，除了有些疲惫，再也没有那种诡异的兴奋感，神志恢复后才感觉喉咙沙哑，嗓子发干，屋内几乎没有光线，她在暗中摸索着穿上鞋子，走出房间。

这个房间内嵌在营地里，是莫妮卡的卧室。推开门是前几天来过的品酒室，里面空无一人，韩絮顺着品酒室大门走到营地正厅，各种道具摆放得整整齐齐，却不见一人。

偌大的场地显得格外空旷，似乎整个黑石城都只剩下了她一个人，不会药劲儿还没过吧？韩絮掐了掐自己的胳膊，一股真切的疼痛感让她发出嘶的一声。

"你醒啦。"

韩絮被身后传来的声音吓了一跳，赶忙回头，罗曦正一脸惊喜地看着她。

"喂，你声音这么大干嘛，想把我再吓死过去吗？"

"哦哦，对不起对不起，"罗曦竟然紧张地赔起了不是，"我刚刚去你房间看你，却只见一张空床，赶忙追出来，发觉你醒了，有点儿激动。"

这时莫妮卡跟弗兰克也闻声赶来，她快步走到韩絮身前，把耳朵贴在她心口听了几十秒，然后笑嘻嘻道："没事儿了，完全正常了！"

韩絮笑着拉住她的手道："谢谢，我又欠你一份人情啦。"

"什么人情不人情的，你平安无事就好。"莫妮卡也握紧了韩絮的手，"不过，你确定不要报警？"

"算了，"韩絮道，"我当时已经喝多了，连对方长什么样子都记不住，报警也没用。"她不敢看向莫妮卡，罗隐的事情自然要保密，可对这样一个关心自己的人撒谎，心里总会有些愧疚。

"对了，你另外两个朋友也来了，就比你晚了 2 小时，那女孩子吃了药也睡过去了，男孩子一开始没睡，守在旁边，不过，"莫妮卡压低语气道，"我刚刚看他在椅子上打盹呢，我们声音还是要小一些。"

"哦哦，那就好。"韩絮轻声应道，看向对面的罗曦，那家伙正一脸傻笑地盯着自己，不由得也抿起了嘴。

莫妮卡跟弗兰克看着他俩，心照不宣地对视了一眼，"莫妮卡，你该去做早饭了，这几个孩子折腾了一晚，得给他们做点儿好的。"

"凭什么我做？你天天在我这儿白吃白喝，今天你来做，我监督你。"莫妮卡说着对韩絮二人道，"你们千万别来帮忙，就让他一个人做。"两名老人嬉笑着离开了大厅，整个场内只剩下韩罗二人，气氛安静得有些尴尬。

"我想出去走走。"韩絮小声道。

"这个……"罗曦有些迟疑。

"放心吧，我就附近透透气。"韩絮笑笑道，"我现在清醒得很，他们没有什么把柄可抓了。"

"好，那我陪你。"

韩絮走在前面，罗曦一直有意无意地落后她半个身位，韩絮一转头他便立马装作看四周风景。

韩絮看着蒙蒙亮的天色问道："我睡了多久，现在是什么时候了？"

罗曦看了看表，"现在凌晨4点多，你也就睡了七八个小时吧。"

"哦对了，你跳伞之后发生了什么，怎么甩开那群人的？"

罗曦道："他们反应很迅速，看到只有我一个人后，立马分出两个人返回跳伞营地，只留下一个跟着我，一块牛皮糖，本少爷想甩开的方法还是很多的。"

"比如呢？"

"比如那个十原则营地咯，"罗曦笑道，"那么多出口，他只有一个人怎么追，第一关就摔了两次狗啃泥，如果不是着急回来找你，我还真想多欣赏欣赏。"

"这么说来，你并没有比我晚回来多久。"

"差不多前后脚吧。"

韩絮笑笑，"怎么不多睡会儿？"

"我，我不太放心你，所以就每隔一个小时去看看你怎么样了，"罗曦说完又立刻补充道，"当然，我也会去看看苏虹怎么样了。"

"什么，你到现在还没睡？那我们别逛了，你赶快回去休息。"

"别，别，我喜欢现在这样，我是说，我喜欢这个时候的黑石城，没什么人还凉快，天色也刚刚好。"

"怎么没人，"韩絮朝远处指了指，"那边不是人啊。"

罗曦定睛一看，果然远处一个小山丘上聚集了一大群男女，不由得道："奇怪，城里的活动一般到3点多也就散了，这个时候怎么会有这么多人。"

两人起了好奇心，走近一看，原来是三对新人在举行集体婚礼，左边那对正是第一天来他们营地送酒的情侣，前来祝福的火人们把三对新人围在正中，凌晨五点钟声敲响时，牧师为三对新人同时念下祈福的祝词，新郎新娘为彼此戴上自制的戒指，热烈拥吻，人群中响起热烈的掌声。

清晨凉爽的微风中透着幸福的甜味，大漠白沙中，在这座只剩两天生命的城市里正举行着一场奇怪的婚礼，罗曦笑道："大早晨5点结婚的我还是头一次见到，你说他们这么着急干吗，还怕新娘子跑了不成。"

韩絮没有回答他，默默转身离开，罗曦突然反应过来，追上去道："我是不是说错什么了。"

韩絮摇摇头，朝皮鞭营地走去。

罗曦在她身后突然间鼓起勇气大声道："事业对你来说真的那么重要吗？"

韩絮停下脚步，转身看向他。

罗曦知道自己说错了话，心一横，继续道："我知道你跟我哥是商业婚姻，逃婚是他的不对，给你造成了很不好的影响，可这未尝不是一件好事儿，起码你不需要强迫自己嫁给不喜欢的人，你又何必非要找到他再把自己送到火坑里？难道你真的甘心为了家族牺牲自己？"

韩絮看着罗曦，摇摇头，苦笑道："我的事儿，你不懂。"

"可我想懂！我想去了解你，我希望你不要总是把自己包裹在厚厚的伪装里，我希望你可以忘掉所有过去的不愉快，真真正正为自己活一次！"

韩絮看向罗曦的眼神闪过一丝异样，自嘲地笑笑："我这么势利的女人，还有机会找到真爱吗？"

"怎么没有！？"罗曦意识到自己几乎是喊了出来，连忙压低了嗓子，柔声道，"并不是每个男人都只想跟你做交易的。"

韩絮看着自己脚尖，双手背着缠在一起，过了良久，抬起头冷冷道："谢谢你的关心，但是我，你的嫂子，并不需要你的帮助，也不需要你理解。"

罗曦愣愣地看着她，终于缓缓点点头："呵呵，嫂子。说得好，是我多管闲事儿了。可是我的好嫂子，我有件事实在想不明白。"

"不明白什么？"

"我不明白一个接受过高等教育的女生怎么会如此草率地把自己一辈子的幸福跟一场交易绑定在一起，为了公司业绩赔上自己一辈子的幸福，这跟那些出卖肉体换取报酬的行为有什么区别？"

韩絮涨红了脸，握紧拳头死死盯着罗曦，罗曦丝毫不躲闪，迎着她的目光跟她对视着。

良久，韩絮松开了紧握的拳头，忽然笑了起来，"哈哈，你终于说出口了，也难为你憋了一路，你不就是想说我跟那些妓女有什么区别吗？我告诉你，没有区别！只是我的价钱更贵一点儿，只要价格合适，别说你哥逃婚一次，逃婚一百次我也一样倒贴！"

罗曦看着韩絮，嘴角发苦，"这一路走来，我以为过去对你有误会，你不是这样的人。"

"我还没说完呢，如果你给的价格合适，我也可以跟你走，罗三少爷，你不是想了解我吗，要是你能继承你们罗家的产业，我把自己从头到尾让你了解个够！"

"好，说得好！"罗曦只觉全身的血液都往头上涌，脸色涨得通红，声音也越发激动，"韩小姐果然是做大事儿的人，是我罗曦自作多情，险些坏了您的好事儿！"

韩絮笑笑，俯下身子坐在路边石阶上。"我想静静，你也去休息会儿吧，醒来之后不管你怎么看我，都是你的事儿。"说完闭上眼，不再看向罗曦。

"怎么一个人回来了，韩絮呢？"陆羽跟苏虹正坐在营地空院里喝着咖啡，见罗曦一人垂着头回来好奇问道。

"韩大小姐一个人闭目养神呢，我不敢打扰。"罗曦无精打采地走到一旁，靠着墙壁，眼睛盯着自己的脚尖。

"怎么，又惹她不开心了？"苏虹笑道。

"是啊，我罪大恶极，想要阻止一个女生嫁给金钱而不是爱情，简直他妈的罪不可恕。"罗曦自嘲道。

"发生什么了？"陆羽感觉有些不对劲，放下杯子道。

罗曦用脚尖踢起前方一粒石子，道："经过这十几天的结伴，我本以为对你们每个人都有了新的认识，可今天才发现，原来并不是每个人都跟我预想的有出入。"

"你是指，韩絮？"

罗曦叹了口气，"其实每个人都有选择自己生活的权利，是我自作多情了，以为在帮忙，在人家眼里却幼稚得可笑。"

"你们到底怎么了？"

罗曦双手插兜，抬头冲他们苦笑道："我头脑一时发昏，说了些气话惹她不开心了，等她冷静一阵子，我去找她道歉。"

"你该不会，劝她不要去找罗隐了吧？"陆羽道。

"不仅如此，"罗曦低下头小声道，"我还暗示瞧不起她这种出卖自己身体的做法。"

"你说什么？"苏虹噌地站了起来，"罗曦，你脑子有病是不是！你有什么资格这么说韩絮！"

"可我也是为了她好，你们难道真的愿意看她拿自己的幸福做筹码，赌一个毫无意义的人生？"

苏虹狠狠瞪了罗曦一眼，"不管做何选择，那都是韩絮的人生，你是她什么人，可以高高在上指手画脚？"

罗曦被问得一怔，苦笑道："我确实不是她什么人，这件事儿是我不对，我现在就去跟她道歉，可以了吧？"

"你确实应该找她道歉，"陆羽看着他，缓缓道，"不管怎样，你都不该这么形容一个女孩子，尤其是曾经共患难的朋友。"

59

　　陆羽和苏虹跟在罗曦身后走出营地，韩絮仍坐在石阶上，见罗曦走过来坐在她身旁，没有说话。罗曦叹了口气，开口道："对不起，我不该那样说你。"

　　韩絮看看他，又看看站在身前的苏虹跟陆羽，拍拍自己身旁的位置，"你们也过来坐。"

　　四人坐在石阶上，远处地平线上太阳刚刚露出一角，举办婚礼的人群已经散去，四周空空荡荡，韩絮开口道："我给你们讲个故事吧。"

　　从前有个小女孩，妈妈过世得很早，爸爸从小当爹又当妈，把她拉扯大。小时候爸爸做生意，经常搬家，她总是刚刚跟同学熟悉就不得不转学到一个陌生城市，他们住的出租屋年久失修，水会顺着墙皮渗到床上，冬天南方没有暖气，她起过湿疹，患过冻疮。爸爸做生意周转经常会借高利贷，一旦没有按时还钱，就会有社会上的人到家里泼油漆，堵门，家里没有母亲，学校没有朋友，那时的她才10岁，就见够了人生的糟。

　　放学后别人都有父母接送，她却只能自己回家，回到家里也不过是换了个地方一个人待着罢了。这种环境下，她性格变得越来越强势，对自己要求越来越严格，把所有时间都用在了读书上，那段日子里，她最开心的事情就是考了全班第一奖励自己吃一碗校门口5块钱的馄饨。

　　上初中以后，父亲的生意突然出现了转机，越做越大，几乎每年上一个台阶，等到她初中毕业，已经搬到了200平方米的大房子里，上下学有父亲的司机接送，再也不用一条裙子穿3年，可以吃馄饨吃到撑，那是她第一次认识到有钱的好。

再后来，父亲送她出国读高中，读大学，她毫不犹豫地选择了金融，小时候的遭遇让她把利益当做计算自己行动的标尺，利大于弊，就做，弊大于利，就停，小到加入社团，选择实习机会，大到选择朋友，爱人，她永远从怎么做对自己未来更有利的方向出发。

她知道父亲年纪越来越大，将来总是要她接班的，所以她的所有选择都是为了让将来的自己更配得上这个位子。她节食，锻炼，几乎不碰甜品，努力学习上流社会的名媛礼仪，让所有人都以为她出生就含着金汤匙。

毕业后她顺理成章进入家族公司，从中层做起，她知道整个公司无数双眼睛都盯着她，有想要巴结讨好的，有害怕她的，还有更多，是抱着看戏的心态，想看她这个富二代小姑娘碰一鼻子灰的，这些人越是这样兴致勃勃，她就越努力，越拼命。

于是她25岁就独自带领团队，辗转江浙沪完成了三个大生意的招投标工作，整整一个月她每天只睡不到5个小时。一度因为过度工作病倒在办公室。渐渐地，人们对她的质疑声越来越少，她看到了他们眼里的那个服字。

当时她出入的场所，接触的各种局，谈判的对象都要比她大上至少一轮，25岁的她在外人眼里已经是个老练的生意人了，作为他们的领导，她是大家的依靠，主心骨。她没有性别，也不需要性别。

韩絮说着默默低下了头，顿了顿，继续道："可她也是人，是个女人，私底下也会喜欢粉红色的东西，压力大的时候也会哭，一个人的时候也渴望有人陪她说说话，可这些平常人随手可得的东西对她而言却是奢侈品，她买得起纪梵希巴宝莉玛莎拉蒂，却买不到一只手帮她摘下女强人的面具。"

两年后，当她已经进入董事会，独当一面时，在一场投标会后的聚会上，她遇到了一个男生。

讲到这里，韩絮似乎有些犹豫，过了半分钟才继续开口道："那个男生并没有大她几岁，听说是家族长子，自己的生意搞砸了，灰溜溜地跑回来接手家里的一部分业务。男子在宴会上作风高调，说话孟浪。十足败家子的派头。"

那场招标最有实力的就是他们两家公司，其余不过是陪跑而已，她压根没有把眼前浮夸的男子放在心上，却没想到，一周后，中标的竟然是对方公司。

一次不打紧，接下来半年间两家公司竞标十次中倒有七八次是对方拿到，女生收起了轻敌之心，托人摸了男生的底，才发现这男生压根不是什么娇生惯养的公子哥。母亲早逝，父亲另有新欢，集团里还有个处处针对他的弟弟，公司里重要职位上安插的也都是他弟弟势力嫡系，他愣是在这种内忧重重的情况下把自己部门的业绩翻了一番。

面对这种对手，她必须打起十二万分精神。他们再一次的交锋在那年10月，目标是承揽深杭市旧城改造核心区域商场的建筑工程，光是标书，女生就让团队改了不下二十版，这个项目至关重要，她必须拿下来，男生那边自然也是志在必得。

有趣的是，看过双方标书后，招标方内部分歧过大，迟迟没有决定，最后索性拖到了第二轮招标，两家公司又加班加点制定出新的方案，可招标方仍在犹豫。

终于，到了第三轮，那天招标方把两家公司请到一起，让他们把各自的新方案做个介绍，当时女生已经连着两周每天睡不够5小时了，她强打着精神上台，讲到一半，忽然就倒在了地上。等她醒来时，才知道自己因为低血糖，在最后一轮招标会上晕了过去。

令她意外的是，甲方最后选择了她的方案，竟是男生主动放弃了。出院后她开车到男生公司楼下堵他，见他出来便二话不说把他拉上了车。

"为什么帮我？"女生说话一向直接。

"因为你好看，行了吧。"男生一副嬉皮笑脸的样子道。

"你不说理由，那我也放弃这标了，违约金我还出得起。"

男生面色一变，见女生一脸认真，叹了口气，道："我只是觉得，两个没妈的孩子，没必要为了点儿生意这么为难彼此吧。"

女生愣了愣，没想到他也找人对自己做过了解。

男生又道："而且，我也看不惯那群白痴甲方自以为是的嘴脸，一个小破标还要来三轮，爷不伺候了，行了吧。"

看着男生嘚瑟的样子，女生第一次笑了出来，她知道，那根本不是什么小破标，但那群甲方确实是货真价实的白痴。

"如果你一定要谢我的话，可以请我吃个饭。"男生顺手把副驾安全带系上，解开衬衣的领口，就这么自然地仰头靠在副驾上，好像女生真的是他司机。

韩絮脸上开始泛起一阵潮红，语气中也透着一股羞涩：从那天那顿饭开始，两个竞争对手间似乎产生了一种奇妙的默契，女生虽然不会主动联系男生，但只要男生给她发微信，必回。男生约她出去，必到，哪怕有再重要的事情也推了赴约。她不知道自己是怎么了，或许只是因为男生在车上说的那句话，又或许别的原因，总之她并不讨厌见到他，甚至可以说，有些盼着见到他。

事情就这么顺其自然地发展下去，过了几个月，两人交往的照片被记者拍到，在那座城市里传得沸沸扬扬，无数双眼睛在暗处盯着他们，把这看做是两家公司的商业婚姻，是两家上市公司合体成巨无霸的前兆。

身边所有人都在恭喜她，她告诉他们，她是因为喜欢这个男生才选择跟他在一起，可从身边人玩味点头称是的表情中，她知道，在他们眼里这从来都只是一笔绝好的交易。就连她父亲都曾暗示，跟男生交往对公司有百利而无一害。

她索性不解释了，反正她这种家庭的人，在公众眼里是没有自由恋爱的权利的，人们在乎的是从花边新闻里得到情绪刺激，谁又在乎真相呢？尤其当真相与他们的认知不符时，他们会更加坚定地认为那只是一个谎言。

讲到此处，韩絮眼神中闪过难得的一丝温柔，连语气也愈加绵软起来：两人的感情稳定升温，那段日子里，女生学会了撒娇，男生学会了包馄饨，晚上睡前女生有了可以枕着的胳膊，早上醒来男生洗漱台前牙刷上已经挤好了牙膏。

女生喜欢开车载着男生，从此她的副驾成了他的专属座位，男生喜欢洗漱后拿着吹风机细心帮女生吹头，叮嘱她少做烫染。深夜聊起各自的童年过往，他们会紧紧相拥，贴在对方耳边说：别怕，有我在。

公众前人们认为他们作秀似的牵着手，女孩却可以感受到那只紧握的手滚烫、有力。半年后，他们订婚了。

订婚后，女生开始积极地操办婚事，布置酒店，做请柬，订婚纱，男生却突然像失了魂一样，有些心不在焉。可那段时间她太忙了，除了筹备婚礼，还要到各地出差，很多事情只能在网络上沟通，完全没有察觉到男生的举动越来越反常。

韩絮深吸了口气，叙述的声线也变得有些冷，就在结婚前一个月，女孩从芝加哥出差回来，刚试完婚纱，却发现男生失踪了，没有任何征兆，唯一留下的只有一封信，内容言简意赅，他要取消婚约。

女孩发了疯一样四处找寻男孩踪迹，可对方就像是人间蒸发一样，她也曾找到警察，联系男生的父亲，得到的消息却是男生为了逃婚，远赴海外，就连公司的职务都不要了。女孩父亲发誓找到男孩一定把他腿打断，当时就想发布消息取消婚约，却被女孩以公司大局为重拦了下来。

终于，在两个星期的寻找依然无果，双方公司多轮谈判后，考虑到对公司股价的影响，双方发表联合声明，男孩因为身体原因暂离领导职务，双方婚期暂时延迟。

女生感觉自己整个人都被抽空了，发现自己在对方心里真的不值一提，男生离开之前没有跟她有过哪怕只言片语的商量，她把自己锁在房间里，滴酒不沾的她开始用酒精麻醉自己，房间里随处可见散落的空酒瓶。

那两个月是她人生中最灰暗的时候，她闭门不出，暴瘦了整整20斤，整个人像根火柴，她甚至把目光投向了毒品，开始在网上了解大麻，LSD，可卡因，终于有一天，她喝酒喝到胃黏膜出血，被上门保洁送到了急诊室。

讲到这里，韩絮声音愈发低沉，整个人也显得愈发消极。在急诊病房醒来的时候，她看到自己父亲花白的头发和脸上泪珠的时候，听到父亲说哪怕公司破产，再变成那个一贫如洗的穷光蛋，也不能丢失她这个女儿的时候，才明白自己有多混账。

她开始积极配合康复治疗，两个多月的恢复期后，她再次回到了公司，所有人都装作一切从未发生过，她还是董事长的千金，公司里独当一面的女强人。时间过去了三个月，她全身心投入在工作上，男生则好像人间蒸发，杳无音信。记忆里男生的身影越来越模糊，就在她认为自己已经完全走出来时，偏偏又得到了关于男生的最新消息。

韩絮嘴角泛起一丝苦笑：那是一段视频，只有几分钟，男生只发给了三个人，偏偏有她，得知消息那晚她失眠了，所有人都认为她不会理睬那封邮件，可辗转一夜，她还是决定要亲自找到这个男孩，过去的事情就像一根根楔子钉在她心里，哪怕拔了出来仍会留下数不清的洞，她无法装作一切从未发生，她需要知道男生当初不辞而别的真正理由。

韩絮说着低下头，自嘲道："好笑吧，一个熟稔商业规则，见惯了钩心斗角，无时无刻不在标榜着实用主义的女生意人，居然会为了一个虚无缥缈的理由，踏上一场前途未卜的旅行。

"更可笑的是，她还要告诉别人，自己是为了公司利益，只有这样才符合她在他们心中的形象，才能打消同行人对她的疑虑。最最可笑的，是当她看到新人结婚时自己心里仍旧跟针扎了一样，居然会再次靠酗酒麻痹自己。"

60

没有人说话，此时此刻，说什么都显得苍白无力。罗曦起身，走到韩絮面前，抬起右手，用力扇在自己脸上，"对不起，我是一个大笨蛋。"

"你这是干什么，之前是我伪装得好，连我自己都讨厌那种把自己当做商品交易的女人，你并没有骂错。"韩絮道。

一旁苏虹拉起韩絮的手，柔声道："故事里的女孩太可怜了，可我想告诉她，她现在并不是一个人，这场前途未卜的旅行中，她至少收获了一个心疼她、值得信赖的朋友。"

"如果不介意的话，再多算我一个。"陆羽笑着道。

韩絮看着身边的人，脸上泛起一丝笑意，握紧了他们的手，"你呢？"她看向罗曦。

罗曦脸上指印鲜红，愣了愣，泛起一丝羞涩，嗫嚅道："如果那女孩不计前嫌，我当然万分乐意。"

韩絮扑哧一声笑了出来："这故事一直压在我心里，今天说出来轻松了许多，不管那女孩一路上有没有得到出发时想要的答案，她的收获都已经远超预期了。"

她又看向罗曦，正色道："你之前犯了错，就不想着做些补偿？"

"好啊好啊，有什么需要，我一定满足。"

"听说10点钟G营地的五色冰激凌不错，我还没试过。"

"好好，明白明白，我这就去。"

"等等，"韩絮叫住罗曦，"我的两个好朋友也想试试。"

"好！都吃！都吃！"

望着罗曦远去的背影，陆羽起身对苏虹道："差点儿忘了，我们还有件事情没有收尾。"

"什么事儿？"

"昨天埋在深蓝区的自行车，要取回来。"

"没想到她用情这么深啊，"苏虹坐在自行车后座上，对身前陆羽道，"罗隐悔婚到底有什么隐情，你作为他最好的朋友，真的一点儿都不知道？"

陆羽摇摇头："这些只有找到罗隐问他本人了。"他顿了顿，似乎在思考要不要继续说下去，终于开口道，"其实，去年他订婚的时候，曾经跟我透露过，这婚礼他或许并没有像韩絮考虑的那样纯粹。"

"你这么说是什么意思，难道你认为他跟韩絮的订婚也是……"

"有爱情的成分，但却不仅仅是爱情，这里面牵扯到太多利益纠葛，"陆羽道，"说罗隐没有考虑过跟韩絮结婚后能巩固自己在罗氏集团的地位，甚至一举替代罗鹏，太假了。"

"他是什么东西！韩絮全心全意对他，他居然忍心这么利用她？"

"不是利用，我说过了，罗隐是喜欢韩絮的，只是他的喜欢没有那么纯粹，甚至他无法辨别韩絮对他又有几分真心。人心最难琢磨，如果不是我们跟韩絮日夜相处了半个月，你可以断定她的话的真假吗？"

陆羽接着道："如果你身处罗隐当时的环境，恐怕也很难分清，周围人对你的好到底是真是假，在罗氏集团的三年他早已陷入一个庞大的漩涡，四周暗流涌动，一步踏错，所有的辛苦又会付诸东流，他只能预设周围人对他的善意都是有所图谋，或许因为有这层防备，他才没有办法掏出全部真心吧。"

苏虹冷冷道："就冲着他把婚姻当生意这点，就不可原谅。"

陆羽沉默一阵，道："我还是当初那句话，你没有经历过创业失败，一切心血付之东流的痛苦，也没体会过曾经巴结讨好的朋友瞬间变作路人，甚至落井下石的绝望，更未尝过东山再起后金钱权力带来的满足感，这些罗隐都经历过，他或许有些地方变了，但他并不开心。

"他失踪前最后一次半夜来我家喝得酩酊大醉，那晚我们聊了很多很多，他说他不想再一次失败了，他甚至有些理解当年的罗劲松，对于曾经失败的心有余悸让他更加渴望金钱与权力的滋味。"

苏虹缓缓道："如果他挣扎奋斗了这么久，就是为了成为当年最讨厌的人，那他的人生才真的很失败。"

陆羽忽然停下了车，扭头看着苏虹，语气罕见地有些激动："我之所以跟你说这些，并不是希望你对罗隐有更深的误解，而是希望你明白，每个人发生变化都有自己不得已的苦衷，韩絮告诉了我们她的秘密，我们却没有给罗隐一个机会向我们解释，这是否对他来说并不公平？"

他似乎意识到自己的失态，平复了一下语气，继续道："我相信我的兄弟，他哪怕被名利所蛊惑，却不会去做害人的事儿。既然选择了踏上这条路，是不是应该走到终点听听罗隐说什么再来做评判？我希望我今天说的话只限于你我知道，好吗？"

这是陆羽第二次语气激动地讲话，苏虹甚至能感受到陆羽胸膛的剧烈起伏，两人对视良久，苏虹开口道："好，今天的事情我都会忘掉，但我一定会找到他，亲自跟他问个清楚！"

那番对话后两人都变得沉默，昨天标记的铁丝网下，掩盖自行车的沙子被吹走大半，露出半截车身，陆羽把来时的车留给苏虹，把地上的车扶起来，"回去吧，"陆羽淡淡道，"不管怎样这已经是第7天了，这趟旅行终于快结束了。"

骑到一半，苏虹喊陆羽停下，不远处正是他们第一天买冰时经过的地方，那个装有三名画家的奇怪方形建筑在白沙中分外显眼，苏虹指了指那个立方体，对陆羽道："等我10分钟。"

时间尚早，门口并没有人排队，苏虹俯下身子坐在小窗前，连说带比画，不一会儿跑了回来，骑上车子道："走吧。"

"怎么突然想起来去那里了？"

"这不是你提醒的嘛，火人节马上就结束了，也该把自己在这里最难忘的回忆讲给他们听了。"

回到皮鞭营地，弗兰克刚刚从他们的营地回来，对陆羽道："你让我打听的那个算命营地今天一早不知为什么收拾行李走人了，黑石城大门守卫亲眼看到他们离开的，丹尼斯那边我帮你们请了假，反正他们住在朋友营地不回来了，买冰跟做饭的事儿我跟卡尔包了，你们就安心休息好了。"

"太感谢了，"陆羽握紧了弗兰克的手道，"真不好意思给你们添了这么多麻烦。"

"别客气，我只希望你们不要因为个别败类而对火人节产生不良观感，他们本来就不属于这里。"

老人的口吻第一次严肃起来，脸上的不安仿佛是自己的孩子做错事儿给对方赔罪的家长。

"你多虑了，"苏虹道，"这趟旅行对我们每一个人都是一生中绝无仅有的美好经历，如果有机会，我想每年都来，更希望每次都可以见到你们。"

"哈哈那就太好了，"弗兰克开心道，"那就说定了，明年可一定还要来啊！对了，你们赶快休息，别错过了今晚火人节的重磅好戏！"

"什么重磅好戏？"

"既然是火人节，当然是烧火人仪式啦，傻孩子。"莫妮卡对苏虹笑道。

夜里弗兰克开来一辆大型花车，花车是传统印第安独木舟造型，莫妮卡给每个人都做了印第安的造型，她跟弗兰克则打扮得宛如酋长跟酋长老婆一样，众人挤在车里，互相看着彼此莫西干人似的发型，脸上的油彩跟头上的鸟羽，不由得笑出了声。

随着越来越接近中心营地，四周人群也越聚越多，到了车辆禁行的地方，众人开始下车步行，人群越来越拥挤，标志性的大火人四周随处可见各种杂技舞蹈表演，音乐声震耳欲聋。

晚上8点整，随着一声巨响，烟花在空中绽放，表演人员走下舞台，大火人的手臂在滑轮组操控下开始上下摆动，人群中传来一浪一浪的欢呼声。

一名工作人员手持火把来到舞台中央，接连作势要点，每次火把刚一接近火人脚尖旋即停下，人群中便爆发出巨大的呐喊声，如是往复几次，他终于把火把丢进了火人脚下的燃料堆。

火焰从火人脚底燃起，借着风势越蹿越高，一股奇异的魔力充斥整个黑石城，四周不少人嗓子早已喊哑，依旧卖力嘶吼着，火光冲天，火人化身天际中最为明亮的火把，照亮了整个黑石城，又像一把光剑，劈开了沉沉夜幕。

苏虹头一次如此真切地感受到火的力量，它可以带来温暖、光明，也可以带来毁灭。火种是人类文明必不可少的助力，熟练掌握火的用途帮助原始人类烧制食物，大大增加了能量的转化效率，人类才真正摆脱了终日捕食的宿命，开始有更多的能量供给大脑，也开始有更多的时间发展文明。火焰也摧毁了很多文明，所谓战火，几乎历史上灭国屠城的大战最终都会以一把大火收场。

舞台四周传来沉沉战鼓声，各色烟花不断绽放天际，众人跟着鼓点节奏摇摆着身体，无数双手臂在半空挥舞，终于，随着火势蔓延，整个火人再也支撑不住，从中间开始断裂，无数木屑带着火星砸在场地中央，噼啪作响。

整个会场达到了高潮，人们仿佛把自己的枷锁也随着火人一同烧掉。"来，跳起来，噪起来！"弗兰克跟老奶奶率先起身，跟着周围人群载歌载舞，苏虹等人也被这疯狂的情绪感染，随着节奏摇摆着身体，人海围着火海，人浪伴着火浪，久久不能平息。

四人前一天绷紧的神经直到这个筋疲力尽的夜晚才真正得到释放，狂欢中没有人再纠结于自己来这儿的初始目的，大火把巨大的木人连同他们的悲喜一起，烧了个精光。

精疲力竭的一晚过后，四人回到了自己的营地，这是他们在黑石城的最后一天，也是这座城市生命的尾声，昨晚的喧嚣似乎吸走了所有人的精力，街道上不复往日聒噪，一些营地开始自发地烧掉自己的装置艺术，收拾留下的杂物。

整个城市以肉眼可见的速度一点点儿消逝，火人节十原则中的不留痕迹，便是要求人们把所有8天前不属于这片沙漠的东西全部带走，一些笃信十原则的火人甚至趴在地上把沙子翻开找寻垃圾。

房车的卫生间每天都会有清洁车把污水抽走，剩下的其余生活污水被放在一个塑料大箱子里，外面铺上一层加厚的塑料袋，就这么放在烈日下蒸发，等水被蒸发掉再拿塑料袋打包。

不少营地开始把自己用不完的食物、饮料还有冰块放到外面，供经过的人自取。收拾好一切，韩絮几人坐在营地正中央长桌上，众人你看看我，我看看你，看着彼此蓬头垢面的鬼样子后，大笑起来。

"如果不是亲眼所见，打死我也不会相信，我们的韩大小姐会有这么邋遢的一面。"苏虹揶揄道。

"得了吧，"韩絮撇撇嘴，"我的黑历史都跟你摊牌了，小时候比这还脏的环境我都经历过。"

"不过真的要感谢这儿的恶劣环境，给了每个人平等的权利，在这里名牌衣服包包没有意义，化妆也是徒劳，甚至想要保持干净都不可能，"苏虹叹道，"虽然总是会有丹尼斯这样喜欢哗众取宠的少奶奶扫兴。"

"水至清则无鱼，没有一个地方是完全干净的。但自力更生，自由分享本就是这个城市存在的意义。"陆羽道。

"那不知这里是否跟你朝思暮想的一样呢？"

"并不完全一样。"

"哦？区别在哪儿？"

"我以为我会先来到这里，再认识一群有意思的人。但没想到我先认识了几个有意思的人，才来到了这里。"陆羽缓缓道。

"哎哟，马屁功夫见长啊。"

陆羽笑笑："是真心话，我也曾看过不少关于火人节的描述，有人说这就是个裸体横行的下流聚会，有人说这是个昼夜不眠的狂欢派对，有人认为这是一场洗涤心灵的自我修炼，还有人觉得这是锻炼野外生存技能的户外旅行，但其实做出任何一段评论的人，都没有办法勾勒出火人节的全貌，只能是盲人摸象一般。"

苏虹道："就像那三个把自己囚禁在密室里的画家，他们恐怕早就明白人是有偏见的，在形容自己的亲身经历时一定会被自己的主观影响，所以他们索性让偏见最大化，依照不同人的只言片语，拼凑出火人节的全貌。"

陆羽点头道："事实上，如果你喜欢裸体，就只会四处找裸体看，喜欢喝酒，就总往酒局里扎，喜欢音乐艺术，自然会天天看各种表演，火人节本来就复杂到没有人可以形容，跟没有来过黑石城的人形容火人节，就像是跟盲人形容色彩，他们是感觉不到的。"

弗兰克早已喝得东倒西歪，在一旁笑着鼓掌："你们知道吗，这个地方有很多与外面世界格格不入的人，或许穿上西装领带后他们看起来就跟外面那些人没有区别，但是对于有些人来说，每年活着的理由就是为了等这 8 天。"

"你又喝多了，"卡尔捡起弗兰克丢在地上的空酒瓶，扔到垃圾桶，对他们道，"先别忙着感慨，昨晚那场大火还不是谢幕，今晚烧神庙才是，如果你们有什么话想跟自己去世的家人朋友说的，我建议你们提前去趟神庙，留下你们想说的话，晚上的大火会把你们的话带给他们。"

神庙里依旧保持着罕见的安静，所有人进出时都小心翼翼，相比于前几天略显空旷的大厅，此刻，内部几乎被各种纪念品、留言填满。韩絮把一张纸折好，夹在绳子上，那是她给自己早已过世的母亲的留言。

离开前，罗曦把自己一直戴着的海螺项链摘了下来，挂在了门口的壁挂上。看着众人不解的目光，他笑笑："这是一个朋友送我的，已经戴了6年了。我一直不知道该在什么情况下摘下来，挺沉的，不过今天我觉得，时候到了。"

没有人问他这位朋友是谁，每个人都有秘密，秘密不是用来分享的。

如果说昨天的烧火人是一场狂欢盛宴，花车遍地，欢呼声此起彼伏，烟火跟表演热闹非凡，今天的烧神庙则像是一场安静的祭祀仪式，没有人说话，甚至小声交流都会被周围人提醒。整个黑石城万人空巷，几乎所有人都聚集到神庙周围，大家都默不作声，静静等待着点火仪式的到来。

到了8点，8个手持火把的工作人员走到神庙四周，同时点燃了早已埋好的燃料，火星随着狂风卷成一个巨大的能量场，把所有人的目光吸附了过来，火苗越烧越旺，8股火舌渐渐合并在一起。

终于，这座外形酷似银河星系的建筑开始由外而内缓缓崩塌，外层骨架掉落后，仿佛一朵硕大的曼陀罗花在烈焰中盛开，无数人留下的纪念品也跟着付之一炬。

人群中开始传来呜咽，接着终于有人抑制不住地开始大声哭泣，哭声如同火势，迅速传染到整个人群，苏虹偷偷看向其余三人，陆羽罗曦眼眶泛红，韩絮早已泣不成声，一瞬间不知怎的，过去男友的背叛，画画的艰辛，对未来的迷惘排山倒海般朝她袭来，她脸庞忽然感到一丝清凉，泪珠早已在不知不觉中滑过整个脸颊，人们挂着泪珠对彼此说着谢谢，对火焰说着谢谢，对天空说着谢谢，对地上的沙漠说着谢谢。

终于到了分别的时候，随着最后一箱行李搬上车，苏虹才意识到，这一段为期8天的旅途走到了终点，莫妮卡来到营地跟他们道别，送她罗盘的小胖子也来了，连中国营地的两个姑娘也来了，笑中带泪地责问他们那天为什么不告而别，这里的每个人都那么可爱，苏虹知道自己永远都不会忘记这8天。

房车开始缓缓启动，沿途不少营地已经撤走，空地的沙尘里没有一点儿人们来过的痕迹，苏虹亲眼看着黑石城一点点儿消失，她明白，虽然沙漠里一切都会被烧掉或者带走，但这片沙漠却不是过去的那片了。

每一年，人们的情感都会留在这里，有形的东西不在了，并不代表黑石城没有存在过。沙漠默默地帮他们承担太多人间的喜怒哀乐，这或许就是每个火人道谢的原因。

驶到黑石城大门口时，外围的围墙已经被拆掉了，只留下一排排巨幅油画摆在道路两旁。

这是黑石城最后一个被烧掉的官方作品了，弗兰克道："要下车看看吗？"

答案毋庸置疑，谁都想看看自己生活过的城市，在一群"道听途说的艺术家"眼里到底是什么样，苏虹率先下车。

整个画作矩阵最中心的自然是燃烧火人跟神庙的两幅，它们的尺寸也最大，看得出神庙那幅油迹方干，还能闻到颜料散发出的松节油味道。

紧挨着它们的依次有角斗场里奋战的斗士，波音飞机上狂欢的人群，做冥想的，射箭的，唱歌跳舞的，除了写实风格，还有很多印象派的画作，有的透过雾蒙蒙的眼睛看到了黑石城的雨降落下来，四周人们仿佛得到神谕般欢呼雀跃，还有单纯的色块线条，斑驳陆离中组成一个马蹄形图案。

他们在这些用世间百态拼凑出了记忆中黑石城的画作间穿行着，突然罗曦咦了一声，冲几人招招手，这幅画有点儿意思，众人凑上前去，一辆自行车上，一名男子骑着车，车后载着一个女孩，身后是呼啸着的龙卷风。另一幅里，一名女孩从飞机上探出头来，神情紧张地望着朝地面坠落的男生。

"哇！没想到他们真的画出来了！"苏虹兴奋叫道。

"赶快拍下来啊，"罗曦道，"这些画也只在这世上存在一天，晚了可什么都留不下了。"

苏虹掏出手机，对好焦后，手指却停在快门键上，犹豫了一下，又把手机收了回去。

"怎么不拍了？"陆羽道。

苏虹双手插兜，笑笑："不用拍了，真正的画面，既不在手机里，也不在画里，只在我脑子里，它们不会只存在一天，而是直到我们四人里最后一个闭上眼的那一天。"

车子渐渐驶离沙漠，朝拉斯维加斯驶去，四周道路周围开始出现越来越多的现代建筑，哪怕是经过的加油站，小旅馆还有麦当劳都让众人觉得不真实，更别提看到高架桥、摩天高楼的时候，苏虹几乎有种恍如隔世的感觉。

这种感觉在超市买饮料时，收银员看着他们眼神中的惊奇里再次得到验证，直到中途车子抛锚，他们被迫换到一辆别克轿车里时，才意识到自己身上的味道跟装扮比流浪汉还要寒酸，不由得哈哈大笑。

从原始重回文明，两相对比，苏虹也不知道，自己到底更加怀念身后已经消失的黑石城，还是更加向往着 24 小时热水跟空调的拉斯维加斯了。

在路上，李春天的电话一直没人接听，可回到出发的酒店时，竟已有侍应生等在停车场，告知他们有位自称罗先生朋友的人提前给他们订好了房间。

跟弗兰克依依不舍地作别后，陆羽把房卡分给众人，道："既然这位罗先生对我们的行踪了如指掌，我们既来之则安之，大家先回各自房间休息，相信过一阵子，就会有人告诉我们下阶段的行程安排了。"

苏虹的房间是位于酒店次顶层的总统套房，她一进门就扑向浴室，用淋浴器把自己里里外外冲了半个小时，接着跳到早已放好水的浴缸里，打开滚浪按摩模式，泡了足足40分钟才心满意足地起身擦拭身体。

还没擦完，浴室里电话响起，前台说罗先生的朋友给她定了精油按摩服务，按摩师就在门口。

刚享受完按摩，门铃再次响起，门前服务生把一个精致的包装盒递给她，不用说，还是罗先生朋友送的。

她关上门，打开盒子，里面是件黑色长裙，下面压着一张卡片，上面写道：今晚6点，618室，恭候诸君。

李春天这个死胖子，之前连电话都不接，现在怎么突然变得这么热情了，苏虹心道，管他呢，有好衣服不穿是王八蛋，这裙子看着可不便宜。

苏虹站在镜前，看着镜中自己，这裙子竟然出奇地合身，真丝面料柔顺地贴合着肌肤，肩带恰好搭在耳垂正下方一掌外，凸显出锁骨的纤细性感，中段自带收腰设计，完美地展现了她天生的玲珑曲线，下摆开叉幅度适中，弥补了她并非高挑的身材，突出了完美的全身比例。

苏虹对着镜子还没自恋够，房间电话再次响起，她不情不愿地拿起话筒，电话那头传来陆羽的声音。

"你收到礼物了？"

"收到了，是件长裙，你们也都收到了？"

"嗯。我们5点50分在大厅集合吧。"

"好，你说我们下一站会去哪儿呀？"

"你还是别让我猜了，如果是罗隐，下一站到火星都有可能。"

"哈哈，那给你猜个简单的。"

"猜什么？"

苏虹语气里充满诱惑道："你猜猜看，罗隐送给我的这条裙子，后面开到了后背，还是腰？"

"肯定是后背呀。"

"咦？你怎么这么笃定，因为我的后背线条好看吗？"

"当然不是，因为你根本就没有腰。"不等苏虹开口，陆羽赶忙道，"我手机没电了，先挂了，一会儿见。"

苏虹恨恨地对着话筒吼道："拜托你编故事也走点儿心！你他妈用的是座机！"

62

5点50分苏虹准时到了大厅，看着众人一个个衣着光鲜的样子，谁又能想到一天前他们还在沙漠里吃沙子呢？

"哇噻，虹姐，你穿这身也太美了吧，没想到你能这么完美地驾驭这种风格。"罗曦夸张地张大了嘴巴道。

"哈哈，算你小子嘴甜。"

"实话实说罢了，看看你，再看看韩絮，你们二位就是两朵金花啊。"

"那你觉得，我俩谁更美呀？"苏虹笑眯眯地问道。

"这，当然是各有千秋啦，你们的风格不一样怎么比嘛。"

罗曦楚楚可怜地看向陆羽，眼神里写满了求助，陆羽笑着伸手指向前方："电梯到了，咱们该去会会那位李胖子了。"

电梯里苏虹还在猜测，罗隐既然能如此准确地掌握他们的行踪，证明这个李春天在黑石城就一直暗中观察着他们，但他们却一点儿都没有察觉，到了拉斯维加斯他又可以提前订好房间，甚至连每个人的身材比例都掌握得如此准确。

如果说老金找到他们已经是不可思议，那这个李春天简直是神通广大，想到他肥脸上油腻的笑容，以及在牌桌上贪婪的表情，苏虹摇摇头，暗道："扮猪吃老虎，扮猪吃老虎！"

陆羽按响了门铃，里面洪亮的嗓音道："进来吧，门没关。"

奇怪，这声音跟那胖子不太像啊，苏虹心里泛起一丝疑惑，可听着怎么又有些熟悉？

门推开的一刹那，苏虹看着屋中男子，惊讶得合不拢嘴道："怎么会是你！"

"哈哈哈，诸位，没想到是兄弟我吧。"房间里，吕文站在落地窗前，大笑着看着惊呆了的众人。

吕文把吃惊的众人迎进客厅，指了指沙发："随便坐，就当自己家一样。"

苏虹大脑发蒙，还没缓过神来，韩絮则四下张望着。

"别看了，丹尼斯不在，她对这一切也毫不知情。"吕文见众人迟迟不肯落座，索性自己先一屁股坐了下去。

陆羽走到他对面坐下，道："没想到黑石城的接头人居然是你，连自己老婆都瞒着，灯下黑，真的是灯下黑了。"

"哈哈，别忘了，我一早就跟你们说过，我跟罗隐的交情可不一般！你们偏偏不信。"

陆羽朝他竖起大拇指，道："那个李春天？"

"是我的手下，他可从来没说过自己是接头人。"

"所以一开始门票被人买走也都是计划好的？"

"当然啦，黑石城那么大，把你们扔进去，我就算再牛，也不可能时时刻刻派人盯着你们而不被察觉。"

"所以不如反其道而行之，让我们天天去你那里报到。"

"这样才能掌握你们的动态，起码知道你们什么时候在营地，什么时候在休息。"

"是罗隐的风格，"陆羽点点头，"这样他永远可以在我们休息的时候出门，而不被我们发现，如果我猜得没错，罗隐其实一直都离我们很近吧？"

吕文笑道："他呀，一直都睡在我的房车里。"

陆羽自嘲地笑笑："果然是我熟悉的罗隐，最危险的地方就是最安全的地方。"

"不仅如此，你们睡熟的时候，他还去营地里看望过你们，只不过你们都睡得像死猪一样，叫都叫不醒。"

"这也解释了你为什么可以提前一步订好酒店，连给我们的衣服都这么合身呗。"苏虹道。

"哈哈，你们的身材在穿服务生服装的时候就已经量好了，我还得马不停蹄找裁缝做修改，怎么样，还合身吧？"

"简直像长在我身上一样。"

"我得先跟你们道个歉，"吕文收起玩笑的表情，起身朝四人郑重鞠了一躬，"丹尼斯并不知道这个计划，她的那张照片险些让你们遇到大麻烦，是我百密一疏。虽然发现后我迅速让她删了照片，甚至把营地搬到了别处，但还是没能阻止老金的追踪。"

"别这么说，"陆羽道，"这种小概率事件，谁也没办法完全避免的。"

吕文摇摇头："这个疏忽差点儿导致整个计划流产，甚至毁掉你们的前途。我事后得知也被惊出一身冷汗，不管怎样，我欠你们一个人情。"

他继续道："这件事儿先不说了，我们说正题，作为这一站的接头人，我宣布：你们出色地完成了挑战。"他说着从口袋里掏出一个信封，"这里是罗隐留给你们下一站的线索。"

陆羽接过信封，吕文道："信我没拆过，罗隐前天烧完神庙后就坐最早一班的飞机离开了，我只负责留在拉斯维加斯给你们传话。"

陆羽小心翼翼撕开一角，两指撑开信封两侧，用眼睛观察了一下，手指伸入信封内部，将一张照片夹了出来。

照片背景是一片深色水域，一名穿着潜水服的男子悬在水中，头顶上是一排排向下突出的造型极为独特的岩石，这些岩石跟一般的钟乳石大不相同，朝下的部分敞口，内部中空，往上跟石壁相连接的部分则越来越细，像是一个个大喇叭。

男子手指自己正上方，一根细线一端绑了一个蓝色塑料瓶，另一端则绑在最大的一块岩石的凹陷处。

"这是什么意思？"苏虹问道。

吕文晃动着脑袋道："别看我，我也不知道，罗隐只让我转告你们，这瓶子里有最后一站的线索。"

"可这题目难度也太大了吧，"苏虹苦笑道，"地球上 70% 都是水，谁知道他把瓶子绑在了什么地方，这要找起来，岂不是真成了大海捞针？"

"起码我们可以先确定大概是哪片海。"陆羽指着信封正面的邮票，上面画着一艘帆船，下面黑色字体写着：CANCUN。

"坎昆？就是墨西哥最有名的度假胜地？"韩絮道，"那我们可以把范围缩小到加勒比海了。"

"这地儿跟海可能还真没太大关系。"罗曦道。

苏虹看向罗曦："不是海那是什么？"

"是河，地下河。"罗曦一字一字道，"准确来说，是一个地下溶洞。"

"你凭什么这么肯定？"

"就凭这一排钟乳石。"罗曦伸手朝照片一指，"注意到没，跟一般海底钟乳石朝向外侧的一端越来越细不同，这一排钟乳石恰好反了过来，越向外延伸反而体积越大，而且内部中空，像是……"

"一个喇叭。"苏虹脱口而出。

"是一口钟啦，"罗曦道，"潜水圈里都管这玩意儿叫地狱钟，只有洞穴潜水才有可能遇到。"

苏虹吐了吐舌头："什么怪名字，这么吓人？"

"这玩意儿确实罕见得很，目前科学界还没有人真正说得清到底是怎么长成了这个怪样子。"罗曦道，"而且，这东西出现的地方已经脱离了所谓的休闲潜水的范围，到了危险程度比较高的技术潜水层面。"

他指着照片里的男子道："你看我哥的氧气瓶，不是正背在身后，而是侧挂在身体一边，只有洞穴潜水里老手才会这么背气瓶。"

"这洞穴潜水很危险吗？"苏虹不解地问道，"河里不应该比海里更安全吗？"

"这个跟你一时半会儿解释不清楚，这么跟你说吧，全世界洞穴潜水员的数量只占正常潜水员数量的万分之一，但是死亡人数却跟正常潜水相当，换言之，洞穴潜水的危险系数是正常潜水的近万倍。"

"那他这不是让我们去玩命吗！"苏虹道。

"那也不至于，"罗曦淡淡道，"大部分潜水遇难者都是因为经验不足，没有取得相应的潜水资格或者能力就贸然下水，假如潜水者足够有经验，比如达到了潜水长级别以上，准备足够充分，不去作死，基本不会出什么事故。"

"现在到哪儿去找这什么潜水长去！"苏虹恨恨道。突然反应过来，看向罗曦："难道——"

罗曦摇摇头："我不是潜水长。"

"嗨，那还是要我们送死咯。"

"潜水长是第7级，我还要再高两级，名仕潜水员训练官。"

"什么！你这么厉害的吗！怎么从没听你提起过？"

罗曦白了苏虹一眼："我低调，不行吗？而且我早对潜水没兴趣了，算算也有三年多没下水了。"

苏虹回瞪他一眼："那这次你下是不下？"

四双眼睛都盯着罗曦，他苦笑道："这一站是我大哥为我专门准备的，我还有的选吗？好消息是在坎昆附近，一共也没有几处有地狱钟的洞。"他说着顿了顿，"可坏消息是，我们四个人里，只有我一个人能下去。"

"也不一定，"陆羽道，"我去年刚刚好，拿到了潜水长的证。"

看着众人惊讶的表情，陆羽笑笑："我被公司架空也不是一天两天了，最近几年索性放飞自我，四处潜潜水，学学钢琴什么的，误打误撞就考了些证。"

罗曦眉头一展，道："既然这样，那时间上想必会快不少。"

陆羽看向吕文："吕先生，既然我们已经得知线索的大致方位，时间宝贵，是否能麻烦您派人把我们送到机场，我们这就出发。"

"别急，"吕文道，"坐航空公司的飞机容易被老金盯上，你们坐我的私人飞机去。这样也快一些。"

"回拉斯维加斯路上的汽车抛锚也是你搞的对不对？"苏虹笑道，"神不知鬼不觉地让我们换了车，甩开老金的追踪？"

吕文朝她竖起大拇指："苏小姐聪明伶俐，我的小花招果然逃不过你的眼睛。"

"哈哈，彼此彼此，吕先生办事儿这么周密，我就不信姓金的老鬼这样还能找到我们。"

"那您可高估我了，"吕文笑中带着一丝沮丧，"我现在能做的最多是帮你们多争取些时间，事实上，只怕用不了多久，老金的人就会顺藤摸瓜找到这里。"

"什么？"苏虹以为自己听错了，不解道，"既然已经甩掉了追踪，他又怎么能找到这里？"

"正因甩掉了追踪，他才会找到这里，只是早晚的差别。"

"你这下可把我说糊涂了。"

"道理其实很简单，假如吕先生只是韩絮同学的老公，跟我们几乎没有什么交情，根本犯不着帮我们甩掉专业的跟踪，而且假如没有事先的准备，他也甩不掉那些跟踪的人，仅凭这一点，老金就能断定，他是罗隐的朋友。"陆羽缓缓道。

"所以当时无论我帮不帮你们甩掉追踪，你们都迟早会被盯上，"吕文道，"老金那边一定会顺藤摸瓜，通过我找到你们。我也就干脆不藏了，这样至少可以多给你们争取点时间。"

吕文顿了顿，神色凝重继续道："而且，我必须提醒你们，据我在国内的眼线得到的消息，老金接下来的行动，得到了 A 级授权。"

63

苏虹见身边三人脸上同时闪过一丝忌惮，不由得好奇道："什么是 A 级授权？"

"A 级授权这个东西，只有跟罗家过从甚密的人才有可能知道。"罗曦缓缓道。

"90 年代罗劲松做地产的时候，深杭市有个很强的竞争对手，背后有涉黑势力罩着，两家明争暗斗最激烈的时候，不时有对方找来的混混在他的楼盘附近惹事儿，甚至有次罗劲松出去跟人谈合作还差点儿被绑架。那次绑架未遂后，他忍无可忍，找老金摆平，过了一周那个黑社会老大就不明不白地死在了洗浴中心，死前被人砍了18刀，警察结案定性为黑社会团伙斗殴，找了两个替罪羔羊顶包。

"事后那家房地产公司老板也被迫全家移民海外。从此，整个深杭市再也没有人敢动罗氏集团的歪主意。后来罗劲松生意越做越大，处理事情的手段上也不能像以前那样粗糙，不是非常时刻，没有必要让老金再弄出人命。

"所以他跟老金约定，给他派任务时，会提前标明可以使用的手段程度，分为ABC三个级别，C级最温和，要求不可以在肉体上伤害目标，B级则可以造成一些伤害，但是不能致残或致死，A级最高，则没有任何要求，他可以为了达到目的使用任何手段，并且有权利调动公司一切资源。

"在西班牙的时候，老金应该只得到了C级授权，所以只能用那么温和的手段。"

苏虹闻言恍然大悟，"怪不得他当时说假如我们继续走下去，事态会越来越严重。"

"不错，"吕文在一旁道，"看他这次在黑石城用的手段，应该已经得到了B级授权，但因为他的贪心，才导致了你们凭运气逃脱。"

"所以接下来的墨西哥，罗鹏很有可能给他A级授权？"

吕文苦笑道："不是可能，我可以很肯定，他现在已经拿到A级授权了。"

"为什么这么肯定？"

"因为就在昨天，罗劲松已经度过抢救期了。这就意味着，他随时可能出院，假如出院后被他发现罗鹏做的一切，那罗鹏这辈子都别想接班了。"

"看来，"陆羽缓缓道，"罗鹏现在已经到了不得不孤注一掷的地步。"

"不错，"吕文点点头，"如果说过去你们找到罗隐，哪怕罗隐重返公司，还有可能是他们两兄弟一起说了算，那么现在假如放任你们找到罗隐，他怕是连当个保安的可能性都没有了。"

"罗劲松这辈子最亏欠的就是罗隐，他不可能允许罗鹏做出这种事情还能留在公司。"

吕文顿了顿，继续道："所以其实罗鹏现在的目标已经不仅仅是阻止你们找到罗隐，他甚至会……"

"杀掉罗隐。"韩絮道。

"不错，只有这样才可以让罗劲松没得选择。"

"可你别忘了，罗劲松可不止有两个儿子。"苏虹道。

"呵呵，你觉得他能干掉我哥，就不能再顺便把我的命也拿走吗？"罗曦冷笑道。

"你们可都是他的兄弟啊！"苏虹大声道。

"为了几百亿，杀两个兄弟又算什么，古往今来这样的例子还少吗？"罗曦耸耸肩，"不过也不用太担心，在找到我大哥之前，他还不会把我怎么样。而且毕竟是人命，没有十足把握前，他也不敢下手。"

苏虹瘫坐在沙发上，以手扶着前额，感觉自己刚刚松懈下来的大脑瞬间又要炸开了，事情怎么会搞到这个地步。

"所以我希望你们明白，这次去墨西哥，你们的危险不仅仅来自于未知的洞穴，还有潜伏在暗处伺机而动的老金，"吕文语气中透着罕见的审慎，"我跟罗隐的约定只限于在黑石城保证你们的安全，但作为这次行动疏漏的补偿，我会尽量保证前4天你们的行踪不被暴露。这4天是你们的安全期，也是我最大的能力范围，希望你们可以理解，我毕竟是个生意人，也有自己的家庭。"

"你能这样做，我们已经欠你一份大人情了。"陆羽道。

吕文摇摇手，道："我只求跟你们扯平就好。要是四天以后还没有找到那个瓶子，你们一定要多加小心，发现任何被人追踪到的端倪，在事情没有演变到难以挽回前，立即终止计划！又或者，假如你们现在觉得这件事情太过危险，也可以立即终止。我不是开玩笑，接下来的旅程，或许真的有生命危险。"

房间陷入一片沉默，没有人会预料到事情的发展会这样严峻，一场本以为轻松的旅行，却似乎变成了赌命的游戏。

每个人都知道自己的表态会影响到身边的朋友，在他们原本脑中摇摆的天平上加上至关重要的砝码，现在不仅仅是为自己做选择，更是为四个人做选择。

"吕先生，"韩絮率先打破了沉默，"我想听听，罗隐是怎么想的。"

吕文闻言愣了愣，"韩小姐是指？"

"在他知道了我们这一路的遭遇以及预测到罗鹏会做出的反应后，他还是留下了第三站的线索，他有没有跟你提起，为什么要这么做，又或者，他希望我们怎么做？"韩絮顿了顿，"还有，刚刚你说的，我们也可以放弃，这是不是他的意思？"

吕文道："罗隐起初并没有预料到事态会演变成现在这样，假如罗劲松没有住院，罗鹏根本没有这个胆子玩这些猫腻，不过他也明白，不可能所有事情都按照他的预想完成，可这四段旅程他已经规划了很久，对他而言，已经是箭在弦上，他必须走完。"

"至于你们是否继续，他无法替你们做决定，但却有责任把所有的风险告知。当然，他在下一站依然安排了一位老友，会在暗中保护你们安全。"

"那还说什么，既然他还想继续走下去，我就陪他玩好了。"罗曦朗声道，"你也知道的，我这人这辈子就是在找刺激，早就做好了哪天玩个极限运动把自己玩死的准备，他是我唯一的哥哥，他想玩，我还不陪着？"

"既然你想玩，那算我一个好了，反正罗隐是我最好的朋友，而你又是我最近新交的好朋友，我这个人本来就没什么朋友，一下子失去两个可承受不起。"陆羽笑道。

"哈哈够爷们儿！"罗曦鼓掌大笑。

"什么叫够爷们儿，难道女生就一定会怕吗？"苏虹翻了个白眼，"我还有两个耳光要当面扇他呢，这一路哪怕是刀山火海我也要闯下去。"

大家都有意不看韩絮，四个人里，罗隐唯独对不起她，她实在没有必要为了一个曾经抛弃她的男人冒险。

"那还等什么，出发吧。"韩絮只是简短地说出这几个字，似乎理所应当，根本不需要理由。

"那好，"吕文点点头，"飞机我来安排，大概两小时后出发，你们的潜水设备我会提前准备好，你们也不用太过担心，在墨西哥那边罗隐安排的接头人虽然会一直潜藏在暗处，但据说是个狠角色。"

把众人送到门口，吕文目光缓缓扫过每一张脸，语气诚恳道："知道罗隐有你们这样一群关心他的伙伴，我真的很开心，希望大家一切顺利，别忘了我在法国的酒庄，等你们走完全程，一定要好好喝一杯。"

"那可说定了。"陆羽冲他笑笑。

"说定了！"

到了约定时间，众人在楼下停车场集合，大家都轻装简从，唯有罗曦把两个沉甸甸的背包放到了后备厢。

"罗三少爷，你真以为我们去度假啊，还有闲工夫去超市采购？"苏虹看着印有超市 Logo 的塑料袋道。

"苏大小姐，这可不是给我买的，别小看了这些东西，到了坎昆可有大用处。"罗曦说着用力扣下后备厢门。

"有什么用？去街边摆摊用吗？"

"天机不可泄露，"罗曦摆出一副高深莫测的表情，"到了那边你就知道了。"

"切，你就装吧，你不说，老娘还不稀罕听呢！"

黑色路虎载着众人向机场方向驶去，看着身后酒店门口朝他们挥手送别的吕文，罗曦叹道："没想到我大哥这几年默默地交了好多新朋友，连我们都瞒着。"

"或许并不是他偷偷地交了新朋友，而是我们在过去几年对他不够关心。"陆羽道，"每次罗隐跟我聊天，都会问一句，需要帮忙吗，我总笑笑说不用，可却从来没有问过他，需不需要我帮忙。作为老朋友，我并不合格。"

"这么说来，我也从没觉得强大如我大哥需要我去关心，这两年他常常问及我的近况，我却理所应当觉得他过得很好，我也不是一个合格的弟弟。"

"你们两个够了，"苏虹道，"罗隐又不在你们身边，检讨的话跟马屁拍给谁听呢。"

"哈哈苏小姐教训的是，"陆羽笑道，"眼下当务之急是找到罗隐，再当面狠狠地拍他马屁才是。"

64

飞机在天空盘旋，苏虹透过窗户向下望去，湛蓝的海水无边无际向四周漫延，直到被洁白的沙滩隔开，沙滩另一侧是一排排高耸的酒店、度假村，无数游客从里面进进出出，好不热闹。

"欢迎来到世界十大海滩之一，被称作挂在彩虹上的瓦罐的坎昆，"罗曦向众人笑道，"这里不仅有清澈海水，洁白沙滩，还有热带雨林，神秘天坑，幽深洞穴，古老的玛雅文明等着我们。"

"这段灌口儿背得不错，罗三少爷很有当导游的潜质嘛。"苏虹揶揄道。

"嘻，说起来，我曾经也是这里的常客，有义务给你们做个讲解。"罗曦笑着道。

下了飞机，飞行员要帮众人搬运行李进酒店，被罗曦摆手阻止，"能帮我们租辆车吗？"

"你们东西不放了？"

"不用了，我们先去找个人，你帮我们订到车就可以走了。"

飞行员也不多问，转身跟酒店服务员吩咐了几句，便随着一名服务生前往租车公司。

"找什么人啊这么着急，难不成是你的老相好。"一旁的苏虹揶揄道。

"哈哈，你还真猜对了，算起来我们也算是青梅竹马，"罗曦一脸神秘道，"这趟旅行的成败就寄托在此人身上了，如果能顺利找到，接下来几天你们两位女士大可以天天晒太阳玩沙子。"

"那要是找不到呢？"

罗曦两手一摊，"那你俩就找个教堂，天天跪在那儿祈祷我跟羽哥好运吧。"

一辆敞篷越野车高速行驶在沿海公路上，苏虹坐在后排看向海边，哪怕隔着沙滩跟公路，仍能感受到加勒比海的澄澈，微暖的晚风拂面，带着海中慵懒的咸味，平添一丝惬意，"你想什么呢，"韩絮拿胳膊肘撞了一下苏虹，"直愣愣地看着外面，跟着魔了一样。"

苏虹收回目光，"我在想我这 20 天都干了些什么，一会儿爬山，一会儿穿林，一会儿去赌城，一会儿到沙漠，现在看来，接下来还要下海，上一觉在大通铺跟几十个人一起睡，下一觉就在林子里露营，一会儿住在拉斯维加斯的大套间里，一会儿又缩在沙漠的小帐篷里，再往下难不成还可以睡到海里？"

"睡海里倒不至于，"罗曦一边开车一边道，"不过潜水圈确实有一种玩法叫做船宿，也就是住在船上一周左右，每天到海上不同地方潜水。"

"哈哈听起来蛮不错的嘛，罗曦你既然是这儿的常客，给我安排一个最豪华的。"

"我的大小姐，你没听我说吗，我们这次是洞潜，洞潜都在地下河里，哪来的海，又哪来的船？不过我向你保证，假如找到了我朋友，你们想去哪儿就去哪儿，没人管你。"

"怎么，你还真想把我俩抛下啊，我跟你说，咱们是一个团队，可要同生共死。"

"你瞎说什么呢，怎么就生啊死了的。"

"对对对，呸呸呸，我瞎说的，咱们一定要同甘共苦。"

突然间罗曦一个急刹车，苏虹差点儿把脸陷到前面副驾头枕里，"喂！我又说错什么了，至于这么大反应吗。"

"你没说错啥，"罗曦笑道，"只不过刚刚只顾着跟你扯淡，我发现自己开过了。"

车子缓缓驶入海滩旁的一个小型停车场，罗曦一马当先下车带着众人向着 GPS 定位的方向走去，海滩上分布着不下十家潜店，大多装扮极尽浮夸之能，以求吸引游客注意，不少潜店外面都挂了自家店里潜水员拍摄的水底风光照，一幅幅旖旎的海底风光惹得苏虹连连回头。

罗曦在一家挂满了鲨鱼照片的潜店门口停了下来，再次确认招牌后道："就是这里了。"他说着推门进去，店不大，门口前台站着个短发当地姑娘，看到顾客进门，用英语冲他们打招呼，"欢迎各位，我有什么能帮到你们的？"

"请问这里的老板是文森特吗？"

女孩笑着点头，"您认识他？"

"老朋友了，他在店里吗，我有事儿找他。"

小女孩看看表，"他今天带人去看牛鲨去了，应该也快要回来了，你们不着急的话可以在店里坐坐。"

"好啊，伊莎贝拉在吗？"

"她正在装备间里给氧气瓶充气呢，需要我去叫她吗？"

罗曦笑着点点头："那麻烦你了。"

"看不出您交友如此广泛啊，"苏虹道，"墨西哥一小岛上都能找到两个熟人。"

"您就别逗我开心了，"罗曦撇撇嘴，"全世界的岛加一块儿，我也只认识这俩熟人了，说我交友广泛，倒不如说我大哥神通广大，偏偏选在这个岛上。"

苏虹叹了口气，"幸亏罗隐没把他这天赋用在害人上，要不他比罗鹏可怕多了。"

"那是，如果对手换成我哥，我们再小心恐怕也没机会走到这儿。"

正说着小心，一道身影突然从门后窜出，飞快向罗曦扑去，罗曦下意识准备躲闪间看清了来人，又定下身子待在原地不动，任那身影把自己抱了个趔趄。

那人又不撒手，紧紧抱着罗曦哈哈笑道："罗！你这王八蛋怎么现在才想起来看我！"苏虹定睛一看，却是个个子不高但身材健美的外国女孩。

罗曦笑嘻嘻道："谁说我现在就想起来看你了，我是来看文森特的。"

"好啊，那你俩过去吧，"女孩子赌气撒开手，"反正他也总是跟我念叨你，我就知道当初不该答应这混蛋的求婚。"

"你骂谁混蛋呢。"门外传来低沉的男声，一个光头彪形大汉走了进来，他身上背着气瓶跟各色潜水装备，少说也有几十斤，手里拎着条硕大的东星斑，就像拎着一篮鸡蛋一样轻松，罗曦已经算高了，这壮汉却至少高他半头。

看到罗曦，他先是有些吃惊，继而哈哈大笑，扔掉手上东西，快步上前又是一个熊抱，把罗曦双脚腾空转了两圈才放下，"我的老天，居然是你！你可算来了！"

罗曦稳了稳身子，笑道："怎么你们两口子都这么喜欢抱人啊，平时互相抱得还不够吗？"

"哈哈，伊莎贝拉，你看，罗一点儿没变，还是这么爱说笑话。"男子放开罗曦，冲那女子笑道。

"好了，我给你们介绍一下，这些是我的朋友。"罗曦依次把三人跟这对夫妻做了介绍，光头男子文森特是罗曦的大学同学，身材健美的女生名叫伊莎贝拉，是文森特的妻子，也是罗曦曾经一起潜水时的好友。

苏虹见伊莎贝拉大概只有一米六左右，跟魁梧的文森特站在一起，活脱脱的小鸟依人，不觉大感有趣。

"你们是罗的朋友，就是我们夫妻的朋友，"文森特爽朗地笑道，"怎么着，罗，这次是带朋友到我店里照顾生意来了？"

"哈哈，怎么样，欢迎吗？看在老朋友的面子上怎么也得打个五折吧。"

"那不可能，"文森特朝他挤挤眼，"打折你休想，最多给你们免费。"

"那不可能，"罗曦也朝文森特挤挤眼，"免费你休想，除非再加上包我们食宿。"

"成交。"文森特笑着伸出右手跟罗曦击掌，转身看向众人道："你们都是什么水平，有没有特别想去的潜点？"

"还真有个想去的地方，"罗曦说着从包里拿出照片递给文森特，"你看看这儿，去过吗？"

文森特接过照片仔细端详了一下，又递给伊莎贝拉，伊莎贝拉冲他摇摇头，文森特道："你们想去看地狱钟？"

"只有我跟陆去，这两个女孩子一个没潜过水，一个只有 OW 潜水证。我想先让她们都达到 AOW 的水平再说。"

"那把她俩交给我吧，"伊莎贝拉拍拍胸脯，"我专门教她们。"

"不用，给她们随便配个教练就行，你还是少下水的好。"罗曦道。

伊莎贝拉瞪了罗曦一眼，"怎么，看不起我？你的朋友来了还能让别人教？放心吧，我恢复得差不多了，只要不潜到 40 米以下，我都没问题，不信你问文森特，去年我就开始带人看鲨鱼了。"

文森特冲罗曦无奈笑道："你还不了解她？会听我的吗？而且她天生就属于海的，好在医生说如果潜得不太深，那应该问题不大。"

罗曦叹了口气，"也是，不让伊莎贝拉下海，跟把她关到监狱有什么区别。"他又转向文森特，强调道："我跟陆不是去看随便一个地狱钟，我们就要看这个地狱钟。"

"哈哈，地狱钟这玩意儿虽然稀罕，墨西哥也有不少，你们何必非要找这一处？"

"因为图片里面的潜水员是我哥哥，他已经失踪半年了，这张照片是找到他的唯一线索。"罗曦毫不掩饰道。

文森特皱了皱眉头，"所以，他把线索留在了水下？"

"看到他手里那个塑料瓶子了吗？里面记载了他的下落。"

文森特把照片贴到面前，仔细端详罗隐手中的瓶子，喃喃道："这瓶子可不一般。"

"怎么不一般了？"

"如果没看错，这是近几年研发出的最新一款可降解水瓶，瓶身制作使用了环保材料，在水里泡久了会自动降解，这个过程一般在 2 到 3 周。假如里面真的有什么线索，"文森特说着皱了皱眉，"我们最好能在一周之内找到它，时间再久说不定这瓶身就已经被降解得千疮百孔了。"

罗曦道："那你看出来这是哪里了没有？"

"我虽然探过不少洞穴，也见过不少次地狱钟，但这玩意儿一出来就是一片，长得又大同小异，谁能对单独一个有什么印象，要不我帮你到别的潜店问问？又或者你知不知道你哥大概是什么时候来潜的，我也可以打听一下那段时间有谁报名了包含地狱钟的洞潜路线。"

"我哥是大概3天前来的，你不用打听了，他不可能在当地潜店留下痕迹的。我甚至怀疑他根本没有走正常的下潜路线，探的应该是野洞。"

文森特点点头，"如果是正常的旅游景点，第一他不一定有机会找到没人的时候把线索留下，第二这线索也不保险，万一接下来几天有游客拿走就白费了。这么说来，可以排除掉一小半的地点了。"

罗曦问道："你给我估算一下，排除掉那些之后，还剩下多少洞？"

文森特沉吟了一下，道："保守估计也得有10处左右，既然只有一周时间，今天你们先好好休息，我把附近所有可能出现地狱钟的野洞都罗列一遍，明天一早我们就出发。

"不过事先声明，这种全封闭的洞潜已经不是休闲潜水的范畴，哪怕是我这种老手都不敢在下面待太久，我们又是探野洞，最近坎昆这边州政府对私探野洞的行为抓得很严，每天都有警察四处巡逻，所以我们不能带太多的装备，到了水下，你们两个万事听我安排，能找到线索固然好，找不到的话千万不能勉强。"

"放心吧，这是你文老大的地盘，我们一切都听你的，"罗曦拍着文森特肩膀，凑到近前小声道，"另外，这件事情只有我们在场的几个人知道，一定不能告诉别人。"

文森特点头道："至于两位女士，明天就让伊莎贝拉带着好好欣赏一下坎昆的海底世界，如果学得快，不妨去试试半洞潜，我保证你们不虚此行。"

"那就这么决定了！"罗曦对文森特笑道，"对了，你猜我给你带了什么礼物？"

"反正不会是钱。"

"钱算什么，我带的这些你有钱都买不到。"

文森特闻言神情变得有些激动，喉结微微颤抖，吞了下口水，试探道："难道你带了……那个东西？"

"嘿嘿，就是那个东西，你小子有福了，我专门从拉斯维加斯的世界超市里买的！"罗曦从背着的大旅行包里面掏出两个大塑料袋，放在桌上打开。众人这才看清楚，里面塞满了各种火锅底料，蘸酱还有冰袋包装好的牛羊肉。

"火锅！"文森特激动得一把抱住罗曦，"你小子真是太了解我了！你知道我想这玩意儿想了多久了吗，坎昆这地方中国商店太少，调料什么的我也看不懂，算你小子有良心！"

"好啦，今天晚上我来下厨，你手里提着的是东星斑吧，我这边还带了不少调料，再给你做个水煮鱼尝尝。"

"罗，你真的是神派给我的天使。"

"喂，他是你的天使，那我是什么？"伊莎贝拉瞪着眼朝文森特饯道。

"你就是给我派天使的神啊。"文森特顺理成章地自如应答道。

伊莎贝拉闻言扑哧一声笑了出来，眼神也变得柔和了些，"算你会说话。"

"哈哈，你这个大胡子，怎么还是这么会哄女人开心。"罗曦朝文森特比了个大拇指。

"你要是有这么个好老婆，也一定会说话了。"文森特笑着朝罗曦眨眨眼。

65

潜店共有两层，屋顶天台上摆着烧烤架，酒柜跟餐桌，众人围坐一圈，正中心一个电磁炉里汤汁沸腾，各色涮品在锅里翻滚，文森特看着锅里的美食两眼发直，人还没齐，他只能张着大嘴，鼻尖耸动，贪婪地吸着食物香气。

终于，罗曦端着一口大锅走了上来，一阵椒麻香气扑面，瞬间勾走了文森特一大半注意力。

"尝尝吧，水煮东星斑，看看跟大学时代有没有区别。"

"那我们开始？"文森特试探性地看向伊莎贝拉。

伊莎贝拉举起手中酒杯，众人也跟着举起，伊莎贝拉道："明天要去潜水，我们就只喝一小杯红酒好了，首先欢迎罗跟他的各位朋友们来我们这边玩，我们一定会让大家不虚此行。其次感谢你们给我们做这么丰盛的一桌美食，带来了这么多礼物，最后祝愿大家能够在坎昆得偿所愿，顺利找到罗的哥哥留下的线索，干杯！"

六只酒杯在空中碰撞，正下方带有美食香气的蒸腾水雾从锅中不断冒出，好似预示着苏虹四人即将开始探索的水底世界。

这顿饭吃了整整一个半小时，宾主尽欢，文森特仰靠着椅子，看着锅里的鱼骨，神色悲伤，罗曦搭着他的肩膀道："想什么呢？"

"我恨你。"

"恨我什么？"

"恨你这么多年手艺居然没变，好像还更好了，恨你让我又回忆起了这个味道，你走了以后我再打到东星斑可怎么办，别的做法我都接受不了了。"

罗曦忍着笑，故作严肃道："想不到你这个人还真是，有品位啊！"

文森特看着罗曦，又看看锅里的鱼骨，一言不发，满脸幽怨。

"好了，你们先具体商量一下明天的潜水计划吧，"伊莎贝拉道，"我带两个女孩子看一下她们的房间，顺便也制订一下接下来的教学计划。"

罗曦点点头，仍有些担心地冲她嘱咐了一句，"伊莎贝拉，万事一定以安全为主，OK？"

伊莎贝拉冲他不耐烦地挥挥手，"放心吧。"

伊莎贝拉先是带苏虹跟韩絮看了一下在后院的卧室，9—10月是潜水旺季，店里本来已经没有空床，好在伊莎贝拉找了对中国潜伴，跟他们说明了情况，两个男生见是同胞相求，便让出一个单人间，三人连忙道谢，伊莎贝拉又找人给两间房都添了张折叠床。

放好行李后伊莎贝拉把她们领到了装备间，里面整齐地摆满了各色潜水装备，伊莎贝拉指着最里面一排装备对苏韩二女道："姑娘们，这些都是店里新买的装备，你们别客气，随便挑，记住：潜水衣，护目镜跟脚蹼这些装备最重要的是合身，然后才是好看。

"至于氧气瓶，浮力装置还有潜水表这些我来帮你们选，苏没有潜过水，明天要从最基本学起，上午我会安排一个店里的潜导对你进行一对一训练。争取最快时间让你达到 OW 水平。"

苏虹好奇道："你们说的这 OW、AOW 到底是什么？我刚刚就听得云里雾里的。"

伊莎贝拉笑道："按照世界专业潜水教练协会的分级制度，从初学者开始，依次为 OW、AOW 以及更高的级别。"

"OW 是指 Open Water，即开放水域潜水，这个级别里可以学习到潜水技巧、与潜伴潜水时的潜水安全知识，学完后能下潜的深度标准是 18 米。

"AOW 则指 Advanced Open Water，即进阶开放水域潜水，学完后能下潜到 30 米。正常情况下学完 OW 要 3 天左右时间，一对一教学的话只要你不怕水，应该可以在 2 天之内掌握，这些课程只能在泳池里教，委屈你先跟别的教练练习一下，等你学完了，我再带你下海。"

"不委屈，不委屈，我一定认真学。"苏虹说话间人已被房间里的新奇装备吸引，看看这儿，摸摸那儿，不时跟伊莎贝拉请教各种装备的用途，韩絮则很快就挑出了适合自己的装备。

苏虹沿着陈列柜一件件看下去，柜子尽头的墙壁上挂着一个相框，照片里四个潜水员手拉手浮在深海中，身后是一艘巨大的沉船。"哇！这是哪儿啊伊莎贝拉，好酷的地方。"

"那个是楚克沉船潜点，在密克罗尼西亚联邦，50 多艘'二战'的战舰沉船残骸沉没在那里，是现在可知的世界最大沉船墓地。"伊莎贝拉说着伸出手指，"最右边那个是我，中间两个个子高一点儿的是文森特，矮一点儿的是罗曦，哎，想当年我才 23 岁。"

苏虹凑得更近些，端详着在海底沉睡了 70 多年的战争遗迹，"对了，罗曦旁边那个是谁？"

"那是维斯帕，"伊莎贝拉道，"我们四个都是潜水的狂热爱好者，年轻的时候曾经有一年时间都结伴潜水，一边打工当教练一边环游世界。"伊莎贝拉说着从办公桌里拿出一个平板电脑，对苏虹说："苏，这里有学习 OW 潜水的视频课程，一共五节，你如果想尽快下海，今天可以先做个预习。"

苏虹接过平板，点点头，"你放心，我今天晚上就全看了，保证用最快的速度追上你们。"

"哈哈，我对你有信心，时间不早了，大家回房休息吧，明天早上 8 点起床，苏先在店里的游泳池学习基本水下动作，我开车带着韩去海边 OK 吗？"

"如果可能的话，我想看一些跟洞潜相关的视频，"韩絮道，"万一能帮得上忙也不一定。"

"可我听罗的意思，似乎并不想让你俩跟他们下水啊。"

苏虹在一旁道："就算为了自己提高技术，我们也要好好学的嘛，争取多掌握一些知识，谁知道什么时候派上用场呢，你可要严格要求我们哦。"

伊莎贝拉想了想，笑道："既然你们这么好学，我这个做老师的一定倾囊相授，韩，我一会儿就把资料发给你，苏，你也要抓紧跟上韩的进度哦。"

回到房间，苏虹跟韩絮就像是两个努力备考的学生一样，各自拿着平板戴着耳机学习，作为从来没有接触过水下运动的人，苏虹充满了好奇，课程里枯燥乏味的讲解居然看得津津有味，等她一口气看完五节课程，才发现天色尽墨，韩絮已经裹着单子睡着了。

苏虹呼了口气，这 20 天的经历对她来说太过不可思议，事态的发展程度更是让她措手不及，虽然大家表面都很淡定，但在知道对手会更加不择手段地阻止他们，甚至会有生命危险后，每个人想必都跟她一样只是把不安深埋在了心底。

这一次自己跟韩絮似乎帮不上太大的忙，饭桌上罗曦跟文森特已经商量好了，为了节省时间，也为了隐藏行踪，他们可能每隔 2 到 3 天才会回来补给一次，她跟韩絮所能做的就是大张旗鼓地学习潜水，分散有可能追上来的老金的注意力。

　　未知的危险让苏虹不安，却又带来一种前所未有的兴奋，她甚至幻想着自己可以尽快学会潜水，说不定可以真的参与到探洞过程中。带着一脑子稀奇古怪的想法，苏虹原以为自己一晚上都会辗转难眠，却不想脑袋刚一沾枕头，一阵睡意便排山倒海般袭来，大脑里的那些个想法还没来得及反应就被杀得丢盔卸甲，再一睁眼，日光已透过窗帘洒在了她脸上。

　　隔壁床上空空如也，苏虹走进餐厅，韩絮跟伊莎贝拉坐在一起吃着早饭，意外的是他们对面居然坐着两个男生，对着两女滔滔不绝讲着俏皮话，两女还没什么反应，说话的人先开始哈哈大笑了，苏虹定睛细看，原来是昨天给她们让房间的那对中国朋友。"哎哟，苏来了，快来坐。"伊莎贝拉遇见救星似的冲她招招手，从一旁餐桌上拽了把椅子。

　　"你要是再不起床我就该去掀你被子了。"韩絮道。

　　"嗨，掀呗，你又不是没见过我美丽的裸体。"苏虹一脸满不在乎，拿起韩絮盘子里一块面包就往嘴里送，"过两天大家一起下水，你还能尽情看个够。"

　　"哈哈姑娘说话真是直爽，让人听着自在。"身旁刚刚唾沫飞溅的光头男子冲她笑道。

　　苏虹笑着拱拱手，"不敢当不敢当。"

　　"我叫李广，"光头男子说着又指了指身边朋友，"他叫徐浪，昨天咱们只是打了个照面，这不，今天我俩早早下来，觉得应该跟同胞好好打个招呼，在异国他乡多互相关照。"

　　"对啊对啊，"徐浪在一旁附和道，"就比如我们昨天给你们让房间，可不是冲着老板娘给我们免房钱才这么做的，完全是同胞义气。"

　　苏虹僵笑一下，"我叫苏虹，我也知道二位大哥义薄云天，能给我们让房间怎么可能是冲着钱嘛。"

　　"小苏懂我！"李广朗声笑道，"对了，我听小韩说，你们最近也没什么专门要去的潜点，既然这样，不如咱们一起同行如何？"

　　"哟，那可不巧了，"苏虹一脸遗憾道，"我今天才开始学潜水，我这人还恐水，怕是一时半会儿下不了海呢。不过嘛，小韩同学应该没问题，我不在她身边陪着，她肯定一个人会很寂寞，相信很乐意有两个优质的潜伴陪伴左右。"说着一脸狡黠地指了指身旁韩絮。

"好啊，"李广把头转向韩絮，"一个人潜水确实会寂寞，水下的美景总要有朋友分享才对。"

韩絮狠狠瞪了苏虹一眼，一脸歉意冲对面两人道："不好意思，我其实有潜伴的，就是身边这位美丽的老板娘，倒是我朋友刚学潜水，她不仅怕水，脑子还不灵光，要是没有名师指点，怕是明年还只能在泳池里打转，不如让两位大哥教她？对了，"她看向苏虹，"你还不知道吧，两位大哥可都是潜水高手，还有个颇为霸气的组合名字，"她说着用中文道："叫浪里白条二人组。"

"我起的！"李广说着挺起胸脯，似乎颇为满意自己的创意，"小韩说得也对，不如我跟我兄弟拆开，一个负责教你们潜水，一个陪你们潜水，也不错嘛。"

二女闻言，脸上同时露出自食恶果的惨淡表情，伊莎贝拉笑着敲敲桌子，伸手搂住苏虹韩絮，"好啦，抱歉了二位，这两个美女是我朋友介绍来的，头几天的行程我已经给她们安排好了，之后如果有时间，咱们再约吧？你们不是已经预定了今天的观鲨行程了嘛，"伊莎贝拉说着看看墙上挂钟，"再不走可来不及了。"

浪里白条二人组见三女确实没有一起同行的意思，只好悻悻摇了摇头，起身道："既然有安排，我们也不勉强了，不过要是之后几天你们缺潜伴，记得找我们啊。"

三女微笑着目送他们离开，伊莎贝拉叹了口气，无奈看向身旁二人，"你们倒真是好姐妹，这么给对方让男人。"

"哈哈，"苏虹叉起一块培根送入口中，看着韩絮，边嚼边道："可不是嘛，要不是因为把你当好姐妹，我会忍痛割爱把两个这么优质的男士拱手相让？"

"得了吧，"韩絮白了她一眼，"我还用你让？再说了，人家说不定只是礼貌一下，你还真自作多情以为看上你了？"

"怎么没看上我，你没看见那大光头看我的时候口水都快流下来了？"苏虹说着挺了挺胸，"本姑娘可是很有本钱的。"

"对，你不去给人当奶妈真是浪费，不跟你闲扯了，"韩絮说着起身对伊莎贝拉道，"我们是不是也该出发了？"

"别啊，我才刚坐下没吃几口，你们一走我可真成孤家寡人了。"

伊莎贝拉笑道："没办法，今天韩选了一些不算最有特色的潜点，彼此相隔比较远，所以要早点出发。"她又朝前台挥挥手，昨天那个娃娃脸女孩走到桌前，伊莎贝拉指指娃娃脸女孩，道："你也不是一个人，我就把教你的重任交给安德里亚了，你放心，别看她年纪小，已经当了两年教练了。"

"师傅好，师傅好！"苏虹忙不迭跟安德里亚打招呼，转头对韩絮道，"你有毛病吗，为啥不去最有特色的潜点？"

韩絮白了苏虹一眼："因为要等你一起去啊，大白痴。"

"喂，要不要让我这么感动啊！"苏虹一脸感激地看向韩絮，"你想让我怎么报答你，以身相许好不好。"

"以身相许？"韩絮一脸嫌恶道，"你那不是报答，是报复我。我只求你学得快一点儿，别一周后还只能在水池子里扑腾就行。"

"看不起谁呢，"苏虹起身给自己倒了杯咖啡，悠悠道，"昨晚有个家伙睡得跟死猪一样的时候，我可还在挑灯夜读呢。"

66

吃过早饭，安德里亚执意让苏虹又休息了半小时，才把她领到了游泳池边。

泳池边已经提前摆好了潜水装备。安德里亚收起笑容，摆出一副小大人的样子，严肃道："事先声明，既然老板娘把你交给了我，我就有责任把你训练好，我不会像外面那些只是为了挣钱的教练一样，为了多教几个，就对学员睁一只眼闭一只眼。你的考核我会非常严格，这都是为了你好。”

苏虹吐了吐舌头，点头如捣蒜："明白了，师傅。"

"好，我们开始上课，第一步我们先认识一下潜水装备，"安德里亚说着拿起一件跟马甲一样的服装，一板一眼道，"这个叫……"

"叫 BCD，也就是浮力调节装置，通过往装置内部充气或者放气来调整潜水员在水中的浮力，以达到上浮、下潜或者在水中保持稳定的作用。"

安德里亚拿着装备的手停在半空，一脸惊讶地看向苏虹，"你怎么知道的？"

"没什么，"苏虹耸耸肩，"昨晚做了些功课。"

"那这个是干吗的？"安德里亚拿起一个带有旋钮的管子，

"调节器，用来调节 BCD 内部的空气量，"没等安德里亚说话，苏虹又指着另一个零件道，"这是呼吸管，用来在水底呼吸，那个是备用呼吸管，这个是压力表，用来监测水底压力跟空气量，这个是潜水表，用来计算潜水时长还有水下滞留时间。

"这些铅块是水底的配重，用来增加潜水员体重，方便在水底保持平衡，必要时可以丢弃，达到增加浮力，快速上升的目的，还有护目镜、氧气瓶、备用气源、潜水衣、脚蹼。"她依次指着装备滔滔不绝地讲解着，好像安德里亚才是学员。

安德里亚有些难以置信地看向苏虹，"这都是你昨晚刚学的？"

苏虹点点头，"对啊，这些基本常识，哪里用得着让师傅浪费时间。"

安德里亚轻咳一声，装作若无其事道："嗯，理论方面你自学得不错，下面我来教你实操，我跟你说，实操才是难点，用心看着。"

说罢她开始耐心地给苏虹演示如何在水下穿脱装备，如何清除面镜积水，如何找回掉落的调节器，如何使用备用气源等技巧，苏虹凭借着昨晚的记忆，加上认真的学习，进步神速到连她自己都觉得不可思议。

那些在水中的技巧，教程里说至少需要一天时间才能掌握，尤其初次接触潜水的新人第一次下水难免会有些紧张，这会导致他们把在岸上熟记的操作规范忘得一干二净，但她在水里好像回到家一样，那些动作要领仿佛原本就储存在她的大脑里，只等一个机会被唤醒。

上午课程学完，安德里亚躺在泳池边的长椅上，喝着冰可乐道："说实话，虽然一对一教学进度会快一点儿，但我还从来没有遇到过一个像你这样有天赋的学员。"

"都是师傅你老人家教导有方，"苏虹坐在她身后，殷勤地拿着扇子给她扇风，"哎，师傅，你脖子上挂着的是什么啊，看着很精致啊。"

"这个啊，是个护身符，"安德里亚骄傲地摘下脖子上的挂件，递向身后，"这可是去年我作为优秀员工，老板娘给我的奖励，纯金的哦！"

苏虹接了过来，这圆形护身符有半个手掌大小，纯金质地外镀了一层防水薄膜，正面刻着一名人身鱼尾的魁梧男子身披重甲，挥舞着手里的三叉戟，身后海面波浪滔天，颇有种君临天下的气势。

"这是海神波塞冬，潜水者的守护神，"安德里亚扭头道，"我们店里当做纪念品也会对外出售，但都是铜制的，只有我这个是纯金打造的哦。"

苏虹翻到背面，突然笑了出来，"这后面怎么还刻了潜店的地址跟电话？搞得真的跟纪念品似的。"

安德里亚撇撇嘴，"还不是我们老板粗心，拿着铜制的原版到了金店，跟人家说用金子做个一模一样的，却忘了提醒店家别刻背面，不过这样也好，要是哪天我不小心弄丢了，说不定捡到的人会按着地址给我送回来呢。"

说着她从苏虹手里拿过护身符，系在脖子上，"既然你学得这么快，下午我就带你去浅海开放水域练习吧，那里跟游泳池可不一样，我会教你耳压平衡跟中性浮力。"安德里亚加重语气道，"那些技巧可是纯粹靠多练习才能掌握的，纯靠天赋能短时间掌握的，一万个里也不见得有一个。"

"放心吧师傅，"苏虹笑道，"我有种预感，我就是那万分之一。"

关于安德里亚所说的新内容，苏虹昨天在视频课程里也有所了解，从水下3米开始，由于外部压力增加，导致耳鼓压缩，潜水者会产生耳朵疼痛的现象，此时需要通过咽鼓管，将空气从鼻窦推入内耳以达到内外气压一致的技巧来平衡耳压。

而中性浮力是指潜水员在不同深度水域能够保持平稳自由悬浮的能力，人本身在水中的浮力不变，能够控制自己下潜上浮或保持平稳的工具有三个，首先是配重，指潜水服上的便携铅块，作用最明显，假如想要快速上浮，只要丢掉铅块即可。

其次是 BCD 里的气囊，充气状态下体积增大，浮力自然会增加，人就上浮，放气状态下，体积变小，浮力也相应减小，人就下潜，这个可以起到较为缓慢的改变。

最后是人的肺，原理类似气囊，吸气的时候，自然浮力稍强，吐气时则稍弱，但这只能起到微调作用，可以说配重，气囊，跟肺就是水中天平一端的三个质量依次递减的砝码，另一端则是潜水员自身体积跟质量对应的浮力，有经验的潜水员遇到不同情况会有选择地调整三个砝码的重量来达到平衡，这种综合调整砝码的能力，就被称为中性浮力。

中性浮力不好的潜水员，在水下无法保持稳定，一方面会比中性浮力好的潜水员更加快速地消耗氧气，另一方面假如遇到紧急情况，例如水下的洋流，没有办法及时做出反应，继而陷入危险，哪怕是为了拍照，假如做不好中性浮力，连焦都对不准，拍出来的照片都会一塌糊涂。

相较于上午关于装备的基础使用原理内容，这两项除了个人天赋外更加注重经验。去往开放水域的路上，小姑娘很严肃地再次重申：

"老板娘亲自交代了，要确保你完全掌握了这两项，才能把你转交给她，所以你别指望学个半生不熟就能在我这里混过去。"

"好啦师傅，你都说多少遍了，可你也看到了，我好像很有潜水天赋，说不定一下午就学会了哦。"

"不可能，我就没见过一个能这么快掌握水下技术的。"安德里亚一脸不屑道。

"那我们打个赌呗。"

"打赌就打赌！"

韩絮虽然过去度假时没少潜水，但洞穴潜水却是第一次。墨西哥的洞穴分为三种，Cenote（天坑），入口处为塌陷的石灰岩溶洞，顶部开放，有大的开放水域，抬头可以看见天光。

Carvern（半洞潜或开放式洞潜），有一部分已经进入了顶部封闭的洞穴，但回头可以看见天光（有时候很微弱，必须关闭电筒才能看见，但是可以指引方向，回到洞口从而回到开放水域），距离开放水域不超过 40 米，穿透（两个开放水域之间穿过）距离不超 60 米。

Cave，处于完全封闭的黑暗空间。

伊莎贝拉道："你要注意，Carvern 仍然属于休闲潜水的范畴，但 Cave 则属于技术潜水了。Carvern 潜水深度不超过 40 米，Cave 潜水则可以穿过上百米。Carvern 使用我们的休闲潜水装备就可以，而 Cave 的装备则必须是专业的技潜装备。"

因为是第一次潜水，她给韩絮挑的都是天坑，如果有危险随时可以回到开放水域，韩絮以前觉得自己技术还不错，但见识了伊莎贝拉的潜技，才意识到自己错得离谱。

伊莎贝拉的中性浮力之强，就像是条鱼一样稳得可怕，相比之下自己宛如个咿呀学步的婴儿，第一次潜完回到地面，她的氧气瓶耗氧量几乎是伊莎贝拉的一倍，不由得收起了自大之心，认真听伊莎贝拉讲解潜水细节。

返程路上，伊莎贝拉一边开车一边问道："今天感觉怎么样？"

韩絮道："学到了很多，洞潜确实跟普通水肺潜水不一样。"

"哦，你倒说说，哪里不一样。"

"比如今天你带我做的一些训练，钻一些只容一人通过的洞穴隧道，如何放置引导绳，如何保持顶尖中性浮力不荡起水底泥沙，这些我过去都没有学过。"

伊莎贝拉道："作为只潜过 20 瓶气的潜者，你表现得已经很出色了，今天我们去了两个全开放洞穴，一个半开放洞穴，但这些的危险程度甚至比不上正常的海底潜水，知道为什么吗？"

韩絮认真思索了一阵，道："因为光？"

伊莎贝拉点头微笑道："准确说是阳光所指引的方向感。假如今天我对你的训练是在全封闭洞穴里，危险性比刚刚至少高出 20 倍。对于正常在海中的水肺潜水，遇到的危险除了装备故障以外，最多的就是海底洋流，或者不小心碰上了海底剧毒的生物。

"而水底洞穴里生物本就稀少，也几乎没有什么洋流，可最近几十年的潜水事故绝大多数都发生在洞潜，这些洞穴吃人的秘密就在于里面完全幽闭，而且水道繁复，一旦潜水员在洞内迷失，找不到来时的路，那么迎接他的就只有死亡了。"

伊莎贝拉渐渐收起笑容，语气也更加严肃："换作在海底潜水，无论情况多糟，潜水员至少可以上浮，头顶的方向就是海面，但洞潜不行，无论是你迷路，装备出了问题，还是个人身体不适，你都只能按照原路返回。所以洞穴潜水员一定会在水底带上一根尼龙绳作为牵引线，这根牵引线又被称为生命线，假如没有固定好，或者缠错了线，几乎等于判了潜水员死刑。这也是我今天教你走线的原因。"

她踩着油门超过前面的卡车，继续道："另外，独自钻洞穴也很危险，很多洞穴宽度只容一人通过，有的甚至会把体积大的潜水员卡住，洞潜对中性浮力的要求也是最高的，假如你游泳的踢腿姿势不对，平衡感不好，很容易就带起洞中的微生物还有泥沙。这些不起眼的小东西在洞内的狭小空间里会立马弥漫开来，导致在水下的能见度急剧降低，即使有潜水灯，也无法看清四周情况，所以没有顶尖中性浮力，轻易入洞，就是找死。"

韩絮闻言担心道："那罗曦他们不会有危险吧？"

"放心吧，"伊莎贝拉一边冲前面慢吞吞的 SUV 不耐烦地按着喇叭一边道，"罗曦当年就是我们四个人里中性浮力最好的，他那个朋友如果已经到了潜水长级别，也没什么问题，我现在只是担心苏的训练进度，要是她学得太慢，明天怕是得我亲自教她了。"

车开到潜店，大门竟然关着，不见苏虹跟安德里亚的踪影。

"可能是学累了去海边晒太阳去了。"伊莎贝拉说着拿出钥匙开锁，两人刚把装备搬回店里，就听到门口传来发动机轰鸣声，韩絮向外望去，苏虹正跟安德里亚走下越野车，苏虹一脸开心，安德里亚一副闷闷不乐的样子。

她们走进来，发现韩絮两人也在屋内，苏虹一颠一颠地快步凑上去道："嘿，你们也回来啦，怎么样，学得顺利吗？"

韩絮点点头，"还算顺利，你可倒好，我刚夸你认真，怎么就出去偷懒了？"

"喂，我可没偷懒，我们是去开放水域练习去了好不好。"

伊莎贝拉看着郁郁寡欢的小姑娘，神情有些不悦道："安德里亚，我之前跟你怎么说的，你怎么可以带她这么快就去开放水域？"

"我就是按你说的做的，"安德里亚哭丧着脸道，"她学得太快了，只用了一上午的时间，理论基础还有装备实操都得了满分。"

"那也可以让她再多练习练习，熟悉一下，这么贸然下海，很容易出意外的。"

"我真的很意外，"安德里亚叹气道，"如果不是她跟我赌咒发誓，我真不敢相信这是她第一次下海，她的耳压平衡一次过，中性浮力都快赶上我了，简直是个怪物！"

伊莎贝拉跟韩絮吃了一惊，难以置信地看着苏虹，"她说的都是真的？"

苏虹笑眯眯道："我知道你们心里也不愿意相信，毕竟天才都是会遭人嫉妒的，但一到水里，我就感觉跟回家了似的，那些装备我也看着亲切，用着顺手，至于耳压平衡跟中性浮力，你们是有多蠢，要那么久才能学会？这不就应该跟婴儿出生就会呼吸一样吗？"

伊莎贝拉盯着二人，确信她们不是串通撒谎，这才大笑道："你的天赋还真让我有点儿吃惊，幸好我知道有一个比你学得还快的，要不打死我都不信你是初学者。"

"哦？还有比我更有天赋的人存在？"

伊莎贝拉一脸神秘道："从接触潜水到拿到 AOW，他只用了一天，而且，这家伙你也认识。"

"难道是，罗曦？！"

伊莎贝拉点点头，叹了口气，"当年我真的很羡慕他，甚至带着点儿嫉妒，罗曦跟你一样，天生就是大海的儿子，有时候我甚至觉得他在海里要比陆地上更舒服，当年一起自由潜的时候，他能一口气潜到水下 80 米，简直像长了鳃！后来一起潜水次数越来越多，我慢慢地不嫉妒了，反而很开心自己有这么个天才潜水朋友。"

"我也开心，"韩絮道，"至少明天不用陪着某人在水池里学憋气了。"

苏虹哈哈大笑道："看来这里只有一个人不开心了。"

看着伊莎贝拉跟韩絮不解的眼神，一旁的安德里亚终于不情不愿地摘下脖子上的护身符，递给苏虹，"拿去吧。"

"我的小可爱师傅，我跟你开玩笑的啦，你怎么当真了。"苏虹笑着把安德里亚的手推了回去。

"那怎么行，既然打赌输了，就一定要认，你不拿就是看不起我。"安德里亚固执地把手又推回来，眼神坚定地看着苏虹。

伊莎贝拉大概猜出发生了什么，笑着对苏虹道："这小姑娘倔得很，你就收下吧，正好这块护身符因为文森特犯糊涂，背面搞得像纪念品似的，我早想奖励她块新的了。"

苏虹看看安德里亚满脸惊喜的表情，这才接过护身符，朝她挤挤眼，"这下我们是双赢啦，师傅。还不赶快谢谢你老板。"

伊莎贝拉笑着摆摆手道："说正经的，既然苏这么有天赋，那明天我给你们安排两个简单的海洋潜点，亲自看一下你的潜水实力。韩也顺便练习一下中性浮力。"

"哇，太好了！你不知道今天下午我看到了多少鱼，还有珊瑚，大海龟，海底世界真的是太美妙了。"苏虹兴奋道。

"这算什么，明天带你们看些更刺激的。"

"什么刺激的？总不可能是鲨鱼吧。"苏虹道。

"怎么不可能，"伊莎贝拉笑道，"就是鲨鱼。"

67

第二天一早，一辆在公路上疾驰的越野车上，苏虹坐在后排，探着脑袋问紧握方向盘的伊莎贝拉道："你真的要带我们去看鲨鱼？"

"你已经问了第四遍了，苏！"伊莎贝拉不耐烦道，"我们就是去看鲨鱼，而且是最凶猛的鲨鱼，牛鲨。"

苏虹脸色微微一变，强笑着道："伊莎贝拉，其实鲨鱼嘛，在水族馆里看看就好，何必要离得那么近呢。"

伊莎贝拉神情突然变得严肃道："首先，苏，真正热爱潜水的人是绝不会去水族馆的，更不会去看海洋生物表演，这是对自然生命极大的不尊重，你知道吗，所有在水族馆的生物都有抑郁症。"

苏虹吐了吐舌头，道："抱歉，我没想那么多。"

伊莎贝拉脸色缓和了一些，继续道："其次，没有接触过潜水的人往往对鲨鱼有些误解，它们并不像电影里那样爱吃人，事实上它们对人肉并不感兴趣，偶尔发生的鲨鱼袭击人类事件大多是因为冲浪的人趴在冲浪板上滑行，被水下的鲨鱼误认为是海豹才遭到袭击。当它们咬了一口之后发现是人类，反而会嫌弃地游走。"

"所以被鲨鱼袭击致死的人一般都是因为失血过多，而不是被吃掉，相反倒是人类对于鱼翅的贪婪才更可怕，相比之下，鲨鱼更应该担心被吃掉才是。大多数情况下，它们在水下看到人类时，也会躲避开。"

"照你这么说，我们遇到鲨鱼，害怕的反而是它们咯？"

伊莎贝拉点点头，"虽然难以置信，但确实如此。所以潜水员在海里遇到鲨鱼兴奋还来不及，都是快速追上去，生怕慢一步就被甩掉了。当然你们也千万别惹恼了它们，要是做出什么让他们以为有攻击性的举动，后果还是不堪设想的。"

下水前伊莎贝拉再次帮两人检查了所有潜水设备，确保一切运行正常后，对二人道："这是我们三个第一次集体行动，你们两个互为潜伴，我是你们的潜导。注意，潜水最重要的原则就是永远不要让潜伴离开自己的视线，无论水下任何一人出现状况，整个团队都要立即返回。明白吗？"

两人纷纷表示明白，伊莎贝拉满意地点点头，率先跃入水中，苏虹紧跟在后面，入水刹那的清凉总会给她一种似曾相识的错觉，好像在外的游子闻到家乡熟悉的桂花香一般。

见韩絮也入水后，她开始给 BCD 气囊放气，跟着伊莎贝拉一起缓缓下沉，海中水况良好，能见度几乎可以达到 20 多米，头顶原本碧蓝的海水，置身其中时慢慢转为深蓝。

阳光透过海面照射进来，缤纷鱼群在四周游弋，虽然苏虹还没有对海洋生物有过多的研究，但经过两天的了解，以及来时路上伊莎贝拉对这片海域会出现的生物普及，对一些长相极有特点的鱼类印象极深。

尾巴细长却长着一对扁平"翅膀"呆头呆脑的魔鬼鱼，游动的时候就像是滑翔机在空中滑翔，橘红跟白色条纹相间的小丑鱼，喜欢在潜水员周围徘徊，完全不认生，几只神色平静的海龟，一动不动趴在海床沙地上，见人过来连眼皮都懒得抬。

苏虹一看到海中生物就跟打了兴奋剂一样，这里看看，那里看看，一会儿跟海龟大眼瞪小眼，一会儿跟小丑鱼比谁游得快，玩得不亦乐乎，在水下 10 米处大概停留了 20 分钟后，伊莎贝拉在远处招手，示意她们向更深处游去。

她们沿着海床沙地穿梭在成群的海鲈鱼之间，绕过一大群动作迟缓的魔鬼鱼，伊莎贝拉朝前方指了指，示意两个人过来看，所指处是一条巨型珊瑚礁裂缝，现在已经成为了海鳗的家，看到有人出现，里面一条海鳗身子先是一蜷，然后飞速从裂缝另一端游了出去，伊莎贝拉也不着急追，指了指珊瑚旁边的海藻，里面竟然蹲了好几只海兔子！

这种海洋生物不单体型像只兔子，头上的两个小触角更像是兔子的小耳朵，白色的身体毛茸茸的可爱至极，苏虹在资料里了解到，这个小家伙还很神奇地可以进行光合作用，身体颜色会因为吃掉的海藻颜色不同而变色。

她正打算示意伊莎贝拉两人多等一会儿，看看能不能等到这些小可爱吃东西，忽然间伊莎贝拉拍了拍她的肩膀，向水面下方一指，一条巨大的灰色阴影游过，倒三角的尾鳍来回摆动，是牛鲨！

苏虹立马忘掉了海兔子，伊莎贝拉朝她们做了个手势，示意不要下潜，而是保持在鲨鱼上方 5 米左右，慢慢跟上。

苏虹二人点点头，平复了一下激动的心情，加速追上鲨鱼的身影，大概游了几百米，鲨鱼速度慢了下来，前方出现了另一头鲨鱼，接着又是一头，苏虹粗略数了数，足足有 7 头之多，这些鲨鱼互不打扰，缓慢地在水底游着。

乍一看到鲨鱼群，苏虹心里难免有些忐忑，在伊莎贝拉不断示意下，才缓缓靠近一些，这些大家伙们似乎真的没有什么攻击性，偶尔有一两头拿小眼睛瞟她一眼，又立马装作没看到似的稍微游得离她们远了一些，伊莎贝拉指指自己的肚子，又指指鲨鱼，苏虹这才发现，这些鲨鱼腹部都微微隆起，她恍然大悟，原来是一群母鲨鱼来这里坐月子，怪不得如此温顺。

第一次真正实地潜水就可以如此近距离观察这些海洋中的顶级捕猎者，苏虹又是兴奋又有些紧张。不自觉地离鲨鱼群又近了一些，突然，有只鲨鱼好像对她产生了兴趣，缓缓朝她游来，等苏虹反应过来的时候，已经离她不过2米左右，近到鲨鱼森白的牙齿缝隙中的肉屑都清晰可见。

苏虹感到有些紧张，她稍微游离那头鲨鱼一点儿，那鲨鱼又很快跟了上来，在她身旁打圈，苏虹心跳瞬间加速，隐约感到情况有些不对，她游得越快鲨鱼转圈速度就越快，这让她不敢轻举妄动，呼吸也越来越急促，显示器上气瓶的耗氧量数字变化越来越快。

正当她惊慌失措时，伊莎贝拉已从一旁飞速游到她身边，直接用双手把鲨鱼推开，鲨鱼并不甘心，又再次游了过来，伊莎贝拉再次把它推开，一边示意两人向水面游去，如此几次，鲨鱼终于放弃了追踪，摆了摆尾巴，缓缓游向海底。

伊莎贝拉游回来，示意两人看一下自己的压力表。每个气瓶里氧气含量为200 BAR，原则上潜水员每次只能用三分之一的气体下潜，三分之一返回，剩下三分之一备用，苏虹气瓶的电子显示器上显示她已经消耗了90 BAR，大大超出了三分之一。

伊莎贝拉竖起拇指，朝她们做了个上浮手势，每上浮5米，便停下来，让二人在当前深度做3分钟的停留，好在她们下潜的垂直深度并不深，返回潜点只用了不到半小时，一上岸苏虹立马瘫在甲板上，双手捂着心口，喘着粗气道："刚刚吓死我了，你不是说鲨鱼不吃人吗？"

"刚刚那鲨鱼也没想着吃你，是你游得太近，闯入了她们的领地，这些母鲨鱼怀孕的时候比平时更加敏感，那头鲨鱼怕是觉得你对她宝宝会有什么不利，才会去试探你。"伊莎贝拉把三人气瓶放到一起，继续道，"但是她们对于人类这种生物很陌生，胆子很小，你只要把它们推开几次，它们就不会再试探你了，你越是仓皇逃跑它们反而越不怕你。"

苏虹慢慢恢复了平静，回想起刚刚的经过，不好意思道："是我离得太近了，下次可再也不敢了。"

"千万不要以为自己有天赋就可以肆无忌惮，潜水世界里经验要比天赋有用得多，"伊莎贝拉语重心长道。说着指了指苏虹的装备，"看看你的氧气瓶里还有多少气，不到 30 BAR，我还有 90 BAR，韩絮还有 60 BAR。

"以你的天赋，至少耗气量可以跟韩絮持平，但刚才一入水你就太过兴奋，不注意自己的呼吸，遇到鲨鱼以后更是紧张得大量消耗氧气，结果消耗得越多就越紧张，越紧张就消耗得越快，变成恶性循环。"

苏虹道："那个时候我都快吓死了，哪顾得上调整呼吸，看到鲨鱼游过来的时候，满脑子就是赶快游回岸上。"

"这是你犯的第三个错误，虽然气瓶里氧气消耗过快，但还是足够你正常返回的，我带着你们每上升 5 米，就要做 3 分钟的停留，知道为什么吗？"

苏虹道："因为我们的气瓶里装着的不是纯氧，而是氧气跟氮气的混合气体，氮气是惰性气体，吸入后排出身体的速度很慢，假如上浮的时候速度过快，气压一下变小，体内的氮气气泡就会膨胀，进而堵塞血管或者造成脏器挤压受伤。也就是所谓的减压症。所以每上升 5 米，要给身体 3 分钟的时间把一部分氮气排出去。"

伊莎贝拉第一次露出满意的笑容，"理论学得还是不错的，可实际上你每次都等不了 3 分钟就往上游，这也需要注意。"

苏虹争辩道："可是这次我们的下潜深度并不大，我觉得没有必要太过死板。"

伊莎贝拉苦笑着叹了口气："那是因为你没有见识过减压症的厉害，如果你体会过从 60 米直接一口气浮上水面，那种肺快要炸了，整个身体里似乎有小型炸弹在血管中爆裂，皮肤上长满红疹子的感觉后，就会每一次都很小心了。"说着她转过身来，把后背晾给苏韩二人。

苏虹愣了一下，伊莎贝拉背上淡淡的红斑在阳光下极其刺眼。

"三年前我差点儿因为减压症死掉，"伊莎贝拉淡淡道，"直到现在医生也不建议我继续潜水，但我实在离不开海洋，只能控制自己下潜的深度跟时间，为了减少氮气吸入量，我都用纯氧的气瓶，但又有氧中毒或者气瓶爆炸的风险，所以罗曦才不想让我带你们下水。"

苏虹看着眼前这个对一身重病轻描淡写的女人，眼中满是歉意道："对不起，我太自以为是了。"

"你是太小看海洋了，在自然之力面前，单独的个人什么都不是，只有你对海洋充满了敬畏之心，才能真正体验到潜水的乐趣。"伊莎贝拉语重心长道，"因为你们是罗的朋友，我才会跟你们说那么多，你们都有潜水的天赋，也有发现美的天赋，我希望你们可以跟我一样爱上这项运动，用一生的时间体验它的美好。"

收拾好装备，三人在附近找了间饭馆随便点了份套餐，伊莎贝拉一边吃着一边道："不管怎么说，上午的潜水训练还是卓有成效的，下午我准备带你们去博物馆看看。"

"博物馆？"苏韩瞪大了眼睛，有些失望道，"我们不潜水了？"

"当然要潜了。"

"伊莎，你把我弄蒙了，那到底是去潜水还是去博物馆啊。"

"谁说博物馆只能建在陆地上的？"伊莎贝拉笑着道。

"难道还有建在水下的博物馆啊？"

"就是建在水下的博物馆！"

68

水底博物馆距离她们吃饭的卡门海滩颇有些距离，路上伊莎贝拉告诉她们，因为每年来坎昆的游船和潜水者太多，导致对坎昆海下自然珊瑚礁的破坏日益严重。

为了使游客分流，减少海洋生态压力，墨西哥国家海洋公园委托英国艺术家杰森·泰勒花了18个月，耗费120吨混凝土和沙石，400公斤硅和38000米玻璃纤维，塑造了近500座雕塑，其中400多座都是人像，置于坎昆附近的曼琼海底。

自从有了这个博物馆，不仅分流了很多游客，给海底珊瑚礁减轻了压力，还同时给很多海洋生物提供了新的栖息场所，算是人与海洋和平共处的绝佳案例。

"最有趣的是，"伊莎贝拉说着嘴角上扬，"博物馆里的雕像都是杰森从自己生活的小渔村村民脸上取模，模具做好后，用pH值为中性的特殊混凝土浇灌成型，不会对海底环境造成污染。每尊雕像都有属于自己的气孔和刮痕，反而利于海洋生物附着生长。"

第二次下水前，伊莎贝拉照例对两人的装备又做了一次检查，确认一切无误后，满意地朝二人点点头："水下博物馆的深度只有10米，看完之后我会带你们向更深处探索，你们的基本功都没太大问题，缺的是应对突发事件的经验，所以这次主要锻炼你们的应变能力，记住，水下发生任何问题，先用30秒自己思考解决办法，假如没有想到，再通知我。"

这次下水苏虹乖了很多，紧跟在伊莎贝拉身后，不时扭头确认一下韩絮的位置，水下博物馆位于浅海附近6到10米，游了不到10分钟，眼前忽然出现一片黑压压的雕塑群，几百个人形雕塑有序地分布在海床四周，个个栩栩如生。

他们脸上表情各异，姿态也各有不同，有的环抱双臂，有的轻抚下颌，有的微微仰头，有的半蹲在地上，但大多双眼微闭，似乎非常享受水下的静谧时光。除了颇有阵势的大片雕塑群，整个博物馆周围还散落着几十处小雕塑群，除了人像，还有汽车，房屋，书桌，酒柜甚至宠物。

一名男子倚在书桌上奋笔疾书，自己的宠物狗懒洋洋地斜靠在脚边打盹，一名女子浑身蜷缩在一辆80年代的甲壳虫汽车前盖上，汽车的挡风玻璃被侵蚀出一个个小洞，色彩斑斓的鱼群穿梭其间。另一边一座等比例的渔村小屋早已成为了贝类跟海星的据点，小屋后院一个女孩双手手肘支地趴在草地上，目视前方，她周围的石雕花盆上长满了珊瑚，苏虹游到她面前，发现这是为数不多睁着眼睛的雕塑，她跟那石头姑娘对视良久，想到千里之外真的有这么个人存在，看年纪或许现在跟自己差不多大，不由得大觉有趣。

小女孩注视的方向几十米外，一片石像群把自己的脑袋埋入海底，像是在做祭祀，又似乎在探索海底深处不为人知的秘密，另一边一群人抬头望天，照例眯着眼，好像被阳光晃到了一样。

有人在费力地骑着自行车，仿佛要骑向海底更深处，有人上身赤裸瘫坐在沙发上，正准备享用盘子里的汉堡。一个小男孩独自坐在一角低头沉思，还有一群人手拉手围成个圆圈，似乎在保护着什么。

每一个人都在定格的刹那忙碌着自己在凡尘中的俗事，这些雕像脱胎于真实世界的活人，被艺术家通过雕塑将他们的人生固定在一瞬间，又将这个瞬间嵌入了瑰丽的海底世界。入水后他们就一直安静地待在海底，仿佛挣脱了原来的本体，获得了新生。

每个人相似地微睁着眼睛，沉浸于各自的喜怒哀愁。随着海底时光变迁，慢慢地它们的耳朵里长出海草，眼窝边延伸出红色树枝一样的火珊瑚，身上爬满藤壶和海星。原先作为模型的人的属性在慢慢消失，与海底生态的融洽共生促成了一个崭新的系统。

海藻在它们身上摇曳，随日光明灭起舞，鱼群在他们间穿梭，自如游弋。不时会有热带小鱼在一尊尊雕像脸上蹭痒痒，温柔亲密得令人嫉妒。这些雕像用人形的身体为珊瑚提供了绝佳的繁育场所，容纳更多的海洋生物繁衍栖息，与本地海洋生态系统融为一体。

而这些雕像的原型如今依然生活在那个偏远的小渔村，永远不会引起过多的外界关注，他们继续着定格后的时光，依然要经历人生必然的生老病死。他们的雕塑却将承载更多的生命，并在生命的流变中繁茂，在海底永远活下去。

整个博物馆的主体雕塑范围并不大，来回大概 1 千米左右，也有零星的小型雕塑往海底深处蔓延，伊莎贝拉任苏韩二人在海底待了半小时后，才游到她们身前招了招手，确保二人看向她后，双腿交替踢水向更深处游去。

整个这片海域的生物想必见惯了人类，对于苏虹三人闯入它们的生活显得见怪不怪，既不会被惊吓得游走，也没有好奇凑上前来，只有当她们靠近时才略有不耐地游到不远处，等她们游走就再次返回，搞得苏虹自己都有些不好意思，总觉得自己像是没打招呼就去不熟的朋友家串门的冒失鬼，对方出于礼貌把她让进来，有些脸皮薄的还会拿出瓜果招待，但心里都盼着这个不知分寸的家伙赶快滚蛋。

念及于此，苏虹回头看刚刚游回自己位置的一条海鲈鱼，恍惚中似乎真的看到对方把她送走后松了口气的样子，她不由得笑笑，默念道：对不住，打扰你们啦。

游弋间，韩絮朝她招招手，指了指下方，苏虹低头一看，几只橘黄色的超大海星正在海底缓缓蠕动！不同于一般看到的五只腕的海星，这些海星每个都有几十只腕，好似钟表盘成了精。腕上可以依稀看到排列整齐的细小管足，在水中随着波动摇摆。

苏虹还想靠得再近些，却发现似乎不用自己费力，就已经在下潜，她没多想，调整了一下泳姿，想稍微减缓一点儿下潜速度，却似乎不起作用，自己仍旧离海星越来越近，她不得不开始奋力蹬水向上方游去，这才阻止了下降的趋势。

奇怪，难道遇上了下降流？她暗忖着，看向韩絮，韩絮就在她身旁一米处，却丝毫没有下降的趋势，她试着往自己的 BCD 气囊里充气增加浮力，忽然发现自己的气囊已经瘪了，怪不得会往下掉，看来是 BCD 或者充气阀门出了毛病。

她努力稳定心神，朝不远处的伊莎贝拉比了个手势，示意自己遇到了麻烦，伊莎贝拉游了过来，苏虹指了指自己的气囊，伊莎贝拉看了看，用手势问道："可以自己解决吗？"

苏虹想了想，用手拽起自己配重的锁扣，示意伊莎贝拉要把铅块扔掉。

伊莎贝拉摇了摇头，指了指配重，又指了指自己，苏虹心领神会，解开配重的锁扣，把铅块递给伊莎贝拉，后者一边接过配重一边给自己的气囊里打入更多的气来抵消铅块的重力，维持好平衡后，示意苏虹不要离她太远，保持这个状态继续下潜。

又潜了一阵，苏虹背后被拍了一下，回头一看，韩絮正朝她打着手势，指着自己的气瓶，她凑上去细看，韩絮的气瓶显示计读数正在以肉眼可见的速度变少，苏虹连忙拿灯晃了晃前面的伊莎贝拉。

等伊莎贝拉游过来时，气瓶数字又掉了十几 BAR，按照这个漏气速度，恐怕用不了 10 分钟，韩絮瓶内氧气就会耗尽，情况危急，伊莎贝拉却异常镇定，她指了指苏虹身后，做了个呼吸的姿势，苏虹立马把身后的备用呼吸头递给韩絮，韩絮赶忙吐掉自己的咬嘴换上苏虹的备用呼吸头。

两人紧贴在一起，共用着一瓶气，稍微调整了一下在水中的姿势尽量保持稳定，伊莎贝拉朝她们满意地点点头，用手指向上方，示意原地上浮，这次苏虹学乖了，两个人小心翼翼保持匀速向上方游去，伊莎贝拉围着她们绕圈，在一旁护驾。

苏虹一边观察着瓶中氧气存量，一边保持着每上浮 5 米主动停留一阵，两人堪堪在氧气耗尽前顺利升到海面，伊莎贝拉率先换上了浮潜的呼吸管，呼吸管一头伸到海面之上，苏虹二人也跟着换上，三人这下不用再借助气瓶内的氧气，开始贴着海面向岸边游去。

上岸后，伊莎贝拉朝她们鼓掌笑道："很好，这次遇到的特殊情况你们应对得体，没有慌乱，这才是我教出来的学生。"

"那也不带你这么坑学生的吧，伊莎贝拉老师。"苏虹委屈道。设备经过伊莎贝拉检查还会出现这么多问题，而且还是两个人都有问题，不消说，一定是她故意动了手脚。

"万一我们在水下慌了，真出什么事儿怎么办？"

伊莎贝拉坐在地上，把一只脱掉的脚蹼扔在地上，不紧不慢道："这片水域水况良好，没有洋流，能见度高，我们的潜水深度又不深，你们能出什么问题？自己把自己吓死？"

她又脱掉另一只脚蹼，继续道："这是最适合我给你们设置考验的地方，在这种安全的情况下，还有我在一旁看着，出了问题总比你们将来自己潜水的时候出了问题而没有任何应对经验要强。"说着还不忘摆出一副不怀好意的表情，"记着，这只是开胃菜，未来几天你们的潜水设备随时都有出毛病的可能性。"

看着二人无奈的脸，伊莎贝拉耸耸肩道："当然你们现在也可以反悔，收回之前要我严格要求你们的话，那我们就是纯粹的休闲潜水，每天看看鱼，探探洞，拍拍照片就好。"

苏虹二人对望一眼，相视一笑。"没事儿，有什么招尽管来，我俩只怕你要得不够严格。"韩絮道。

"就是就是，有你这样的名师指导，我们开心还来不及呢。"苏虹连忙补上一句。

伊莎贝拉满意地点点头，"这才对嘛，以后你们再出去潜水，别忘了跟潜伴说，你们的老师是坎昆的伊莎贝拉！"

休息过后，伊莎贝拉又带她们做了最后一次下潜，这次依然停留在附近海域，这一潜只是单纯地继续熟练水性，天色已暗，光线也没有上午那样充足，可即使没有新的刺激，苏虹依然感到无比自在，待了半个多小时后才依依不舍地上岸。

上岸休息一阵后，伊莎贝拉拒绝了苏虹第四潜的提议，三人收拾一下装备，向潜店驶去。路上不时看到很多载着泳具的车交错驶过，伊莎贝拉告诉她们这些都是准备夜潜的，海底生物因为习性各异，有些只有夜晚才会出动，一些高级玩家会专门挑晚上下潜。

在十字路口等红灯的当口，苏虹看着隔壁的一辆巡逻警车道："今天是不是有什么不对劲？"

"哪里不对劲？"

"这似乎是我们今天见到的第五辆警车了，难不成这里的警车都喜欢夜巡？"

伊莎贝拉右手食指敲击着方向盘，抱怨道："还不是前阵子有人偷偷潜了野洞，被人举报了，警察局这一周怕是都要做做姿态，大张旗鼓地巡逻一下。"

苏虹跟韩絮闻言对望一眼，同时露出会心微笑，不用说，那个偷潜的人自然就是罗隐了。

绿灯亮起，伊莎贝拉看着走在前面的警车道："不过这也太严了一点儿，这些海警巡逻队的家伙平时懒得要死，往常做做样子也不过是白天出来巡街，像这次这么卖力倒也少见。"

"不会罗曦他们偷潜野洞被发现了吧？"苏虹不由得紧张了起来。

"放心好了，带队的可是文森特，"伊莎贝拉骄傲地抬起下巴，"我的男人哪有那么好抓。"

"要不还是打个电话问问？"苏虹仍有些不放心。

伊莎贝拉耸耸肩，"想打就打呗。"

苏虹接连拨了几次，朝伊莎贝拉跟韩絮摇摇头，"通是通了，可一直没有人接啊。"

"放心吧，或许他们正在潜水呢，等上了岸就打给我们了。"伊莎贝拉道。这次却笑得有些勉强。

回到潜店，安德里亚跟几个教练正招呼客人们在餐厅吃饭，却并未见到罗曦三人回来。

苏虹暗感情况有些不妙，再次拿起手机，电话那头却传来了嘟嘟的忙音，伊莎贝拉也有些坐不住了，主动跟相熟的警局朋友打听，却被告知并没有收到抓捕偷潜者的指令。

"这就怪了，"苏虹喃喃道。突然她打了个激灵，看向韩絮："难道是，老金追过来了！"

韩絮摇摇头，"应该不会，且不说吕文那边再不济也不至于这么快就走漏了我们的风声，哪怕他真追到了这里，也不可能比警察还快地找到他们。"

"可是……"

"等吧，"韩絮握住苏虹的手，缓缓道，"现在只能等了。"

潜店大厅的餐桌已经撤掉，游客们都已回到自己房间休息，空荡荡的厅内只剩下苏虹三人围坐在一起，喝着啤酒，有一搭没一搭地聊着天，墙上挂钟时针指向9点，传来当当的报时声。

三人不怎么说话，其间伊莎贝拉不断给文森特打电话，连同罗曦还有陆羽，却显示三人手机都已关机！就在她们都快坐不住时，电话突然响了，伊莎贝拉匆忙接通按下免提，"喂。"电话那头传来罗曦的声音。

"出什么事儿了，怎么现在才回电话！"伊莎贝拉冲着座机吼道。

"出去两天，充电不方便嘛，这不才充上电就给你们回过来了。"罗曦道，"我们马上回去，有什么事情一会儿说，记着，我们会把车开到后门，你们开门的动作一定要轻，还有，别开灯。"罗曦说完就匆匆挂了电话。

不一会儿，后门传来汽车马达声，三人冲出屋子，轻轻卸掉门闩，放车进来。车停好后文森特三人陆续走了出来，把装备小心翼翼搬到地上。看得出他们脸色苍白，都有些疲惫。

"怎么样，找到线索了吗？"伊莎贝拉问道。

"还没有，"文森特摇摇头，"倒是遇了件怪事儿，今天探完第二个洞出来，我发现有辆警车三次出现在我们附近，要不是我注意到了车牌，险些以为只是遇到了三辆不同的警车。"

伊莎贝拉皱起眉头，"最近警局大肆追查偷潜者，难道你们已经被盯上了？"

"这才是奇怪的地方，"文森特道，"我第一次看到那辆车的时候，是在去第二个洞的路上，按理说，他们完全有机会在我们偷潜的时候抓捕我们，但他们并没有。"

伊莎贝拉眉头拧得更紧了，"也就是说，他们明知道你们在偷潜，却没抓你们？"

"嗯，"文森特点点头，"似乎只是在跟踪我们，接下来我也不敢继续潜水了，只好跟他绕圈圈，直到趁着夜色好不容易把他甩开才敢回来。"

苏虹道："这里面确实透着古怪，警察没有理由放任你们偷潜，除非……"

"除非他们接到的命令只是跟踪我们。"罗曦接道。

"可他们为什么要跟踪你们呢？"伊莎贝拉有些不解。

罗曦喝了口水道："答案恐怕只有一个，尾随我们直到我们找到线索，然后螳螂捕蝉，黄雀在后！"

"这确实是老金的风格，"苏虹若有所思地点点头，"你说呢？"她看向一直不发一言的陆羽。

陆羽苦笑一下道："虽然我还是很难相信老金这么快就可以找到这里，而且还这么快就搞定了当地警方，但这貌似是目前最说得通的解释。"

这可糟了，苏虹担心道："假如我们被他们锁定了，岂不是寸步难行，哪怕找到了线索也等于是替别人做嫁衣裳？"

所以今晚要想个法子，陆羽喝了口水，道："老金不可能神通广大到买通了所有警方，现在当务之急是甩掉那辆警车。"

"怎么甩，"罗曦苦笑道，"假如他们真的要查，凭借车牌号一样能找到我们。"

众人一时陷入了沉默，突然间，苏虹道："你刚刚说什么来着？"

"我说他们要查的话肯定能查到这里。"

"怎么查？"

"记下我们的车牌号啊。"

"这就对了！"苏虹嘴角泛起一丝笑意，"在你眼里，外国人是不是都长得差不多？"

罗曦点点头，"不过美女除外，她们美得各有风情。"

"什么时候了你还有心情开玩笑，"苏虹瞪了他一眼，"那在外国人眼里，亚洲人是不是也都长得差不多？"

"嗯，"文森特点点头，"老实说我一开始真的分不清你们的长相。"

"所以，不管一开始他们是怎么锁定上你们的，最后执行追踪的警察一定是认车牌而不是认脸！"

"我明白了，你想狸猫换太子！"罗曦恍然大悟道。随后又有些泄气，"可现在这个时候，到哪儿去找亚洲脸来掉包？"

"这个交给我了，"苏虹指着罗曦跟陆羽，"你们俩，把帽子，还有外套脱了。”

“你要干吗？”罗曦夸张地捂住前胸。

“还能干什么，当然是扒了你们两只狸猫的皮。”苏虹看着他，一脸暧昧地笑着。

第二天一早，罗曦三人早早起床准备妥当，女孩子们站在屋外为他们送行，陆羽正准备上车，忽然被身后苏虹叫住，“喂，你等等。”

苏虹走到他身前，从口袋里掏出一个圆牌塞到他手里，“这个给你。”

“什么东西呀，神神秘秘的。”陆羽笑着接过圆牌。

“没什么，就是个普通平安福，你的潜水技术跟那两个没法比，到了水下更容易出危险，带上这个至少能有个心理安慰。”

陆羽摩挲着手中做工精致的平安福，看着苏虹没有说话。

苏虹脸上一红，“你可别想歪了，我是看你在三个人里水性最差，所以才便宜你，这东西不值钱的，就是个纪念品，你看背面还印着文森特潜店的电话呢。”

陆羽朝前走了一步，突然抱住了苏虹，苏虹整个人立马绷了起来，愣愣的不知该怎么反应。任由陆羽把嘴凑到她耳边，轻声道：“谢谢。”接着不等苏虹说话，松开手，转身上了车。

文森特的越野车率先驶离潜店，先是在门口略作盘桓，似乎车内人在目的地上发生了分歧，过了 5 分钟，车子突然掉头，向着东边驶去。

不一会儿，附近街道蹿出一辆警车，也向着东方，远远尾随在越野车后。

又过了半小时，潜店游客陆续吃过早饭，集合后坐上大巴前往当天的潜点。

文森特的越野车在高速上开了足足一小时，那辆警车依然远远地跟在后面，突然车子在一处匝道驶出高速路口，顺着旁边小路扎了进去，在一处水塘边停了下来。“为什么要开到这里啊。”驾驶座上的男生道。

“当然是为了潜水了。”后排传来伊莎贝拉的声音。

男子挠了挠头，“潜水？在池塘里？”

副驾的男生道：“你这人什么脑子啊，没看见路牌上写着 Carwash

吗，美女跟你开玩笑都信，依我看，是要洗车。"

坐在车前的，居然是之前搭讪过她们的浪里白条二人组！

"你们懂什么，"伊莎贝拉道，"这里不仅能潜水，还是坎昆最有名的潜点之一。过去确实有一个洗车行开在这儿，就是用这池塘的水洗车，后来有人发现池塘下面别有洞天才改成了潜点，名字却保留了下来，就叫 Carwash。"

"哦？那么说这里还是个开放式洞潜点咯？"苏虹感兴趣道。

伊莎贝拉笑着小声道："我们一直开车不潜水的话，那警车也会觉得不对劲，不如让他俩穿上潜水服跟我们一起下去，反正警车一定不会离得太近，我们呢就自己玩自己的，他们作掩护刚刚好。"

"你们说什么悄悄话呢，是不是担心水下有危险？有我们在大可以放心。"徐浪转身冲她们颇为自信道。

"她俩都是初学者，我确实怕自己照顾不过来，"伊莎贝拉柔声看着徐浪，"要不你们先下去探探情况？"

"好啊好啊，"两个男生点头如捣蒜，"几位美女对我们这么好，还送我们衣服帽子跟墨镜，在水下我们当然要承担起保护美女们的重任！"

"靠，这什么变色眼镜啊，质量太差了吧，不是说在阳光直射下变纯黑吗，怎么是茶色的，搞得我像个卖古董的。"罗曦坐在大巴最后一排抱怨道。

"有的戴就知足吧，"陆羽道，"想要别人 Cosplay 你，总得给人家点儿道具不是。"

"那也不至于连外套都拿吧，我那可是修身款，你想想那光头哥们儿穿上以后，肚子那块肿得像个小山丘似的，人家还以为他怀孕了呢。"

"反正坐在车里，差不多就行了，你以为他俩是替你去时装周走秀？"

大巴驶近海边停车场，前排文森特扭头用下巴朝两人点了点，"下车吧。"

两人不再说话，压低帽檐跟着走在人群队尾下了车。

潜导带着游客向码头走去，那里早已停泊了一艘游轮，今天的项目是出海潜水，游客个个都兴奋异常，罗曦三人却没有上船，偷偷在码头边找个阴凉地坐下。

"怎么还不来？"罗曦有些焦躁道，"按理说她开车要比我们快啊。"

"再等等，"文森特好整以暇地伸手给自己扇着风，"一个小姑娘搬这么多东西很不容易的。"

"哎，"罗曦叹了口气，"全世界的小姑娘一个样，约会没有不迟到的。"

过了5分钟，一辆蓝色SUV在码头旁路边缓缓停下，"是这辆了。"文森特起身道。

SUV的自动门缓缓开启一条缝，三人快速钻入后排，驾驶座上安德里亚一脸兴奋地看向他们，"怎么样，没迟到吧？"

"没有没有，特别准时。"罗曦满脸堆笑道，"真是不好意思，借用你家的车，还麻烦你帮我们带潜水器材。"

"没事儿，"安德里亚摆摆手，"帮你们躲警察多刺激啊！我特意按照你们的嘱咐，开过来的时候绕了两圈确定没有人跟踪才过来的。"

"有天赋！你这样不去做特工，留在这个破潜水店可惜了。"罗曦朝她竖起大拇指。

"你少来，"文森特一把拍掉罗曦的手，"我的潜水店可有前途了。"

罗曦揉着手笑道："文老板说得对，接下来我们去哪儿？"

文森特看了看地图上标记的潜洞位置，上面已经有5个画了×，还剩下5个，那就从北往南吧，他朝前方一指，道："就从这个洞开始，出发！"

70

"这样才算拴好了，"伊莎贝拉指着池塘边缘一块凸起的石头，"上面绑着一条白色尼龙绳，你刚刚的那种系法看起来特别紧，却没有留一点儿缓冲的缝隙，找的石头边缘又太锋利，潜水的时候有概率会把绳子磨断，那时候就危险了。"

"Carwash是个顶部有开放水域的洞潜点，不算太深，其实没什么必要绑引导绳，但却是个不错的练习你们走绳技巧的地方，既然你们要我多传授点经验，那我索性多教一点儿。"

"哈哈我们倒是学得津津有味，就是那两位大哥好像在水下已经等得有点儿不耐烦了。"苏虹指着水中二人道。

不远处池塘中心的浪里白条二人组不时探出水面，向她们招手，又是比出胜利的手势，又是指指水下，竖起大拇指。

"既然他们这么着急，那我们就下水吧，"伊莎贝拉笑道，"别忘了我说过要带你们看到最美的坎昆，我保证，今天带你们看的每一个洞都会让你们永生难忘。"

这个潜点最初的三四米是苏虹别说经历，哪怕是见都没见过的景象，整个水层飘荡着泥土，落叶跟树枝，水况异常浑浊，她不禁怀疑过去在这边开洗车房的老板到底坑了多少人。

在这种能见度下她只能隐约看到韩絮跟伊莎贝拉的身影，继续下潜时她要不断拨开眼前的障碍物，同时还要担心伊莎贝拉又在她的装备上动了手脚，要是在这时呼吸头突然坏了，那可真的要吃泥巴了。

潜过最初四米，神奇的一幕出现了，像是有条看不见的分割线，过了那条线，苏虹先是身体感到一阵清凉，整个水况瞬间也变得澄澈了起来，向下望去，整个洞穴几乎一眼看得到底。

水色碧绿中透着幽蓝，池塘底部的各色水生植物繁茂生长，大片的鱼群在其间穿梭，扭头瞧向来处，土壤中的酸性物质把最上面那层水面染成了暗红色，阳光透过层层阻碍照了进来，使得那片暗红中透着亮，像是层厚厚的火烧云，"怪不得一开始人们只会把这池塘用来洗车，它也太会伪装了吧。"苏虹暗暗道。

浪里白条二人组向她们游了过来，示意她们继续下潜，伊莎贝拉摆摆手，把尼龙线一端递给苏虹，示意她找个合适的位置固定，苏虹沿着池塘壁游了半圈，终于找到一个符合伊莎贝拉描述的固定点，固定好后交由伊莎贝拉检验，见伊莎贝拉看后朝她竖了大拇指，这才一起向更深处游去。

池塘底部长满了各种颜色鲜艳的水生植物，最惊艳的是一种遍布池底的花朵，它们枝干细直且长，一排排笔直地长在水底，就像是尽责的哨兵守护着这一方水下净土。从上往下俯瞰，花瓣是嫩绿色的，带着一股蓬勃的朝气，但游到它们下方仰视，会发现另一面的花瓣居然是粉红色，瞬间给它硬朗的形象里平添一抹温柔。

苏虹从未想到世上还有如此神奇的植物，同时兼具了少男的英挺跟少女的妩媚，再加上四周海草的点缀，游鱼增添的动感，阳光透过水层点点斑驳随机洒在它们身上，一切都美得那么不真实，只有当伸手轻轻拨弄它们嫩绿的花瓣，看到粉红的背面轻轻弯起时，才确信这真的是来自人间的美好。

整个 Carwash 洞穴只有 16 米深，在池底游弋一阵子后，伊莎贝拉示意韩絮寻找尼龙线的固定位置，检查无误后，朝她们做了个小心的手势，率先游离开放水域，向水平一侧幽闭的一个洞口游去。

苏虹跟在后面，身后的光线渐渐暗淡，但仍足以辨别方向，躲避障碍。原来 Carwash 只不过是水下洞穴的入口，她马上要开始第一次探洞之旅了！

这洞非常开阔，可以容纳三到四人并排前行，洞穴四壁悬挂着大型钟乳石，与陆地上溶洞内五光十色的钟乳石不同，洞里完全是一种原生态的暗灰色，石壁略微有些泛黄，透着一股神秘而原始的吸引力，伊莎贝拉示意她们放慢行进速度，注意自己的中性浮力，尤其要小心不要碰到钟乳石，毁坏了这经历几千几万年才形成的自然瑰宝。

洞中神秘幽暗的原始色彩使人不敢轻举妄动，作为人生第一次探洞，苏虹不由得有些战战兢兢，好在洞穴并不长，她们很快就游到了一个画着大大的 × 的牌子前，伊莎贝拉示意她们顺势掉头，沿着刚才固定好的生命线原路返回。

再次回到 Carwash 的池底世界，苏虹跟韩絮仍免不了一番停留，尤其苏虹，仿佛要把这洞中奇景刻在脑子里一样，直到伊莎贝拉第三次召唤，才依依不舍地游出水面。

回到岸上，刚刚水中的神奇植物依然在苏虹脑中久久挥之不去，

"我一定要把它们画出来。"车子开往下一处潜点时,苏虹冷不丁道,"不单单是今天的所见,还有昨天的,明天的,后天大后天的,我都要画下来。"

"哈哈,"伊莎贝拉笑道,"没想到你这么快就中毒了。"

"中什么毒?"苏虹不解问道。

"蓝毒,全世界的潜水员都中了蓝毒,而且这辈子都治不好了。"

"哈哈,说得没错,"苏虹也笑了起来,"这个毒我甘之如饴,哪怕是有解药,我也不会吃的。"

三女在后排嬉闹了一阵,苏虹小声道:"那辆傻警车还跟着呢?"

伊莎贝拉看着后视镜点了点头:"跟着呢,比狗还紧。"

"他们也够辛苦的,陪着我们从南到北,我们去潜水,他们还要在外面给我们把风,真是太不容易了。"苏虹叹了口气,似乎真的在为那辆车感到不值,"我们接下来去哪儿啊?"

"接下来这个潜点,西班牙文叫 Dos Ojos,"伊莎贝拉解释道,"就是两只眼睛的意思,因为是两个相连的洞穴,在天空中俯瞰就像是一双眼睛。"

"这个洞我听说过,翻译成中文更美,"韩絮在一旁道,"双眸。"

双眸这个洞穴有两条线路,一个叫芭比路线,另一个叫蝙蝠路线。芭比路线因为在开放洞穴结束的位置上放了一个被鳄鱼咬住的芭比娃娃而得名,提醒潜水者再往里走就是专业洞潜潜水员的领地了。蝙蝠路线则是因为会途经一个蝙蝠洞而得名。

苏虹几人先是跟着伊莎贝拉游了芭比路线,看得出她特意按照难易程度来安排潜水路线,这次相比刚刚 Carwash 的洞穴初探又变难了不少,虽然仍属于在有经验潜导下的休闲潜水范畴,但洞穴长度要远远大于之前。

洞穴内不少地方宽度仅容两人通过,再加上洞内各种分岔路口,虽然阳光依然可以照得到大多数区域,但在穿越每一段开放水域时仍不免经历一段几乎黑暗的通道。

伊莎贝拉不时扭头观察众人是否跟紧自己,也提醒苏虹韩絮两人随时检查引导线是否牢固。直到抵达开放水域的尽头,看到了那个咬着芭比娃娃的鳄鱼玩偶，才示意大家掉头。

返回水面后伊莎贝拉仔细给韩苏两人复盘，指导她们在潜水过程中的细节。从踢水的踢法跟呼吸配合，到走线时固定点的选择以及遇到装备出问题时的紧急预案，一说到潜水，她似乎有无限活力，整个人都发着光，苏虹听得连连点头，心中不禁暗暗叹息，如此优秀的潜水员却因为减压症而无法完全施展自己的才华，老天爷也太狠心了。

休息过后，众人开始向蝙蝠洞进发，游了大概 2000 米左右时，伊莎贝拉指了指头顶，示意大家向上游，上浮了 5 米左右，苏虹感觉颈部一轻，头居然探出了水面，她记起伊莎贝拉说过，有很多地下溶洞的某些部分没有完全被水淹没，会留有一部分开放空间，称为气穴，这里想必就是了。

伊莎贝拉用手电照向洞穴上方。顺着光柱，数以千计的钟乳石从洞顶吊挂而下，不同于往常看到的发灰颜色，它们竟是黑色的。定睛细看，原来每一根钟乳石上都栖息着密密麻麻的蝙蝠！这些小家伙倒挂在上面，一动不动，苏虹下意识地立马把头缩进水面，刚一入水便意识到自己的失态，再次尴尬地探出头，定下神来，跟身边众人一起观察着这阴森中透着壮观的场景，成千上万只蝙蝠好像军纪严明的士兵，一个挨着一个，守卫着古老的地下王国。

再次出水后，苏虹明显感到体力上略有不支，潜水是一项看起来不怎么费力，但实际上很消耗体力的运动，伊莎贝拉看出了她们的疲惫，提议休息一下，大家坐在停车场旁的饮料室，有一搭没一搭地聊着天。

两兄弟殷勤地主动要求给她们买玉米卷饼，苏虹等人也乐得清静，等他们出去的当口儿，苏虹看向伊莎贝拉道："伊莎贝拉，聊聊你们当年的黄金四人组好不好？"

伊莎贝拉迟疑了一下，右手用吸管来回拨弄着杯中冰块，道："这有什么好聊的。"

"聊聊嘛，你跟罗曦是怎么认识的，又怎么嫁给了文森特，反正闲着也是闲着，好不好？"苏虹满脸期待地看着伊莎贝拉。

伊莎贝拉叹了口气道："真的想听？"

"当然当然。"苏虹忙不迭道。韩絮也朝她点点头。

"这说来话长了，"伊莎贝拉缓缓道，眼神开始变得缥缈，似乎陷入了当年的回忆，"认识他们的时候我跟维斯帕才 21 岁，我们关系一直都是最好的，不仅是大学同学，也都是学校潜水社团的成员。"

"那年暑假社团组织去马来西亚诗巴丹潜水，那里曾经被世界潜水之父雅克伊夫·库斯托称为'未曾受过侵犯的艺术'，也是全世界潜水者的'麦加圣地'。作为马来西亚唯一的深洋岛，从浅海到深海的分界线，只有一步的距离，水深可以直接从 3 米变为 600 米，所以也被公认为'世界五大峭壁潜水'之首。

"我们的目标是马来西亚最著名的潜水点，梭鱼角，那里以梭鱼群聚形成令人震撼的旋涡景象著称。但也是个水流湍急，只有高级玩家才能挑战的地方。

"我跟维斯帕那时候技术一般，却天不怕地不怕，就像现在的你们一样，"伊莎贝拉说着瞟了苏虹一眼，"觉得自己的能力足以应付大多数危急情况。"

"到马来西亚的第三天，我们跟着团员一起潜了 3 次，大家都累了，我俩却还意犹未尽，来之前我们就商量好了，回国前一定要去梭鱼角看看，于是那天趁团长不注意，偷偷找了辆车赶往梭鱼角。

"梭鱼角是真的太美了，那是我第一次看到如此壮观的梭鱼风暴，整个鱼群在海底世界遮天蔽日般盘旋在我们头顶，我俩异常兴奋，突然间鱼群一分为二向两边散开，我跟维斯帕各自去追一拨，玩得不亦乐乎。

"追逐间，我看到不远处有只超级巨大的海龟隐藏在珊瑚群中，赶忙朝维斯帕招手，示意她来看，她却没有理我，继续向下游，我以为她没看清楚我的手势，拿起手电朝她打光，她分明看到我了，却还在向下游，我感觉有些不对劲，这才发现她正双腿吃力地蹬水，想要浮起来，身子却依然不由自主地向下走着。"

　　"难道她的 BCD 气囊也漏气了？"苏虹在一旁道。

　　"如果是那样倒好了，"伊莎贝拉叹了口气，"我当时看到她身边的鱼群也不由自主地集体朝下游，瞬间意识到她遇到下降流了，梭鱼岛的下降流是真的猛，维斯帕已经把自己的 BCD 气囊浮力冲到了最大，配重也全丢掉了，身体拼命地划水，却依然止不住下降的趋势。

　　"诗巴丹的海底足足有 600 米深，如果这下降流一时半会儿停不下来，她有可能直接因为降得太深，被气压活活憋死！我全力朝她那边游去，顾不得危险，想先抓住她的手，可她下落得实在太快，我还没有游到一半，她已经落了 10 米左右。

　　"就在我以为这辈子都见不到她的时候，一道身影突然从她身后窜出来，一个身材修长的潜水员从斜刺里扎到流中，势头不减，向斜下方继续俯冲，几乎一瞬间他就到了维斯帕的身边，伸手抓住了维斯帕，两人却因为惯性继续向更深处斜冲下去。

　　"我当时惊诧得差点把咬嘴吐出来，就在我继续往前游要看个究竟时，另一只手把我拽住，一个比刚才那人还要高大些的潜水员拉着我的手，冲我摇摇手，我挣脱开他，继续前游，他又把我抓住，这次用力更大，在水中我的手腕都生疼，我用脚踹他，他一面躲闪，一面向我比画，示意让我等等。

　　"终于我冷静了下来，知道现在过去无济于事，最多把自己的命也搭进去而已，于是不再挣扎，此时我们离下降流也很近了，能感受到一股旋涡般的力在把我向深处吸，我任由这个人把我拉到一旁安全区域，他比画着，让我等 10 分钟，我们就这样面面相觑浮在水中，直到感觉前面的水域不再有太大的波动。

　　"他朝我打个手势，让我原地待着，自己朝刚刚的水域游去，过了一会儿，他又浮了上来，冲我招手，我游过去一看，那个潜水员正抱着维斯帕一点儿一点儿上升，手腕上一个东西微微发亮，是潜水专用的流钩！

"原来这人刚刚抱着维斯帕向下的时候，利用向斜下方俯冲的惯性冲到了海底峭壁的一处，然后用极快的速度把流钩插到了石头缝里，两个人才凭借着这个固定没有再被冲到更深处，饶是如此，电光石火间他们已经到了海底50米的深度，看着他们慢慢地做着'5米3分钟停留'升了上来，我才松了口气。"

"等上岸后，我看到维斯帕脱掉面罩，看向那男孩子的表情，就知道他们之间会有故事发生了。"

"后来呢？"苏虹见伊莎贝拉说到一半停住，似乎沉浸在过去的回忆中，连忙催问道。

"后来啊，为了感谢他俩，我们请他们吃了个晚饭，发现他们也在美国上学，大家的学校在相邻的州，从那以后，我们四个人开始频繁见面，相约着一起去各地潜水，维斯帕跟罗也很顺理成章地在一起了，而我也实在禁不住那个傻大个的苦追，被迫答应了跟他在一起。"

"哈哈，看你说得不情不愿的，但怎么眼睛里全是爱意呀。"苏虹打趣道。

"你瞎说什么，我这是无奈，无奈好不好。"伊莎贝拉说着自己都笑了。她接着道："再后来我们快毕业了，大家都决定先不找工作，而是一边潜水一边环游世界。"

"我们去澳大利亚看大堡礁，去墨西哥笼中观鲨，去菲律宾科隆找'二战'沉船，在多米尼克追抹香鲸，所有的旅途我们都以做潜水教练，或者当志愿者帮助当地政府清除水下垃圾来支付大部分费用，记得有次为了在意大利等海底火山爆发，足足捡了半年海底垃圾。"

回忆往昔时光，伊莎贝拉眼里闪着幸福的光芒，"那个时候大家都好年轻，只要能够提高潜水技术，看到没有见过的海底世界，什么都不在乎，夜潜，船宿，自由潜，甚至洞潜都成了我们尝试的方向，这样的生活足足持续了一年多。"

"后来呢。"苏虹迫不及待地问道。

伊莎贝拉笑笑，似乎在犹豫要不要继续讲下去。

"有点儿不对。"韩絮突然道。

"哪里不对了？"苏虹道。

"不是这故事不对，是那警车不对。"

苏虹朝停车场的方向望去，才发现坐在副驾驶的一个矮壮敦实的警察正下车朝她们的车走去。

气氛瞬间紧张起来，苏虹坐直了身子，用手捂着半张脸小声道："他们察觉到什么了吗？"

"别朝那个方向看，"伊莎贝拉镇定地咬着吸管，"或许他只是水喝多了，去厕所吧。"

三人同时默契地盯着桌面，突然，门被推开了，苏虹吓了一跳，进来的却是浪里白条二人组，两人拎着一大包食盒走到桌前，李广拿手给自己扇着风，道："那家店可真火，都饿坏了吧。"

苏虹舒了口气，抬头接过李广递来的玉米饼，突然叫道："你怎么把帽子摘了！"

众人这才反应过来，阳光透过窗子照在他光秃秃的头顶上，泛着青色的脑门异常显眼。

李广拍拍后脑勺，嘿嘿笑道："大中午的那帽子捂得我头顶着火了似的，就摘了呗。怎么，我光头的样子不帅？"

苏虹用手扶额，咬着牙道："帅，帅爆了。"

三女吃着玉米饼，暗自不时瞟向停车场，那警察围着她们的车子绕了一圈，确定车里没有藏着其他人后，站在她们车旁，拿起对讲机不知在说些什么。

看来还是被他们发现了，苏虹捅了捅身旁伊莎贝拉，小声道："接下来怎么办？"

"怕什么，我们什么也没做，他们能把我们怎么样。"伊莎贝拉不慌不忙地咬了一口玉米饼，冲浪里白条二人组甜甜笑道，"真好吃，你们辛苦啦。"

不一会儿，坐在驾驶位的警察也走下车，看似随意的在饮料店门外溜达，却在无形中封死了她们的出路，三女在休息室里默默吃着玉米饼，浪里白条二人组不断插科打诨试图把气氛炒热，苏虹等人却再也没有心情跟他们贫嘴。

双方就这样僵持着，警察不进来，她们也不出去，徐浪率先忍不住了，问道："一会儿咱们去哪儿？"

苏虹拿纸巾擦了擦手道："潜了一上午，你们不累吗，再歇会儿。"

两个男生对视一眼，道："你们不会是在等人吧。"

"等什么人？"

"当然是等别的，朋友嘛。"李白话到嘴边硬生生把男人两个字换成了朋友。

苏虹哭笑不得道："你太瞧得起我们了，我们才来几天，哪还有什么别的朋友。"

"话别说这么早，"韩絮眼光看向窗外，"好像真的有朋友来拜访我们了。"

众人顺着她的目光看去，停车场内又陆续驶入三辆警车，之前盯梢的警员忙不迭地走到为首那辆警车后门，小心翼翼打开车门。

一名戴着墨镜的男子缓缓下车，他穿着一身烫得笔挺的制服，整个人也像被烫过一样，直挺挺地迈着步子，身旁立马围上一众警员，听过盯梢警察交代情况后，男子没有迟疑，径直向她们的休息室走去。

二人组也看出事情不对，李广狐疑道："你们不是犯了什么事儿吧？那些警察是冲你们来的？"

伊莎贝拉吃掉最后一口玉米饼，拿纸巾擦擦嘴，拍了拍手道："放心吧，我们什么都没做，就算做了，也与你们无关。"

一名警员为男子推开玻璃门，他缓缓走了进来，隔着墨镜打量着众人，这男子身材高大，刚刚刮过的下巴泛着青色，头发跟皮鞋一样油亮，身上喷着略微有些重的男士香水，苏虹不由得捂住了鼻子。见三女坐在那里没有什么反应，他走到桌前，用西班牙语对伊莎贝拉道："那辆车是你的？"

伊莎贝拉点点头，"有什么问题？"

男子道："我是坎昆警察局局长，我们怀疑你们的车昨天被用来载人进行非法洞潜，需要了解情况，你们要配合。"

"哦？"伊莎贝拉靠在椅背上，跷起二郎腿缓缓道，"我们今天一直都在合法潜水，这一点你派来跟踪我们的警察可以作证，我们没有对他们竖中指已经是很配合了，还要我们怎么配合？"

男子脸上闪过一丝愠怒，忍住没有发作，他背着手走到伊莎贝拉身后，仍旧慢条斯理道："伊莎贝拉，加拿大人，2015年跟老公文森特·马洛斯来到坎昆，同年在卡门海滩开了一家潜店，教练四人，助理一人，因为罹患减压症，不能长时间待在水下，长期从事后勤跟浅海潜水的教学工作。"

"怎么，拿我的个人隐私吓唬我？"伊莎贝拉板起脸道，"你凭什么查我的底？"

"这些消息都是公开的，并不涉及隐私，"局长走到伊莎贝拉身前，身旁早已有人给他搬好凳子，他缓缓坐下，看向伊莎贝拉，"你应该关心的是既然我可以这么短的时间就查到这些，那么想找你先生也不难。"

他说着加重了语气："前阵子有人私潜野洞的事儿上面很关心，现在我们怀疑你老公昨天开车带人私自非法洞潜，你最好能够告诉我他现在在哪儿，如果你配合，我不会为难他。要是你不配合，等我自己找到他，就没这么客气了。"

伊莎贝拉看着对面的局长，双手一摊，一脸委屈道："局长先生，我们这两天吵架了，他前天晚上一生气就摔门离家出走了，所以他做了什么，在哪里，我都不知道。我老公就是这样，一生气就喜欢离家出走，有时候几天有时候几个月，要是你能找到他就太好了，拜托你帮我好好教训他，关他个一年半载的，千万不要给我面子。"

局长嘴角肌肉抽动了下，脸色跟下巴一样铁青，语气中带着一丝威胁："伊莎贝拉小姐，请你明白一点，我的所作所为都是基于你跟你朋友的安全考虑，假如你不配合，后果可能超出你的想象。"

伊莎贝拉把头转向窗外风景，淡淡道："还有别的事儿吗，我跟朋友想在这儿聊天总不犯法吧。"

"喂，注意你的口气，跟谁说话呢！"见伊莎贝拉态度傲慢，局长身后的警察率先忍不住向她吼道。

"你们警察好大的官威啊，"伊莎贝拉看向那个警察，冷冷道，"警官先生，你现在是想无故拘留我吗？"

局长拦住自己的手下，起身拍了拍自己的制服，"伊莎贝拉小姐说笑了，你是良民，是我们警察保护的对象，我们要拘留也是拘留你老公。"

他语气愈加阴沉，继续道："既然你不愿意跟警方配合，我们也不好勉强，不过我向你保证，不出三天，我一定会抓住那个偷潜的家伙，到时候别怪我没提醒你，我的手下个个疾恶如仇，对待犯人，可从不手下留情。"

伊莎贝拉冷哼一声，转头看向窗外道："慢走不送。"

经过苏虹身边时，局长忽然停住，俯下身子看着她，"看这位小姐刚刚听我们交谈时的表情，好像听得懂西班牙语？"

"会一点儿，"苏虹点头道，"不过我巴不得自己听不懂。"

"哦？为什么？"

"因为你说话实在是太难听了，"说着她又夸张地捏起鼻子，"还有，局长先生选香水的品位也让我不敢恭维。"

局长闻言没有动怒，只淡淡道："对于你的品位，我很失望，我倒是对你有一种似曾相识的好感，希望你可以开导一下你朋友。"说着从皮夹里抽出一张名片，不由分说地塞到了苏虹手里，"这是我的电话，如果有什么问题，随时找我，"他顺势意味深长地拍拍苏虹的手，道，"这名片留好，关键时刻说不定可以帮你解决什么麻烦。"说罢便起身朝门外走去，一众警员又立马忙不迭地争着去开门。

苏虹朝他的背影嫌恶地看了一眼，正准备撕掉那名片，却被韩絮拦了下来，看着苏虹不解的神情，道："万一用得上呢，等我们离开墨西哥再扔也不迟。"

浪里白条二人组虽然听不懂西班牙语，但看到最后那个亲昵的动作，李广酸道："原来你们在等条子。"

徐浪接道："还是当地条子。"

苏虹道："你们想哪儿去了，我跟那人……"

"是那个警察老缠着苏虹不放，"伊莎贝拉打断了苏虹，"你们没看到吗，刚刚他就安排了警察一路跟踪我们，我们担心他还有什么更过激的行为，就一直在店里没敢出去。"

"那怎么不早点儿告诉我俩，"浪里白条二人组义愤填膺道，"这家伙什么来路，法治社会还能让他胡来，实在不行我们找使馆去！"

"没事儿了，"苏虹道，"刚刚都说开了，他就是单纯地爱慕我，给了我名片以后就不会再纠缠我了，不跟你说是怕牵连到你们不好，毕竟他是地头蛇。"

"这话就不对了，我们都是同胞，你们女生有了麻烦，男生当然义不容辞要帮忙，"李广看着离去的车队兀自喋喋不休道，"算这家伙命大，要是刚刚让我听懂了来龙去脉，非得找他上级不可。"

"哈哈，知道你们俩厉害啦，"苏虹笑道，"为了感谢你们这一天的陪游，晚上请你们吃饭好不好。"

晚上三个女孩子一起做了顿丰盛的海鲜，为了弥补心中利用二人的内疚，甚至把原本就所剩不多的火锅底料贡献了出来，吃得二人组不亦乐乎。

饭后二人组提议到海边走走，被三个女孩以身体不适为由婉拒，苏虹跟韩絮率先回到房间，不一会传来伊莎贝拉的敲门声，三人面对面坐在床沿。

"今天的事情你们怎么看？"苏虹问道。

"非常古怪，"伊莎贝拉道，"往年不是没有过专门的野洞巡逻，但是一个警察局长为了追一个偷潜的嫌疑犯亲自出马，实在有些小题大做。"

"难道老金真的有通天本事，这么短的时间就收买了警察局长？"说话间，苏虹下意识地两只手绞在一起。

"就算那家伙真被收买了又如何，"伊莎贝拉安慰道，"刚刚安德里亚回来了，说文森特他们今天又探了两个洞，但还是没有找到线索。现在只剩下三处野洞了，明天他们会一次性探完，哪怕你们的对头真的收买了警察，他们只要保持这个速度，明天就能先一步找到线索。"

"那我们要不要通知他们小心些？"苏虹仍有些不放心道。

"还用通知吗，"伊莎贝拉道，"情况昨天他们就猜到了，我们要做的就是一切照旧，该吃吃，该喝喝，该潜水潜水，至于他们那边，只能靠他们自己了。"

苏虹跟韩絮对视一眼，露出一丝无奈的微笑，"对啊，只能靠他们自己了。"

伊莎贝拉任由她们睡到了自然醒，对于潜水来说，保持精力旺盛是基本准则，拒绝了浪里白条二人组的邀约后，她们简单吃过早饭，伊莎贝拉打开电视看了一下新闻，并没有任何关于偷潜者被捕的消息。

见二女一副无精打采的样子，伊莎贝拉安慰道："我知道你们关心他们的情况，不过干着急也没用，我们还是应该继续出门潜水，这样至少还可以牵制对方一部分精力。如果一切顺利，或许等我们上岸的时候，他们已经拿着线索在店里等我们了。"

陆羽拿着笔，在手中的地图上画了个×，这是倒数第三个洞穴了，每次罗曦跟文森特都会有一人先下去探洞，如果难度小才会让他下水，这几天他已经见识了三次地狱钟，可每每回想起，仍会被那奇异的景观所震撼。

幽暗的洞中环境，迷宫般的路线，狭窄的通道以及对未知的恐惧无时无刻不在刺激着他的神经，野洞的位置往往偏僻且隐蔽，入口更是狭小不起眼，途经的洞穴异常狭窄，每次熬过前面四五百米后，水下区域就会变得豁然开朗，浩瀚的水底世界之门仿佛刚刚打开，那些亿万年前就已存在的自然瑰宝倒挂着排列在水底，虽然得名地狱之钟，却不发一言，静默如谜，他有时会猜测，是不是当这些钟响的时候，地狱之门就应声而开了？

终于只剩下最后两处潜点了，这次罗曦先下水查看，过了足足一个多小时才游出水面。"这个洞不简单，"他上岸后道，"洞口距离下水点估计有 1000 米，大概要 40 多分钟才能游出去，粗略看内部结构也很复杂，大洞套着密密麻麻的小洞，跟蜂巢似的。"

文森特拿出水文地图，虽然洞内情况并没有标记，但四周水域还是有同行绘制了较为详细的线路，他跟罗曦再次推演了一遍下水事宜，虽然情况复杂，对于他们两个来说还不至于构成太大危险，陆羽有些迟疑道："这恐怕是经历过的最复杂的一个洞穴了，罗隐就算有些潜水底子，潜到这里的可能性并不大吧。"

罗曦摊摊手："可能性是很小，但我们也不能不探啊，这次水况复杂，你还是在岸上待命，做好支援的准备，我跟文森特这趟可能要四五个小时才回得来，下水 1 小时后，你按老样子每隔 45 分钟入水检查一次情况，记得带好备用气源跟别的装备。"

陆羽点头叮咛道："还是那句话，万事小心，不要勉强。"

看着罗曦跟文森特依次缓缓沉入水底，水面涟漪渐渐消散重归平静，陆羽忽然有种不祥的预感，他下意识地摸了摸胸前的护身符，因为一直紧贴着胸口，指尖隐隐感到圆形金属薄膜外淡淡的一丝暖意。

73

通往潜点的最后一段路不允许车辆驶入，苏虹三人只好弃车在丛林中缓缓步行，伊莎贝拉边走边道："今天的洞穴名字叫做 Angelita，是小天使的意思，传说曾有个小孩儿在这里落水，后来被美丽的天使所救。这个洞的最大深度有 60 米，你们的下潜极限大概在 35 米，到了下面千万要跟紧我，还有，"她特意盯着苏虹，"管住自己的好奇心。"

"放心吧，"苏虹笑道，"我还等着陆羽他们回来喝庆功酒呢。"

又走了一阵，她们终于到达久负盛名的小天使潜洞的圆形入口，做完准备活动后，伊莎贝拉细心地检查了一遍三人的潜水设备，道：

"姑娘们，这可能是你们这次旅行最后一次洞穴潜水了，我不会再给你们的装备动手脚。待会儿我会一次性下潜到 35 米左右，你们跟紧我，遇到紧急情况就用手电灯光闪我。只要你们按照我之前教的，我保证一定没有危险。"说罢朝她们竖了个大拇指，率先跳入水中。

这是苏虹第一次不做停留直接下潜到 35 米的深度，阳光随着深度增加变得越来越暗淡，周遭水压渐次攀升，她能感觉到肺部呼吸时横膈膜的张弛，以及水温的梯度变化，在水下 20 米后她隐约看到更深处一道乳白色的过渡层像是水底暗河一样流淌。

伊莎贝拉讲过，由于独特的地下水况，小天使洞内 27 米到 30 米处随着盐分浓度的增加以及混杂了其他复杂成分，会有一层硫酸氢盐将咸水和淡水分开，咸水在下，淡水在上。乍一看上去像是有条水中之河在流淌，加上四周掉落水中的树木和落叶，仿佛身处水底森林之中。

这过渡层中含有极高浓度的二氧化硫，毒性不小，长期停留会对身体皮肤跟毛发造成严重损伤，所以必须一鼓作气穿过，因此这盐跃层也就被称为"地狱之门"。这也是为什么伊莎贝拉要一次性下潜那么深。

果然，继续下潜过程中，苏虹鼻中传来一股恶臭，像是臭鸡蛋混合了死鱼烂虾后在阳光下暴晒了几天的味道，越是接近盐跃层，这股味道越强烈，云雾般梦幻的水波一点点儿地吞噬着她们。

灯光在"地狱之门"这一带几乎完全丧失了穿透力，苏虹完全看不清水幕后面的景象，唯有摒除杂念快速下潜，经历了几米完全陷入混沌的下潜之后，水况突然又重新变得清澈无比。

"地狱之门"往下一片寂静，她只能隐隐地听到呼吸管排出的气泡声。四周依旧弥漫着一股刺鼻的腐臭味，但相比刚刚的味道几乎可以忽略不计，枯树在水中盘根错节。伊莎贝拉在前面等着两人，见她们通过了盐跃层，用手比了个 5，示意只在这里停留 5 分钟，出于对深度以及安全考虑，她们不能多做停留。

重新游出盐跃层时，苏虹回望下面的枯枝，依然有一种在仙境中潜游的感觉。35米对她们来说已经很深了，为了防止减压症，她们必须沿着洞穴内壁做螺旋状缓慢上升。二女跟着伊莎贝拉一边上升一边进入了一个宽敞的洞穴空间。

这洞穴并非全封闭，从顶部倾泻下来的一束束光芒，犹如射灯在蓝色幕布上倾泻而下，置身于这个挂满巨型钟乳石的拱形洞室，不由得给人一种教堂中的肃穆和神圣感，似乎真的是天使们在人间的栖息之所。

停留了一阵后，她们继续上浮，回到岸上时，阳光遍洒四周，苏虹转身趴在青草地上，鼻子紧贴着地面，略带潮湿的泥土气息混合着青草香让她整个人懒洋洋的，真好，她眯着眼缓缓道："潜完水的感觉真好呀。"

虽然三年没有下水，罗曦跟文森特这对老搭档依旧默契十足，前面40分钟的路程波澜不惊，他们很快就抵达了洞穴入口，文森特把引导线固定在入口正上方一块凸起的岩石上，罗曦率先慢慢钻入洞中。

洞中结构复杂，甬道密密麻麻交织着，果然如同蜂巢一般。文森特跟了上来，比了个小心的手势，罗曦点点头，两人放慢了速度，努力维持着中性浮力，要是在这里不小心踢起了泥沙，两个人立马变成睁眼瞎，等泥沙落地水况变清至少要十几个小时，不仅仅会导致他们的行程泡汤，更会威胁到他们的生命。

在迷宫般的洞穴中安放引导线也需要足够的经验，固定点是否牢靠，是否会重复走线都是新手无法掌握的技巧，好在两人几年前就合作探过更加复杂的洞穴，通过最近几次合作很快找回了当初的感觉，无论是手势阅读还是水中预警都好似心灵感应般默契。

洞中路线地图里并没有标记，他们只能按照大方向不断尝试，碰到了死胡同就慢慢地原路返回，终于，在经过漫长的探索后，他们从一个仅容一人通过的洞口钻出，视野瞬间开阔了起来。

虽然仍在洞中，但相较刚刚的狭长隧道已经开阔许多了，再向前游几十米，那种熟悉的震撼感再次袭来，上窄下宽的一排排巨型钟乳石映入眼帘，罗曦深吸一口气，这次比之前探到的洞穴内的地狱钟都要壮观，几乎一眼望不到头，他朝文森特做了个手势，对方心领神会，二人拿着照片分别向两边排查了起来。

陆羽看着手表数字跳到3点整，扛起潜水器械，跃入水中，停在洞口处用手电仔细观察，水下十分平静，没有任何异常，做过二次确认后，他没有多做停留便转身折返。

出水后陆羽先把自己的配重扔到岸边，手脚并用爬到岸上，突然脖子一紧，身后一双手猛地把他按在地上，面镜磕在岸边石头角上，被撞出一道道细纹，身后有人用浓重的口音说着英文，"别动，你被捕了！"

罗曦绕着半个石林来回三圈，确认没有发现照片上相似的地狱钟，文森特也在不远处朝他摆摆手，他无奈点点头，心中不由得有些担心，假如最后一处还找不到，那就真麻烦了，难道罗隐找到了一个连文森特都不知道的野洞？他努力稳定心神，在坎昆不可能有人比文森特还了解这里的水下环境，既然这里没有，线索一定在最后一个野洞了。

他朝文森特做了个折返的手势，两人便转身沿着安置好的引导绳原路返回。

游到一半，前面的文森特示意他减速，罗曦放慢踢水频率，缓缓游到文森特身边，发现不知为何，前方水况变得有些浑浊，两人小心翼翼再往前游，水况越来越差，直到四周水中漂满泥沙，完全遮住前方道路时，两人不得不停了下来。

文森特沉吟一阵，做了个下陷的手势，他怀疑前面发生了塌方，又或者是有巨型石块脱落砸到洞底，导致泥沙翻涌，这种情况极为罕见，却并非不可能。

文森特把引导绳的另一端递到罗曦手上，指了指自己，又指了指前方，示意他先去前方探明情况。罗曦点点头，握紧了引导绳，这是他们远距离沟通的方式，假如一端连续拉扯两次，证明有危险，需要立即支援，拉扯三次则证明可以缓缓跟上去。

看着文森特顺着引导绳消失在浑浊的水中，罗曦开始不由自主地焦虑起来，毕竟三年没潜水了，没有遇到特殊情况时一切都好，可眼下，他虽然极力控制，但随着情绪变化，氧气瓶的耗氧量数字明显跳动得比之前快了好多。

终于，引导绳另一端传来三次拉扯，罗曦又再次确定了一下，这才小心翼翼挪着身子向前，洞中能见度已经很低了，假如他跟文森特撞到一起再掀起更多泥沙，后果不堪设想。

就这么蠕动似的挪着身子，仿佛游了一个世纪，他终于看到了文森特在通道角落里蜷缩的身子，文森特朝他指了指完整的石壁，比画道："应该没有塌方，最多是石头掉入水中。"两人松了口气，只要通路没有被堵死，跟着引导绳还是可以顺利返回的，或许连石头都没有掉落，只是什么水底生物掀起了泥沙也说不定。

由于能见度太低，为了防止撞到石壁，这次换罗曦在前，文森特在他身后半米左右，两人保持着两倍的安全距离同时向前游去，就在罗曦感到自己耗氧量慢慢恢复正常时，眼前的一幕让他的心脏猛地一紧，表中数字瞬间再度飙升，他们赖以求生的引导绳，在最近的一处固定点上断了。

陆羽被铐上手铐，三个警察正在不远处清点岸上的设备，他身旁坐着一名矮壮敦实的警察，叼着烟，不怀好意地盯着他，看样子是他们的头，刚刚就是这个人差点儿把他磕成脑震荡。

他试图用英语跟这人沟通，对方却摆摆手，"No English。"

等到清点完毕，那人示意其他警察把他送上警车准备离开，陆羽大声道："我还有朋友在水下面，你们不能就这么离开！"

对方扭头狠狠瞪了他一眼，吼道："No English！"挥了挥拳头示意他安静些，又扭头用西班牙语吩咐手下把他拽到车上。

陆羽只好不断重复仅知的几个西班牙语单词："朋友，我，水，下面，两个。"

敦实警察走到陆羽身前，狠狠朝他胸口捶了一拳，陆羽被打得双膝跪地，胸腔剧烈地起伏，一时间竟喘不上气来。

那警察凑到他耳边，竟然用英语恶狠狠道："我知道你有朋友在水下面，你应该感到幸运，自己不是在水下的那个。"看着他诡异的微笑，陆羽心中泛起一阵寒意，整个人瞬间如同置身冰窖。那警察又道："再说话，就把你嘴堵上。"

陆羽拼命挣扎，那人又一脚踹到他腹上，剧烈的疼痛让他全身痉挛，大声咳嗽，再也说不出话来。

架着他的警察看着陆羽，脸上闪过一丝犹豫，那敦实警察朝他们扬手，骂骂咧咧吩咐他们赶快把陆羽抬上车，陆羽痛得紧闭双眼，不再试图跟这些警察沟通，大脑却在飞速运转，这警察明显不怀好意，现在当务之急是把这里的情况告诉苏虹她们，假如再晚一些，水下的罗曦跟文森特恐怕都会有生命危险！

罗曦拿手电仔细照着引导绳断掉的一端，如此光滑的断口绝不是石头磨损形成的，倒像是用潜水刀割断的，他心底一沉，事情不再简单，假如是人为的，对方怕是想把自己置于死地了。

他并没有告诉文森特真相，只是打手势说引导绳被磨断了，以免两人都引起更大的恐慌。或许对方只割断了这一段的引导绳，但上面还有其他绳结固定，滑落的引导绳有可能就在附近，只要找到固定在岩壁上的断头也可以顺着往外潜。

两人按捺住紧张的心情，在浑浊的水中四处摸索。然而，在水里找了足足一个小时，依然没能找到那条消失的"生命线"。此时，他们已经用尽了应付紧急状况的氧气份额，除非当下找到了回去的路，否则哪怕过一阵子再找到，恐怕他们也没有足够的气回去了。

找不到出去的路，没有足够的氧气，真的……就要这样活活憋死在不见天日的海底洞穴中吗？

死亡的危险再一次离他们如此之近。

忽然，罗曦想起，刚刚两人探洞时，附近一个小洞穴里，有一个没被海水填满的气穴。

他赶忙示意文森特一起折返回地狱钟方向，一路上罗曦不时紧张地抬头向上看，好在这次老天没有为难他们，他们很顺利就找到了气穴，罗曦跟文森特奋力上浮，扑的两声，二人从水中探出头来。

借着手电，他们发现这是一个长约70米，宽约16米的洞穴。海水和洞顶之间，存在一个10米多宽未被海水填满的空间，惊魂未定的两人没来得及休息，连忙关闭了氧气阀，商讨起出路。

"来时的路没办法走了，"文森特道，"但是假如从刚刚我们找地狱钟的另一端继续向前，或许还有出路，"他拿出地图，指着洞口的大概位置道，"这洞里面虽然没有太多记录，但更外面的水域却有记载，结合我刚刚拿照片找线索时的观察，这边有三个洞口，从这儿出发再向西 1 千米，应该会有出水口，只是不确定这三个洞哪一个可以通到那里。"

"你还有多少气？"罗曦问道。

文森特看了看自己的氧气表，"大概 70 BAR。"

"我还有 81 BAR，我们的气不够两个人一起出去的，这样，我把自己的气瓶给你，我在这里等着，你去找救援。"

文森特摇摇头，"我留在这里，你去。"

"不，你更适合，你比我有经验。"

"这条水路我也没走过，咱俩一样都是第一次，潜水技术上我们也没有什么差别，"文森特道，"但是，你的个子跟体重总是小一点儿，耗氧量比我少，这对于钻小洞，还有水底坚持时间都至关重要，而我潜的次数更多，更能适应这洞里高二氧化碳浓度的环境。"

"可是……"

"没什么可是的，我知道你想把生机留给我，但咱们兄弟一场，难道不应该想着一起出去吗？"

文森特用手按着罗曦肩膀，脸上泛起一丝微笑，"不要让四年前那件事儿影响你，我对你有信心。"

说完，他解下自己的气瓶，不再理罗曦，独自游到了露出水面的一块石头旁，爬到岩石上背对着罗曦躺下，闭上眼道："去吧，我等你回来。"

罗曦看着文森特，默默地戴上了面镜，大声冲着那个背影道："我一定会救你的，在我回来之前，你不许出什么意外，记得，你还要做我的伴郎呢。"

文森特伸出胳膊朝他摆摆手，不发一言。

罗曦最后看了眼老友沉默的道别，努力按捺住百味杂陈的情绪，握紧了手里的气瓶，缓缓下潜，独自踏上前途未明的路。

这次，他们还能再见吗？

74

陆羽坐在警车后排，右边一名警察死死盯着他，那个警官坐在副驾，手机被没收了，自己又被死死控制住，罗曦跟文森特生死未卜，他想了无数方法却没有一个行得通。

自己右手跟警察铐在一起，刚刚遭受的拳脚让他胸口小腹依旧隐隐作痛，他低下头轻声咳嗽，胸前忽地一凉，那个圆形小牌也随着他俯身从胸口摆到了胸前。

警车在路口停下，等着红灯，正值下午，看着街上人潮川流不息，陆羽忽然眼睛一亮，虽然不能确定自己临时想到的办法能否奏效，可眼下形势危急，只能试试了。

他偷偷把左手伸进上衣里，用力一拽，就在车子启动的瞬间，他突然打开车门，露出一个缝隙，然后又迅速关上，身边警察反应很快，警惕看向他，一只手朝腰间手枪摸去。"Easy easy，"他笑着指了指身边，"门，没关紧。"

矮壮警察隔着座位又给了他一耳光，骂骂咧咧用西语朝他咆哮，陆羽摸着自己被扇红的脸颊，此时的他已经感觉不到疼痛了，只在心中默默祈祷，希望这东西真的可以带来平安吧。

从小天使潜完后，伊莎贝拉见苏虹二人心思已经完全不在水里，又看看时间，约莫文森特三人应该快要探完所有洞穴了，索性结束了当天行程，开车载二女回店里等待消息。

车刚在前院停好，苏虹便迫不及待走到店里，伊莎贝拉跟韩絮跟着走了进来，见她四下张望着，伊莎贝拉笑道："他们应该还在路上呢，看把你急的。"

时间一分一秒过去，墙上时钟指向下午两点，苏虹放下电话，朝二女摇摇头，还是没人接听。她们又像之前那样围坐在店里，伊莎贝拉也没了开玩笑的兴致。

整个房间里鸦雀无声，只听钟表嘀嘀嗒嗒地走着，突然店里固定电话铃声响起，伊莎贝拉连忙抄起听筒，苏虹二人紧盯向她，只听她摇了摇头，跟那边道："对，是深海之蓝潜水店，对不起，我们没有人丢了护身符，或许是游客的也说不定，好，麻烦你留个联系方式，如果有人丢了我让他联系您，说完便放下了听筒。"

"什么人啊？"苏虹问道。

伊莎贝拉道："不知道哪个客人把从店里买的护身符丢了，被别的游客捡到了，这个时候谁有心思管这事儿啊。"

"你有没有问那护身符是什么材质的？"苏虹忙道。

"当然是铜的，唯一一个金的不是在你那里吗？"

苏虹飞起一步抄起电话，"那人留的号码是多少？"

苏虹看着眼前和蔼的老者，摩挲着手中的护身符，问道："请问您是在哪里捡到的？"

"在 Maska 那边市集的红绿灯口，我看着很贵重的样子，应该不是故意扔掉的，看到背面有电话，就打过来了。"

"您看到是谁掉的了吗？"

老者摇摇头，"人没看清楚，不过好像是从一辆警车上掉下来的。"

三人对望一眼，同时有种不祥的预感，匆匆跟老者道谢后，三人赶忙上车，苏虹道："陆羽就算是再讨厌我，也不会把我送他的东西扔大街上。"

"只有一种可能，他们被警察抓了。"伊莎贝拉把钥匙插进锁孔，边说边发动了汽车引擎。

"我们应该怎么办？"

"还能怎么办，现在这种情况，先去警察局，见到人再说！"

警察局距离潜店有 15 千米，伊莎贝拉路上只用了 20 分钟，进门后她们直接奔向前台，冲办事员道："你好，请问今天有没有抓到什么外国人？"

办事员微微翻了下眼皮，道："你们是什么人？"

"我们的朋友被你们抓了，我们要见他。"苏虹在一旁道。

办事员不紧不慢地检查了一下登记手册，道："确实有一个亚洲人被抓进了拘留室，但还没做记录，你们现在还不能见他。"

"为什么不能见？"苏虹道。

这时一个矮壮的警察从大厅走了出来，看到苏虹等人围在前面，上前简单地问询了一下情况，对她们道："你们的朋友偷潜野洞，触犯了我们当地法律所以被拘留了起来，你们暂时不能见他。"

"见他？你们只抓到一个？"

那人冲她冷笑道："怎么，难道他还有同伙？"

苏虹预感到情况更加不妙，陆羽不可能跟文森特还有罗曦分开，现在只有他一人被收监，事情愈发蹊跷了。她赶忙对男子道："他是外国人，不会西班牙语，你们总应该给他找个翻译，这么直接收监，有通知使馆吗？"

那男子不耐烦道："程序我们会走，用不着你提醒，外国人在这儿也不能犯罪，只要犯罪了我们就能抓！至于什么时候审，什么时候通知使馆你们说了不算，好了别在这儿胡搅蛮缠了，赶快走吧。"

警察不由分说指挥门口的两名警卫员把她们驱逐出了警局，三人焦急地聚在门口，苏虹跺着脚，急道："怎么办，要不要找使馆？"

韩絮略作沉吟，看向伊莎贝拉："墨西哥这边一般抓了外国罪犯会这么处理吗？"

伊莎贝拉摇摇头："具体怎么办我并不清楚，但是像这样连登记都不登记的情况很少见，毕竟是外国人，抓了人却不记录在档案很奇怪。"

韩絮道："我们先冷静一下，使馆远在墨西哥城，从调查取证到走流程肯定来不及，你们说这个警察抓了人不做登记是因为什么？他是不想让谁知道？按理说这种事情合情合理，没必要躲着我们。"

苏虹突然反应过来，道："你是说，他怕让他上面的人知道？"

"有这个可能，"韩絮点点头，"假如局长是老金的人，他们又抓了陆羽，完全可以按照正常流程走，而且假如要抓，他们早抓了，你们有没有注意到刚刚警察局别的警察的表情，似乎他们也不清楚这次的抓捕。"

韩絮继续道："有没有可能，局长并不知道陆羽他们被抓了？而这件事儿并不是他下的命令？反正假如他是幕后黑手，他也已经知道我们来过了，所以，"韩絮看向苏虹道，"我们不妨先试试，跟这个局长通个电话。"

苏虹赶忙从包里拿出那张名片，电话响了一声就接通了。"你好，是哪位？"电话那头传来局长淡淡的声音。

"是我，苏虹，昨天你给我的名片。"

"哦，苏小姐啊，怎么样，想通了吗？"

"局长真会开玩笑，你的人已经把我朋友都拘留起来了，我还有什么好想的。"

"什么？你朋友被抓了？"电话那头局长声音里带着一丝惊讶。

"就在刚刚，已经被收监了，你不会告诉我你不知道吧。"

"你等等，你们现在在哪儿，警察局吗？"

"我们被你的手下赶出来了，现在就在门口。"

"好的你别急，"局长连忙道，"你们站在那儿别动，我一会儿给你回电话。"

那边很快挂断了电话，苏虹看看二人道："听他的语气，似乎真不是他主使的。"

"也不好说，"韩絮神色凝重道，"我现在去联系使馆，你们留在这里，现在只能分头行动，走一步看一步了。"

过了20分钟，警察局里刚刚的那个前台小跑出来，对二人堆着笑脸道："不好意思，两位女士，局长来过电话了，你现在可以去探望你们的朋友了，局长也马上到。"

苏虹跟伊莎贝拉被领到了一间办公室坐下，不一会儿局长推门而入，身后跟着几个警察押着陆羽走了进来，刚刚那个矮壮警察也站在局长身边。

"巴布洛警长，这是怎么回事儿？"局长看向那个矮壮警察。

"我在野洞洞口发现他私自潜水，就依法把他抓了回来。"巴布洛振振有词道。

苏虹看向陆羽道："怎么回事儿，文森特跟罗曦呢？"

"赶快去救他们，"陆羽急道，"这警察有问题。"

苏虹赶忙用西语跟局长说明了情况。

"你不是说就抓到一个吗，怎么他说那边有三个人？"局长看向巴布洛。

"他说英语我听不懂啊。"巴布洛耸耸肩，一脸无辜道。

"你耳朵聋了，眼睛也瞎了吗！"局长怒道，"明明有三个人的潜水装备，你就抓了一个人回来？还有你们，干什么吃的？都瞎了？"他指着另外几个协同办案的警察，吓得他们个个脸色惨白，噤若寒蝉，"抓回来还不登记，第一天当警察！？"

发完火他转身对苏虹等人道："你们别担心，我们现在去找你们朋友，不会出事儿的。"

说完他冲着巴布洛警长道："赶快带路！"又指了指陆羽，"这人也别关在这儿，跟我们一起走。"

75

4辆警车在街上飞驰，长鸣的警笛声刺破天际，所经之地车辆纷纷让道，苏虹被特意安排坐在局长车里，路上他安慰苏虹道："别担心，你朋友不会出事儿的，或许他们已经上岸离开了。"

驶到入水点处，文森特的SUV已经不见踪影，整个水池旁平整得仿佛没有人来过，陆羽指着一旁的空地：我们走的时候车子还停在这里。

"你们的朋友会不会已经出来了？"局长道。

陆羽摇摇头："假如罗曦他们出来看到我不在，一定会第一时间联系苏虹她们，更不可能还有心思打扫现场，恐怕是有人在我们走后来过这里，不但开走了车，还把这里伪装得像是没有人出现过一样。"

局长意味深长地看了矮壮警长一眼，当机立断对身边人道："派两个潜水员去看一下情况。"足足过了一个多小时，潜水员才返回水面，当先一个摘下面罩摇了摇头，道："刚进入洞口十几米就满是飘荡的泥沙，能见度极低，再游下去危险系数太大了，另外，我们找到了这节断绳，看切口，应该是被潜水刀割断的。"

"王八蛋，你对他们做了什么！"伊莎贝拉跟苏虹听完后立马冲向巴布洛，被几个警察拦了下来。

"我做什么了？我就是秉公执法，抓了一个偷潜者，他们都可以作证我们抓完人就回警察局了。"巴布洛理直气壮地申辩道，"再说，你的朋友都是些犯人，他们偷潜的时候就该有觉悟，水神不会放过他们的。"

局长摆摆手，示意松开苏虹二人，"两位请冷静一下，我们的警员在办案中存在失误，这是事实，但现在当务之急是想办法把你们的家人跟朋友救出来。我刚刚已经派人把全市能调派的潜水警力都召集了过来，相信我，他们会没事儿的。"

"放屁！现在都什么时候了！他们的氧气瓶能支撑多久你心里没数吗！"伊莎贝拉冲局长吼道。

"伊莎贝拉女士，你的丈夫是一个经验极其丰富的优秀潜水员，事情演变成这样是我们都不愿看到的，但你起码要给我们机会试着挽救一下，"局长耐心道，"这里地下水道错综复杂，或许他们找到了别的出路，你如果现在跟我们纠缠不清，只会延误了对你丈夫还有你朋友的救援时机。"

伊莎贝拉努力控制自己颤抖的躯体，眼角噙着泪花，苏虹扶着她的肩膀，冷冷看向局长，"局长先生，你最好祈祷我们的朋友安然无恙，否则这件事情一定不会就此了结。"

文森特静静地躺在石头上，半小时前他对自己所处的环境做过一番探查，最表层的水应该是海底淡水，可以饮用；他随身带了3个手电筒，其中1个在水中发生故障，已经无法使用，另一个在他探查后也电量耗尽，还剩下最后一只，他揣在怀里，感受着黑暗，除非必要，他都静静地躺在岩石上，听着洞顶的水滴。

滴答，滴答，滴答。

等待着不知会不会来，何时才来的救援。

岩石冰凉潮湿，周围伸手不见五指，恐惧和二氧化碳浓度过高使他心神恍惚，四年前的那次意外并没有降临在自己头上，这次还能像当年一样幸运吗，罗曦能成功潜出洞穴，找到救援吗？

就算他找到了救援，自己会不会已经死了？他又想起伊莎贝拉，因为减压症的问题，他们现在还没来得及要孩子，这样也好，假如自己真的命丧于此，伊莎贝拉可以少些羁绊去开始新的人生。

这个自己发誓要守候一辈子的姑娘现在在干什么？焦急地等待着他的消息还是在跟那两个中国女孩吃着冰激凌？时间过去了四五个小时，文森特却感觉过了好几年。高浓度二氧化碳的恶果越来越明显，他开始觉得头痛欲裂，很疲倦却又睡不着，晕晕乎乎，天旋地转。

他感觉到水面上有光，还听见有人在朝自己游来。然而揉揉眼睛，一切都是幻觉。

慢慢地，他失去了对时间的概念……

罗曦看着自己的耗气表，还剩下 15 bar，以他的耗气量，还能再支持 10 分钟，水底世界依然一片漆黑，只有自己的头灯为前方劈开一条指引，他来不及再设置引导线，好在这一处洞内岔口并不多，认准了大方向后，偶尔需要在两条路线中做出取舍，却也没有遇到死胡同的情况。

根据地图显示，再估算一下自己的速度，假如算直线距离的话，那 5 分钟前就应该游到了开放水域，但漆黑的前路就像死神的巨口般择人而噬，看来他早已偏离了原定航线，难道他跟文森特都注定要命丧于此？

无边的黑暗跟寂静，还有将要耗尽的氧气压得罗曦几度想要放弃，想到文森特还在等着他，他又重新打起精神，继续向前游去，指示表上氧气量从 10 bar 变为 9 bar，首次降到了个位数，他竭力遏制自己的欲望不要去看，偏偏又忍不住，起初游四五米才会看一下，到后来每摆动一次腿，眼睛就会下意识地瞟过去，8，7，6，黑暗，还是黑暗。

4，3，2，无声，依旧无声。

当数字终于变成1的时候，罗曦对自己笑笑，没想到老子死在了这个鬼地方，他用力吸掉最后一口气，表内数字显示为0，罗曦想要大喊，老子不甘心！他把自己最后的力气发泄在石壁上，伸出拳头朝洞顶挥去，却挥了个空，手并没有被坚硬物体割伤的疼痛，而是像打在了空气中。

他抬头望去，上面影影绰绰有个空间剪影，他奋力蹬腿，头一下子蹿出水面，那一瞬间他幻想着可以看到太阳，但也仅仅一瞬间，梦便破灭了，这只是另一个气穴，一个比文森特待的地方大一圈的气穴，不过是稍加延缓他死亡的时间罢了。

他撑起半个身子靠在一块岩石上，绝望地看着四周。突然间他似乎想起了什么，拿出地图，迅速摊在石头上，果然！地图上文森特标记的开放水域不远的地方的的确确标注着一个气穴，或许这就是那个标明的气穴？如果是的话，只要再游1000米，就能出去！如果不是的话……

如果老天爷真的是要玩我，那也没办法，可如果是要考验我，那就再拼一把！罗曦把所有装备都留在了气穴内，仅留了一只手电，再次确认了一下路线后，对自己说，就看这一口气了！

气穴里的空气含有高浓度的二氧化碳，这让自由潜的罗曦感到一丝不适，一身轻松的他在洞穴里也无法发挥自己最快的速度，但比刚才负重游快了很多，他年轻时曾经创下过自由潜一口气7分钟的记录，这口气能帮他撑多久？

眼前的路似乎永无尽头，渐渐地，胸腔中的气接近耗尽，曾经的潜水经历让他对这种感觉无比熟悉，现在的他一定眼球开始凸起，全身皮肤发紫，二氧化碳使他的大脑疼痛，甚至出现幻觉。

前方仿佛有一丝光亮，他已经分不清是现实还是虚幻，朦胧中眼前浮现出一个女子身影，似乎在朝他招手，是维斯帕吗？你等我好久了吧。罗曦朝着那身影方向踩水游去，却总隔着一段距离，影影绰绰间看不真切。

他像着了魔一般，用尽残存的最后一丝气力，奋力游到她身边，手掌仿佛已经触及那女子指尖，她正冲着自己微笑，笑中带着一丝熟悉的揶揄跟高冷，眼神中却满是藏不住的关切，不是维斯帕，罗曦笑笑，没想到最后一刻，我想到的居然是你。

就在他快要力竭的时候，头顶的光亮越来越大，越来越大，慢慢地变成一缕缕光束，罗曦此时已经几乎失去了意识，双脚只凭惯性踩着水上浮。游动速度越来越慢，忽然，上方的光亮变成一个巨大的圆形水面，他下意识挣扎着蹬水，终于，扑的一声，整个上半身破水而出！

四周的阳光微风还有远处的嬉戏声都仿佛对他重返陆地世界表示欢迎，他像是个饿死鬼一样贪婪地吸着每一口空气，双眼直盯着太阳，任由那份炽烈灼伤他的眼睛，只有这疼痛才让他感受到真实，这是他人生中第一次这么喜欢太阳。

洞潜入口站满了救援人员，一批 8 人的救援小组已经在水下作业 1 个半小时，通过远程视频，可以发现水中的泥沙还没有散去，每前进一步都无比艰难，终于，在尝试了几次后，负责水下指挥的救援队长宣布返回，在水底能见度恢复如常前，救援行动无法展开。

局长看着身前的屏幕，来回踱着步，突然停下来跟身边副手说："立马调来这附近的水文图，派人手在 5 千米内找寻是否还有别的入口可以进洞，如果 5 千米没有，就扩大到 10 千米，要快！"

伊莎贝拉虚脱地倚在岸边一块巨石旁，见潜水员浮出水面，她突然跳了起来，冲向水中道："他们害怕危险，不敢下去，那我下去，你们不能阻拦我下去！"

苏虹起身跟在她后面道："我陪你一起下去！"

局长命令身边人把她们拦下，吼道："什么时候了，你们还闹！再闹就把你们跟那个男的一起关起来！"

"你关啊！有种你就关！去你妈的狗杂种！"伊莎贝拉发疯了一般不知哪里冒出来的力气，再次扑向局长，直到警卫把她再次拦下，局长摇摇头，"先把她们送到车上，看好她们，这里我来负责。"

警卫不顾伊莎贝拉的叫喊，把她们连同刚刚闻讯赶来的韩絮一同押到车上跟陆羽铐在一起，"再叫的话，我们就把你们送回监狱去！"警察说完砰的一声摔上车门。

"情况怎么样？"陆羽看着她们，急切问道。

苏虹摇摇头，"已经这么久了，人如果在下面，除非长了鳃，否则只能是打捞尸体了。"

伊莎贝拉双手抱着头，一开始只是无声地抽泣，渐渐地哭出声音，然后越来越大，伴随着身体的抖动，苏虹跟韩絮受了感染也哭了起来，陆羽一言不发，双手握在一起，拇指指甲几乎把手上皮肤掐出血来，默默地看着两女。

过了很久，伊莎贝拉渐渐止住了哭泣，小声道："我知道的，我们总有一天会死在水里。只是没想到那么快，为什么就不能再等等，让我为他生个孩子。"

苏虹呜咽着道："对不起，伊莎贝拉，如果我们不出现就不会发生这件事情了。"

"不，这跟你们没有关系，苏。"伊莎贝拉摇摇头，"玩技术潜水的很难判断明天跟意外哪个会先来，但既然爱上了这项运动，就要学会接受，我们四个当年决定潜水时已经做好了这个准备的，只是，只是我不明白，为什么他们三个都走了，偏偏剩下我！而他们俩又为什么会是用这种方式结束自己的生命！他们的命不是被大自然收走的，而是被人所害，我不接受！我怎么都接受不了！"

伊莎贝拉抹了抹眼泪，抬头看向众人，"你们不是想知道我们四个人后来为什么分开，罗曦又为什么不再潜水了吗？现在他们都走了，我不知道自己还能坚持多久，这件往事，索性说给你们听吧。"

苏虹等人默不作声地看着伊莎贝拉，她深吸一口气，努力稳定了一下情绪，用颤抖的语气缓缓道："那是四年前了，当时我们刚刚结束了意大利海底火山的探险，觉得世界上没有什么地方是我们潜不了的，为了挑战更高难度的项目，我们下一站选择了挪威。"

"潜水种类里最难的大概就是洞潜跟冰潜了，而挪威北部的普拉拉河正好是一个将二者合二为一的潜点。那里冬季是一片冰原，常年被冰雪覆盖，冰层下却有着非常繁密复杂水道的未知洞穴，从来没有潜水员到过那里，更别提画出水文地图了。而我们，就要做第一个绘制出洞穴地图的人。

"为了这个计划，我们准备了足足一个月的时间，到了初冬时节，我们带好装备，来到了普拉拉河。

"我还记得那天是个星期五，天气有些阴沉，似乎预示着不好的兆头，维斯帕安慰我，等潜水结束后一起去看极光，吃驯鹿肉。罗曦跟文森特用电锯在冰层上锯开一个三角形入口，我们分作两队，一前一后潜到水下。"

伊莎贝拉脸上泛起一丝罕见的恐惧表情，"我也算洞潜老手了，可那次是我第一次感到心里没底的潜水，我们潜得太深了，我看着潜水表上的读数，70 米，80 米，90 米，最后甚至超过了 100 米。这在当时，应该是全世界最深的一次洞穴探险了。

"我跟文森特游在前面，百米下的水压让我胸口有些难受，水温也冷得刺骨，但看到身旁的那个男人，我就会变得安心很多，终于，我们通过了洞穴最深处，大概 110 多米的隧道，前方的路开始上升，我心里也慢慢踏实下来。

"就在我跟文森特继续朝前游的时候，身后突然传来手电灯光，我们立马回头，见罗曦正朝我们用力招手，我们赶忙往回游，发现维斯帕的装备被卡在了那处最狭窄的洞口！

"她不断用力地挣脱着，却无济于事，洞口不仅窄，而且由于处在路线的转折点上，跟整个水道几乎成 90 度。罗曦像疯了一样试图把她拉出来，洞穴空间狭小，我们根本无法帮忙，只能在他身后焦急地看着。

"罗曦见无法把她拽出来，便开始拿出潜水刀，敲击石壁，我们见状，也纷纷上前帮忙，可那石壁太坚硬了，我们的潜水刀刃口崩了个七七八八也不见效，更糟糕的是，维斯帕在挣扎中把呼吸器磕坏了，她的氧气瓶这下如同摆设，罗曦把自己的备用呼吸头递给她，又继续去凿石壁。

　　"我们依次轮换着跟她共享着氧气，终于，换到第三轮的时候，我们自己的氧气也不多了，维斯帕朝我们笑笑，吐掉了嘴里的呼吸器，冲我们挥挥手。

　　"罗曦还要把呼吸头塞到她嘴里，却被她一手拍开，罗曦不由分说，强行掰开她的嘴，硬是把呼吸头塞进她嘴里，可水泡却从四周冒了出来，原来维斯帕屏住了呼吸，并没有吸氧。

　　"我虽然看不到罗曦的表情，但他当时整个人已经疯狂了，整个人在水中忽然朝着维斯帕下跪，几乎是哀求着她把呼吸嘴戴上，手上的潜水刀受不了他拼命地狠凿，竟然从中断裂，维斯帕朝我们笑笑，用最后的力气，跟罗曦比出一个口型，我爱你。渐渐地，她不动了。

　　"我们都愣在了当场，是文森特先反应过来，我们一起用尽力气，才拖着罗曦离开那个水道，等我们终于游出洞穴，开始上升的时候，我因为紧张，加上跟维斯帕共享气源，发现自己的氧气储量无法做到5米3分钟停留。

　　"我知道假如告诉文森特，他一定会把自己的气瓶给我，可这样只会让我们三个人都有危险。我暗自打定主意，示意自己先上浮，让文森特看着罗曦，到了最后60米的时候，趁他只顾拖着罗曦，便没有做停留，一口气浮到了水面，等文森特发现的时候，一切都晚了，那次洞穴探险，我失去了一位挚友，也让我自己从此患上了减压症。"

　　伊莎贝拉声音虽然很平静，眼泪却在说话时不住划过脸颊，她继续道："我们并没有让维斯帕长埋水底，文森特跟罗曦后来组织了人手，带着专业工具把她的尸体从水下运了出来，可从那之后，罗曦再也没有潜过水。而我跟文森特开的潜店，他也一次都没有来过，一次都没有。"

"所以，"伊莎贝拉叹了口气，仰头看着众人，"潜水也不全是美好的，不是吗？那件事情后，我原本以为罗曦再也不会潜水了，这次能够见到他重回水下，甚至看到他连维斯帕送的海螺都摘了，想必是走出了那段伤心往事，很替他高兴。却想不到，想不到，这竟然是他跟文森特最后一次。"她再也说不下去了，把头低着，埋在双肘间，在垂落的长发后传来一阵呜咽。

厚厚的车门将四人同外面的世界彻底隔绝，三个女生早已哭成了泪人，苏虹无力去安慰伊莎贝拉，甚至韩絮都已经哭得不能自己，这个时候，谁又能安慰谁呢？

就在此时，门忽然砰的一声被人从外面打开，局长站在门口冲他们喊道："你们的中国朋友被救援人员找到了！就在4千米外的另一个洞口，活着！至于潜店老板，现在应该还在洞中气穴里等待救援，我正安排人员火速展开救援！"

说着他又转身飞快指挥所有人员上车前往发现罗曦的洞穴，车厢内四人一时都没反应过来，愣在当场，韩絮率先飞身下车朝岸边奔去，苏虹握住伊莎贝拉发抖的手，道："放心吧，文森特还没跟你生孩子呢，他一定会挺住的。"

77

恍惚间，文森特似乎回到了诗巴丹的沙滩上，细腻的沙粒洁白剔透，天上盘旋的海鸥不时鸣叫着，空气中弥漫着椰子混合着海风的湿润奶香，一名女子朝他走来，小麦色的皮肤，洁白的牙齿跟明媚的微笑，她总是这么开心，似乎没有什么事情会让她难过。

女孩越走越近，他脸上一阵发烫，这个时候罗曦那个家伙怎么不在，如果他在的话就可以帮忙活跃一下气氛，至少给他个提示，要怎么开场，女孩走到他面前，微笑看着他："傻瓜，想什么呢。"

他不知所措地挠挠头，憨笑道："今天天气不错。"

"你这个大笨蛋，看见我居然只想到了天气？"

"你，你也不错。"

"只是不错？"女孩嘴角挑了一下。

"不，不是，你很美，特别美，特别特别美……"

"这还差不多。"女孩笑语盈盈，朝他伸出手。

两人指尖刚要相碰，忽然远处传来响动，似乎有人把手搭在他的肩头摇晃，他苦笑着摇摇头，二氧化碳吸多了原来是这感觉。

恍惚间有什么东西罩到了他的嘴上，突然，一股澎湃的新鲜空气涌入胸腔，他整个人精神一振，体内二氧化碳大军开始节节败退，意识开始复苏，他缓缓睁开眼，整个洞内被光束照耀得如同白昼，一个穿着印有救援字样的潜水员脱下呼吸嘴，对他道："兄弟，你得救了。"

"是吗，"文森特笑笑，有气无力道，"那就原谅你破坏了我的约会吧。"

新的救援队员潜入水中去替换之前进入的同事，罗曦被救后拒绝了被送往医院，而是就近在急救车上补充了葡萄糖，一旁韩絮小心翼翼扶着他，眼神关切，虽然仍旧有些虚弱，他却坚持跟众人一起待在岸边。

伊莎贝拉握着苏虹的手，完全没有意识到自己把指甲抠进了她的肉里，苏虹忍着疼，跟众人一起焦虑地等待着最后的救援结果。

终于，1个小时后，救援队员陆续浮出水面，文森特在中间被两名队员搀扶着走了出来。

罗曦跟伊莎贝拉立马冲过去抱住了他，"轻点儿你俩，"文森特笑道，"我是病人，温柔点儿好不好。"

"不好！不好！不好！"伊莎贝拉叫道，伸手推开了罗曦，"你到一边歇着，他是我的！"

局长站在一旁，见六人都松了口气，微笑道："现在事情圆满解决了，文森特在水下待了那么久，需要送到医院治疗，你们几个女士也可以随行。"

"那他俩呢？"苏虹指着陆羽跟罗曦道。

"你该不会忘了他们做的事儿还是违法的吧，我要带他们回去录个口供。"局长说着凑到苏虹耳边，小声道，"你放心，这次我们也有责任，关于他们偷潜的事儿，我会尽量低调处理。"

苏虹看着局长的脸，他的墨镜遮着眼睛，让她捉摸不透，她缓缓道："你说话算话？"

局长点点头："一定算话。"

目送着三名女子随救护车一起去往医院后，局长扭头对巴布洛探长道："你，负责把他们送回警局，录完口供之后就放人，记住，这次不能再出什么差错了。"

探长忙不迭点头道："不会了，不会了。"

局长揉揉太阳穴，呼了口气："这一天真是忙疯了，我累了，没有什么重要的事情别给我打电话。"说着走向自己专车，车门关上后，引擎即刻发动，率先离开了现场。

整个救援队陆续撤离后，探长走到罗陆二人面前道："你们跟我上车吧。"

陆羽看着他："现在会说英文了？"

探长鼻子里哼了一声，没有理睬他，朝手下摆手示意赶快把他们押上车。

车上探长不再说话，坐在前排默默玩着手机，罗曦还没完全恢复，靠在陆羽肩头闭目养神，陆羽也闭眼假寐，却不敢放松警惕，眯着的双眼时刻紧盯着探长。

路过一处加油站时，探长手机忽然响起，他挥手示意司机停车，扭头看了眼装睡的二人，拉开车门，独自下车接起电话，陆羽眯着眼朝外看去，巴布洛在车外来回踱着步，似乎正跟电话那头不断交涉着什么。

罗曦在他耳旁小声道："你说他跟谁打电话呢，为什么非要下车接？"

"怕是不想让车里其他警员听到，"陆羽皱着眉道，"我有种不好的预感。"

5分钟后，探长挂了电话，从车外朝另外两个警察招招手，示意他们下车，三人又朝更远处走了几步，巴布洛弯下腰，胳膊搭在两名警察肩上，不知说些什么，两名警察起初有些犹豫，他拍拍他们肩膀，把他们拉得更近了些，又说了些什么。直到二人默默点头，这才走到车前，跟陆羽罗曦道："警车轮胎跟制动装置有点儿问题，我们需要去前面借修车工具，最多10分钟，你们老老实实地在车里待着，别想着逃跑。"

罗曦抬起自己被铐在警车栏杆上的右手道："我们被铐着，怎么跑？"

探长朝他们点点头，转身带着两名警察向前面的加油站走去。

"他们这是玩儿什么花样，"罗曦看着三人远去的背影道，"这车子开得好好的，哪里出问题了。"

陆羽沉吟道："就算出问题也没必要都离开，一定跟那通电话有关。"

罗曦正要说话，身旁车门砰的一声忽然被人从外面打开，"不许动！"一支枪伸了进来，黑洞洞的枪口顶在罗曦的脑门上，持枪者赫然是黑石城中金先生身旁那个年轻男子。"我们又见面了。"车外传来苍老而熟悉的声音。

罗曦看清了来人，冷笑道："你怎么跟个哈巴狗一样赖着我们，是老二太抠门，平时不给你喂狗粮了吗？"

金先生冲拿枪男子做了个手势，对方一巴掌扇到罗曦脸上，他嘴角立马沁出了血迹。金先生淡淡道："抱歉，我没时间跟两位拉家常，跟你们单独相处的这10分钟花了我50万美金，接下来希望你们配合一点儿，我问什么，你们答什么，如果你们不听话，想必你们也知道，这次我可是拿到了A级授权。"

"怎么着，你还敢在这儿开枪不成？"罗曦任由衣袖擦了擦嘴角血迹，冷冷地看着老金。

"踩死两只蚂蚁需要开枪吗？只要有个卡车司机碰巧喝多了，没注意到在路旁违规停着的警车，这两只蚂蚁就会被压成肉酱。"金先生笑着道，"你猜找这么个卡车司机要花多少钱？这可比跟警察谈生意轻松多了，只要 7 万美金，不到 50 万人民币，如果二位觉得自己的命也就值 25 万，那可以选择不回答，也可以说谎，只不过你们要祈祷自己的谎言可以骗过我。"

金先生满意地看着他们沉默的样子，掏出一把钥匙，给陆羽解开了锁，指着他道："你，下车。"

陆羽被人押着走下车，金先生又看向罗曦道："接下来我的问题你要一五一十回答，我手下会把这些问题原封不动再问陆羽一遍，如果得到的是不同答案，那么你们就一起当肉泥，如果你们说了真话，我可以适当压抑一下自己本来想弄死你们的心情，放你们条生路，听明白的话，点点头。"

罗曦知道他什么都做得出来，只好点了点头，金先生从怀里拿出一样东西，竟是罗隐留下的那张照片，看来他们车里的东西已经都被老金搜刮了去。

"这个是不是你们这次来墨西哥要找的东西。"

"是。"

"现在找到了吗？"

"没有。"

"瓶子里装的什么？"

"不知道。"

"还有几处地点可以寻找？"

"一处。"

金先生拿出了他们的地图，道："在哪里？"

罗曦低下了头，陷入了沉默。

金先生看着自己的手表，道："我给你 1 分钟时间考虑要不要说，到了时间，哪怕你说了，我还是会把你们压成肉泥。"

罗曦咬紧嘴唇，用能活动的右手指了指地图上的标记，看向老金的双眼几乎喷出火来。

"很好，"金先生满意地点点头，"三少爷，接下来你可以好好休息了，这件事儿从一开始你就不该掺和，在国内安安分分当个纨绔子弟多好。"

金先生跟询问陆羽的人对照了一下说辞，确认无误后，把陆羽放回警车，重新把陆羽锁上后，金先生站在车外，看着二人，他叹了口气道："要是我年轻20岁，你们今天非死不可，不过现在我老了，有孙子了，在水底那种情况下都能活着回来，你俩也算命大，以后就乖乖地好好享受生命吧。"丢下这句话，他便转身跟4个同伙消失在了树林中。

罗曦跟陆羽并排坐在车上，沉默着没有说话，这一局他们还是败了，而且是一败涂地，文森特在医院接受抢救，他们二人面临着在异国被囚，辛辛苦苦找寻的线索眼看要落入恶人手里，罗隐甚至面临着杀身之祸，辛辛苦苦20天，竟换来这样一个结果。

探长吹着口哨晃晃悠悠走了回来，两个探员拎着新轮胎跟在他身后，装模作样地换好轮胎后，车子再次发动。"你们知道吗，最近轮胎都他妈的涨价了，"探长似乎突然有了聊天的兴致，"这个世道，他妈的除了工资不涨价，什么都涨。"

罗曦二人已经无心再跟他废话，他们会被关押24小时，其间警察可以找各种理由拒绝探视，等到时间一过，线索早已被金先生拿走，等他们出来，一切都已尘埃落定了。

78

警车终于驶到了警局门口，探长下车对迎来的两名警察道："人都在车上，带回去吧。"

那两名警察没有走到后门，反而走到他身边，"请解下你的配枪。"一名警察冷冷道。

"你说什么？"

"请解下你的配枪。"

"让我解下配枪，你脑子坏了？"

"解下你的配枪，别逼我们动手。"

"你他妈疯了，敢对老子大喊大叫？"探长冲着两人咆哮道。

两名警察不由分说一左一右把他双手反拧，整个人被按到了车前盖上，

探长头被死死按在挡风玻璃上，帽子歪在一边，他大喊道："干什么？我要见局长！狗娘养的，不知道我是谁吗？"

一名警察把他双手铐在一起，道："局长也想见你，跟你聊聊刚刚那通电话还有你老婆账户上突然多出的50万美金是怎么回事儿。"

探长整个人仿佛被石化一般，不再挣扎，又突然跟泄了气的皮球似的软了下来，嘴里兀自道："什么电话，什么钱？你们一定搞错了，听我解释。"

"你还是亲自跟局长解释吧。"

一名警察押解着探长走进警察局，另外一名上前给陆羽罗曦解开手铐，道："二位，局长说麻烦你们在休息室等一下，审完了这家伙他亲自跟你们解释情况。"

陆羽跟罗曦揉了揉被手铐勒紧的手腕，对视一眼，双方眼神中都透着一丝惊讶，眼下的情况又出现了反转，他们别无选择，只得跟着警员走到了休息室。

休息室里空荡荡的，只有他们两人。"羽哥，你说这个局长到底是好人还是坏人？"罗曦开口道。

"发生了那么多事儿他还派这么可疑的家伙来送我们回警局，这个局长不是蠢，就是坏。"陆羽道，"现在看来，他一定不蠢，应该早就怀疑探长跟人勾结，才拿我们当诱饵。至于是好是坏嘛，"陆羽叹了口气，"只能由他亲自告诉我们了。"

等待期间，并没有警察来为难他们，反而在饭点给他们送上了午餐跟咖啡，就在两人穷极无聊时，门吱呀一声被推开了："让二位久等了。"局长不紧不慢地走了进来，"手下出了这种吃里爬外的东西，我郑重向二位道歉，尤其是罗先生，差点儿害您有生命危险。"

"你也知道这事儿有危险？"罗曦嚷道，"除了差点儿被淹死，我

刚刚被人拿枪顶着脑门，随时有可能被射死，哦对了，我们还有可能被车轧死，我说局长先生，警察有权利拿无辜外国人的生命做诱饵吗？"

局长笑笑，"罗先生别那么激动，安排探长送你们之前，我已经派人对他做了监听，他跟对方在电话上的交易还有那人威胁你们的事情我都一清二楚，你们被人拿枪指着的时候，远处埋伏的便衣也拿狙击枪瞄准了那人的脑袋。

"他应该庆幸管住了自己的手，如果手指稍微多按一点儿扳机，那他现在已经是个死人了。关于拿你们做诱饵的事儿，假如不冒这个险，背后想要暗算你们的人怎么会露面？我这里不可能保证你们一辈子的安全，稍微冒点儿险，把他们一网打尽，才是对你们最有利的选择。"

"听您的意思，我们英明神武的局长已经抓到了想要暗算我们的人？"

局长点点头，"这还要感谢二位的无私付出，我辛苦布置这么久，就是要把这群来我地盘捣乱的家伙跟内鬼一网打尽。这群人跟你们分开后就被我的人盯上了，他们一路开回了自己潜伏在市郊的老巢，可没想到对方反侦查能力很强，回到老巢后，支援部队还没到，突然冲出五辆车，朝不同方向驶去，我刚才在指挥中心调度警力追查，这才基本把这个团伙的人一网打尽。"

"基本？什么叫基本？这里面有没有个头发灰白的亚洲老头儿？"

局长苦笑着摇摇头，"我知道他是主犯，不幸的是我们暂时还没有抓到他，根据已抓获嫌犯的口供，这老头儿跟另外三个手下开着一辆丰田在逃，不过请放心，现在全市的出口都戒严了，他很难逃得出去。相信用不了多久就会落网。

"在抓到他们之前，你们还是要小心，现在可以确定，那些人手里至少还有一支枪，几十发子弹，危险性很高。你们现在可以先到医院看望你们的朋友，我在那里配了警力保护你们所有人，至于你们偷潜的事儿，我会当做没有发生，算是对诸位的小小补偿。等你们伤养好了，我立马派人护送你们去机场。"

"还有，"局长加重语气看向二人，"别再想偷潜的事儿了，明天我就会安排人把所有可能偷潜的野洞做封闭处理，到现在为止，你们做的这些事情我基本上睁一只眼闭一只眼，对你们也算客气，这可都是担了风险的。可要是你们一意孤行，不听我的还要去偷潜，我丑话说在前面，到时候可就算是咱们的私人恩怨了。"

罗曦跟陆羽对望了一眼，对方似乎都有话想说，却又同时欲言又止。

到了医院，罗曦迫不及待奔向文森特的病房，守在门口的警察核实过他们身份后，刚一开门，罗曦就冲了进去，文森特正靠在枕头上看着电视，见罗曦朝他扑来，连忙挥手道："别，别抱我，我脑子还晕着呢，握握手就行了。"

罗曦笑中带泪，拍开文森特的手，小心翼翼地抱着他，"老子就要抱你，谁让你在洞里躺着，让我费那么大劲儿游出去。"

"哈哈是我的错，你不知道那洞里多舒服，那石头特别软，空气特别清新，温度刚刚好，真应该找机会让你好好去感受一下！"

罗曦松开他站直了身子："呸呸呸，别说这不吉利的话，你现在恢复得怎么样了？"

文森特低下了头，黯然道："医生说，由于二氧化碳吸入时间过久，以后可能会留下后遗症。"

"什么后遗症？"罗曦立马紧张了起来。

"就是每周不吃一次火锅就会头疼的后遗症。"文森特说着自己先忍不住笑了出来。

"哈哈，混蛋，你耍我！好啊，你先吃我一拳再说。"

伊莎贝拉在窗边看着嬉笑的二人，摇摇头："你们两个笨蛋，都这么大人了，每次见面还跟两个大傻子似的。"

"哈哈，"文森特扭头看她，"那你嫁给我这个大傻子，岂不是更傻。"

陆羽等二人闹够了，在一旁道："文森特还没恢复，要多休息，我们先去看看苏虹跟韩絮吧。"

韩絮跟苏虹的房间就在隔壁，虽然局长已经告知了她们陆羽二人被释放的消息，但看到二人推门而入时她们仍开心地跳了起来。

79

四人紧紧拥抱在一起，心情平复之后，陆羽跟罗曦把上车后发生的事情慢慢讲给苏韩二人，讲到罗曦被枪顶头时，二女发出惊呼，讲到探长被抓，老金老巢被端时一起鼓掌叫好，听到老金仍然在逃时又不由双眉紧蹙。

"刚刚跟局长在一起的时候，你是不是有什么话想说？"罗曦看向陆羽。

"你当时也有话要说的吧？"

"可你没有说。"

"你也没有。"

陆羽神情变得严肃，"你考虑过这件事情的后果吗？"

罗曦点点头，"想必你也考虑好了。"

"喂，你们两个打什么哑谜呢，到底什么事儿？"苏虹嚷道。

韩絮皱了皱眉，道："你们该不会没有告诉局长最后一个洞的位置吧？"

"不愧是韩大小姐，"陆羽笑道，"一下就猜到了。局长明天会安排人封闭所有可能偷潜的野洞，假如我们告诉了他，这个洞第一个就会被封掉。抛开罗隐设定的时限不谈，这个瓶子再过几天就会被腐蚀穿透，假如洞被封了，那我们的线索就真的断了。"

"所以你们准备这几天偷偷地再去潜一次？"苏虹难以置信地看着陆罗二人，"你们刚刚大难不死从那鬼地方捡了条命回来，这么快就要再回去？你们知不知道这不仅仅是拿你们的命做赌注，也是拿罗隐的安全在赌博？假如最后找出他行踪的是老金呢？"

"所以我们更要尽快行动，"陆羽道，"不是几天，而是一天内就要找到线索。明天上午局长派人开始封洞，封到我们要潜的那个总需要时间。老金虽然知道了位置，但他现在被追着像个丧家之犬，一定会先躲一躲。"

罗曦接着道："况且他也一定认为我们会跟局长提起封闭洞穴的事情，反而不敢来，只要我们行动够快，就可以在明天警察封闭洞穴之前拿到那最后一个线索。"

苏虹闻言摇了摇头，"疯了，都疯了，这一切的一切，不过是为了再见罗隐一面，这事儿真有那么重要，值得你们这样冒险？"

陆羽看着苏虹，表情异常认真，缓缓道："罗隐是我这辈子最好的兄弟，过去那几年我欠他很多，为了见他，任何冒险都值得。"

苏虹又看向韩絮，"你呢，就为了知道当年他为什么离开，非见他不可？"

韩絮抬头看了眼天花板，呼了口气，看向苏虹笑道："这个理由还不够吗？"

苏虹把头转向罗曦。

罗曦道："你以为只有他们有非见我大哥不可的原因吗？"说着他站起身，走到窗下，看着外面风景，缓缓道："听伊莎贝拉说，你们已经知道维斯帕的事儿了？"

"说实话，罗曦，我以前可真是小看你了，"苏虹道，"没想到你竟然是个这么深情的男人。"

"你太抬举我了，"罗曦语气中带着一丝罕见的失落，"我不过是个懦夫罢了，失去挚爱并不能成为我后来生活放荡的借口，只是我确实，自那以后，没有对别的姑娘动过心了。"

他顿了顿，又道："伊莎贝拉的故事里漏了些细节，你们知道当年我跟文森特组织人手，带着最专业的装备第二次下水捞出维斯帕的尸体，整个行动花费了多少钱吗？"

苏虹摇了摇头，"想来不少吧。"

"何止不少，"罗曦苦笑道，"那次事故以后挪威政府把附近3千米水域都封禁了，我们也被警告不准再入水，政府尝试过派人打捞维斯帕遗体，却因为危险系数太大而作罢。这就意味着，想要让她的尸体回到家乡安葬，我们必须组建一支新的非法洞潜团队。"

罗曦目光继续看向窗外，眼神却失了焦："这次的任务比上次潜水更加艰巨，我们需要带着一个110磅左右的成年女子尸体从100多米深的海底洞穴返回陆地，人手、设备都要最顶级的。还要重新找一个入洞口，上一次的潜水经历也完全派不上任何用场。

"当时我跟文森特列了一份预算清单，这么一次营救，大概要花至少10万欧元，也就是人民币将近100万。那几年我们四处旅行，并没有攒下什么钱，伊莎贝拉跟文森特从家人朋友那里凑了两万欧元左右，可剩下的缺口依然很大。

"我当时年轻，跟我妈和盘托出了这件事儿，得知我还要再下水，她打死也不给我一分钱，我给我哥打电话，才知道他公司那时候运营上也出了问题，账上已经几乎没什么流动资金了。

"罗劲松我从来没抱什么指望，我知道的，这个时候求他不过是给他一个羞辱我的机会，我这个一直自我标榜过了18岁就再也不用他一分钱的家伙，最后还是要向他低头，向钱低头。

"可那个时候我实在没办法了，我整晚整晚睡不着，维斯帕最后看我的眼神一直在我的脑海里绕啊绕，似乎跟我诉说着海底的孤寂。第一次约会她送我的海螺挂坠压得我脖子生疼，胸口总是莫名喘不过气来，我下定决心，就是死也要把她从海底带出来，在跟周围人借了一圈之后，距离预算金额仍是杯水车薪，走投无路之下，我终于拿起电话，拨下罗劲松的号码。

"就在那时，手机里传来一条语音信息，是我哥的，原来他为了挽救公司，孤注一掷把自己的房子卖了，手里又多了些流动资金，他问我钱借到了吗，我回他，还差70万。

"电话那头沉默了良久，终于他发来了第二条信息，只短短两个字，账户。

"钱很快就打了过来，我当时来不及细想这对我哥意味着什么，只匆忙跟文森特去招募人手，做下潜准备，当我们终于经历九死一生把维斯帕遗体运回岸上，带她到家乡安葬后，我才得知，我哥因为公司运营破产，接受了罗劲松的条款，被迫回到了罗氏集团。"

罗曦转过身来，眼眶中带着一丝湿润，声音也有些颤抖："你们知道那个时候我有多愧疚吗，或许就差了这几十万，他本可以挨过去，但就在他自己债务缠身，几乎走投无路的时候，却选择了帮助我这个任性的弟弟。

"我立刻飞回国内，他见了我只是拍拍我的肩膀，笑着跟我说：'人回来了就好，以后就是大人了，要对自己做的事儿负责。'没有一句埋怨，也只字不提为我的付出。你们说，这样的哥哥，我有什么理由不去见他这可能的最后一面？"

"而且……"罗曦突然顿住，似乎在犹豫接下来的话要不要说，终于，他鼓起勇气缓缓道："这20天下来，我发现自己竟然喜欢上了一个姑娘，是当年对维斯帕的那种喜欢。"说着，罗曦的眼神飘向韩絮，她似乎感应到了什么，脸上泛起一团红晕。

罗曦继续道："我一直在想，为什么会喜欢上她？是因为见她在牌桌上优雅地抛出制胜筹码时的欣赏，又或许是在飞机上她紧紧抓着我的手的时候产生怜爱？"他说着摇摇头，"可能更多的是当她坦承自己原来是个相信爱情的傻瓜那一刻开始吧。

"可笑吧？维斯帕死后，我本以为自己这辈子都爱无能了，却在过去几天对她念念不忘，我喜欢的人偏偏是她！我知道这样不对，也试着跟自己说，哪怕他跟维斯帕的感情已经结束了，可自己如果追求她的话，连畜生都不如，可这种感情却实实在在地发生了，一直横亘在我心里，无法摆脱。

"这女孩一直在等，等我哥亲口给他们的感情画下一个句号，说实话，我内心深处也暗自渴望着，她可以彻底结束那段感情，未来无论她是否喜欢我，都不要再被过去所拖累了。同时，关于我喜欢她这件事儿，我必须当面跟我哥说清楚。所以，"罗曦说话间双眸一亮，"除了为我自己，为了让她可以放下过去，我也一定要找到线索！"

苏虹跟陆羽愣在当场，一言不发，韩絮知道，三双眼睛都看着她，等待着她的反应，她咬了下嘴唇，抬头看向罗曦："所以，这就是你把海螺项链留在神庙烧掉的原因？"

罗曦点点头，"那之前我已经对着海螺悄悄把今天说过的话讲了一遍，那场大火后，相信维斯帕在天上已经听到了我的口信。"

"你知不知道你这么做，以后会被人戳着脊梁骨骂？成为市井中人茶余饭后的谈资笑料？"

罗曦笑笑，"我本身就是个笑话，这么多年，被人非议的还少吗？"

"那你考虑过那个女孩的感受吗！你不介意被人说三道四，她也无所谓？你跟父亲关系不好，母亲远在国外，这些流言蜚语只能伤到你自己，可她呢？她的家人，朋友都会处在非议的旋涡之中，抬不起头来，这些，你考虑过吗？"

罗曦看着韩絮涨红的脸，咄咄逼人的眼神，整个人不由得软了下来，他半低着头，有些嗫嚅道："抱歉，是我欠考虑了，我本以为这只是两个人的事情。"

韩絮走到他面前，静静看着他前额，道："把头抬起来。"

罗曦听话地抬起了头。

"傻瓜，"韩絮深吸了口气，脸上泛起一丝笑意，缓缓道，"你说得没错，或许这次，是那个女孩想太多了，感情，本来只是两个人的事儿，何必要在乎别人的眼光！"

罗曦瞪大双眼，嘴角上扬，难以置信地看着韩絮。

"你先别高兴，"韩絮语气又冷了下来，"我只说自己不应该在乎别人眼光，可不论怎样，我都要先见到罗隐，把过去做个了结。"

罗曦忙不迭点着头，道："不是你，是我们。"

"哎，"一旁苏虹无奈笑道，"既然这样，那看来你们是非去不可了？"

陆羽上前搂着罗曦肩膀，对苏虹笑道："非去不可！你们放心，我们明天一早就出发，如果速度够快，中午就可以回来。"

"还是不行，"苏虹摇摇头，"我坚决不同意。"

"你怎么还不同意啊，"罗曦急道，"你又凭什么不同意？"

"她的意思是，如果不是四个人一起行动，那我们坚决不同意，对不对？"韩絮笑着看向苏虹。

苏虹一把搂住韩絮，"哈哈，还是老韩懂我。"

"开什么玩笑！这可不是过家家，洞穴潜水有多危险你们不知道？再说了，老金的人现在可还在外面转悠呢，你们瞎凑什么热闹！"罗曦瞪大了眼睛看向二女。

"刚刚是谁说这次很安全来着？"苏虹道，"要是凶险的话，更需要我们帮你们化险为夷，你看看让你们这些男的一起办个事情，一个被抓两个被困的，要不是我们女生出马，你能活着在这儿跟我抬杠？"

"我明明是自己游出来的！"罗曦还想再讲，陆羽拍拍他的肩膀道，"多两个帮手也好，她们至少可以在岸上待命，帮我们应付些突发情况。"说着看向二女，"只不过，你们一定不能擅自行动，一切必须听指挥。"

"好啦好啦，陆长官，一切听您的还不行吗。"苏虹吐了吐舌头，搞怪地朝陆羽敬了个礼。

翌日清晨，一辆网约车停在潜店门口，四个身影依次下车，做贼似的溜入店里。不一会儿，一灰一红两辆轿车从潜店驶出，由于大越野跟 SUV 都被暂时扣押，潜水设备一辆小车装不下，四人只好分作两车前后驶向目的地。

"喂，喂，羽哥，能听到吗，over。"罗曦拿着对讲机道。

"怎么了？"对讲机那头传来陆羽的声音。

"没什么，就是打个招呼，over。"

"你无不无聊啊。"对讲机那头传来苏虹的声音。

"哎哟，难不成打扰你们的二人世界了？"

"还要再开 1 小时才能到目的地，你还有大把时间可以说废话。"陆羽淡淡道。

"一个小时太久了，羽哥，我们现在可是争分夺秒跟时间赛跑啊。"

"所以呢？"

"既然兵贵神速，大清早的街上又没什么车，不如咱们飙一把，看谁先到？"

对讲机那头沉默了一阵，才传来陆羽的声音："那就比吧，但是记住，要小心，别耽误了正事儿。"

"好啊，不过既然是比赛，总得有点儿彩头吧？"

"输家给赢家穿脚蹼。"

"就这么定了！你现在在我前面，算我让你一个车位，听我口令啊，3，2，1，开始！"

清晨的沿海高速公路上除了一两辆运送海鲜的货车外空空荡荡，两辆轿车前后紧咬着在路上飞驰，由于陆羽规定了不能超速，所以这场比赛更多的是比副驾驶上的女生看地图抄近路的能力。罗曦的车在前面一个路口下了高速，朝小路开去。

"他们抄近路，我们也抄，"苏虹看着手机道，"下一个路口右转，这次必须杀杀他的锐气。"

潜店配置的商用对讲机可以保持8千米左右的通信范围，隔着障碍物，有些时候只能断断续续听到罗曦的声音传来，苏虹也不知道自己是领先还是落后，只能仔细研究地图，尽量帮陆羽缩短行程。

"陆羽也是的，多大的人了跟你一起这么幼稚。"韩絮在车上道。

"你呀，就是太迷恋男人在外面表现出来的成熟了，却不知道我们内心深处都是幼稚鬼。"罗曦单手抓着方向盘道。

"也就你俩这么幼稚，"韩絮撇撇嘴，"哎前面限速变120了，你提前加速啊。"

"哈哈还说我幼稚，你不也乐在其中吗？"

"废话，既然开始比了，当然不能输。"

开了30分钟左右，罗曦指着前面一辆红色轿车喃喃道："不可能啊，他比我快？"说着拿起对讲机，"喂，喂，能听到吗？"

对讲机那端传来陆羽的声音，"怎么了？"

"你从哪儿绕出来的，都要进隧道了。"

"开什么玩笑，我刚过了桥。"

"吓我一跳，我看前面有辆车也是朝那个方向开，还以为你作弊了呢，"罗曦长舒口气，"老人家，这一场看来是我赢了哦。"

罗曦笑着右手朝韩絮伸去，"还有10分钟就到了，合作愉快。"

韩絮并没有跟他击掌，有些疑惑道："你说这么早，前面那辆车会这么巧，也朝潜点方向走吗？"

罗曦闻言也警觉了起来，"你的意思是？"

"你记不记得局长说老金是乘坐什么车跑掉的？"

"好像是辆丰田。"

韩絮朝前俯下身子，定睛细看，倒吸了口气，道："没想到，老金比我们胆子还大。"

"你看清了，真的是他？"

"红色丰田，这个时候出现在这里，还有别的可能吗？"

车内气氛瞬间冷了下来，罗曦握着方向盘，沉吟良久，缓缓开口道，"一会儿过了隧道你就下车。"

"你要干吗？"

"你给苏虹打电话，让陆羽把你接上，等我把他们引开了再找机会跟你们会合。"

韩絮摇摇头，"他们开得很快，你如果中途停车可能就追不上他们了。"

"笨蛋，这不是你使性子的时候！"

"蠢材，我现在怎么可能离开你！"

罗曦一个急刹车，按下车锁，扭头看向韩絮，韩絮也转头直视他的眼睛，右手把车门再次锁上，道："罗曦，你听好，从现在起，我不需要再找罗隐要个解释了！"

罗曦愣了一下，扭头看向前方，双手扣死了方向盘，大笑着把油门踩到底："好！那我们就陪这老家伙玩到底！"

"傻瓜，你再不快点追前面那车就真跑远了。"

车辆飞驰，发动机传来一阵轰鸣，韩絮拿起对讲机，跟陆羽道："陆羽，我们发现前方有可疑车辆，极有可能是老金，你跟苏虹在后面如果追到了我们的车，记住保持距离，不要让两辆车同时出现在他们的视野里。"

陆羽还没说话，苏虹一把抢过对讲机，大声道："你们要干什么！韩絮，我警告你，别犯傻！"

"不是犯傻，"韩絮道，"我们必须先引开他，这样才有可能找到线索。"

"他们手上可有枪！"

"苏虹，我希望你可以理解我，我必须见到罗隐，只是这次的理由不同了。"她说着看了看身旁的罗曦，"我要亲自告诉他，这婚约作废。"

苏虹拿着对讲机，却不知该说些什么，她无力地把对讲机递给陆羽，陆羽一边紧盯着前方路况，一边大脑飞速运转着道："既然如此，那就按照你们的本心去做吧，我们会全力配合，罗曦，保护好你身边的女人。"

罗曦再也不顾什么限速，直接将车马力开到最大，一路风驰电掣，很快就追上了前面的车辆，两车快要并排时，罗曦摇下一半车窗，驾驶位上赫然就是昨天拿枪顶着他头的老金手下！"我说金老头，这么巧，你也大早晨出来遛弯儿啊！"罗曦喊道。

车子后座降下一条缝儿，隐约看到老金头顶白发被风吹起，想必他正在暗中观察，是否有警察在后面跟着。

"放心吧，我们后面没有警察，那个潜洞外面也没有，看你这么辛苦的分上，我索性把线索让给你吧，一路顺风啊。"

说着罗曦做了个告别的手势，拉上车窗，朝另一条岔路驶去，远处老金的车突然一个急转弯，转身朝他追了过来，"上钩了，"罗曦笑道，"这老家伙就是疑心重，越是满不在乎他越觉得警察已经到了洞口，我们已经拿到了线索。这么看，他就是司马懿，我就是诸葛亮啊。"

"好了，猪哥，麻烦你专心开车。"一旁韩絮嫌弃道，"被他们抓住可不是闹着玩的。"

"喂，羽哥，"罗曦道，"我们现在已经引开了老金，你以最快速度到达洞穴潜点，我会第一时间甩掉他们赶过去跟你会合。时间紧迫，到了那边你先做好前期探洞准备工作，我一到就抓紧下潜。"

对面先是一阵沉默，接着传来陆羽的声音："罗曦，你真的确定要这样吗？别忘了他们手里有枪。"

"他们敢开枪那一个也跑不掉，你现在还没看清老金这个人吗，他只是一条训练有素的狗，不是亡命徒。"

另一头的陆羽叹了口气，"他的确不是亡命徒，你才是。"

"好了不废话了，他们追得很紧，记住，假如我没甩开他们，你们第一时间把洞口堵上，或者把洞里泥沙搅浑，让他们赶到了也没办法下水。"

"怎么做我自有分寸，罗曦，你们两个一定要平安回来。"

"那是当然。"罗曦笑道。一脚油门，把快要接近的车又拉开一段距离。

通往洞穴的最后一段路崎岖不平，越来越窄，陆羽放慢车速又开了一阵，直到前方再也无法容车通过。"看来得步行了，再走200米左右应该就是洞口了。"陆羽看了看地图，说着扛起潜水器材向前走去。

两人翻过一个小土坡，眼前视野豁然开朗，一个硕大的天坑映入眼帘，"就是这儿了，"陆羽边说边开始换潜水服，"你在岸上帮我守着，如果40分钟我没上来，或者牵引绳拉动了三次，就背着备用气瓶下来，假如水底有任何你无法判断的情况，立刻上岸报警。"

苏虹点点头，看着陆羽离去的背影，突然开口："喂。"

陆羽扭头看着她，"怎么了？"

"没什么，那个护身符你还戴着吗？"

陆羽指了指胸口，笑道："一刻不敢摘。"

洞内水况出乎意料地好，洞穴入口距离入水点约有几十米，陆羽游到近前，借着头灯跟手电的光芒向更深处望去，光线可及处是一条几乎笔直的地下溶洞，没有岔道，空间足够，水中波澜不惊，美中不足的是似乎这洞内比一般的洞穴更加吃光，手电光源再强，也不过照到二三十米外的景象。

陆羽小心翼翼保持着呼吸稳定，这是他第一次在没有专业人员陪护的情况下独自行动，这个洞里情况如此良好，他没有理由不再深入点，鉴于罗曦跟文森特刚刚遇到的险境，他游得尤其缓慢，身体几乎没有任何上下浮动，就像是装了个螺旋桨推进器的潜水艇一般笔直前游。

大概游了 200 米，他遇到了第一个岔路，抛开一个仅可以容小孩通过的洞口，此时眼前还有三处可供选择，灯光所及处，每处洞口内部盘根错节，各有勾连，也不知到底哪一处才可以通到更深处，陆羽把引导绳固定在岔路处，掏出水文地图在大致的方位做了标记，这才掉头返回。

"怎么样，"苏虹不等陆羽上岸，焦急问道，"水下安全吗？"

"不算太坏，但也不是坦途。"陆羽拿出水文地图道，"按照文森特这幅图上的标记，这个洞里潜水钟的位置距离入水口大概 1000 多米的样子，前面 300 米路很好走，一路笔直没有分岔。"

"后面在这个位置，"他指了指标记的红点，"开始有了三条分岔，我没敢进去太深，但是从洞外看，貌似这三个洞并不是完全隔离的，内部还有互通，总之只要按照地图显示的方向，再游大概 600 米，就可以进入地狱钟的范围了。"

"那看来不是很难嘛，"苏虹道，"对于你跟罗曦来说应该算小菜一碟吧。"

陆羽苦笑道："是小菜一碟，假如罗曦可以按时赶到的话。"

"怎么样，有没有后悔刚刚没下车。"罗曦说着在路口一个急转弯，韩絮坐在副驾要不是抓紧了扶手，怕是整个人都要斜飞到挡风玻璃上了。

"我只是后悔让你开车，"韩絮一边抓住扶手一边调整坐姿道，"你是怎么做到开车慢得像蜗牛的同时又晃得像企鹅的？"

"那还不简单，只要副驾上坐着个胖得像猪又聒噪得像知了的姑娘就成。"

韩絮被噎了个正着，没好气道："怎么，你后悔让我留在这里了？"

"哪儿敢啊，要不是您在副驾坐镇，我这车早翻了。"

"别贫了，老金的车快追上来了。"

罗曦又是一个急转弯漂移，地面上被压出几道深深的划痕，"小瞧罗三少爷的车技？一会儿把他们甩得看不到我尾灯。"

"那司机车技不差，你这么开都拉不开差距，能保持不被他们追上就不错了。"

罗曦没有答话，这种高强度追逐的情况下，他确实已经无力分心跟韩絮聊天了。

追逐间，韩絮兜里一振，她掏出手机按下免提键。

"喂，韩絮吗，我刚刚已经探过洞口了。"话筒那头传来陆羽的声音，"水下能见度很不错，水况平静，整个通道三分之一处有岔口，初步观测并不算太复杂。如果动作快的话，我跟罗曦两个人大概用不了两个小时就能搞定。你们那边怎么样了？"

"不怎么样，"罗曦嚷道，"这帮杂碎跟得有点儿紧。"

电话那边短暂的沉默后，陆羽道："可是时间不等人，再过几个小时，警察一定会找到这里的。"

"别担心，我会想办法的。"罗曦一边注视着后视镜一边下意识地答道。

"办法我已经想好了，"陆羽道，"你现在的任务不是甩开他们，而是让他们黏上你，不要往人多的地方开，找小路，只要能拖一个半小时就够了。"

"什么意思？你要自己一个人下去？"

"这是现在唯一的办法，要不大家都得不到罗隐的最后一个线索。"

"可是你经验还不够，而且没有潜伴去洞潜，太危险了，我不同意！"罗曦大吼道。

"这个洞的难度没有你想象中那么大，而且，我有潜伴。"

"陆羽！"韩絮冲着电话喊道，"你疯了？不单拿自己生命开玩笑，还要拉苏虹下水？"

"这是我自己的决定，"对讲机那头传来苏虹的声音，"你不是有非见罗隐的原因吗，我们都有，到了现在这个份上，我愿意冒险。"

"不行！"韩絮大声道。

"时间紧迫，"陆羽道，"我只让她陪我游前三分之一，后面岔洞我自己就可以搞定，她只需要在洞外守着，这是出发前大家一起做的决定，没有人有资格喊停。"

"操！操！操！"罗曦狠狠拍打着方向盘，恨恨道，"你这个王八蛋这个时候跟我犯浑，我告诉你，你下去了给老子慢慢地游，我保证这帮杂碎绝对不会干扰到你，但是，一旦水下出现任何变故，你必须第一时间放弃找线索，懂了吗？"

"放心吧，这次我比你先到目的地，我还等着你回来给我穿脚蹼呢。"

"哈哈，穿！老子愿赌服输，你一定要活着回来。"

"你也是，假如最后实在拖不住了，就让韩絮报警，懂了吗？"

"别絮絮叨叨了，"罗曦拐过盘桓山路，再次踩紧油门，他努力控制着自己颤抖的声音，"你们两个，一路平安。"

电话那头，陆羽缓缓道："你们两个，一路平安。"

手机被陆羽挂掉了，罗曦深深吐了口气，看向后视镜，道："既然不用想着甩开这帮龟孙子了，那小爷就好好带你们去兜兜风！"

81

"我刚才说的，都记住了吗？"

陆羽看着苏虹眼睛。

"嗯，游到分岔口，每隔 5 分钟检查一次引导绳，用手电探照灯在洞外监测洞内情况，每隔 10 分钟监测一次水压跟备用气源状况。"

"还有呢？"

苏虹不情愿道："除非见到你的信号，否则绝对不能再往前游，假如 1 个半小时还没看到你回来，就报警，然后离开这里。"

陆羽点点头，"这种时刻千万不能个人英雄主义。"

苏虹撇撇嘴，心想："貌似最个人英雄主义的就是你了吧。"

水下如陆羽所言，一切情况良好，苏虹小心地跟他保持着 5 米的安全距离，两人一前一后缓缓朝前移动，不一会儿就到了岔洞口，陆羽扭头向苏虹做了个保重的手势,一个人慢慢消失在黑暗中。

苏虹停在洞口,仔细打量周围,她渐渐明白,为什么洞潜这事儿,喜欢的人由衷喜欢,不喜欢的人则完全不喜欢,这水下生物稀少,不见阳光,四处危机四伏,但乐趣也正在于此。

在海里她可以在一处地方逗留一个小时都不觉得闷,可这里5分钟真的就是极限,洞潜的魅力就在于不断前进,不断探索,去发现新的路,穿越所有黑暗跟未知最后找到光明。

现在陆羽一个人穿越黑暗去了,把她留在了黑暗里,她这才明白为什么要每5分钟检查一次引导绳跟所有设备,或许唯有用这种方法给她找些事儿做,才不至于让她在这停滞不前的幽暗水下发疯。

陆羽没时间发疯,此时此刻他需要平时几十倍的注意力,哪怕洞潜的情况再乐观,稍微有些差池都可以瞬间把潜水员送到地狱,经过两次碰壁无功而返后,他终于穿越了那段错综复杂的地下隧道,视野逐渐开阔起来。

再向前游一阵,他已经置身于一片一眼望不到头的广阔水域中,他看了眼潜水表,根据游过的距离长度判断,从这里向下潜应该就可以找到地狱钟了,他深吸一口氧气,算作对自己的奖励,默默对自己说,一切就看这最后一段了。

下潜了不到10米,果然周围开始出现大小不一的倒挂型钟乳石,陆羽驾轻就熟地挨个拿手电筒探照,灯光在岩石嶙峋的表面缓缓扫过,不时出现的细纹仿佛是真有人拿着锤子敲击这些古老编钟留下的痕迹,却不知这群沉默的自然造化发声时,到底发出的是天籁还是幽冥之声?

忽然,在一处被几十个中小型钟乳石包围的巨型钟乳石下,一个熟悉的蓝色瓶子出现在他眼前!

瓶盖上系着根红线,线另一头系在钟乳石上,陆羽按捺住激动心情,小心地拿出潜水刀,只一下,绳子应声而断,他用手攥着瓶子,但又不敢太用力,从瓶身上斑驳的孔洞上可以看出它已经被水中微生物分解了不少,从一个较大的孔中,陆羽看到瓶内似乎装的是一个条形物体。

他再次稳了稳心神，把瓶子放在胸前的固定带上，看了眼表，距离下水已经 50 分钟了，距离跟苏虹分开则是 35 分钟，他现在只需要风平浪静的 35 分钟。

罗曦一路沿着盘山公路向上开，这场追逐已经持续了将近 40 分钟，双方都没有要放弃的意思，"这车飙的，最后决定胜负的不是车技，而是油量啊。"罗曦喃喃道。

说话间后面的车速忽然慢了下来，离他们越来越远。

"不会吧，他们真没油了？"

"不对，"韩絮盯着后视镜道，"他们是想掉头！老金看穿你的把戏了！"

罗曦立马刹车，从后视镜看到老金的车已经掉头向山下驶去，"靠，哪能这么便宜了他们，追了我这么久。现在换大爷追你们了。"

韩絮坐在副驾驶，握紧了车门顶部的拉手，道："一定不能让他们进入潜洞，要不陆羽他们凶多吉少！"

罗曦紧盯着前面的车辆，脖子跟手上青筋暴起，冲前方吼道："我说过能拦住他们，就一定能！"

气压正常，氧气瓶余量还有三分之二，引导绳一切正常，陆羽在岔路口一点点儿前移，终于按照原路抵达了洞口，洞外苏虹的手电筒灯光已经可以扫到他的脸上，他按照约定节奏开关头灯，告知苏虹自己一切顺利，洞外苏虹来回上下浮动，显得有些急不可耐，他几乎可以想象出她脸上的焦急表情。

突然间，眼前浮起一阵轻微的泥沙，陆羽有些奇怪，自己并没有碰到什么物体，这泥沙从哪儿来的？

目光顺势向下一瞧，他整个人仿佛被打入冰窖！原来刚才游得太过专心，却没注意那瓶子中间已经快要断裂，刚刚的泥沙就是瓶子下半部分掉到洞底后扬起的。

陆羽拾起瓶身，又把上半部分拿出来看了一下，两截瓶身空空如也，不知道里面的东西是什么时候掉落的，他又连忙在四周找寻，却丝毫不见踪影。

眼下情况紧急，假如回到岸上换了装备，那东西说不定已经被水流带到了什么地方，陆羽来不及思索，游到洞口，把断成两截的瓶子递给苏虹，打手势让苏虹帮自己把氧气瓶卸了下来，换上备用气瓶后，示意她继续在洞外等，之后立马游了回去。

苏虹先看着手中的水瓶，猜到了大概。原本的满心欢喜瞬间被浇灭，看着陆羽渐行渐远的身影，只得继续在洞口焦急地等待。

陆羽沿着回来的路仔细观察，半寸细节也不放过，好在东西是遗落在洞里，假如掉到开放水域就别想找回来了，身体是不会撒谎的，虽然陆羽刚刚在苏虹面前表现得很镇定，空气表的数据却诚实地反映了他现在的耗氧量，压力增加，耗氧量也会更快，哪怕他主观上一直告诉自己要镇定，可维持镇定的代价就是更快的耗氧速度。

因为不能放过任何一个角落，这次的速度要比来时慢了三倍不止，这是陆羽的速度极限，按照耗氧量，再游一次全程，三倍慢速基本上可以消耗瓶中一半的氧气，余下的正好够他返回。假如瓶中东西飘到了自己没有经过的岔洞里，那恐怕……没有假如了，他只能祈祷这种事情不会发生。

10分钟，没有任何发现。

20分钟，没有任何发现。

30分钟，没有任何发现。

没有，没有，没有。

心志坚定如陆羽，此时也不免感到绝望，就在他快要放弃时，忽然瞥见洞口右上方，一个几乎可容一人大小的凹口处似乎有什么东西微微发亮，他忙把手电筒对准那个方向，是一个涂了一层淡淡夜光膜的小型柱状体，嵌在石缝里。

陆羽游得更近些，发现这是一个被捆起的纸条，外面塑封着一层夜光薄膜。他按捺住狂喜的心情，慢慢伸手朝那个凹口里够，洞口很深，他的手跟纸条还差了大约两掌的距离。

陆羽把身子再朝前探，胳膊使劲向前伸，还差一掌左右，此时他的身子已经整个倾斜，上半身贴着洞口岩壁，水底有些细小泥沙被影响，掀起小小的浊浪。

此时陆羽进退两难，假如此时抽手，不但会让整个水底能见度降得更低，激起的水流更会把纸条冲到别的地方，危急关头他不再犹豫，咬了咬牙，双腿奋力一蹬，整个人向上使劲一蹿，终于，那个纸条在水流的波动下转了三圈，来回飘荡间被他紧紧攥在手中！

但这一下也使得水底泥沙彻底被搅动了起来，好在引导绳依旧死死地固定在那里，只要顺着绳子游，还是可以安全返回。他手掌死死攥住纸条，准备把胳膊抽离洞口，忽然发现自己的身体竟动弹不得！

原来自己向前探得过猛，整个人被卡在了这个小洞口里，液压阀的开关正顶在一处凸起的岩石上，任凭他怎么努力，依旧挣脱不开。此时他的位置离苏虹守着的洞口并不远，可连打了几次求救信号，光线都被浑浊的水流吞噬。

假如苏虹过来帮他卸掉身上的装备，两人共用呼吸器再游出去并不难，可偏偏两人近在咫尺却无法联系，陆羽心中苦笑，为什么要嘱咐她别耍个人英雄主义，现在自己就需要个女英雄来拯救啊。

"你有没有想过，就算我们追上了老金，可能也阻止不了他们？"韩絮握着车门顶上的扶手，对罗曦道。

"为什么？"罗曦紧盯前方，死死咬住老金的车不放。

"他们有四个人，手里还有枪。"

"所以呢，你怕了？"

"我只是想，或许现在报警是最好的选择。"

罗曦摇了摇头，"还没到那个时候，你说老金为什么不逃，而是反过来还要拼命去抢线索？不是因为他愿意为了罗鹏冒险，而是只有完成了这个任务，他才有价值跟资本与罗鹏谈判。

"到目前为止他犯的罪最多也就是贿赂警察，涉嫌谋杀未遂，还有非法持有枪支，这些事儿如果罗鹏肯给他请个好律师，你觉得能判他多久？实在不行还可以花钱找替罪羊，再搞个保外就医啥的。哪怕找不到替罪羊，他的家人至少可以得到很好的照料，所以这个时候抢到线索对他来说最有利，哪怕冒着被抓的风险。"

说话间他已经将距离追到只差一个身位，罗曦继续道："但如果他这个时候开枪杀人，那警察十几分钟就能人赃并获，到时候就是罗劲松也没办法保他，你觉得他会这么丧心病狂吗？他从来只会借刀杀人，现在这种情况下反而不敢乱动。他已经老了，有孩子有孙子，人越老越惜命，那枪在他手里不过是摆设。"

"可就算他不用枪，你一个人怎么拦得住他们一车人？"

"我说了能拦得住就能拦得住，说了让你见到罗隐，就一定能让你见到他。"罗曦语气坚定不容置疑。前方距离潜点越来越近，他再次把油门踩到底，汽车发动机传来嗡嗡轰鸣，终于两辆汽车并肩行驶，谁也不退半点。

"你听好了，"罗曦一边用余光扫视身旁汽车一边对韩絮道，"一会儿我让你下车，你一定要乖乖下车，拿着这个。"他从手套箱里扔给韩絮一个潜水专用的求救信号弹。

"一会儿会有一段徒步的路，你顺着路走到潜点，随时注意陆羽跟苏虹的情况，假如外面传来一群人的脚步声，你就拉响这个潜水求救信号弹，然后钻到林子里躲起来，警察不一会儿就能赶到。等警察到了跟他们说明一切，要是陆羽跟苏虹还在水下，立马让他们安排二次营救，懂了吗？"

韩絮点点头，"那你呢？"

罗曦没有说话，距离最后一段路只有不到 3 千米，前方路越来越窄，只够一辆车前行，旁边的车突然向他撞来，这一下把他的车头朝右边撞歪了一点儿，顿时落下三分之一个车身。

罗曦不管不顾继续加速，那车看他又要跟上，故技重施，又要撞上来，却不料这次罗曦早有准备，突然间一个急刹车，他跟韩絮的身子同时前扑了一下，胸口被安全带勒得生疼，老金的车更惨，虽然司机及时打方向盘，还是没有止住惯性，车头仍有一半撞在了山壁上，向前蹭出七八米的距离，保险杠完全报废，引擎盖也掀起一大块，看得出车里人被撞得也不轻。

"敢撞你爷爷，现在知道不尊敬长辈的后果了？"罗曦拉下车窗喊道。踩着油门错开前车向前开去，车子里的人慢慢缓过神来，开始尝试再次发动引擎，罗曦把车开到道路尽头陆羽车后停下，他下车走到韩絮那边，打开车门对韩絮道："下车。"

韩絮看着罗曦，伸手去拉他胳膊，"我们一起走，好不好？"

"傻瓜，没看到陆羽的车还在这儿？他们还在水里，咱们一起过去谁又来保护他们？"

"那我们现在就拉响信号弹吧，我们不去找罗隐了好不好？"

不远处老金的那辆车已经再次发动，正缓缓朝他们驶来。

罗曦盯着韩絮，突然抱住她，韩絮猝不及防，却没有阻止他，任由他将自己搂在怀中。罗曦轻轻摩挲着她的头发，在她耳边轻声道："放心，不会有事儿的，这一次听我的，就这一次，以后什么事儿我都答应你，好不好？"

韩絮努力压抑着自己的情绪，不让眼泪涌出眼眶，她知道自己没有办法改变罗曦的决定，哽咽着对他说："你记住今天说的话，以后不能再抛下我，我不想再被姓罗的骗了。"

车辆已经驶到了他们面前，罗曦按着她的肩膀，笑容温暖："放心，以后你就是拿刀砍我，我也不会离开了。"

罗曦目送着韩絮离去后，身后汽车车门打开，老金从车中缓缓走出，看着罗曦："怎么，就你一个人？"

"怎么，我一个还不够？对了，刚刚你手下的狗不长眼，撞坏了我车，这笔账怎么算。"

老金皱了皱眉，突然一抬手扇了司机一个耳光，道："是我御下不严，你撞坏的车子我10倍补偿给你，麻烦你让个路。"

"哈哈，老金啊，我越来越欣赏你了，怪不得是罗老二的心腹，脸厚心黑脑子活，可惜了，遇到个不成器的主子，把自己耽误了。"

"我的事情不劳你费心，玩笑开完了，歉也道过了，还不让路，难不成真想拦住我们四个人？"

罗曦点点头，"抱歉，你们不能过去，我女人刚刚说想去里面的池子里泡个澡，你们几个大老爷们儿现在就去算怎么回事儿。"

老金好像听到全世界最好笑的笑话，挑衅地看着罗曦："那对不起了，今天这条路，我闯定了。"

罗曦斜倚在车前，太阳从东边缓缓升起，阳光穿透了清晨的薄雾洒在他脸上，他一边活动着手腕，一边懒洋洋道："那就别废话了，你们一起上吧。"

82

　　陆羽拿着纸条的那只手已经有些发麻了，他用余光瞟了眼另一只手上的指示计，氧气瓶里的含量还有 20%，那只手因为不断操纵手电筒打光，早已酸麻不堪，此时唯一的逃命方式只有自己把装备卸掉，然后一口气游到洞外，找苏虹求助。

　　卸装备一定会使整个洞内能见度降到几乎为零，他不确定自己是否可以一口气在这种情况下游得出去，其实甚至不确定自己可不可以独自卸掉这身装备，但时间每过一秒都会使情况变得更加危险，不能再拖了！

　　打定主意后，他用能动的那只手按在洞顶石壁上，努力吸了一口气，将尽量多的氧气存入肺中，就在他准备拔掉氧气管时，远处隐约飘来一丝光亮，然后越来越亮。

　　他侧过头去，一个人影极为缓慢地挪动着身体，战战兢兢地朝他这边游来，是苏虹！她还是自作主张地跟了进来！苏虹看到他后立马停止了前进，在不远处停了下来，似乎在判断眼下的状况，抑或者等待他的进一步指示。

　　陆羽指了指自己的身体，又指了指卡住自己的洞口。

　　苏虹做个手势，问他应该怎么办。

　　陆羽艰难地指指自己另一侧的口袋，苏虹上前摸索了一阵，拿出一个潜水刀，陆羽冲她点点头，指了指自己的装备，做了个切割的手势。

　　苏虹瞬间会意，开始用刀朝器材连接处小心割去，陆羽把手朝下缓缓下压，示意她一定要慢。

　　苏虹再次放慢了速度，连接处先是被割开一个小口，接着越来越大，5 分钟后，一个连接处被割断，陆羽又指着左肩膀上跟氧气瓶的连接处，苏虹凑上前继续割，就这样按照陆羽的指示，大概割掉 4 处后，陆羽略微活动了一下身体。

此时他已经可以把身子侧过来，看着苏虹，又做了个暂停的手势，指了指苏虹的呼吸器，又指了指自己，手放到嘴边做呼吸状，示意一会儿两个人要共享气源，看到苏虹点头表示明白后，他才放心让她去割最后一个连接处。

苏虹一边割着，手却有些控制不住地发抖，带子的缺口越来越大，终于，砰的一下，带子断了，陆羽背上压力顿时一松，身体借着这个机会顺势向下一错，人已经从装备里脱了出来。

虽然他立刻反应过来去接住向石壁砸去的氧气瓶，整个装备还是碰到了石壁，岩洞四周石壁掉落的泥土瞬间把洞中水域填满，陆羽憋着气，靠身体感知苏虹的方向，他朝那个方向游去，手忽然被另一只手握紧，两人借着头灯看清对方。

苏虹深吸一口气，把呼吸管递到陆羽口中，陆羽再吸一口递回去，如此往复，镇静下来后，陆羽轻轻把自己装备放在洞里，手里依旧紧攥着那个纸条，朝洞外一指，苏虹点点头，两人就这样共享着一处气源缓缓向外游去。

过去哪怕工作最忙，压力最大的时候，韩絮都没幻想过自己要是有个分身该多好。这种不切实际的意念只会拖慢她的工作进度，可此时此刻，她无比希望有两个韩絮，一个守在池边观察苏虹陆羽的情况，另一个则走到外面去找罗曦。

可现实情况是，她只能一会儿观察一下水面，一会儿走到来时路口，侧耳倾听一千米外是否有枪声响起。如是往复来回折返多次，两边都是一样地静谧，静谧到可怕，从被赶下车的时候开始，她才意识到，自己有多么关心那个男人。

第三次回到池边时，平静的水面忽然泛起一丝波纹，波纹越来越大，接着水中浮现出一团黑影，扑的一声，苏虹跟陆羽一起破出水面，二人看起来都极为疲倦，高强度，长时间的紧张水下作业让他们贪婪地呼吸着水面上的空气。

韩絮立刻扑到岸边，"怎么样，成功了吗？"边说边慌忙找到一根棍子递向苏虹，陆羽看着苏虹先游上岸，在后面吐了口气，道："幸不辱命。"

"罗曦呢，怎么没跟你在一起？"苏虹一边爬上岸一边道。

"我这就去找他，"韩絮立马扔下棍子，朝林外跑去，"你们换好衣服赶快出来帮忙，罗曦有危险！"

罗曦靠在一棵梧桐树旁，半蜷着身体，这样他不至于每次呼吸都感觉胸腔快炸开，刚刚老金一个手下的勾拳直接打在他肋骨上，感觉是断了，至于断了几根，不重要，反正那人现在已经趴在地上起不来了。

还有一个用肘磕伤了他的脸，搞得他满嘴血腥味，可能还破了相，不过那个人也好不到哪儿去，被他反手一记摆拳打中了后脑勺，就算不是脑震荡也得休克一阵子。

最后那个昨天拿枪指他脑门的是从黑石城就见过的老熟人了，狡猾得很，每次都趁他攻击别人露出空当的时候使阴招，自己小腿差点儿被他踢折了，哪怕靠在树上还在打战，靠着刚刚连续干倒两人的余威，那家伙没了掩护，一时不敢轻举妄动。

老金在后方默默观察战局，没有任何行动，这老家伙虽然年纪大了，但好歹以前当过兵，不能小觑，罗曦打量着眼前形势，心里默默盘算，刚刚是 1 打 3，现在是 0.5 打 2，好像难度更大了。不过老金貌似不会以身犯险，那就先解决掉眼前这个家伙再说。

那人见罗曦的虚弱不像假装，逐渐放大了胆子，走到罗曦近前，挥拳朝他虚晃两下，罗曦靠着树费力躲避，那人一记勾拳朝罗曦受伤的肋下打来，罗曦避无可避，只好拿双臂硬接，对方的拳劲透过自己双肘传导到腹中，这一下直打得他胆汁都要吐了出来。

那人空着的右手随后跟上，一记摆拳袭向罗曦下巴，要是打中，罗曦当场就会晕厥，不料他却临时以掌换拳，一个耳光扇在了罗曦脸上，罗曦吃痛跪倒在地，对方居高临下地笑道："怎么样，罗少爷，不是逞强吗，不是觉得自己很硬吗，不是骂我是狗吗？奇怪了，堂堂罗家三少爷居然喜欢给狗下跪？"

看来一下搞定罗曦并不能让他满足，不羞辱他一番注定无法泄愤。

罗曦扶着树一点儿一点儿爬起，吐出口中鲜血，"刚才是什么狗东西在乱吠，少爷我耳朵不好使。"

"你他妈还嘴硬？"

"有种就再这么打爷爷一次，爷爷这次要是趴下了就跟你姓。"

"小吴，速战速决。"老金在一旁催促道。

"哼，这是你自己找死，怨不得别人，虽然老板交代最好别伤人性命，可没说不能打成残废！"小吴双眼泛出一丝寒光，"死到临头还这么嘴硬，那我成全你。"

还是一样的套路，两个刺拳的试探，罗曦艰难躲过，接着小吴左手勾拳跟上，罗曦还是夹臂去挡。

"蠢材，这跟刚刚有什么分别。"小吴心里暗笑，左拳直接穿破了双臂防线，击中了罗曦肋下，他正要收拳再打，却发现自己左臂像是被两条铜箍死死夹住，原来罗曦硬吃他一拳，就是为了顺势用双臂夹住他的左手。

他一边发力抽拳，一边用右拳向罗曦袭来，此时罗曦双臂突然放开，他重心顿时不稳，向后跌去，罗曦低头，小吴右拳从他发梢擦过，同时使出全身力气，整个人从地上半蹲的姿态跃起，一记自下而上的勾拳打中小吴的下巴，后者还没来得及反应，整个人离地飞出十多厘米，倒在地上滚了两滚，彻底昏了过去。

罗曦单膝跪地，一只手撑住地面努力不让自己身体发抖，他抬头看着老金："就差你了，还不动手？"

老金不说话，缓缓从怀中掏出一把手枪，黑黝黝的枪口指向罗曦，罗曦朝他冷笑道："怎么，我都这样了还要用枪？非要像个娘们儿一样？"

老金不睬他，手指稍屈，扣动了扳机，砰砰两声。

罗曦睁开紧闭的双眼，发现自己安然无事，老金单手指天，枪口冒出一缕青烟。

"你这枪法也太差了吧，还是眼神不行？"

老金默默掏出一根烟点上，摇了摇头，"都这样了，再打下去出了人命，没有替罪羊，没人保得住我，何必呢。"

"哈哈，如果你是想让我麻痹大意，那劝你省省。"

"你我都是聪明人，分得清哪句话真，哪句话假，我确实是老了，这次行动犯了不少错误，但最大的错误，就是低估了你。"

"不敢当，要不是我已经连站起来的力气都没有了，一定给你个拥抱。"

"省省吧，这两枪过后警察马上就来了，我最后能做的就是让他们把你们拖住，让你们哪怕找到了线索依然无法分身去找罗隐。"老金说着笑笑，"只要完成这一点，我大不了在墨西哥的号子里待个两年，就算带薪休假，这么算下来，大家还是平手。"

韩絮听到枪声发了疯一样朝前奔去，从林中窜出，几步扑到罗曦身前，见他没死，立马用自己的身体挡在他前面，双眼如刀，狠狠向老金剜去。

老金看着眼前一切，似乎明白了什么，笑道："我说你小子怎么这么拼命呢，没想到你真的看上大嫂了，佩服佩服。韩小姐别紧张，刚刚那两枪我朝天开的，你男人死不了。"

韩絮狐疑地检查罗曦伤势，罗曦笑着点点头，道："都是皮外伤，不打紧的。"

"好了，警察马上就到，算我做个顺水人情，给你们小两口点儿二人世界的时间。"老金抖掉烟灰，整理一下西装，缓缓朝外走去。

罗曦看着他的身影消失在远处，嘟囔道："老混蛋终于走了。"身体一松，瘫在了韩絮肩上。

"罗曦你没事儿吧？罗曦你坚持住！罗曦你不能死！你说过再也不会丢下我，怎么可以说话不算数，你这个大混蛋！逞什么英雄！你回答我啊，我求求你，哪怕一个字！"

韩絮难以抑制地流着眼泪，晃动着罗曦的身体，声音越来越大，最后几乎变成了嘶吼。

"吵死了，"罗曦微微抬起眼皮，小声道，"你能不能把你乱喊的劲儿用来给我做个人工呼吸？平时看着挺聪明的姑娘，怎么突然傻乎乎的。"

韩絮双颊一红，抬起拳头就要打，罗曦连忙护住胸口，咳嗽着道："肋骨已经断了，别打了。"

"说，你错了。"

"我哪儿错了？"

"你骗我难道不是错？"

"我骗你什么了？"

"你装死骗我给你人工呼吸！"

"对不起，是我的错，"话音未落，罗曦右手一使劲，直接把韩絮拉到自己胸口，忍受着剧烈疼痛笑道："想亲你还找理由，这实在是大错特错。"

韩絮脸更红了，啐道："不要脸。"

不等她说下去，罗曦已经把嘴唇凑了上去，双唇相贴，再也不给她发声的机会。

不远处陆羽跟苏虹赶到后恰巧碰上这一幕，两人静悄悄地候在一旁，苏虹戳了戳陆羽，指着地上被打倒的几人笑道："你说他们是不是就是因为撞到他们亲嘴，所以才被灭口的？"

"那我们可千万小心，这种情况下谁敢撞破他们的好事儿怕是得身首异处了。"陆羽笑笑，语气温柔。

这种情况下敢把他们二人分开的也只有警察了。

最先赶到的是两名巡警，一人在路口处跟主动自首的老金做着笔录，另一人走到林中，见到躺在地上的人吓了一跳，掏出腰间的枪示意他们不要乱动，微微抬了抬枪口让他们站好，一边掏出对讲机找人支援。

又过了十几分钟，大批警车堵到路口，为首警车下来一个笔挺的熟悉身影，局长双手插兜走到近前，先观察了一下罗曦的伤势，问道："严重吗？"

罗曦摆摆手："小意思。"

局长道："先送你去医院检查，你们剩下的三人去警局录口供，我说过的，假如你们胆敢再次偷潜，我只能按照私人恩怨处理了。"

"没事儿，我们有心理准备，"苏虹道，"很抱歉这阵子给你还有这片土地造成的麻烦。"

局长点点头，对手下交代一番，苏虹三人被押到警车上，罗曦则跟几个倒地打手一起被抬上了救护车。

回警察局的路上，三人坐在警车里看着对方，"线索找到了吗？"韩絮问道。

陆羽拍了拍自己的口袋，"现在有警察盯着不方便，反正时间上肯定是来不及了，我们不如等见到罗曦一起看？"

二女点点头，到了警局，警察将三人按照性别送到羁押室，却直到晚上也没有警察来找他们问询，苏虹跟韩絮两人经过这几日的折腾，早已筋疲力尽，索性躺在长椅上闭目养神。

苏虹本以为今晚就这么过去，突然吱呀一声，羁押室的门却开了，"出来吧，"门外传来局长的声音，两人走出羁押室，局长带着一个警卫，身旁还站着陆羽，局长道，"你们朋友经过简单的手术已经没有大碍了，如果你们想去见他，我现在可以给你们安排车辆。"

他又跟看守低头耳语了几句，在一份文件上签了字之后，对他们道："介意坐我的车吗？"

苏虹没想到，局长所谓他的车，居然不是警车，而真是他的私家车，开往医院的一路上，只有他们三人，没带任何警卫。

"你不怕我们跑掉？"苏虹好奇问道。

局长一边开车一边自信笑道："你们朋友还在医院，你们能跑哪儿去。"

医院里不再有警察执勤，局长带路推开房门，罗曦正坐在床上，百无聊赖地看着电视转播的拳击比赛，他头上还有胸口缠了一圈绷带，断掉的肋骨处被打上了石膏，活像个木乃伊。

看到众人进来，罗曦吃了一惊，"你们怎么来了？"

苏虹笑道："怎么，不欢迎我们？"

"不不，哪儿的话，感谢老天还来不及呢。"

韩絮在稍远处，略带矜持地看着他，神色关切，罗曦也似乎有些尴尬，不太敢看她。

"哈哈，你们俩怎么了，下午分开的时候感觉苦命鸳鸯似的，现在又开始扭扭捏捏了？"苏虹一边说着一边拉着韩絮的手把她拖向床边。

韩絮终于鼓起勇气，坐到床头，抚摸着罗曦身上的伤，"还疼吗？"

"怎么净说些废话，"苏虹道，"你断几根肋骨试试。"

罗曦有些不好意思地摇摇头，"不疼，不疼，都是小意思。"他转头看向局长，道，"你这是什么意思？"

局长嘴角泛起微笑，道："什么什么意思？"

"你不抓我们了？"

"你们应该记得我说过的话，假如发现再犯，这就是我们的私人恩怨了。"

"对，所以你到底想做什么，不妨明说吧。"苏虹道。

局长走到她面前，脸几乎要贴到她脸上，一个字一个字道："既然是私人恩怨，那我只好，跟你们一笔勾销了。"

说着他脸上泛起一丝笑意，缓缓摘下墨镜，对苏虹道："笨蛋，你仔细看看，我是谁？"

苏虹第一次认真端详起眼前这名男子的样貌。瘦削坚毅的方脸，鬓角处有些泛白，早生华发，黝黑的面孔衬着眼神中带一丝狠劲，嘴角噙着一丝笑意，右眼角下还有一处并不显眼的胎记，苏虹猛然大叫道："小绅士！"

局长朗声大笑，一把抱起苏虹："现在才认出我来！你说你是不是笨蛋！"

众人实在没想到，这个看起来高傲冷酷的警察局局长，竟然就是苏虹当年朝圣之路的旅伴，两人打闹了一阵，局长拉了把凳子坐在罗曦病床旁，苏虹仍是难以置信地看着他，一会儿摸摸他的头，一会儿又掐掐他的脸，"十年没见，小家伙都这么帅了，还混成警察局长了，你的胡子呢？"

小绅士苦笑了一下，"还说呢，为了怕你认出来，前几天刮了，我留了整整5年！"说着对众人示意，"大家请坐吧，有什么问题随便问。"

"所以，"陆羽道，"你就是罗隐安排在这儿的接头人？"

局长点点头。

"陪罗隐去洞潜的也是你？"

"是我。"

"那一开始坎昆街头出现那么多巡逻警车也是你安排的？"

局长点点头，"你们来之前我跟罗隐偷潜了野洞，我正好有理由借着整治坎昆地下潜洞的幌子全市巡逻，这样可以神不知鬼不觉地保护你们。可没想到你们太机灵了，第二天就把我的人甩掉了，我只好亲自出马，想从几位女士身上找些线索，却没想到一无所获，还平白挨了一顿嘲讽。"

苏虹撇撇嘴，"谁让你跟我装不认识的。"

小绅士无奈笑道："大姐，是罗隐交代的，接头人不能暴露自己，再说，我都把名片递给你了，你就不觉得上面荷西这个名字很眼熟吗？"

"叫荷西的那么多，我哪儿想得到，"苏虹嘴硬道，"那后来老金的事儿也全在你意料之中了？"

小绅士点点头，"你们来的第二天，我的线报就得知他们跟到了坎昆，还跟警队里一些中层有过接触，但具体是谁、有几个，却不好说。

"当时一下子失去了你们的线索，我只敢用自己的亲信，手忙脚乱间没想到被他们钻了空子。罗曦跟文森特遇险后我差点儿担心死，罗隐那个时候又因为一些意外联系不上，我只能按照原定计划执行。好在老天保佑，你们最后安然脱困，我也就将计就计，将老金他们一网打尽，这样才方便你们后续的行动。"

"却没想到还是放走了几条漏网之鱼呗。"苏虹道。

"对方的警觉性确实很高，这也是为什么后来我坚决不让你们再潜的原因，"小绅士一脸严肃，"可没想到你们是真胆大，今天上午发现你们不在医院，我心又提到嗓子眼了。"

"那还真是对不住你了，"苏虹冷笑道，"既然你心地这么善良，为什么不直接把线索给我们，害我们如此大费周章。"

"这你不能怪我，要怪只能怪罗隐，是他说的，除了保证你们不被中国来的那个老头暗算，我不能多管闲事儿。"小绅士说着叹了口气，"或许你们现在还没有办法理解罗隐的苦衷，但他非要你们通过自己的努力去找他，跟中国那个最有名的猴子的故事很像。"

"你是说，《西游记》？"

小绅士点点头，"他是这么跟我说的，那个和尚明明可以骑在一只会飞的猴子身上，去找他的神拿到神谕，可那样神谕就不管用了，只有选择凡人的行路方式才行。但这不代表一路上他们只能靠自己，假如遇到特别强大的对手，我们这些人可以适当地施以援手，但是一定要把握分寸。"

他顿了顿，继续道："其实你们应该也感受到了，他做这些事儿的目的，或许是想告诉你们，这个世界上有很多人在用与众不同的方法活着，只有亲身感受才能体会，他要跟你们分享的并不是目的地，而是这条路本身。"

这番话让众人若有所思，罗曦曾经因为女朋友之死把自己困在岸上，韩絮被自己的家族困在公司里，陆羽被过去的失败困在早已不属于他的公司里，就连苏虹，也一直走不出理想跟现实的纠缠，不得不说，这趟旅行，对他们的人生，都产生了潜移默化的影响。

"我们谁也没怪，"陆羽淡淡道，"这一路走来我们都是心甘情愿，甚至甘之如饴，也多谢你在墨西哥对我们的暗中帮助。"

"好了好了，别说客气话了，"苏虹道，"赶快打开纸条，看一下我们下一个目的地是哪里。"

陆羽掏出一张纸条，在桌上铺开，上面密密麻麻写着西班牙文跟数字，罗曦吃力地挺起身子，凑过去细看，"怎么又是西班牙文，这好像是张机票吧？"

苏虹仔细端详道："是一张船票。"

"船票，去哪儿的？"

"你猜猜。"

"苏大小姐，我肋骨都断了，现在多说一个字都肝儿颤。"

"好吧好吧，看在你因公负伤的面子上，我就告诉你们，最后一站，是南极！"苏虹语气中露出一丝兴奋，"票据抬头写明了出发地点跟游轮名字，在阿根廷最南端乌斯怀亚的港口，出发时间嘛，是明天！"

"罗隐就在这条船上，"小绅士道，"这次不会再有什么挑战了，他也不会再对你们避而不见，你们的所有疑惑，不解或者委屈，都会在那里得到解答。"

他继续道："你们去过美国，有美国签证的话只要在阿根廷官网申请电子签证就好，这一点基于之前你们的材料罗隐已经帮你们申请好了，吕文的飞机今晚会抵达坎昆机场，这是唯一能让你们赶得上船的办法。

"罗曦受了伤行动不便，机上配了私人看护。不出意外的话你们明天早上睡醒，就已经在乌斯怀亚的机场了。"

苏虹想到可以去南极，而且马上就要见到罗隐了，心中一阵兴奋，看着小绅士，突然又有些不舍："可是我们才刚刚见面，还没来得及好好叙旧我就要走了。"

"又不是不回来，时间紧迫！"小绅士脸上再也不见日前的傲慢寒冷，笑容中带着熟悉的暖，握着苏虹的手，"以后要常联系，我去中国玩还指望你给我当导游呢。"

"一定一定，这次在墨西哥我也没玩够，下次再来的时候你要好好招待我。"

"一言为定。"

"一言为定！"

乌斯怀亚，世界最南端的城市，阿根廷火地岛地区的首府、行政中心。由于特有的地理位置，成为通往南极洲的门户而驰名世界。

乌斯怀亚距本国首都布宜诺斯艾利斯远达 3200 千米，距南极洲却只有 800 千米。从澳大利亚、新西兰等地乘船往南极洲，至少需要一周的时间；而由乌斯怀亚起航，越过德雷克海峡，两天便可到达。因此前往南极洲探险和考察，乌斯怀亚是最为理想的起航和补给基地。

这里唯一的机场，一个看起来比普通仓库大不了多少的简陋地方，居然在世界机场受欢迎排行榜上名列第五，完全因为它在游览南极的路线上得天独厚的地理位置，也足见人类基因里对于抵达尽头这件事情的着迷。

在这座人口不足 10 万的小城，当地居民主要从事林业跟渔业，由于最近几年南极旅行人数的增加，越来越多的人选择投身旅游业。

苏虹等人刚上飞机就被告知今天有大雨，假如抵达机场时雨下得太大，甚至有可能被迫返航。一路上四人心情凝重，暗自祈祷老天别再作弄他们，好在抵达时只是乌云密布，还未降雨。等他们一行四人下了飞机等待出关时，外面突然雷声大作，接着豆大的雨点噼噼啪啪砸在机场屋檐上。

机场外好不容易找到了拿着印有四人名字告示板的接机司机，他们匆忙把行李放上车，距离船票上显示的登船时间还有 1 小时不到，司机不用他们吩咐，一路脚踩油门朝港口驶去。

小城街道不宽，四处可见各种造型奇特、卡通化的房屋，路上司机介绍道：这座城市当年的建设主要依靠被阿根廷政府流放的犯人，他们每天乘坐小火车前往如今更名为自然公园的森林里砍伐树木，用以城市建设及市内供暖，长达 60 年之久，城市四周遍布着囚犯跟企鹅的卡通形象，时刻提醒着游客这里的两大特色。

苏虹发现自己越是为一件事情担心，反而越会走神去思考一些不相干的事儿，暴雨导致的交通拥堵让她心神不安，便转而去观察墙上涂鸦里囚犯的卡通造型上帽子的穗带飘起的角度问题，罗曦不住地催促着司机，司机指着前面拥挤的道路，两手一摊，示意自己已经尽力了。陆羽跟韩絮虽然没有表现出过多的焦虑，却并没有阻止罗曦继续徒劳地跟司机扯皮。

漫长的等待后，车子终于驶入港口，司机指着不远处的一艘渡轮，用不太流利的英语道："那里，那里。"此时距离票上所写登船时间还剩两分钟，那艘巨大的游轮正将云梯缓缓收回。

陆羽拿着罗曦的行李，韩絮跟苏虹一左一右搀扶着罗曦，四人用最快速度朝码头奔去，游轮喇叭发出模拟汽笛的呜呜声，云梯被依次收回，还剩最后两架。

一名穿着雨衣的工作人员脚已经踏上了悬梯，看他们跑来，又把脚收了回去，陆羽一马当先，跑过去把票递到他手上，工作人员验过票，朝他们用力招手，指了指船身，四人顺着梯子进入船舱内部，随着工作人员把舱门关上，透过玻璃窗，风雨飘摇的码头离他们缓缓远去，不由得相继舒了口气。

舱门处是个安检口，在他们前面还有 4 个人排着队等待安检，可能因为下雨，他们都用冲锋衣把自己裹了起来，脸上还戴着口罩。

那个放他们上来的工作人员英语很好，自我介绍叫安德鲁，是个来自澳大利亚的小伙子，"你们还真幸运，居然最后一刻赶上了，当然，"他指了指那群安检的旅客，"这些买了最后一分钟船票登船的人更幸运。"

看着众人疑惑不解的样子，安德鲁解释道："由于去南极的费用太高，单单船票一项，好一点儿的位置就要破万美金，差一点儿的也要7000 美金一张，所以很多人会选择住在乌斯怀亚，等待一些马上就要出发的船只售卖没有卖出去的房间船票，这些票通常价格要比正常船票便宜 40% 到 50% 不等，不过这两年情况略微有些不同，很多游轮公司最多只愿意便宜 20% 左右，但那也省了不少。"

"能在最后一分钟登船我们已经足够幸运了，就不奢望别的了，"苏虹喘着气道，"他们抢不到最多就是再等几天，我们赶不上船的话这钱可白白浪费了。等等，他们抢的，不会就是我们的票吧！"

"放心，"安德鲁对她笑笑，"你们的朋友已经吩咐了，哪怕你们没出现，房间也要留着。"

"我们的朋友？"

"就是那位罗先生啊，"安德鲁道，"他跟船长应该关系很好吧，5分钟前我们就该起航了，结果因为你们没上船，船长硬是要我再等10分钟。"

苏虹四人相视一笑，没想到这家伙还有点儿良心。

四人依次经过安检后，便有服务人员上前帮他们拿行李并引入各自卧室，这是艘小型豪华游轮，船身总共可载100人，船上服务人员，驾驶员以及探险小组成员等工作人员50人，与乘客人数1：1，船身共有6层，2层跟6层是公共区域，其余4层按照ABCD四个级别安排有不同的房间。

苏虹与韩絮，罗曦跟陆羽被分别安排在3层的双人间，每个房间都带有观景平台，房内装饰品位不俗，不仅家具，就连地毯跟浴液毛巾都是欧尚、欧舒丹等国际大牌。

一番洗漱过后苏虹跟韩絮打开房门，听安德鲁说，罗隐住在A0号房间，整个3层的房间都是A打头，可她们从东区到西区转了一圈，只看到A1到A6 6个房间，苏虹一转身，看到罗曦跟陆羽也从房间里走了出来，"怎么，你们也想找罗隐吗？"苏虹道。

"对啊，你们找到了吗？"

苏虹摇摇头："我已经找了一圈了，这层根本没有A0。"

"不会吧，我哥又在耍什么花招？"

众人正准备下楼找侍者问个清楚，扩音器里传来船长的声音，请所有旅客到二楼宴会厅就座，15分钟后我们会举行欢迎仪式。陆羽道："先去参加欢迎仪式吧，或许A0并不在我们这一层，一会儿问服务员就知道了。"

船外依旧风雨大作，船身略微有些摇晃，苏虹穿着高跟鞋走在楼梯上，一个趔趄，还好陆羽手快，及时扶住了她。"这船也太晃了。"苏虹抱怨道。

"不会穿高跟鞋就别穿嘛，"罗曦道，"你看韩絮，走得多稳。"

"是是，"苏虹翻了个白眼，"我就是在地上爬也没有你们家韩絮金鸡独立稳，行了吧？"

韩絮笑道："那倒不一定，要不你爬一个咱们比比？"

"哎哟，老韩，我怎么以前没看出来你是个见色忘友的人啊！"

这艘极光号游轮隶属于一家法国邮轮公司，船上多数工作人员来自法国，整个欢迎仪式从会场布置到餐点配置都充满了法国风情，船长是个 50 多岁的干练男子，讲起话来声如洪钟，底气十足。

他先是表达了对大家的欢迎，依次介绍了游轮里的设施，船上的重要工作人员，最后提醒众人，由于 11 月开始南极才会迎来真正意义上的暖季，因此此时出行有些海面的冰块还没有完全消融，室外温度也会更冷一些。

"不过，"他调转话头道，"这个时候出行的船只很少，根据《南极航行法案》，每一处登陆地点每次只允许有一条船登陆，假如赶上旺季，会出现两艘船抢滩登陆的情况，这在这次旅行中几乎不可能。"

而面对冰路难行的问题，船长指着投影仪中他们所乘游轮的船头道："我们不是一艘简简单单的游轮，而是一艘有破冰功能的游轮，所以大家不用担心我们活动会受限，反而可以期待看到我们开辟水路的壮举！"

整个流程介绍过后，船长举杯祝福大家旅途愉快，现场乐队开始演奏宫廷风格的管弦乐，侍者有序地给每桌分配前菜，游客们刚刚熟悉彼此，大家略带羞涩地打着招呼，在推杯换盏中增进彼此友谊。

苏虹看了整个餐厅一圈，还是没有找到罗隐，一名身着黑衣的大堂经理走到他们桌前询问菜品质量，不等苏虹开口，罗曦抢先问道："请问所有客人都到齐了吗？"

经理笑着道："有两个房间的客人因为身体不适选择在房间休息。"

"A0 房间的客人没有来，对吧？"

经理点点头，"你们想必就是罗先生的朋友了。"

罗曦道："是啊是啊，对了，我们怎么没有看到 A0 房间？3 层找了个遍。"

经理笑笑道："怎么你们的朋友没有告诉你们吗，A0 房间以前是船长的专用房间，为了方便指挥航行，所以设在一层。"

"哦哦，对，他跟我说过，是我忘记了，哈哈，"罗曦笑着道，"这个前菜很棒，气泡水也很好喝。"说着连忙喝了口水，冲经理竖起大拇指。

"先生，这个水是用来吃完前菜漱口的，"经理略带尴尬地提示道，"当然，我们的漱口水也是可以饮用的。"

一旁的苏虹忍俊不禁道："不会喝水就别喝，你看陆羽，这漱口漱得多标准。"

85

整个晚宴延续了法餐一贯的上菜风格，一顿下来没有两个小时是不可能的，四人一方面刚下飞机饥肠辘辘，另一方面也不好意思就这么离席，只好一边满足肠胃一边把心思放在一楼那个尚未见过的房间。终于在最后一道甜点上过后，罗曦急不可耐地站起身来，把餐巾扔在椅子上，"走了走了，咱们是来找人的，不是来要饭的。"

"你急什么急啊。"苏虹白了他一眼，也放下了叉子，不舍地看了眼还剩一半的布丁，一行四人乘坐电梯来到一层，A0 的房间就在驾驶室隔壁，三人不约而同看向陆羽，他深吸一口气，伸出右手，并起食指跟中指在门上敲了敲。

门后一片安静，陆羽等了几秒钟，伸手想要再敲，门后突然传来淡淡的声音："门没锁，请进吧。"

这声音对于苏虹来说既熟悉又陌生，她跟这个声音的主人认识了10 年之久，但满打满算在一起接触的日子却不过十几天，而她这次略显荒唐的 30 天旅行又完全是为了见到这个 10 年未曾谋面，并无联系的人。

门推开的一瞬间，苏虹脑中闪过无数画面，但这次的相见跟她所想的都不相同，房门正对着一个硕大的客厅，约莫可容下二三十号人，客厅中央一排沙发被铁链固定在地板上，后面是硕大的落地窗，窗下一人慵懒地斜坐在沙发上，因为逆光，初时只能看清个轮廓，等走到近前，才看清这个礼帽下露出丝丝白发的男子正带着一丝玩味的笑容看着他们。

他身体略带佝偻，比之前视频里的样子又消瘦了些，一条腿上打着石膏。看到众人走近，罗隐微笑着挺起身子，"抱歉啊，前阵子冲浪把腿摔了，一上船又晕船了，刚刚吐了几回，没来得及去跟大家打招呼，招待不周，你们随便坐。"

他的声音似乎有种让人无法抗拒的魔力，苏虹等人每一个都有话想对他说，却都忍在嘴边，老老实实地分坐在他周围，这种感觉让苏虹觉得无比陌生，坐下之后众人都盯着他不说话，倒是罗隐先开口道："怎么，这么多年了，还没看够我的帅脸？"

苏虹扑哧笑了出来，能说出这种不要脸的话，看来还是当年的那个罗隐。她看着罗隐，揶揄道："你怎么这么娘炮啊，坐个船晕成这样。"

罗隐摇头苦笑道："没办法，可能老天爷觉得我太完美了，非要在出厂设置上给我添点儿缺点，让我别太优秀。"

"真是不要脸。"

"脸还是要的，毕竟雕刻得这么精致，也花了老天爷不少工夫。"

"别贫了，快从实招来，这么一路把我们四个玩得团团转到底是为了什么。你知不知道我们这一路走来遇到多少危险？我们又有多担心你？"

罗隐收起笑容，微微低了低头，目光与众人平视道："关于在黑石城还有墨西哥发生的事情，我很抱歉，有些事情超出了我原先的计划范围，甚至差点儿给你们带来生命危险，这完全是因为我高估了自己对事态发展的判断力，也低估了罗鹏的狠心。

"这些事情我难辞其咎，在墨西哥罗曦跟文森特被困潜洞时，我恰好冲浪摔断了腿，小绅士也联系不上我，否则当时我就会终止整个计划。等我伤好了，才得知你们已经顺利拿到了最后一个线索，也就没必要再修改原定计划了。"

他说话时眼神一一从四人身上扫过，语气异常严肃，"你们在墨西哥发生的一切是我这半年来唯一一次感到害怕，害怕到能感受到心脏怦怦直跳，手脚出汗，浑身发抖的一次。"

"你既然知道他们付出了多少，尤其是罗曦，就应该直截了当地告诉我们，设计这次旅行的原因到底是什么。"韩絮说着，眼睛直勾勾盯向罗隐。

"假如在我发起这次旅行的原因，以及当初我不告而别毁弃婚约的理由这两者间，我只会解释其中之一，你更希望听到哪个？"罗隐说着也看向韩絮。

韩絮被罗隐这个明显耍赖的问题问得一愣，随后立即道："我选第一个。"

"我选第二个，"说话的却是罗曦，他坐直了身子，把手放在韩絮手心，对她道，"有些事情对于过去很重要，但有些东西对于未来更重要。"韩絮任由罗曦牵着她的手，目光从罗隐身上落到罗曦脸上，冲他笑笑，道："我说过的，第二件事儿已经不重要了，不论是对于过去还是未来。"

罗隐看着二人紧握的双手，左眉毛略微上挑，他叹了口气，道："小绅士跟我讲的时候我还有些不敢信，没想到你们真在一起了。"

罗曦正要说话，韩絮挽住了他的胳膊，转身对罗隐道："不关罗曦的事儿，是我先喜欢上他的。"

罗隐摇摇头，"谁先喜欢上谁都无所谓，当初是我对不起你，现在哪有资格说三道四。"

罗曦脸上闪过一丝羞愧，嗫嚅着道："可你是我哥，是我在这个世界上最亲近的人，事情发展成这样，我……"

罗隐摆摆手，"既然都说了是最亲近的人，你们能够在一起，我当然是只有开心，为你们祝福。还有，"他看向韩絮，"当初我的不告而别对你造成了很严重的影响，不管你是否在意，我都要郑重地跟你道一声歉。"

韩絮鼻尖抽动了一下，淡淡道："你的道歉跟祝福我都接受了。"

"那就好，"罗隐笑道，"其实我当初离开的理由恰恰也是这次旅行的原因，刚刚不过是想试探下你们对彼此的感觉。至于这个原因到底是什么，我希望找一个特殊的日子宣布。"

"怎么，这还要挑个黄道吉日？"苏虹道。

"可不是吗，我看 5 天后就不错。"罗隐笑笑。

"哪里不错了？"苏虹说着挑了挑眉。

"确实不错，"陆羽在一旁道，"如果我没记错，5 天后，应该是你的生日吧。"

"老咯，"罗隐笑着道，"一转眼就 32 了。"

"我印象里，你好像从来没有庆祝过自己的生日。"

"今年不一样，人说三十而立，四十不惑，五十知天命，三十岁的成就我没达到，这一年倒提前把四五十该做的事儿做到了，值得庆祝。"

罗隐接着道："再说了，好不容易把我生命中重要的人都聚集到一起，在南极过生日，可不就是黄道吉日嘛。你们不会这么不通人情，五天也等不了，非要让我把在生日上的保留节目提前表演了吧。"

见罗隐楚楚可怜地望着自己，苏虹心里一软，"既然如此，再宽限他几天也不是不行吧？"她说着看向众人。

"那是当然，没记起来自己大哥的生日这件事儿已经够王八蛋的了，还怎么好意思说不。"罗曦道。

韩絮也点点头，"这件事儿对我来说已经不重要了，你想什么时候说都行。"

陆羽微笑着道："对我来说就更不重要了，我来可不是为了听什么秘密的，而是见自己的兄弟。"

苏虹用手拍了拍桌子，看着罗隐道："那就这么说定了，五天以后你生日会上要把这半年来发生的一切的来龙去脉都给我们讲清楚，懂？"

"懂，懂，"罗隐笑着点点头，"你们现在是不是可以开始准备了？"

"准备什么？"

"准备给我的礼物啊。"

"哎，我们这一路走来历经千难万险找你，这份情谊还用送礼物啊！"

罗隐认真点点头："嗯，用。"

苏虹无奈地看了眼天花板，又恨恨看向罗隐，"说吧，想要什么，我们尽力满足你。"

"我要你们这几天把吃奶的劲儿都使出来好好玩，就像第二天会挂掉一样地玩。"

"这……这也太强人所难了吧，不过谁让你过生日呢，要不咱们就勉为其难一下？"苏虹看看剩下三人，一脸为难。

陆羽跟韩絮笑着点点头。

"哎，好吧，不过下不为例啊。"罗曦摇头晃脑叹着气道。

"太感谢了，"罗隐大笑拍手，"诸位的大恩大德我铭记于心。"屋外又传来喇叭的播报，通知所有旅客半小时后在二层会议厅会有登陆南极时的讲座和注意事项，希望所有客人都能参加。

"这些讲座对于你们接下来的旅行帮助很大，我就不留你们了，反正接下来几天大家都在船上，见面机会多得是。"罗隐说着，用手去够身旁的轮椅。

"你都这样了就别送了，对了，吃晕船药了吗？"苏虹道，"怎么也不找个助理什么的照顾你？"

"终于有人想起来关心我了，"罗隐道，"放心吧，有人照顾我，她去帮我到医生那儿领药了。"

话音刚落，门咔的一声被推开，一名女子拿着一个小医药箱走了进来。看到众人后，落落大方地打了个招呼，把药放在柜子里，走到罗隐身边，温柔地搀起他的手。

罗隐坦然地任由她搀扶着，看着众人吃惊的目光，道："伊内斯就不用我介绍了吧。"

"你们好，我说过我们会再见面的。"伊内斯笑着看向众人。

"既然有我们的特工美人照顾，那看来是不需要担心了，"苏虹道，"你吃了药就好好休息，接下来几天还要一起玩呢，最重要的是你过生日那天，可别瘫在床上起不来。"

"放心吧，我吃过药之后肯定生龙活虎的，你们也别光顾着笑话我，明天就要穿越德雷克海峡了，到时候都得晕，一会儿听完讲座你们也记得去医务室领点儿晕船药，要是第二天再想去领，走到医务室之前恐怕就要吐一路。"

走出屋外，苏虹见陆羽仍不时回头看罗隐房间，道："怎么？有什么不对吗？"

陆羽笑笑，"我只是在想，罗隐这个样子该怎么上厕所。"

"嘿，"苏虹打趣道，"难不成你想帮他扶着？"

86

船长在讲座开始前再次强调，这次的内容是整个航行中最重要的，南极虽然不属于任何国家，但在这里航行的船只都要遵守相应的国际公约，违反公约的船只会被吊销航行许可，违反的个人轻则被剥夺旅行资格，重则面临罚款甚至监禁的风险。

苏虹收起玩乐心态，调高了同传耳机音量，船长详细介绍了整个航行的路线，沿途的景点，有可能登陆的位置以及在船上、岸上要分别遵守的准则，接着把整个游轮的构造也介绍了一遍。

"需要跟各位强调的是，我们此次旅行要比一般前往南极的时间提早了半个月，除了有些路段冰封难走以外，沿途海风也更大，船只会比平时更显颠簸一些，大家也不用太过担心，我们已经做好了充足的准备。"

船长说着伸手指指脚下地板，"如大家所见，整个船舱内部的桌椅家具都被铁链固定在地板上，走廊里、房间里以及所有公共空间的墙壁上都挂着呕吐袋，另外我们的随行医生处准备了足够的晕船药、晕船贴，假如各位感到不适，医生就住在三楼楼梯边的房间，24 小时有人值班。”

他接着强调道：“从明天开始我们要穿越德雷克海峡，整个航程预计 40 小时，这是整个旅程中最难熬的一段，希望大家做好心理准备，不要逞强，早饭后船员会封锁甲板，大家最好待在各自房间里。

“请相信我，作为一个过来人，没有什么是比在床上消磨掉这 40 小时更聪明的决定了。穿过德雷克海峡后基本上就风平浪静了，到时候大家想怎么玩都可以。我们法国人有句谚语，rira bien qui rira le dernier。翻译过来就是笑到最后才笑得最好。

“所以请大家一定不要逞强，这两天不要乱走动，尤其不要因为怕吃了晕船药让人嗜睡而错过风景就硬撑着，这样只会使你们错过后面旅程真正的精彩！好了，今天的分享就到这里，咖啡厅、图书馆还有讲座厅 20 分钟后都会开放，欢迎大家前往，我们全体船员一定努力保证大家不虚此行，获得人生中最独特的一段体验！”

会后罗曦要去医务室换药，韩絮自然陪同前往，“你们俩呢？”罗曦看着陆苏二人道：“我刚刚侦查过，6 楼顶层有个酒吧，带现场乐队的，特别棒，要不你们先去占个座儿，我俩换完了药一会儿就过去。”

“你都这样了还想着喝呢，赶快换好药回屋躺着去。”韩絮瞪了罗曦一眼。

“哎哟，你这么一说，我感觉好像胸口又有点儿疼。”罗曦孱弱地捂着心口，韩絮连忙靠过去帮他，一脸关切，罗曦把半边身子靠在韩絮身上，任由她扶着自己朝医务室走去，还不忘回头冲苏虹挤挤眼。

苏虹跟陆羽站在原地，背后双手不自然地绞在一起，“你有什么打算？”她跟陆羽道。

陆羽耸耸肩，“既然人家好心推荐，要不我们去酒吧坐坐？”

酒吧空间出乎意料地广阔，四周落地窗可以俯瞰游轮周围海景，经过近一个月的辗转奔波，他们终于享受到了难得的休闲惬意，苏虹双肘撑在桌上，跷起腿，百无聊赖地咬着杯中吸管，道：“看罗曦那个长不大的样子，真是好笑。”

“这也是他最宝贵的东西，要是他哪天变得老成持重了，我反而会不适应。”陆羽道，“有时候真的很难想象他跟罗隐罗鹏三个人是兄弟。”

苏虹松开吸管，咂摸了一下嘴，道："血缘兄弟是没办法选择的，性格各不相同也很正常，哪怕是你跟罗隐罗曦这种后天选择的好兄弟，性格不也天差地别吗。要是一个跟你很像的人成为了你的好朋友，你们两个人坐在一起得多闷啊。"

"哈哈，有理。所以你跟韩絮才会成为好朋友。"

苏虹用吸管拨弄着杯中饮料，抬了抬眼道："友情如此，爱情也很像。"

陆羽缓缓啜了一口杯中威士忌，缓缓道："你醉了。"

"哈哈真有点儿，"苏虹用手掩嘴打了个哈欠，或许是这一路太疲倦了，尤其最后这三天精神一直处在高度紧张状态，现在好不容易放松了神经，感觉浑身软软的。

"那早点回房休息一下吧，晚饭的时候叫你。"

"你呢，继续喝？"

"我想稍微走走。"

"其实我也可以陪你。"

"不，"陆羽摇摇头，"你该休息了，我走一下也回去睡了。"

"那好吧，"苏虹丢下半杯酒，起身道，"我睡到几点算几点，千万别叫我。"

苏虹有些赌气地回到房间，韩絮还没有回来，她躺在床上，可以感受到整个床身随着船身有规律地左右微微摇晃，很明显，她知道罗隐绝对不是发神经为了过个生日就大费周章把他们几个凑到一起，那个理由到底是什么？

本以为找到罗隐后一切都会真相大白，现在却偏偏还要再等5天，陆羽又为什么刚刚在酒吧支开自己？难道他发现了什么别人疏忽了的细节？接下来几天的南极之旅又会遇到什么新鲜的事情？

这些谜团在平时会像柴油发动机一样推着自己的大脑高速运转，使她神经兴奋而难以入睡，但今天或许真是因为疲惫跟酒精的双重作用，在脑回路上安插了无数路障，大脑运转的速度变得迟缓，终于，转速趋近0，她再也没办法保持思考，在海水摇曳中沉沉睡去。

苏虹喝过酒之后睡觉一般很少做梦，这次却是个例外，在梦里她恍惚中又回到了 10 年前那条朝圣之路，小绅士走在前面，罗隐陪在她旁边。

她聊天聊得口干舌燥，拿起矿泉水瓶却发现早已喝光，周围同伴也都没有了水，小绅士突然指着前边，道："你们看，有口井。"

她走上前探着身子朝远处望去，却什么都没有看到，回头责问道："哪有什么井？"却惊奇地发现身边站着的是罗曦，正冲她坏笑道："你发什么神经呢。"身后陆羽沉默寡言，无奈地摇摇头，韩絮照例给了罗曦一个分量十足的白眼，仿佛受不了他的幼稚，天边的火烧云异常美丽，只是她已无暇欣赏，指着自己的嗓子道："渴死我了，渴死我了。"

突然，嘴唇边一阵沁凉，苏虹猛地睁眼，见韩絮正坐在床畔，一手托着她的下巴，一手拿着杯子缓缓朝她口中倒水。

"你干吗？"苏虹道。这才发现自己嗓子有些嘶哑。

"你刚刚在床上大叫，说渴死了，我这不给你喂水吗？"韩絮道。

"哎哟，我们韩大小姐最近是怎么了，越来越温柔啦。"

"切，"韩絮猛一抽手，把水杯往桌上一放，"你醒了就自己喝，搞得自己没手一样。"

苏虹扭了扭被摔在枕头上的脖子，表情夸张道："你轻点好不好，刚夸你几句就嘚瑟。人家饿死了，什么时候开饭啊？"

"开饭？现在都 10 点了，晚饭早没了。"

"什么？十点了？靠！你为啥不叫我？"

"不是你嘱咐陆羽别吵醒你吗？"

"我那是跟他说的气话！气话你懂吗！"苏虹坐起来靠在墙上，带着哭腔道，"你们合起伙来欺负我，专门等饭点儿过了才叫醒我，本来中午因为着急见罗隐我就没吃几口，这下好了，我饿得也睡不着了。"

韩絮坐在自己的床上，正撕开一片面膜的包装，道："你别说，这游轮上的自助餐比五星酒店的还好，海鲜跟肉类特别新鲜，做法都是法式的，讲究得很，尤其那个帝王蟹跟烤羊腿，嗯——我吃得撑死了。"

"我拜托你闭上嘴吧，姐姐我现在没有工夫跟你在这儿扯淡。"

"好吧，那我不打扰你了，"韩絮拿着面膜躺在床上，悠悠道，"本来呢我还打包了一只羊腿，准备给某人晚上当宵夜，现在看来人家根本不领情。"

"姐姐，是妹妹不懂事儿，您大人不记小人过，别跟我一般见识！"

"真是服了你了，"韩絮哭笑不得地指了指梳妆台上的包裹，"喏，门口有微波炉。"

苏虹哪顾得上加热，掀开包装拿出羊腿狠狠咬了一口。

"你慢点儿，又没人跟你抢。"

因为咬得太大口，苏虹险些被噎到，她把全身精力都用在了咀嚼上，好不容易咽了下去，喘了口气，才缓缓道："我这速度已经算是慢的了，假如有人跟我抢的话，现在这羊腿已经连骨头都被我吞下了。"

等把羊腿啃得连一丝肉渣都不剩，苏虹才满足地拍拍手，打了个饱嗝，瘫坐在椅子上喃喃道："真舒坦。对了，罗曦的伤怎么样？"

"医生看过了，说恢复得不错，接下来只要注意别做剧烈运动就应该没什么大碍。他现在估计正跟陆羽在甲板上的露天酒吧喝酒呢。要不是惦记着照看你，我也正吹着海风看着海景，喝着小酒惬意呢。"

"那还等什么啊，我这也饭饱了，咱们正好出去酒足一下呗。"苏虹猛地从椅子上蹦起来。

"你没看我都敷面膜了吗，这都几点了，今天晚上酒吧只开到12点。"

"啊？怎么这么早就关门？"

"明后天就要过德雷克海峡了，到时候风浪太大，整个甲板都要提前封闭。"

"嘿，那还愣着干吗，面膜什么时候不能敷啊，在南极海域的酒吧喝酒一生中又能遇到几回！"苏虹不由分说抄起韩絮的手，就把她往屋外拉。

10月份的南极海洋，夜色中仍透着些许亮光，气温却比白天骤降10度，好在邮轮公司很贴心地在甲板上支起了临时温室棚，棚里暖气充足，甲板正中央乐队演奏着南美风情的音乐，或许是知道第二天甲板就要封锁，虽然时间已经不早了，仍有不少旅客盘桓在四周的一个个小卡座里，就着窗外风景品尝美酒。

苏虹一眼就看到陆羽跟罗曦坐在甲板二层的高处，桌子另一侧罗隐依旧坐在轮椅上，旁边坐着伊内斯。"说什么呢，这么开心。"苏虹走过去，拉来隔壁的椅子坐下好奇道。

"我在听罗曦讲你们在黑石城兵分两路躲避追踪的故事。"

"哈哈，那你可要认真听，那段可精彩了，尤其是我跟陆羽借着沙尘暴风遁那一段，你讲了没有啊？"苏虹看着罗曦道。

罗曦撇撇嘴，"那段哪有我跟韩絮坐直升机声东击西的故事精彩。"

"切，你怎么不讲讲格斗大会上你被未成年小姑娘PK下来的故事？"

"我那是隐藏实力，故意让着她，你忘了我两天前在墨西哥以一敌四，毫发无损干掉老金一伙人的壮举了？"

"少吹牛了，老金都快进养老院的人了，你也把他算在内？再说了，什么叫毫发无损，"苏虹说着拍了一下罗曦肩膀，"你这胳膊上绑的不是绷带是吊带啊？"

"你轻点，"罗曦吃痛夸张地大叫一声，倒向罗隐一边，"知道我有伤还这么用力。你看把我哥的酒都弄洒了。"

罗隐拿稳了摇晃的酒杯，旁边侍者及时地上前擦拭着桌面。"哈哈，不怪苏虹，是我喝得有点儿多。"罗隐缓缓把酒杯放到桌上道，"越朝德雷克海峡深处走，船也越摇晃，你们知道怎么样可以对抗这种摇晃感吗？"

"用铁链把自己钉起来？"

罗隐摇摇头，"应该多喝几杯，等喝到自己都摇摇晃晃的时候，就跟船的节奏一致了，自然也就达到了相对静止。"

"有道理，有道理！"苏虹举起酒杯，"来，这一杯我们一起。敬我们第一次团聚在一起！"

这是黑石城后苏虹第一次断片，只依稀记得后来海面似乎真的越来越平静，甲板上的酒吧很人性化地推迟关闭了两个小时，他们一直在喝酒，聊天，大笑，似乎大家很早以前就经常聚在一起，很久之后都不会分开。

87

再次睁眼的时候，苏虹感觉整个人在摇篮里，左右摇摆，头痛欲裂，她想要起身，却觉得四肢乏力，尝试了几次才颤颤巍巍地支起身体，扭头一看，韩絮平躺在床上，双眼一动不动地看着天花板。听到她起身，韩絮侧过头来。

"醒了？"

"嗯。昨晚我是不是喝太多了，现在还感觉天旋地转。"苏虹捂着头虚弱地道。

"不是你感觉，而是现在外面确实在天旋地转，我建议你学我一样，老老实实地平躺着为好。"

苏虹这才发现，房间里所有能移动的物品都被锁在柜子里保管，桌椅家具虽然都用铁链固定在地板上，仍然不时会因为小幅度的摇摆而发出声响。

她转头看向窗外，一个巨浪迎面拍来，巨大的水浪撞击窗面，四散的水珠在她眼前迸发开来，吓得她下意识朝后一闪，险些顺着船摇动的惯性跌下床来。

墙壁上一处可以固定的地方放着一瓶矿泉水，她可以清晰地看到整个水瓶里的水面朝右倾斜了 20 度，随后又突然间朝左倾斜 20 度，整个房间内所有东西都像活了一样在跳着踢踏舞。

"船长今天在广播里说我们运气还不错，"韩絮道，"德雷克海峡今天比较温柔。"

"这还算温柔？我感觉船都快翻了，这天气怎么说变就变，昨晚还风平浪静的。哎，要是真的翻了怎么办，咱们应该把潜水装备带上的。"

"别大惊小怪了，才这么点儿风浪就失了方寸，太不像你了。"

"我开玩笑呢，"苏虹嘴硬道，"咱也算是经历过风浪的人。"说着钻进被窝里。但还是偷偷把窗帘拉上，闭上眼睛不去想外面情况。

两人就这么躺了半小时，韩絮因为吃了晕船药，整个人昏昏沉沉的，很少讲话，苏虹在床上翻来覆去了一阵，肚子里传来咕咕声，她把头转向韩絮："那个，你吃过饭了吗？"

"我没胃口，劝你也别吃，这种情况下，吃多少吐多少。"韩絮有气无力道。

"那可不行，我宁肯吐死也不想饿死。"苏虹慢慢适应了船舱内的摇晃，挣扎着爬起身，道："这点儿风浪就吃晕船药，太不像你了。"

"好，你厉害，你去吃吧。"韩絮抬起右臂，夸张地朝她做了个告别的手势。

苏虹扶着墙小心翼翼地走出房间，一步一步顺着楼梯走向餐厅，由于颠簸，来餐厅就餐的旅客只有十几人，大家一个个聚精会神地端着自己手中的盘子，小心翼翼地放在桌上，头压得极低，嘴几乎贴着盘口吃饭。

餐厅供应的食品都是简单的固体，汤是没有的，咖啡跟茶都被装在了密闭容器里，需要用一根只露出少许的吸管吸食。服务人员早已习惯了这一切，每人手里端着好几个托盘，虽不能说健步如飞，却也走得异常稳健，好似跟旅客处在不同时空。

苏虹吃了些煎蛋培根还有法式面包，感觉体力有所恢复，晕船的感觉反而有所减缓，不由得对自己的身体素质大为满意。吃过饭后，她看时间尚早，想到回房以后只能在床上躺着，韩絮那副死人样子也不可能跟自己聊天，索性继续顺着楼梯爬向6层的酒吧观景平台。

船舱内除了一些服务人员，几乎没有旅客走动，墙壁上随处可见挂满了呕吐袋，不少已被取下，苏虹走得越高，船体晃动的感觉越明显，自己胃里开始感受到有些不适，但想着马上可以走到船舱顶部，现在放弃未免可惜，就继续坚持往上爬。

终于，她抵达了船顶，整个观景平台空无一人，她找了个椅子坐在最前排，透过落地玻璃窗，她第一次体验到什么叫做滔天巨浪，有的时候甚至一个浪有六七米，在她眼前凭空而起，然后重重地砸在甲板上。

她发现游轮前行的方向不是迎着浪，而是呈一个角度斜切着航行，怪不得虽然看见浪那么大，船身依然可以保持稳定，苏虹还想再多看一会儿，突然间胃内一阵翻江倒海，她赶忙连滚带爬地走到墙边，摘下一个呕吐袋，差点儿没等打开袋子就把刚刚吃的东西喷吐出来。

吐过之后苏虹感觉自己前所未有地虚弱，还没等她缓过神来，腹中又是一阵恶心，她靠着墙立马伸手又摘下一个呕吐袋，再次吐过后，她瘫坐在地上，背靠着墙，心里暗道：不行，再待下去恐怕要把肠子都吐出来了。

苏虹当机立断，四肢着地爬出了舱室，然后坐在楼梯上，一点儿一点儿往下移，终于到了四层以后才缓缓直起身子，她先找了个垃圾桶扔掉呕吐袋。她们房间在 3 层，感受到德雷克海峡的真正威力后，料想现在回去恐怕还要难受好久。苏虹心中暗自权衡一番：看来还是得去医生的舱室要些晕船药，被韩絮嘲讽总好过强撑着再吐几遍，然后再被嘲讽来得划算。

医务室内有人先她一步，居然是上船时买到 Last Minute 船票一伙人中的一个小伙子，虽然当时他们戴着口罩，但衣服没变。

苏虹友好地冲他打了声招呼，小伙子看到她时脸色说不出地难看，不消说，一定也是深受晕船之苦，他勉力朝她挤出一丝微笑点点头，接过医生开的药，道了声谢就匆匆离开了。

医生示意苏虹坐到自己对面，微笑道："需要我为你做什么？"

"麻烦您给我开点晕船药。"

医生对她进行了简单的询问之后，拿出一张单子，让她在领受人那里签字，转身去拿药，一边跟她聊天道："中国人？"

"嗯。"苏虹道。

"中国人，厉害！"医生说着竖起大拇指，"生病也坚持来南极。"

"哈哈晕船而已，大家都这么熬过来的啊。"

"不不，我不是说你，"医生似乎意识到自己说得太多了，连忙打住，把药递给她，笑道，"胶囊一天两次，一次一片，耳贴每天贴一片就好，不要超过 8 小时。"

苏虹有些疑惑地看向医生，她发现刚刚那个小伙子走时拿的药跟自己的晕船药包装不一样，难道刚才那小伙子有什么隐疾？这是别人的隐私，她也不方便打听。

现在她最想做的就是赶快回房吃药睡觉，跟医生道谢后，她拿着药赶忙回了房间，晕船药跟耳贴见效很快，苏虹身体不适的症状很快得到了缓解，韩絮早已再次昏昏睡去。

吃过药后苏虹也感觉到自己眼皮越来越重，此时她已习惯了海浪，于是拉开窗帘，斜过头看着浪花一次次向着自己房间发起冲锋，又一次次壮烈地破碎在自己眼前，就这样迷迷糊糊看了好久，才在不知不觉中睡了过去。

接下来的两天风浪丝毫没有减弱的迹象，整个游轮像是刚会走路的婴儿左摇右摆地蹒跚前进，苏虹这次学乖了，跟韩絮老老实实地躺在床上，到了饭点儿就叫客房服务送点清淡的食物，大多时间在晕船药的作用下她都处于半梦半醒的状态。

中间有一次陆羽跟罗曦来探望她们，两个男生因为常常坐船出海潜水，对于海中的颠簸忍耐力要好不少，本想约着她们一起去听讲座，看到两女有气无力的样子也只得作罢。

"罗隐呢？你们去看过他吗？"苏虹躺在床上有气无力地问道。

"去过了，"陆羽道，"他貌似也晕得不轻，伊内斯在照顾他，这两天都没出门。"

"这算什么嘛，说好的来南极看冰山企鹅，怎么成了来南极疗养了。"苏虹抱怨道。

"你就忍忍吧，再过半天我们就穿过德雷克海峡了，到时候你可没空睡觉了。"

"哈哈，但愿如此。"苏虹说着打了个哈欠，道，"你们继续聊，我再睡会儿。"

到了第三天一早，苏虹照例小心翼翼地起床洗漱，突然发现自己下床以后不需要扶着墙就可以保持平衡，她揉了揉眼睛，原地走了几圈，又跳了几下，开心地掀起韩絮的被子，"喂，醒醒，醒醒！"

"怎么了？"韩絮睁着半只眼睛看向苏虹，"船要沉了？"

"呸呸呸，瞎说什么呢！不晃了，船不晃了！"

"大惊小怪，都说了穿越德雷克海峡要 40 小时，今天肯定不晃了啊。"

"好吧好吧，我没有你们这些大人物的修养，反正再也不用吃晕船药了，也再也不用饿肚子了，想想就开心！"

"瞧瞧你，难道不应该为了马上可以看到南极大陆开心吗。说好的来南极看冰山企鹅，怎么成了吃饭了，哪儿不能吃啊。"

"都开心，都开心，但还是想到中午可以吃法式烤小羊排更开心一点儿。"

韩絮看着苏虹一边哼着小曲，一边踮着脚尖洗脸的样子，笑着摇摇头，"真是饿死鬼投胎。"

梳洗过后，广播里传来船长的声音，"恭喜大家经受了大自然的考验！各位已经穿越了魔鬼西风带，目前室外温度零下 2 摄氏度，风力 1 级，水面状况良好，我们在甲板跟三楼为大家准备了丰富的早餐，吃过早餐后，请大家在甲板集合，我们会开始今天的登陆计划。"

韩絮在苏虹不断催促下匆匆收拾了一下妆容，陆羽跟罗曦早已等在门外，陆羽对她们道："已经跟罗隐说好了，10 分钟后在甲板上一起吃饭。"

甲板正中央依次摆了一排长桌，旅客们用餐时间不同，有些像苏虹等人刚刚落座，有的已经吃到了甜品。

苏虹看着经过的餐桌上的帕尔玛火腿配蜜瓜，金枪鱼塔塔配牛油果，溏心蛋浇芦笋和西洋菜酱汁，再佐鱼子酱，烟熏露杰鹅肝，澳洲和牛，香烤鳕鱼，法切羊排，松露冰激凌，早已食指大动，努力抿着嘴压抑着肆意分泌的唾液，恨不得自己多长几个胃。

罗隐跟伊内斯在靠近船舷的位置早已占好了座，此时正悠闲地坐在那里，伊内斯仔细地把牛排切成小块，罗隐毫不客气地拿叉子叉起放到口中。

"喂，过分了啊，"苏虹拉开罗隐对面的椅子坐下，"你怎么能让女生给你切牛排。"

罗隐耸耸肩，笑得像个无赖："没办法，我真切不动，你有点儿对残障人士的同情心好不好？"

"怎么，难不成您这个残障人士以前都是用脚吃饭的吗？"

"人家伊内斯都没说什么呢，你在这儿伸张什么正义啊。"陆羽道。说着也拿起叉子，向苏虹盘子里伸。

苏虹一把拍掉陆羽的手，"一边儿去，伊内斯乐意，我可不乐意。"

"好，好，"陆羽笑着跟罗隐道，"还是你厉害，软饭吃得那么硬气。"

罗隐笑笑，"别光顾着吃啊，你们看身后。"

苏虹闻言扭头，游轮行进路线正前方，一座硕大无比的巨型冰山跟他们越靠越近，一晃神，整个甲板已经笼罩在它的阴影下。

整个冰山足有十层楼高，在阳光的折射下，发出淡蓝色的光泽，就这么悄无声息地看着他们一船人缓缓从身边经过，船上众人大多是第一次见到如此壮丽的景象，大家纷纷放下手中的刀叉，掏出手机跟相机拍照。

"想什么呢，口水都快流桌子上了。"韩絮看着苏虹张大了嘴巴的样子，忍俊不禁道。

苏虹不好意思地闭上嘴，喃喃道："我在想，这么个大家伙，要是全化成水，得好几吨吧。"

"这算什么，南极储冰量占地球冰总量的90%。如果都融化，全球海平面会上升60多米。很多岛国，像马尔代夫啊瑙鲁啊什么的都会彻底消失，哪怕是日本都会被压缩接近一半。"罗隐优哉游哉地吃着牛排，给苏虹普及道。

"这里的科学家给大型浮冰都编了号的，昨天我去听讲座的时候那海洋学家就预测我们今天会见到这块巨冰，应该是 a3378 号，她说这冰去年观测的时候宽度还有两个船身那么大，现在这么看，因为全球变暖，也就一个半了。"

接下来他们又陆续经过不少大大小小的冰山，一般的普通游轮碰到这种情况免不了要减速缓行，好在他们的游轮是超 A 级别的破冰船，且体型小巧，在众多冰山跟浮冰中灵活地闪转腾挪，丝毫没有要减速的意思。

穿越过冰山群后，侍者们迅速收拾好甲板，船长在喇叭里通知众人换上之前发的登陆装备，在每个登陆小组的组长都确保成员们用吸尘器把自己的衣服裤子鞋全部吸过，并保证没有携带任何非必要物品后，船长一声令下，登陆开始！

苏虹等人自然被分配到了一组，他们的组长是个会说中文的比利时人，罗隐需要坐轮椅，由组长亲自负责，成员们顺着悬梯小心翼翼往下走。

苏虹心里默数着自己的步伐，一步，两步……十五步，到了第十六步的时候，她终于踏上了这片神奇的土地，霎时间只觉四周白茫茫一片，天地之间不再有分隔，好似一张白色画布，自己跟同伴像是不慎滴落在上面的色点，或许连点都算不上，身旁不时有人兴奋地大喊大叫，连声音也似乎被这广袤天地吸了进去，只留下少许回音，传递着发出者内心的兴奋。

组长带领众人开始了南极徒步，橡胶皮靴踩在厚厚的雪地里，发出咯吱咯吱的声音，留下一串深深浅浅的脚印，与别的队伍不同的是，他们还留下了两道车辙。

下船的位置是个高地，走了大概 20 分钟，越过最高点后，一片壮丽的景象映入眼帘，成千上万黑白相间的企鹅聚集在岸边，憨态可掬地来回奔跑，组长道："10 月下旬正是企鹅们求偶交配，筑巢孵蛋的时节，大部分企鹅都在忙着从岸边衔石筑巢，尤其是雄企鹅，房子好不好看，是否防风牢固、方便小企鹅生长，是他们能否获得雌性青睐的最重要条件。"

"原来动物的世界结婚也得看房子。"苏虹感叹道。

"原来我们男人在哪儿都很难啊。"罗曦有样学样地感叹道。

他们继续走近企鹅群，才发现这些企鹅的种类各有不同，组长指着离他们最近的一只道："这种体型最大的，嘴角红色，眼角白斑，眉清目秀的是巴布亚企鹅，也叫绅士企鹅。

"稍微矮一些的，头部下面有一条黑色条纹，看起来整天在微笑的是帽带企鹅。体型最小，一副鬼鬼祟祟样子的阿德利企鹅最是鸡贼，经常趁别的同伴不注意，去岸边捡石头的时候，悄悄地偷建筑材料，你们看，它正在犯罪呢。"

众人看着远处一只老实的巴布亚企鹅往返于岸边跟自己的房子间来来回回四五次，却发现自己的房子越盖越小，小脑袋偏了偏，一脸费解。

当它再次转身装作去岸边捡石头时，猛地一回头，那只阿德利企鹅被抓了个正着，愣在当场，金图企鹅勃然大怒，再也顾不上自己绅士的绰号，大叫着朝阿德利企鹅冲了过去，后者立马撒丫子逃跑，还不舍得把嘴里的石头扔下，两只企鹅一摇一摆地在岸边一追一逃，惹得众人捧腹大笑。

众人跟着组长又转了一圈，到了自由活动时间，组长交代大家一定要遵守南极公约的 5 米原则，即无论何时，都不能主动靠近企鹅 5 米以内，当然企鹅主动靠近除外。

解散前罗隐请组长先给众人拍了合影，苏虹接过组长递回的相机，显示屏里众人以坐着轮椅的罗隐为圆心，站作一排，伊内斯双手搭着罗隐的肩，苏虹陆羽，罗曦韩絮站在她两侧，身后绵延着皑皑雪山，成群的企鹅满地奔走，镜头前大家笑容异常灿烂，足以融化冰雪。

短暂的自由活动后，他们继续雪地徒步，走到一半，组长伸出右手示意停下，前路被一条行进中的企鹅长龙队伍阻隔。

"这就是企鹅高速公路，"组长道，"在企鹅的栖息地中，它们会沿着雪地中的沟槽排队前进，所有的企鹅都会顺着这个路线行进，人类不可以把这条路挡住，也不可以走到距离企鹅太近的地方。"

他们只好离着路 5 米远的距离，看着这些小家伙排成一条长龙，有序地依次前进，整支企鹅队伍绵延几百米，等了足足 10 分钟才得以放行。

在岛上待了 1 个小时左右，游轮开始鸣笛，众人再次检查没有任何东西遗留在岛上，这才陆续返回。

回到船上他们先在甲板上把靴子再次冲洗一遍，之后迎接他们的是丰盛的下午茶。

"一般的 500 人大型游轮，每次上岛只能 100 人，要按组轮换，所以在南极一天只能登陆一次，咱们的船上游客总共才 50 多人，因此每天可以登陆三次，还可以安排很多其他活动。"罗隐对众人道，"知道我为什么给你们选小船了吧，除了过魔鬼西风带的时候稍微颠簸些，却能保证你们来一次就看到所有想看的东西。"

"算你有良心，"苏虹咽下一口布丁，道，"说来还真要感谢你，我还是第一次见企鹅，没想到它的种类还有这么多，个头这么大。"

"这不算什么，今天你们看到的最大的绅士企鹅也不过只有 70 厘米高，最大的是帝企鹅跟王企鹅，前者能到 90 厘米，后者也有 80 厘米。"

"那我们什么时候去看这两种企鹅啊？"苏虹满脸期待看向罗隐。

"王企鹅过几天可以去南乔治亚岛上看，帝企鹅嘛，"罗隐摇摇头，"它们生活在南极大陆内陆，只有坐飞机飞到南极点才有可能看到，游轮是开不到那里的。"

"这样啊……"苏虹悻悻道。

"你就知足吧，每年能去南极点的旅客占南极游客的比例不到 0.2%。而且就算你想飞也要看天气是否允许。"

"嗨，不看就不看呗，我这辈子也没想过要当那 0.2%。"

说话间组长走到他们桌前道："准备好相机，我们马上就到了。"

"到了？到哪里了？"苏虹好奇道。

组长泛起一抹笑意，指着前方："南极最美的地方之一，天空之镜。"

天空之镜并不是一面镜子，而是一处海峡，长 11 千米，宽 1.6 千米，水道狭窄，两侧都是高达 700 米的悬崖。

整个航道平滑如镜，两岸的冰山倒映在水中，海天一色，让人分不清哪处是真实，哪处又是幻境，被誉为南极洲最美的航道，也被称为"柯达杀手"。

罗隐解释道："因为过去的胶片时代里，摄影师都用柯达公司的胶片，每每经过这个海峡，胶片储量都会急剧减少，甚至有些拍上瘾的回过神来时，机内胶片早已全军覆没了。"

游轮放慢了速度，船上众人身处在亦真亦幻的场景里，天空仿佛掉到了海中，似乎跃入水中便可以顺着冰山向下探索，他们的船就是分割天上海下两个世界的唯一标志，头顶飞过几只贼鸥，在水面中留下清晰的掠影，这个地方，似乎真的可以看到鸟在水里游，山在水里长，恍惚间，伸手就可以碰到天。

与初登南极大陆时兴奋的大喊大叫不同，甲板上人人屏息凝神，只听到相机快门的咔咔声，船在水中的航行声以及海鸟的寥寥鸣叫声。

"我要死了！"离开利马海峡足足 5 分钟后，苏虹终于发出一声感叹，"有生之年，可以看到这样的美景，真是死都值了。"

"现在就要死要活了？"罗隐笑道，"南极还多得是你没见过的奇观呢。"

"真的？"苏虹瞪大了眼睛，一本正经道，"成，那就晚两天再死吧。"

游轮速度越来越慢，终于缓缓停在了海中央，广播里再次传来船长的声音，"女士们先生们，接下来我们要进行皮划艇巡游项目，请有意报名的乘客到船尾集合，为了保证大家的安全，报名的乘客最好会游泳，并且可以进行简单的英语沟通。"

每个皮划艇设有前后两个座位，需要两人一致摇桨前行。这是苏虹离南极水面最近的一次，只要伸手就可以捞起水中的小块浮冰，陆羽坐在她身后，韩絮跟罗曦的皮划艇在不远处。

脱离了游轮，用这种几千年前原始人使用的交通工具穿行在亿万年的冰山之间，她不由得想划得更快些，再快些，远远逃离身后代表文明的巨轮，耳中对讲机传来韩絮的声音："喂，苏虹，别光顾着划船，朝我们这边看。"

苏虹扭头望去，一只硕大无比的阴影在水下匀速游动，看体型几乎是他们皮划艇的 5 倍有余。

"你们运气真好，在这里遇到了虎鲸。"对讲机传来组长的声音。

"什么？就是连鲨鱼都要退避三舍的虎鲸？"苏虹兴奋叫道。

"对，海洋生物链顶端的王者，虎鲸。"

"那还等什么，快追上去啊，"苏虹对着对讲机大喊，"在墨西哥最遗憾的就是没看到鲸鱼了。"

组长道："先别急，大家听我指挥，可以靠近，但要注意保持皮划艇的平衡，千万别掉到水里。"

"可惜罗隐在游轮上，看不到了。"苏虹叹气道。

"谁说我看不到的，"对讲机中传来罗隐的声音，"你们可得划快点，要不一会儿连我的船尾灯都看不到。"

话音刚落，只听一声呼啸，罗隐跟几名年纪较大的游客坐在一艘冲锋艇上，从游轮边出发，一眨眼的工夫便后发先至超过了他们，与苏虹擦肩而过时，罗隐朝她招招手，在对讲机里笑道："这下确实看不到了。"

那只虎鲸似乎闲着无聊，在苏虹等人活动的水域来回穿梭，有时还会甩起尾巴，从气孔中喷出巨型水柱。

跟鲸鱼嬉戏了一阵后，游轮传来集结的笛声，上船后，船长示意大家不要脱掉自己的外套，站在船头对众人道："根据卫星定位，我们现在距离南纬 66.6 度只有 2 千米，再过几分钟，将是大家首次穿越南极圈的重要时刻，我们已经准备好了香槟派对为大家庆祝。"

苏虹环视四周，悄悄问罗隐："香槟在哪儿呢，还有，开派对为什么还不让换衣服？"

罗隐附在她耳边小声道："因为这个派对不在船上开。"

"开什么玩笑，不在这儿开，在海里开呀。"

"说对了，"罗隐眯着眼看向船头方向，一脸莫测高深，"就在海里开。"

当船长宣布整个游轮已经开进南极圈时，苏虹才相信罗隐不是开玩笑，船头不远处，一块巨型的浮冰上面，早已有工作人员乘坐冲锋艇提前抵达。

香槟早已开好，52杯叠成金字塔造型摆在桌上，游客陆续登陆到冰块上，船上工作人员以水代酒，与众人举杯互碰，庆祝他们穿越南极圈，苏虹举起酒杯一饮而尽，拦住一名服务生道："能给我再来一杯吗？"

服务生冲她摇摇头道："抱歉，小姐，为了避免大家在冰块上由于饮酒过量出现意外，我们只提供每人一杯的服务。"看着苏虹失望的表情，服务员挠挠头，凑到她身前小声道："不过，有位旅客因为身体不适没有下船，假如您确定自己不会喝醉，我可以把他的那份给您。"

"太好了！"苏虹开心地叫了起来，一把抱住服务生，"先生，你是我见过最专业，最帅的服务生。"

香槟派对后，众人有序返回船上，稍作休息，便被组长叫到一起检查装备，再过半小时就要登陆下一站了。

下一个登陆点是天堂湾，南极大陆上景点的名字自然不是随便取的，这个湾可以被天堂冠名，足见世人对其景色的认可。

这片被雄伟的山峦和静谧冰川包围的海湾里不仅有虎鲸、须鲸和食蟹海豹出没，更是燕鸥、海鸥、鲸鱼、座头鲸的天堂。丰富多彩的生态让苏虹目不暇接。

慵懒的海豹躺在岸边晒着太阳，成群结队的企鹅彼此簇拥着挤在一个个小山包上，它们大部分闭着眼睛一动不动笔直地站立着，少数好动的便趁着美好时光，互相追逐嬉戏。

这里还是蓝眼鸬鹚栖息地，它们的窝就筑在陡峭的岸边悬崖上。不时有一两只小脑袋从窝里探出，闪动着蓝宝石似的眼睛，暗暗观察着眼前世界。

组长告诉他们，这座岛曾经是阿根廷艾米兰特布朗科考站的驻扎点，每到夏天便人满为患。直到1984年，站上一直驻守的医生因不能继续忍受即将到来的漫长冬季，一把火烧掉工作站才被废弃，只保留了几个储备物资的紧急援助屋。苏虹不禁感叹，看来哪怕是天堂的景色，也禁不起日复一日的欣赏啊。

感慨间，罗隐自己划着轮椅到她身旁，看着斜倚在一块巨石上的苏虹悠悠道："你知道南极还有植物吗？"

"开玩笑，这种地方什么植物能活下来？"

罗隐指指她身后的巨石，"看到上面绿色的斑块了吗，那不是石头的颜色，而是附着在上面的南极苔藓。"

苏虹闻言低下头，凑近石头表皮定睛细看，兴奋道："真的哎，好大一片！好像还有叶子呢，它们是怎么在这种鬼地方活下来的？"

罗隐缓缓道："这种苔藓一般生长在南极相对温暖的沿海区域或冰雪融化后能提供充沛水源的区域。营养主要来源于鸟粪和岩石风化物。它们紧贴地面生长，避免了被强风摧毁的危险。极地环境导致它们没有种子，在原来的植物体上通过细胞分裂持续生长出新的植物体。到了冬天，它们会将新陈代谢水平调至最低，通过休眠来保存能量。

"所以，在隆冬季节，南极苔藓往往看起来极其干燥而脆弱，甚至一碰就碎。但只要稍有温暖的气流和水分，它会立刻变得柔软、翠绿，呈现出生机勃勃的样子。"

苏虹若有所思地点点头，"看不出，这小东西这么聪明呢。"

罗隐笑道："在这种地方，光有聪明可不够，你知道南极苔藓每长1厘米，需要花费多久吗？"

"嗯……一年？"

罗隐摇摇头，"不够有想象力。"

"10年？"

"再大胆一点儿。"

"不会要100年吧？"

"答对了，"罗隐笑着点头，"它们正是以每年0.1毫米甚至更短的速度增长，积少成多，才有了你现在看到的这一片。目前已知的最'年长'的南极苔藓已有5500多岁的高龄了。所以能让它们生存在极地最重要的原因，是这种坚韧不拔的毅力。"

苏虹看着眼前石块上略显干燥的苔藓，看长度至少也有几百年的寿命了，她原以为这种植物都是春夏生长，到了秋冬就会死去，来年再走生命新的轮回，却没想到自己跟它对比，才是夏虫不可语冰。

罗隐把目光投向海面，淡淡道："自然总是会在一些意想不到的地方刷新人类的认知，这几十年，人类似乎已经认为自己无所不能了，可以平地起高楼，可以把光纤铺满全球，可以坐着航天飞机探索宇宙，却连一片真正的树叶都造不出。"

苏虹怔怔看向罗隐，"这话从你嘴里说出来，感觉怪怪的。"

罗隐笑笑，"哪里怪了？"

"我认识的那个罗隐可狂得很，应该是个坚信人定胜天，对什么事情都满不在乎的样子才对。"

罗隐看着那块石头，淡淡道："人总会变的，不是吗？"

90

"各位请到我这边来，"远处登陆的总负责人把众人召集在一起，道，"跟大家宣布一个好消息，经过刚刚对岸上的实地考察，结合天气预报，我们决定，今晚在这个岛东岸举行南极雪地露营活动！"话音刚落，人群中立马爆发出一阵欢呼声。

等声音小了些后，负责人继续道："露营具体时间为晚上9点30分到次日5点，决定参加的旅客请报名给我，我们会根据报名人数准备工具，露营方式有帐篷露营跟雪坑露营两种，具体区别我们在之前的讲座里做过说明，总的来说，就是睡帐篷要更舒适些，但在雪坑里可以看到南极的星空。"

"咱们报名吗？"苏虹转身看向众人。

"那还用说，"罗曦道，"不但报名，而且一定要睡雪坑才有意思。"

"你的伤还没好，真的OK吗？"韩絮担心道，"再说了，你这身体情况，组长也不一定允许。"

"放心吧，一定允许的，"罗隐指指自己，"我这样都可以，何况他呢，"说着看向罗曦，"咱们兄弟很久没有好好聊聊天了。"

"今晚聊个够。"罗曦哈哈笑道，"没想到咱们兄弟再一次夜聊，居然是伤胳膊断腿的情况下，在南极的雪坑里！"

晚上8点半，驾驶员用冲锋艇把人们送到海岛东部露营所在地，落日余晖洒在冰山上，仿佛披了一层金纱。不时有小股嗖嗖的寒风刮过，冻人却不刺骨。

整个队伍被分成了两组，一组帐篷营，一组雪坑营，大家各自领好器械后分别绕着自己的领队围成一圈。

苏虹那组领队拿着几个小红旗绕场一周，把旗子插在地上，圈好了露营范围，接着掏出仪表盘，确定了大致风向跟人们睡觉时的朝向，这才开始分配工具，教授队员挖坑技巧。

冰天雪地里挖坑远没有想象中简单，虽然雪比土要松软些，但在严寒条件下每一次挥动铁锹都异常艰难，罗隐跟罗曦两兄弟都没有办法自己刨坑，只能靠工作人员跟陆羽帮忙。

苏虹自然不好意思再麻烦他们，雪坑至少要挖到20厘米左右深才足够容身。苏虹一边吃力地挥动着铁锹，一边心想，这就叫自掘坟墓了吧！

好在苏虹身材小巧，容身的坑也小些，经过一个小时的努力，她的下榻之所已经初具规模，接下来就是微调了。

坑的头部上方雪要堆得高一些挡风，脚部雪位则要低一些，让风可以穿过去而不至于倒灌进来。衣服的防水面要朝外折叠置于头下，一来可以当枕头，二来这样里面也不会弄湿。

她在坑底先铺上防潮垫，然后把睡袋压在上面，睡袋有三层，最里层是白色亚麻布袋；第二层是羽绒睡袋，据说能抗零下十几度的气温；最外层还有一个防水布袋，防止睡袋打湿。

准备妥当后，她必须在冰天雪地中瞬间脱衣服脱裤子脱靴子先钻进麻布袋，再钻进羽绒睡袋。

苏虹站在坑前踌躇良久，做足了心理建设，终于一咬牙，用这辈子最快的速度脱掉外衣，整个人连滚带爬钻入睡袋，即使如此，入睡袋前的几秒钟仍冷得她浑身哆嗦。

罗曦跟罗隐就更惨了，罗隐在工作人员跟陆羽的帮助下，小心翼翼脱掉裤子鞋子，缓缓被塞了进去，虽然全程表情淡定，嘴唇却无法抑制地微微颤抖。

罗曦稍好些，陆羽帮助他脱掉外套后就大叫着往睡袋里钻，进到睡袋里还不收声，直呼要冻死了。

陆羽等所有人都安排妥当后，才最后一个钻入睡袋，他们几个是整个小组里最后完成的，等到大家都进入睡袋，已经快11点了。

雪坑营地本身被划分为四个区域，苏虹7人挤在东南角，六个雪坑以扇形排开，大家头朝向圆心，贴得很近。他们有意把自己的区域挖得离其他三个区域更远一些，方便聊天。

南极的晚上万籁俱寂，六人间说话声音清晰可见，天色已经发暗，夜空中亮起点点繁星，与他们隔着浩渺天际遥遥相望。

"喂，你们有没有觉得很熟悉，就是晚上大学宿舍的时候一群室友夜谈的感觉？"罗隐开口道。

"我们在国外读大学的可没你们这种好运，上次夜聊还是高中住校的时候，不过那个时候屋子里只有女生，"苏虹语气中带着丝兴奋，"韩大小姐大学应该都是一人一间的学生公寓吧？伊内斯你们国家上大学想必也不会住那种集体宿舍。"

"我当年服兵役的时候住过集体宿舍，"伊内斯道，"虽然每天晚上我们的长官都会查房，严禁我们聊天，但大家还是会等查房后叽叽喳喳聊很久。"

"我大学虽然没机会体验，高中的时候却也参加过军训，"韩絮道，"那个时候我觉得那些女生聊的东西都好幼稚，还有些讨厌她们晚上聊天影响我睡觉。"

"原来你这种更年期提前的症状在高中就有了啊。"

"喂，苏虹，你是不是觉得现在我不敢从睡袋里出来打你，才这么嚣张啊。"

"对啊，我就是这么觉得的，有什么问题吗，韩阿姨。"苏虹挑衅道。

"好，你等着，看我明天怎么收拾你。"韩絮气鼓鼓道。

苏虹玩心大起，悄悄拉开睡袋一条缝，瞬间一股寒流进来，惹得她浑身一颤，赶忙把缝隙拉上一点儿，只容一只手通过，她露出的手臂摸索着在地上抓了把雪，朝着韩絮说话的方向掷了过去，只听哎哟一声惨叫，发声的却是罗曦。

"见鬼了，谁拿雪砸我？"

"哈哈，不好意思，我本来想偷袭韩絮的，没想到扔你那了，不过你替她挨一下也没什么不妥吧。"

"好啊你个苏虹，你以为我只有一只手就好欺负了，你等着，"苏虹右侧传来拉链拉开的声音，紧接着是挥动手臂的声音，苏虹连忙闭上眼睛，雪球却没落到她脸上。"喂，你砸到我了。"陆羽叫道。

"不好意思不好意思，误伤误伤啊羽哥，阿嚏，靠，怎么就开了条缝就这么冷。"

"哎哟，又是谁砸我？陆羽你不至于吧？我都说了误伤了，有点儿气度好不好。"

"不好意思，是我扔的，我以为大家在玩游戏呢。"伊内斯在一旁幽幽道。

"哈哈，"罗曦笑道，"那来吧，大家互相伤害啊，哎哟！又是谁砸我。"

"是我，"罗隐笑道，"谁让你一直说话，目标太明显了。"

"你们就不能可怜一下伤员吗？"

"哈哈，"苏虹幸灾乐祸道，"这就叫做枪打出头鸟。"韩絮在一旁窥伺已久，顺着苏虹的方向掷出早就准备好的雪球，正中苏虹鼻梁，苏虹张嘴正笑得欢，一不留神那雪球散开的碎片便落到了嘴里，整个舌头都差点冻僵了。"谁砸的老娘？"

"是你韩阿姨。"韩絮悠悠道。

"你要跟我开战？"

"来就来，谁怕谁啊。"

那晚苏虹营地四周雪花纷飞，伴随着尖叫跟喷嚏声，大家似乎回到了跟小伙伴打雪仗的懵懂时光，战火驱散了寒冷，笑声赶走了孤寂，天上的星辰似乎也被吸引，一闪一闪朝他们眨着眼。

　　再次睁眼的时候，想到要从睡袋里钻出来穿衣服穿裤子穿靴子，苏虹全身皮肤下意识地缩了一下，远处已经有人起床活动，睡袋里空间狭小，她索性也一鼓作气，噌地蹿了出去，外面居然没有想象中那么冷！

　　一旁的靴子已经冻得硬邦邦了，衣服可以直接立在雪地上。好在起来活动活动后身体渐渐不冷了。慢慢地，周围众人都开始陆续起床了。苏虹把睡袋跟防潮垫卷好，放在一边，开始填坑。

　　昨晚挖坑的时候，探险队员就提醒大家不要挖得太深，否则填坑会很麻烦。果然过了一晚后，原本松松的雪都变成了硬硬的冰，苏虹花了加倍的力气才好不容易把坑填了。

　　由于打闹得太晚，他们这个小团体的人都还睡着，只有罗隐的睡袋是空的，不知他一个人是怎么跑出去的，苏虹走出营地，见罗隐静静地坐在岸边，一个人看着天空发呆。

91

　　"干什么呢，冻傻了？"苏虹坐在他身边道。

　　"在等日出，"罗隐指着天空，"你看，虽然太阳还没升起，但是天空已经开始变换颜色了。先是泛着粉色，然后越来越红，看到那边雪山上开始出现的金顶了吗，老外管这叫耶稣光。"

　　"这名字好，人类画家永远调不出这种颜色。"苏虹道。

　　"我在欧洲流浪时才第一次浮潜。西班牙马略卡有一处断崖。崖边有一个五星级酒店，断崖后有一个只对酒店房客开放的私人海滩，当时恰好有朋友知道一条隐蔽的小路，他带着我跟另外几个人从小路偷偷溜进去。

"当时时间还早，整个海滩只有我们几个人，我牢记朋友告诉我的呼吸诀窍，第一次戴上浮潜的护目镜跟呼吸管，信心满满地走入水中，还没游多远，突然间一股浪涌来，我还没来得及反应，人就被拍回了沙滩上，右腿被石头划破，血流不止。

"那是我第一次感到人力的渺小，在海洋面前，只一个轻轻的潮汐，我就完全身不由己任凭摆布，假如那个浪把我卷到海里，恐怕已经看不到第二天的太阳了。"

苏虹闻言心有余悸道："算你命大，要不不仅看不到第二天的太阳，也遇不到我了。"

罗隐笑笑，"可不是嘛，但当时年轻，那种对自然的敬畏感很快就淡却了，后来回国，创业，接管罗氏集团的业务，虽然我一开始很抗拒，但真当我在那个位置坐久了，见惯了下属的卑躬屈膝，听惯了同行的阿谀奉承，我居然发现，手握权力的感觉，是那么上瘾。"

"那几年我常常以为自己已经强大到无所不能，不单单是我，商业社会里有无数个像我一样的人，或许年纪轻轻在自己的领域里取得了一些成就，就自以为是天之骄子，"他说着笑笑，摇了摇头，"什么他妈的天之骄子，说不定哪天在街上一个不小心就被车撞死了。"

"你现在明白了谦卑的好，也不晚呀。"苏虹笑道。

罗隐点点头，"所谓朝闻道，夕死可矣，确实不晚。"

"说什么呢就生呀死呀的，赶快呸呸呸！"

两人在岸边又坐了会儿，直到所有人都收拾好后才跟着大部队返程。

回到船上，大家把睡袋按照要求一层层拉开，摊晾在椅子上。二楼餐厅早已摆满了各式点心。人们一边喝茶聊天，一边欣赏着南极大陆的日出美景。

苏虹吃着早餐，在温暖的餐厅里，困意汹涌而来，她几乎是闭着眼把曲奇放到牛奶里蘸一下，再凭感觉送到口中，如是往复几次居然没有失误。

罗曦也有样学样，苏虹偷偷把他的牛奶换成漱口水，罗曦嚼了两下才发觉不对，猛地把口中饼干渣喷到了苏虹脸上，苏虹脸上红一阵白一阵，惹得众人哄堂大笑，罗曦早已笑得前仰后合，大声道："自作孽，不可活，自作孽不可活呀！"

吃过早饭众人纷纷表示要睡个回笼觉，集体放弃了上午的巡游项目。

中午起床用过午餐，陆羽正翻看着船上印发的《南极日报》，苏虹看向他道："下一站该去哪儿了？"

陆羽指了指报纸头版，"应该是象岛了。"

"象岛？这岛上有大象？"

"那倒不是，"韩絮在一旁道，"有种说法认为这座岛因为外形酷似大象而得名，另一种说法则来自于发现该岛的冒险家乔治·鲍威尔上尉。相传他在1861年登上这岛时，看到岸边许多象鼻海豹，便将这座岛屿命名为'象岛'"。

"哎哟，功课做得不错嘛。"苏虹笑着拍拍韩絮肩膀，"说，什么时候背着我去听的讲座。"

韩絮笑道："这些东西，我10年前就知道了。"

苏虹撇撇嘴，"你怎么不说上辈子呢？"

象岛的巡游让苏虹有些失望，整个过程不长，只有40分钟，岛上常年风雪，环境恶劣，几乎没有任何原生的动植物，只有企鹅为了孵蛋不得不选择暂时落脚于此，加上本身面积也不大，实在没有什么吸引她的地方。

上船后，罗隐预订了船尾露天酒吧最靠里的位置，早早坐在桌旁，与船头甲板的公共露天餐厅不同，船尾设有两个私人宴会桌，配备着专门的侍应生，桌子中间用屏风隔开，保持了一定的私密性，这位置不仅要提前至少两天预订，游轮方还会收取30%的服务费。

桌上早已摆好了餐具，蛋糕，点心还有酒杯。正中间放着一个硕大的餐盘，十分显眼。

"险些忘了，今天是你生日哎！请我们吃什么大餐啊？"苏虹一脸期待地看向罗隐。

"还没到饭点儿呢，急什么。"

苏虹撇撇嘴，又道："这盘子这么大，用来装什么的？"

"你马上就知道了，"罗隐说着朝侍者打了个响指，待他走近，冲他点头道，"可以开始了。"

侍者弯下腰，笑着问道："那是您来选还是我帮您选？"

罗隐指着苏虹，对侍者道："让这位小姐选吧。"

"我？选什么？"苏虹好奇道。

"算是为我生日准备的特色菜吧，你这么好奇，跟着去不就知道了。"

"故作神秘。"苏虹嘟囔着站起身随侍者走到船边，其他人也都跟了上来，侍者指着靠船一侧的水面，道："请您选一块冰。"

"冰？"苏虹疑惑地顺着他手指看向海面，"哎？这里的冰怎么是黑色的？"

"所以才说是特色嘛，"罗隐转动着轮椅来到她身后，缓缓道，"这冰又叫南极黑冰。每一块都经过数万年的挤压，空气被完全排出，散射过来的光很少，在海里看就是黑色的，而且越黑年代越久远。而象岛附近正是南极黑冰最丰富的水域。"

"原来是这样！"苏虹趴在栏杆上，向下睁大了眼睛，在海面上来回挑选了好久，终于指着一块天然六角形的浮冰道，"就它了。"

侍者熟练地从船上伸下去一个抓钩，只一下就牢牢勾住了苏虹所指那块，他小心翼翼地收回绳索，把冰放到托盘里，摆在桌上供众人观赏，这冰在水面上看是黑色，捞上来却是透明的。随着外层接触空气后，两边开始慢慢变成白色。

罗隐吩咐侍者把冰拿到吧台，指着桌前摆放的威士忌道："这瓶麦卡伦30呢，不算很稀罕，但恰巧产于1985年，跟我同岁，今天喝它却是再合适不过了。"

不一会儿，侍者端着托盘来到桌前，那块冰已被刨成7个圆球，放在7个方形酒杯中，侍者把杯子放到每人面前，伊内斯伸手拧开酒塞，把酒瓶递给罗隐。

罗隐左手托着瓶底，右手扶着瓶身，有些吃力地给众人倒酒。

终于，7杯酒倒完了，罗隐靠着轮椅椅背，举起酒杯道："今天是我生日，感谢大家因为我的一个幼稚决定，耗费一个月时间翻山越岭，冒着千难万险来到南极相聚。跟你们在象岛边上过的这个生日，是我人生中最难忘的一天。"

"生日快乐！"祝福声中，众人举杯撞在一起，玻璃外壁碰撞着，声音清脆，万年黑冰在30年单一麦芽威士忌中轻微滚动，发出耀眼的光，杯中酒一饮而尽，漫长时光的余味却仍在唇齿间回荡。

罗隐还要给众人倒酒，被罗曦一把抢过酒瓶，"今天你是寿星，伺候人的事儿交给我这个做弟弟的。"

罗隐抬头看着罗曦，笑容里满是欣慰："我这个弟弟，终究是长成大人了。"

"酒喝了，菜总该上了吧。"船头的食物香气不知何时已经蔓延到船尾，苏虹鼻尖呼扇呼扇地咽了下口水，对罗隐道。

"我的错，看把我们苏大小姐饿成什么样了，"罗隐笑着冲侍者打了个响指，"上菜！"

游轮一路向北行驶，众人欣赏着沿途景色，吃着美味菜肴，推杯换盏间喝得一个个酒酣耳热，说不出的惬意。

"快到乔治王岛了，这个岛上的生物种类比象岛就丰富多了，"罗隐摇晃着酒杯道，"而且，这里还有个飞机场。"

"飞机场？"苏虹道，"这地方建飞机场干什么？"

"当然是让飞机起降了，"罗隐道，"有些有钱人为了节省时间，抑或不想忍受德雷克海峡的风浪，就选择从智利的彭塔阿瑞纳斯出发，坐飞机直接飞到乔治王岛，然后再换轮船旅行。"

"靠！罗隐你这就不够意思了吧！有飞机坐为什么还要我们坐船？知道前两天在德雷克海峡我吐得都怀疑自己怀孕了吗！？"

罗隐故作嫌弃地看了苏虹一眼，悠悠道："德雷克海峡也是南极的一部分，在过去英雄时代探索南极的先驱们哪个不是横穿它？当时的条件更加艰苦，坐的是木船，出行全靠风，装备更加简陋不堪，如果来南极只是为了舒服，那不如直接在家里看纪录片好了。"

苏虹鼻尖冷哼一声，"抠门就抠门，还扯到什么英雄时代，鬼知道是不是你瞎编的。"

"还真不是瞎编的，"韩絮把酒杯放在桌上，缓缓道，"1519年，麦哲伦首次发现麦哲伦海峡以南的火地岛，当时被认为是'南方大陆'的边缘。1578年德雷克航行中被大风吹离原定路线，却意外地发现火地岛没有和南方大陆相连。1773年库克船长完成了越过南极圈的壮举。

"1819年英国人史密斯在合恩角被吹离航道，发现了南设得兰群岛。1821年，美国捕鲸船员约翰·戴维斯踏上了南极半岛，成为第一个踏上南极的人。1823年，英国船长威德尔航行到南纬74度，发现了威德尔海。

"此后近80年里，没人打破这个最南纪录。直到1840年法国人迪维尔跟美国人威尔克斯率探险队到达南极截止。这个阶段是人类被动探索南极的时间，被称为英雄时代前期。"

罗隐笑着鼓掌，接道："19世纪末20世纪初，沉寂了半个世纪的南极探险，迎来了春天。20年间，各国探险队高达16支，深入到南极内陆，希望成为首个抵达南极极点的团队。这段时期被称为南极探险的'英雄时代'。

"1902年，英国海军斯科特上尉带领的发现号创造了南纬82度的最南纪录。1909年，英国探险家沙克尔顿率领的探险队在离南极点只差180千米时被迫折返，北进分队到达南磁极。

"整个英雄时代最著名的是英国绅士斯科特和北欧海盗阿蒙森的极点赛跑，斯科特在1902年的时候在南纬82度含恨而归，1910年，他又开始招兵买马准备下一次的南极探险。挪威海盗阿蒙森听到这个消息之后，暗地里加快准备。最后以阿蒙森率先在南极极点插下挪威国旗结束了这场长达20年的竞赛，整个南极探索的英雄时代就此画上句号，进入了以国家科研机构为主的科学时代。"

苏虹看看罗隐，又看看韩絮，惊得下巴差点儿掉到地上，她下意识地偷瞥了一眼一旁的罗曦，似乎他嘴角的微笑也隐隐有些不自然。

罗隐啜了一口杯中威士忌，缓缓把杯子朝桌上放去，还没够到桌沿，突然指尖一松，杯子外沿划过桌边，掉到地上，杯身碎得四分五裂，酒水洒了一地，杯中冰块滚到一边，由内而外泛起一丝裂纹。

"瞧你，才喝了两杯就醉成这个样子。"苏虹打趣道。

"不是喝醉，是我真的拿不动那个杯子了。"罗隐淡淡道，"实际上，再过几天，我可能连叉子都拿不动了。"

"瞎说什么呢，"苏虹给他递过去张餐巾纸，一边道，"你才多大，就得帕金森了？"

罗隐没有伸手去接，头慢慢垂下，看着地面，气氛有些古怪，众人看着罗隐，保持着安静的默契，终于，罗隐抬起头，眼神缓缓扫过众人，笑道："比帕金森还要严重一点儿。要不是因为这个原因，我半年前也不会不辞而别，更不会挖空心思把大家叫来。"

92

"渐冻症？"当这三个字从罗隐嘴边说出来时，苏虹难以置信地叫了出来，"罗隐，今天虽然是你生日，但开这种玩笑我一样会揍你的。"

"我是真想笑笑，告诉你这是个玩笑，但我现在连动动嘴角都感觉费力。"罗隐看着众人，带着一丝自嘲道，"这病顾名思义，患者四肢、躯干、胸部腹部的肌肉逐渐无力和萎缩，就像是慢慢被冰冻住一样，到了最后，连心脏跳动都无法完成，人也就没了。"

苏虹见他说得真切，联想到上船以后罗隐的种种表现，整个人瞬间没了力气，如同泄了气的皮球般陷在椅子里，突然又眼睛一亮，两手撑在桌上，整个人探向罗隐道："你家里这么有钱，到美国，砸钱，找最好的医生，一定可以治好的！"

"没用的，"罗隐摇摇头，"你以为我刚失踪那段时间在干什么，别说美国，全世界相关的顶级专家来给我会诊过，却依然束手无策。

"美国历史上的传奇棒球手，卢·格里克得了渐冻症，也不得不离开球场。全世界最好的医疗资源也没有挽救得了他，从查出患病到死亡只不过短短两年时间。另一个你们都熟悉的物理学家，霍金。在科技进步的今天也不过是勉强续命，今年还是走了。"

罗隐摆摆手，止住了想要说话的众人，"我现在每分钟都会有几百万细胞被冻住，所以你们先听我说。"

见众人不再说话，他缓缓转头看向陆羽，"还记得去年5月我半夜找你喝酒吗？"

陆羽点点头，"那天你心情很不好。"

"可我却没说为什么不好。"

"你不说，我自然也不会问。"

"所以啊，"罗隐笑道，"你永远是最了解我的好兄弟。5月本应是春风得意的日子，我顺利进入了罗氏集团董事会，成为了继罗鹏之后第二年轻的执行董事，要是论实际权限，除了罗劲松，我算得上是一人之下万人之上了。

"我还记得自己搬到集团大厦顶层董事办公室时志得意满的样子，为了更好地适应身份转变，我从财务部要来了公司近几年的内部报表，包括所有下属子公司的年报，准备做个详细梳理。"

罗隐笑中泛苦，"在这本以为只是例行公事的审核过程中，我意外地发现了一个熟悉的名字，岷江光电有限公司。"

陆羽闻言瞳孔微张，整个人也有些颤抖，道："说下去。"

"这公司名字被标记成灰色，显示在2013年的时候就已经因为经营不善而进行了破产清算，我又调来2013年之前5年的财务记录，却发现前4年它的运营情况一直很顺利，甚至在2012年还跟一家光伏公司签下了4000多万的购买光伏设备组件大单。

"可那之后，它莫名其妙地投资了一些高风险金融产品，导致最后资金链断裂，整个公司都被破产清算。而那家跟他签订合约的光伏公司，也因为追款无门，在本来就遇到经营困难的年景上雪上加霜，风雨飘摇，随时都有可能步他后尘。"

陆羽紧咬着嘴唇，跟罗隐相视良久，开口道："所以，当年的一切，我这么久以来背负的愧疚感，不过都是你父亲为了让你回到集团而使的手段。"陆羽越说越激动，拿起杯中酒一口饮尽，把杯子狠狠砸在桌上。

罗隐低声道："对不起，这件事儿，我一直不知道该怎么跟你说。"

陆羽给自己又倒了一杯，看着对面罗隐消瘦的身子，有些佝偻的背，低垂的头，还有从未见过的脸上的唯诺，满腔怒火随着冰酒入肚渐渐冷却下来，他苦笑着摇摇头，"算了，都是你那个混账爹干的好事儿。我不该冲你发脾气的，当年你帮我顶雷的时候可什么都不知道，我承你这份情，一辈子。"只是，他看向罗隐的眼光中充满怜悯，"我不明白，你知道以后，为什么还要留在那里。"

罗隐在桌面上晃着新拿的酒杯，冰块撞击杯壁发出叮叮的响声，"或许是因为，我受够了失败的滋味吧，你知道一个人从山顶坠落到谷底，再登上更高的山峰后，有多么害怕自己再掉下来吗？我知道。

"那晚我一直犹豫要不要跟你说明真相，最后还是没说，既然没说，我便已准备把这件事儿烂在肚子里，"罗隐说着伸手握住陆羽，"罗劲松说到底是想让我接位，等我成功取代他之后，我会十倍百倍补偿你，可惜天有不测风云，我偏偏得了这个怪病。事实上，那笔让你代为保管的资金，便是我最后能做的一丝补偿。"

陆羽叹了口气，缓缓把手抽开，"钱我不会要的，过去的事儿就让它过去吧，更何况过去几年我的生活其实也不错。我现在只希望你可以安心养病，早日康复。"

"那我们还是兄弟？"

"自然是兄弟，而且是过命的兄弟。"

罗隐眼神中充满了感激，良久，转头看向韩絮，"发现那件事儿之后又过了两个月，我们就订婚了，我不否认订婚时我的想法没有那么纯粹，可我希望你知道，我绝对不会勉强自己娶一个我不爱的人。

"订婚后不久，我感到身子特别容易疲惫，肌肉经常会感到无力，去医院查了几次也没找到原因。

"那时你在美国考察，我也觉得没什么大事儿，就给自己放了一周的假，情况却不见好转，甚至有时睡到半夜会喘不上气，直到私人医生给我做了肌电图检查，才发现，我竟然得了这么个怪病，拿到检查单的时候，我完全愣住了，怎么也想不到一个可以连续工作一周每天只睡 4 个小时的铁人，突然间就得了这种不治之症。

"当时我第一反应就是找全球最好的医生，我用三倍的价格把他们请到北京会诊，诊断结论是还在早期，可以使用药物延缓肌肉萎缩的速度，但想要根除却几乎不可能。"

讲到这里，他似乎右手有些吃力，缓缓把杯子放回桌上，这才继续道："在把自己关到卧室整整两天后，我选择跟罗劲松坦白了这件事儿，说实话，我虽然慢慢理解了他的选择，却从没原谅过他。但那天，我第一次看到他手足无措，惊慌得像自己得了绝症时，一瞬间，我才意识到，我们确实是血脉相连的父子。

"当时我还抱着一丝治愈的希望，跟罗劲松定下了出国就医的计划，婚礼方面由他出面解决，我迅速交接了手头工作，第二天就坐飞机去了美国，在旧金山的一处私人诊疗机构接受治疗。"

韩絮苦笑道："怪不得你走得那么仓促，整个罗家动用了全部人力还是找不到你，原来幕后帮你的是罗劲松。"

"在这点上当时我跟他意见是一致的，集团董事得绝症这种事儿一定要保密。在美国那三个月，我想了很多，也跟自己的主治医师聊过，按照他们的治疗方案，我或许可以像霍金一样，撑个几十年，挨到科技可以根治这个病的时候。

"但那意味着我没有了自由，渐冻症只是肌肉萎缩，神志却很清晰，病人的痛苦不只来源于肉体，更多的痛苦来源于他每一秒钟都时刻清醒知道自己的灵魂被禁锢在一个不能使用的躯壳里。"

罗隐说着自嘲般叹了口气，"在美国那三个月，我渐渐想通了，人就是犯贱，要是不经历什么重大变故，怕是一辈子都狗改不了吃屎。

"什么名利，什么山顶山谷，什么宏图壮志，为了这些我亏欠了太多爱我的人，也辜负了很多对我有期待的人。我想见见他们，我还欠他们一声道歉，一个告别，一份礼物，我还有好多地方想去，那些都是我曾经认为随时只要想去就可以去的地方，但我马上就没有机会了。

"今年3月底的时候，我终于做了决定，给伊内斯打了一个电话，"罗隐说着看向身旁的伊内斯，"在那时，只有她是我可以放心倾诉的对象，也只有她可以帮我实现我的最终计划。第二天她就飞到旧金山，把我从医院悄悄接走，这之后，便没有人知道我的下落了。

"后来的事情你们就都清楚了，这四段路是我精心策划送给你的礼物，考虑到假如跟你们同行，罗劲松跟罗鹏都会掌握我的行踪，不管他们出于什么样的目的，我怕是都没办法跟你们一起走完。"

另外，他低头看着自己身子，道："我也不想让你们发现我的病情，这样你们只会一起难过地走完它，所以只好选择了这种奇怪的方式，至少你走的每一步，也都有过我的足迹。

"一路上我虽然靠药物维持，还是能感觉到自己的身体状况越来越糟，这病越到后期恶化得越快，我也不知道自己什么时候会被彻底冻住。起先只是肌肉无力，呼吸偶尔困难，等潜水的时候四肢已经有些不听使唤，好在小绅士派了两个经验丰富的潜水员陪着我，才勉强留下那个线索。

"你们到墨西哥的第二天，我正在布宜诺斯艾利斯准备游轮的事情，突然间双腿失去了知觉，整个人瘫倒在酒店门口，后脑勺撞到了门口的行李车，人被送往急诊，昏迷了两天。"

说着罗隐把一直不舍得摘下的礼帽拿起，转了转头，露出后脑勺上密密麻麻的针眼，他苦笑道："这之后我这双腿便基本上站不起来了。谁能想到，那天你们恰好遇险，小绅士联系不上我，险些酿成大错。这几天每每想到你们在墨西哥的遭遇，我都万分后怕。

"在游轮跟你们相见后，我的胳膊也开始渐渐变得麻木，我知道，我日子不多了，不得不拜托伊内斯喂我。"说着罗隐脸上泛起一丝难得的笑容，"好在你们挺到了最后，我也挺到了最后，这场告别，终究是有了一段完美的结尾。"

罗隐说完便陷入了沉默，苏虹已经完全傻了，他刚刚的话不亚于一颗信息核弹，把她的大脑炸得一片空白。

眼前这个男子可是昨天还跟他们有说有笑地在雪地露营，打着雪仗，怎么今天就突然得了不治之症，不久于人世？他或许没有经得住生命中某些诱惑的考验，可却从未想过害人，甚至一直在默默地帮助别人，为什么老天爷要跟他开这样的玩笑？

整个游轮前后仿佛两个世界，船头甲板上喧嚣热闹，船尾却陷入死寂，就连隔壁桌的客人都似乎感受到了邻桌的悲伤，隔着屏风安静用餐。

93

第一个开口的是韩絮，"说点儿别的吧，"她鼻尖抽动了一下，盯着自己的酒杯道，"你说这四条路对应了四个礼物，罗大少爷，你还真是一诺千金，居然真的带我来到了象岛。"

她站起身，看向众人，"你们不好奇吗？罗大少爷这一路如此苦心孤诣地把我们聚在一起，还精心挑选了这么个特殊的日子来告诉我们真相，可为什么偏偏选在象岛旁边？这岛上物种稀少，除了附近海域有万年黑冰，再也没什么特别的，实在配不上他的惊天秘密。"

韩絮说着顿了顿，加重语气道："因为，就在这个不起眼的地方，曾经发生过整个南极探险史上最值得被铭记的奇迹。这个奇迹的创造者，就是号称最成功的失败者的英国探险家，沙克尔顿。"

沙克尔顿，苏虹皱了皱眉，这名字听着熟悉，似乎前不久见过，她竭力在脑中搜索。"对了，是那本书！"她指着韩絮，"就是你在朝圣之路上一直看的那本！"

韩絮点点头，"那本《领导力：沙克尔顿的传奇》我一直带在身上。关于这个人，他的经历不仅在世界探险史上被传为佳话，也被各大商学院引做团队管理的经典案例。当我在波士顿商学院教材里第一次读到他故事时，就被深深吸引了。"

韩絮踱着步，走到罗隐身后，一只手扶在罗隐轮椅上，缓缓道："虽然你们一定没听说过他，但他却不是个无名之辈，在 2002 年举行的'最伟大的 100 位英国人'的调查中，沙克尔顿位列第 11。"

"1901 年，年仅 27 岁的他便加入了国家南极探险队，负责在船上协助科学家的实验工作，搭乘'发现号'前往南极，这次探险以抵达麦克默多海峡告终。

"1902年，前一年的探险队长斯科特挑选沙克尔顿和船上的医生，一起再次前往南极，原计划到达南极点后返回，但由于经验不足，加上难以抵抗的恶劣环境，三人患上坏血病，不得不拖着饱受摧残的身躯返回。

"1907年，沙克尔顿再次启程，肩负着要将英国国旗插在南极的任务。他与三个伙伴一起，乘坐探险船'宁录号'向南极点进发。遗憾的是驮运行李的小马在途中掉进冰窟窿，他们只能凭借所剩不多的物资前行，最后将英国国旗插在距离南极点仅剩180千米的地方。

"直到1911年，挪威人罗尔德·阿蒙森成为世界上第一个抵达南极点的人。沙克尔顿再次燃起了冲刺南极点的梦想，并花了三年时间筹备这次南极探险。

"1914年初，他发布招募告示，上面写道：'寻求志士参与艰巨旅程，远赴南极探险。薪酬微薄，需在极度苦寒、危机四伏且数月不见天日下工作。不保证安全返航，如若成功，唯一可获得的仅有荣誉。'

"这是他最后一次探险，也是让南极象岛载入史册的一次探险。"

韩絮越说语调越激昂，整个人也贴着罗隐越来越近，"同年8月1日，他带领从5000名应征者中挑选出的27名优秀队员，以及爱斯基摩犬、纽芬兰犬等69只用来运输的狗，乘坐当时世界上最坚固的木船之一'坚忍号'从伦敦南下，驶向南极。"

"12月5日，'坚忍号'离开南乔治亚岛，才进入威德尔海，船只就被一望无际的茫茫浮冰紧密包围，整个船身在这片浮冰的迷宫里寸步难行。

"当时气温低至零下五十多度，一行人用尽各种办法都无济于事，也无法向外界求助，仿佛置身断绝外援的太空站，只能在冰封的木船上陷入漫长的等待。

"为了让等待的日子不那么枯燥，他带领队员们训练小狗、进行科学实验、定期铲冰、练习逃生，还安排理发比赛、唱歌比赛等鼓舞队员的士气。

"然而，一次猛烈的暴风雪掀起浮冰砸向木船，成为了压死骆驼的最后一根稻草。在零下几十度的寒冬，残破的船只被巨大的冰块压毁。

"沙克尔顿只好带领探险队员们弃船逃生，在补给品严重不足的情况下，他跟队员们在冰天雪地中整整露营了5个月。整整5个月！为了鼓舞队员的意志，他不仅一直保持乐观的态度，与每一位队员谈笑风生，还带领队员在冰面上唱歌跳舞，开展冰上球赛等消遣活动。

"28人就这么在一块巨大的浮冰上向北漂移，在浮冰消融前，他们又乘坐抢救出来的3艘救生艇，迎着疯狂肆虐的暴风雪在狭长的水道里艰难前行。

"风雪中飘摇的28人，整日食不果腹，浑身的衣物在严寒中早已变成了冰甲，终于，他们在7天后拖着虚弱疲惫的身体爬上了我们身后荒芜的象岛。

"他们不得不捕杀岛上的海象、海豹、企鹅来充饥，勉强维持生存。这并非长久之计，残酷的现实逼迫他做出了一项重大决定——带领其中4名队员乘坐一艘救生艇，在巨浪滔天的海面上横渡1300海里，前往设有捕鲸站的南乔治亚岛求救，这在当时几乎是一项不可能完成的自救行动。

"一行5人在狂风怒海中航行了17天后，竟奇迹般地抵达了南乔治亚岛人迹罕至的南岸，但距离北岸的捕鲸站仍有十分遥远的距离。

"沙克尔顿又在同行的4人中，挑选了两名体力较好的队员一起奔赴北岸的捕鲸站。

"3人就靠着一根绳索、两把冰镐，历经30多个小时的艰难跋涉，凭借顽强的毅力与耐力，横越了42千米的高山冰川，走过了从来无人涉足的南乔治亚岛内陆，终于看到了捕鲸站，就像看到希望的灯塔一样。

"而他们3人抵达捕鲸站这一天，已是1916年的5月20日了。"

韩絮拿起罗隐身前新换的酒杯，喝了一大口，继续道："3天后，身体尚未恢复的沙克尔顿急不可耐地接回了留在南乔治亚岛南岸休息的两名队员。随后，他不顾别人的善意劝阻，又借船开往象岛亲自营救其余的 23 名队员。由于海面风浪太大，前三次营救均以失败告终。"

"8 月 30 日，沙克尔顿第四次出发营救，船只终于驶近象岛，当发现 23 名队员一个不落都在岛上的时候，他喜极而泣，他终于如约接走了当初留在象岛的队员们，带着他们一个不少地活着回到英国！

"就这样，从 1914 年 8 月 1 日起航，到 1916 年 8 月 30 日救出所有队员，这个男人整整两年艰苦卓绝的冰海历劫，被永久地载入史册。虽然这一次南极探险仍然以失败告终，但却成为了人类历史上绝地求生的典范。"

罗隐看着韩絮，笑中带着一抹温柔："这段故事你还是记得这么清楚，连一个数字都没有记错，就像两年前第一次给我讲述他的故事时一样。"

韩絮也看着罗隐，笑中却泛起一丝落寞："你也履行了当初的诺言，带我来到了象岛。"

她没有继续说下去，苏虹却听出了话中余韵，可惜抵达此处时，他们已经不是当初的他们了。

"所以，"韩絮声音突然变得更加高亢，"沙克尔顿可以在茫茫冰原上创造奇迹，你也一定可以，你当年不是很喜欢他的家训，坚韧制胜吗？"

她越说越激动，"现在的你就仿佛沙克尔顿一行被浮冰围困，动弹不得，但这也正是考验意志力的时候，旅行结束后你就安心接受治疗，不管能撑多久，你都一定会撑下去，直到治疗渐冻症的药被研发出来，对不对？"

所有人被韩絮的声音鼓舞，热切地看向罗隐，而目光的主角却盯着已经被重新倒满的酒杯，没有说话。

良久，他抬起头，看着韩絮。

"对不起，我可能要辜负你的期望了。"

94

"你撒谎！"韩絮几乎吼了出来，惹得远处侍者频频朝他们的方向张望，"你如果不想治了，又为什么把最后一站选在这里？ 100 年前曾经有人在这里凭借顽强的毅力创造了奇迹，你又怎么能轻言放弃！"

"选择在这里因为这是给你的礼物，因为我曾经承诺过要带你来这里，但，现在的我，累了，"罗隐说话声音却很轻，似乎连他本人都很难相信这话出于自己口中，"这半年来，跟这个病来回纠缠，我太累了。"

"其实，又何止这半年呢，"罗隐说着拿起酒杯，把余酒一饮而尽，"我这辈子都太累了，从小时候，我就给自己穿上盔甲，把人生看做一场战斗，我要不断面临各种厄运的考验，我告诉自己，强者可能会被打败，但只有弱者才会投降，接下来的生活似乎也都遵循着这个逻辑。

"可你知道吗，当我决定放弃治疗，跟病魔投降的时候，我整个人感到前所未有的轻松，终于不用戴着伪装强撑了，我很开心地承认自己就是个弱者，我很尿，与其跟病魔抗争，我不如好好利用剩下的还能活动的时间，把之前那份清单上的心愿一个个划掉。"

"不，这不是你的真实想法，你只是一时没办法接受自己患病的打击，我明白的，每个人刚开始都会有想要放弃的想法，但你是罗隐，你一定会坚持下来，一定可以打败病魔，"韩絮声音越来越急促，眼睛因为充血开始泛红，"我们现在就让船返航吧！"

"你放心，如果你爸不给你治，我花钱帮你治，你的那些个心愿清单里还有没完成的，记下来，等几年后你病好了，随时都有时间可以去，现在科技的发展速度这么快，这两年的绝症或许过几年就跟治个感冒一样简单！"

罗隐又摇了摇头，"对不起，刚刚我所说的就是我的真实想法，或许，你在脑海里把我过度美化了。"

"不不，一定不是这样，"韩絮颤抖着声音道，"我明白了，你潜意识里还是想继续活下去的对吗？只是你自己下不了这个决定所以让我们帮你，对！一定是这样！"

罗隐叹了口气，"我说过了，来象岛只是给你的礼物，或许还有些别的私心，就是我真的很好奇，想看看前人到底是在什么环境下完成那个壮举，今天看过了，我很敬佩他，但沙克尔顿是沙克尔顿，我是我。"

"不，你把大家找来，这件事情就不能你一个人说了算！"韩絮狠狠瞪着罗隐，"你说我们是你最重要的人，那你怎么可以这么自私地做决定，我们都有话语权！"

"这样，我们民主一点儿，大家投票，你们觉得他应该放弃治疗吗？"韩絮瞪大了眼睛瞧向众人，脸庞因为激动而显得扭曲，苏虹甚至可以看到她微润的眼眶里充盈的血丝，见众人没有说话，韩絮继续道，"你们有谁觉得罗隐应该就这么死掉的，举手！举手啊！"

"你又何苦这样逼他们呢，"罗隐苦笑道，"再说，我的命我做主，这投票的结果压根改变不了我的决定。"

"你闭嘴！"韩絮转头冲罗隐吼道，"我跟你说，要是在座的任何一人举手支持你的做法，我立马闭嘴！如果没有的话，你起码要考虑我们这些活着的人的看法，谁都不是为了自己而活，每个人都在负重前行，你又凭什么例外！"

罗隐看着韩絮因激动扭曲的脸颊，不再说话，游轮还在向前，船头依然喧哗热闹，阳光洒在海上，洒在甲板，洒在每个人脸上，却仍驱散不掉人们心中的阴霾。

"都不说话是吧？那就是没人赞成啰？"韩絮声音不再尖锐，看向罗隐的目光也变得温和，柔声道，"你看看他们，他们都是你继续活在这个世界的理由，他们曾经为了你冒着死亡的风险，难道你就不能为了他们而努力活下去？"

"在座的都有投票权，对吧？"桌上没有人说话，刚刚的声音来自韩絮身后。苏虹转头看向隔壁桌，屏风被声音的主人缓缓拉开，一个身材高大的老者朝他们走了过来。

他穿着朴素，走得也很慢，脸上不见一丝喜怒，微微弓起的腰本应显出一丝老态，却被天生带着的那股不怒自威的气势消弭于无形。

除了苏虹，众人脸上都泛起难以置信的表情，眼前老者的出现似乎完全不亚于罗隐宣布自己得病时带给他们的冲击！

老者走到桌前，缓缓道："既然说了在座各位都有投票权，那么我投赞成票。"

出乎苏虹意料之外，没有人质疑他为什么有资格投票，似乎他们还没有完全从老者的忽然现身中反应过来一般，愣在当场。

只有罗隐例外，老者刚出现那一刻，他脸上曾闪过一丝惊讶，旋即恢复了平静，他淡淡道："我早该想到的，这种豪华游轮怎么会突然有两个房间的客人都突然有事儿不来，还恰好有人愿意买几乎没有降价的 Last Minute 船票，买了票以后又一直待在房间，一次聚餐或者登陆活动也不参加，这么多反常的事儿通通被我忽略掉，"他自嘲着喝了口酒，"看来我这脑子也被冻住了。"

老人看着罗隐，身上的霸气缓缓消散，语气也软了许多："我不是故意躲在房间里，只是刚做完手术，还在恢复阶段，随行的医生嘱咐我最好不要到室外接触冷空气，也尽量少去人多的地方。"

苏虹这才发现她去取头晕药时碰到的年轻男子也坐在隔壁桌，想来就是他口中的私人医生了，原来当时随船医生指的生重病的男人是他！她定睛细看罗隐跟老者的眉眼，才发现二人的轮廓如此相似，众人异常的反应下，老者身份呼之欲出！

这是她第一次当面见到罗劲松。

"我真没想到，堂堂罗氏集团董事长，踩一踩脚就能让深杭市抖三抖的罗劲松，刚从 ICU 里抢救出来，居然会为了我这么个没有利用价值的儿子冒险登船。"罗隐语气里透着股荒谬道，"我更没想到，这一桌人里，唯一同意我放弃治疗的居然是你。"

"他凭什么表态？"一旁韩絮回过神来喊道，"他从小到大有管过你吗？"她把头转向罗劲松，声音再次变得尖厉，"你欠他那么多，现在觉得没有利用价值了，就放任自己的亲生儿子去死？"

罗劲松脸上闪过一丝痛苦的表情，他大病初愈，元气未复，又不遵从医嘱来到寒冷的室外，面对韩絮咄咄逼人的指责，只淡淡道："男人这辈子要做出些事情，难免有所牺牲，错，是我当年犯下的，但你以为我对自己的亲生儿子也能这么狠心，会为了钱不顾他死活？你又是否真的理解他？你现在强迫他按照你自认为对他好的方式生活，跟当年的我又有什么分别？"

"我今天把话放在这儿，这是我儿子人生中最后一个心愿，谁要是不尊重罗隐的决定，我就让他终身后悔！"话语一出，老人眼神扫过众人，身上竟带着股慑人的杀气。

韩絮还要反驳，突然被人拉住。"罗老先生，我们并非不尊重罗隐的决定。"陆羽终于发话了，"但是请你不要威胁大家，这里每个人都是基于自己对罗隐的关心来做决定，最后的选择却不会受你的胁迫而改变。"

"都安静一下吧，"罗隐伸出右手，吃力地拍了下桌子，"我想跟他单独聊聊，"他看向众人，眼神中带着一丝恳求，"就10分钟，好吗？"

整个船尾甲板空空如也，只剩下眉眼相似的一老一少。罗隐看着罗劲松，指了指身旁椅子："坐下说吧，先解答我的一个疑惑，这趟旅程我设计得天衣无缝，你是怎么找到这里来的？"

罗劲松缓缓坐下，右手放在桌上，食指轻敲桌面，道："有时候破局的手段要从局外找。"

"怎么说？"

"那要从半年前你从公司调走的那两个亿说起。"

"我说你为什么会来找我呢，原来还是为了钱。"罗隐嘴角挂起一丝冷笑。

"钱这个东西，对现在的我来说，不过是个数字罢了，"罗劲松摇摇头，"那钱本来就是给你的，我从没想过追回，但你当时身在国外，又重病缠身，我很好奇，到底是谁帮你运作的。"

"这人藏得倒也深，前不久才被我揪出来，"罗劲松说着手指停在半空，看向罗隐，"那段时间，欧洲总公司的王峰恰好回国休假，他又是你当年从一个小财务科长一手破格提拔的心腹，一切就合理了。"

"原来如此，"罗隐叹了口气，"我在国外的资金往来，消费记录也大多拜托他操持，怪不得你可以顺藤摸瓜，找到这里，千算万算，还是棋差一着。你不会为难他吧？"

"放心吧，他是罗氏集团的肱股之臣，这件事儿我当没发生过。"

罗隐长舒了口气，有些不自然地冲罗劲松笑笑道："谢谢。"

父子俩斜靠着椅背，病恹恹，看着对方。罗劲松先开了口："我出院以后知道罗鹏做的事儿，给了他两个选择，第一，跟我一起来找你，当面给你下跪认错，假如你原谅他，公司的事务还可以交由他打理。"

"白费力气，"罗隐道，"让他来朝我下跪，不如一刀杀了他。"

"所以他选择了第二条路，净身出户，5天前，他已经被开除出董事会，我也找人拟了声明，从此以后他跟罗氏集团再无任何瓜葛。"

"哈哈哈，"罗隐仰头大笑道，"罗劲松，老天爷真的没有亏待你，你这三个儿子每一个都比你强，换做你是罗鹏，怕是会选择第一条路吧。"

"你说得对，罗鹏就算再不成器，却比我这个做父亲的有骨气。"罗劲松低头看着桌面，语气中带着一丝自嘲。

罗隐仍在笑，"没想到啊没想到，你罗劲松居然下得了这个狠心，老三绝不会接手公司，罗氏集团就像你的亲生骨肉，这样一来不就等于断子绝孙？"

"如果我把公司交给老二，那等于又毁掉了自己的两个亲生骨肉。"罗劲松微微叹了口气，"你知道我从来不信命的，但这或许就是我的报应吧。"

"老二不来，你又何必再过来？"

罗劲松看着罗隐，"你是我的儿子，这个理由已经足够了。"

罗隐双手扶着轮椅，整个身子朝前探去："到了现在你知道我是你儿子了！为什么20年前你跟我妈离婚的时候你不知道，12年前我妈死的时候你不知道，5年前设计害我公司的时候你他妈的还不知道！现在才知道，一切都晚了，晚了！"

罗劲松低垂着头，这个刚刚霸气十足的老人现在看来就像是个做错事儿的孩子。"我没什么好辩驳的，也没有办法补偿你，甚至觉得给你任何帮助都是想要减轻自己负罪感的自私行为，可我没办法阻止自己不来见你。"

一阵寒风刮过，罗劲松右手握在嘴前，费力地咳嗽几声，继续道："住院那段时间我才意识到，我陪你跟老三的时间太少了。我知道你们不需要我的补偿，但我现在唯一想做的，就是能在远处多看看你们，毕竟，我的日子也不久了。"

罗隐闻言，前倾的身子立时顿住，罗劲松朝他笑笑，道："手术还算成功，心脏的问题算是稳住了，最讨厌的是这儿，"他指了指自己胸部，"肺癌，晚期，粗略算下来，见阎王也就是半年的事儿。"

罗隐愣了愣，看着眼前老者轻描淡写地讲述自己的绝症，突然，扑哧一声，笑了。

罗劲松也跟着笑了起来，两人声音越来越大，连眼泪都笑了出来。

罗隐努力稳住自己端着酒杯的手，只高过桌面一指的距离，杯中冰球已融掉了三分之一，在闪着金光的液体中来回滚动，清脆的撞击声连带着杯中酒面荡起阵阵涟漪，四溢的酒香中混着湿润的海风的咸。

"来吧，"罗隐看着罗劲松，笑中带泪，"咱们两个将死之人，碰一个。"

95

今天的气温说不出地友好，很多旅客只穿件冲锋衣便在室外用餐，船头甲板上觥筹交错，一派喜气，韩絮从临时吸烟室里缓步走出来。她情绪依旧十分低迷，走到船舷下站着的苏虹陆羽身旁，"对不起，刚刚我失态了。"

"哪里，"陆羽道，"其实乍一听到这个消息，我们每个人心里都有两个小人在打架，你只是把其中一个的声音发了出来，我们没有说话，不代表我们没有你这样的想法，事实上，我们之中总有人要对这件事儿表态，感谢你站了出来。”

韩絮哑着嗓子轻声道："谢谢你们的理解。"

"需要这句感谢的并不是我们。"陆羽脑袋朝独自站在角落的罗曦偏了偏，此刻他正呆呆地看着海面出神。

韩絮默默走到罗曦身边，把手放在栏杆上，随着他的目光一起看向海面，"对不起，我不知道刚才自己是怎么了，或许我对罗隐还有些残留的情感，那时我确实来不及考虑你的感受，但刚刚抽烟的时候，我想清楚了，我发誓。"

"不用说了，我懂，"罗曦把目光转向韩絮，脸上努力挤出一丝微笑，"谁也不可能跟自己的过去完全做切割，假如换做维斯帕得了这个病，我一定比你还失态。"

他用能活动的那只手牵起韩絮，瞳孔四周雾蒙蒙的，有些湿润。

"更何况这个人是我的亲哥哥，说实话，刚刚我根本没有注意到你的失态，从得知消息到走到甲板这边，我脑子一直是空的，压根来不及反应，上一次这样还是目睹维斯帕死去的时候，我真的没有长进，这么多年过去了，依然不知道该怎么应对，不知道怎么样做是为我哥好，虽然已经经历过一次挚爱之人的离别，但我还是学不会去跟他们告别。我是真的学不会啊！"

这个一直乐观洒脱的男人，话语中带着哭腔，泪水从眼眶漫过颧骨，直到下颌，慢慢在脸上结出薄薄的冰痕。

"你其实早就知道他的病了对不对，"苏虹在陆羽身旁道，"你这么细致的人，从上船以来一定就意识到什么不对劲，却一直什么都没有说。"

陆羽叹了口气，"当初罗隐给我那笔钱时我就有所怀疑了，刚上船那天更是觉得他的状态不大对，还记得我们一起去酒吧喝酒那天，我让你先回去了吗，送走你之后我找伊内斯谈了一次，我太了解罗隐了，如果他不愿意说，谁也不可能让他开口。"

"你是怎么让伊内斯开口的？"

"我只是问她，罗隐还有多久，我看得出她一个人守着这个秘密的痛苦。她有些犹豫，我说假如她不告诉我，那么我就把所有人都找来去问罗隐，她才不得不告诉我，还剩下 3 个月。

"我发誓不会跟你们说，这是我能为罗隐做的最后的事儿，接下来这几天，这件事儿就像一座大山，压得我喘不过气，等罗隐亲口说出来的时候，我反倒轻松了，既然这一切都是他所做的决定，他又是我这辈子最好的兄弟，那我唯一能做的就是按照他的剧本，把这出戏演完。"

"所以刚刚韩絮歇斯底里的时候你没有讲话。"

"假如那时我也是刚刚得知这个消息，恐怕反应会比她还激烈吧，我理解韩絮，但我也明白，她只是需要一个发泄的机会，等发泄完了，她会明白的，什么才是真正对罗隐好的决定。"

陆羽顿了顿，对苏虹道："老实说，你没有第一时间赞同韩絮的提议，倒让我有些惊讶。"

苏虹双手扶着甲板围栏，一只海鸥在低空盘旋着飞过她面前，她把被海风吹起的长发拢了拢，缓缓道："还记得我们出发前，我所在的设计公司正在为一家制药企业做平面设计吗？"

陆羽点点头，"这跟罗隐有关？"

"没什么关系，只是接了那个活儿以后，我被普及了些生物知识，你知道限制人类寿命的最大因素是什么吗？"

陆羽摇摇头。

"是一个叫做端粒体的小玩意儿，人的细胞每隔一阵子就会换一轮，旧的死去，新的诞生，而产生新的细胞的方法就是细胞分裂。

"端粒体就位于 DNA 的两端，每次细胞分裂，都会导致它变得短一些，随着年龄的增长，它越来越短，直到最后由于它过短了，无法分裂了，生命就死亡了。那个小东西的长度最多只能让细胞分裂 50 次，因为这个数字的制约，人类的最大理论寿命被横亘在 160 岁左右，但假如没有那个东西，身体里的细胞就会无限次分裂，最后变成什么，你猜猜？"

陆羽皱眉思索一阵，摇了摇头。

"是癌。"

苏虹把目光从天空投向海面，继续道："想不到吧，死亡本身就是保证当下能够活着的必要元素，既然如此，我们又为什么这么抗拒它呢？人从一出生就开始离死亡越来越近，假如一段旅程没有终点，那走的人又为什么会涉足呢？

"韩絮了解最前沿的科技，我们这代人或许真的可以治好渐冻症，甚至活到几百岁直至永生，但哪怕你真的永生了，有着挥之不去的时间，我敢断定，只要人类还有大脑没有被换掉，只要意识还是人类的意识，那么根据人类的尿性，大家最后就一定会选择给自己制造一个终点，既然横竖都是要死的，当自然的终点到来时，为什么不能像罗隐那样坦然地接受它？"

陆羽有些诧异地看着苏虹，良久才开口道："老实说，要不是亲耳所闻，我无论如何也不会相信刚才那段话出自你的口中。"

苏虹笑笑，"或许一个月前的我也说不出这番话吧，只能说，罗隐策划的这段旅行，真的让我变了好多。"

说话间，身后毫无征兆地传来轰隆一声巨响，两人下意识回头望去，水道一旁不远处的冰山上，一块自然崩塌的冰块从冰山上脱落，掉入水中，整个海面先是被掀起一阵波涛，随即慢慢变成一股股涟漪，恢复平静。

甲板上众人纷纷侧目时，又是一声巨大的闷响，整个冰川崖壁承受不住压力，由内而外轰然坍塌，动静之大，船体本身都被震得左右摇晃，这种震撼不仅仅止于物理层面，更关乎时空，谁也说不出那冰山积压了多久的洪荒时光，几千年？上万年？又或者十几万年？却在顷刻间落入海中，又很快归于平静。

苏虹收回目光，继续转头看着前方海岸，陆羽站在她身边，不再说话。不远处罗曦抱着韩絮，任由泪水在自己脸上结冰。

过了足足半小时，众人才回到舱尾，罗隐一个人坐在椅子上，看着远去的崩塌冰山遗迹发呆，"罗劲松呢？"苏虹看向四周，朝罗隐问道。

"他回房间了，一会儿会有另一艘船接他回去。"罗隐说着看向罗曦，"走之前他说，希望有时间的时候，你可以允许他到店里看看，他不会主动打扰你，只是去坐坐。"

"怎么，现在开始想尽父亲的责任了？"

"这也是我的意思，看在我的面子上，让他去一回，你要是不喜欢就赶他走，好吗？"

罗曦见自己大哥第一次带着恳求的目光看向自己，整个人瞬间软了下来，"听你的，哥。"

"所以，"一旁韩絮小心翼翼道，"你最后的决定是？"

"一会儿会有船来，接我去乔治王岛，"罗隐淡淡道，"我会从那里坐飞机去南极极点。"

果然，罗隐决定了的事情，谁也无法改变。

韩絮不再像之前那么激动，语气变得平和道："你知道的，我始终认为你这样放弃生命是自私加混蛋的做法，但我想过了，刚刚我要干涉你的生命的做法比混蛋还不如，所以，我尊重你。"

"这就够了，"罗隐哈哈笑道，转头看着罗曦，"弟弟，帮哥哥最后一个忙，照顾好她。"

罗曦脸上挤出一丝笑容，哽咽道："放心吧哥，你不说我也会的。"

"都快30岁的人了，遇事儿还哭鼻子，简直连你的尿包哥哥都不如，以后不准这么爱哭了。"

罗隐又看向陆羽，"如果有下辈子的话，还做兄弟？"

"当然。"

"还一起逃课？"

"一起休学都行。"

"一起泡妞？"

"妞都给你，我做最无私的僚机。"

"作业也还给我抄的吧？"

"还是老规矩，抄一次一顿烤串。"

"哈哈，就这么定了，可不能再加了，要不我就要努力学习，自食其力了。"

陆羽点点头，再也忍不住，泪水夺眶而出。

苏虹站在陆羽对面，罗隐足足用了半分钟才把头转向她，他似乎真的累了，一个转身竟也变得吃力，抬头，微笑，发声，每一个动作都在蚕食着他所剩不多的精力，他还是把目光对上了苏虹的眼睛，"苏姐姐，能再见到你的感觉真好。"

苏虹强迫自己微笑，却觉得现在的自己笑得比哭还难看，"我的感觉可不好，每次见面你都让我哭。"

"哈哈，是我不对，求你最后一次原谅我吧。"罗隐轻叹道，"好怀念那段时光，你给我的那幅画，我一直带在身边。可惜最后用做线索，留在国内了。"

"对了！"苏虹抹了一下眼泪，反身从背包里拿出一幅小画，"这幅你拿着。"

罗隐接过画，画中三男三女，前景是南极大陆，身后是皑皑雪山，成群企鹅，每个人都笑得异常灿烂，足以融化冰雪。

"你的生日礼物，我照着那照片加班加点画出来的，可不准再弄丢了！"苏虹道。

罗隐把画放在腿上，右手轻轻摩挲着，"放心吧，这次我会把它带进棺材。"他抬起头笑道："不说丧气话了，接我的船马上到了，我可是要去南极点看帝企鹅的人！抱歉没有给你们预订这一趟的票，我的人生到极点了，你们才刚刚进入极圈，现在就去那里也不合适，对吧？"

"去吧去吧，谁稀罕看什么帝企鹅啊！"苏虹哽咽道。

"就是，南极点那么远，过去能看见啥，还不是一样的冰天雪地！"罗曦呜咽着帮腔道。

韩絮早已泣不成声，陆羽无力地靠着墙，看着自己最好的朋友，他知道，这真的是最后一次见面了。

等两艘船接近到可以交接的位置，侍者搬完罗隐的行李，走到他身边，小心翼翼问道："先生，可以出发了吗？"

"出发！"

一行人隔着两艘船，最后一次挥手告别，罗隐看着他们，终于忍不住，眼泪夺眶而出，再见了，我的朋友们。

再见。

再见。

再见。

再见。

那天，苏虹回到房间，把相机里所有罗隐出现的照片找了出来，剔除掉连拍重复的画面，排好顺序，1，2，3直到57。拿起准备好的笔跟纸，开始着了魔一样地画画。韩絮一个人在甲板上抽了2包烟，罗曦独自一人走到罗隐的房间里，房门紧闭，关了自己整整一夜，陆羽跑去天台酒吧，罕见地要了一整瓶威士忌。

每个人都爱着他，每个人都想念他，每个人都要学会生活中彻底没有他，每个人，每个人。

第二天，游轮登陆南乔治亚岛，这是他们南极旅行的最后一天，苏虹料想其余人跟自己一样没什么游玩的兴致，却硬是被韩絮拖着下了船。

众人漫无目的地走在岛上，彼此间小心翼翼地不去谈论那个让他们思念的人。翻过一座山头，眼前忽然看到数以万计的王企鹅晃晃悠悠聚集在山坡上，造房子，吸引配偶，这是企鹅交配繁殖的季节，再过两个月，又会有数以万计的新生命诞生于此。

这种孕育着自然蓬勃生命力的画面，跟之前山另一边的萧瑟冷寂对比鲜明，众人不由得心胸为之一扩。

"再给你们普及个冷知识吧，"韩絮打破沉默道，"刚出生的小企鹅并不是黑白色的，而是浑身披满棕色绒毛，到了脱毛的时候，会有成千上万的幼年企鹅一排排站在岸边，面对狂风呼啸，一动不动，饿了渴了只能吃雪充饥，每一只企鹅都是在那种极端环境下，度过大自然的第一重考验活下来的。

"成年后它们还要躲避海豹等天敌，世人被这些家伙蠢萌的外表蒙蔽，却不知道它们能活到现在，都经历了什么。"

说话间，韩絮脸上浮出一丝微笑："人又何尝不是如此呢，这趟旅行让我看到了你们每一个人不为人知的一面，也让我忽然想通了，罗隐不是沙克尔顿，我们也不是他，每个人从小经历的不同，自然应该按照自己的意愿去度过这一生。"

苏虹心中一震，接道："更何况罗隐是笑着迎接自己生命的终点，我们再这么闷闷不乐的，那家伙到了南极点怕是也会嘲笑我们。"

"那就都别哭丧着脸了，更不要让那个家伙的名字成为我们之间的禁忌，他完成了自己的心愿，我们为他高兴之余，更应该用力去生活，追求自己想要的人生！"

"所以呢，"苏虹笑道，"这趟旅行马上就要结束了，回国后你们都有什么打算？我反正决定了，既然拿到了伦敦皇家艺术学院的offer，那我这辈子就跟画画这件事儿绑在一起了，不管别人说我年纪大了，没有天赋，又或者抛弃稳定工作，适应新的环境，这些老娘都不在乎了，大不了就在街边给人画肖像，这条路我走定了！"

"我打算去深杭市考察一下，如果那边市场好的话，说不定在那开一家分馆。"罗曦有些扭捏道。

"哈哈，也对，毕竟让老人家经常坐飞机去看你也实在不方便。"苏虹看着罗曦，揶揄道。

"不用考察了，你要开拳馆我做投资人，顺便把你的修车摊子也一起开了。"韩絮淡淡道。

"那你可不能随意撤资，而且拳馆的经营我要全权负责。"

"你放心，以后所有的事情，你都必须负责，"韩絮看向罗曦，眼神温柔，"记住，是所有。"

"你俩能不能别这么腻了，"苏虹撇撇嘴，看向陆羽，"喂，你呢？"

陆羽耸耸肩，"本来想当罗曦投资人的，现在看来是没机会了。我现在闲人一个，暂时也想给自己放个假，正好之前有朋友在伦敦做地产项目，可以过去看看。"

"哎哟怎么这么巧，我认识一个女孩子正好也要去伦敦，"苏虹笑着道，"不过她一个人到那边人生地不熟的，你有朋友在那边的话，多照顾照顾她好不好？"

"好啊，"陆羽道，"只要她别太能吃就好，我怕照顾不起。"

"你说谁能吃呢？"

"别吵了，我们马上到了。"韩絮朝他们摆摆手道。

"到哪儿了？"苏虹好奇地看向韩絮。

"墓地。"

"喂，大早上的你说这话也够瘆人的，为什么要绕一大圈带我们来看个墓地？"

韩絮微笑不语，把他们领到海岸一处悬崖边，一道人工围墙将一座石碑围起，石碑四周零零散散放着一圈鲜花。她缓缓道："沙克尔顿1921年最后一次从英国出发，次年1月抵达南乔治亚岛，1月5日因心脏病去世，人们把他葬在了岛上，墓碑方向朝南，一直望向极点。"

众人走近石碑，近百年的风雪早已侵蚀着石面不再光滑，隽永的墓志铭却依旧在斑驳的岩石上熠熠生辉："我相信，人的一生，应该竭尽全力去获得生命最好的奖赏。"